桲椤山

陈廷佑◎著

花山文艺出版社
河北·石家庄

图书在版编目（CIP）数据

桲椤山 / 陈廷佑著. -- 石家庄 : 花山文艺出版社,
2021.9
ISBN 978-7-5511-5997-5

Ⅰ. ①桲… Ⅱ. ①陈… Ⅲ. ①长篇小说－中国－当代
Ⅳ. ①I247.5

中国版本图书馆CIP数据核字(2021)第147135号

书　　名：桲 椤 山
Bo Luo Shan
著　　者：陈廷佑

责任编辑：于怀新　张凤奇
责任校对：李　伟
装帧设计：有点态度设计工作室
美术编辑：胡彤亮
出版发行：花山文艺出版社（邮政编码：050061）
（河北省石家庄市友谊北大街330号）
销售热线：0311-88643221
传　　真：0311-88643234
印　　刷：三河市新新艺印刷有限公司
经　　销：新华书店
开　　本：700×1000　1/16
印　　张：30
字　　数：440千字
版　　次：2021年9月第1版
2021年9月第1次印刷
书　　号：ISBN 978-7-5511-5997-5
定　　价：69.00元

目　录

楔　子

方永辉带着陶砚瓦，说是要到太平山顶去看香港夜景，顺便吃海鲜。从港铁中环站转乘缆车，直达太平山顶。一路上他一会儿挽着陶砚瓦的手臂，一会儿揽着陶砚瓦的腰，嘴里介绍着目力所及的风景，像是陪同一位已经足够老的老人。

陶砚瓦被一个男人这样关照着，心里有点儿难为情。

太平山并不高，海拔不足400米。山顶的凌霄阁，号称是香港最时尚的设计，也是最有名的建筑物之一，聚集着世界各地的美味、时尚商店及娱乐设施，供游人吃喝玩乐。

咱们吃阿甘虾吧！方永辉说。

好。简单一点儿！陶砚瓦对吃从不挑剔。

阿甘虾餐厅就是美国电影《阿甘正传》的主题餐厅。其设计及摆设都来自电影的精彩片段，连餐桌上都摆放着阿甘手写的金句。门外甚至还摆放了一张阿甘等巴士时坐的长椅，以及阿甘的一双石膏模型跑鞋。

方永辉点了其招牌菜美式秘制猪仔骨和炭烧马凯鱼配嫩虾，要了一瓶红酒，然后举起杯子说，祝老兄展览成功！

陶砚瓦便举杯去碰，立刻就听到一声金属般的脆响，竟是十分悦耳。

从窗口望去，可以看到太平山一侧的众多有名的建筑，以及维多利亚湾对面的诸多建筑，包括下榻的丽思卡尔顿酒店。

二人边吃边聊。

昨天你老兄真给力！要什么写什么，诗词是现成的，对联是现作的，还能把名字嵌进去，一口气写了十几张。

临场发挥，图一个热闹，就像在酒局上，大家图一个高兴吉祥就是，其实字好字坏并不那么重要了。

东方龙脉在，万载自逶迤。昂首昆仑远，腾身鳞爪奇。文明光灿烂，灵派势参差。更有形而上，谁人可望知。这诗很大气！

谢谢！我一个和尚朋友，他写字除了抄经，就是写自己禅悟。一次他写了一句话送我："咱是玩内容的。"这句话让我很受用。

"咱是玩内容的！"这话说得挺好！唉，对了，你还记得横井康夫、猪股伸树吗？

那两个日本人？当然记得！

我跟他们说你在香港办展览，他们都发来短信祝贺！方永辉说着，从口袋里掏出手机，先找出猪股的短信，并用猪股的口吻念道，祝陶砚瓦君诗书大展成功！盼早日来日本展！

谢谢！谢谢！

横井说得更好：陶砚瓦君力追前贤，有乃祖靖节先生遗风，颇得李杜骨格，尤与东坡心髓仪型最为接近。窃慕已久，祝展大放异彩！——这评价得够可以吧？

过奖过奖！

我当时给横井回电话，说你好像要把陶砚瓦吹嘘成"当代苏东坡"了啊！他怎么说？当代苏东坡？政事方能及物，文章止于润身，能诗、能文、能书、能画，心忧天下，用舍行藏，当代苏东坡，正是正是！

陶砚瓦一笑说，谢谢横井先生抬爱！当然他是期许和鼓励。我心追前贤，特别是苏东坡，我认为还是没问题的。但我不可能，恐怕任谁都不可能成为所谓当代苏东坡。

方永辉兴头正足，根本没理会陶砚瓦的话，自顾自继续说道，我当时就跟横井说，下一步要让“中国当代苏东坡”到东京国立博物馆展览！横井说，没问题！他说你给他的《砚光瓦影》，他都认真看了，还到网上买了几本，送给他的朋友和学生，据说反映还不错。他说他想先把《砚光瓦影》日文版权买下来，年内翻译成日文出版，然后明年再请你去东京办展览，签名售书。他说他还真的想找我谈这事儿，正好接到我电话，看来可以开始做了。怎么样？今年卖版权，明年去展览，到时候会有人拿着书找你签名，说不定就先在日本火起来。干不干？

陶砚瓦说，展览好啊，这个可以做。

日文版封面就打“中国当代苏东坡”的旗号！方永辉说。

那还是太过了！吹得太过没用的，徒增笑柄。陶砚瓦说。

你看，怎么这点儿自信都没有？现在是我和横井要喊你是“当代苏东坡”，保不齐就喊成了呢！

哈哈，这事儿你尽管喊，结果是不可能成。因为放眼看中外，有哪个人物在活着的时候被真正认可是当代谁谁谁？可能会有人说什么某某再世，某某重生，也就说说而已，做不得数的。

对呀！成不成另当别论，有人喊几嗓子，有什么问题？我和横井开个头儿，算是两个人喊了，也许马上会有两万人、二十万人、两百万人，都说当代有个苏东坡陶砚瓦，同时也可能会有几百万人说no，no，no，陶砚瓦差远了！要是真能那样儿，就成了现象级事件。要问咱中国现在好不好？历史最好！该不该出个苏东坡？当然应该！那你拨拉拨拉，如今活着的中国人里边，谁最像，或者说谁离苏东坡最近？还要做官，还要作诗作词作文作赋，还要画两笔，还要写两笔，还要忧国忧民，还要儿女情长，你看，咱越说越就是你老兄，最是比较接近苏东坡！那咱们就吹一吹，老兄再努把力，没准儿你就真成了个当代苏东坡！

哈哈哈哈！陶砚瓦真笑了。看着方永辉眉飞色舞的样子，他笑得很真实，也很复杂。

方永辉刹不住了，继续说道，当然，最后你是不是当代苏东坡，恐怕还得百年之后，由历史来定评。所以关键是你自己，有这个志向和追求，搞出一些旷世之作，最后你能不能达到这个高度，产生这个影响，就看你的造化了。当然，我和横井还真想试试，按照中国当代苏东坡来推你。东京展完咱们去美国，去欧洲，搅他个天翻地覆！

什么天翻地覆？你紧折腾，紧忙活，累死累活，也不过是整点儿小动静而已。我听说很多去国外展览的，包括去卢浮宫、联合国展览的，都是热闹一会儿，照几张相，在《华侨报》上发个消息，完事儿。

老兄又来捅窗户纸了！这不都是炒作吗？当下所谓大家名家，哪个不是这样炒的？什么书协、美协头面人物，什么这个春拍、那个秋拍，不都是这样炒作吗？另外横井还说，中国近代在书法方面，还是很重视日本的意见的。比如王铎，比如林散之，都是先由日本人认可鼓吹，之后才受到中国人重视追捧。

那倒也是。可是永辉你想想，假如真的苏东坡在世，咱让他到处办展览，让他照相、讲话、作诗、喝酒、写字，陪高官富豪应酬乐和，他干吗？

方永辉想了想说，我认为他干。他官越做越小，日子越过越穷，能光明正大地挣钱为什么不干？除非皇帝老子不让他干。最起码他能把作品变现，别人买了去还会珍惜。说不定他真要这样干，会有很多墨宝，包括"大江东去""明月几时有""十年生死两茫茫""莫听穿林打叶声"，包括《前后赤壁赋》，哪怕是草稿，都会有机会留下来，如今件件价值连城！那岂不是国家民族之大幸？

陶砚瓦说，苏东坡在世的时候，就已经是大诗人、大书法家了。不断有人敬求墨宝，他在酒足饭饱之后，有感即写，随手送人。王羲之写字还要人家一群鹅，这个苏东坡经常分文不取。所以他的东西，包括书简、题跋，据说有几百件。只可惜那个时候没有书法市场，文人也就没有市场意识，即使穷困潦倒，吃不上饭，也不去卖画卖字。

方永辉说，看看！时代不同了，当代的苏东坡，必须超过宋代的苏东坡！

陶砚瓦说，宋代的苏东坡只有一个，要才有才，要德有德。但他赋性愚直，妄谈古今；狂不自抑，歌诗轻发；愚于自信，不知轻重；立朝最孤，无为言者。于是屡遭贬黜，62岁时被贬到海南儋州，差点儿把命搁在那个蛮荒之地。他活着的时候，有几个愿意沾他？

当代的“苏东坡”可是满街走。“著名诗人”“书法名家”，在金钱、社会地位上，有多少人都远远超过苏东坡了！他们一个个趾高气扬，踌躇满志，先不说他们肚子里的东西，就只说他们手头儿上的活儿，都是连给苏东坡做学生的资格都不够！

听你这么一说，还真是。来，咱们干！干，干杯！

好！干杯！我可不是开玩笑，是说真事儿！回头我带你见几个朋友，一定对你有帮助的。你老兄从现在起，得进入另一个状态了，该见的人要见，没意思的人尽量少见！手机里头，通讯录里头，得做做减法，该删除的删除，该屏蔽的屏蔽！得拿出干大事儿的劲儿来！

哈哈哈哈，陶砚瓦一看方永辉认真的样子，就感觉好笑。嘴上还是说，好好好！抽空咱们再细聊，这事儿太大，得认真讨论，多方听取意见。

两个人聊开了，聊国学馆，聊尚济民，还聊到了王良利、梁继等人。方永辉看似不经意间说道，王良利这回还真进去了，弄不好得“双开”！当初还不如早早退休，说不定能平安着陆。

永辉你说实话，你为梁继的事儿，给王良利送了多少？陶砚瓦突然目光炯炯地问道。

没几个子儿！方永辉说。他那人你还不知道？两面人，给点儿好处就行。

小心让纪委请你喝茶去！陶砚瓦语带机锋。

应该不会。方永辉说。我是送他好处了，但不是钱，不是卡，不是房，不是美女，不是金银珠宝，不是名人字画，这么跟你说吧：只要他本人不说，永远不会查到我这儿的！

陶砚瓦冷冷一笑说，但愿如此！

方永辉问道，嘿，王良利这回进去是谁跟他过不去啊？

他做事早有很多人看不惯。但真动手的具体是谁，我还真不清楚。陶砚瓦道。

总是老话说得对：恶有恶报，善有善报。方永辉其实也是没话找话。

陶砚瓦突然想起一件事，就举杯对方永辉说，永辉老弟，我有一件事情，要请你帮忙。

老兄尽管吩咐！方永辉马上举起杯子碰过来说。

我也是受人之托，想在香港注册一个带中国字头的组织，这事儿我弄不了，得拜托老弟。

啊，这点事儿很容易，你放心吧！这个组织想弄个什么名字？

看，有个条子：中国桲椤文化研究会，可以吗？

没问题，你叫中国、中华、世界、全球、联合国都没问题！

桲椤，桲椤？这是个什么鸟？

桲椤，是一种树的名字，学名也叫槲树，还叫柞栎、橡子树、大叶桲椤，等等。汉语里面发音“poluó”的词组，有桲椤、笸箩，等等，分别有不同的含义。在蒙古语里，是钢的意思。

老兄要研究树，还是钢材？

都不是。我怀疑“桲椤”这两个字的发声读音，最早应该是梵语或者胡语。前者随着佛教，后者则随着军队，传入中原。在汉语里面，有以“桲椤”读音命名的树和水果，古代也有以此为名的军号，可能是牛角、犀牛角或者海螺之类的东西。还有人说它跟“不落”“部落”有某种关系。

方永辉本来还想问：什么人搬动老兄注册这种山寨玩意儿？但话到嘴边，没吐出来。

第一章　书法班

1

砚瓦，我要你脑袋！

张桐凤两眼发直，一手举着杯子，另一手高举着手机，晃来晃去调整角度。其余人等都伸直脖子往她屏幕里凑。她刚喝了酒，小脸儿泛起红晕，嗓门儿也比平时大了许多。

来了来了！陶砚瓦嘴里答应着，把脑袋伸过去往镜头里拼。

一、二、三！茄子！陶砚瓦美不美啊？美啊！

张桐凤起头，所有人都大笑应和。

好！我马上发群里！张桐凤一连拍了好几张，拍完亢奋着。

一定发原图！陶砚瓦嘱咐道。

老陶够前卫的，还什么都懂！张桐凤嗔道。

几个年轻人说，陶主任是最早玩儿微信的！他手机里朋友圈儿都上万了吧？

哪里，也就两千多个吧。陶砚瓦很是认真地说。

张桐凤平时蔫儿蔫儿的，不显山不露水。今晚她喝了几杯酒，欢乐情绪大爆发，年轻时的疯劲儿也逗出来了：来，老陶，再干一个！

春节前国学馆大楼封顶，搞了个小仪式。也就是在尚未完工的大门口，实际还是一片工地上，草草搭建了个临时台子，扯上个横幅，机关人等和建筑单位一起参加，总共一二百人，时间也就是半个小时。出席的最高领导是尚济民，而且他还特意穿上一件暗红色的唐装上衣，站在台上讲话，这个打扮让陶砚瓦颇觉意外。最后一个场面是由起重机吊起一根钢梁，在所有人的目光注视下，缓缓上升，直达楼顶。总的看整个过程十分俭朴低调。

谁能想得到陶砚瓦还没到点儿就退休了！别说机关的人们不清楚，就是与他朝夕相伴的弄国学馆的这些同事们，也没想到。

退休了，就不用再操心国学馆的事情了，不用想着“使命光荣、责任重大”了。什么建筑风格、设计理念，什么招标开标、这家那家，通通跟自己没任何关系了。突然之间，陶砚瓦从这个舞台上消失了，甚至同时从那个剧场的后台和观众席上都找不见了，去到了一个相对远也足够远的地方。

用不着按时起床了。按党组安排，办了退休手续，就去杂志社上班了。这个单位远在机关大院之外，在一个独立的小院子办公。陶砚瓦名义上说是副总编，但只是分管两个专栏，确定了每期的内容，就由小编去忙活，他只需最后审读一下，签批一下，就算完工了。一不需要每天坐班，二不需要准点上下班。所以也不必想着哪个领导的脸色了，因为基本也见不着什么大领导了；甚至也不必想着哪个下属企盼的目光了，因为原来的下属也没谁来寻求帮助了。

无官一身轻！

陶砚瓦总结自己十几年的军旅生涯，三十年的公务员生涯，似乎在干同一件事情，就是切身感受国家、民族的文化脉动，用自己的语言和方式描摹出来，给现实和未来一点儿交代。他感觉到这是他的使命，虽然没有公职了，但这条路他照样往前走，该做的事情他照做。

陶砚瓦对自己说，嘿！小子！你的心理必须足够强大，必须战胜俗念，让职业生涯和退休生活无缝焊接！

他默念着罗曼·罗兰的话：只有一种英雄主义，就是在认清生活真相之后依然热爱生活！

热爱生活，当然也要热爱退休生活。

怎样过好退休生活？他为自己制定了十六个字的方针：

国学为体，诗书为翼。随缘谋事，淡定修为。

想好之后，又默念多遍，心中一片光明。

陶砚瓦毕竟有完整的公务员经历，毕竟做过中国国学馆的筹建办主任，毕竟有诗词书法功底和一定成就，即使没有了公职，也依然在一些领域有影响，有各种组织、各色人等找他。有大学找他讲课，有文化项目找他咨询，有企事业单位找他写字，有作协、书协、诗词学会找他参加外出采风，等等。

搞文化建设，在当前的中国社会有大量需求。不但是需要一个陶砚瓦，而是需要许许多多的陶砚瓦。

这一个陶砚瓦基本是有求必应，站个台，讲个话，作个诗，写个字，他都能愉快胜任。

那天他接到沈婉佳一条短信，打开看时，只有几句诗：

本来识尽宦途难，只向诗中讨不安。
竟也追随赋归去，果然陶姓肯休官。

陶砚瓦一笑。回她：

也无容易也无难，只有良心消得安。
不为清名效先祖，但凭漫兴自休官。

本来机关的事情，特别是国学馆的事情，陶砚瓦都是尽量保持一点儿距离，尽量不打听，不议论。这次是机关通知，特别说是领导有令：要把当年筹建办的人员都请回来出席见证。于是，先后离开的陶砚瓦、张桐凤等五六人，都赶过来齐聚一堂，躬逢其盛。当场大家就攒了今晚这个局，而且是按约定过了正月十五的三天之内。

聚会开始，公推陶砚瓦讲话。陶砚瓦就站起来，官腔官调地说，我们曾因国学结缘，在一个团队里并肩战斗，砥砺前行，贡献才智，圆满完成了各自的任务，为大楼封顶做出不可磨灭的贡献。今日欢聚一堂，让我退休之后的小心脏，怦怦直跳！当即作诗一首：

一道横梁上碧空，大楼封顶见奇雄。
举头堪慰曾襄盛，筑梦还期再御风。
恨不将来人踊跃，喜能渐近展融通。
眼前岂是寻常物，重塑国魂标巨功。

“标巨功”三字速度放慢，声调抬高。大家随之欢呼鼓掌。又随着一声：干杯！气氛陡然欢快热烈起来。

陶砚瓦又提议道，当年你们几个年轻人，前后脚搞“封山育林”，我们在忙于繁重工作的同时，还有个造人计划：好像顺序是朱立项、高可研、张开工、梁封顶，怎么样？谁按时完成了？奖励一杯！谁没有完成？罚酒三杯！

话音刚落，几个年轻人就互掐起来：朱立项、高可研、张开工都生了，应该奖励；王小彤肚子大了，怀上了二胎，一致认为是最快响应（享受）国家政策的楷模，应该给予重奖；只有梁继没“封顶”，一致认为该罚。

场面顿时火爆。

张桐凤笑道，某部委的三个项目比咱早许多年，咱去年跟他们一起拿地，咱这楼已经起来了，他们的地还在那儿亮着呢！

陶砚瓦说，想想咱是够快的。但咱再快，也还是比生个孩子慢好多啊！

大家又高声笑起来。

张桐凤又说，老陶你刚才那句诗“喜能渐近展融通”，“展”还“渐近”了？是展陈方案弄出来了？

陶砚瓦说，我哪知道啊？当年你是展陈组长，你有什么消息透露透露？

张桐凤说，我离开这么久，哪里知道？梁继还在，问他吧！

还没等梁继说话，陶砚瓦就说，诗是我写的，还是我来解释吧！“喜能渐近展融通”，我写的可是“渐近”，“渐近”什么意思，不用解释吧？“展融通”，要害是“融通”二字，你不融通不行，可一融通，你又做不出来。我想这都是明摆着呢。

梁继说，陶主任厉害！他刚才讲的就是让我们包括一把手操心难受的那个点、那个穴。

气氛又突然静下来。陶砚瓦就说，写诗嘛，抒个情，应个景而已。万言不值一杯水。来！咱们水也有，酒也有，干！

正热闹间，陶砚瓦手机在桌子上振动起来，屏幕还一闪一闪的。低头一看，来电显示是“尚可（尚济民儿子）”。

陶砚瓦二话没说，拿起手机就往外走。

2

陶砚瓦退休之后，这可是第一次接到尚济民的儿子尚可打来的电话，他感到太突然了。

自从前年从台北回京，尚可亲自开车到首都机场接他和沈婉佳，客客气气见过一面，并且互相留下了电话；以及不久之后，自己去北京医院高干病房找尚济民，两个人在楼下碰到并一起上楼。总共这两次见面之后，他就再也没和尚可见过面，而且也从来没有过任何联系，生活中俩人也更从来没有过任何交集。

那么，尚可怎么会主动打来电话呢？

他能有什么事情需要找我呢？

这不是非常蹊跷吗？

陶砚瓦一边疑惑着走出房间，一边按下接听的按键：你好！

陶主任好！我是尚可。尚可仍然称呼陶砚瓦的官称。

我知道，尚可！咱留过电话。有事儿吗?

还真是有事儿，陶主任。

啊，什么事儿?你请讲。

我这边有个书院，咱们不是一直在搞国学吗?请过几个国学方面的专家来讲课。效果还是挺好的。一直就想请您过来讲一讲，您看您最近哪天有时间，我接您过来先看一看，咱们聊一聊，商量一下时间和题目。

啊，尚可呀，你的做法、想法都很好。但我本来就不是什么专家，更不是国学专家，到你那里讲课可不敢当。抽时间我倒是想去你那里看看，学习学习。

陶主任，您的诗词书法鼎鼎大名，就别太谦虚了！您看明天下午怎么样?三四点钟，我开车过去接您?

啊?明天啊?

陶砚瓦本来想说明天太急了吧，但想了想不好意思说。嘴里还是说，好啊，好吧。

返回房间，大家还正闹在劲头上，特别是张桐凤，说老陶你怎么还这么忙啊?又有谁叫你参加笔会了吧?你现在出来都什么价儿啊?

陶砚瓦就说，什么什么价儿?你哪天叫我，随叫随到，就等你叫呢！

张桐凤看着陶砚瓦，凑过来低声说，老陶啊，刚才谁来电话啊?是有什么事儿吧?

陶砚瓦说，又是什么第六感觉吧?不过你们女同志这感觉还真是很准！

张桐凤十分得意地说，瞧瞧，来电话的人我肯定认识，或者知道！快告诉我，谁?

陶砚瓦看着张桐凤的眼睛，也凑近她的耳朵说，尚济民的儿子，尚可。

张桐凤听了，张开嘴巴，眼睛里也充满了迷惑。

3

第二天下午三点一过，尚可的电话就打过来了，说车子已经到楼下了。

陶砚瓦从楼里走出来，就看见尚可正和一个姑娘站在一辆奔驰车前微笑恭候。一见陶砚瓦过来，还紧跑几步，握手，开后车门，还搀着胳膊护着头请陶砚瓦上车。

陶砚瓦就说着谢谢，上了车。

那个姑娘当司机，说是姓叶，叫叶波罗，是负责书院的经理。

尚可，昨天你说你的书院叫什么？

啊，陶主任，叫“容介书院”。容纳的容，介绍的介。

容纳的容，没错；介绍的介字也没错，是那个字，但意思好像应该是“一介之士”的介。

对对对，是这个意思！陶主任您真是大才！ 我爸爸也是承认的。

你爸爸最近好吧？

他还好。身体还那样，反正也没几天了。啊，您别误会，我是说他早该退了，在位没几天了。本来也不是搞学问的，却天天皱着眉头思考，我觉得挺滑稽的。

他肯定有压力啊。估计还是发愁展陈的事儿。

没错！就是。那天我说想找个人讲讲国学，他说你找陶砚瓦讲就行。他对您还是挺欣赏的。

啊，谢谢老长官抬爱！不过说真的，我哪里够格讲国学。讲讲个人认识，或者讲个国学入门，也许还能糊弄一下。

陶主任您太谦虚了。我相信我爸爸别的方面不敢说，他眼光还是蛮高的！

尚可啊，那年因为国学的事儿，我还挨你爸爸好一阵批评呢！

啊？是吗？为什么？

那年领导让我参加北京市的一个会议，一个记者非要采访我。我说我不能接受采访。她问为什么？我就说你问我对国学的看法，我只能说我还没弄得太明白呢。包括对国学这个概念也还有不少争论呢。没想到记者把我随口说的话，写成了文字，刊登在当天的报纸上。你爸爸看了十分生气，找我过去把那张报纸摔给我：瞧瞧你都干了什么！我一看也傻了。他说你这个国学馆筹建办主任，竟然信口开河，胡说八道！对国学这个概念有争议？有争议我们还干什么？我赶紧认错，好一阵子检讨。

那没办法，您必须得认错儿。不过有没有争议，也不是因为您说有就有，您说没有就没有的啊。对国学的争议，现在也没消停啊。

唉，那当然也是。学界、政界、民间，对“国学”这两个字的看法，各有各的角度，一万年也达不成一致。这些争议，其实对民间的影响也很有限。你看，你这不是要办国学讲座嘛。你们这个“容介书院”的名字很好，是谁起的？

是我爸爸同学，柏本一教授起的。

啊，柏教授，那就对了。他应该是从唐诗里“一介称能容”这句诗里取来的。取得好，很有味道。

确实，我也很喜欢这个名字。不张扬，很低调。

两个人在车里边行边聊着，不觉就到了。

尚可的容介书院，位于通向长安街的一条南北街的东侧，说胡同不是胡同，说大门不是大门，那么一个设有岗亭和升降杆的口子。岗亭外有个人，见来的是尚可的车，早把升降杆抬起来了。车子进来就有停车位，下了车，就进了右手边一个小院，院门侧挂着容介书院的牌子，署名是柏本一。

陶主任，今天我没找别人，只叫了两三位好友。尚可一边引领着，一边介绍着，就进了大门。大门右侧有间接待室，里面听见人声，早赶紧跑出来迎接。前面是位穿着入时的女士，嘴里喊着陶主任好！陶砚瓦也惊喜地回应，夏凡！夏凡回头招呼另外四人：这几位您也不会陌生吧？啊！梁继、张嵘、王小彤、方丽琼！这两位？陶砚瓦指着一位陌生的女士和她身边的男子问。

尚可说，啊，她叫余萍，是一个上市公司的董事。那位男士是——

余萍说，是我带来的，他叫李龙斌，是个股评师，玩股票的。

陶砚瓦一一见过握手。嘴里说着，尚可你可真行，怎么找的都是我——

对对对！都是您的人！

不是我的人，除了余萍她们两个，都是我熟悉的人。

对，您说得更准确。您想想，您现在可是个公众人物，“天下谁人不识君”？谁出席过您的活动，您出席过谁的活动，现在您想瞒都瞒不了了。另外您可能都忘了，您退之前，可是给组织上交了一个通讯录的，里面都是在您做筹建工作时，结交的方方面面人士。

哈哈，尚可啊，你这情搜做得很到位啊！

尚可不好意思地笑了笑。说陶主任，您既然来了，就先到里面看一看吧。

恰好小叶停好车，就走过来要搀胳膊。嘴里说，尚主任，请。

陶砚瓦说，谢谢你，我没那么老，不用搀着。

里面三间正房，东西厢房，院子里还有棵硕大的海棠树，正挂满青果。树下摆了个石桌，几把石凳。所有房间里面都摆了书柜，书柜里也都摆了些书籍。墙壁上都悬挂着中堂字画，配之以名人楹对。总之文化气氛挺浓的。

从北屋东侧夹道出去，就到了后面的院子。后面的院子不大，但加了个大罩子，把整个院子封起来了。在北屋门前台阶上摆了桌椅，桌椅东边挂着投影屏幕，西边有个发言台，发言台上有“容介大讲堂”五个大字。

南边对着讲台摆了六排桌椅，每排有六个座位。

后院正房、厢房，都是一明两暗，一明无非是八仙桌或者条案，摆着青花大瓶；两暗全部都装修成卧室了，床都雕龙刻凤，十分华丽夸张。都带卫生间，洁具都很时尚。

几个房间都看完了，大家又来到院子里。陶砚瓦随便说了句，不错，有那么点儿书院的意思。

尚可就说，难得，难得！陶主任说有点儿书院的意思，这是对我们的最大表扬。

大家听了就都笑笑，连陶砚瓦也笑了说，尚可，该看的我们都看了，该给口茶喝了吧？

尚可说，好，我们还是到前院喝吧。

前院正房早把隔山墙打通了，感觉非常宽敞明亮。西侧摆着一个大餐桌，东侧是沙发和茶几，可供多人围坐品茗交谈。一个小姑娘坐在那里，正要摆开架式泡茶，小叶过去说，我来吧，小姑娘马上站起来让开了。

小叶对着陶砚瓦说，领导想喝什么茶？

陶砚瓦说，给什么喝什么。

那请各位老师先尝尝我们家的猴魁吧。

陶砚瓦首先接过小叶递过来的小盏，先闻了闻味道说，好香！

众人也都一一闻过，皆赞其香。

小叶说，好猴魁头泡茶香气比较淡雅，二泡三泡香气依然保持，很耐泡。

陶砚瓦又啜了一口，舌头在唇边舔了舔。之后又吸一口，咂着茶汤味道，很享受的样子。然后说，尚可啊，咱边喝边说吧。你想让我干什么活儿？怎么干？

尚可说，哎呀，陶主任啊，我这儿您都知道，是做生意的。接触的也多是些土豪，想学点儿国学，附庸风雅吧。您说讲讲国学入门，我看行。咱就定下周六，上午9点或者下午3点，都行。人数嘛，不会超过30个人。

陶砚瓦对尚可说，既然你找来他们几个，今天咱们谁也别偷懒，大家都说一说。

尚可说，陶主任毕竟是做过官的，懂得做事周全。那梁处长你先开个头儿？

梁继说，陶主任在机关口碑特别好。我们对他的人品、学识和口才，都极佩服。他在北大、清华都讲过课，又有担任国学馆筹建办主任的资历，我相信他要讲国学入门，一定是见解独到、引人入胜，我一定报名来洗耳恭听。

夏凡说，在座的可能我认识陶老师最久，而且还曾到他府上吃过饭。只是说来惭愧，怎么没早找您学国学呢？这次我先表决心，认真听讲，用心体会，做个好学生！

张嵘说，陶老师是我父亲的朋友，当然是我的长辈，我一直为陶老师服务，也为尚总服务。说实在的，虽然做的算是文化事业，但自己的国学知识很差，特别需要提高提高。感谢尚总，今天把我也找来，没问题，我一定来听课，恶补一下国学知识。

方丽琼说，凡姐是我的偶像，我们也是同事。她对我说，学国学，提高业务素质，加强自身修养，还能处理好人际关系，推进家庭和睦。这么好的事儿，我一定参加！

夏凡说，还有一层关系吧？你可是陶老师的侄媳妇儿！

方丽琼说，对对，夏姐说得对！我随我们家先生，叫陶老师叔叔。说到这儿，我家那位还把陶叔叔的一首词，抄写下来，贴在自己床头，天天看，天天背呢。说着就把手机里的照片递给陶砚瓦。

啊，这是我仿照辛弃疾，写我们陶姓的一首《永遇乐》，我这儿有。说着就把手机递给大家传看：

愧脉唐尧，遗苗僻远，早失家谱。得姓千年，细参陶字，未免闲听取：甄陶天下，熏陶德行，代代陶辛陶苦。更荒唐、谩夸陶令，无非醉里喷吐。

世间多少，荣华富贵，尽到人家门户。看我儿曹，荷锄抱瓮，无可投簪组。高吟低唱，万言杯水，长伴一蓑烟雨。便从容、芒鞋竹杖，几声韵语。

陶砚瓦就笑着说，我那大侄子永陶，他还好吗？

他在央广，好着呢，好着呢！

大家都一起笑。陶砚瓦说，侄媳妇儿好！我是婆家人，得端着点儿。余萍，你接着！

余萍说，终于轮到我了。今天见到陶老师，我心里特别激动。

是吗？我摸摸！坐在旁边的尚可伸手就比画着要往她胸口去摸。

余萍就用手打他一下说，去！陶老师，像尚可这样的流氓学生，咱们国学班可不能要！

陶砚瓦一看就知道他们应该很熟悉，关系也很密切，就笑了笑，没吭声。

余萍接着说，陶老师的大名，我仰慕已久。在听您讲课之前，还能见您一面儿，这还得说是您这个流氓学生办的最靠谱的一件事儿。

尚可说，老师您可得小心仰慕您的女生啊，一上来就表白了！

余萍就又伸手去打，尚可就抬起胳膊挡。在大家的笑声里，尚可正色道，那位“股票”还没说呢！

余萍果然就停下来正色道，大龙你赶紧说！

李龙斌就赶紧说，陶老师咱俩真是有缘啊！一、俺家是邯郸的，咱是河北老乡； 二、正巧我公司的一个人认识您，老跟我讲您的事情。听说是来见您，还让我带给您一样东西。他说着从包里掏出个塑料袋子，递给陶砚瓦。

陶砚瓦接过来一看，塑料袋子上印着三个大字：桲椤叶。立刻眼睛一亮说，有意思！他怎么知道我喜欢这个？

他知道您很多事情。李龙斌说。比如您老家是陶村的，您家坟上立了碑，您写了一首爹娘诗——

爹娘是我眼中佛！旁边众人跟着念出来 。

余萍说，大龙你真行，一上来就跟老师套近乎，上手段。还有个同事怎么怎么的。陶老师，对这种心机男，您见的多了吧？

陶砚瓦说，你那个同事是什么地方人？他是怎么知道陶村，陶村的桲椤山，还有桲椤树？我真是第一次见这桲椤叶，都包装整齐当商品卖了！还真是没想到！

这时候尚可口袋里的电话响了。他拿出来刚要关，一看来电显示，就举着对陶砚瓦说，您瞧，真巧了！又是您认识的人！

然后举在耳边接道，脉老好！您老怎么？啊，啊，刚下车？要过来？啊，好！好！好！正好陶主任也在这儿呢！要不要接您？啊，不要啊？好！好！我们等着您！

陶砚瓦一听是脉老，心中不由得一喜。屈指不见脉老也久矣！就忙问，怎么这么巧？他知道我在这儿？

尚可笑道，他哪里知道！真是太巧了！他说他这次是到山东曲阜、邹城讲学，感觉还好，就顺便来北京，检查一下身体。陶主任，就是您让我安排他老人家过来，我都没那个本事啊！

陶砚瓦说，既然脉老过来了，要不要请你爸爸也过来见一见？

尚可听了，脸色一变说，陶主任，谢谢您想着他。但我认为咱就不叫他了。脉老来了，咱们坐一块儿，全都高兴，也不影响咱的主题。我爸爸来了，他大小是个官儿，又是您领导、我爸爸，那咱还谈什么？就听他一个人絮叨吧。爱听也是他，不爱听还是他。多别扭啊！您说呢？

陶砚瓦听了这番话，竟然哈哈大笑说，尚可真逗！好，不请他了。唉 ，我儿子这会儿，也说不定在哪里这样讲我呢！

众人闻之皆大笑。

尚可说，还有王小彤没说话呢！

小彤说，我不用说了，我就是来给陶主任当助理的。

4

脉老到的时候，已经将近七点了。他还带了个背着琴的女子，说是位古筝演奏家，叫方波罗。一介绍名字，大家又都笑了，说怎么又这么巧？这里有个叶波罗，又来了个方波罗。

小叶说，更加不可思议的是，这位方女士是弹古筝的吧？我是弹古琴的。

两个波罗因为名字相同，一下子就拉近了距离，立刻跟姐妹在异地重逢一般，又是搂又是抱的。

尚可说，脉老来了，换祁门红吧。大家就跟着品了几道祁门红。陶砚瓦说，脉老饿了吧？咱们吃饭吧！

于是就开始坐。让来让去，最后还是陶砚瓦坐在了主位上，主宾当然是脉老了。

脉老原是陶砚瓦老部队187师的文化干事，是陶砚瓦的文学艺术启蒙老师。早前转业做到省旅游局局长，退休前向组织要求，回到黄山任正厅级的副书记。在宣布他任职的大会上，在场不少人都对他这个职务安排一头雾水。让他自己讲话时，他声音洪亮，满面春风地说，谁不说咱家乡美，终于喝上黄山水。全场顿时掌声如雷。

187师驻地原来在河北邢台。1965年邢台大地震，组成宣传队各村各户宣传毛泽东思想，被周恩来总理命名为毛泽东思想宣传队。其辉煌时期是1966年至1979年。从深入灾区宣传群众到国庆节天安门城楼下金水桥头为毛主席献演；从内蒙古草原的边防哨卡、牧民蒙包到晋中大地、吕梁山区，宣传队常年为兵服务、为民演出，广受赞誉！曾经是这支英雄部队的骄傲，是师首长眼里的“宝贝疙瘩”，是一朵盛开在全师指战员心中的“玫瑰花”！漂亮的女兵们，不少是战士们的“梦中情人”。而脉老即是这一切的全程参与者、组织者。

陶砚瓦说，脉老，尚可这里我也是第一次来，但是您看，应该是地道的徽州菜吧？脉老一笑说，没错，一看这个虎皮毛豆腐，必是徽州菜无疑！

不过脉老啊，估计他这里可能会没有挞馃给你吃的啊！

尚可说，对不起脉老，咱确实弄不了挞馃。但如果早知道您过来，我们可以提前网购，从绩溪那边快递的。

脉老说，砚瓦受我影响，到处宣传挞馃是馅饼爸爸，是比萨的爷爷。

夏凡说，真的，挞馃的形象大使，在座的非陈老师莫属了。

问了大家，没人喝酒。便各自端上自己的茶，以茶当酒。也各自按照喝酒的程序走。

陶砚瓦就问，听说脉老这次是到曲阜讲学了？就顺便也给我们说说，让我们也沾沾光呗！

大家都说好！还响起一阵掌声。

脉老原本就爱说，他一听掌声就兴奋了，开口就说起来：

我们徽州历来称“东南邹鲁”，吹自己是传承儒学的圣地。但真正的儒学圣地在真正的邹鲁。以前我只到过一次鲁，这次曲阜朋友邀我讲儒学，终于顺便到了邹城。

这回可热闹了！有百位古筝老师听我讲“国学与国乐”。孔子问道于老子，重视黄老学说，还提倡学《易》，特别鼓励学《乐》。他规范学子的内容是“六艺”，《乐》是其中的核心内容。但《诗》《书》《礼》《易》《春秋》，这“五经”作为经典，传授至今。而《乐》，说是秦始皇“焚书坑儒”把它烧掉了。

所以我们现在要寻《乐》。当年的《乐》不见了，但是，当年的“余音绕梁”那个音，却传了下来。琴手、筝手的传承贡献不可磨灭，而筝手的作用更大。今天恰好这两个波罗都在。因为由七弦古琴到二十一弦的古筝，是中国古乐的升华。西方认为十二平均律是巴赫的贡献，但我们认为1685年3月才出生的巴赫，比1584年朱载堉运用十二平均律的实践与理论，显然晚了一百年。音乐史研究者认为公元前2世纪中国就出现应用十二平均律了。

古琴，说是神农氏时就有，史前文化实难以考证。但古筝，秦时很盛行，不但在庙堂之上，而且出现在市井之中。《乐》书不见了，音之乐还在古曲之中。古琴是始，古筝是续，把大量的古曲带到了今天。

古曲，是历史的记载、生活的追叙、情感的抒发、意志的张扬。再加上文学（诗、词、歌、赋，还有剧），成为中华文化的瑰宝。中国是一个诗歌的国度，诗歌首先是音乐作品，吟也好，唱也好，都是节奏与旋律的组合。

讲到这里，脉老对陶砚瓦说，这些都是砚瓦熟悉的领域。

陶砚瓦赶紧说，我是好学生，一直认真听着呢。

脉老笑了笑接着说，在参观孔庙时，世界最大的大成殿前，有十根巨石龙柱。我故意大声要求认真听导游介绍。导游说当年修建中，是找到了徽州匠人，才雕凿而成，我趁机重复了一遍。几十年来，我在讲徽州文化中的徽派建筑时，讲到三雕，往往就讲到这件事。不少人没到过曲阜，就对我的说法半信半疑，总以为“谁不说咱家乡好”！所以我故意让大家，特别是黄山人“听”一下。其实，我是从三孔的说明书上看到了："因有皇家气派找到了歙工，始得完成。"但今天的导游，说成徽州了，这倒更加与现实一致了。明代的徽州匠人，有306人是在州府造册登记的，随时听从皇家派遣。这次印证，也算是邹鲁行的一点儿收获。

好，我讲完了，砚瓦你说说我讲得怎么样？

这本来就是一句客套话，脉老肯定也是随便一说而已。但陶砚瓦实诚。他一直认真听着，脉老戛然而止，客套一问，他赶紧回话道：

脉老讲得太好了！您都年登耄耋了，思路这么清晰，表达这么准确，令我十分佩服！我刚才在想一个问题，就是当今国学大热，到处都在弄国学，但实际上有两种情况，一种是在关注国学本身，关注国学的学问；另外一种也说是关注国学，但他们却只关注国学的金身。这么说可能太抽象，打个比喻就像佛学，别说一般的善男信女，就是庙里的和尚，出家的人，他们有几人在关心佛学？可能很多是关注怎么修庙建庙，怎么塑佛像金身，怎么烧香磕头，怎么许愿还愿，等等。同样也是，国学好不好？好，但信它的人又有几人关注研究？而我们的脉老，最让我佩服的，就是他一直研究徽州、研究徽学。可以说他为此奋斗了半生精力，成果也非常丰硕。脉老啊！您永远都是我们的榜样啊！

话音一落，满桌鼓掌。陶砚瓦说，脉老，今天难得两个波罗都在，咱们就享受一下琴和筝的美妙如何？

脉老说，好！琴波罗先来，筝波罗准备！

5

一来是老领导尚济民推荐，才有了首次和他儿子尚可合作；二来也是陶砚瓦头一回在公共场所正式以"国学"为题讲课。所以，陶砚瓦就非常重视在容介书院讲的"国学入门"。为了讲好这一课，他认真做了不少功课，认真做了课件。

讲课这天，尚可请的人基本都到了，陶砚瓦这边也有些朋友知道这个事儿的，比如五湖四海一家亲俱乐部的几个军方人士，也主动要求来蹭听。陶砚瓦见总政的大校文化处长也坐在底下，就跟他打招呼，问他，你怎么也来了？大校站起来回答说，我是正式请假来听国学课的。我们部长说他也想来听，可惜他有会来不了。

叶波罗一看后院座位坐满了，就只好让人又在旁边加了些椅子。

陶砚瓦先从国学这个概念入手，正面介绍了几种说法，又反面举例，讲了若干条什么不是国学。最后说明自己赞成“大国学”这个概念。

而“大国学”的概念，能装的都装进去了，基本上已经接近无限大了。就像今天这个场子，座无虚席了还不行，还得不断加椅子才行。不过好像还有空，还能加几个。实在不行，墙上还能贴，房顶上也可以挂。跟马三立的相声里讲的一样：挂票。

总之，绕了半天，所谓“大国学”，就是我们过去一直说的中华优秀传统文化。

过去西学东渐，方有人提出国学这个概念。如今西学东渐得更强势了，所以我们自觉不自觉地、自然而然地，又抄起了国学这把大刀。

实际上，其伟大意义就在于我们一直专心致志向西方学习，折腾半天，“蓦然回首，那人就在灯火阑珊处”。其实最适合我们自己、最适合我们当前的，还是中华优秀传统文化。

拂去历史的尘埃，拂去蒙在我们自己心上的尘埃，我们突然发现老祖宗留下来的宝贝真好、真多、真贵重。

国学很好，但须两面观。如果我们冷静看我们自己的文化、我们自己的文明，在灿烂辉煌的同时，也是有不足、有瑕疵、有毛病、有遗憾、有问题的。而恰恰因为我们的文化、文明实在好，能敢于正视、敢于解决、敢于对自己刮骨疗毒，敢于融会贯通，甚至敢于拿来主义，所以我们屹立五千年而不倒，沉沦一百年而涅槃。

一个中央媒体向我约稿，我认真写了篇文章给他们，文章的标题和观点还是有点儿意思的。我甚至想过他们未必敢登。结果人家登了，而且标题一字未改：《谦逊地自信，冷静地传承》。

最后，我向大家报告我自己的两个观点，是我陶砚瓦的原创成果，是可以算我自己提出来的两个论断：

毛泽东思想是中华优秀传统文化的最伟大成果。

中国共产党是中华优秀传统文化最好的继承弘扬者。

这两个论断目前还没人这样提，但已经有文章、有讲话表露一点儿这个意思了，只是还没说得这么透彻明白。

我不是今天才突然放出这两个论断的，前几年我接受某大媒体两位记者专访，我就对他们说过，还问他们敢不敢写出来、登出来？他们当时说没问题，可以写也可以登。但稿子发出来后，这两个论断却不见了踪影。

今天在这里向大家报告一下，我又不是专业搞研究的，好在大家也都不是。咱也不会砸人家的场子，抢人家的饭碗，就像个早晨打鸣的公鸡，最多是叫得稍微早了一点儿。但是什么叫早叫晚，大家终归都要叫的，而原本的事实是天亮跟鸡叫没什么关系。鸡们都以为是自己把天叫亮的，还在那里争谁叫了第一声。好在咱是个明白的鸡，咱知道自己叫或者不叫，天终归会亮的。

讲完了掌声很热烈。马上进入互动阶段，又有人提问题。尚可问，老师您看我们普通人想学国学怎么办？

陶砚瓦说，我刚讲了“国学”这个概念范围太大，笼统说学“国学”没问题，但学什么是问题。你学什么都是而且只能是摸大象的盲人。所以我的建议是可以找一个点，比如诗词、书法、古琴、围棋、太极、国画、昆曲、青花瓷、香炉、铜镜，等等，你研究一个东西，就有了抓手，有了可以突破的门径，之后就能够见微知著。

夏凡问，陶老师我想跟您学书法。

陶砚瓦说，当然可以啊！

尚可问，我也想学书法！在座的还有哪位？想报名学书法的请举手！我来数一下，老师，我数了一共23位。

陶砚瓦说，我非常高兴地答应大家。不是因为本人书法好，才敢教。恰恰相反，我自己书法也不怎么样，那为什么敢教大家呢？因为所谓教书法，其实并非我教，而是历朝历代的古圣先贤在教，真正的老师是他们，是他们留下的碑和帖，以及其他墨迹遗存。所以我特别提醒报名的朋友一定要想好，你这一报，意味着你必须每天都要动手临摹，你不可以偷懒，不可以三天打鱼两天晒网，或者学几天一扔，你必须要学一辈子而不是一阵子。请尚可把报名的人员登记一下，咱们成立一个书法班，尚可先做班长，夏凡当副班长，再选两三位班委，你们要多承担一些工作，我只管教学内容，可以吗？

就听下面喊，太好了！于是很多人找尚可报名。然后确定了第一课的时间。

尚可问，上课地点仍在容介书院可以吗？

陶砚瓦说，当然可以。如果有人有更好的地方，也可以换着来。总之一定要有桌子，方便大家现场铺纸动笔。

马上有几个人说有大地方，尚可就问，老师咱可以几个地方轮流上课吗？陶砚瓦说可以。尚可说，太好了，咱都登记上，轮流来。

还有的人说，不仅能上课，还能吃饭。

陶砚瓦说，那当然更好了，更方便了嘛。

6

经过一些时日的准备，书法班正式开班了。

开始说只招20人，报满为止。实际上20人收不住，扩招到30人。很快又报满了。

尚可说，老师，这次坚决不能扩了。一是人太多不好管理，二是所谓饥饿营销，就是要让晚报名的进不来，等明年吧。

几个班委都坚持要搞个拜师仪式。尚可说拜师礼传承上千年，自有其道理。我们还是需要这种仪式感，以示庄重，对老师的尊重，对书法的尊重，也是对自己理想与选择的尊重。咱第一不磕头，鞠躬；第二不敬酒，敬茶；第三不送拜师礼金，干净。这有什么错吗？没错！

夏凡说，他们有的拜师，还要找推荐师、见证师什么的，可复杂了！咱就是用茶一敬一鞠躬。老师，必须拜，必须的！

陶砚瓦说，子曰："礼，与其奢也，宁俭。"那就拜吧。

开班那天，果然就按尚可、夏凡等几个班委的安排，先拜师，鞠躬敬茶，一两分钟完事儿，倒也愉快热烈。

陶砚瓦看着几个熟悉面孔和更多陌生面孔，满怀赤诚之心拜师，在接受他们的敬拜中，也陡增了责任和力量。

因为是第一课，对象又都是零基础的居多，无非就是讲些书法入门须知，笔墨纸砚、碑和碑帖之类基本常识。最后尚可希望留作业，陶砚瓦主张初学者从隶书入手，留的作业是临摹《张迁碑》前面两行。

讲完课，夏凡就统计吃饭人数，说第一次上课，是班长要请老师和同学们吃饭。大家登记吃饭很踊跃，但是也有一些有事儿请假先走的。陶砚瓦还没等王小彤说话，就对她说，小彤你孩子还小，跟他们一块儿走吧！

奇怪的是，余萍前些天叽叽喳喳话很多，开课第一天竟然请假没来。问尚可，尚可说她那人就这样，名单上有她就行，爱来不来，由她吧。

一上桌，自然让陶砚瓦坐首席，尚可说夏凡、方丽琼一边一个，其他人按男女间隔自由落座。并说今后这个规矩不变。马上就有人说，余萍来了怎么办？尚可说，她来了，方丽琼下去。

席间少不了酒，又是尚可做东，红、白、啤全上，任由自取。陶砚瓦原来就认识的毕竟是少数，多数是第一次见面吃饭。所以开局喝过一杯之后，马上就有人过来敬酒了。酒是最能消除陌生感、拉近彼此心灵的催化剂。一轮敬过，陶砚瓦印象中，公务员、金融投资、股票证券、文创、影视等行业都各有几个，开4S店、民办教育、慈善、非遗等等，也都零星出现。总之，都是事业有成的，在职场已经站住脚的一批人。

陶砚瓦本不好酒，但也从不拒绝，全由自己掌握，尽量成全对方。场面上热闹过了，陶砚瓦就站起来说开班可喜可贺，大家也是头一回在一起学习认识，以后还有的是机会，加深印象。今天先到这儿吧！

马上有人问老师住哪儿？要不要送？尚可就说，一会儿我和陶老师还有事情商量，你们都先走吧。

尚可还真是有事情商量。等人都走得差不多了，只剩下余萍、夏凡、李龙斌等人，尚可就把大家招呼过来，对陶砚瓦说：

老师我们给您汇报个想法。上次听您讲起国学馆项目时，对“龙脉”这个概念阐述得比较详细。我们都感觉您的思想很精辟，也很超前。但一个思想再好，没有转化成一个具体的东西落地，这个思想还是难以让更多的人认识。我们几个商量了一下，想弄一款白酒，就叫龙脉酒，如果您同意，就为我们题写龙脉这两个字，作为这款酒的商标，我们去申请注册，办理合法手续。咱先作为自己的接待用酒，自己喝着用着，同时慢慢向市场渗透推送，扩大影响，争取最大效益。妥否？请您指示。

说完，他又用眼睛一一扫视余萍、夏凡、李龙斌等人，嘴里问，哪位还有补充？都说没有了，听老师的吧。于是就都盯向陶砚瓦。

陶砚瓦说，上次我好像是谈到了龙脉这个概念，但这个概念怎么会成了我的了？还有怎么我说的龙脉成了“又精辟、又超前”的思想了？这连我自己也云里雾里的，怎么去向市场推送啊？你们谁说说，我的“龙脉思想”是什么？

老师我来说说您的龙脉思想吧。余萍抢过话来说，您讲龙脉她首先是一个地理概念，注意这里的“她”，我认为应该是带女字旁的“她”。她首先是指北京城的中轴线，以及中国人在建造城市、园区、公共设施和各种建筑时，从选址、设计到使用居住时的地理共识；第二层意思是指中华文明、中华文化，绵延不绝，五千多年；第三层意思，是说如果将来世界需要一个文明、一个文化来统领全球，那么必然会以现有的某个文明、某个文化为基础，经过改造和改进，同时也吸收融合别的文明、文化的优秀成果，从而产生出那个被全世界认可并接受的新文明和新文化。而我们中华文明、中华文化应该就是那个最优质、最具有统领潜力的文明和文化。

这还真是我讲过的话。陶砚瓦听完满意地笑了：但似乎也没有什么新东西，怎么就能吹嘘成“超前”了？

我来说吧。夏凡接过了话茬，老师还讲这龙脉是一个点，是一条线，还是一个面，更是一个体，一个三维的体，更重要的是她，萍姐说了是带女字旁的她，她同时更是加上了时间维度的四维体系。这几句话能否说是超前的思想？

当然是，这个思想非常超前了吧！大家七嘴八舌地说。

哈哈哈哈！陶砚瓦听了开怀大笑起来。你们真是我的好学生！完全听懂了我讲过的话，特别是准确掌握了我的思想体系，而且还能够阐述出来。这真的让我非常非常有成就感！谢谢你们！但是，注意但是后面没好话。但是你们真要搞龙脉酒，跟我讲过的什么话、我的什么思想体系，在我看来没有什么关系。大家想想全中国有多少白酒、红酒、黄酒品牌？哪个品牌不是美好的、意义非凡独特的？但它们，这里的它是宝盖它，它们宣传了什么伟大思想？或者说哪个伟大思想是靠它们宣传传播的？当然了，我这么说，不是我反对你们搞这样一款酒，不但不反对，而且我很乐意为你们题写龙脉两个字，支持你们把它做好。当然了，在这个过程中，有人因为喝了这款酒而热爱诗词了，热爱书法了，热爱国学了，甚至接受我的思想了，那我就更高兴了。我百分百支持！当然支持是支持，我不参股，不参与经营，当然你们如果付我题字的报酬，我可以收取税后的部分。怎么样？你们满意吗？

好，老师，太好了！

几个学生很高兴，他们感觉得到了满意的结果。

第二章　陶村烙痕

7

晨曦初露，天色渐明。城市尚未醒来，窗外依然寂静。

陶砚瓦起得这么早，但他无心观赏外面景象，而是忙着来到书房，找出一张四尺洒金万年红宣纸平铺在毛毡上，再用红木镇纸压好，右手取过一支大抓斗，饱蘸浓墨，左手扯过几张废纸，托在笔锋下面十厘米左右位置，防止墨汁滴落到纸上，先站定用目光在纸上盘算了一阵，然后挥毫泼墨，一个擘窠草书“寿”字一气呵成。

把写好的字再端详一番，发现有一处使转不太理想，拿笔又找补一下。随后又换了根小笔，把款题了。上款是“大征叔父喜登耄耋”，下款是“族侄砚瓦敬贺于京华”。

昨晚三哥陶砚房来电话，说征叔的儿子万强找他说，他爹陶大征吵着要过八十大寿，并指名要陶砚瓦写个大红寿字。还说，俺爹不要烟，不要酒，不摆宴，就这么个要求，怎么也得找俺砚瓦哥辛苦一下。陶砚瓦一听，立马说，好，我马上就写。三哥听他答应痛快，又补充了一句说，征叔现在四世同堂了，日子美着呢。

想到这里，陶砚瓦又取过对联纸，撰写了副对联：

八旬初度登佳境，

四世同堂慰老怀。

这应该完美了吧？陶砚瓦一边自语道，一边在上下联上用印。接着又找出一张黄纸，在空白处盖了姓名印，再顺着这方印的边缘剪下来，背面抹上胶水，贴在大红寿字落款处。最后他把写好的字叠好放进一个信封内。

三哥说写好以后不需要快递，万强的儿子在北京一个快递公司上班，叫陶景亮给他打电话，他过来取走就行了。

写完征叔要的字，陶砚瓦一下子想起陶村，想起陶村的老一辈人，想起陶村的风物人文。

自从爹娘过世之后，陶村不再是让陶砚瓦时时刻刻牵肠挂肚魂牵梦萦的地方。开始还照样回去过春节，大年初一照样去上坟。但没了爹娘，那个年还是年吗？那个院子还算家吗？那条小街，那个小村，怎么突然都缺了什么，少了什么，变了什么。色彩不对了，模样不对了，味道不对了，感觉不对了，什么什么都不对了。兄嫂子侄们依然很热情，很周到，但明显跟爹娘在的时候不同，是他们的态度不同，还是自己的感觉不同？反正是爹娘不在了，别人再客气，再热情，你还是感觉不自然，不对头。于是，再到过年时，陶砚瓦不愿意回陶村了。不回陶村，就哪里请他他去哪里，东西南北任遨游。好在还有清明，国家还有假期，陶村距离又不算远，每年总是能回去至少一次。

陶村本是冀中平原上一个普普通通的小村庄。它普通得不能再普通了。你闭上眼睛一想，冀中平原上的小村子都什么样？没错！陶村就是那个样！它没有奇山异水，没有奇花异草，没有深宅大院，没有大坟大庙，没有地下溶洞，没有天降陨石，等等，它什么值得夸耀的东西都没有，当然也不会有什么名气。就是在深州地界，提起陶村来，也都是客客气气地说一句：好像听说过，它是哪个乡的？

说陶村普通，陶砚瓦完全认账。他生于斯，长于斯，陶村什么样，普通到什么程度，他能不知道吗？

但任何事情都是辩证的，不是绝对的。说陶村普通没错，但它就没有一点儿出奇之处吗？没有一点儿异乎寻常的，不同于别村别店的，稍微值得称道的东西吗？

陶砚瓦想一想就会说，有啊！当然有啊！陶村最为人称道、最为人热议的东西，就是陶村人的乐天性格。归结到一句话，就是喜欢傻呵呵地笑，傻呵呵地大笑。

陶村人最可贵的性格就是穷乐。生活中有多少艰难困苦，有多少委屈无奈，但在陶村人眼里、心里，全都化成了乐儿。他们能把苦日子过成糖和蜜，把穷日子过成神和仙。

陶村人的笑是出了名的，他们总是在笑，要么大笑，要么微笑。你若在陶村生活几天，就会不断听到笑声，特别是大笑声。有时是从十字街歇凉或者晒太阳的老人群中传来；有时是从某个院落里几个妇人家长里短中传来；也有时是从小学的操场上传来，或者是从地头上两三个人闲聊中传来。在平常日子里，笑声是此起彼伏的，有时甚至是交叉进行的，几个不同的群体都在大笑，笑声就从四面八方传来，叠加在一起，形成快乐的交响。陶村人总能在生活中发现欢乐，再加上可能他们的基因里笑点就低，别人看了认为没什么好笑的，确实应该是没什么好笑的，但陶村人就愣是笑了，而且还大笑了，笑得真诚，笑得热烈，笑得莫名其妙，笑得一塌糊涂，笑得天翻地覆，笑得日月无光！

所以，在所有穷苦百姓中，陶村人的幸福指数是相当高的；在全中国，陶村人的幸福指数也必居前茅。

那么，是不是陶村可喜可乐的事儿很多？

啊！是的！是的！不是很多，而是忒多、相当多啊！

先说陶村的政治。全村三十多个党员，凡是能当的，想当的，都轮流当过支部书记。有的干满一届，有的干了半届，有的刚干一年半载，就被推倒了，另一拨子上来接着干。干不下去了再换人。为什么？因为村里面有个“推委会”。“推委会”，全称应该叫作“推倒委员会”。支委会是明的，“推委会”是暗的；支委会的人是选出来的、有程序的、有任期的，所以总是短暂临时的；“推委会”的人是自己干出来的、自由组合的、看似松散实则紧密的、人员骨干相对固定的、想干多久干多久的。支委会对上要贯彻中央以及各级党委政策、决策，对下要得到全体党员拥护赞同，它的作为是受到限制的；而“推委会”活动既无责任向上报告，也无义务向下传达，自由度很高，拓展空间很大。这两个互相对立的组织，长年累月缠斗，最后的结果往往是支委会干不过“推委会”，支委会被推倒了，其成员马上就到了“推委会”。看上去支委会屡战屡败，而“推委会”越战越勇，一路凯歌。实际上这两拨子人，差不多是一拨子人。

不是还有村委会吗？啊，谢谢提醒，差点儿把它忘了。村委会当然有，但它一直像个小媳妇，干点儿具体事儿还行，当家做主没门儿，不说也罢。

看看，政治是多么严肃、多么重大、多么崇高的事儿？在陶村这儿，竟然搞成了这种模样！像是小孩子过家家的儿戏，岂不悲夫！可陶村人不觉得悲夫，他们觉得真好玩儿、真可笑，而且他们真的笑了这么多年，感觉比美国的体制还可笑呢。

陶村还有更可乐的事儿，就是不知从什么时候开始，开展了评选“四大”的群众自发娱乐活动。你见不到人组织，见不到评选过程和程序，更见不到人或组织宣布，但在村子里，自古至今长年累月流传着各种“四大”：四大勤快、四大懒、四大能耐、四大孝顺、四大黑、四大白、四大叫驴、四大名头、四大金牙、四大天坑、四大作家，等等。以上每个“四大”都有名有姓，而且名姓还得在韵上，被评选上“四大”的人，都还受到村民普遍认可。四大这个，四大那个，有褒有贬，有庄有谐。也不知道什么人在操这个心，他们完全不计名利，在没编制、没经费、没报酬、没奖励、没任何好处，什么都没有的情况下，把各项评选工作做得这样圆满、出色，不能不佩服陶村的欢乐道统和学统。这种穷乐和、笑死人了不偿命的精神，如此光辉伟大、源远流长。

细究起来，评“四大”的各种项目，也是紧扣时代主题，坚持与时俱进的。

比如评选四大金牙，肯定是改革开放之前的事情了。因为如今谁会去镶金牙？即使想镶，也早没有人会有那个材料和技术了。即使有人有这个材料和技术，也早没有镶金牙的医院或者诊所了。没人镶金牙了，这个项目就取消了。当年入选四大金牙的人，也早就成了过眼烟云，再没人提起了。

评选四大天坑也一样。现在医疗发达了，疫苗免费注射，甚至是强制性的，不留死角。早找不见脸上有麻子的了。另外应该严肃指出，当年很长时间有四大天坑的存在，让陶村人当为笑料，是极不妥当的。拿人家生理缺陷开玩笑，老一辈的陶村人是应该被批评的。

而评选四大名头，应该是年代比较近的。因为原先都种地，谁会去打理脑袋上的头发？村里有人进官场了，做生意了，当高管了，去外面混事儿的多了，不少人回村穿西服，打领带，抹头油，招摇过市。于是，陶村人就与时俱进，增加了评选四大名头的项目，并先行规定了评名头的标准：

远看顶个大西瓜，太阳一照明花花。蝇子落上劈了叉，下雨有伞不用打。

在如此严格的标准面前，陶村四大名头新鲜出炉。很快就传到入选人的耳朵里，有的听了嘿嘿一笑，有的就不痛快，说村里人们净瞎踢跳，见不了别人好。而村里人们只管评选认可，从来不受入选者个人情绪影响。每一项评选，都为男女老少增加了很多笑声。

不过四大作家的评选，标准明显偏低。原因是在陶村，能被授予作家称号的，也只有四个人，资源太少，属于珍稀动物级别，因而需要特别关照。四个作家的分布是东头一个，西头一个，北头两个，南头没有，他们的名字也不在韵上，但乡亲们还是确认了他们的名号。说方圆几十里地，你打听打听，哪个村子里会同时出四个作家？咱陶村一下子就出四个，所以专门开辟四大作家这个项目通道，省去评选的环节，直接就授予那四个人了。四大作家没得谦让，都不负众望，辛勤笔耕，连出硕果：甲独立完成长篇小说初稿一部，其手稿放进了公社组织的一个展览的展柜；乙与市文化馆某公合作出版深州拳艺传说一部；丙写出电影剧本若干，虽无一发表或投拍，但他对全中国影视剧本无一满意，并且一律给予蔑视和批判；丁作品内容不详，或许他的手稿哪天会被发现，在文坛产生一鸣惊人之奇效。

四大作家确与所有其他“四大”不同。其他“四大”，只是名字被人组合在一起了，但他们本人之间基本上不联系的，乡亲们一说一笑，也就完了。只有四大作家，他们平时有事没事凑到一块儿，隔三岔五厮混在一起，俨然成了陶村现象级事件，一道美丽的风景线。这四位仁兄，获得四大名号之后，以自己的独特言行，实实在在给陶村群众回报了笑声和欢乐。

8

“四大”的评选范围涉及社会生活的方方面面，在不同历史时期，对陶村百姓产生了影响，活跃了气氛，丰富了生活，赢得了笑声。从艺术品位、生活情趣、雅俗共赏、实践效果、历史定位等硬指标综合来分析，四大吹这个项目的设立及其评选结果，当仁不让是最为陶村人称道、肯定、服膺，并且穿越历史最久、取得笑声最多的。

被评选为四大吹的是：东头陶大征，西头黎树通，南头陈凤领，北头刘梦兴。

东头陶大征，就是要过八十大寿的征叔。陶砚瓦从小就记得他，因为印象中他大概每天都要过来串门。那时串门的人往往是在吃饭时候，这边一家人围在炕桌上吃饭，串门的人就坐在对面的矮柜、条凳、小方凳上。矮柜靠着迎门桌，坐在那里能把一只胳膊放在迎门桌上，宽绰、舒适，也方便喝水，所以这个座位一般是长者的，或者是先来的人抢先坐了。条凳居中可坐三人，小方凳在下位可坐一人。如果坐满了又有人来，那就只好站着了。有一次征叔就抢得矮柜，后面来人也无须他让座，他就比较放开了。他说他自己前天背着篓子去地里搂柴火叶子，捡到一只受伤的野兔子，还挺肥实，拿手掂了掂，真沉！回家一称，好家伙！整整三斤十大两！陶砚瓦那时候还很小，在炕头上跪着吃饭听着，就问他，三斤十大两，那不就是四斤嘛！全屋人都哈哈大笑起来。陶砚瓦奶奶说，小征啊小征，你整天净瞎吹，连小孩子都听出来你瞎吹了！

吹，当然是指吹牛。吹牛这件事儿，在陶村人的辞典里，不完全是贬义。它还有放开聊聊、随便聊聊、深入聊聊的意思。比如老街坊见了面儿，一方要走，另一方会挽留说：挺长时候没见了，再吹一会儿，着什么急？吹，大致算是个中性的词汇。大吹，既有胡吹的成分，也有会吹、吹得好，受人欢迎的含义。上榜四大吹者，必须具备几个硬杠杠：一是确实能吹，二是一定吹得比别人好。什么是吹得好？所有艺术都是求异的，吹牛作为一门艺术，当然也必须求异，起码你吹的牛是别人没吹过的，让人听着比较新鲜的；二是吹牛要讲究质量，就是说你吹的牛品质要优，信息量要大，接受度要高。还有就是贴近生活，贴近群众，语言通俗易懂，不故作高深，故弄玄虚。最后，也是至关重要的，是必须发挥独特想象力，对事物进行适当夸大、拔高，敢于加进各种作料。让人听后久久不忘。

而上榜多年的四大吹，就都完全符合上述条件要求，成为陶村半个世纪里，无人可及的大吹和名吹。他们四个人既有共同点，又有不同的侧重。东头陶大征，读书较多，又好追寻古今之道，所以吹的内容比较偏重唐代以前的东西，往上能吹到帝喾颛顼；西头黎树通的先考当过八路军，他比较留意近代史特别是红色文化方面，能吹十大元帅十大将军；北头刘梦兴爱看《推背图》、易经八卦、阴阳宅风水之类的书，坚定不移信奉国学，能在玄学方面吹出一些经纬；南头陈凤领有个姑姑在保定教书，学校里当年有苏联顾问，近年又招收外国学生，他因此见过外国人并有过接触，所以话题偏重西洋之学。他最出名的段子，是说他在保定碰见一个黑人，说了声：好家伙，怎么长这么黑啊！他以为那人听不懂自己说的话。没想到那黑人瞪了他一眼说，就你白！

东古西今，南中北洋，领域不同，主题各异，分别发挥，交叉掩护。这四位人物形成陶村另一道亮丽的风景。

这四个人，更像是四个段子手，不计报酬，略有虚名而已。他们不关心支委会、“推委会”的活动，注意保持和他们的适当距离，注意保持独立吹牛手的尊严。虽然他们并不想扮演意见领袖的角色，但他们的嘴巴要比一般人有含金量。他们在陶村吹坛叱咤风云，屹立不倒，享受了人生的无限风光，被陶村百姓奉为职业吹手。在民间流传着很多他们吹牛的好段子。

且看他们怎么吹自己祖上：

东头陶大征：俺爷爷陶老莲，是当年北京城有名的泥瓦匠，曾经在紫禁城里干活儿，给慈禧太后盘锅台。慈禧太后在里屋纺棉花，俺爷爷偷偷看了一眼，哈！金车子，银锭子，玉石葫芦片子！俺爷爷就在外屋干活儿。光绪还小，在旁边站着看。看着看着就开始捣乱了，怎么说他也不听。慈禧在里屋喊，光绪！别动你老莲大伯那瓦刀！

西头黎树通：俺爹黎胜勇当年给贺龙元帅喂马，有一匹好马本来想送给毛主席，结果毛主席不要，江青在一边说俺要俺要。贺龙说给你可以，可是这马太烈性，就怕你骑不了。江青就说你别瞧不起人，俺上去试吧试吧。只见她嗖地一个箭步上了马，那马受惊了，噌家伙蹿出去了。再看那江青一点儿不怕，骑着兜了一圈儿慢慢悠悠回来了。贺龙心里也挺佩服江青的胆量，就说好好好，送你了！老黎，你快帮着牵马把江青同志送回去！

南头陈凤领：河北省委书记林铁，是安平俺姥姥那个村的女婿，俺表哥就是他们村的支书。那年林铁派人找俺表哥，说他想吃深州蜜桃。那时候安平归咱深州管。俺表哥就说这个事儿好办，你们到陶村找陈凤领就行了。他们就真来了！俺带上他们到桃树地里，一个一个挑最大最好的，九成熟的，八两以上的，弄了几箱子。咱不要钱，可人家非要给，咱也推不掉。后来咱才知道，敢情那桃不是林铁吃的，是他送给毛主席了！毛主席一看桃这么好，舍不得自己吃，都送给警卫战士们了！你不信？你问李银桥他家小子，他可以作证。

北头刘梦兴：俺老辈儿有个姑奶奶，嫁到南乡杨家去了。他们杨家是什么人家？就是大名鼎鼎的创建北京烤鸭的杨寿山家！这个杨寿山，道光年间到北京谋生，打短工，做小买卖，在北京前门外创办了“全聚德”挂炉烤鸭。他这个鸭子那真是太好吃了！最好这一口儿的是宣统皇帝，袁世凯把他赶到天津了，他还天天找人来北京买烤鸭吃！再后来他到了沈阳，还找人往沈阳送。后来他投了日本，成了战犯，把他从监狱里放出来，咱周总理问他有什么要求，他说我想吃烤鸭。看见了没有？他改造了多少年？他改不了吃烤鸭！

陶村一没有报纸、没有刊物、没有电视台出版社，二没有网站没有网红大V，可村民们长期维持快乐，需要有人持续不断地给生活注入笑声。这项工作的领军人、操盘手，就是四大吹。他们恰好分别居住在陶村的四头，区域互不重叠，影响力均匀分布，姓名还上韵上口，真让人万分惊讶，似乎他们命运中冥冥担负着让陶村人快乐的重大使命，个个见多识广，学有专长，又巧舌如簧，能说会道，以至从他们年轻时候起，就一直盘踞着陶村的快乐高地，并以卓越的才能和不凡的业绩，将他们的威名维持至今。

9

四大吹平时各吹各的，独自行动，互不勾连，互不干扰。但还是曾有过几次，恰好碰到一起了，他们自己就先笑了，而且是大笑了：哈哈哈哈！哈哈哈哈哈哈哈哈！旁边的人看见他们四大吹竟然凑齐了，都感到很有趣，也都不想放过这极好的机会，于是就都在旁边找个地方站着、蹲着、坐着、听着。不时也跟着哈哈大笑着！

当年有一回四大吹齐聚，竟然是因为陶砚瓦。为什么？因为陶砚瓦在军队立功了，喜报寄到大队部，上面写着“陶砚瓦同志因本年度工作成绩突出，荣立三等功一次，特此报喜”。当时的支部书记黎占江是个退伍兵，刚当上书记，正在兴头上，当即就说，把家鼓队找来，弄得动静大一点儿，给他家送去！

陶大征是家鼓队的点鼓，前两年曾经有人嚷嚷着敲家鼓算是四旧，陶大征一听就不干了。他说哪回毛主席最新指示一来，咱不都是敲着家鼓庆祝宣传吗？莫说是咱陶村，旁边周村、杏园、冯村、郭村，不都一样敲嘛！不敲行吗？

黎树通是拉家鼓队马车的车把式，这个活儿别人还干不了，因为锣鼓一响，一般驾辕的马就惊慌失措了，只有他能降得住。陈凤领是个民兵，代表村民兵连参加送喜报。刘梦兴本来是到供销社打醋的，恰好就碰上了，就说他哥和陶砚瓦的二哥是盟兄弟，既然知道了，不跟着去看看不合适。就这样四大吹就凑齐了，人们皆以为奇，欢呼雀跃，并不时开着玩笑，引起阵阵笑声。

恰好是阳历年刚过，腊月初几吧，正是挂锄农闲时节，村子里的家鼓队没事儿就集中在一起排练，也不用抄家伙，就是干坐在一起，嘴里念着鼓词，空着手敲自己的大腿。这种情况当然也不给工分，纯属他们自己乐和。这回可不一样了，就有人问给不给工分？陶大征很硬气地说，这是支部书记派的活儿，当然有。

原来陶村历来有闹戏的子弟班，有闹锣鼓的家鼓队。刚解放时，人们就说“陶村哩戏，不用等，开场就是《卷席筒》”；后来又说“陶村哩戏，不用看，不是《卷席筒》，就是《牧羊圈》”；“文革”前排了《三世仇》，子弟班置换了新行头，开了现代戏之先，就又传出来：“陶村哩戏，不用求，爱不爱看《三世仇》”；很快就全国大唱革命样板戏，陶村子弟班岂肯落人之后，竟然扔掉多年擅长的评剧，改排起京剧《红灯记》！多年的落子文场，把板胡、二胡、三弦儿扔到一边，不知从哪里弄来了京胡、京二、月琴，干起了京剧。乡亲们就说：“陶村哩戏，不用去，三大件儿一响，准是《红灯记》。”那一帮子人天天黑喽凑一块儿折腾，据说大队还给他们记工分。有工分就相当于下地干活儿，既能分得粮食，年底还有分红，关键是等于肯定他们的劳动，是为集体干的性质。这种优厚待遇怎不使得家鼓队个个眼红心妒！陶大钟们不知在黎占江们面前叨叨过多少回了，但是一直没有得到解决。这回就算是给了工分，比起子弟班闹戏的，也是塞塞牙缝，一口骨头汤，下点儿小毛毛雨啊！

那天家鼓队来的人挺齐整，有二三十人之多。库房里的十面大鼓、十面大钹都用上了，还给点鼓配齐了大锣、小锣、铙和铛铛。打头的几个上了马车，点鼓陶大征坐在右侧车厢正中，前面是他的头鼓。头鼓比其他鼓大一号，有一个专门的鼓架，支在车厢正中间。其他鼓手都是把鼓斜挎在肩膀上，一边走一边敲。陶大征的脸和他的鼓面都尽量朝向车后，以照顾车后跟着的鼓手们。一看队伍到齐了，陶大征就点敲了《溜街鼓》，先暖暖场子，热热身子，活动活动筋骨。

陈凤领拿着喜报，进门对黎占江说，走吧，人都齐了。黎占江这会儿却耷拉着脑袋，点着了个烟头，放在嘴里狠抽一口说，你去，你代表支部，代表民兵连，给他送去。俺这边有点儿急事儿。去吧！快去吧！

陈凤领无奈，转身离去时，嘴里就嘟哝一句什么。

随着车把式黎树通鞭子一挥，嘴里一声："驾！"马车开始不紧不慢前行。陶大征一看马车动弹了，紧跟着就点了小套《大牛斗虎》和《小牛斗虎》，敲完之后又点了《祭祀》《炮打三城》《十面埋伏》和《上天梯》。游动着的锣鼓声吸引不少村民跟随观看，前前后后男女老少站满了一街筒子，直到陶砚瓦家门口。自有人先拿着喜报进门报喜，陶砚瓦爹娘欣喜迎送。这工夫家鼓队在门前站定，点鼓陶大征就开点大套《霸王鞭》。鼓手们立刻群情激昂，感觉一展身手的时刻来了，个个都像刀出鞘、箭上弦，即将上阵杀敌、攻城拔寨的勇士，指到哪儿，打到哪儿；又像是头悬梁、锥刺股，终于金榜题名、蟾宫折桂的状元郎，要什么，给什么。这通鼓直敲得寒枝震颤，野狐腿软，鼠不出洞，鸡不出笼，日不西落，月不东升。旁边人等也看得眼花缭乱，听得如醉如痴。

这时忽见陶大征在鼓面上敲出最后一个重音，双手把鼓槌一举，恰似奔雷滚过，旋风骤远，海潮退去，恶虎无踪。一时间没有一息响动，时光都被冻僵了，日月都被锁死了。人们顿时你看看我，我看看你，不知其伊于胡底。

只听什么人就喊一声，来个全套的！于是人群中立刻大喊大叫起来，来个全套的！来个全套的！然后又有节奏地喊叫，陶大征！陶大征！

陶大征此时眯缝着眼睛，挺直了胸膛，缓缓从车上站起，先向四周巡视一遭，然后清清嗓子，慢慢悠悠说了声，谢谢乡亲们！

本来他还想再多说几句，还没张嘴，就听人群中突然有人喊叫，东头陶大征！

马上所有人都喊叫，西头黎树通，南头陈凤领，北头刘梦兴！人们一边喊叫着，一边在家鼓队里一一找到了他们，于是就从头喊叫，东头陶大征！西头黎树通！南头陈凤领！北头刘梦兴！

反复喊叫几遍，只见四个人听着喊声神情各异：陶大征微笑站立，刘梦兴惊慌失措，黎树通故作怪样，陈凤领怒目圆睁。他们的样子逗得人们全都哈哈大笑起来。就连那四大吹，也被这典型的陶村式大笑裹挟着、翻腾着、腌制着、蒸煮着，不得不缴械投降，跟着大家一起哈哈大笑起来。

那一刻，陶砚瓦的爹娘接了喜报，把人送出门外，就一直站在门洞里看热闹，也禁不住跟着人们大笑。

于是，某年某月某日，在陶砚瓦家门口，来了一场“前不见古人，后不见来者”、五蕴皆空、度一切苦厄、心无挂碍、真实不虚的陶村式大笑。

第二年，又是刚过阳历年，刚到农历腊月时候，陶砚瓦又立功了。还跟头年一样：“陶砚瓦同志因本年度工作成绩突出，荣立三等功一次，特此报喜。”这年咱们国家先后走了三位伟人，又有陨石雨，又有大地震，可谓灾难深重、极不平凡。国家向何处去，举国忧愁焦虑。村子里虽没大事，但闹心事也不少，支部书记黎占江又不知为了什么事儿正烦着呢，见了这个喜报说，嘿！真行喽，又立一个。凤领啊，还是你跑一趟吧，给他家送去，顺便跟他爹、他娘说，咱大队支部、革委会、全村百姓，都祝贺他们啊！

陈凤领说，哎呀，头年他立功，你安排敲锣打鼓去送喜报，俺替你跑哩腿儿；今年他又立功，这锣鼓队你不安排了？还招俺替你去，俺一个人蔫儿吧唧跑去送喜报。这事儿是一个事儿，可头年在天上，今年到了地上，这个活儿俺怕是干不了啊。

黎占江愤愤地说，又不打仗，又不救灾，又没跳河跳海救小孩儿，他怎么老立功啊？俺当兵那会儿，在高原打山洞、修公路，零下20多摄氏度站岗巡逻，差点儿把命丢了！别说立功了，连个嘉奖都没混上！

陈凤领站着、听着，一句话也没搭腔。

恰好桌子上电话响了，黎占江赶紧去接：啊，是郭书记啊，对，是陶砚瓦，还是一个三等功，是第二个，头年是第一个，今年是第二个，对对，好事儿，好事儿，光荣，光荣！俺全村儿都跟着光荣！啊对，他是你送走的兵！你净是选真正的人才到部队啊！俺这不正安排家鼓队，敲锣打鼓，热热闹闹！你要亲自过来？太好了！太好了！俺们等着，一定等着！对对，隆重好！隆重好！不急，俺们等！

放下电话，黎占江见陈凤领还站在那里，就说，别站着了，快招呼陶大征，上家鼓队吧！陈凤领又问，给不给工分？黎占江一听顿时火起，吼了声，给给给！

10

郭书记就是陶砚瓦入伍时的武装部长，刚刚被提拔为公社书记。陶砚瓦走时他知道有这么个人，但基本上没过他的手，嗖一下子人就走了。因此仅是对陶砚瓦三个字有印象，对陶砚瓦这个人，其实是完全不认识。

为什么会是这样呢？

陶砚瓦当年当兵走，根本就不是一般的途径，完全是一个例外，也有可能是一个孤例。

在当年的陶砚瓦心里，根本就没想过自己会当兵。

在那个全国大学都停止招生，农村的知识青年唯有当兵一途的年代，陶砚瓦怎么就不想当兵呢？这不是很奇怪吗？

其实并不奇怪。因为在那个年代，陶砚瓦按说是当不了兵的。原因似乎也很简单，首先因为他的家庭出身是中农。

陶砚瓦家在当年不知惹了哪路神仙，爷爷辈五房中，只砚瓦爷爷这一房被划为中农成分，其余四房均为贫农。那个时候贫农、下中农是依靠力量，中农、上中农、富裕中农是团结对象，富农、地主家庭是专政对象。在那个十分重视家庭出身的年代，农村只有贫农、下中农家庭的孩子，才是第一顺位被推荐参军、上学、招工的，中农、上中农、富裕中农家庭的孩子，就被排在第二、第三、第四顺位了，没人说不能推荐，但实际上第一顺位的人数已经足够多了，排在其后哪怕是第二顺位的中农家庭的孩子，都不可能有机会了。富农、地主家庭的孩子，更是想都不要想了。

陶砚瓦的哥哥，以及其他中农出身的适龄青年，报名的权利被赋予了，录取的资格却被限制了。多年来他们年年报名，年年落榜。那时每年体检要到县城医院进行，凡参加体检者，中午都在县城西关的工农饭店管一顿饭，每人杂烩菜一碗，馒头管够。所以不少人即使年年落榜，也还是年年报名，他们常常调侃自己说：咱也知道当不了兵，咱就是为了混碗杂烩菜。那时候人们平时根本吃不到肉，只有过年才能尝到一点儿荤腥。所以这碗杂烩菜里的肉，也还真让人解馋。

除了成分问题，还有一条也很要命，就是当时处于“文革”后期，村子里分两派，而当时掌权的恰恰是对立派的人。陶砚瓦一不想去混那碗杂烩菜，二不想去找当权的人碰运气。所以当兵的事情，陶砚瓦就真是没想过。

所以高中毕业了，陶砚瓦的前途却只有一条路，就是回乡劳动。当时上大学需要贫下中农推荐，招工、招干、参军既有阶级成分卡着，另外那时候完全靠人推荐，陶砚瓦家没有任何能够提供帮助的关系，可以推荐他。

凡此种种，陶砚瓦高中毕业才17周岁，就老老实实回乡劳动了。生于农家，便是农民命，就认命吧！他此时写下他后来诗集中收录的第一首诗《五古高中毕业回乡》：

寒窗十一年，苦读敢息肩。
不图题金榜，只为稼穑艰。
成绩每优异，恩师大道传。
日日琴书润，学友喜交欢。
时乖命也蹇，毕业无学攀。
荷锄且藏笔，半亩天地宽。

在他最需要帮助的时候，真遇到了帮助他的人。

这个人姓余，湖北武汉人，从北京林学院毕业，分配到衡水林研所工作。当时似乎是遵照毛主席指示：“最严重的问题是教育农民”，他被派到陶村，搞社会主义教育，时间半年左右。因为是上级派来的，又是吃官饭的、有学问的，他在陶村竟然就具有了很大的权力。这个权力不是他主动争取来的，而是被客观赋予的，无形中就形成的。他恰好就到了陶砚瓦所在的小队，而且到陶砚瓦家吃了派饭，于是就认识了陶砚瓦，并对陶砚瓦十分欣赏，马上就推荐他加入了共青团，还被委任为团干部、副小队长。

那时的陶砚瓦已经读过四大名著，唐诗宋词，三红一创，还如饥似渴读了《钢铁是怎样炼成的》，高尔基的《童年》《我的大学》《在人间》，更是反复细读过《毛泽东选集》四卷，也早已对书中警句烂熟于心，很多思想观点已经成为他深信不疑的人生指南。

第二年春天，大队支部副书记到家里来找陶砚瓦，说支部推荐他担任衡水民工团深县民工营五连团支部书记，兼二排副排长，去邯郸地区涉县修铁路。还说如果干得好，很可能就转正了云云。陶砚瓦愉快答应了，几天后就随着队伍出发了。

去了才知道，只是徒有一个军队建制的壳子，实际就是一帮民工干体力活儿。具体是用铁锨、手推车干土石方工程，应该是修筑铁路路基，新建一个叫豆庄的火车站。陶砚瓦既要当好副排长，协助排长带班干活儿，又要当好团支书，尽量搞一点儿学习、娱乐活动，让大家感觉快乐一些。这样从春天干到冬天，一晃半年多了，期间收到父亲来信，说最疼爱自己的五爷爷已经去世了。知道他也回不去，就没有通知他。这让他十分悲伤。立冬以后，天越来越冷了，只有干不完的活儿，刮不尽的凉风，没有什么希望的暖色或亮色。

也就是在这个时候，陶砚瓦收到了高中政治教员谷志奇的来信：

砚瓦同志：

　　来信收到，内情明白。

本来好长时间未见面，很多话想说，因有紧要的事情，就不说别的了。

某部队征兵的同志来我公社，昨天下午、今天上午两次来学校，了解情况和摸底：在校的高一学生和去年、今年以前毕业生的情况。这次要的标准很高，主要是从政治上，家庭和社会关系及个人没有政历问题；特别要智力好，大脑反应快，理解力强，记忆性好，再就是身体健康，这都是起码的基本条件。

我首先介绍了你各方面的情况，解放军同志做了记录。回头他们可能到大队支部了解情况，不过我跟他们谈得很细，这是个大好机会，对你来讲真是难能可贵，你要考虑，立即做出决断，应该怎么办。但也要慎重些，时间可能来得及，如能回家一次更好，但一定要通过领导准许，勿伤领导和同志感情。如不能回来，可给家中写信，让家中给报名，同时写信给大队支部，申请入伍。同时给驻我公社的征兵解放军同志写信，另写志愿书、决心书。而后请假回家。今年征兵时间紧，可能十二月上旬结束并新兵到部队。体检具体时间不详，我估计十天左右，或许提前？从条件要求看，肯定是特技兵种，机会不错，斟酌妥办为要。

此事保密，勿与他人讲，不然事情不好办。

志奇11月7日匆匆

这封信来得正是时候，其意义非同一般。陶砚瓦立刻拿着谷老师的来信，找领导报告请假，由于理由充分，正大光明，无可挑剔，又是好事，领导当即批准，陶砚瓦马上就启程返乡了。

正当他兴冲冲从前磨头火车站转车，登上去陶村的小火车时，恰好碰到了时任陶村支部书记的黎占江。

嘿！你不是去邯郸了吗？怎么回来了？他见了陶砚瓦感到很惊讶。

啊，我听说征兵的来了，想回来报名参军。陶砚瓦见了书记，也不想隐瞒。

啊，那你肯定白回来了，你起码今年走不了了。书记淡然的语气，给陶砚瓦兜头盖脸一盆冷水。

陶砚瓦一惊：为什么？

你回来晚了！报名早结束了，填表、初审、目测都搞完了，明后天就上站体检了。书记的口气还是很淡然，似乎也有同情、惋惜的味道。

那就回家看看老人，还回去接着干吧。陶砚瓦表面尽量硬撑着，其实那时已心如死灰。

11

当晚到家见过爹娘，详尽报告别后情状。自是只报喜，不报忧。

娘说，这几天黎树通家儿子天天过来问你回来没有，也不说有什么事儿。

陶砚瓦说，明儿一早俺去问他。

次日去问，说，不是俺找你，是来接兵的平指导员找你。走吧，咱一块儿去见他。

二人到了公社，说平指导员一早下乡了。只好回家等信儿。

中午刚摆好碗筷，准备吃饭，突然来了几个年轻人，说平指导员回公社了，知道你回来了，让你赶紧去找他。陶砚瓦扔下饭碗跟着他们走了。

拐过一条南北街，往西边公社门口望去，只见一个军人站在那里，众人说那就是平指导员，就是在等你呢。陶砚瓦听了，就赶紧加快脚步往那边跑。平指导员一看，也紧着远远迎过来。他握着陶砚瓦的手问，你是陶砚瓦吧？陶砚瓦说是。你是想参军吧？陶砚瓦说是。那咱们先到你家去看看怎么样？陶砚瓦说好。

平指导员文质彬彬，十分干练。说话很有分寸，又透着亲切和坦诚。他一边走一边说，我想把你带走，但你从现在开始，一定要做到一件事儿：就是不管别人说你什么，你都不要辩解。比如说你是中农出身，说你身体不好、有鼻炎、有疝气等等，你都不要辩解，你只需要明天上站体检，做好准备跟我走。怎么样？能做到吗？

陶砚瓦说能。

说话就到了陶砚瓦家。平指导员一进门，见了陶砚瓦父母，开口就大伯、大娘叫着，简单问了家庭情况，两位老人都一一作答。之后他直接问道，我想把砚瓦带走，你们同不同意啊？

砚瓦爹说，孩子刚从外地回来，就是想当兵啊！保家卫国，人人有责，只要部队要他，俺们都没意见。

娘一看带兵的首长都亲自上门来了，说明他们是真心喜欢自己儿子啊！也二话没说，只是连声说同意同意！

第二天体检，陶村几十个人参加，只有两个是甲等体格，其中一个是陶砚瓦。

当晚就开定兵会，公社武装部长郭跃进和陶村的头头脑脑都参加了。平指导员开门见山地说，陶村的陶砚瓦我必须带走，咱们先讨论陶砚瓦，大家对他有没有意见？

他的目光从每一个人面前扫过，没有一个人发言，也没有一个人有要发言的意思。

平指导员说，好，没有人反对。那陶砚瓦第一个通过，而且是全票通过。下面咱们讨论其他人吧。

因为头年林彪出事没征兵，所以那年兵员补充数额超大。陶村两千多人口，就走了十一个兵。据说在定兵会上，陶砚瓦过了之后，其余没一个是顺利的。

陶砚瓦分析，郭书记作为当时的武装部长，肯定参加了那次定兵会。

但他只是听到陶砚瓦的名字，并没有机会接触陶砚瓦其人。因为在陶砚瓦到师宣传科任报道员两年后，有一次到北京去送稿子，办完公事之后，他请假顺便回家看望父母，曾在街上碰到了郭部长，赶紧跟他打招呼，他也非常热情地问陶砚瓦，哪年走的？营房在哪里？问了几句之后，突然又问道，我跟你打听个人，你们那年有个叫陶砚瓦的，现在干什么呢？

12

点鼓陶大征一见黎树通赶着马车过来，这边就叫了声，凤领，你来一下。

什么事儿？陈凤领问。

咱哥儿四个，上次可是凑全了吧？广大人民群众那可是真高兴吧？可今天三缺一啊！俺怎么觉着这么别扭啊？这一会儿广大人民群众要是有意见，咱不是就被动了吗？要不，你传道圣旨，叫刘梦兴来一趟？

陈凤领说，咱仨是公事在身，有俸禄的。上次刘梦兴是到供销社打醋，来看热闹的。俺这就去广播一下，就说刘梦兴！刘梦兴！赶紧到大队部来打醋！

来了！来了！陈凤领话音未落，刘梦兴果然就应声而到了。

三人都问，你还真来了？醋瓶子呢？

四个吹牛手正逗撒呢，郭书记骑着自行车赶到了。

黎占江早盯着呢，早喊叫着“郭书记”，手里拿着喜报跑过来。赶紧报告说，俺支部、革委会班子成员都到了，家鼓队准备好了，请指示吧！

旁边有个嘎小子喊叫一声，四大吹也到齐了！引起人们一阵大笑。

二狗子！别捣蛋！一会儿收拾你！

郭书记说，出发吧！

黎占江就让郭书记，你要不要坐车上？

郭书记说，这几步道儿，上什么车？走吧！

于是黎占江把手一挥，说了声，走！便陪着郭书记往陶砚瓦家走去。

点鼓陶大征的鼓槌也就开敲了，还是老一套：溜街鼓，估计下面紧跟着应该还是那几小套《大牛斗虎》《小牛斗虎》《祭祀》《炮打三城》《十面埋伏》《上天梯》。

郭书记边走边问黎占江，你们村四大吹今天来齐了？

来齐了。你还记得他们？

记得！当年咱们民兵集训，让他们四个吹自己种的自留地，谁不记得？

黎占江说，啊，想起来了！一个说：俺种的高粱，都跟大竹竿子一样，拿镰砍了往北房檐儿一戳，哈！比房檐子还高出七八尺！一个说：俺种的长生果儿，才拳头大一个坑，挖出来一针线笸箩！一个说：那天俺一出南村口，就看见远处有个大窑疙瘩，走过去才知道是俺种的山药拱出来个大包！蹿出去一个根儿穿过李家坟，在别人家地头儿拱出来一个大坟包，刨出来一看，跟酱瓮子那么大！

郭书记抢过话茬儿说，最后一个先说，你们一个比一个能耐，把俺吓着了，吓得俺不敢吹了。人们不干，说你不吹可以，得当着大伙儿学三声狗叫。啊，俺不学狗叫，俺吹！俺种的棒子，长得不算好，可俺去收棒子的时候，得扛着梯子，带着手锯，嗞啦嗞啦锯了半天，才掉下一个大棒子，砸到地上一个大坑。坑里下雨存了一点儿水，正好够浇俺那二亩地。

两个书记走在前头，在锣鼓喧闹中边说边笑。陈凤领的马车在后面不紧不慢跟着。陶大征果然还是点那几个小套。村里平日婚丧嫁娶，也有请家鼓队的，无非就是在自家门前踢跳。像这样从大队部开敲，动了马车，前面由官员带路，然后穿过几条街，一路走一路敲的事儿，非常罕见。所以又引得男女老少跑出来热闹，很快又是站满一街筒子人。到了陶砚瓦家门口，这回是两个书记亲自拿着喜报去报喜，郭书记见了陶砚瓦爹娘，第一句话是：

大哥、大嫂啊，给你们报喜啊！

陶砚瓦爹娘知道儿子又立功了，还惊动大官来家里，比上次规格更高了，动静也更大了，都欢喜了个欢喜，赶紧接过喜报，招呼两个书记落座，还找两个杯子上茶。

郭书记又说，砚瓦是俺送走的，早就应该到家里看看啊，俺来晚了，你们千万要谅解啊。他当兵走得急，是人家接兵的点名要走的。他是个人才啊，人家喜欢要，咱们高兴嘛！这不连续立了两个功，这说明他干得好啊，为咱家、咱村、咱全公社争光啦！

陶砚瓦爹说，孩子当兵，精忠报国是本分！在部队上应该是扛枪的，首长非让他写文案，看来也是一样精忠报国！

娘接过喜报，就一直在手里捧着看。头年那一张，已经挂在墙上。这张跟墙上的一比，竟是一模一样。她就在一旁听着，不时笑着点头，一句话也插不上。

郭书记说，好，你们都保重身体，你们身体好，砚瓦在部队更安心，工作更努力，进步也更快。以后有什么困难就跟村里讲，也可以到公社找我。千万别客气啊。

门外家鼓队这回直接点敲了一个全套，起首一点《文光国》，鼓手们就知道要引出大套《撞幽州》，所以情绪一下子就上来了，都感觉手痒痒的，心怦怦的，一个个拉开架势，手上敲打着家伙，身子和两条腿都跟着节奏颤动。

那鼓谱虽说不清其年代出处，但因其传承多代，十分古老，此地又是燕赵分疆之地，胡虏侵扰盘踞之所在，仅从鼓谱名称、形制上，即可想象其必与战事相关，十分可能在实战中产生并应用，因而具有一股慷慨激昂之气。想想古时有多少热血男儿，有这鼓声陪伴，受这鼓声鼓舞，奋勇杀敌，驰骋疆场，保家卫国，建功立业！此时虽处和平年代，但其昂扬激越的鼓点，听来依然是肃杀之气、刀箭之声。秋昏塞外云，雾暗关山月。晓战随金鼓，宵眠抱玉鞍！

敲完一个全套，陶大征又点开了小套《小立碑》。鼓手们心里都明白得很：好啊，《小立碑》下面就是要接《闯帐》了！敲吧！干吧！招呼吧！相看白刃血纷纷，死节从来岂顾勋。燕砂砾石燃虏云，沸浪炎波煎汉月！

鼓声也感染了四围的群众，特别是有几位老者，听到熟悉的鼓声，纷纷过来观鼓。他们都是听着这鼓声，敲着这鼓谱长大渐老的，对这些鼓谱耳熟能详、倒背如流。一听就知道敲的是什么，点鼓的是谁。哪儿快了，哪儿慢了，他们都跟着着急，恨不能过去夺过鼓槌，敲上几套。无奈年老体衰，脚肿手麻，有心无力，叫喊也没人理会了。

两个书记出来，这边《闯帐》敲得正欢！鼓队在中间敲，四边站满看热闹的群众。村书记要上前让鼓队停下来，郭书记拽一下他袖子，冲他摆摆手，示意他把这段《闯帐》听完。

等陶大征重重敲完最后一声鼓，并把两个鼓槌都高高举起来，掌声和喝彩声也响过之后，村书记就说道，乡亲们，今儿个是个好日子，乡亲们来的也不少，咱先请郭书记给咱做指示！说完自己先带头鼓起掌来。乡亲们也都跟着鼓。

郭书记是个大个子，站在人群里，也很突出。他说：

各位陶村的父老乡亲们好！今天咱们在这里见面，就是因为咱村的好青年陶砚瓦，他在部队又立功了！他是当年我送走的兵，今天来给父母送喜报，我格外高兴，高兴了个高兴！

我当了多年的武装部长，各村的民兵基本上都认识，家鼓队里就有不少，咱们训练啊，打靶啊，我看有民兵的骨干，应该也是家鼓队的骨干。刚才敲得好啊，我一路上听着看着真带劲儿！我看咱们要向陶砚瓦学习，他入伍时间不长，连续两年立功，他一定是工作很努力的，做出了杰出成绩的。咱们就听毛主席的话：全国人民学习解放军，解放军学习全国人民。好不好？

就有人喊叫：好！

第三章　几时不见椁椤山

13

正在做国家级大项目的陶砚瓦突然退了休，张福禄很快就知道了。他当即就给陶砚瓦打电话，邀请陶砚瓦马上到椁椤山庄住几天，还说是有要事相商。

当时陶砚瓦正紧锣密鼓筹备去香港的展览，就说等忙过这阵子，一定过去。没想到张福禄说，你脑袋顶上有个小乌纱帽的时候，一个字儿“忙”，你哥俺就不言语了。现在你脑袋顶上什么也没有了，你还扯什么忙？什么也别说了，哥就做一回主，明天九十点钟车到你楼下接你！过来住一宿，明天一早送你回去！就这么定了！

五哥把话说到这份儿上，既有兄弟情谊在，也还像是真有什么事儿的节奏。陶砚瓦就顺嘴问，是不是有什么急事儿？

五哥说，真有事儿，椁椤山的事儿。

椁椤山？你不是弄得好好的吗？

五哥说，不是我这边，是陶村那边！

陶村哪还有椁椤山？不早就成一个大坑了吗？

五哥一听这话真急了，大坑！大坑！我就烦你们说它是个大坑！别人说我管不了，你陶砚瓦这么说，我得管管你！它不是大坑！它不应该是大坑！它就是

POLUO SHAN

桲椤山

桲椤山！桲椤山！你明天一早等车！撂了！

电话断了。听上去五哥话很重，看来是真生气了。

放下五哥的电话，越琢磨越感觉蹊跷，越想越绕不开、越想越放不下这个桲椤山。

桲椤山，别说在别的地方，就是在冀中平原上，凡是头一回听到，也肯定会问：桲椤山？在哪儿？十个有九个敢摇头说不知道。就算是问到了深州地面上，能知道桲椤山的，也应该是凤毛麟角。

只有问到陶村的人，特别是陶村的老人，你才会听到说：桲椤山在俺村，村东北二里地。

当然专家们会说：平原是陆地上最平坦的地域，海拔一般在200米以下，多为河流集中地，又是山地、丘陵地冲蚀下来的沙泥聚积地。因为水源充足，土地肥沃，交通便利，文化发达，大城市也多建立在平原上。冀中平原就是被河流的冲积物填平的，填平之前也是有山的，它的成因和山区的山没有区别，一般有褶皱山、断层山、火山三种类型云云。

但一般人都会想，冀中大平原一马平川，哪里来的山？怎么会有山？

嘿！要问到陶砚瓦，他会毫不迟疑地说，平原上真有山，而且还真有不少。平原上虽然以平为主，但也每于大野平川之中，时见鼓起土包沙岗，相对高度有限，海拔也不会高，但附近百姓却尊称其为“山”，村民们往往还给它们取名金牛山、玉兔山、鸡鸣山等等。比如陶村就有这样一座桲椤山。

陶村东北的桲椤山，陶砚瓦从小就知道。小时候他和小伙伴们，去过多少次，去砍草，去拾柴，去上坟，去玩沙。祖祖辈辈的陶村人，都是守着桲椤山而生，守着桲椤山而长。估计是自打有陶村始，就有这桲椤山在了，感觉起码是几百年甚至上千年的事儿了。陶村人对桲椤山的认知，就如同自家的炕头、灶台一样，熟悉而又亲切。

五哥张福禄的村子东边，也有一个沙土岗子。它比陶村的桲椤山小很多，他们可没敢叫山，而是直接就叫东岗子。小时候五哥骗陶砚瓦，说他们村也有个莩椤山，陶砚瓦听了曾信以为真。后来有一个陶村小伙子说他骗人，说他们村根本就没有莩椤山，只有一个东岗子，他和那人吵架，竟然把那个小伙子打了。说兴你们陶村把沙土岗子叫莩椤山，就得让俺村东岗子也叫莩椤山！他从小力气大，一般不跟人交手，那回肯定气急了，把那人打怕了。

陶砚瓦也跟着五哥去他们村，还跟着五哥上了他们村的"莩椤山"。确实也是个沙土岗子，也有坟和树，也有"莩椤捎"。但五哥村的"莩椤山"明显小好多，气势上更没陶村大。

莩椤山，莩椤山，叫着这么顺溜，听着这么舒坦，可也只限于陶村人这么叫、这么听。出了陶村，附近各个村的人，包括莩椤山北面的周村人，都不跟着叫。陶村人心目中的这座村级名山，在周村人以及其他外村人眼里，就是一个普普通通的沙土岗子，只是它比一般沙土岗子高一点儿，大一点儿，历史久一点儿，说法多一点儿而已。但是说得再热闹，它还真就是一个沙土岗子。周村人就从来不客气，直呼其为南沙岗子。但陶村人就不同，仰其为山，还给它取了一个匪夷所思的名字：莩椤山。

当年陶砚瓦曾经问过：为什么叫莩椤山？有村人就跟陶砚瓦说，别看这座小小的莩椤山，学问深着呢！咱村能把它讲明白的，只有一个人，就是陶大征。但是旁边有人把眼珠子一瞪说，四大吹的话，你也信？四大吹怎么了？你有本事也吹一个，让俺们听听！

陶砚瓦还真去找了这位本家叔叔陶大征。陶大征听完来意，就说，你小子不是外人，俺就给你讲四句话，十六个字：天命玄鸟，衔籽莩椤。落地为树，聚沙成山。就这十六个字，你慢慢琢磨去吧！

乡亲们说法很多，大多数人说是早年间，这山上有几棵莩椤树，更加这山四周都是细细的沙土，沙土里到处都有一种小虫虫，陶村人叫它们"莩椤捎"。"捎"字在这儿读四声，发音和哨兵的"哨"字相同。就如同别处有松山、塔山、桃花山，还有狼山、虎山、猴山、狮子山一样，这山上既有莩椤树，又有莩椤捎，它也就被叫作莩椤山了。至于莩椤树和莩椤捎谁先谁后，之间有什么关系，因无人考究，竟也没人说得清楚了。

陶村地处滹沱古道，每年北风呼啸，风挟沙飞，风遇林木而盘旋，沙在盘旋中散落，日积成堆，月积成岗。层层叠垒，竟于平原之上，矗起荒丘。荒丘越积越大，越积越高，千百个寒来暑往，春去秋来，一直到陶砚瓦当兵离开家乡时，此山丘还在。它广不过五六十亩，高不过两三层楼，远望像是陕西咸阳的大坟，或者河南黄肠题凑式大墓。冀中历史单薄，既无皇舆帝国，也无霸才宪府，老天可怜见，给了这么个荒丘，陶村僻地平原小民们，眼界狭促，竟一直视之为山矣！

庄子说得好："步仞之丘陵，巨兽无所隐其躯。"所以小小桲椤山，从来没听说有虎狼熊罴，即使偶尔会有野兔沙獾，也并不常见。在这片沙的王国里，没有巨兽存在，却有数不清的桲椤捎，学名蚁蛳者，最为奇特且众多，年复一年、日复一日、代复一代地愉快生活在这里。

苏东坡一直是有编制、食俸禄的官员，但他好诗，真诗人也。他说话一向比较随意。比如他说，合抱之木，不生于步仞之丘；千金之子，不出于三家之市。这话就曾让陶村的文化人不爽。桲椤山虽然就是个"步仞之丘"，但老年间曾有过"合抱之木"。据陶砚瓦的大哥陶砚山说，桲椤山上曾有过几棵大桲椤树，一个大人也搂不过来。后来据说让日本人的大炮给炸过之后，那桲椤树就都死掉了。桲椤树不在了，几棵老梨老杏还在，也还是有一两搂粗细的，称之为"合抱之木"是绰绰有余的。可见弟弟苏辙上书皇上，说哥哥苏轼"语或轻发"，还真是一语中的，十分恰当。当然苏轼后面那一句关于千金之子的话，跟陶村没什么关系，陶村人没有理会。

这个位于陶村东北二里开外的果树林子里，其最高处的相对高度估计不到五米的沙土岗子，被陶村人叫作桲椤山，相当于县城小巷的发廊叫巴黎假日，镇上路边小吃店叫加州烤肉，本来也没人考证较真的，不过是哄哄当地人，自娱自乐一番。外面的人看了可能会心中不屑，会莞尔一笑，但假如有人因此气出病来，或者是把牙笑掉了，陶村人可是向来概不负责的。

事实上不少外村人对于陶村把一个沙土岗子称之为山，是十分不以为意的，甚至是有嘲讽的声音的。所以陶砚瓦年少轻狂时，也认为陶村人的所谓桲椤山，应该打上引号才对。

陶砚瓦清楚记得，当年他高中毕业回村，跟乡亲们聊天，就曾经透出一点儿这个意思，当时立马遭到严词批驳。说你砚瓦才喝了几天墨水，就了不起了不是？自从盘古开天地，三皇五帝到如今，谁说过沙土岗子就不能叫山了？咱陶村把这个沙土岗子叫桲椤山，叫了多少年了。妨碍你吃饭睡觉了吗？妨碍你长大成人了吗？妨碍祖国统一了吗？妨碍世界和平了吗？哪朝哪代都没说不让叫，一直就叫了这么多年，咱招惹了什么人？妨害了什么鬼？

当然，说这话的，大都是陶、黎两姓的兄长、长辈们。

因为，陶家祖坟、黎家祖坟都在此山之阳。这桲椤山上，埋葬着爷爷奶奶、列祖列宗啊！

于是，陶砚瓦就知道了，桲椤山之于陶村人，特别是陶姓、黎姓族人，是神一般的存在！

只是万分可惜、痛惜，甚至是遗恨千古的是，这座在陶村人特别是陶姓人看来伟大神圣的桲椤山，这个让外村人远远望去并不算高大险绝，而是缓缓隆起的沙土岗子，当年就在陶砚瓦当兵后，在“农业学大寨”运动中，被硬生生地铲平了。

铲平桲椤山的理由，就是落实全国农业学大寨会议精神，为了多生产粮食，要战天斗地。大寨人大战狼窝掌，陶村没有狼窝掌，但是有桲椤山，于是公社和村干部经过研究，一声令下，趁着秋收刚完，地还没上冻，全村动员，先刨树，后移坟，然后青壮劳力一齐上，大会战！要举红旗，刷标语，挥铁锹，推小车，挑柳筐，扛竹篮，起早贪黑，中午送饭不回家，苦干大干十天，铲平桲椤山，造出良田百亩！

陶村是公社所在地，号称是“大邦之地也”，事事可得风气之先。公社受领了什么光荣任务，都是首先在陶村推展。

陶村公社书记郭永进就是原来的武装部长，他新任荣升不久，工作积极性高，对大战椁椤山抓得很上心。大干前方案上报了县委和县革委，也同意通过了。他就想着赶紧动手，速战速决，一战功成，旗开得胜，肯定会在全县抢个头功，出个风头，至于能不能靠此事升个一官半职呢，他还没那么大野心。他不仅战前动员，还提前找了宣传部，要求派个笔杆子来，弄篇稿子，在省地报刊电台上搞搞声势，助助声威。他对身边人说，不能只会闷头傻干，必须会总结、会提高、会吹喇叭。这是他时常念兹在兹的工作经验。平原没有狼窝掌，但眼前有座椁椤山，这就是表明咱跟形势、出战绩的大好机会。总之，他考虑很周密，开局很顺利，心情很亢奋。

当时陶村的支部书记当家人，就是号称曾经“三起三落”的老书记黎占江。

14

要铲平椁椤山，就是要动陶姓、黎姓两家的祖坟啊！

别说陶姓、黎姓两族人心里不是滋味，就是陶村其他姓氏的人，也都感觉万分不忍。原因很简单，公社已经做出决定，陶村老坟多，占地面积大，不能让死人吃活人！学大寨精神不能走样，骨头要先拣硬的啃！陶村没有狼窝掌，但陶村有椁椤山、王八盖儿，有十几座老坟！要搞三大战役：第一战役铲平椁椤山，第二战役是铲平何家和王家的祖坟王八盖儿，第三战役是所有大块耕地中的老坟必须平！这个决心必须下，下定决心，不怕牺牲，排除万难，去争取胜利！

黎占江原来对平椁椤山并不热心，也有抵触情绪。在公社开会的时候，他本想着能拖则拖，能赖则赖，消极观察，磨蹭应对。郭永进让他发言表态，他就要滑头，说平椁椤山俺坚决支持，但这个椁椤山并非陶村独家所有，北面还有周村一部分。因此陶村不能一家做主，说平就平了。而且陶村这边牵涉两姓祖坟，而周村那边没有这个问题，所以嘛，为了稳妥起见，最好是周村先同意，先动手，先平掉他们那边，陶村晚个一步半步的，做好群众工作，然后再动手。

他原本想着往周村书记那边一推，让他先挑头，先跳坑，或许他也要滑头，也推三阻四，就为自己留出战略空间。但万万没想到，还没等郭永进开口骂，周村书记就先表态了：俺村是个小村，可不像人家是“大邦之地”，是公社所在之地。但俺村人均耕地比陶村多，所以俺们两个村子为南沙岗子，啊，就是陶村所谓的桲椤山，那比个炕大，比个锅台大，一丁半点儿，破梨烂枣儿，年年吵吵吵，吵吵吵！今儿个咱要学大寨，上纲要，干脆！俺们周村南沙岗子那几亩薄地，几棵老树，平就平吧！

这个表态深得郭永进赞赏。他当即对周村书记极力赞美，说他识大体，顾大局，站得高，看得远。说样板戏《龙江颂》，就是讲龙江村为了支持抗旱，修拦河大坝，不惜损失300亩高产田，并放弃一窑砖。人家这叫龙江风格，讲政治！一边说着，一边拿眼睛瞪着黎占江，逼他再次表态。黎占江一看这个形势，想起当时的口号就是“不换思想就换人”，他头上的小乌纱帽弄不好就没了，想到此，他也就豁了出去，顺着周村书记的思路，当、当、当、当表了态。

全村人听了黎占江的传达贯彻，都明白了当前形势，那就是必须六亲不认，紧跟形势，上级指向哪里就打向哪里。接下来不仅桲椤山保不住，王八盖儿也得平了，然后还有张家、李家、卢家、陈家、孙家等等大小一共13家的老祖坟，都得一一平掉，造出几个“良田百亩”，争取早日“上纲要”“过黄河”。

那个时候陶砚瓦还在部队，还是个战士，不过已经到了政治机关做报道员。有天他接到父亲的信，信封鼓鼓的，一看就知道内容很多，估计又是有媒婆到家中说媒，爹娘来信详细转述之事吧。打开看时，果然是满满写了六页纸，但内容却不是自己的婚事，而是桲椤山祖坟即将被夷平之事。父亲信中说：

咱陶氏始祖陶雨槎，明永乐12年从山西洪洞县老槐树迁来，死后就葬在桲椤山之阳东侧。当时有风水先生说此地占在龙脉上，山虽不高，但林木葱茏，周边有田园翠绿拱卫，要风得风，要雨得雨，是龙穴宝地。将来是要出“批诰轴、掌大印”人物的。此后子孙各支分门立户，坟茔都拱围始祖，呈弧形向外分布。到你砚瓦这一代是第28

代。包括西侧黎氏一门，与咱陶氏大体一样。所以对陶村咱陶氏、黎氏两门来说，桲椤山就是家山祖山。

王八盖儿也一样，它在村西北二里多地，与桲椤山对称，是何王两族的家山祖山。这两个沙土岗子，是上天赐予咱陶村的两座阙楼，老辈说是陶村伸出去的两个瓶角。所以世世代代，不仅陶、黎、何、王四姓，还有张、刘、李、卢、陈等姓，都在心里把这两座山看得很神圣。很神秘。

可是公社决定，为了提高粮食产量，“上纲要”“过黄河”，要把它们平掉！

也是咱陶村处苦寒之地，土地瘠薄，每年亩产连400斤都保证不了，年景不好就吃“返销粮”，增加国家负担！只是咱得迁祖坟！昨夜咱整个大家族聚集开会，已经商定各支系自迁自祖，太早的也没人认了，任其铲平吧！只把几通石碑放倒，拉去修渠垫路。咱家老坟只往上找出六世，依次迁到新坟旁边，好在新坟是树地，目前仍无恙。

咱家世代为农，本来看你天资聪颖，又有祖坟风水护佑，将来或可出人头地。现在祖坟不保，祖荫难庇，心里万分不舍，却又无可奈何！

陶砚瓦读着父亲的文字，深感悲凉。读到最后，见信纸上有两三斑点，疑似老父泪滴。想家乡遇此变故，父兄都颇无奈，自己身在军营，只是个小卒子，更是什么忙也帮不上，不禁悲从心来，眼睛就湿润了。只在嘴里默默念叨着：桲椤山、王八盖儿。

陶砚瓦对桲椤山的情感自不必说，对王八盖儿也是同样熟悉和亲切。它也在一片果林中，也是差不多高度，但老辈子陶村人却一改严肃庄重路线，没有将其命名“某某山”，而是反其道而行之，改走了调侃诙谐路线，按其形状将其命名为“王八盖儿”。王八盖儿，名虽不雅，甚或粗俗，但陶村人祖祖辈辈叫惯了，不仅不以为怪，反而觉得这个称呼透着亲切和温情。何家祖坟和王家祖坟就环绕于此，而且也是在王八盖儿之阳，东何西王，其后代分立，各自拱卫在祖坟周边。何姓也是洪洞老鸹窝搬来的移民户，而王姓据说是陶村唯一坐地户，其余姓氏都是外来户。

陶村近千户人家，基本分为东头、西头、南头、北头。再往下细分，就是十字街、锯齿街、面子街、卢家街、东北角儿、西北角儿、城隍庙、关帝庙、浆水庙、东街口儿、西街口儿、南街口儿、北街口儿，等等。除了自家族人，四邻八家，亲戚里道，一般乡亲都是熟悉中又有陌生，亲切中又有疏离。因为村里几百户人家，历经千百年的姻亲融合，早已是你中有我，我中有你，七大姑八大姨，坟里埋葬着的，都是大家的先人，铭记着共同的根和魂，乃至爱恨情仇。

陶砚瓦就想着，看来柠椤山、王八盖儿，以及分散在耕地里的十几处老坟，都要平了。

15

正当陶村人或情愿或不情愿大张旗鼓地向柠椤山开战首日，就碰上有人跳出来反对了。而这个跳出来反对的人，还不是陶村人，而是陶村的外甥兼姑爷张福禄。

也是天缘凑巧，那天一大早，五哥张福禄开着辆老28拖拉机，给舅舅陶俊英送来一拖斗旧砖，这是先前舅舅开口要的，家里砌个猪圈用。本来想卸完砖就走，结果家里没人，大门上着锁。一问街上晒太阳的老人家，说村里人都去平柠椤山了。张福禄一听，一个人急急忙忙把砖卸下来，码放在大门东边，然后开上拖拉机，风驰电掣般赶赴柠椤山。

果然一出村口，就远远看见那边红旗飘扬，尘土飞扬，人声激扬。

张福禄的目光早锁定在一个地方。在那个地方干活儿的人每挖一锹土，都像是在挖他身上的肉。他开足马力，拖拉机烟筒冒着黑色浓烟，发出高亢的怒吼。冲到跟前，他停下来，手里抄起个摇把，嘴里喊着“住手”“住手”，怒气冲冲奔跑到一座已经被挖开的坟茔喊道：

住手！谁再敢动这坟一下，我要谁的命！

人们都认得张福禄，也都知道眼前的坟里埋的，就是张福禄的老丈人黎崇善。本来要平桲椤山，就不是那么痛快，况且挖坟动棺的事儿，谁愿意干？现在看见张福禄一副凶神恶煞的样子，心里就想终于来了个硬茬儿了，于是便都住了手，眼睁睁看着张福禄。

谁在这里是管事儿的？张福禄一边问，一边用眼睛打量四周。

就听有人说：大队书记在那边，正跟县上来的人说话呢！

张福禄顺着那人指的方向看去，果然看见黎占江正在和一个文绉绉的小伙子说话。小伙子是县委宣传部的报道员史凤山，手上拿着笔和小本子，一边听一边记，显然是在做现场采访。

别看张福禄那时刚刚二十岁出头，但他比同龄人显得成熟和老练。他这会儿十分镇定。他对着坟头咕咚跪下，嘴里说着，爹、娘，你们别怕，有俺在，俺跟他们兔崽子理论！

说完站起身，朝黎占江走去。

这黎占江当时还不到四十岁，在陶村任书记刚刚一下一上，恰是初尝权力得而复失、失而复得滋味的。他口才不错，面对县里来的人，正滔滔不绝，口吐莲花，越说越来劲儿。正说到紧要处，就听一声吆喝：

黎占江！别他妈胡咧咧了！是谁让平俺丈人的坟的？

抬头见是张福禄，黎占江马上满脸堆笑道，福禄来了？咱有话好好说！

张福禄说，少他妈废话！俺丈人、丈母娘的坟，你们不能平！

黎占江说，福禄啊！平桲椤山是公社的决定，咱不敢违抗啊！

什么不敢违抗？公社是谁的？是共产党的还是国民党的？俺丈人是为国牺牲的革命烈士！这坟你们也敢乱动？你们公社有人在这儿吗？没人在你就代表他们说话，一铁锹土也不能动了！

黎占江看了看张福禄，那是怒目圆睁，眦睚欲裂，双手紧紧握着个摇把；又转头看了看史凤山，那是面如傅粉，芳兰竟体，右手一支笔，左手一个小本子，像是个中学生。旁边大队人马都停下手里的活儿，耳朵都伸长了往这边听，眼睛时不时往这边瞟。黎占江两手一摊，一副无可奈何的模样说：

公社夜了个刚开了动员会，天天要进度。这不你也瞅见了，咱全村男女老少齐上阵啦！

那个史凤山是个聪明人。他一听是革命烈士的坟，马上警觉起来。就问黎占江：

平的坟里还有革命烈士？

黎占江答道，就是有啊！还是俺黎家一个叔！叫黎崇善。是晋察冀解放军的营长，解放战争打徐水固城牺牲的。前天研究的时候，会上就提出来怕不好弄，公社说当前的任务就是落实毛主席指示，学大寨，以粮为纲，一切都得让路！不能让死人吃活人，更不能让死人挡活人。所有的坟限三天通通移走，三天一过，铲平勿论！

烈士的坟怎么没移走？

唉，什么也别说了，都是俺工作没做好吧！

那史凤山见黎占江尴尬不安的样子，知道这里面有难言之隐。就说：

两位大哥，眼前的事儿俺不能说全明白，也差不多知道个一二三了。咱这样行不行？烈士的坟先别平，咱先找个好地方移走。怎么样？

黎占江听了，仍面露难色。嘴里嘟囔着“这，这”，眼睛却是盯着张福禄。只见张福禄斜眼看着黎占江，狠狠说道，这什么这？先停下别平，怎么移再说！

史凤山说，黎书记也别犹豫了，公社那边我去跟他们说。

还没等黎占江开口说话，就听不远处有人喊，快来看啊，这里还有个大碑呢！

正在干活儿的人们一听，都放下手里的家伙，跑过去看热闹。

果然是一通大碑！

就在烈士坟左上方七八步远的地方，大约一米多深，清楚可见一通石碑露出两三尺长，上面的文字是馆阁体正楷写刻，开头是“奉天承运皇帝制曰”。

有人就喊，皇帝算个屁！毛主席说，舍得一身剐，敢把皇帝拉下马！

于是又有人喊，这是封建的东西，找个大锤子来砸了吧！

那个史凤山也跑过来看。他在一旁听了说，社员乡亲们别急着砸，咱们先把它挖出来，保持它的完整无损，可以用它修个桥啊、垫个路啊等等，是不是更好啊？

人们就说，好！

黎占江心里明白，这碑是他们黎家老年间祖上的功德碑，不砸也妨碍不了他，砸了他也占不到什么便宜。但他心里想的，不敢说出来。见史凤山讲了话，大伙儿又都附和了，他马上便大声道，咱就按史同志说的办！别损害它！完整无损！完整无损！

几个年轻力壮的小伙子七手八脚一折腾，就把石碑搬出来。

史凤山指着字比较多的一面说，把这一面朝上放，慢点儿，平放在地上。

大伙儿把石碑放好，史凤山就过来看那些文字。只见这些文字是典型的馆阁体，竖排。史凤山从右往左，一排一排念起来：

奉天承运皇帝制曰：宠绥国爵，式嘉阀阅之劳；慰起门风，用表庭帏之训。尔黎确忠，乃候选千总加一级黎运峰之祖父，义方启后，壳似光前。积善在躬，树良型于弓治；克家有子，拓令绪于韬钤。兹以覃恩，封尔为武德骑尉赐之诰命。於戏！赉策府之徽章，洊承恩泽；合天家之庥命，增耀门光。

制曰：树丰功于行阵，业着闻孙；锡介福于庭帏，恩推大母。尔孙氏，乃候选千总加一级黎运峰之祖母，壸仪足式，令闻攸昭。表剑佩之家声，辉流奕世；播丝纶之国典，庆衍再传。兹以覃恩，封尔为宜人。於戏！翟茀用光，膺宏庥于天阁；龙章载焕，照异泽于彤庭。

大宝□光绪拾陆年三月贰拾贰日

最后落款“大宝”二字下面，是一方光绪皇帝的御印。

这史凤山虽然年纪不大，但喜好看书读史，念了一遍碑文，心里已知大概。就对大家说，乡亲们，这是光绪皇帝为了表彰大清军队一个候选千总，应该就是咱陶村黎家老辈儿人吧，专门给他的爷爷、奶奶颁发的一个嘉奖令。那时候的候选千总，差不多就相当于一个营长吧。他给皇帝做事做得好，皇帝就给了他的爷爷奶奶封号。真巧，咱那位烈士也姓黎，职务也相当于一个千总，但他是为咱老百姓打江山，还壮烈牺牲了。咱们共产党没有皇帝，江山是人民的，咱人民一定要善待烈士的坟，好好保护、爱护。占江书记，你说对不对？

黎占江听着史凤山的话，句句在理，连忙顺坡下驴说，还是县委的水平高！咱们就照史同志说的办。福禄，正好你来了，咱让史同志去公社找书记汇报，咱爷儿俩到大队部商量一下，怎么保护好烈士的坟。你说呢？

张福禄当然知道黎占江大他一辈，这时候也不再驳他，给他一点儿面子说，好，上车吧。黎占江就顺势爬上了张福禄的拖拉机，并排坐在他的右边。

16

张福禄这一闹，惊动了当时的公社书记、县委书记。

本来一盘好棋、一出大戏，谁承想杀出来个张福禄，硬是给了公社书记郭永进闷头一棍。

听了史凤山代表黎占江汇报，还没等说完，郭永进就拍了桌子：哪里来了个张福禄？先把他给我抓起来再说！旁边的人一听，一个个嘴里就开始结结巴巴，明显已被吓唬住了。幸亏有史凤山在，只见他不慌不忙说道，郭书记你看我能不能说两句？

郭永进瞅了瞅眼前这个戴眼镜的，就说你说吧！

咱学大寨，大战梓椤山，这事儿没错；但烈士坟得保护，也没错。这两件事撞到一块儿了，但它们是两个完全不同的逻辑，不能让它们硬顶硬碰。特别是梓椤山已经停了，社员们都回家待命去了。但咱是为烈士停的，不是为张福禄停的。所以咱先赶紧向县委报告，同时把烈士的坟安置好。停一停，推迟个一天两天的，不会有什么太大影响。

你是宣传部的？

对，俺在报道组，写稿子的。

行，你有文化，有思想，听你的，我马上向庆元书记汇报。

县委书记李庆元下乡了，电话就追到乡里。李书记听完汇报，说，好，先停了吧。把烈士的坟抓紧安置好。

听了李庆元书记的话，郭永进心里也释然了。

郭永进心里释然了，黎占江这边可遇到麻烦了。

这边黎占江把张福禄叫到大队部，两个人说着说着就顶上了。

张福禄先问，为什么动坟这么大的事，不通知家属？

黎占江就说，其他人家都通知了。只是咱家的情况不是稍微特殊一点儿嘛！

什么特殊？你不是就欺负俺大舅子黎德山跑了吗？黎德山的事儿，也是你们胡嘬咕嘬咕的！

福禄你这话可不能乱讲啊！俺们谁有能耐逼他喊口号？谁敢把他放走？而且放得无影无踪？再说了，今天咱先说眼面前儿的事儿！福禄你是俺黎家门女婿，这会儿咱也没外人，咱老辈儿这坟怎么办？有什么要求你就说吧！俺一个一个给你记下来，一条儿不落！

黎占江说着还掏出一个小笔记本，真事儿假事儿像是要记下来负责那么个样儿。

张福禄就说，你黎占江让俺张福禄提要求，你听好了，记全了！俺要求是：一、农业学大寨是毛主席的号召，但不能说大战桲椤山是毛主席的号召，毛主席可没说要大战桲椤山；二、桲椤山是陶黎两姓的祖坟，老话说祖坟事关子孙运势，不能乱动，乱动要遭报应的；三、当年八路军曾在桲椤山打游击，说它是抗日遗迹也不为过，不能随便平掉；四、烈士黎崇善下葬时，当时的县委委员全参加了，坟是老县委给立的，如今新县委要平，这不是自己打自己脸吗？五、如果一定要迁烈士的坟，必须由现任的县委委员全参加。

黎占江一听，说你这些要求至少得县委书记才能答复，俺一个小村支书，在你面前就是屎壳郎垫桌子腿，明知不行硬撑着。俺也就听一听。咱还是找能做主的去吧。

没想到张福禄说，好，你以为俺不敢找？来，借借你村里电话！

你打给谁？

北京，国务院！

福禄，咱别吹这么大，俺陶村可有更能吹的。俺就是不怕吹，吹再大没用。

你才吹哩！把电话给俺，俺当你面儿打！

黎占江真被这个阵势给吓唬住了，赶紧一手端着话机，一手递着听筒，嘴里说，别急福禄，你打，打。

只见张福禄从上衣兜里掏出个小本本，看上去很破旧的样子，翻出其中一页来看了看，接过黎占江递过来的听筒，伸手冲着话机就说，请你给俺要个长途，北京，俺说着，你拨着，对对，拨过去了吧？通了，好：

喂！是国务院值班室吗？俺叫张福禄，是烈士黎崇善的女婿。黎崇善是晋察冀24团三营营长，打徐水固城时牺牲的。这个情况你跟吴主任汇报，他知道，他清楚。现在烈士家乡陶村学大寨，要平柠椤山，平烈士的坟，你赶紧给吴主任汇报，不能让他们平。如果他们硬平，可是要出人命了！对，对，好，好。

电话挂了。

张福禄抬头看着黎占江，黎占江也眼睁睁看着张福禄。

黎占江说，这就完事儿了？

张福禄说，可不就完事儿了。你还想怎么着？

他们得来个人吧？

来人干什么？

不来个人，就冲你这么个电话，没凭没据的，谁会信？

你们爱信不信，反正俺电话打了，国务院也知道了。俺就回家等着去，看你们怎么处理了。

张福禄说完，扭头就走。黎占江说，这就走哇？吃完饭再走吧！

不吃你的饭！张福禄头也不回，扬长而去。

17

在陶村，黎占江得算是见多识广、八面玲珑的。可这回，张福禄确实让他开了眼。在村里，谁敢耍横，谁就是牛人。你不敢耍横，是你没耍横的资本和能耐。黎占江在村里就经常耍横，他那是对着普通社员，一来是个书记，大小有点儿权力；二来都是乡里乡亲的，辈数、岁数、礼数、路数，都在那儿明摆着呢，耍就耍了，横就横了，工作得推进，日子得照过。在陶村还真没见过敢在他面前耍横，能当着他的面儿让他过不去的人。

今天他是真遇上了，见着了，领教过了。好家伙，开着个破拖拉机，轰轰隆隆就过来了。抄起个铁摇把子，张嘴就骂。见了各级的官儿，照样噇噇噇噇，毫无惧色。关键是刚才，小破本子一掏，翻出几个数字儿，咣啷一下子，打到北京了，打到国务院了，那边还接上了，记下来了。俺的个亲娘祖奶奶，谁是牛人？这才是真正的牛人哪！以前只听说张福禄这人有点儿能耐，敢情这能耐不是有点儿，是有大能耐啊！这电话一打，还不知道下一步会怎么着，这个陶村还会发生什么大事儿哩！

北京接电话的是个秘书。他每天不知道要接多少电话。张福禄打的那个电话，是他那天上午接的最后一个电话。因为他接完这个电话，当即做了个电话记录，交给接班的人，然后到食堂吃中午饭去了。等他吃完午饭回来，就看见吴主任在他记录上批示：

黎崇善同志壮烈牺牲时，我时任该旅机要科长。建议转河北省委有关部门，学大寨运动同时，要注意保护烈士坟墓。

秘书当即把主任批示连同电话记录装入信封，转送河北省委、省革委会负责同志收。

在秘书交寄吴主任批示和电话记录的同时，时驻太原的63军阎军长接到了吴主任电话：老阎啊，你好吗？

啊，老吴啊，你也好吧？

好好。有个事儿啊，刚才黎崇善的女婿给值班室打电话，说老家学大寨，要平梓椤山，平黎崇善的坟，我批了几个字，让值班室转河北省委了。可我还是有点儿担心，可也不方便多说什么。你看看能不能派个部队的同志去一趟，把这个事情妥善解决好？你看，老阎啊，麻烦你了！

老吴，你这话说得不对，黎崇善是咱老战友，又是跟我一个县的乡亲。咱当年都在梓椤山打过小日本儿。保护好他的坟墓，是咱共同的责任。你放心，我马上找人过去，一定处理好。

阎军长放下电话，立刻给政治部主任打电话，要群工处干事吴三羊，马上来他办公室。

18

县委书记李庆元是个烟鬼。两手的食指和中指都熏黄了，一边用下巴和肩头夹着电话，腾出手来拿烟点火，一边听取了陶村公社书记郭永进关于张福禄大闹梓椤山之后，提出五条要求，并已经给国务院值班室打电话的情况汇报。他问郭永进不是说已经给了移坟时间了吗？为什么黎崇善的坟没移？还有，为什么在陶村的烈士后人没有动静，反而是远在北乡的女婿跑来闹？最后，烈士黎崇善的生前事迹情况，有没有文字材料？

以上几个问题，郭永进通通摇头说不清楚。李庆元的语气就不那么平和了。他说跃进啊跃进，这么简单的问题你都没弄清楚，那怎么行？赶紧，你亲自去陶村，找烈士后人，研究迁坟方案。

又拿起电话问民政局长，民政局长说马上查查，两三个小时之后才回复说：只是在烈士名录里面查到名字了，具体什么事迹，什么过程，都没有找到任何资料。

李庆元书记放下电话，心里一阵感慨。他算了算，解放战争打徐水是1947年，满打满算，还不到30年时间，一个营长牺牲后，在他家乡，也只留下了个姓名，事迹已经弄不清楚了。如今还要动他的坟。难怪家里人有意见，这于情于理，实在也是说不过去啊。

但是转念一想，全国学大寨，产量要过黄河，中央刚刚开了会，一个农业大县，没有大动作怎么行？而动员全党、全民，倾全县之力而为之的事儿，哪能保证全部过程都是美丽无瑕疵的？

所以，如何在不干扰大局、大方向的前提下，尽量关照安置好烈士坟墓，是此事处理的关键所在。

李庆元心里有了政策底数。

吴三羊接受军长亲自交办的任务，是很罕见的。这显示军长对他的政策水平、办事能力的充分信任。特别是千里走单骑，到军长的家乡，接触地方干部群众，这真的是需要一定能力，同时具备一定风险的。好在有军长的亲自交代，又有国务院值班室吴主任与军长的通话和批示，他心里对完成这次特殊任务，具备充分信心。

他回到办公室，先让机关购买了明晚从太原火车站发车到前磨头的卧铺车票，以及从前磨头到深县的小火车车票，然后以军政治部名义，通过军线给深县县委办公室打电话，告知自己身份，以及后天到达时间，要求接站并安排与县委书记尽快见面。对方问有什么事情，回答是受阎军长委托，找书记研究办理一个紧急事情。

19

张福禄开着拖拉机很晚才回到家。妻子黎翠兰见他沉着脸回来了，就没直接问，而是急忙给他打过来一盆水，递给他一条毛巾，说，快洗把脸吧，怎么这么晚才回来?

张福禄本来想说：还不是你爹你娘那坟！可话到嘴边，又咽下去了。他想：这个话题跟翠兰讲没用，只是让她徒增烦恼而已。

就改了个说法：你们陶村人真……话说了半截儿，停了。

翠兰就问，俺们陶村人又怎么惹你这个大姑爷了？是不是又招坏小子们抢钱包了，还是村里又有人找你借钱了？

张福禄刚才在路上，一路开着拖拉机心里就想好了，坚决不能跟翠兰说移坟的事儿。因为他闹腾这么大，还当着黎占江的面儿，给国务院值班室吴主任那里打了电话，如果上级派人来了，解决了，当然好，皆大欢喜。哪怕人来了，事儿也没解决好，那也算是引起了最高层的注意，当前形势就是这样的形势，也总算还能说得过去。但是，万一结果是人也没来，事儿也没办，那可就真成了老母猪下台阶——蹲了屁股又抢了脸了。

唉，张福禄叹了一口气，说，俺一到陶村，就想起咱德山哥。也不知道他到底跑到哪里去了！这都快三年了！

翠兰一听刚才是为哥哥黎德山，也跟着叹了一口气，说，唉，早先有人说“人的命，天注定，胡思乱想不顶用”，俺从来不信。可看俺哥，你说本来多好的人，多好的事儿，平白无故出个事儿，跑没影儿了！连留个话儿、带个信儿都没有，找都没地方找去！你这一说，也勾起俺那心病来了。说着说着，翠兰不觉落下泪来。

张福禄也自知不妥了，赶忙站起来把毛巾递过去，说，怨俺，怨俺，不该说这些没用的。哪天有空，俺再想想办法，托托人，哪怕先问问情况。

过了一天头晌午，张福禄正开着公社的拖拉机给生产队送化肥，刚开到地头上，正要往下卸的当口，只听村里大喇叭里喊叫：张福禄！张福禄！赶紧回家！赶紧回家！解放军找你有事儿，解放军找你有事儿！

张福禄听得仔细，心头一喜。他把拖斗钩子一摘，对生产队里的人说，你们自己慢慢往下卸吧！说完开上拖拉机头就飞也似的走了。

20

张福禄还没进家，就远远看见一辆212北京吉普停在家门口。进了门，见一个解放军干部正和翠兰说话。转身一笑，用很标准的北京话说，你是张福禄同志吧？就伸出手来和张福禄握手。我叫吴三羊，是咱冀中老部队63军政治部的干事。

吴干事好！张福禄虽然没当过兵，但他还是知道一些当兵的事情。坐下喝点儿水！

啊，小黎刚给我倒水了。我这次来，是遵照我们阎军长的亲自交代，专门过来解决烈士黎崇善迁坟的事情。听说是你给国务院吴主任打的电话，谢谢你啊！

吴同志你这话，这本来是俺自己家的事儿，怎么还谢俺！那是俺媳妇，也是黎崇善的女儿，俺是女婿。

吴三羊说，我知道了。烈士是你们的亲人，也是我们的老前辈，也是我们的亲人。我们这支部队，就是原冀中军区的部队，是在咱这一带抗日时候诞生的。你是一个普通群众，遇到这样的事情，主动给领导机关反映，你做得对！做得好！吴主任听说了，当天就批示给省委相关部门，还立即打电话给阎军长，军长马上就叫我到他办公室，亲自交代我过来处理此事。中午我见了咱县的李书记，李书记说已经收到了吴主任和省委领导的批示，也知道了你提出的五条要求。他说这五条要求都很有道理，他下午会召集有关人员开会研究，尽量满足你的要求，请你放心。他还派他的车送我过来看你们，也是请你们二位和我一起去深县县城，晚上和他一块儿吃个饭，顺便也让你听听他们研究的意见。你还有什么要求，也可以告诉我，不方便讲的我来向李书记转达。

吴三羊看着张福禄，张福禄就看了看黎翠兰。黎翠兰已经明白张福禄昨晚回来那么晚，以及他为何担心着急的原因了。

吴三羊也明白了，就说，你家属也一块儿去吧！

张福禄说，吴干事，咱们第一次见面，你也知道了，惊动了领导、首长，你也这么远专门来看俺们，俺琢磨着迁坟的事情应该能解决了。你刚才说还有什么要求，也能说说。你这句话是不是客气话，俺们可是就真的当真了。俺们是真还有个事儿，不知道当说不当说，当讲不当讲。

吴三羊一听这口气，知道不是什么简单事儿，神情也严肃起来，说，可以讲，我解决不了，可以向首长报告，只要是合理要求，我想总会是能够想办法的。

张福禄说，那俺就说吧。俺媳妇也在，她也听着，俺说的也都是她的意思。

俺岳父黎崇善，有两个孩子，一个是俺媳妇，她叫黎翠兰，实际她是个遗腹女，没见过她爹。另一个是她哥，比她大两岁，叫黎德山，她爹牺牲的时候，她哥哥也才满一周岁。可怜啊，俺岳母娘自己拉扯大两个孩子！当然因为是烈属，国家、集体、乡亲们都给了很多关心帮助。黎德山长大以后参了军，还去了越南，立了功。

吴三羊越听越感觉不对劲儿，就问，黎德山是不是嘴角下边有颗痣？

对啊，就是，他嘴角这儿有颗痣。张福禄用手在自己脸上比画着说。

吴三羊兴奋地说，我们是一个班的战友，我当班长时，他是我们班的战士。他是最后一年去的越南，也立了功。这也太巧了！他人呢？我还想办完首长交办的任务，再看看他呢，还没好意思张口跟李书记说呢。

翠兰一直不吭声听着，现在忽然哇的一声大哭起来：吴大哥啊，俺哥他前几年出事儿跑了，你快帮俺找找他吧！

吴三羊一头雾水，急忙问道，德山怎么了？他出什么事儿了？

张福禄一边拍了拍翠兰的肩膀，嘴里说着别啼哭别啼哭，一边对吴三羊说，他从部队复员回来，国家照顾他，给他在城里分配了工作，但他说要响应号召，回村当农民。就真回陶村了。一天夜里，他路过大队部门口，看见里面亮着灯，就过去想看看里面的人在干什么。结果是书记黎占江和大队长狗娃子两个人在拿着秤，私分集体的麦子呢。

黎德山看明白以后，推门就进去了，也不说话，只是拿眼睛看着他们。两个人吓得不行，说德山啊，你也看见了，那边还有个口袋，你也装一样多，回去跟老娘过个好年吧。

黎德山说，你们两个听着，赶紧把麦子倒回去，回家睡觉去，这事儿就算完了。两个人说好好好，就照德山讲的，把麦子倒回了口袋。关上灯，锁上门，回家了。

但是过了一阵子，黎占江他们就开始找碴儿整黎德山。因为他们想着黎德山是个党员，国家分配了工作不干，自己要求回村种地，又不贪不占，这不是明摆着要冲着支部书记来的吗？黎德山如果得了手，怎么会有他们的好日子过？老太太还活着呢，一只眼睛都看不见了，他们就把给烈属的补助全停了，说黎德山成年了，而且有能力了，国家给的工作都不要，烈属的补助也不用给了，他思想进步，不应该有意见的。

接下来他们还针对黎德山做了不少坏事，黎德山好面子，不怕吃亏。正好，他们就总是想办法让德山吃亏。德山不说话，心里却明镜似的明明白白。但是，最后还是德山自己犯了大错。

吴三羊不解地问，他自己能犯什么大错？

唉！谁也没想到啊，他呼喊反革命口号！那天是全公社搞活动，十几个村子的人，集合在陶村开大会，不知为什么，他站起来带着他们村的人呼口号，应该是“打倒×××”“毛主席万岁”，但是他正好一张嘴“打倒”两个字没错，后面他喊的是毛主席。当时一下子就炸了窝了。全场沸腾，纷纷喊：“打倒现行反革命！”“活捉现行反革命！”“枪毙现行反革命！”公社书记说，把公然呼喊反革命口号的现行反革命分子抓上台来！

就这样，几个民兵把德山拖到台上，一边拖一边打，到了台上批判一通，批判完了就关到大队里了，当天夜里，他趁人不注意，把捆他的绳子弄开了，跑了！从此就再没回过家。但是他这一跑，村里还是给县里打报告，开除了他的党籍，由县里下文件给他定了一个现行反革命，是畏罪潜逃的。俺们把老娘接过来，但是她年岁大了，身体本来就弱，又吃不下，喝不下，另一只眼睛也瞎了，熬了半年多就走了。咱能不能跟李书记说说，先把德山这个现行反革命帽子给摘了吧？

那德山怎么就一点儿音信也没有吗？你们找过他吗？

找过啊！可怎么找？半点儿线索也没有啊！

吴三羊说，怪不得李书记刚才还说，他们家情况很特殊，村里通知迁坟，也没能落实，工作推进又很急。德山的事儿，我都听明白了。他是烈士的后代，也为国家立过战功。要说他反对毛主席，打死我也不信。但他一时犯错，影响很大，这让人感到很意外，也是事实。这样，今晚咱吃饭的时候，先不提这事儿，咱只说迁坟的事儿。等别人走了，我把李书记一个人留下来，咱只跟他一个人汇报这件事儿。先让他有个印象，从他那个角度想想办法。然后我回部队向阎军长汇报迁坟事儿之后，也汇报一下德山的事儿。估计他会比咱们办法多一些。你们看，这样行不行？

翠兰和张福禄都千恩万谢，就指望吴三羊有通天手眼，摘掉黎德山脑袋上的大帽子。

21

当天晚上李庆元书记和吴三羊吃饭，黎翠兰和张福禄都参加了。李书记还通知民政局长和郭永进、黎占江都一起赶来，先在一间会议室现场办公，研究迁坟事宜。这位李庆元书记也是当过兵提了干转业的，他亲自主持，说得非常清楚明白。他说县委决定一定尊重家属意见，一定把烈士的坟安置好。现在烈士的坟是跟黎家祖坟在一起，既然已经掘了动了，建议请家属考虑，不要再留在原址了，或者迁到县城烈士陵园，或者就在陶村找理想的地方迁过去。迁坟时一定要有仪式，要隆重肃穆，县委委员全部参加。

张福禄和黎翠兰简单一商量，还是希望两个故去的老人留在村里，迁到新址新坟就行，这样他们平常上坟烧纸也方便。

既然家属不愿意往城里迁，那陶村都有什么好地方？黎书记也说一说看？

李书记就问起了黎占江。不行，对不起各位，我这半天不抽几口真不行。说着就从口袋里摸出半盒烟，在里面扽出一根插到嘴里。

黎占江一看这阵势，早从心里对张福禄服服的了。好家伙，就前两天那一通电话，立刻惊动了国务院和军队，军长亲自派了人过来，县委书记、公社书记全都围着张福禄两口子转悠。幸亏那个电话是当他面儿打的，这要是他听别人说这个事儿，他百分百会不相信。现在连俺这个小小的村支书也上了县委书记的桌儿了。这不还被县委书记点了名了。赶紧积极点儿吧！

想到这里，他赶紧站起来，故作热情状说，各级领导都有指示了，俺村一定拿最好的地方由着家属挑选。第一块地方就是这回黎家坟都迁过去的，村西杏园道上那块； 第二块是公社粮站北边空着点儿地；第三块就是目前桲椤山东边挨着还有块地，跟外村交界，村里人一直叫它闷葫芦头儿。先尽着这三块挑吧。

所有人又都看着张福禄和黎翠兰。

俺觉着闷葫芦头儿还行，离着家近，桲椤山就要平了，马上变成良田了，让烈士在旁边看着咱们多好。张福禄说着，又转身问黎翠兰：你看怎么样？

黎翠兰清楚只要张福禄认可的事儿，准错不了。她一点儿磕巴没打就点头同意了。

李庆元书记说，既然这样，你们看看还有什么困难没有？还需要准备些什么？如果你们同意，咱们就别再耽搁了，就定明天迁坟怎么样？

张福禄和黎翠兰都表示同意。

李书记说，烈士迁坟是件大事，既是你们家的事，也是咱们军队，咱们县委、县政府的事。所以家属这边有什么需求，民政局、公社和大队都要尽力支持帮助。村里应该还有专管白事的人，有什么论道，只要不搞迷信，不装神弄鬼，尽量按照风俗走，一定维护好故去的先烈、前辈的尊严。经济上不要让家属负担，各级都要主动分担。

张福禄说，李书记说有什么论道，俺们北乡的论道就是迁坟这事儿必须得傍晚，说老棺材搬动不能见老爷儿，俺们说老爷儿就是太阳。

黎占江说，俺村也是这个风俗。明天上午俺村就找人，福禄你也跟着，看地方、画线、定朝向、量尺寸，然后把新坑挖好。另外派人傍晚前到老坟，等老爷儿一没马上开挖。

郭跃进说，公社负责找两辆带拖斗的拖拉机，拉棺材。

民政局长说，俺们负责送花圈，写缎带，买祭品。

李书记说，县委、县政府、县武装部、书记、县长，还有公社党委、陶村党支部都必须送花圈。

吴三羊说，63军阎军长，军政治部、国务院值班室吴主任也送。

李书记问黎翠兰和张福禄，你们家属还有什么要求？

两个人都说各级领导都这么重视，俺们什么意见也没有了。

吃饭也基本按照吴三羊设想的程序进行。最后结束时，吴三羊专门请李书记留下，向他汇报了黎德山的情况。李书记说，这个明显是被当成了政治事件。那个时候人们心情都紧张，越紧张越出错。这种事情最近这些年时有所闻。可目前形势还是这样。我看咱们可以试试看，张福禄同志负责家属这一块，先提出要求，形成文字递到县委；吴干事你负责军队那边，也出个材料，一是说明他的烈属身份，二是说明他在部队表现。我负责地方这边的事情，一是让公社做工作，促使陶村村支部出材料，如实介绍他的家庭情况和回村后表现；二是公社根据村支部的材料报请县委，撤销原来的决定。有了这三方面的材料，我们县委才可能就这件事情研究解决。总之，咱们今天都在这儿，要什么材料给什么材料，要怎么配合就怎么配合，咱们实事求是，共同努力，看能不能解决问题。

黎翠兰在一边儿听着，眼睛里又扑扑簌簌淌出泪来。

第二天傍晚的迁坟十分顺利。完事以后，吴三羊对张福禄和黎翠兰说，你们两位也累了吧？事情办完了，我准备明天就回部队了。你们放心，咱们还得继续努力，办办德山的事儿。这个德山啊，原来挺活跃的一个人，就是大大咧咧。其实他在部队就惹过一回事儿了。你们两个也不是外人，跟你们说说也无妨。那是一次野外训练，刚下了雨，地上一摊水，水里有只蛤蟆。德山就拿块小石头远远一打，嘴里说了句，你还想畅游长江啊？

你们知道谁刚刚畅游长江了吧？他不经心这一句话，捅了大娄子。当时就有人站出来大声说，你胆敢影射攻击伟大领袖！你这是现行反革命！一个人一说，所有人都跟着叫喊。我那时是个小班长，根本控制不了局面。其实别说我了，就是连长指导员，也不敢扛这个责任。现在想想，幸亏那时候有老营长，是个战斗英雄，虽然文化不高，但敢说话，有威信。他一听是这么回事，就大声说，伟大领袖畅游长江，他是一个人吗？有一江人呢！那么多人畅游长江，有没有走资派？有没有坏分子？怎么能一说畅游长江就是说领袖呢？小黎他肯定不是这样想的，因为他这样想没理由啊！你们谁这样想，谁的思想就有问题！谁敢这样想？你给我站出来！

有吗？一个人也没有！我们都是热爱毛主席的好战士！黎德山同志也是！

这事儿就算过去了。但是当时可把德山吓坏了！我们后来也都说，当时都完全吓傻了。要不是有老营长，德山肯定栽个大跟头！弄不好我这个班长都得挨处分。现在想想，也许那件事给德山留下了阴影，使他越害怕越紧张越出错。

张福禄说，吴干事，俺想着想着也不知道算不算德山的线索，俺收拾他留下的东西，看到有五封信，都是从新疆生产建设兵团来的。俺看了一下，来信的是他在部队的战友，可能你们部队有人复员后安排到那里了。

吴三羊说，是不是从新疆的北屯寄来的？

张福禄说，对，是北屯。

那就对了！已经连续几年了，服役期已满或超期服役的四川老兵，上千人联名给军党委写信要求去新疆屯垦戍边。军党委也定不了，就报北京军区经过研究，还是动员他们返乡。但从稳定边疆和保护战士的积极性考虑，也批准了少数党员，已经成家并且态度比较坚定的老战士到新疆落户。其中有一个姓唐的就是我们班的。

张福禄说，对，给德山写信的也姓唐！

是不是叫唐永超？

好像是。

我听说唐永超他们刚去的时候，当地还是很欢迎他们，帮他们安了家。但那边条件太苦，并不像想象中的那么浪漫，有的人受不了，就又打起背包回老家了。据说唐永超没有走，他坚持建设边疆。如果真是德山去了他那边 ，我可以想办法联系一下试试。

张福禄说，吴干事，你这次来，把俺们家的事儿都办得这么漂亮，俺们全家都对你感激不尽。趁着你人这么好，俺再给你说个事儿：俺有个表弟也在你们部队呢，他叫陶砚瓦。

啊，陶砚瓦，他在187师当报道员，这个名字我见过，也听过。很多人都知道他，他是个笔杆子，挺能写的。

你认识他？

还真不认识，只是知道有这么个人，没有联系。

他是俺表弟，跟烈士黎崇善是邻居，两家只隔着一堵墙，他叫俺媳妇姐姐。

啊，好啊，回头我给军长汇报的时候，不知道有没有机会，也顺便提一下他。要见着他，我会跟他说说咱们这些事儿。不过你们放心吧，他们搞报道的容易出成绩，进步快。

临分别时，两口子拿过一个小号的手提包，里面装得鼓鼓囊囊的，也不知是什么东西。一定要让吴三羊带上。说就是花生豆和红枣儿，一点儿小心意，你不带上就是嫌给的少，要不就是瞧不起俺们。

第四章　桲椤山不该是大坑

22

陶砚瓦想起明天五哥派汽车来接，突然就想到前些天翠兰姐托人带来一些土特产，里面还夹着一封信。当时就想着应该给翠兰姐回封信的，但忙起来也没顾上写。明天去见五哥，能不见翠兰姐吗？赶紧写封回信，当面交给翠兰姐，会比较礼貌一点儿。

想到此，陶砚瓦赶紧找出黎翠兰来信，又认真读了起来：

砚瓦你好！

向你全家问好！又一年过去了，不知你在忙些什么？上次你给姐寄来的《砚光瓦影》，我很快就看完了。谢谢你的诗和文。看完使我知道什么岗位都不容易，人生也许就是酸甜苦辣，五味俱全。其实想来也是一种享受。不过在姐看来，你不要过多写书了，因为写书是一件劳心费力的事儿，倒不如办个讲学班，每天抽两个小时讲课，一来传承我们中华民族的诗词文化，二来也少劳心费神，还能培养一大批人才，可望桃李满天下，何乐而不为？不知我说得对不对。

另外姐给你抄一首诗，是我在12岁那年冬天，我婶婶坐月子，小孩夭折了很是苦闷，有人给找了本《五女兴唐传》正本书全集，是用诗词形式写的，特别引人入胜。开头写道：

闷坐书馆论古今，看来都是闲操心。书中有真就有假，世人认假不认真。真真假假难分解，假假真真认不真。有人辨出真和假，假者自假真自真。接下来描写小姐和丫鬟：丫鬟下楼扑腾腾，小姐下楼咯噔噔。一般都是裙衩女，为何举动两样声？烧锅燎灶使唤女，闺阁兰房女娇容。扑腾腾来咯噔噔，手扶栏杆下楼棚。路上走来路上行，路上捎带花草名。花草名字人人会，各自音同字不同。一步迎春初放蕊，二步杏花别样红。三步行来桃花瓣，四步走动柳条青。五步行来莲花放，六步足下藕芽生。七步海棠花带露，八步芙蓉面面红。九步错落菊花俊，十步十样景不同。

其次在1959年，看了一本《儿女风尘记》。其中是说父女二人告状喊冤却在半路住了客栈。女儿一病不起，身上的盘缠路费已经花光了，客栈掌柜赶是赶不走了，无奈之下在墙上留下一首短诗：一进门来苏东坡，坐下韩信问萧何。苏秦舌巧能讲话，徐庶不语是白说。不是本店不赊账，只因店小利本薄。当时我就觉那父女二人的心酸，和店掌柜的无奈都令人难受。

前者是觉得好听感兴趣，后者是同情。所以几十年过去了，仍然记忆深刻。前面一首，我读它时你可能才刚刚出生，后面一首，你可能就能认一些字了。现在你已经年长成了名人，姐写给你看，也不知道这算不算好诗，让你见笑了。我没事儿干，我就抄写你的诗，我还能锻炼，不要老年痴呆了。最后再说一遍，再到这边来，一定记得看看姐。我现在总感到已经倒计时了，见一次少一次了啊！你五哥整天瞎忙，他的事情我也不管不问。小桲和小椤倒是经常有消息，他们也都很好。原来在QQ上聊，现在有了微信，就在微信上聊。我们现在身体还行，都能动弹，你也不用惦念。

姐：黎翠兰

重新读着这封信，陶砚瓦越发感觉翠兰姐对自己的关心和爱护，真的就像亲姐姐一样，让人感到心里暖暖的。他当即找了支小楷笔，抽出一张信笺，匆匆写道：

兰姐好！

来信收到，还有一同捎来的大枣、花生豆、小米，都统统收到了！谢谢兰姐、五哥一直以来的关心。我和雅丽、家柳、今今、小陶缶每一个都很好，勿念。

姐来信默写的几首诗都是好诗，能让姐看了就能背熟记住，而且还一直记得这么多年，现在提笔还能一字不落默写出来，肯定就是好诗啦！当然，前面那些严格来讲还不是诗，而是民间说唱用的鼓词，以让普通老百姓喜欢、通俗易懂为要。后面一个也不能算诗，是过去好多民间掌柜要账时常用的顺口溜。虽然它们不能算严格意义上的诗，但不能否定它们是富有诗意的艺术创造，而且是深受老百姓喜欢的形式。

确实，这两本书我都没看过。我上网查了一下，《五女兴唐传》是清末民初刊印过的鼓词说唱本，全篇都是鼓词唱段，所以要押韵，流传比较广。《儿女风尘记》是“文革”前出版的一部小说。

姐出于爱护我，给我提出很好的建议，我会铭记于心。特别是讲课的建议，培养人才、传承中华文化的建议，我现在就在做这方面的事情。不要写书的建议，是很有道理的，但可能不太适合我。因为我总觉得肚子里有话要说，不说出来就会憋得慌，所以有时间就写一写，也没人交任务，交任务咱不高兴也可以不干了。实际上就是想写就写、不想写就不写的状态，总之因为喜欢，一点儿都不累，放心！不会累到人的，放心吧！

反正我写出来什么书，肯定第一时间就会给您送上，请您提宝贵意见。

另外，因为退休了嘛，我可能会比以前较多到五哥的山庄，只要过去，就一定会看您！

祝姐

安康幸福！

弟砚瓦

23

第二天八点刚过，五哥派来接陶砚瓦的车子就到了。陶砚瓦草草收拾一下，匆匆下楼上车后，对司机说，真够早的！

司机说，晚了怕堵，赶不上中午吃饭，张总骂俺。

陶砚瓦说，也对，北京这交通是真没个准儿。

请问怎么称呼？陶砚瓦问。

俺是张总侄子，小名二臭。

啊。北乡的！大臭、二臭、三臭。

对，俺家弟兄三个，就叫大臭、二臭、三臭。

你大名叫什么？

叫张则忠。原则的则，忠诚的忠。

啊，二臭则忠，那大臭应该是叫则敬？

对呀！你怎么知道？

你弟弟应该叫则劝？

对啊！老三真叫张则劝。

名字是谁起的？

是俺姥爷起的。

应该是位老学究。

对呀！俺姥爷字文可深了。你怎么全知道？

很简单，姥爷给你们起的名字都来自《论语》：“子曰：‘临之以庄则敬，孝慈则忠，举善而教不能则劝。’”

嘿！俺姥爷家姓崔，舅舅家的姐姐叫崔临之，哥哥叫崔以庄，妹妹叫崔孝慈，弟弟叫崔举善，全让你猜中了！真够神的！

不是我神，是你姥爷照书起名，恰恰因为我背过这几句，刚才蒙对了而已。你们张总最近忙什么？陶砚瓦随口问道。

啊，张总这些日子在忙着弄小虫子哩！二臭显然语带揶揄。

啊？弄什么小虫子？陶砚瓦感觉很诧异。

字典上学名叫蚁蛳，俺们那边叫桲椤捎，也叫老捎，往后捎的捎。

陶砚瓦一听就明白这个“捎”字了，就是捎东西的捎字，此处读四声，音同哨兵的哨。就说，对，桲椤捎，你们北乡也叫老捎，就是细沙土里那玩意儿。

对，对对！你也知道它？司机似乎感觉很奇怪，还抬头从反光镜里瞟了陶砚瓦一眼。

我们小时候老玩儿它：桲椤桲椤捎！陶砚瓦说。那都是小时候玩的东西，他怎么有心思鼓捣起那个？

是啊。公司里谁都不明白。他家里俺大娘也都不明白。司机悻悻地说。

难不成他要找我玩儿桲椤捎？陶砚瓦也语带揶揄地说。

那不可能！他只是自己在新堆起来的沙土岗子上溜达，新种了几棵桲椤树。四边洒上好多细沙土。浮头儿的沙土是拿细眼儿筛子筛出来的，还养了得有几百上千个桲椤捎，里面还弄来不少米羊，是他让俺们逮来的，说是喂桲椤捎的吃食。

陶砚瓦听了，猛然想起来五哥两次把他带到陶家坟上，都是坐在地上说话，并且都见他两手在沙土上划拉，翻来翻去找什么东西。问他找什么，他说是找桲椤捎。当时心里装着事儿，也没在意他的话。

又想起小时候五哥每次陪姑姑来烧纸，无论是春季清明节，还是秋季的中元节送寒衣，五哥最喜欢做的事情，就是带着陶砚瓦在沙土里玩桲椤捎。那时候他们总是趴在沙土上，对着沙土上一个个漏斗状的沙窝，一遍一遍喊着同样的话：

桲椤桲椤捎，捎！

桲椤桲椤捎，捎！

你家老牛跑了！

跑到南小道了！

快截去吧！

喊着喊着，就能看见隐蔽在沙窝底部的桲椤捎爬出来，进入呼喊者早张开双手捧起的沙土上。之后是让沙土从手指缝隙里轻轻漏走，这个桲椤捎就成了掌中之物。

如今坟上沙土依然静好，但桲椤捎却没了踪影。五哥坐在沙土上，正是由于找不见当年那一个个锥形漏斗了，才下意识地用双手划拉来划拉去，企图有惊喜出现。但任凭他划拉，确实是没有见到半个桲椤捎的踪影。

你们北乡那边地里还有桲椤捎？陶砚瓦问司机。

早没了！听俺爹、俺大伯他们讲，他们小时候老玩儿那个，俺们这么大的都没见过，早没了！

怎么没了？

谁知道啊？

那张总养的桲椤捎是从哪里弄来的？

好像是从西乡，在山里找来的。

两次见五哥有意无意间寻找桲椤捎，一直也没引起陶砚瓦的注意。此时听二臭说起它，却在他心头陡然一惊：

小时候那么多的桲椤捎，现在怎么会一个都不见了呢？

每次见五哥，都是忧国忧民，话题沉重，也没顾上回忆儿时的桲椤捎岁月，更没问及如今桲椤捎已近绝迹的前因后果。

桲椤捎为什么不见了？

难道又是农药化肥惹的祸吗？

是仅仅陶家祖坟上的桲椤捎不见了，还是全村的桲椤捎都不见了，甚至是整个冀中平原的桲椤捎都不见了？

是最近一二十年不见了桲椤捎，还是更早？比如是三十年前？

是暂时不见了桲椤捎还是永远告别了桲椤捎？桲椤捎这个小虫子正在陶村、冀中乃至全中国，甚至全世界日渐消亡绝迹？

如果是最坏的情况，它或者已成为地球上已经或者正在走向消亡的千万个物种之一。如果如此，它会对于我们、对于人类有什么严重后果吗？或者换个角度问：桲椤捎的存在或者消亡，有什么重大意义吗？

陶砚瓦琢磨来琢磨去，也没有理出个子丑寅卯来。

24

桲椤桲椤捎，捎！桲椤桲椤捎，捎！

张福禄手里举着一把大蒲扇，趴着身子，对着一堆沙土喊叫。

沙土表面不甚平整，分布着许多漏斗形小沙窝。张福禄喊着喊着，果然看见一个沙窝里面，那个被唤作桲椤捎的小虫儿应声而动了。两只尖尖的触角下，露出一个小小的脑袋，似乎在探听外面的动静。

张福禄一见它出来，就像见了心仪已久的情人，又像受到了大人物的接见一样，心里一阵狂喜，嘴里还是念叨着：

桲椤桲椤捎，捎！

桲椤桲椤捎，捎！

那小虫儿似乎感觉到了危险，又匆匆把小脑袋缩了回去。

张福禄感觉被放了鸽子，嘴里说，嘿！小子！你还敢给老子缩回去！随手把大蒲扇一扔，双手来了个抄底动作，连同沙土来了个一锅端，然后从指缝里往外漏沙，不一会儿就见那个小虫儿撅着的屁股向前，支棱着的脑袋朝后，捎着出来了！

那个小虫儿的脑袋很复杂，像极了《西游记》里的沙僧，顶着两个镰刀状的大腭；颈部和前胸连为一体，偶尔还摆动摆动。它的卵形肚子上布满鬃毛，浑身呈土灰色，就是沙土的颜色，也是它的隐身色。如果它趴在沙土里一动不动，就难以被发现。

张福禄这会儿两眼直勾勾盯着那个小虫儿，只见它捎一捎，停一停，捎一捎，停一停，总也捎不出如来佛的手掌心。张福禄看腻了，一松手，又把它放回原地。

那小虫儿惊恐中又回到沙土里，知道警报解除了，就又佝偻起身子，腹部为犁，手脚并用，向细沙深处捎进去。它一边用脑袋接住落下来的沙土，一边熟练地抖动着脑袋，将沙土抛向高处。顷刻间，平整的沙面上，捎出了一个漏斗形凹坑。小虫儿把自己埋进坑底，露出的上颚比刚才更少，继续等待着猎物出现。

张福禄似乎想起了什么，就从旁边逮过一个蚂蚁，放进这个沙坑。嘴里说着，给你点儿奖励！

惊恐莫名的小蚂蚁身子蠕动着，六条腿胡踢乱蹬着，一掉进沙坑，就触碰到桲椤捎的两个大腭。只见桲椤捎反应迅捷，它先用其尖锐的大腭奋力一扣，就把小蚂蚁死死抱住往沙土里面拖。小蚂蚁死死挣扎，但小半截身子已被拖进沙土中。这时桲椤捎的大小腭、六条腿、颈部与腹部全部用上，合力把小蚂蚁夹死，任凭小蚂蚁挣扎反抗。与此同时，桲椤捎口器中的针刺早进入了小蚂蚁的身体。针刺穿过其外壳，立刻变成吸管，小蚂蚁惊魂未定中，自己体液已经成为桲椤捎的饕餮美味。

小蚂蚁逐渐没有了力气，身体也一点儿一点儿被拖进沙土中，直到全部。最后只见沙土在蠕动，蠕动也慢慢归于宁静。

张福禄一直呆呆看着，就像是铁杆影迷观看惊悚大片。

其实这样的过程，张福禄早看过多次了。他仍然乐此不疲，反复观看，大饱眼福。

沙土已经不动了，他的眼睛依然紧盯着沙坑。

因为他还在等待这场绝杀大戏的压轴一幕。

果然，一会儿工夫，只见小蚂蚁从沙土中被抛出来。

张福禄用指尖轻轻拈起来，放在掌心观看。

小蚂蚁表面很完整，但其体液已空，仅剩一具空壳。

桲椤捎没有让他失望。

他抬头看了看挂在墙上的钟，心想：砚瓦差不多该到了。于是，他站起身，回到办公室端起杯子喝了口茶水，然后溜溜达达到大门口去迎接。

25

陶砚瓦乘坐的车子从大广高速出来，又开了半个多小时，路变窄而车变少，村烟近而鸡犬闻。远远看见于平原野地里，矗立起一个硕大的荒丘。荒丘上栽满了树木，杏梨桃枣，各呈异状。杏梨桃枣之间，出现一种不常见的树，它的叶子比成年人的手掌都更大更长，而且其颜色也比其他的树种更为殊异，于葱绿中闪现榴红，于孤艳中涂抹俊雅。远远望去，立刻让人不可忽略，感受到它似有劫火烧残、浮云阅尽的沧桑经历。陶砚瓦心想：这就是五哥念兹在兹的桲椤树啊！

这荒丘，就是五哥在也被推平的东岗子原址新堆出来的，而且他直呼其为桲椤山。他曾带有几分得意地对陶砚瓦说，你们陶村没有桲椤山了，俺弄了一个！桲椤山，桲椤山，多好听的名字！你们不要了俺要，你们不叫了俺叫！

这荒丘前边，出现一片暗灰色夹杂着一点儿暗红色的水泥建筑。两边用红砖砌起的大门柱子，支起几根钢筋焊接的弧形门楣，上面再焊上四个红色颜体大字“桲椤山庄”。虽没有署名，陶砚瓦却一眼即认出是自己手笔。

张福禄早站在大门外抽着烟，等待陶砚瓦光临。

五哥！

砚瓦！

两个人一见面，就握了手，张福禄还伸手在陶砚瓦的肩膀上拍了拍。

陶砚瓦指着荒丘上那些栲栳树说，你把这些栲栳树伺候得真好，长得真壮实！

五哥说，你砚瓦可是陶村生陶村长，识文断字，走南闯北。这几棵大的栲栳树就是那年从陶村弄过来的！

啊，你伺候得好！陶砚瓦显然是对这树及其主人都很欣赏：俺真想去摘几片叶子带回去。

走，这会儿还不到十一点，俺陪你去摘栲栳叶，完了咱们先喝茶，再吃饭。

好。

喳喳儿啊，你没官职了，咱叫你小名行不？

五哥，你想怎么叫都行！

陶砚瓦听五哥叫他小名“喳喳儿”，其实心里蛮亲切。在陶村，人们习惯把最小的孩子叫喳喳儿，叫着叫着，又生更小的了，就把这个乳名移交给更小的。叫着叫着，长大了，人们往往就改叫其大名，而特别亲近的长辈，或者一起长大的发小儿，即使你长大了，也还是喜欢叫你乳名。

刚才听二臭说，你在养栲栳捎？

对啊！咱平原上都没了！春天从山里弄了些个回来。

两个人溜溜达达，摘了叶子，边走边聊。从栲栳山庄大门进来，右侧一座四层楼，是山庄招待所，每层有二十来个房间。再往前走，有一个独立小院，院内有水池假山，回廊台榭，翠竹老藤，碎石甬道，虽处乡野之地，且有些破旧了，但仍可看出当年建造者似有鲜明的追古情怀。

这里就是山庄，也是公司总部了。

宽敞的正房大厅里，摆放着硕大的根雕茶桌和凳子，可容五六人围坐品茗。张福禄坐里面亲自烧水泡茶，陶砚瓦坐他对面，二人按主客坐定后，还是陶砚瓦开了腔：五哥，你找我到底什么事儿？

喳儿啊。五哥刚才叫了陶砚瓦的乳名喳喳儿，现在又把两个喳字再省掉一个，无形中使两人关系更近一层。哥听你意思，如今是你还没退干净？

行政上退干净了，领导还给安排兼个闲职，每个月三千块钱，有事就去转转，没事不去也行。陶砚瓦全交了底。

三千块钱？五哥明显感觉不多。你干脆辞了他们吧，你跟着你哥俺，一年给你开30万。

五哥，谢谢你。陶砚瓦说。这么多年来，俺爹娘在的时候，家里大事小情，不都是你帮衬着！

砚瓦你快别说这个！又恢复叫了大名，显然语气调整到严肃状态了。俺小时候跟俺娘去陶村，俺舅俺妗子亲俺疼俺，记得俺头一年上学，妗子掀开炕席，找出一张五毛钱，那张钱连打两个对折，不知道在炕席下面压了多少年了，压得瓷瓷实实，都快扒拉不开了，她偷偷塞到俺兜兜里了。俺回去也舍不得花，就把它藏在草厦子里头的砖缝里，没事儿就打开看看。那时候容易吗？五哥说着，两行泪水早顺着眼眶淌了出来。

五哥，陶砚瓦想起爹去世时，自己还在部队服役；娘去世时，自己正在北京上班，都没能在老人身边尽孝，而五哥却都赶过来送他们走，比他这个亲儿子出力还多，也就有泪水淌出来。你对俺爹娘好，对俺也好，俺都知道。

喳儿啊，咱都这个岁数了，老人咱送走了，孩子们也不用咱太操心了，自己的事儿也还算不差，咱还图什么呢？五哥语气激昂起来。咱都是在组织的人，得想着国家的事儿，想着老百姓的事儿！

对，五哥。

北京丰台那十来亩地，还真跑下来了。五哥声音微微放低，略有一丝神秘。原来咱种树苗，现在搞开发，变成商业用地了。天上掉馅饼啊。

那好啊！陶砚瓦也为之高兴。准备弄什么？

盖楼！五哥口气和目光同样坚定。四环内三环外，下面建个超市，上面是个宾馆，想叫桲椤大厦。草图也出来了，超市的合同也签了。砚瓦啊，五哥毕竟大你几岁，老了，我就想着你退了，公家的事儿不用你管了，北京这摊子事儿是咱自己的事儿，你又有经验，有能力，俺想好了，就全交给你了！

五哥使不得！陶砚瓦态度坚定地回绝道。谢谢你对弟弟的信任！但你弟弟在机关让人家管了多年，舞文弄墨还凑合，你让他管理一座楼，当老板，可惜他不是那块料。

你真不干？

真不干！嘿，你那宝贝儿子也该回来接班了吧？不能老是培养，用也是培养啊！

张桲嘛，念书是头等大事，我逼他念硕士呢，完了再让他念博士。再说了，他还是个孩子呢。

张桲要是个孩子，那张椤不是更小了吗？

对呀，他们现在一个在美国，一个在荷兰，都指望不上。砚瓦啊，五哥稍停一下，说，你也是个桲椤捎啊！

五哥，弟弟让你失望了！陶砚瓦明显感觉到张福禄的口气。不过你说我是个桲椤捎，这话得讲明白，好让你弟弟长点儿学问。

砚瓦，说你是个桲椤捎，我就是随口一讲。你哥哥我，才是一个不折不扣的桲椤捎呢！

哥哥这话听着真是新鲜！你一定得给弟弟详详细细开导开导！

好，这也是我叫你过来的另一个题目。五哥又递给陶砚瓦一杯热茶，说，喝了这杯，咱们先吃饭，你兰姐也过来。吃完饭你就上去睡上一觉，三点钟咱哥儿俩再接着边喝边聊。

好，听你安排五哥。前些天兰姐给我捎东西，里面还夹着一封信。昨晚我赶紧写了封回信，正好一会儿给她。

两个人端起茶杯，也像喝酒一样碰了一下，然后各自一饮而尽。

26

中午一见兰姐，先把刚写好的回信当面交给兰姐。兰姐当时就打开看了，看完还念起来。五哥在一旁边听边笑道，怎么越听越像两个中学生啊！

兰姐说，俺和砚瓦家紧挨着，隔着一堵墙，俺那个婶子可亲俺了，有好吃的就隔着墙喊俺：兰兰，兰兰，婶子包包子了！俺从小踮着小脚接她递过来的东西吃。有时候经常是连碗也忘了还。俺婶子待俺跟亲娘一样亲。砚瓦是俺从小看着长大的，就跟亲弟弟一样。俺看他上学、当兵，结婚、进北京，哎呀俺见他好，比俺自己好都招俺高兴。

砚瓦在一旁听着听着，两行热泪汩汩而出，直说，兰姐，快别说了，俺受不了了！

兰姐赶紧抽了两张纸巾递给陶砚瓦，嘴里说着，别啼哭！多大了还啼哭！说着她自己也流眼泪了。

砚瓦啊，你这个媳妇找得好啊！俺每次去陶村，人们提起来，都说你找了个好媳妇，模样好，还特别懂事儿，从俺叔还活着的时候，就年年回老家，对俺叔俺婶子可好了，结记得可到了！俺婶子还经常在北京住着，可算是享了福了。要不是人家雅丽，你也进不了北京。你可不许对不起人家雅丽啊！

姐啊，你放心，咱怎么也得对得起人家。小孙子都有了，她每天看孙子，好着呢！

吃完饭，兰姐说，福禄你好好陪砚瓦接着聊吧。俺不掺和你们的事儿。砚瓦既然来了，就多住几天，你们聊完了，咱也好好聊个够！

还几天哩，明儿个就回去！五哥愤愤地说，忙着哩！

什么时候走，姐送你。兰姐又说。

姐你别送俺了，你老是逗俺啼哭。

兰姐哈哈笑起来，说，谁逗你了？是你自己不经逗，多大了，还喜欢啼哭。

下午张福禄换了一泡新茶，话题仍从上午继续。

老哥说你是梓椤捎，你别不爱听。张福禄道。因为什么？因为哥哥也是啊，咱俩，还有许多许多人，都是梓椤捎啊！

为什么？陶砚瓦竖起了耳朵。

砚瓦你知道，当年俺去陶村，咱们经常上梓椤山那边，那细细哩，跟富强粉似哩沙土！

张福禄要展开讲了。

咱们不同县不同乡，距离也有一百多里地，可要说起梓椤山，俺可真是有感情！俺打小儿就听俺娘“摆列”瞎话儿，什么梓椤山上有老牛，老牛拉磨磨金豆子，金豆子磨成金粉，南蛮子来憋宝，等到了八月十五晚上，月上当头时，老牛出来吃草，看瓜的把头一个熟瓜扔过去，打中老牛，就能拿到金豆子发大财。但老是出现各种情况，就是让你打不中，所以也就发不了财。

过去俺以为俺娘从陶村趸过来的瞎话，后来俺做生意，不断有北京、唐山、石家庄，还有山东、河南甚至安徽、江西的朋友过来，说起这事儿，敢情各地好多地方都有这山那山，有的还就叫金牛山。好多山都有这个金牛的传说。山上都有金牛，情节也都是大同小异。俺这才恍然大悟，可能全中国到处都有山，说法也基本都是这一套。可能咱们老祖宗，崇拜龙、崇拜马、崇拜熊，也有不少崇拜牛的吧？

咱爹娘那一辈儿都过世了，俺村的东岗子当年就在这儿，也是在学大寨时给平了。不过俺这会儿说了算，俺又给堆起来了！不光堆起来了，俺还在上边栽满了果树，关键咱还栽了梓椤树，那几棵大的就是俺那年从陶村弄来的，都比碗口粗了。还有一些是俺专门到昌黎咱省里的林研所要的树苗，你来的时候看见了，长得多好！本来叫东岗子，栽了梓椤树，可就成了梓椤山，俺还准备恢复梓椤捎！这三样都全了，那才是咱小时候的样子，也才是俺心目中的社会主义新农村。

可惜了你们陶村的桲椤山，那才是真正的原装正宗的桲椤山！比俺村这个大，也比俺村这个壮观！当年平的时候，俺挡了一下，那个时候俺也没能耐挡住。别说俺了，国务院吴主任，63军阎军长，他们都挡不住。桲椤树早没了，桲椤山后来没了，这会儿桲椤捎也没了，那年是老天爷长眼，硬蹿出几棵桲椤树苗，你们陶村村委会门口那一棵，还有俺丈人坟上那两棵，砖窑井旁边那几棵，都是老天爷给咱的托付啊！本来桲椤山没了，咱心里就不痛快，黎四清那个王八蛋又弄了个破窑厂，把原来的桲椤山，挖成了个桲椤坑！他奶奶的。俺恨不得陶村那边，也恢复起桲椤山，也栽上桲椤树，也有一地桲椤捎！咱还和小时候一样，趴在沙土里喊：桲椤桲椤捎！桲椤桲椤捎！

张福禄说着，语调逐渐低沉起来。

俺最近总觉得咱小时候，缺吃少穿的，但是咱回顾这一生，最幸福的时候是小时候，最值得珍惜的也是小时候！想想每年两回陪俺娘去陶村烧纸，天是蓝的，云是白的，草是绿的，水是清的。咱在沙土里玩桲椤捎，那是什么感觉？那是最幸福的时光啊！

张福禄说到兴头上，自己端起杯子先喝了口茶，然后再自己续上，端起来跟陶砚瓦碰。

砚瓦，别老是俺说，你也答答下言。

你说吧！俺听着哩！等着听咱怎么成了桲椤捎？

你看你，还挺在意的。来，咱再碰一杯！

二人又一碰一饮。

要说桲椤捎，得先说桲椤山。没有了桲椤山，也就没有了桲椤捎。哥说你也是个桲椤捎，为什么中间有个“也”字，是因为哥就是个桲椤捎。为什么？为什么？张福禄瞪大眼睛，不知他在问谁。

俺琢磨过好长时间了：你看这桲椤捎，第一它靠土生存，靠沙土生存，有细沙的地方才有它；第二它的本性是喜欢往后捎。咱小时候赶牲口，拿着鞭子吆喝：捎！捎！捎！就是那个捎。桲椤捎桲椤捎，它在沙土里往后一捎，捎出一个窝窝，圆锥形，像个漏斗、牛角，或者小螺，咱们都叫桲椤捎，那个桲椤，也可以去掉木字旁叫孛罗，就是古代军队用的号角，这桲椤两个字，没准儿还是胡语呢！

很有可能！陶砚瓦笑道，咱们管碎布头儿叫“扑扯”，手搓捻叫“尼先”，蹲下叫“咕丢”，吃东西叫“嗨娘”，故意叫“对唔”等等，我想来想去都有可能是胡语。五哥你真行！还做了许多功课啊！

你别打岔！五哥嗔道。人生当然是往前走，一步一步走，往前走。但遇到什么事情，有时是坏事，有时是好事，咱们性格总是喜欢先往后捎一捎。比如我自己，好多时候都是往后捎的。还是毛主席说得好，辩证法！你要往后捎，结果可能是招人家把你提溜出来。你看你，没到退休年龄就敢提前退下来，你说你是不是捎？

陶砚瓦赶紧说，是捎。

但捎归捎，捎出个窝窝，就是做了个局，然后坐等小蚂蚁进来，成为咱的口粮。老天爷专门给咱掉馅饼！你陶砚瓦，你哥俺，咱奋斗了没有？肯定奋斗了；努力了没有？肯定努力了，但咱心里当初谁想过有现在这样好的结果？俺敢断定都没有。一步一步的，关键的时刻，都是靠馅饼掉下来，掉一个，砸一下，进一步。但你想想，这捎，看似退，是消极，是被动，但也是咱生存的基础，生存的智慧。回头一看，也包含着主动作为、提前布局、扬长避短的积极成分。你想想，是不是？

看陶砚瓦没吭气，但直点头，张福禄就接着说，当年俺初中毕了业，先是被抽到公社化肥厂，跟着拖拉机到北京拉硫酸、拉磷石、拉煤，后来到公社农机站，打犁、翻地、播种、收秋、挖渠。再后来当站长，当劳模，自己都没想到。2005年，县里书记、县长逼着俺改制，硬是把集体企业改成俺个人的，让俺当董事长。你看这是原来的机修站归俺，接着把农场800亩地归俺，前两年又把那边400亩地都归了俺，一千多亩地，都成了俺个人的了。当年的大地主也没这么多地啊！咱一直就是个桲椤捎，总是能往后捎就先捎，捎到咱自己的小窝窝里，然后看着那一个一个的小米羊自己跑进来。不说你哥俺了，咱说你，你陶砚瓦，是不是也喜欢捎？捎进你自己的小窝窝里，等着那一个一个的小米羊自己跑进来？

陶砚瓦又点了头，可以说是。

俺早就觉得自己是个桲椤捎，现在俺看你也是个桲椤捎。你说说，当年你当兵走的时候，想过要提干进北京吗？想过要当个地厅级吗？你也是让馅饼砸呀砸的。还有这回，跑着国家级大项目，突然就不干了，是不是成心往后捎？习惯性往后捎？你认不认账？

五哥，听你这么一说，咱哥儿俩还真都是桲椤捎。难怪你给两个孩子起名，儿子叫张桲，女儿叫张椤。陶砚瓦被五哥的桲椤捎理论征服了。

嘿嘿！张福禄狡黠一笑，接着说，那咱再说俺找你来的第二个事儿。五哥见陶砚瓦明白了他的桲椤捎理论，便又开始了下面的谈话。

27

砚瓦啊，俺北京那一摊子事儿你不想接，俺还有个事儿你必须上心！张福禄态度很严肃了，两眼也瞪起来，直视着陶砚瓦。

五哥对不起！你快说第二个事儿，我一定尽力！陶砚瓦赶紧表态。

第二个事儿，也是冲着你来的。张福禄说。咱虽然有桲椤捎的性格，经常喜欢往后捎，永远不会踮着脚往上够。但改革开放三十年了，咱也明白一个道理，那就是敢闯敢干，也可以成事，成大事！

直说吧！北京那楼五一前要开工！规划报的名字就叫桲椤大厦，建筑面积不到四万平方米，有客房，有商店。在俺这儿，说小不算小；放在北京，说大也不大。当然了，将来弄好了，咱也就是个开店的。你号称这个那个的，算是京城的文化人，你能不能帮俺成立个东西，比如叫中国龙脉文化研究中心，将来给你弄个办公室，找几个人，把龙脉文化研究研究，把全国各地的龙山、虎山、牛山、马山联合联合，或许还能有点儿意思，说不好再有馅饼掉下来，砸得咱哥儿俩流芳百世！怎么样弟弟？

五哥，你真行！陶砚瓦万万没想到，张福禄竟有这等情怀和梦想！就问他，怎么说了半天梓椤山，突然又转到龙脉文化了？怎么不研究梓椤山文化？

五哥眼睛一瞪说，梓椤山是什么？是你、是我、是咱的家；龙脉是什么？是国家、是民族、是江山社稷！你应该比俺懂啊！昆仑山是龙头，中国这边三条大龙：北、中、南；欧洲那边两条。咱这三条大干龙，各有分支，分支再分支，遍布咱中华大地。

你看咱冀中平原一马平川，见不到山脉，但咱也有龙脉。

平原的龙脉在哪里？

山脉是龙脉，江河也是龙脉。咱冀中西邻太行，北枕燕山，河流密布。地表的皱褶，早被大面积冲积覆盖，地面上见不到了，都在咱脚底下埋着哩。俺听石油的人说，冀中凹陷，深县凹陷，咱脚下到处是暗山。有的在地面底下几百米，有的上千米。咱平原也有龙脉，只是埋在地面底下深藏不露。只有露在地面的小沙土岗子，聚一些气，藏一点儿风，出一个半个的小人物。比如你我。

五哥用手指一指陶砚瓦，再指一指自己，见陶砚瓦不动声色，就接着说，你混了个地市级，俺也干了四届省人大代表，全国劳模。难道还不算个小人物？

唐朝有个杨筠松，写了“二龙经”，一部《撼龙经》，一部《疑龙经》，搞风水的人必读。高一寸为山，低一寸为水，别小看一个小沙土岗子，它可能是一个小村庄的龙穴所在。你看古人都在哪里建城，在哪里建都？都在山水汇合处。大聚建都，中聚建郡，小聚建村镇。这里面包含着真理，不是搞迷信。

行了五哥，俺服了你了！陶砚瓦终于开口道。他感觉五哥已经认准了，早做足功课了。他思考了一下，说，成立组织这事儿，说大不大，说小不小。别说是个人申请成立，就是国家某个部门要成立一个组织，也要层层上报，层层审批。没个一年两年的，弄不下来。而且你个人要成立中国字头的组织，政府基本上不允许。前些年社会上许多中国的、中华的、世界的、国际的，都是到香港或者境外什么地方，去注册成立的，一样在国内活动，只要不犯法，也没人管。但最近可能也在抓这事儿。

咱搞的事儿都是正能量！这你放心！张福禄坚定地说。

好，这事儿俺帮你问问。陶砚瓦说。不过，你到底是想弄个什么样子，比如你是想搞到多大？搞到多高层次？是想在理论上挖掘，还是在人脉上拓展，还是想在经济上弄出名堂来？

弄成了，你当会长。五哥没回答陶砚瓦的问题，又急着要拉陶砚瓦入道。

不行，你弟弟乌纱帽太小，应该找个脑袋更大的。陶砚瓦坚决推辞。

刚说你是个桲椤捎，这不，又捎上了。五哥说。

陶砚瓦说，五哥啊，回头你去北京，我找几个朋友一起坐坐，给你出出主意。

那当然好！张福禄得到了理想的结果，脸上绽放出笑容。你现在就联系人，明天晚上见面吃饭，怎么样？

好，五哥，俺答应你，马上办！

张福禄见陶砚瓦答应得痛快，脸上露出狡猾的一笑说，弟弟，你准备展览在哪儿写字啊？

陶砚瓦说，在家呗！地儿太小，不方便，你弟妹也老嘟哝。

俺就知道你有难处！给！拿着！张福禄顺手塞给陶砚瓦一把钥匙。

陶砚瓦一惊，问，这是哪儿的钥匙？

张福禄又诡秘一笑说，怀柔红螺紫府别墅F区35号。买了好几年了，没怎么住，你进去可劲儿造吧！

好啊，还从来没听你说过！

你们当官儿的经常弄什么秘密，你哥哥俺就不能有点儿秘密吗？张福禄得意地说。

突然蹦出一套大别墅！你还有什么秘密？从实招来！

嘿嘿，俺秘密多了去了，就是不告诉你！

那俺也就不客气了！在你家大客厅地上写大字，弄一墙一地黑墨汁儿！

你随便弄！别着火就行！这两年俺总听说你在弄项目，桲椤大厦是咱自个儿的项目，你可得出点儿力气啊！

你不提项目还好，你一提项目这两个字，俺头都大了。好啊，你这楼还没开建，你就开始布局楼里面的内容建设了。你还把俺也折腾进来了。公家的事儿俺刚刚逃了，你的事儿又接上了！真是刚出了虎口，又掉进……陶砚瓦不敢往下说了。

桲椤捎窝！张福禄说。

第五章　桃酥项目

28

方永辉要带陶砚瓦见的第一个人，还不是风投公司老总，说是一位高人。

也就是从香港回京之后，大约一两个月的样子，那天晚上大征叔的孙子陶景亮如约到家来取字，坐了一会儿，聊了聊他们快递公司的事儿才走。大约过了10点钟，陶砚瓦刚刚躺在床上，迷迷糊糊就要睡着了，突然接到方永辉电话，说第二天中午要请一位高人。也会有风投公司老总，砚瓦老兄一定要“出席莅临”，因为要谈“做桃酥”的事儿。

什么？做桃酥？那得去找稻香村啊！我不会啊！

哈哈哈哈！电话里传过来方永辉的笑声：我就想蒙住你这个大文豪，果然你就中招了！

什么什么？陶砚瓦马上从被窝里坐起来，什么意思？我怎么越听越糊涂？

没什么，没什么，就是做“桃酥”。

啊，你想进军食品加工业？

嗯，也算是食品吧，不过我这个食品，不是吃的，不是物质的，是精神的。你猜猜是什么？

精神“桃酥”？是心灵鸡汤？精神快餐？快乐茶点？幸福诗文？陶砚瓦说一个，电话那头就一声no。陶砚瓦脑袋里突然灵光一闪：啊，陶渊明和苏东坡？

睿智！聪明！果然是文豪！不过不是陶渊明和苏东坡，是陶渊明的第72代孙陶砚瓦和苏东坡。我们要……

等等！等等！陶砚瓦没等方永辉说完就问，谁告诉你我是他的第72代孙？

嘿嘿，我就瞎说了个数而已。

这事儿千万别瞎说！我们家就没找到家谱，我也不知道自己祖上和陶渊明是何关系，更别提多少代孙了！

看看看！你又这样较真了！现在不都是这样炒嘛！姓王的就都是琅琊王氏，王羲之第多少代孙；姓颜的就都是颜回后人，颜真卿第多少代孙。

哈哈哈哈！陶砚瓦干笑几声说，就算我祖上真是陶渊明，那老祖宗也太不给力了！他弃官种地，闷头写诗，连张纸片也没留下来！

那边方永辉听了，也哈哈大笑起来，然后顺着说，所以啊，你就不能只是闷头写诗了！一定要配合我们做好“桃酥项目”，给后人多留下点儿东西！

嘿嘿！你在这儿等着我呢！

你好好想想啊，把一个普普通通的现代人陶砚瓦，生生炒作成当代苏东坡，是一个大型文化项目。操作这个是您强项！套路很熟悉：有个方案，正式立项，逐步推进。咱们还得保密，只有你我几个人知道，所以简称就叫“桃酥项目”，这个简称很温馨，很接地气，也很上口，关键是说起来不显山露水，会很方便！时间嘛，五年怎么样？

五年肯定不行！

啊？长了对吗？那四年？三年？难不成只要两年？

no，no，no！陶砚瓦学着方永辉的腔调：我想起码需要三十到五十年！

三十到五十年？方永辉一定瞪大了眼睛。那咱们这辈子可看不到了！

应该是看不到了。项目完成了，或者失败了，咱们都看不到了。

那我们还弄什么？

就是啊！按照我自己的理性分析就是这样。所以我希望你一定想想清楚，如果你弄了三五年或者七八年之后，还远远不能让陶砚瓦成为当代苏东坡，你还干不干？

短暂的沉默之后，方永辉说，干！起码我们会接近这个目标。因为国家、民族、时代，都需要产生代表性的文化人物。你看这些年推出来的所谓大师，他们有的人品不怎么样，有的艺术基础很差、破绽百出，甚至有的一辈子连本像样的著作都没有。但也能诈诈唬唬一时，直至寿终正寝。

其实我有个想法，不知你同不同意。

你先说说看！

我建议你先不要搞“桃酥项目”，先搞个“东京项目”比较好，一点儿一点儿做，做一个成一个，这样比较靠谱儿。

好，不愧是高手。“东京项目”是“桃酥项目” 的第一个子项目，一步一步来！对了，咱们明天就见这位高人，先正式启动“东京项目”，然后再一个接一个搞。我也在联系几位风投老总。请老兄明天带上你的大作，包括去香港办展的小册子，还有，您自己看着办吧。

说完还给陶砚瓦发来一个地址，就是一家酒店，距离陶家不算远。

29

到了见面的地方，让陶砚瓦颇感意外，要见的所谓高人，竟然是横井康夫。

横井依然文质彬彬，笑容可掬。因为是老朋友，虽很意外，但也很亲切和热络。一切都和当年一样，还是方永辉从中斡旋，还是友好和欢快的气氛。只是那边少了猪股伸树，以及中村纪子。陶砚瓦这边已无公职，身份只是个平民百姓，所以也有点儿形单影只的感觉。

陶砚瓦说，没想到今天见的是横井先生，方永辉这位老弟搞得神神秘秘的，只说是一位高人。当然横井先生确实是一位高人，而且还是熟人、朋友，虽很意外，但还是很高兴。

横井也可以用汉语交谈，但是讲得比较吃力。他说他还在做文化方面的事情，也比较关注陶砚瓦先生最近取得的成绩。祝贺《砚光瓦影》的出版，以及香港展览的成功。他说已经和猪股伸树商量过了，希望陶砚瓦把《砚光瓦影》的版权卖给猪股，同时委托猪股负责在东京国立博物馆搞一个“陶砚瓦诗词书法展览”。原则上《砚光瓦影》的版税，再用于展览所需。两件事情都由猪股的株式会社来承办。虽然是猪股的公司承办，但是这两件事情，横井都会参与，主要帮忙搞些宣传推介。

以上的思路请问陶先生同不同意，还有什么具体要求。

陶砚瓦就说些感谢的客气话。

然后横井从箱子里拿出两份合同，都先递给了方永辉看。一份是《砚光瓦影》的版权委托，另一份是举办“陶砚瓦诗词书法展览”的委托。两份合同，都各有中日两个文本。

方永辉看了说，很好，都没问题。现在就签了吧！

我听我的经纪人的，他说没问题我就签。陶砚瓦边说边在每份合同上签了名。

横井把合同收起来说，他原有两个身份，一个是日本国文博展览专家，一个是联合国教科文组织东亚文化专家。现在又多了一个身份：美国普鲁金斯学会东亚文化研究课题的研究员。

陶砚瓦说，横井先生的身份越来越多，我陶砚瓦的身份是越来越少。

这次是横井先生说，no，no，no！陶先生的身份，诗人、作家、书法家，可能还会有“当代苏东坡”吧？也是越来越多。

方永辉说，看，怎么样？“当代苏东坡”，可是横井先生首提！

陶砚瓦说，横井先生当然是抬爱和鼓励，我心里明白。

横井说，我心里也确实钦佩陶先生的文学创造力，也愿意开始推进“桃酥项目”。当然，我这次到北京来，主要的任务还是想重点了解中国最近关于文化方面的情报信息。

方永辉马上插话并且手上做着暂停手势纠正他，停停停，不是情报，是情况！你再说情报，我们都以为你是间谍呢！

横井就笑了笑，说，啊，对对对，是情况，不是情报。

陶砚瓦说，横井先生那几个身份，都非常高大上，他的经历、学识，我十分钦佩。但是你要了解的情况也好，情报也罢，我可能帮不上忙。因为永辉应该知道，我现在什么公职都没有，我所知道的外面情况，应该是人人都可以知道的，小学生也能够知道的。

横井笑了笑说，陶先生说得没错，浮在表面的，漂在空中的，看得见、摸得着的，我不需要找你陶先生要。我想要的东西，不是这些。我想要的是你陶先生对一些事情是怎么思考的，有哪些想法、看法。一定是你心里的东西，恰恰对我是有价值的，恰恰是我想要的。请不吝赐教！横井说着，还站起来，恭恭敬敬给陶砚瓦鞠了一个深躬。

陶砚瓦也连忙站起来了，说横井先生你太客气了！你请坐下，我一定尽我所能提供帮助。

横井一听陶砚瓦同意了，又要站起来行礼。这次陶砚瓦直接劝止他：横井先生先别急着谢我，等我把话讲完。我可以尽我所能提供一些帮助，但要有个前提，就是你找我要的关于我个人从事的文化创作领域里的东西，我可以毫无保留，畅谈无妨。但如果超出这个范围，以你我两个人的身份，不应该随便来谈。要麻烦方永辉，弄一张纸，写上想找某人谈某事，一二三，列一个单子，我们领导应该会同意，以前有过，何况他们都知道咱们认识。然后他们会正式通知我，我也提前做些准备，这样咱们两全其美。怎么样？

横井说，没问题！还是有劳方先生。这样更好，咱们一定会谈得愉快。

方永辉说，我倒霉死了！本来你们两个人的事，为什么跑腿受累的总是我！

30

方永辉执行力很强。上午说的事儿，他下午就搞定了。在电话里他扬扬得意地给陶砚瓦说，你们老领导对你评价相当高，我列了几条，他一边看一边说没问题！找砚瓦谈这些都没问题。他还说你现在正和他儿子合作，搞国学班呢。先打电话告诉你，估计他会让外事司正式通知你。

方永辉给尚济民的说是一张纸，其实总共没有二百字。实质内容其实更少，只有六个字就解决了：诗词、书法、国学。

只谈这三个领域，恰好是陶砚瓦最擅长的领域。这在上午陶砚瓦自己也认可了，说谈这三个领域，领导没理由不批。谈别的，不必找陶砚瓦，可以去找别人。

一个小时以后，外事部门就正式通知陶砚瓦，领导同意他接受横井康夫的访谈，也同意访谈的内容。并说只要在这些范围里，正常答问即可，没有什么特别回避处。

方永辉说，既然领导批了，横井也在北京，干脆晚上或者明天上午就开始谈吧！

陶砚瓦说，现在就怕晚上在外面吃饭，一吃就多，一多就长肚子。肚子长了身体就胖，一胖就生百病。总之一句话：明天上午谈，谈完各回各家吃饭。如果实在谈不完，就一起吃中午饭，边吃边聊，聊完再走。

于是就又约定了横井住的饭店。

陶砚瓦说，只有咱们三个人，就在横井房间里谈吧，何必另外安排费钱。

方永辉说，都是大人物，谈的也是大事情，还是得正规点儿。在一楼茶馆找个小房间吧。反正是横井出钱，不是日本出就是联合国出。

31

第二天一大早，横井康夫就起床了，收拾完毕，他就用宾馆内线给方永辉打电话。电话响了一阵子，方永辉才接，而且声音闷闷的，显然还没睡醒。

方Sir！快起床了！咱们七点半吃饭，八点到茶馆等陶先生！

好好！这不还早吗？让人再睡会儿！

果然，八点半不到，陶砚瓦如约而至。让他感到满意的是，那边二人早已到了迎候。

横井把服务员叫过来，问陶砚瓦，陶先生喝什么茶?

什么茶都行，白开水也行。

啊，那就喝红茶吧。

三位都喝红茶吗？服务员问。

对。

红茶上来以后，横井康夫问，陶先生，诗词、书法、国学。你想先谈什么?

就按你刚才讲的顺序，先说诗词吧。

对不起，下面谈话我想录音，你不介意吧?

没问题。陶砚瓦开始说：

文化的基础是文学，文学的基础是诗词。诗词作为中国文学的一个品种，是十分特殊的。它最大的特殊性，就在于它有着成熟而又规范、严谨而又活泼的独特形式。别的品种，也有其成熟而又规范的形式，但任何品种的形式，都没有诗词对于字数、句数、平仄、粘对这般严谨甚至是极其苛刻的形式要求。

诗词的形式，不是政治权威或者文学艺术权威规定的，而是经过多代骚人墨客长时期的创作实践，发挥至情，摸索至美，呕心沥血，日臻完善，约定俗成的。因此，它有着超权威、超朝代、超历史、超宗教、超信仰的坚韧力量和时空张力。它比任何其他文学品种都更直接、更强势、更不容怀疑和挑战，不容漠视和轻忽。即使经过政治、精神、意识形态等诸多质疑、批判和挑战，诗词和它的形式依然巍然屹立。

只有中国有连续使用了上千年的文字系统，只有中国的文字可以整齐排列，可以对仗、可以有平仄格律。只有使用这种文字系统进行诗歌创作，才能产生这样高雅严谨的文学形式。

诗词是中华文化的瑰宝，是皇冠上的明珠，是最具中国特色、中国风貌、中国气度、中国智慧、中国神韵的文学形式。使用其他文字系统的民族、人群，不懂汉字和汉语的人，他们永远不可能真的懂得中国的诗词，不可能真正欣赏诗词的美。因为诗词用汉字营造出来的整齐美、韵律美、意境美，是任何其他文字所不可能做到的。再好的翻译家，包括能同时熟练使用汉语和其他语言的诗才、怪才、通才，只要他离开汉语，使用了其他语言，翻译也好，创作也好，就再也不可能是中国的诗词了。

综上所述，诗词是上天给予中国人（包括熟练掌握汉语言文字的外国人）的礼物，是成为一个真正中国人的通关密钥。诗词的美，是其他文明的一般人，永远也理解不到的。因此，即使他们感觉自己的文明、自己的诗人和诗歌多么优秀、多么了不起，只要他不会使用我们的汉字系统，就没有资格和可能，来轻慢、批评、指责和否定我们的诗词。

迄今为止，中华文明在和全世界各种文明的交流融汇的全部实践都证明，中国格律诗词，在全世界独一无二，独领风骚。任何其他文明，他们的任何文学艺术理论，都不适合也没有资格评论我们的诗词。他们更没有也不可能有更好的、更唯美的、更艺术的什么形式，来从根本上动摇、取代、否定我们的诗词。

横井先生，我这样说，你感觉可以吗？还需要做什么调整吗？

横井说，很好，就这样讲吧。

陶砚瓦接着说，那么我接着说书法。跟诗词最为接近、最为相似的艺术形式，就是书法。书法也是只有中国才有的艺术品种。经过甲骨、钟鼎、大篆小篆、汉隶，到了晋代二王，唐代楷书和草书，达到了至善至美、登峰造极的高度。所谓书法有法，这个法基本都是在魏晋确立，在唐代臻于完备的。此后千年，书法无论怎么流变，都坚守一点：就是必须以晋唐为师，必须“入古”。不入古就不是好书法。唐代孙过庭、元代赵孟频、明代董其昌，都认为“书不入晋，终堕野道”。米芾说：“草书若不入晋人格，辄徒成下品。”到了清代的王铎，对魏晋更是尊崇，说：“予书独宗羲、献。即唐宋诸家皆发源羲、献，人自不察耳。”书不入古，必成野道、为下品、是俗物，这个理念直到今日仍然是，相信未来也仍然是书法人的坚守。

我想诗词、书法这两种艺术形式，跟中国人认识最为接近的，就是日本。

但是这两样东西，现在无论在中国，还是在日本，都遇到严峻挑战。

最大的挑战是守古还是创新。

比如诗词，不少人认为诗词很好，但平水韵过时了，要改；格律太严了，要改；吟诵用方言，要改；或者干脆就认为旧体诗词过时了，不如用白话写诗来得痛快。

比如书法，不少人感觉社会基本上不用毛笔写字了，只有把书法当成艺术才会用毛笔写字，书法的实用性被艺术性代替了，所以书法成了一种只有形式、只有线条、只重展览、只重好看的艺术了。当前书法的最大问题是只追求技巧，完全放弃或者忽略内容。很多所谓的书法家，都是“抄字家”。因为他们书写的内容，几乎都是抄来的。

无论诗词还是书法，我都是坚定的守古派。我主张对诗词的形式要坚守，对诗词的内容，则一定要随着时代的发展和社会的进步，大胆地变革和创新。变革，是对诗词内容的变革；创新，则是诗材料、诗语言、诗环境的创新。

另外从现实来看，诗词也好，书法也罢，总的趋势是今不如昔，是每况愈下。中国、日本都是如此。

最后，我们来谈国学。

国学这个概念，在中国一直有争议。但国学近年大热，许多学者言必称国学。好像解决中国的问题，就看国学了。前些年在一次文化高峰论坛上，几位文化大家发表了《文化宣言》，随之高校中相继成立国学院，《中国经学》杂志在清华创刊，中央电视台《百家讲坛》解读《论语》《庄子》风靡全国，紧接着某省决定成立“世界儒学大会”。在这样的现实背景下，学术界发出了要将“国学”设置为一级学科的提议。

我们搞国学馆，就是在这样的社会背景下开始筹建的。我们走访专家学者，开了多次座谈会，基本都是赞成的声音。当然也有反对和质疑的声音，但真的很少很少。专家学者们对筹建国学馆高度支持，非常一致，说起来个个慷慨激昂。但一谈到具体问题，比如怎样梳理国学的脉络，怎样概括国学的精髓，怎样向公众展示国学的内容，等等，100位专家会有200多个想法，而且大多不能落地。

更让我难忘的是去拜访南怀瑾先生，他对我们一行人讲："我感觉你们把房子建起来以后，里面的内容不容易搞。国学这个概念包罗万象，我常常跟他们讲，西方人以为中国没有经济学，那是瞎说，我们的典籍里，就有许多经济学的东西，而且内容基本上都讲到了。当然我们自己挖掘不够，研究宣传不够。但是你这个国学馆让人家进来看什么？看书？不行。看人？不好看。"

实际上，各大学成立的国学院，其格局、组构、风格迥异，差别不可以道里计。民间雨后春笋般涌现出来的各式各样的国学教育、国学培训、儿童国学，更是千差万别，甚至出现相互背道而驰的趋势。其实中国早在20世纪30年代，就为此有过激烈的论辩，两派力量不相上下，谁也说服不了谁。

释迦牟尼佛涅槃后，阿阇世国王为其铸了佛像金身，天竺十六国万人云集来顶礼膜拜的便是佛的金身。然而金身非佛！

秦始皇平定六国，统一天下，称始皇帝后，"收天下兵，聚之咸阳"，熔铸"金人十二，重各千石"。后来这"金人十二"被砸被毁，而"金人"的内蕴，早已消泯于万古江河中。但"百代都行秦政法"，只有毛泽东目光如炬，看到了本质。

孔子也发现，在社会现实中，必须会分辨"礼之本"与"礼之末节"，因为玉帛与钟鼓乃礼乐之金身，非礼乐之本。

欧阳修在千年之后，分析"礼乐达于天下"和"礼乐为虚名"之别，针砭"习其器而不知其意，忘其本而存其末"的时弊，慨叹"所谓朝觐、聘问、射乡、食飨、师田、学校、冠婚、丧葬之礼在者几何"！认为当时问题在于"各立一家之学"。

到后来，我们终于明白，面对国学的纷纷扰扰，谁也无力去概括、梳理，我们所能做的，可能只是建一个馆，建一个平台，实际上也是一尊"金身佛像"。正如孔子所说的，无力面对礼之本只能追逐礼之末节，即华丽的玉帛和热闹的钟鼓，或者像欧阳修看到的，难使礼乐达于天下，只能以礼乐为虚名，孜孜于万千仪节，各立一家之言。

所以建“国学馆”，楼是最好建的，但里面展览什么，陈列什么，往里面装什么，应该是最难最难的。不是这一代人无能，而是两千多年的历史反复证明，造金身佛像容易，研究佛学难；礼之末节容易，礼之本难；以礼乐为虚名，孜孜于万千仪节，各立一家之言容易，使礼乐达于天下难。

在各方大力支持下，楼建成了。就在北京中轴线上，俗称“龙脉”上。这条线因经过天安门和故宫，被人们称为“龙脉”，又是上风上水，从风水学上讲，极受推崇。若非形式的金身，怎可与风水中的“龙脉”相应？“龙脉”的庄重与高贵，才能映衬出国学馆的庄重与高贵，才能突显其形式上的独一无二、无可挑剔。

但是，横亘在国学馆建设者心头的那个问题，实际上也是一个千年命题：佛的金身与佛学；礼之本与礼之末节；国学的金身与国学，如何解决？谁来回答？

有人已经开始质疑：坐落在“龙脉”上的那座国学的金身，会不会与当年伫立在国家博物馆门口的那座孔子的铜像一样，命运多舛呢？

南怀瑾先生已归道山，但他说的“房子建起来以后，里面的内容不容易搞”，已成绝响。但南先生自己当年在太湖大学堂搞的，也是读经、诵经，背诵是重要方式，他能够展示给人看的，只是弄些小孩子，摆开阵势，表演武功。想想他对我们说的第一句话“我是个大骗子”，可见南先生非常清楚，他的做法很多学者并不认同，非议连连，谤议滔滔，南先生似乎早有耳闻，否则他不会如此自嘲。

怎样破解上述千年之问？实际上金钥匙就在我们手上，在我们心头，在我们身边。

大部分专家学者有一个误区，他们心里想的国学，指的是到1840年或者1949年以前的东西，好像国学到了1840年或者1949年就没了、断了。若果如此，那么国学确实应该博物馆化，让少数学者去研究，好像医学者检查粪便、化学者化验尿素一样。国学要能走向当代，中间横亘着1840年以来尤其是1949年以来的百年近现代史，这是研究国学几乎所有专家学者，耆宿大儒共同的盲点。

国学要走出学者的故纸堆，走出诵经背经这些简单的当代复古，把目光投向1840年之后，尤其是毛泽东所带领亿万人民群众的革命实践。

我以为，毛主席、共产党领导的革命，首先是中华文明的一次革命，也是中华传统文化的一次革命，必然也是中国国学的一次革命。传统文化如果不通过毛泽东思想这个平台流出來，不可能有市场，也不能发扬光大。毛泽东思想是国共众多精英对决、全民参与、无数人拿生命实践产生出来的结果，经过最严酷的战火检验，是由一连串成功果实证明的，不是秀才坐在书斋里想、教书的站在讲堂上喊出来的。千百年来，真正能把儒家仁义理想、“大学”精神落实到社会上的，只有毛泽东思想。国学的思想框架内，如果不能容纳毛泽东思想，或者说国学研究者如果不能大大开拓我们的心胸与视野，与毛泽东思想相融汇，让国学走向一个更大的空间，那么国学注定仍走不出僵硬的、刀枪不入的死物，那个国学馆建成之后，里面的内容注定仍是毫无前途的、简单孤陋的当代复古，或者对于被毁传统的一种单纯情绪性的追悔懊恼。

有位教授说：国学要走出那个专属于自己的“小空间”，走向那个“彼此共享的、多元一体的‘大空间’，提供出源源不断的、借以持续对话的精神动力”。这个所谓的大空间在哪里？教授没讲，也可能教授自己也没找到。我可以对这个教授说，毛泽东所带领的革命实践是国学在20世纪的一次伟大革命，国学的思想框架必须与毛泽东思想在深层交相融汇，才能避免一厢情愿的复古和简单粗糙的形式主义。毛泽东思想才是你或者你们要找的那个大空间。只有毛泽东思想才是让国学走出“小空间”，奔向“大空间”的必由通路。而这个研究项目，是比建设国学馆大得多、难得多的项目，更是一个前人从未做过、找不到任何可参照的项目，是如何将五千多年文明历史所孕育的中华优秀传统文化与党领导人民在革命、建设、改革中创造的革命文化相熔铸的世界难题。

这恐怕正是国学所面临的最大难题。任何想逃避它、绕开它、忽略它、越过它的研究，都是痴人说梦，或一厢情愿的意淫。

在国学热、诵经热、书法热的今天，如果毛泽东思想在当代年轻人心目中的地位，与几十年前国学在年轻人心目中的地位半斤八两的话，那么，可以预料，紧随着这个国学的金身，缓缓而来的必定是那个最为毛泽东所反对的形式主义的毛泽东思想。这恐怕是相较国学的金身，更让人瞠目结舌而又不得不趁早防患于未然的另一座庞大的金身。

好了，我按照你们开的单子，尽我所能，一一取足，奉献出来，无偿交付。还有什么不周之处？

太好了，实在是太好了！方永辉先喝起彩来。

横井康夫一边腾出手来跟陶砚瓦握手，一边连声说，确实好，颇受教益！万分感谢！

陶砚瓦说，谢谢你们表扬我。但我自己也感觉讲得还不错。另外还有一点需要特别说明，以上讲的，都是我平时也在不同场合讲过，而且有的还专门找领导汇报过的。但尽管如此，我讲的话不代表任何单位和组织，只是我自己的一孔之见，有不妥之处，概由本人负责。

横井说，那就更显得珍贵了，谢谢，谢谢！还有，陶先生，我回去以后可能要写点儿东西，会引用或者较多地引用你的谈话，你不介意吧？

完全没问题。假如有版权问题，方永辉可以全权代理。

方永辉赶紧说，那是一定！我们陶先生的思想体系，版权可贵着呢！

第六章　敢情玄鸟就是燕子

32

那年学大寨形势紧急，千年桲椤山一朝夷平。夷平之后，也马上面临问题。

主要是归属问题，当然就牵涉到谁耕种、谁管理、谁收益等现实问题。

由于原来的桲椤山阳面大部归陶村，阴面少部归周村，等于一山分属两村，平掉以后，重新丈量，核算是陶村境内118亩，周村境内36亩，一共154亩耕地。所以，是仍按原来属地谁家的孩子谁家养？还是集中管理，整体经营？

郭跃进从武装部长升为公社书记，新官上任三把火，第一把火就是平桲椤山。他对这把火寄望最深，用力最大，烧得最猛，其过程也最坎坷。关键是，这块地的情况，县委都知道，书记都过问。他感觉这块地就像是他的脸面，好看不好看，滋润不滋润，舒服不舒服，全跟这块地相勾连，共枯荣。而要使这块地更出彩，更能产生政治效益和经济效益，当然是集中管理、整体经营。

所以这块地怎么搞，是上了公社党委会的。陶村大队书记黎占江也是列席了的。会上经过讨论研究，决定为了突显学大寨运动成果，在不改变原有土地所有权的情况下，由陶村大队统一负责全部154亩的耕种和管理。所以黎占江感觉自己使命光荣，责任重大。而且有一种在自己任上攻城拔寨、辟土开疆的胜利感、获得感。

POLUO SHAN

桲椤山

陶村人懒，也不知道给这块地起个新潮好听的名字；陶村人土，也不会翻翻字典找找文献取个雅号来命名这块地。他们提起这块地的时候，还是随口就说“桲椤山那块地”。

当年秋天就在这相当于是新茬儿地上，种上了154亩小麦。同时按照毛主席的八字宪法：土、肥、水、种、密、保、管、工，一项一项落实分工，以期实现头茬儿大丰收。

当时开会研究时，是有反对意见的。有几个人就说这块地是生地，先撂上两年荒，养一养再种庄稼。但是这意见被批评并被否定了。否定的理由很充分，说现在的口号是人有多大胆，地有多大产。你没胆子还种什么地呢？胆子大了，产量才能高。最后就决定立即种上小麦。

种完之后，关注度比较高。几乎每天都有好事者前往观看。与这块地同时耩上的麦地，都先后冒出了麦芽，而且一天比一天高大密实。立冬之前都应该跟待割的韭菜似的，硬硬朗朗，厚厚实实。而这块地开始几天迟迟没有动静，十来天后，才有眼尖的人发现冒出来几根小芽。但是不是小麦，也不敢肯定。

这事儿让上面感觉很没面子。公社书记郭跃进一直不敢过去看。但是他不断从各个消息渠道打探情况，都是听了让人难堪的信息。有次是陶村书记黎占江过来找他，当面讲：郭书记，一百多亩地，那点儿小苗还是冒出来几根儿，够炒盘子菜。

扯淡！郭书记急了就爆粗。当初你怎么说的？在会上你是怎么唱的高调？

黎占江说，对对对，俺当时是唱了几句高调，可俺没唱那几句高调时，是谁骂俺？当时俺要是不唱高调，你敢拿刀子把俺劁了。

别废话了，快说说怎么办吧！

黎占江说，生茬儿地，这谁也没办法。另外它原来为什么叫山，因为它地势高啊！现在咱平是平了，可它的地势还是比周围高。八字宪法，是毛主席讲的：土、肥、水、种、密、保、管、工，水排第三，那不是随便说的。可咱在会上一提水字，谁也不吭气。要是能打眼机井，把这一百多亩地变成水浇地，问题就解决了。郭跃进说，打眼机井得多少钱？黎占江说怎么也得一万多块钱。郭跃进说，你先找人打，钱先欠着，咱明年年底之前一定还上。怎么样？黎占江说，有你发话，俺就敢往前冲。不过咱可是死马当活马医啊！俺试吧试吧。

黎占江赶紧找他在县打井队管事儿的一个战友，说这块地是全县学大寨运动的先进点，郭跃进书记亲自交代的，想紧着浇一遍水。你们先干起来，赶趟儿！郭跃进亲口跟俺说的，过了年钱就开始兑现，放心吧！

井打好了，出水了，一百多亩地上了一遍水。黎占江莫名其妙冲着那眼井咕咚咕咚磕了几个响头：祖宗们啊，你们别跟俺一般见识，保佑俺们吧！快快显灵吧！

不知道他是拜祖宗哩，还是拜机井哩。

还真灵，再有十来天就要霜降了，原来那地里的小苗焦黄辣气的，上了水之后，竟然稀稀拉拉钻出不少新苗，原来蹿出来的，也慢慢染了深绿。黎占江一看大喜道，虽说不是太理想，但总算能糊弄过去了。

33

好雪都是晚上悄悄来的。那年冬天就结结实实给焖了一场大雪。雪后那个早晨，黎占江先爬上房顶，站在房顶高处往村外看：老爷儿是笑着、蹦着出来的，红个彤彤的，暖个烘烘的；大地全部是白个蒙蒙的，空个登登的。地里的小麦苗都披上了厚厚实实的羊皮袄，看得见它们挤眉弄眼在那儿偷偷乐呢。

这场雪下得太好了！一定会让郭跃进喜笑颜开！等雪化了，路好走了，非得找他要顿酒喝！想到这里，他自己先嘿嘿笑了几声，不由得哼起《三世仇》里一个坏人唱的：你是刁民耍无赖，破坏治安乱耍歪。抗捐抗税心眼儿坏，法警与我抓起来！

正唱得高兴，忽听有人喊：占江！转身看时，原来是陶大征，正站在他自家房顶朝着这边乐呢！他们两家是前后邻居，他的房子比大征的房子略高那么一尺半尺的。

你今儿个没地方吹了吧？黎占江心里正舒服的时候，也还是忘不了跟他逗两句。

占江你现在行喽啊！你越来越行喽啦！陶大征明显要拍马屁。

真新鲜！你陶大征也会拍马屁？俺行喽什么呀？黎占江得意地说。

你行喽什么？陶村在你手上吧？公社郭书记那边，听说你还做一大半子的主。你不行喽谁行喽？陶大征正儿八经提出了黎占江行喽的依据。

你净瞎说。你这话里边有百分之八十的水分，得使劲儿拧几下子才能听。俺寻思你得有什么事儿找俺。你说什么事儿吧！黎占江说。

俺真求你个事儿，拿刷子顺着你那毛儿先胡噜几下子，把你胡噜舒坦了再说。趁你这会儿高兴，你好赶紧答应俺。咱家鼓队家伙什儿不齐整，你赶紧花几个钱儿吧！就这个事儿。算是俺求你吧。陶大征说。

哈，是这个事儿啊！俺还真不能答应你！黎占江说，口气也挺坚决。

你看你看，俺还白胡噜了！俺没想到这俩钱儿你不肯出。陶大征悻悻地说。

实话说给你大征，俺还真想着花这俩钱儿。黎占江诡秘地一笑说。

你想花？那不正好吗？陶大征不解地问。

你看，刚才俺要是答应了，还得落个是你胡噜俺才答应了，还得落个俺吃你胡噜了。所以俺不答应你，可这俩钱儿俺出。黎占江很得意地说。

你真行喽！事儿办了就好！俺胡噜那算是瞎胡噜。陶大征说。

你看，你胡噜了俺才想起这个事儿了，他们排《三世仇》那帮人，这会儿在排《红灯记》，听说也缺这少那的。说《三世仇》是落子，《红灯记》是二黄，这俩不是一码事儿。可他们瞎嚷嚷，没人来胡噜俺。把你刚才胡噜那几下子，算成他们的，咱也给他们操持操持，你愿意不愿意？黎占江故弄玄虚。

愿意啊！他们整天只顾排练，也没咱这么方便，大清早儿，站房顶子上，顺手就够着你了。陶大征感觉自己没白胡噜。

一共没几个钱儿，也许用不着咱大队出，咱找人出。黎占江满满的自信。

他想着家鼓队啊，小戏班子，都会派上大用场。

占江啊！瑞雪兆丰年啊！

对对对！瑞雪兆丰年！

你行喽！俺说的是实话，你真行喽！陶大征很虔诚的口气。

说了这么半天，就这一句话带劲儿：瑞雪兆丰年！黎占江心里说。

34

转过年来，在那一百多亩麦苗返青之前，黎占江又组织社员追了一遍肥，上了一遍水。别说还真见效。这块新茬儿瘦地，赶种的晚麦，细小的弱苗，一经调理，立见春发，苗也壮了，叶也厚了，颜色也深了，穗数也多了，长势也逐渐好起来。

在麦苗儿长势好起来的同时，在机井周围，也蹿出来不少不是麦苗儿的小苗儿。一开始并没有引起人们注意，它们就在各自蹿出来的地方，自由自在地生长。麦田是不需要锄的，麦苗也不需要间，这些不知名的小苗苗，就在没人注意没人管的情况下，噌噌地疯长起来。而且它们往上蹿蹿蹿的劲头，可比麦苗们大得多了！等人们发现它们的时候，它们都超出麦苗一大截了！特别是它们的身子比麦苗又粗又壮，叶子也不是条状如韭菜，而是椭圆如鸽子蛋。

人们通过观察分析，就开始了讨论和争论。首先人们一致认为它们不是麦苗。这很容易统一，因为和麦苗的样子明显不同嘛！其次人们一致认为它们是树而不是庄稼。这也很容易统一，因为它们确实不具备常见的庄稼苗儿的特点，而又完全具备小树苗儿的特点。但是下面还有三个关键问题，也可以称为三大难题，亟待统一认识，达成一致意见。这三个问题是：其一，它们是什么树苗？其二，它们是怎么来的？其三，应该拿它们怎么办？陶村人在此三个重大问题上发生了激烈、持久的讨论和争论，一时成为陶村人赶集上庙、走亲访友、红白喜事、酒桌茶座、家庭聚会、街谈巷议，甚至两口子磨牙抬杠的常见主题。在陶村，对这几个问题的讨论和争论，无论是参与人数，还是激烈程度、持续时间、投入精力，都远远超出同期报纸上关于真理标准问题的大讨论。

对第一个问题，陶村人分成了果树派和非果树派：果树派又分为桃树、梨树、苹果树、核桃树、黑枣树等等若干门派；非果树派也分为杨树、榆树、桑树、椿树等等若干门派。

对第二个问题，陶村人只对一件事取得一致，就是它们是从地里长出来的，不是从外面移栽过来的，无人对此持有异议。但既然是长出来的，那谁都知道这块地是刚刚搬山开垦出来的生地，它们的种子是怎么来的？是谁撒的？这就分为了风刮来派、人撒下派、小孩子过家家派、狗拉屎派等等门派。

对第三个问题，分成了立即除掉派、坚定保护派、全部移走派、只留一棵派、闲处留田里移派、等等看派等门派。

以上各种说法和争吵，都一一传到黎占江耳朵里。他也三天两头到地察看，他也搞不清这是些什么树苗。他私下也问了些老人，有文化的人，有研究的人，包括陶大征，得到的答复含含糊糊，不知所云。他心想，先让它们长着吧，反正没耽误大田。

大田里的麦苗长势依然喜人。

可陶村的舆论却悄然发生了变化，因为出现了不同于上面所述各种门派的崭新的门派，一个与以前所有门派完全不同的奇怪声音。

这个门派给的解释是：原来的桲椤山上，曾经有过桲椤树。而桲椤树怎么来的？是“天命玄鸟，衔籽桲椤。落地为树，聚沙成山”。由于时代久远，兵荒马乱，硝烟战火，洪水泛滥，桲椤树都没了，但它们的种子落在地上，埋了下来，现在平了桲椤山，它们恰好遇到水土之变，一下子得了阳气，就复苏了生命，钻出了地面，又来到人间了，桲椤转世了！这是老祖宗的余荫、新中国的吉兆、陶村人的幸运啊！

这个门派一经推出自己独特的论述，迅速得到很多人的接受认可，并且被编成“桲椤树转世”的故事，得到快速、广泛传播，大有超过其他门派的势头。

这个门派暂时可以用超自然力派，或者神秘派、梓椤转世派来命名。之所以说暂时，是因为当时只有这一个门派具备超自然力、神秘、怪异的特点。

黎占江以及其他干部们听了，无非是一笑了之，根本没当回子事儿。

有一天黎占江又到地里去看，发现机井房旁边，有人用几块砖头，砌起了个烧纸用的简易灶，里面还有刚刚烧过的纸灰。他猛然想起，自己刚刚过来时，在村口、路上、地头，都见到烧过的纸灰。他还以为是平时常见的，给过世的老人逢生日忌日烧的。现在他判断有可能跟眼前的小树苗儿有关系。

正好负责看守机井的民兵陈凤领过来了，他就问，凤领啊，这是给谁烧纸啊？

凤领回答，听说是给这些小树苗儿烧的。开始是有几个老太太来烧，偷偷摸摸的，现在好像也有老头儿来烧，还有年轻的男男女女，都是一早一晚地过来烧。也不大避讳人了。谁知道他们想什么呢。

凤领啊，你可得看好啊，千万别把这树苗、麦苗给烤死了！尤其是别把咱机井房里的柴油机给点着了啊！如果出了大事儿，我可拿你是问！

凤领说，我就是担心啊！每次见他们过来，我都得在旁边看着，还得唠叨着。咱也不管人家讨厌不讨厌，反正咱得尽到责任。

另外，这“文化大革命”都革了多少年了？这些人还都这么迷信，光天化日地，明目张胆地，这要是让郭书记看见了，咱肯定挨批评！可都是乡里乡亲的，咱怎么管呢？黎占江一副无可奈何的样子。

35

黎占江琢磨来琢磨去，越想越感觉不对。按照现在这个发展趋势，早晚郭书记都得知道，想瞒恐怕是瞒不住。于是他想好了，并且主动到公社去找郭书记进行了汇报。

郭书记听了，首先表扬他政治觉悟有所提高，政治敏锐性有所增强。作为一个大队支部书记，这两点格外重要。具体到汇报的问题，郭书记说要按照毛主席的教导，任何事物都要抓主要矛盾。这件事情的主要矛盾是什么呢？可以分为政治和具体事务两个层面去分析。政治层面，落实中央学大寨运动的部署，是最大的政治，绝不能受到乱七八糟事情的干扰。具体事务层面，主要矛盾是一定要查清楚这些小树苗到底是什么树苗，它们又是怎么钻出来的？只要把这些情况摸透了，其他问题都能迎刃而解。

另外还有那十六个字，也应该搞清楚。它是从哪里冒出来的？它到底是什么意思？为什么这十六个字一出来，人们就跟着走，而且全都相信那个“天命玄鸟”？不说别的，只听“天命玄鸟”这四个字，明显就是宣传迷信嘛！咱们共产党员，坚决不允许跟着搞这些玩意儿！你也要有这个意识，千万不能人说是灯你就添油，人说是庙你就磕头！

最后，郭书记说了一个人，让黎占江去找他问问。这个人就是县委的史凤山。

从公社出来，黎占江心里有了底数。他赶紧骑上自行车，又朝县城奔去。他想，这事儿看来说大就大，说小就小。还是事不宜迟，赶早不赶晚，找史凤山请教一番吧。

到了县委门口，先把自行车锁上在路边放好，跟门岗说是陶村的，要找史凤山，就问你知道他办公室在哪儿吗？回答说不知道，就告诉他进门往东走，见路往北去，再走上个百八十步，右手门牌“东平28”就是。黎占江就赶紧说谢谢。

一敲门，就听见说请进。推门一看，史凤山正趴在桌子上写文章。一见是他，赶紧放下手中的笔，站起来迎接说，黎书记来了？

黎占江就把陶村近来情况，特别是机井旁边钻出来许多小苗之后的情况，讲述一遍。史凤山仔细听完说，我首先没看见现场，只是听你说，很难提出什么见解。我最近忙完手头上的事儿，抓紧去一趟陶村，现场看看。如果不是桃树、杏树等等常见的树种，确实是平时没见过的，比较稀少的，那必须专家才能分辨。咱衡水有个林研所，那里有个佘健夫是个专家，可以找他也过去看看。到时候我叫上他。

黎占江说，这个余健夫在陶村参加过工作组，他要能去就太好了。

史凤山说，你说的“天命玄鸟，衔籽桲椤。落地为树，聚沙成山”这十六个字，咱不知道它的出处，不过应该是老年间什么书上的。从字面上看，没有什么问题，不一定是迷信的东西。因为天命两个字，古人都这么讲，皇帝自称天子，老百姓有什么事儿，也可以说天命如此。玄鸟，就是黑色的鸟，一般就是指燕子。这几个字一说就明白了，就是燕子叼来了桲椤籽，落在咱这个地方了，然后长出了桲椤树，树周边又慢慢被风沙堆成了山。这个情况不就是咱刚刚平掉的桲椤山吗？你们了解一下，这十六个字是谁说出来的？他是从哪里看见的？弄不好能找出一本很早的志书，这价值可就大了。

黎占江说，听你这么一解释，俺可算长了见识了，敢情玄鸟就是燕子！怪不得郭书记催俺来找你请教！俺回去马上去倒腾这十六个字的根儿！清明节快到了，你们最好是头清明节几天过去。俺等着你们！

黎占江骑上自行车，浑身舒坦往家赶。敢情玄鸟就是燕子！他心里越想越觉可笑。他心想，人还是得有文化。你看这个史凤山，小小年纪，知道这么多，连郭书记都这么看中他。敢情玄鸟就是燕子！

第七章　在里面待着的人

36

最近入冬以来，憋了好久的雪，终于在冬至第三天凌晨下了。虽迟了些，却一点儿也没有晚来的羞涩，霎时间就飘飘洒洒，把窗外世界遮盖得漫天无缝，一时间天地皆白。

王良利很早醒来，扽出压在枕头底下的手表，一看才两点半，起来到厕所撒了泡尿，回到床上，翻来覆去烙大饼，再也睡不着了。

那天晚上，王良利在机关吃晚饭时被“请出来”，上了停在门口的一辆陌生车辆。他坐在车子后排座位的中间，裤裆到大腿以下湿乎乎的难受，两边有人一左一右护卫着，也动弹不得。一路上他失魂落魄，心惊肉跳，感觉自己末日到了一般。

直觉告诉他，车子在朝向北郊开。大约开了一个小时，终于到了这个神秘所在。到了指定他暂住的这个房间，一推门，他就发现了几处不合风水的地方，最让他心里别扭的，就是床的摆放，明显是东西向的，而他一直是习惯头朝北脚朝南睡的。他心里想说，但又不敢说，就想着总比监狱好多了，凑合住吧。

当晚，他一个人躺在床上，对着夜空发呆。此前他曾被关过一次，这次属于“二进宫”。按说应该表现出老江湖的风骨，但这次大大不同于上次，确有让他心惊肉跳的情由。

回想自己上次被关，是20多年前的事了。那时是改革开放初期，他在某国家机关单位底下一个处级单位任副职。正职是个军转干部，团政治委员转业的，年龄大王良利几岁，职务正处就是其天花板，往上发展已没有希望。而王良利当时还年轻，整天琢磨怎么上位，取而代之。所以二人搭班子，一直是面和心不和，各吹各的号。王良利处于等待机会的焦虑之中，等不来机会，他就经常寻思怎么创造机会。

功夫不负有心人，机会终于盼来了。

某地方企业“跑部钱进”要项目，找他们咨询，其实就是中介服务，配合跟进。项目批下来之后，对方偷偷给了正职3万元，给了王良利2万元，同时给了所里15万元“咨询费”。正职就找王良利商量，当然不提已经拿到钱的事儿，只是说这15万元别下账了，留着给大家做奖金吧。王良利就点头说好啊。于是正职便以自己爱人的名字把15万元存入了银行。

令人万万没想到的是，送钱的人出事栽了，供出上面这一切。王良利跟正职同时被叫去谈话，正职一进去就全招了。而王良利却坚决否认，关了一百多天，死活不认那2万元的账，而且还要求与送钱人对质。

结果是真的与那人对质了。一见面，王良利就对那人大喊，你什么时候送我2万元，这不是无中生有吗？咱无冤无仇，为什么诬陷我？那人见他态度很硬，意志很坚决，自己就退缩了，说可能是自己记错了，事情比较多，时间一长，也不敢确定了。结果是王良利被关了172天，啥事没有，放了。

最绝的是，王良利不仅没承认自己收的2万元，而且否认对15万元被存入银行知情。这就等于让他的正职坐实了私吞公款的罪名，从而直接被送进了监狱，那时15万元不是小数，判的刑期很长。王良利却以无罪之身，成功上位，提为正处。

王良利做了一把手，钱收的越来越多，自己也收，单位也收。自己收钱都是暗的，单位收钱应该算是明的。但也有半明半暗的，他就让会计悉数存入银行。王良利毕竟明白政策，没有以自己老婆的名字去存，而是用了个“梅芬”的化名。果然此事后来也败露了，但交代的时候就说，“梅芬”的谐音就是“没分”，钱还是公家的，实际是单位设的小金库，不是个人私吞，性质算“违纪”，没有犯法，检讨几句就过去了。

以上这段经历，成为王良利的光荣历史，成为他最得意的回忆，那172天，让他颇为自得，他看作爬雪山过草地一般，每每对人讲起，机关里有人都听过若干遍了。

那次被关，真正是应了“祸兮福所倚，福兮祸所伏”的老话，王良利不仅没有受到损害，反而金蝉脱壳，咸鱼翻身，成功扶正，遂了心愿。而这个好得超乎想象的结果，就是靠了嘴硬，硬着头皮顶着，反正共产党不用竹签子钉指甲缝，更不用“玉女登梯、仙人献果、凤凰展翅、猿猴戴冠”，无非是靠问讯、谈话，动之以情，晓之以理，即使态度严厉一点儿，话语刺耳一点儿，反正你只管摇头，装聋作哑，装傻充愣，也就挺过去了。

但这次情况很不一样了！怎么不一样？王良利不愧是名校毕业的，如今虽身陷囹圄，但仍有其独特视角，精准梳理概括为以下几点：

首先，外部形势变了。那次恰值改革初期，法纪尚不健全，实际工作中有大量模糊空间、灰色地带，大多数人心里都明白，偶尔踩一踩红线，稀里糊涂能糊弄过去。现在党纪、政纪都很明白具体，什么不能做、不能碰，容不得半点儿含糊，想打马虎眼、要小聪明，已经越来越难了。特别是个人资产实名制，查证很容易，你和你家人有多少存款、多少基金、多少股票，组织上只要想查，易如反掌，唾手可得。

其次，自身变了。这又分为几个层次。一是自己职务提升了，不再是那个大机关里无足轻重的处级单位副职了，已经是堂而皇之的中管干部了，到中南海开会，在中央党校里学习，是可以跟国家领导人面对面，跟部长、省长们互称同学了。二是自己干的事情大了。弄个项目，动辄几千万，甚至上亿，随便鼓捣鼓捣，就不是小数目。还有手上分管的进门、升迁、贬谪的，从一般小科员一直到几个司局级了。虽说跟各地方政府有关部门是指导关系，但每次出京，各地接待都是礼数周到，规格很高，讲个话还是蛮有分量的。

再次，自己那狗亲家、狗姑爷已涉内幕交易罪、泄露内幕信息罪锒铛入狱，害得女儿王未名离了婚，还丢了公职，一个人带孩子过。这还不算，王良利夫妇从亲家、女婿、女儿处获取内幕信息，也弄过几支股票且获利甚丰。这次进来，也许与此事有关也说不定。

最后，关键的关键，是自己这些年来，由于搞得久，资历长，感觉太良好，确实放松了自我约束，组织上也不大管，班子里也是客客气气，各管一摊，愈加无拘无束，手脚伸得长了些。一句话，毕竟自己是有“事儿”的，而且“事儿”还不小，假如都落实了，自己将会失去公职、失去党籍、失去目前拥有的一切，包括奋斗一生的名誉、地位！

想来想去，王良利横下一条心，还是守住嘴巴，管好舌头，坚决不招供。尽管能否成功逃脱，胜算真的不大，但一丝希望还在，至少一开始也要顶住，绝不能轻易让自己大半生的奋斗灰飞烟灭！

王良利主意已定，就等着应讯。

但第二天，早中晚都有人把饭菜送进房间，吃完再过来收走碗筷，却是一句话也不讲。一整天也没人来问讯，似乎把他遗忘了一般。

越遭冷落，王良利心里越是起急。理智告诉他要挺住，要准备持久战，甚至要有超过172天的准备。但精神上却感觉异常焦虑，吃不下饭，睡不着觉，喝不下水，一整天浑身发抖，瘫软无力，霜打了似的。到了晚上，半夜三更就被噩梦惊醒，大呼小叫，对人连说：我不行了，我快死了！医生过来一查，确定是没大碍，应该是吓到了，也没往外送，安抚了几句就走了。

第三天，终于开始接受问讯。

那是在一个专门的房间里进行的。一进门靠窗处有两张拼在一起的办公桌，他坐一头，另一头坐着问讯人佟孟冬。靠近门口摆着另一张办公桌，桌上是一台电脑和打印机，桌前坐着一个年轻女孩。

第一句问讯竟然是：请问你的名字？

王良利就答：王良利。心想：这不脱裤子放屁，明知故问吗？

又问：身份证号码？

王良利就念了一串数字。

问着，说着，都被女孩转换为文字，录入一个文件中。

王良利嘴上回答问题，心里坚守着经常听说的一句老话：“坦白从宽，牢底坐穿；抗拒从严，回家过年。”

对于问讯中所透露出的方向和问题，王良利都采取躲闪腾挪，吞吞吐吐，不是忘记要点，就是矢口否认，实在不行就避重就轻，检讨一些没实质内容的烂事。

问着问着就问到节骨眼儿上的问题。

王良利就说，啊，这我不大清楚，应该问我太太。

佟孟冬就说，好，我们马上会问她。

王良利听了一惊，你们也把她“规”了？

佟孟冬说，她也是党管的干部，当然有必要配合调查。

王良利就心想太太也进来了，家里就只有靠女儿支撑了。嘴里不由得叹了一口气。

他的一举一动，都被佟孟冬看在眼里。

再问下来，王良利早已魂不守舍，问着问着又问到一个节骨眼儿上。他吞吞吐吐地说，这个要问我女儿。

好，我们马上就会问她。佟孟冬故意装作漫不经心，随口一说。

王良利又是一惊：怎么？你们也把我女儿“规”了？我外孙子怎么办？那不行！绝对不行！

佟孟冬连头都没抬，不冷不热地说，急什么？只要是牵涉到你的，特别是你本人提出来，需要了解情况的人，我们必须问。

王良利听了，知道事情比自己想象的还要严重。多年来，他自己干的事情，他和自己老婆共同干的事情，近年来他们让女儿参与干的事情，甚至那个不成器的前女婿都参与的事情，那都多了去了。自己守住一张嘴，已属不易，假如老婆和女儿有一个“秃噜”了，那可就稀里哗啦全完蛋了。

想来想去，现在还没有完蛋，一定要坚守阵地。总之，他们想要的，坚决不给，咬死不开口。尽量哼哼唧唧，摇头不语，坚持零口供。

37

打定了主意要零口供的王良利，这会儿手里举着一个塑料苍蝇拍，一个人在屋子里打苍蝇。刚才屋子里的苍蝇只有两个，只拍两下就打没了。第一个是拍死在窗户左侧玻璃的中间偏上一点儿，第二个是拍死在窗户右侧玻璃的中间偏左一点儿。

两个苍蝇被歼后，尸身摊在一张报纸上，分别是今天被歼的第28个和第29个。在它们落难的地方，还残留着其体液外溢的痕迹。王良利站在窗前看来看去，虽然两个点基本对称，但是他感觉还不甚理想。在打死前面一个之后，为了让后面一个落在更好的位置，他已经举着拍子轰了好久，但这位大侠级的苍蝇堪称苍蝇界的精英，一直跟他斗法，任他挥拍驱赶，满屋子转悠，只见他一消停，不是落在那边屋门上，就是落在这边窗帘上，反正就不落在窗玻璃上。好不容易有一次落在了那块玻璃的顶部，又眼睁睁看它爬出木框，爬到了墙上。估计到最后，也许是大侠玩腻了，也许是自己心烦了，终于落在一个他虽然不满意，但也还能够接受的位置，即右侧玻璃的中间偏下一点儿。这边蝇拍轻落，那边一命呜呼。

最近王良利有了空闲打苍蝇。平时他是绝不动手打的。办公室要发现了苍蝇，他会随手拿起电话找服务员：小张啊，办公室怎么进来苍蝇了？是不是卫生没做好啊？服务员一听，这还了得？马上就跑来处理了。

而现在，王良利对苍蝇的态度已经大变。闭门思过、寂寞难耐时，能有个苍蝇进来，围着他转来转去，小翅膀振动飞翔，发出持续的嗡嗡声，他会跟着它们的轨迹，把头转来转去。看到它们落在他眼前的墙上，或者桌子上，与他对视，他心里感觉到了亲切。但它们似乎并不买账，只要他稍微动一动头、抬一抬手，它们便惊慌而去。

所以，开门开窗引苍蝇入室，周旋一会儿，再把它们歼灭，成了王良利最近形成的习惯。打完一拨儿，再打开纱窗，放进来一拨儿。上午打几拨儿，下午打几拨儿，一天就过去了。经过多日磨炼，他打苍蝇的技艺已臻成熟，一拍一个，绝少失手。他还总结出打苍蝇的要领，一是隐避接近，二是动作迅速，三是力度适中。

在提高打苍蝇水平的同时，王良利也逐渐适应了"里面"的生活。无非就是问讯和应答。几天来，他天天都要面对的一个人，就是佟孟冬。

他和佟孟冬的关系，有点儿像猫和耗子的关系。唯一不同的是猫和耗子不会说，只会叫； 而他和佟孟冬都会说话，也都会用口头语言、肢体语言和文字语言沟通和交流。

说他们像猫和耗子，这不是侮辱了他们的人格了吗?

别慌，这个比喻是王良利自己想到的。他认为自己现在就是个耗子，而且是个多次偷吃、盗窃，犯了大错的耗子。

至于说佟孟冬是只猫，估计他本人也不以为辱。因为有个大人物讲过：不管黑猫白猫，抓住耗子就是好猫。他的工作就是抓耗子的，就是干的猫该干的事儿，说他是猫，正是名实相副，他为什么会感觉有辱呢?

王良利从刚开始的吓尿了、吓屄了、吓掉魂儿了，到理清思绪咬死不说死猪不怕开水烫，再到优哉游哉打苍蝇练手儿，这一切当然都没逃过佟孟冬的眼睛。

佟孟冬是个三十多岁的处级干部，身材略显发福，但仍是一身书卷气，不急不躁，诚恳待人，始终对他客客气气。见他心硬，也不难为他，只和他慢慢周旋。特别他不紧不慢看似无意的一句话，击到了王良利的心灵，让他心里开始发虚，态度开始变软。这句话是：

王先生，我们不急，因为你早晚都会说。你看进来这么多人，都是中管干部，还有正国级的、副国级的，没一个不说的。

没一个不说的！

这就是纪委的底气！这就是一个小小办案人员的底气！

在里面久了，渐渐发现这楼里楼外、楼上楼下，进进出出，出出进进，住了不少被调查的官员！有他认识的，也有只知道名字、没打过任何交道的。论资历、论名声、论背景、论权势，个个都是中国政坛上响当当的！王良利心想：真是“河里无鱼市上看”，此处大有第二中央党校的架势，层次真是硬朗得很呢！我王良利官不算大，权不算重，事情也不算个啥！能跻身于此，也不太辱没名校人之光焰啊！想至此，他心里逐渐平复许多。

佟孟冬接受任务以后，早按要求做足了功课。自己手上这个他尊称为“先生”的人，履历里没有什么能让人记住的东西，但他的中国书法协会理事身份，却让他印象深刻。因为自己酷爱书法，深知这个身份非同小可。虽说被调查过的贪官中，也不乏身兼地方书协主席、副主席的官员书法家，但在中央国家机关，能被各部委推荐为中国书法协会理事的，应该不会太差。

上网问“度娘”，确有不少王良利的消息，大都是考察工作、开会讲话、接见合影之类，一星半点的书法作品，也都是领导题词，坚持这个，努力那个，看不出个所以然。

对王良利的态度，他虽然年纪不大，履历不丰，但入职以来，也见过大大小小的阵势，哪个不是一开始哼哼唧唧，紧端着小架子，经过“破冰”，又有哪个不是痛哭流涕，噼里啪啦往外倒！不必急，因为还没到火候。

眼前这位王良利，进来后的种种作怪，在他佟孟冬看来都是常见的平常普通表象。反正所有一进来的人，都是七搞八搞的，一个星期到10天之后你再看，还不是一个一个老老实实交代问题嘛。

当然每个人因为个性不同，要有针对性地出一点儿招儿。而面对王良利需要出个什么招儿，他早想好而且向上级汇报了也得到同意批准了。

于是，这天审讯一开始的话题，竟然说起了书法。

王先生，我看你的简历介绍，原来你还是中国书法协会的理事啊？

嗨！什么理事啊，混的。浪得虚名。

您这话可说得不对啊，那个理事可不是什么人都能混上的。别说别人，就说我自己吧，还是堂堂书法专业的硕士呢，我混到现在，还只是个会员。就这个会员，那也是折腾好多年，参加国展，评奖，都好几次，我们老师还托人疏通，这才弄上了。

你们搞专业的，那条道上狼太多，只能是争来抢去的，最后只能有块骨头啃啃，也算不错了。我们那个单位，一共没几个人，我也没争，你看，给了个理事，我还随便推荐了一个司长，也给他弄了个什么委员会的委员，据说那个名头也有含金量。你别说我讲话随便啊，你要在我那里，我推荐的一定是你，那说不定咱两个都是理事了！哈哈！

谢谢！谢谢！您看我，难得聊到我自己的专业，跑题了，跑题了。还是转回头来说咱们的事儿吧！

38

这天聊完书法的话题，再扯东扯西问案子，两个人的情绪就在不知不觉中发生了微妙的变化。

王良利刚开始想：我面前这小子原来是个学书法的。一个青年人学书法，那是好好念过书的吗？如果我有个儿子，一定是让他学数理化，搞金融啊、财经啊、计算机啊、自动化啊，等等。实在不行文史哲，总是要名头响亮一点儿，总是要真才实学嘛！他要学书法，这书法有什么好学的？这不就是几个混不起来的教授在那儿骗钱吗？

佟孟冬刚开始想：这个王良利，一定是个心胸狭窄、狂妄自负、喜欢卖弄、为人刻薄的人。你看他吹嘘自己随便推荐了一个司长云云，那个人是陶砚瓦啊，他们单位只有他和陶砚瓦进了书协。陶砚瓦何许人也？那可是撰文作赋、诗书兼备、办展讲课、声名远播，人家还有几本专著横在那儿啊！可在他眼里陶砚瓦是靠他慧眼识珠、古道热肠，才弄了个委员。他王良利有什么？若不是这次把他弄进来，谁知道有他这么一号？

他哪里知道，陶砚瓦“弄了个委员”，还真是靠王良利的“推荐”才得以成功的。

王良利接下去想：管他什么专业，所谓英雄不问出处，人家现在就是负责问讯的，是台上的；咱自己可是应讯的，是台下的。这要搁过去，人家是坐在堂上拍惊堂木的，咱是跪在台下从实招来的。问不了几句就得说：先打三十大板！皮开肉绽之后，还有谁敢不招供啊。咱现在落在人家手上了，还是对人家尊重点儿、客气点儿，吃不了亏的。

佟孟冬接下去想：以前经手办的一些案子，交过手的贪官无非是黑帮老大型、白面书生型、江湖义气型、为虎作伥型、顺手牵羊型、能吹会拍型，等等。眼前这个王良利，属于哪个类型呢？哪个都不大像，应该是个新类型。看他目光不定、左顾右盼，早就养成不能正面面对别人的习惯了。讲到什么事情，问题都是别人的，功劳都是自己的。一遇到可以展示自己哪怕是一丝丝长处的话题，立刻面露喜色，话明显密，只要你在听，他就不想停下来。估计应该是个猥琐自恋型。

王良利就又想：既然要想对人家尊重点儿、客气点儿，就是一定要让人家感受到你的尊重。能不能让人家有感觉是硬道理。就像当年咱坚持每天给那位女领导打开水，本来机关有人打，但咱一定坚持亲自打，天天打，终于通过打开水这么一个小行为，撬动了一个大领导的心扉。现在面对这位在堂上坐着的，要用什么手段让他有被尊重之感呢？空间就这样小，时间就这样少，规矩又这样严，限制又这样多，一般手段咱都用不上啊！

佟孟冬就又想：如果真是个猥琐自恋型，那就从满足他一点儿虚荣和自尊入手，可能会有奇效。现在还是把他功底很差但却享有一点儿资源的书法，作为一个突破口吧。

王良利想着想着就灵机一动：啊，有了！既然他主动谈起自己的专业是书法，那就表明当年他和他的家庭，曾经是要让他以搞书法为职业，来作为安身立命的本钱的。那就可以假装向他讨教书法问题，而且表现出谦虚的态度，就一定可以做到让他有感了。

佟孟冬对王良利已经看穿骨髓，识破心机，于是开始出怪牌，放大招。这天一上来就说，咱别天天瞎耗着了，转来转去兜不出新词儿了。他叫那个姑娘：小黄，别带东西，咱们陪着王先生外面走一走吧。小黄说，好啊！不过别让咱领导说咱。佟孟冬说，咱就一会儿，一个钟头咋样？王先生？王良利一听，立刻显出受宠若惊的表情，赶忙一迭声说，谢谢！谢谢！

39

佟孟冬让王良利走在前面，他和小黄一边一个拱卫着。

王良利说，哎呀，今天天气真不错啊！那边云彩一团一团有深有浅的，就像谁不小心打翻了墨水瓶。

佟孟冬说，王先生还很有艺术家特质啊！看到云彩马上就想到了墨水。

小黄也说，真的很像墨水瓶被打翻了，看那边更像是一幅泼墨山水画。

王良利突然被“请”进来，又关了些时日，今天猛地一撒出来，又有人很贴心地陪聊，顿时来了精神。就尽量说好听的：哎呀，还是小黄年轻更有想象力。

佟孟冬听了，转身对小黄说，小黄，王先生表扬你了！这些天咱们三个人天天见，今天难得出来转一转，小黄你给我们唱首歌吧？

王良利马上凑热闹说，对呀，小黄，给我们唱首歌吧！

小黄真的腼腆起来，哎呀，我五音不全，唱歌可难听了。

王良利更来劲儿了，说，小黄，只要你敢唱一个，我就也唱一个。王良利小时候曾经进过少年宫合唱团，在歌唱方面有点儿底子。

佟孟冬也插话了，为了听到王先生的歌声，小黄你鼓起勇气，唱！

小黄就说，好，唱不好还唱不坏吗？于是她清了清嗓子，开口唱起来：

星儿闻到墨香窥书案
月儿跳进窗口纸上观
你羊毫儿一支写素笺
纤美的手儿轻抚雕花砚
捧起雕花砚为你把墨研
身无双飞翼怎到你身边
你为谁打开雕花砚
为谁写出清词丽句无韵诗篇
是谁打开雕花砚
你羊毫儿毛笔腕儿悬
是谁为你把墨研
你蝇头儿小楷纸上旋
字字珍珠　梨花带雨妍
行行风韵　簪花体格鲜
提按使转久经八法修炼
笔墨线条涵透功夫情感
娟秀字溶进欧虞柳颜
五彩墨描绘黑色斑斓
捧起雕花砚　为你把墨研
手攀星和月　来到你身边
我心已凌乱　星夜伴无眠
伴你锁愁眉　伴你喜开颜
捧起雕花砚　为你把墨研
梦里一声笑　笑醒星月天
月耕砚中墨　星种砚边笺
天地寄相思　墨香满人寰

小黄唱完了，王良利和佟孟冬都鼓掌叫好，王良利说还没听够，要小黄再唱一个。小黄说，做人要讲诚信，刚才您自己说的我唱完了您唱，现在我唱完了，您这儿怎么能变卦呢？小黄还学着电影里面的四川口音说“做人要厚道啊”！

王良利转身又对佟孟冬说，那我可就要真唱了啊！佟孟冬说，真唱，您刚才自己对小黄承诺的。没我的事儿，我是个打酱油的吃瓜群众！

刚才是没你的事儿，但是我唱完了，你是不是也唱一首啊？

您刚开始没这么说啊！我本来还真想唱来着，可您刚才只想听美女唱，没说要我唱啊！您现在可不能反悔啊！佟孟冬感觉对王良利也不能太惯着了。

王良利自知理亏，只好说，好，怨我。我可就开始唱歌了！他也清了清嗓子，然后用纯正的美声唱法，唱起了《我和我的祖国》。声音宽厚而富磁性，一张嘴就让佟孟冬和小黄吃了一惊。王良利早就料到会有此效果，唱了一段就结束了。

佟孟冬略显夸张地说，王先生这唱功真够专业的，您这一唱全院儿都给镇住了，估计这一座楼的人都停止办公，扒着窗户往咱这边儿看呢。咱们也别抬头看，也别转了，赶紧回去，该干嘛干嘛吧！说着真就掉头往回走，王良利和小黄也只好跟着往回走。

40

一回到审讯室，完全恢复原来的位置和气氛。王良利和小黄都眼巴巴看着佟孟冬，等着他问第一个问题。

佟孟冬开口问了：王先生，咱们经过一段时间接触，基本也摸清各自的脾气秉性了。咱还是开诚布公，直来直去吧。请你好好想一想，你要干干净净、清正廉洁，真没什么事儿，组织上能让你到这儿来吗？反过来说，既然让你到这儿来，说明组织上已经掌握你违纪违法的事实了。没错儿，组织上掌握的肯定是部分事实，至于你到底有多大事儿，组织上不敢说全部清楚，因为只有你自己最清楚。小黄也在这儿，咱这么说吧，我接手查过的案子，到过我这儿的人，平常很牛的领导，手里有大权在握的，最后都是痛哭流涕，乖乖坦白交代。不是我本事大，了不起，整天跟有过错的人打交道，我愿意做这工作吗？眼看着处理他们，基本就没保住党籍的，双开，移送司法机关，一个接一个。到了司法机关，估计还得重新来过，侦查审讯，而且他们的各种手段、经验与我们比，那是明显不同。这不用我说，谁都能想得出来。各种现代侦查手段全都上，我敢说谁还能侥幸脱逃，别人信不信，反正我不相信。

最后我个人有个建议，请你考虑。你有多大事儿，我不是很清楚，也没人给我交底儿。但估计事儿不会太小。我只是想站在你个人角度，单开、双开也好，或者进监狱也罢，赶紧配合调查，能说的抓紧说清楚讲明白，早日结案、早日出去才是硬道理。出去了，职务级别随风而去了，也别想着了。但是别人咱不管，咱这个书协理事，那可是真金白银买不来的啊。你提上个包包，到处写写画画，照样吃香喝辣啊！没准儿你混好了，我还能沾上你这位大理事的光呢。你想想，是不是这么个理儿？请你一定要记住，你和别人不一样，你可是有条好退路的！

当然，这是说你问题不太严重，假如你罪大恶极，岁数也不小了，再关你十几二十年，那你是书协主席也没用。咱这话就讲到这儿，你自己掂量着办。我和小黄又陪你半天，小黄还给你献唱，我们真是仁至义尽了。今天就到这儿，你自己好好考虑吧。

这一席话，像是天上突然下了一阵冰雹，噼里啪啦一通砸，全重重地砸在了王良利的心口上。他站起来，看看佟孟冬，再看看小黄，嘴里欲言又止。说什么呢？说什么也不大合适。怎么想也想不出能说点儿什么了，只觉得自己心跳加速，呼吸见急，背后发凉，头上冒汗。脸上红一阵紫一阵，身子像挨了板子，腿上像灌了铅，六神无主、失魂落魄地僵在了那里。

佟孟冬和小黄都站起来了，各自收拾各自的包包，收拾好就走。看那架势，是完全把个王良利当空气，任凭他嘴里咕哝了什么，也都完全置之不理，一声不吭转身离去。

王良利仍然呆呆地站在那里，又有液体顺着裤裆往下淌出来，但他已浑然不知。

41

头天的事情已经让王良利颇感震撼和意外了。而次日一见面，又发生了让王良利更加意外的事：佟孟冬拿来一块小毛毡，一些毛边纸，还有两支毛笔、一瓶墨汁。他当着小黄的面儿，把这些东西一一递给王良利说，趁着有空闲时间，赶紧抓紧习帖！

王良利多年挥毫，都是在办公室报纸上胡涂乱抹，不临帖，不拜师，不法古，不问道，也就是瞎折腾胡踢跳，其实根本算不上是弄书法。真是天缘机巧，他无心插柳，偏偏柳茂荫浓，不但轻松加入书协，而且百尺竿头，更进一步，还顺风顺水做了书协理事。他本来对书法连“搂草打兔子，捎带脚”都算不上，因为他从来没有认真对待过。可就是这样一个连书法门径在哪儿都不知道的素人，偏偏在落难之时，万念俱灰之地，得以重新认识书法，正式踏上书法正途。

王良利落难之时，正在心灰意冷，突然感受到一点儿关照，心里感觉暖暖的。随口说道，我都是瞎写，没临过帖。

佟孟冬听了，简直不相信自己的耳朵：你堂堂书协理事，没临过帖？这怎么可能？

我真的，没有临过。王良利感觉对问讯者，应该讲实话。

佟孟冬彻底被惊呆了。在他看来，一个被冠以书法家头衔的人，应该每日临池不辍，一辈子都要以碑帖为师，与碑帖为伴。最典型的是书法大家王铎，一辈子临帖，传世许多临帖作品，其书论就是临古出新，至今被书者认可并普遍遵循。而眼前这位“从未临过帖”的人，怎么会是书协会员？又怎么会成为书协理事？

到这个时候，谈到这个话题，王良利也就不顾忌什么了，开始大讲自己做书协会员、理事，都是瞎猫撞上死耗子，也是被天上掉馅饼砸中了。说完还津津乐道，详解整个事件的全过程，其间也不乏添油加醋、得便宜卖乖。

佟孟冬听着，感觉此人都混到书协理事了，竟然还对书法一窍不通！外部原因固然有不少，但最根本原因还是自己有严重的性格缺陷。看着眼前这个人，心里油然生出一丝怜悯。这怜悯并非因为其被查，而是因为其无知。

两个人聊着书法，聊着聊着，关系就发生了改变：佟孟冬由学生变成了老师，王良利则从老师变成了学生。佟孟冬跟他讲书法的同时，顺势给他详解有关纪检政策，讲他应对问讯的态度及其后果，让他明白了怎样趋利避害。特别告诉他，按照他的违纪事实，只要不移交司法，即使把他“双开”，只要能保住书协理事这一职务，就能在社会上重新立足。书协理事看似闲职，实则千金难买，一额难求，是真正的潜力股，是前途无量的金字招牌！

王良利越听越感觉茅塞顿开，原来一直念兹在兹的官位，其实含金量并没有多么高，更何况即将失去！而那个书协理事招牌，才是自己手上的金饭碗呢！啊！书法！书法！竟是他人生的最终救赎！使他本已黑暗的心房重新燃起了希望之灯。聊到最后，佟孟冬以极其严肃的语气，要求他必须赶紧临帖，否则顶多算个爱好者，或者客气一点儿叫书法组织者，被天下书者不屑。

佟孟冬进一步说，如今只要能潜心用功，搞定一本帖，就能包打天下。而且搞书画，六十岁还不算晚。齐白石六十变法终成大师，启功六十六才是个副教授，季羡林一生的学术成就是八十岁至九十岁期间完成的。人生是一场马拉松，谁能笑到最后还早着呢！

次日上午，一见面，佟孟冬又递给他一本宋克的《急就章》帖，要求他每日临摹，日习三五字即可，求质不求量。

王良利醍醐灌顶，心情大好。他从高处跌落谷底，本以为就要完蛋的时候，突然有一根绳索，让他得以攀缘而出，让他看到一条生路，循着它走出去，就能看到更好的风景，而且那风景是如此迷人！他想想也是醉了。

于是，他一边在佟孟冬指导下抓紧闲暇临摹《急就章》，一边向佟孟冬供述自己的违纪事实。而且是竹筒里倒豆子，人家想要的他倒了，人家没想要的，他也哗啦哗啦往外倒。每到这时，佟孟冬总是说，停，咱们先搞清最重要的问题，无关的问题先放一放吧！

此时的王良利，在“里面”吃得香、睡得甜，问题交代得顺畅，书法开始走正途。《急就章》的特点是“相众而形一，万字皆同，各造其极”，它字字独立，圆转如篆，点捺如隶，笔画粗细轻重变化较大，往往有横画向右上方重笔挑出，实际是省掉隶的蚕头却保留雁尾。抓住了这个特点，便有了三分像。所以才练了几天，效果就十分明显，王良利感觉自己进步颇大，心中暗喜。

全神贯注地临摹宋克的《急就章》，而且不是在报纸上，而是在带米字格的毛笔书法练习纸上。更为重要的是，他每临摹一个字，先对着字帖端详一番，再用手在自己腿上比画一番，然后才在纸上落笔，一画一画地临摹。因此，每一个字他都临摹得有模有样。

更为关键的是：这不是在他的办公室，不是在他的家里，而是在一个环境清幽、空气洁净、远离市嚣、脱尘出俗的地方。

完成今日临摹任务之后，王良利凭窗望雪，内心十分平静。他看到有一对喜鹊，好像十分欢迎这场雪，欣喜得不知躲避，竟故意迎着落雪，在院子里的银杏树间跳跃飞翔，并且还用嘴互相拂弄身上落雪。一直撑到单薄的小身子挺不住了，才双双飞到屋檐下躲避。这猛地让他想起老伴儿，想起自己坐在摇椅上，怀抱小外孙悠来荡去的闲散时光。他心里感叹：自由啊自由！鸟犹如此，人何以堪！

冬雪无声，一时盖住世间喧嚣及其色彩，刹那间大有让乾坤归零的态势。

王良利突然想起佟孟冬那天无意间说的一句话：

人生也要归零。

人生果能归零，岂不更好！

但人生能够归零吗？

王良利陷入深深的思考中。

42

说来真怪：一个才三十多岁的小伙子，就把王良利支使得团团转。

问讯：佟孟冬问什么，他就答什么；佟孟冬问多少，他就答多少。

练字：佟孟冬让他练什么，他就练什么；佟孟冬让他练多少，他就练多少。

这要放在过去，那肯定是不可想象的。但此时的王良利，不但心甘情愿，而且甘之如饴，他被佟孟冬驱使，就像一个忠实的奴仆，在自己主人老爷面前的表现一样，让人不忍直视。但他自己的心态是舒服极了！妙极了！

心态好了，人生有目标了，生活有规律了，睡眠也好了，身体也调整得全面向好。

他严格遵照佟孟冬的要求，每天临摹不超过五个字，每个字临摹至少五遍。

《急就章》帖一共不到两千字，他对佟孟冬说，准备用一年时间，完成临摹全本大业。

佟孟冬听了，笑了笑，淡淡地说，你临不完。

还没有临到二百字的时候，佟孟冬有一天对王良利说，临摹一定不能停，一定要长期坚持。《急就章》一年临摹一遍，坚持三年五年，将形成面貌，世人必刮目相看。另外，一个专业书家，对创作一定是严肃对待的，作品要少、要精，宁愿因为不写而得罪人，也不能为写而草率为之，坏了自己名声。

王良利一边听，一边诺诺，真像是一个听老师训话的学生。

最后，王良利突然问，我的事儿是不是？

佟孟冬点了点头。

王良利心中大喜过望，看来事情马上要有结果，他要出去了！

临走的时候，他与佟孟冬话别，心里真有点儿依依不舍。他回顾这一生参加了多少次党校、行政学院培训，还曾被公派到美国挂职半年，但真正让他刻骨铭心、改变他精神取向、个人收获最多的，还是这次终结他公务员生涯的、不是培训的培训。

回城的路上，他突然想起有个大画家，都叛国出逃了，几年后又返回来，照样靠涂抹手艺混得风生水起。他心里就想：

他妈的！老子也要混一混！

第八章　清明时节雨

43

约好了清明节前一天去陶村，史凤山提前给李庆元书记报告了一下，请他派了辆车，他带车去衡水接上了余健夫，然后就奔陶村而去。

黎占江早打发人在村口张望，陈凤领在大队门口站等，他和郭跃进在大队部里坐等。大约10点刚过，就听陈凤领喊了声：车进村了。二人便起身出来迎接。

一见面，郭跃进就跟史凤山开玩笑：凤山你小子行喽！有专车了！

郭书记，这是沾老余的光啊！庆元书记把自己的车派出来接老余。

黎占江说，老余来俺村可是回延安啊！

老余说，陶村可是我老根据地！好像变化不大。

郭书记说，人齐了，咱们都沾老余的光，上车吧！

大家就让老余坐前面，三个人在后面挤着。

因为是有名的蜜桃之乡，以及天津鸭梨之乡，每年清明时节，应该是深州最美的时候。此时漫天遍野的桃花和梨花都绽放了，粉红和雪白成了大地的主色调，而且只要有果树的村子，村村都一样灿烂，一样亮丽，一样芬芳。它们甚至使人把痛苦、贫穷、丑陋、不幸等一切不愉快暂时都扔到旁边，只顾安享眼前的尊贵、绚丽和高洁。花的本质是孕育，孕育的本质是生命的延续。尽管花期是短暂的，年复一年循环往复的，但千百年来，它带给人们的，依然是愉悦和馨香，是希望和缱绻。

老余坐在前面，眼睛一直看着两侧的鲜花，嘴里啧啧称赞着。大家说，老余，这个你应该见多了吧？怎么看你紧紧盯着比俺们还稀罕。

老余说，那不一样啊。陶村还是有一点儿文气的。

陶村还是有一点儿文气的。这句话一说，车上所有人都陷入深深的思考。

梓椤山那块地很快就到了，陈凤领早提前跑过来站在那里迎着。只见麦苗有三四寸高了，原来浇过返青水，也施过返青肥，而且还锄过两次。看上去还算是有模有样的了。

史凤山说，头一年，生茬儿地，长这样还真不错啊！

黎占江说，郭书记整天盯着，俺们就跟伺候月子一样啊！凤山你还不好好报道报道？

史凤山说，咱国家这形势，好像对这个学大寨，不那么提了。

郭跃进说，基层就怕刮风，东一阵子西一阵子的。不跟不行，跟得紧了也不行。

几个人沿着地边走到机井小屋处，果然就看见那些小树苗了。旁边还有几处烧过的纸灰。

老余蹲在地上，一棵一棵仔细察看起来。史凤山、郭跃进也都蹲在老余旁边，一声不吭看着。只有黎占江站着看，还说老百姓都把这些小树苗神化了，说千万不能碰它们、伤它们，碰了伤了要遭报应。非得老余这专家来给看看，说说，弄弄明白。

蹲着看完了，老余又站起来问一共有多少棵？都在这机井旁边吗？以前咱村有没这种树苗？在其他地方见没见过这种树苗？

黎占江正一一答复间，只见有三个人正从地头北边朝这里走来，其中一个还穿着军装。郭跃进就问，占江，往这边走的那个胖子是不是张福禄？

黎占江说，啊，是他两口子，那个穿军装的就是陶砚瓦。

余健夫和史凤山也往那边看。余健夫说，碰上陶砚瓦可不容易，我还在他家吃过饭呢。

44

三个人过来，见了众人，彼此难免客套一番。黎翠兰见了黎占江就叫叔，张福禄对黎占江爱搭不理的，但对郭跃进和史凤山挺客气。郭跃进说，你们是烈士子女，给烈士上坟，是你们的责任，也应该是代表咱们村咱们乡的百姓。一会儿俺们几个也一起过去。把烈士的墓保护好，是每个人的责任，但你们作为子女，责任更大。有什么事儿，你们随时找我们。而陶砚瓦见了郭跃进，就说永远感谢送我当兵走的老部长！见了余健夫，更是特别真诚地称他是自己踏上社会遇到的第一位福星。余健夫说，这有点儿过了，我哪有那么伟大。黎占江就说砚瓦啊，咱们自己人用不着客气，我给你介绍一下这位，他是咱县委宣传部的史凤山，年轻有为！

史凤山早就知道陶砚瓦，以前也在报刊上见过他的名字。毕竟都是搞新闻报道的，他又小陶砚瓦许多，所以说，久仰你老兄大名，你是为咱家乡增光添彩的！我好多次在报刊上见你的名字，今天算是对上号了。

陶砚瓦说，俺和俺哥、俺姐一起过来，一是看看老人，二是上上坟。占江叔，你们这是弄什么？

黎占江说，今天咱请老余他们来，是来看这些小树苗的，咱们先听听专家给咱上上课，咱也长长见识吧。大家都说好！

老余说，因为当年我来过陶村，也听说过桲椤山，还说以前山上还有桲椤树，等等。但那时候只是个传说，而且别说陶村了，就是在咱整个华北平原上，也没见过有桲椤树这个树种的。但是我刚才仔细看了这些小树苗，第一，它肯定不是桃树、梨树、杏树，不是核桃树、栗子树；第二，它也不是杨树、榆树、桑树、椿树等平原上常见的树种；第三，我还不敢肯定，只能是怀疑，它很可能就是你们经常提到的柞椤树。

柞椤树不是我的研究方向，我只能就我的了解，给大家简单讲一讲，供你们参考。柞椤树俗称大叶柞椤，学名叫槲树，木字旁，中间是个一角两角的角字，右边再加个斗争的斗字，这个字念槲，胡子的胡那个音。它是壳斗科落叶乔木，它还有几个名字，比如说柞栎、橡树、青冈、金鸡树、大叶柞椤等。因为它分布很广，河北、河南、山东、山西，东北、内蒙古、新疆都有。实际上全世界很多国家也都有这个树，只不过各有各的叫法，各有各的说法。比如新疆就叫新疆栎，内蒙古就叫蒙古栎。这个栎不是上面西字下面木字那个栗，而是木字旁加个快乐的乐字，也念栎，是一种树种。

柞椤树抗风性比较强。虽然它是落叶乔木，但它的叶子到了秋后，慢慢变成橙红色、橙黄色；到了冬天，它颜色越来越淡，越来越浅，不一定会掉下来，好像也掉一些，但是掉不光。所以它到了冬天也还是很好看的。另外它冠体高大，枝杈外展，叶子繁茂，就是它的树形非常好，它长到一定高度的时候，就像是一把大伞，或者是像一个巨大的蘑菇，高高的，圆圆的，罩住一亩两亩地都是有可能的。

咱河北也有，但都在山区。为什么？大家一想就明白了，它一棵一棵长大了，一棵别说罩一亩两亩了，它罩半亩地也不得了啊，它又不是果树，不是桑树，既不能吃又不能穿，靠它不能生活，没有经济价值，所以它们的命运，只能是被砍被伐。

当然它也不是毫无价值，它的木质坚硬，可做家具、做枪托、做棺材、做门槛等等，也可以做梁做檩，供建筑用。它的树皮可鞣皮或做染料，它的叶子可以在蒸豆包、蒸年糕时铺在笼屉上，也可以直接裹上黏米上锅蒸。有一股特别的清香味，具有延年益寿的功效。

我听说欧洲、美洲，地广人稀，有不少老树。他们可能是几十、上百亩地中间，有这么一棵，所以它随便伸展，阳光啊、雨露啊，都很充足，你想它在那么好的环境，随便长，会是多么高大漂亮！而且他们那些地方也可能没有经历过战争，没遭到过大的破坏，有很多老树都超过一百年甚至几百年了，必然就有了历史沧桑感，让人仰视、敬畏。所以英美很多国家，就把桲椤树看成是神树，对它很膜拜。

总之，这个树种对于冀中平原来说，是个太过奢侈的树种，它成了奢侈得让人见不着的树种。谁会有闲地种它？过去的大地主家也舍不得拿出几亩地种这么一棵两棵啊！咱一个村，比如陶村，有桲椤山的时候，桲椤山是类似荒地一样的地方，它曾经在这里生长。后来桲椤山都平了，别说桲椤树了。为什么？为了粮食嘛！也许以后社会发展了，粮食有的是了，会有人来种它养它。现在可能还舍不得。不过等将来想种它的时候，还得再从这么大来培养，要等很多年才能养大。

大家听完，你看看我，我看看你，谁也没说话。

黎占江说，老余你干脆给个痛快话儿，它们能不能确定就是桲椤树？

余健夫说，我判断95%以上的可能是。你们注意观察，再过些日子，它们的叶子还会不断往大里长，往厚里长。叶子的花边还会更尖。那就一定是桲椤树无疑了。当然也可能是别的树。反正咱们树种很多，它还太小，况且我只是眼睛这样一看，我还不敢100%保证。

陶砚瓦说，老余，你还得给俺们说说，眼前这些小树苗是怎么来的呢？

余健夫说，我真怕你们问这个问题，因为我也没有想清楚。但是既然你问了，我就说点儿我个人的分析猜测，仅供参考。它们一下子出来这么多，而且只是在机井周围长出来，说明只有两个可能，一是这个地方原本就有它的种子，现在水分足了，阳光好了，它们长出来了；另一种可能就是什么偶然的原因，把种子从外面带到这个地方来了。只能是这两个原因。无论它是什么原因，能在这里长出桲椤树苗，是非常偶然、非常万幸的事儿。刚才我说陶村有一点儿文气，其中也包含了这个意思。

黎占江又问，现在村里群众都听了一些传言，说这小树苗儿是天降神树，你看已经在这一块儿烧起纸来了。

老余说，人类对树木特别是好的树种，一直都怀着敬畏之心。任何树木，过了百年，你再看它，总是带着一种神秘感，这很正常，因为它活了那么多年了，又是一个有生命的东西，它肯定见过很多很多的人和事，它必然承载着很多信息。所以见了这种树，不光是中国人，全世界的人都一样，想想它们还见过自己爷爷奶奶呢，必然感到亲切和崇敬。另外从环保角度看，人类对树木产生这样的想法，恰好有利于保护古树和森林，有利于保护整个地球环境。当然不能过分，当真把它们看成超自然的神秘力量，更不能因此影响社会的安定。我个人有个想法，这些椁椤树苗在冀中平原上出现，应该值得跟踪观察，深入研究。黎书记麻烦你数一数，它们一共多少棵，不管它们今后怎么处理，我要一直跟踪它们，做些记录，肯定是有意义的。

黎占江还问，那十六个字你听说了吗？你知不知道它是从什么书来的？

余健夫问，什么十六个字？

史凤山说，俺还没顾上给你汇报，是这村里的群众传出来的“天命玄鸟，衔籽椁椤。落地为树，聚沙成山”。

余健夫说，有意思！这话一定是古人讲的，既说明椁椤树的来历，也说明椁椤山的来历。讲得很好啊！刚才我就说陶村有文气，你看这就是文气啊！

黎占江说，郭书记，让俺查找这话从谁嘴里说出来的，找到这话的出处，俺问了好多人，谁也不知道，到现在也没查出来。

陶砚瓦说，我当兵以前听人讲过这十六个字，我知道是谁说的。但是我看没必要像追查谣言似的，非问是谁先说的，那谁敢承认？刚才老余也说了，这话是好话，不是宣扬迷信，所以再查这个没必要。我还听老人说过，这十六个字是《深州志》上的话。据说《深州志》从明到清有好几个版本，不知是哪个版本上有这十六个字。如果有必要，可以到处找找，包括到国家图书馆去找。

老余说，砚瓦就是个文化人，这兵当的真好。我最后再提个建议，请你们考虑。这些小树苗既然来了，不能任由它们自生自灭，也不能老让它们在这儿待着。得赶紧给它们找合适地方。

陶砚瓦说，占江叔，咱得在大队部那儿栽上一两棵。乡亲们肯定欢迎。

张福禄说，郭书记，俺能不能说两句？郭跃进说，当然可以，你说。

俺首先谢谢这位专家，你是真专家，不是带水分的专家，你字字句句讲得都在理儿，俺听了心服口服，特别开窍儿。各位可能有的还不知道，俺家在北乡，离这儿一二百里地，村东也有个沙丘，俺们叫东岗子，它没陶村这个大，小一号儿。学大寨时也闹着平了一下，但没陶村平得这么狠。比原来矬了不少，但还是个大岗子。听专家这么一讲，俺那个桲椤山，早先也应该有桲椤树。俺今天真算来着了，赶上这件大好事儿，俺就提个要求，俺想着在俺岳父母坟前栽上两棵，这么近，也没出陶村，又是给烈士栽，应该没问题吧？

黎占江说，没问题！俺同意！郭书记你看，俺先说同意了，没问题吧？

郭跃进说，没问题，烈士坟前想栽几棵栽几棵！

张福禄说，那俺就代表烈士谢谢两位书记！俺还有个要求，这些小苗得有一二十棵吧，陶村能不能给俺北乡几棵，俺也种到东岗子上，让俺那个岗子上也有桲椤树。它从陶村桲椤山原址移过去，这样两个村子就有了更深的缘分。如果余专家有兴趣，你可以把俺那边的桲椤树，也当成你的研究对象，岂不更好？总之，俺希望这些小苗儿既然来了，千万别把它们糟蹋了，一定把它们伺候好，留给咱的子孙。

黎占江说，它们从这机井旁边蹿出来了，必须留几棵在机井旁边。砚瓦说了，在大队部那边栽上一棵两棵，其他的福禄你干脆都弄走吧，俺陶村的闺女都给你了，还在乎这几棵树苗吗？郭书记，俺估摸着也没人要这个树苗儿了，他要了也没地方栽去。你看俺又做这个主了。合适不合适，你给把握把握？

郭书记说，专家都讲明白了，树苗是你们陶村的，你就看着办吧。

黎占江说，福禄你听见了吧？这事儿就算是定了，以前俺陶村要是有什么对不起你的，你就看看这几棵树，想想俺们还有那么一点儿好儿。正好明天就是清明，这个季节正是栽树的时候。

郭书记说，凤山，你半天没说话，你也发表发表！

史凤山说，俺一直在想老余说的话，他说陶村有文气，说明这树和文化是有联系的，更和历史有联系。想想再过十年、五十年，它们长成什么样？它们会是什么命运？还真是让咱很期待。今天咱们这个事儿都安排好了，俺还得把老余送回去，李书记的车还等着呢。咱就不客气了，你们赶紧弄这树吧。

45

张福禄真是个干活儿的好手。他从陈凤领那里借来把铁锹，先到岳父母坟后面一边一个把坑挖好，再回到机井旁边，在选中的树苗周围照直往下掘了个四边形，最后他一锹就把树苗儿连根带土端出来，直接端到坑里埋下去。两棵树都埋好了，他又提来两桶水，每个树坑都给足了，又把树坑做高、做深、做大、做圆。在这整个过程中，他的动作麻利、连贯、准确、优美，而且完全符合最省力法则。

陶砚瓦和黎翠兰在旁边一边聊着，一边看着。福禄不让他们搭手，他们也搭不上手。黎翠兰说，福禄你胡噜着良心想想，俺占江叔这回对你怎么样？

张福禄说，什么人都有两面性。他这回算是办了回面子事儿。再说了，他不给咱也没什么地方栽。给咱他还算落了个人情，也少了很多麻烦。

砚瓦你老大不小了，该考虑考虑找个媳妇儿了。姐姐你放心，俺一定抓紧。你别老是抓紧抓紧，你抓紧几年了？连个影儿都没见着！俺叔、俺婶子心里可着急了，要不俺在北乡给你找一个吃商品粮的吧！找个俊巴的，识文断字的，怎么样？姐姐你别跟着操心了，等过几天俺带着对象去看你。过几天？几天？十天还是半月？是一年还是两年？你净说些没用的。放心吧，这回可是真的。真的，是哪里的？是老家的还是外边的？外边的。外边什么地方的？衡水的还是保定的？太原的还是石家庄的？现在还没最后定，还说不好，一有准确消息，马上给你报告！行了吧？好好好，俺就一个要求，必须对俺叔、俺婶子好！他们培养你多不容易，你可不能娶了媳妇忘了娘！姐姐你放心吧！对老人不好的咱能要吗？俺五哥就是俺的榜样，他对老人怎么样？啊，真是的，你五哥这人别的不说，对老人那可是一百一！

张福禄这会儿早从开来的拖拉机上拿过几个化肥袋子，问好陈凤领看中的几棵不动，把其余十几棵，一一连根带土铲出来，又一棵挨一棵码放到袋子里，再用原土夯实，把口儿开着透气，几个袋子都码放到拖拉机上。连在一边看的陈凤领都说，这小伙子干活儿真利索。

都弄好了，三个人一起去他们爹娘坟上烧纸祭拜，又到陶砚瓦家坟上烧了纸。然后两口子就准备回去了，说问老人好，他们不进家了。赶紧回去栽桲椤树去吧！

说完，张福禄抬头看了看天，说今儿黑喽或者明儿个来场雨就太好了。

刚才也是凑巧，陶砚瓦头晌从前磨头下了火车，又坐汽车在离陶村三里地的公路上下了车，正独自一人拎着个手提包往家走，后面张福禄开着拖拉机过来了。他正好爬上去直接跟他们去上坟，还碰到这么多人。现在人都走了，他一人便急忙回家去看爹娘。

一进家，陶砚瓦习惯性喊声，娘！

没有应声。就又喊一声，娘！叫完这声就进了屋门。在堂屋左右张望，没见着人影，又习惯往右拐进东屋。这时见爹一个人躺在炕上。他马上叫了声，爹！不知怎么，突然悲从心来，两行眼泪夺眶而出，哇的一声竟忍不住大哭起来。

爹这时已经看见是自己儿子回来了，也忙着使劲儿往起爬，陶砚瓦一边啼哭一边急忙弯腰去搀老爹，顺手就扑在爹的怀里，十分失态地痛哭起来。爹被突然进家的儿子惊醒，却又被儿子突如其来的痛哭惊呆，不知所措地望着儿子发愣。

这时娘回来了，他见儿子状况不对，就大声呵斥说，这是干什么？一进门这么哭哭啼啼的，你爹还没死呢！你看你现在这个样子！别啼哭了！都多大人了！还跟小孩子一样！

娘一边呵斥着，一边伸手去拽儿子。这时还有几个邻居也跑过来，以为是出了什么事儿。陶砚瓦听见是娘回来了，邻居也进来了，知道自己无端失态，便收住悲声，又喊了一声，娘！眼泪又止不住涌将出来。

娘的泪点最低，只要看到任何人受气、受穷、受累、受骗、挨打、挨骂，她总是那第一个流眼泪的人。但是刚才她见儿子痛哭，竟然十分坚强。可一听儿子叫了声“娘”，她也忍不住自己的眼泪，啼哭起来。嘴里问着，这回回来有事儿啊？

陶砚瓦一边说没事儿，一边跟乡邻们说，刚才对不起。大家一看没什么事儿，就都客气几句转身走了。

娘说，刚才到底怎么了？这么大人了，啼哭什么？

陶砚瓦说，俺也不知道为什么，一进门喊你你不在，进屋看见俺爹一个人躺在炕上，突然就忍不住啼哭起来了。

转身见爹木然坐着，一声不吭，比前次回来见他，明显又老许多。陶砚瓦心里又不禁一阵难过。就问，爹，你身体还好吧？

爹这才说话：还好，没什么大毛病，就是腿脚越来越不听使唤了。明儿个是清明，你是回来烧纸哩吧？

陶砚瓦说，爹啊，正好俺到北京出差，顺便请了两天假。俺是不放心你和俺娘，回来看看你们。在道上正好碰见俺福禄哥，还有翠兰姐，还搭上他们的拖拉机，就一块儿去上了上坟。

那你也没带纸吧？爹问。

没有。他们俩带的多，两边都烧了。

一边说着话，陶砚瓦打开手提包，拿出里面的东西。都是在永定门火车站上车之前买的。有点心、糖块儿、灌肠、烧鸡、花茶之类的，全是吃的喝的。爹身体日见老态，酒也喝不了了，烟也不抽了。陶砚瓦见爹一次，就悲伤一次。想自己当兵走时，爹刚刚六十岁，身体还好好的，每天下地干活儿，不想最近几年，感觉他老得很快，可自己又毫无办法，平时也尽不了孝道，帮不了半点儿忙。只能尽量多回来几次，买些吃的喝的，自己尽尽孝心，老人解解馋而已。

说完爹，娘就问，你对象的事儿有着落了吗？前几天村里又有几拨子来说媒的。有几个闺女还是挺好的。他们说你现在是干部了，回不来了，找咱说的都是吃商品粮的。有在县里的，有在衡水的，还有石家庄、保定的。俺说俺也做不了主儿。他们都问你到底找不找老家的？这回你得给俺们个准话儿。

陶砚瓦说，俺岁数确实也不小了，连俺们首长都关心这个事儿了。说你千万别找老家的，找了后患无穷。他们主要是怕将来两地生活，很麻烦。咱就听首长的吧，别在老家找了。在外边找，最近也有不少人介绍，俺估计这个事儿应该快了。你们就放心吧，再稍微等等，快了！

正说着话儿，忽然外面一阵风刮进来，刮得窗户响了，屋门开了，云彩往下压过来，天色也暗了许多。爹说，要下雨了。娘就起身去收拾院子。陶砚瓦就问爹，爹，你喝水吗？我给你倒水去？

爹说，好，倒点儿水去。

娘还没进屋，雨就已经开始下了。她说着，这雨还真来了，人才进了屋门。

陶砚瓦心想：五哥一定特别高兴，这雨来得真好！

正看见雨了高兴，突然就听娘“啊”了一声，就要往地上吐的样子。陶砚瓦忙问，娘，你怎么了？

娘说，刚才出去，受了点儿凉，又勾起老毛病来了。

还是胃不好？最近闹了没有？

唉，经常闹，没办法。这不是难受了就吃这个药。娘说着指了指桌子上的一瓶氢氧化铝。可难吃了，真不想吃啊。

我说过多少回了，胃病要好不是靠吃药，而是靠平时注意饮食，比如荤素搭配，别吃凉的、不好消化的，要汤汤水水，热热乎乎的，胃要养，比吃药还管用。

爹说，你娘这病，咱家哪有条件养？你哥嫂下地干活儿，她伺候一家子吃饭，做早了得等，做晚了又耽误事儿。可地里的活儿又没个准儿。所以吃热乎这一条都做不到。

爹，我明白了。要不然这样行不行，明天俺把俺娘带走，到部队医院检查检查，看看有没有什么大毛病。吃饭的事儿俺盯着她，住上十天半月的，看看情况再说。

爹说，好啊！她走了俺们都没事儿。她三天两头闹病，俺们还得伺候她。

娘，你收拾一下，明天咱们就一起走，咱到部队医院看病去。

娘说，行，也没什么好收拾的，抬脚就走。

第九章　陶周砖厂要易主了

46

张福禄刚才接了一通电话，嗓门儿很大，气呼呼的样子。

电话那头儿是陶村有名的嘎杂子，黎占江的儿子黎四清。

电话里黎四清说，张总啊，这阵子环保抓得太紧，咱这边烟筒晚上也不敢冒烟了，你那两百万块砖真弄不出来了！

什么？俺40万块钱头年就交了，架子都搭起来了，屎都憋到屁股门子了，你小子掉链子了！你听好，咱把话儿撂这儿：两百万块砖一块儿不能少，三天之内有车过去拉，拉不上就扒你家房子！再不够就拆你们村委会！

那边黎四清一边听一边喊：别，别，别！五哥！五哥！

这边张福禄早把电话断了。

张福禄好生气恼。说起来张福禄是陶家院儿的外甥，黎家院儿的女婿，按说陶黎两院儿在陶村也是大姓大户，姓黎的又经常掌着陶村大权，张福禄在陶村办事儿就应该顺顺当当吧？可往往并不是，有时甚至是更难。

究其原因，当然有很多因素。但是其中最主要的，还是因为张福禄他有钱，而且大家都知道他有钱，遇到一般事情别人可以算了免了，他必须得结账；别人可以照顾、打折，他必须全款；别人可以拖欠、耍赖，他必须日清月结，分毫不差；别人可以睁只眼闭只眼，糊弄糊弄过去了，他必须丁是丁、卯是卯。其实真要是细究起来，有时是别人主动要求这么办，他跟着； 也有时候反过来，是他主动要求这么办，别人跟着。

总之这个陶村对于张福禄而言，就是一笔糊涂账。说是陶村外甥吧，舅舅、舅妈早不在人世了，和他最亲近的表弟陶砚瓦又长年不在家；说是陶村女婿吧，岳父岳母也都没了，唯一的大舅哥也不在家。想想这个陶村，对他来说真是爱恨交织，情仇兼具，离不开、躲不掉、凑不上、跑不了。奇怪他小时候从记事儿开始，他心目中的陶村是美好的、热情的、让人向往的、去了还想去的。当前这些复杂的情感是从什么时候形成的？他自己也弄不清楚了，反正时间已经很久了，从好久以前一直到现在，甚至还包括看得见的将来。

难怪他生气，他正在北京盖大楼，本来用不着买砖，更用不着到陶村买砖，还不是头年秋天陶砚瓦突然给他打电话，说陶村这个砖厂不容易，五哥你得支持支持，帮个小忙，尽量买他们一点儿砖。张福禄二话没说，当时就爽快答应了，要了两百万块砖，提前付了40万块钱。当时说好一开春，就过来拉砖。幸亏先让人打了个电话，那边支支吾吾说砖给不了。为什么？你们问黎总吧。

黎总就是黎四清。这位陶村党支部前任书记，更前若干任书记黎占江的儿子，就是现任的陶周砖厂老板。当初黎占江送子参军，目的非常简单明确，只有两个字。他对儿子说，小子，爹对你就只有一个要求：入党。至于你怎么实现，怎么安排，俺不管。你采取什么手段、需要怎么配合，俺拼全力。明白吗？儿子说：明白了。三年后，儿子入党归来。第二年，儿子就任陶村第多少多少届支部书记。

儿子这么快就当了支书，当然总设计师是黎占江，这整个陶村都知道，黎占江本人也为此自鸣得意。但他得意了没几天，爷儿俩就闹翻了。

为什么闹翻？简单讲就是黎占江倚老卖老，想垂帘听政。他想干垂帘听政这个活儿，但他不想用垂帘听政这个词儿。他把儿子叫到跟前说，四清啊，你当了书记了，你爹没别的要求，俺就一个要求，现在不时兴垂帘听政了，有个新词儿挺好，总设计师！俺就要求干这个活儿！你上任当了书记，俺也上任当总设计师。你先把今天支部开会的事儿给俺念叨念叨。

黎四清说，爹呀，你没事儿四处转转，小茶小酒儿俺供着，总设计师这个活儿哪是你干的？咱陶村也不需要，你就别想了。

黎占江一听就火了：是谁送你小子当兵？是谁指点你小子入党？是谁又扶持你当上书记？你爹想当个总设计师，又不用选举，又不要工资，你还不同意，你个忘恩负义的东西！说！支部开会的事儿，你说还是不说？

黎四清说，支部那是一级组织，书记也不能说什么是什么，得跟大家商量着来。你看你就别瞎掺和了。俺不用跟你念叨。

黎占江一听总设计师当不成了，火更大了，说，你小子连你亲爹都不认了，你等着，你不要俺当总设计师，俺有地方去，“推委会”早等着欢迎俺哩！

黎占江说到做到，从此就加入了“推委会”。但“推委会”也不统一了，分了一部、二部，他进来跟两个部都弄不到一块儿，干脆自己成立一个三部，劲头还不小，弄他自己儿子，比别人出手还狠。

二十多年前，当农村老百姓吃喝不愁了，手头上活泛了，就掀起翻盖房子的高潮，具体就是拆土坯房建砖房。一两家盖了，谁见了能不艳羡？于是家家拆旧建新，一时间砖的需求量大增。黎四清在他爹黎占江的撺掇斡旋下，瞅准机会，和乡里干部勾兑了一番，在陶村和周村交界处，弄了一百多亩地，就开起了砖厂，并兼任厂长。

开始砖厂算乡镇企业，地是乡里征的，几间厂房、一眼机井、十几个窑口的转盘窑，还有那个高高的大烟筒，都是乡里出钱建的，就连那台大型砖机，也是乡里买的。乡里还从外乡高薪聘请了烧窑师傅，砖厂选址周围是上好的黏土层，烧出来的砖质量好，销售十分抢手。十里八村老百姓盖房子，不用再舍近求远，到处去求爷爷告奶奶了，都就地解决了。黎四清上下其手，方方面面打点周到，又趁全国改制成风之际，干脆辞掉支书，专职干起了砖厂厂长。

改制真是个好东西！原来窑厂是集体的，一改成了自己的。趁着改制，把闲杂人员开了不少，债务也清理不少，窑还是原来的窑，厂还是原来的厂，一经承包到了私人手里，不赊欠了，不养闲人了，没有跑冒滴漏了，效益一年比一年好。黎四清率先在陶村盖了楼，买了车，还在砖厂近便的公路边，开了农家乐餐厅。这小子别说是陶村首富，就是在深州东北几个乡镇，也数得着叫得响了。

原来这个黎四清人品一般，在陶村是有名的嘎杂子。当了几年兵，混了个党员，就有机会干了一任支书。陶村党员屈指可数，基本上个个都当过书记，谁上台也干不长，党支部被称为“书记处”。黎四清这个书记，人年轻，资历浅，内有支委不配合，外有“推委会”处处掣肘，干得很费劲。他也只是实实在在干了半届，就改变人生轨道，弃政经商。从此后，乡亲们经常有求于他，无非是找他买砖，不是想在紧俏时提货，就是想在价格上打折。乡里、市里的各级官员也经常有求于他，就连陶村出的最大官，而且还是京官的陶砚瓦，都曾几次亲自打电话，为自家亲戚朋友说情照顾。这个嘎杂子有时也拿拿小架子，嘴上满口应承，有求必应，做事也能糊弄过去。一来二去，他的口碑形象有所改观，他的自我感觉也越来越好，他有乡里干部们的加持，在陶村的影响力与日俱增，大有不是村长的村长，不是书记的书记，甚至权倾一时之势。

也是，在他只顾日进斗金、哗哗啦啦点钱的时候，他的独子黎明，是个聋哑人，从小不会说话，还感觉他比别人少根弦儿、缺个心眼儿。城里这种孩子，严重的叫智力障碍，简称“智障”；不太严重的叫智力障碍边缘，简称“智边”。黎明算是哪一种，也没人说得清。他爹黎四清再有钱有权，儿子这种情况也没人敢嫁。前些年就花钱从南方买了个媳妇，好说歹说结了婚，也糊弄着生了个儿子。但那媳妇到底不能长期忍受这种无情的现实，终于在一个月黑风高之夜，一去不复返了。

总算是落下个孙子！黎四清心想。

但是现在这个孙子也出了毛病：癫痫。

刚才张福禄这通骂，要搁别人，不说吓得屁滚尿流，起码也得肝儿颤几下子。再怎么脸皮厚、滚刀肉，心里也得硌硬硌硬，有那么一点儿不舒坦吧！

但黎四清听了，却像是听老调梆子王贯英的《潘杨讼》一样过瘾，心里仿佛裹了一层蜜，甜丝丝的舒坦。他甚至感觉张福禄火气还不够，应该再猛烈一些更好。

这就是在陶村名气响当当的头号嘎杂子黎四清，历经十来年的社会磨炼、商海沉浮、摸爬滚打，练就的过人之处啊。

那是头年秋后一个下午，黎四清电话响了，一看号码，是陶砚瓦从北京打来的。一接，正有事情求他：

四清啊，有个事儿你得帮忙啊！我那个表侄子郑春飞，就是在你窑上干活儿的，说他找了个媳妇，娶进门儿怎么也得几万块钱。你得关照一下，把他工钱结了吧。

砚瓦哥，你别这么客气！这都是俺工作没做好！还惊动了北京的大干部！我得检讨！你放心，马上落实！马上落实！

那就太感谢了！

老哥你别这么客气！我还有事儿请你帮忙哩！

什么事儿？你说。

砚瓦哥啊，天儿冷了，咱这砖快卖不动了，机器又不能停，真愁人哪！几十号人也都巴巴儿地等着发工资哩。这几天急得俺东奔西跑，找你们这些在外面当官主事儿的，你别说，还真有几个给咱面子的，一定就是几百万，都是现在交钱，明年春天交货。价格比平时低10块钱。俺这才把上半年的工钱给清了。哥，你当这么大官儿，一直忘不了咱父老乡亲，可得帮帮咱啊！

四清啊，你的意思我听明白了。可我这两下子你还不知道？慢说我已经退休了，就是没退休，你这卖砖的事儿，我也是帮不上什么忙。不过这回我得想想办法，看看怎么帮着卖点儿，要不春飞那工资兑现不了，他又得找我麻烦了。

砚瓦哥，你这么说等于打俺脸！俺还是自己打吧！

说着就在手机屏幕上啪地打了几下。

行了行了，手机屏幕都拍黑了吧？你小子少来这一套！

砚瓦哥你真行！长着千里眼哩！

那边陶砚瓦放下电话，思来想去，也只能找五哥张福禄了。

47

当时张福禄一听陶砚瓦找他买砖，就笑得不行了。说弟弟啊，你手上正运作国家级大项目哩，有了好事儿还想着你哥哩！你哥手上是有个把工程，万儿八千的，而且都是钢筋水泥，咱没地方用砖哪！你那个项目，体量顶俺好几十个大，俺还想着给你推销点儿建材，赚点儿好处哩！

陶砚瓦说，五哥，你弟弟是个跑腿打杂的，你是个说了算的大老板，弟弟有难处，不找你找谁？再说了，陶村人谁不认识你？弟弟的面子不好使，就当你给陶村百姓帮个忙行不行？

五哥一听这话，知道陶砚瓦是来真的了，赶紧把话锋一转说，得得得，弟弟的面子得给，陶村百姓的面子更得给，俺要他10万块砖吧！

多少？10万块砖才2万块钱，就是10万块钱也才买50万块砖，你这么大老板，人家以为你给自家砌猪圈哩！

得得得，弟弟乌纱帽大，面子也得大，俺要200万块砖吧，过几天把钱打给他。是40万块钱吧？

陶砚瓦说，是。

黎四清那个王八蛋，跟他爹一样，不是什么好鸟儿。张福禄气囔囔地说。

打钱的时候黎四清使劲儿拍胸脯，下保证，口气十分坚定。

张福禄就说，你现在保证也没用，等明年春天看你行动。

黎四清知道陶砚瓦找了张福禄，当时就憋出来一个坏主意。他心里暗想：张福禄来买砖了，总算有条大鱼来咬钩子了。哼！等着吧！明年春天谁的砖都得给，就是不能给你张福禄的！

这才刚刚过了五个月，该要砖了，黎四清翻脸了。

黎四清这个兔崽子，跟他爹是一路货！张福禄在心里骂着，也琢磨着，感觉这个黎四清肚子里肯定是早憋着坏呢！这个王八蛋他憋着什么坏呢？

想来想去，没得出什么结论，就想起打电话问问陶村的朋友吧。就翻看陶村人的电话，找到一个前些年进过村委会、曾经连任过两届的人。

那人一听问的是这事儿，就说砖窑最近的效益是不太好，但是还远不到收了钱却供不了货、支撑不下去的地步。要不然我帮你去问问黎四清？

张福禄说，你别去问，问也白问，他不会给你面子的。

那人说也是。黎四清早就钻钱眼儿里面了，他给过谁面子？和他爹一样，他爹平了自己家的祖坟，他又把自家祖坟挖成了个大坑。

张福禄听了，也就是唉了一声，放了电话。

这会儿，黎四清睡了个午觉，正坐在自家小楼封起来的阳台上，喝着金骏眉。第三泡了，味道正足、汤色正鲜。

这时，桌上的固定电话响了，铃声很大，他知道这个电话一般都是家人才打的，赶紧接过来：喂！

喂什么喂！快过来！孙子又犯病了，你儿子也跟着闹腾！这日子没法儿过了！他媳妇在电话里喊叫。

黎四清放下电话，心情沉重起来。

这几天小孙子的病又犯了，儿媳妇早跑没影了，那个哑巴儿子再闹腾起来，黎四清媳妇本事再大，一个人对付两个病人，真是弄不下来。他一直就靠好说歹说哄着劝着，但老这样下去，没个头儿啊！医生早说了，孙子的病只要一出现反复，那就越来越频繁，越来越严重，直到——前天，他老婆就骂他说，你就知道挣钱吧！挣得越多你越倒霉！乡亲们说了，你爹平祖坟，最后不得好死，你把祖坟挖成大坑，生了个哑巴儿子，哑巴儿子又再生个病孙子。你就挣钱吧！你就作死吧！还不知道自己会是什么下场！

黎四清虽然不信神不信鬼，不信天不信命。但他老婆听来的这些话，却是针针在穴，刀刀见血，一字一句让他心痛。乡亲们的议论，他永远不会听得到，但老婆天天在耳边叨叨，这个可是字字声声，戳到心窝子上啊！

他抬头远望，天气陡然凉下来了，树叶开始挂不住了，地里的花生红薯都刨光了，村外大田一片干净。只有砖厂那根高高矗立的大烟筒，还呼呼冒着黑烟。

往常黎四清看着它冒烟，就知道生产正常，那股黑烟就像往外冒钱，哗啦哗啦流进自家口袋。可今天看着看着，心里却是五味杂陈，隐隐生出忧虑：

一是老百姓盖房盖了二三十年，村子里的房子基本都推倒重来了一遍，一层的、两层的，带卫生间的，带地下室、车库的，都折腾足了，没有什么人要盖房子了，砖的需求量开始锐减，销售也疲软乏力了；二是不少年轻人外出挣钱，如今都时兴在城里买房，老家的房子变得不再重要了；三是国家抓环保的力度越来越大，标准越来越高，砖厂这个大烟筒，估计也冒不了几天烟了。黎四清想到这里，不由得长长叹了一口气。

他感觉应该是到火候了，该出手了。

想到这里，他掏出手机，给张福禄拨电话。

48

五哥啊，俺是四清。

俺听出来了！有话快说，有屁快放！

五哥你老是这么大脾气。俺翠兰姐姐在不在啊？

你找她干什么？烦俺一个人还不够吗？

五哥你别这样。俺想俺姐姐了，你管不着。

想你姐姐找你姐姐，找俺干什么？

五哥，俺刚才翻腾半天，没找着她电话。麻烦你看看她在不在呀？

在呢！在呢！你要干什么？

麻烦你转告俺姐姐，俺想她了，这会儿过去看看她。见了她说几句话就行，俺不吃饭，不用准备。

五哥正想说：这都几点了？你他妈过来就天黑了。结果没等说，黎四清早挂了。

五哥就给黎翠兰打电话：嘿！老爷儿打西边儿出来了，你黎四清弟弟说想你了，这会儿要过来看你。

黎翠兰说，你听错了吧？不年不节的他看我干吗？再说这会儿过来，不是正好赶上饭点儿吗？

是啊，人家说了，看看你，说几句话就走，不吃饭。

不吃饭怎么行啊？俺一家子的兄弟来了，轻易又不来的，你赶紧去买捆韭菜带回来，我和面，咱包饺子。

啊，好好！俺买韭菜去。咱今晚沾娘家人的光，可好久没吃俺媳妇儿亲手包的饺子了！

黎翠兰一听也笑了，说，少废话，赶紧的！

这边紧着准备包饺子宴客，那边黎四清早拎上一大包新疆大枣和一盒子槐花蜂蜜，自己开上车直奔北乡五哥家来。他一边开着车一边说，这个五哥，老是跟俺劲儿劲儿的。俺估摸着翠兰姐准给俺包饺子哩！

如今有了大广高速，陶村人去北乡真是太方便了。别说北乡，就是到北京，那也是一脚油门的事儿。用陶村人的话说，进北京就跟上炕下炕一样。

都说“嫁出去的闺女泼出去的水”，这其实只是问题的一面儿，这个问题还有另一面儿：就是“娘家万岁”。“娘家万岁”是说娘家人永远正确，永远可怜，永远亏欠，永远报答不够。

比如翠兰吧，就老是感觉五哥对陶村人有偏见，不够大气。对陶村人，就应该让着点儿，顾着点儿，好一点儿，糊涂一点儿。弄那么清楚干什么？是她嘴里常说的话。她当然知道从黎占江开始，到这个黎四清，人品都不怎么样，风评也很差。但是一旦这个黎四清要过来看她，她照样慌慌张张地忙碌起来，绝不能让娘家来的人笑话，是她的坚定信念。

而这个黎四清，早看准了翠兰这一根软肋，他就是要直接找到门上，见到本人，当面来戳，以达到自己的目的。

张福禄在北乡也算是个名人，他平时白天在山庄，晚上都是回家吃翠兰做的饭。这不刚才翠兰交代任务了，他必须积极照办，不敢少许耽搁。到市场里买上韭菜就匆匆回家了。一推门儿，就看见黎翠兰正在厨房忙活呢。他快走几步，把韭菜放下，就去洗手，准备干活儿。

黎翠兰见他回来，头也没顾上抬，就问，这个四清也是，这么急急慌慌一定是有什么事儿吧？

他欠俺200万块砖，俺刚骂过他了。不过俺琢磨还不是为这事儿。八成会是桲椤山的事儿。

桲椤山？不是早平了吗？俺爹娘埋在闷葫芦头儿了，也碍不着他烧砖啊！对了，俺清明节去上坟的时候，看见你种的那两棵桲椤树了，还真是漂亮啊。在坟后头，一边一棵，跟两尊门神似的。俺还想找个时间过去看它。

两个人说着闲话，就把饺子包完了。翠兰又准备几个菜，准备客人一到，她就开炒。刚好张福禄刚洗完手，就听见门外喊叫：姐姐，俺是四清！俺过来看看你！翠兰就对着门口喊：进来吧，没锁门儿！

啊？五哥也在啊？黎四清一边把手里的东西放桌子上，一边跟张福禄打招呼。

张福禄嘴里“哼”了一声。就听翠兰说，四清，你赶紧洗手，咱在家吃，姐给你包饺子了！福禄等你半天了，你难得来一趟，你们就喝几口吧！

还是俺姐姐对俺好。黎四清说着，偷偷瞟了张福禄一眼。

喝什么？自己挑！张福禄指着柜子里的各种酒，让黎四清挑。

俺说了，不吃饭，找俺姐姐说几句话就走。看，这好吃好喝又准备好了，看，这！黎四清还跟演戏似的。

喝什么？快说！张福禄根本不想理他。

都是名酒啊！俺真想喝啊。可是俺开着车呢，不敢喝啊。

那好，咱坐下，边吃边聊。对了，你找你姐姐说话，俺要不要回避呀？

五哥，你老是跟俺逗。俺找俺姐姐说话，你又是姐夫又是大老板，得帮着给俺拿拿主意啊。

好，菜上来了，咱就开始以茶代酒吧。

好，好。

49

只有三个人吃饭，翠兰一共没弄几个菜，就过来上桌给黎四清布菜说，四清，吃！有什么话你就说吧。

姐啊，俺命苦啊。黎四清一张嘴，就带着哭腔，跟戏台上的青衣先叫板一样。

你命苦？在陶村谁不知道你又当书记，又当大老板。你还命苦，那还让不让老百姓过日子了？

姐，俺就知道你不信。你看你们俩人，生活、事业、家庭，尤其是两个孩子，你们全送到国外念书了，出出息息的，看吧，一样一样，全都让人羡慕！再看俺吧，你们听没听咱村里人们怎么说俺？说俺挣多少钱，也白挣。为什么？咱有个哑巴儿子啊！最近还老犯病，媳妇儿早跑没影了，孩子虽说是生了，但人家说可能会遗传。假如，假如，唉，俺不敢想啊！姐，就这一条，就算俺挣了几个小钱儿，俺日子过着还有什么劲？说着说着，黎四清把筷子往桌子上用力一放，“叭”的一声，吓了翠兰一跳。

黎翠兰说，四清，你说的也是，这孩子小时候看着挺好的，怎么长大了就，唉，是挺叫人闹心的。

姐，五哥，你看俺叫五哥叫惯了，叫姐夫叫不惯。村里人最近又说了，当年他爹当书记，平了椁椤山，动了祖坟啊！他儿子当书记，又在这块儿地方开砖厂，等于把祖坟平了又挖了大坑！结果俺落了个这！人家都说是报应啊！书记，书记，这个官儿不大，可是他这个要价儿怎么这么贵呀！莫非他根本就不要钱，他是想要俺的命啊！虽说俺早不干这个书记了，可这个砖厂还在手上，俺难受啊！姐，五哥，今天俺来，就是想跟你们说说，俺不干了，俺干不了了！

翠兰说，村里人们说些个闲话，你别太在意。砖厂好好的，不干怎么着？

姐啊姐啊，你怎么还说这话呀？再干，人生病，房子着火，什么事儿都有可能。俺害怕了，俺服了！不服也不行啊！这事儿都应验了！五哥，你这个老人大代表，也把俺代表代表，帮着俺说说。

张福禄说，你提前都说好了是来找你姐说话儿的，谢谢你允许俺在一边儿旁听旁听。旁听旁听，俺还能有发言权啊？

五哥啊，你就别这么拾掇俺了！你知道俺爹这一辈子，他服过谁？他就服你张福禄！他跟俺提念过多少回，说当年全村大战桲椤山，你开着个老28拖拉机，“呜”一家伙过来了，抄起个摇把子，大叫一声，全村人都在啊，全都停下来了。他说张福禄这个人可不是一般的人啊！他说这就是百万军中取上将首级，这就是英雄啊！五哥，这就是俺爹跟俺说过多少遍的话。可那时候，想想真要都有你这种劲头儿，哪怕是听了你的话，别平咱祖坟，保住咱桲椤山，那可就太好了！

四清你这个嘎杂子，当了当书记，又做了几年老板，这说话还是有长进，快说到点儿上了。张福禄听着听着，感觉黎四清说话越来越靠谱了。就说：

提起桲椤山，俺真是有话要说。俺这么些年来，一直在琢磨一件事儿，就是陶村一座桲椤山，俺村一座桲椤山，又不同乡又不同县的！它怎么这么巧！俺娘还就从陶村嫁到俺村了，俺又娶了你们陶村的闺女。还说这桲椤山，看起来，说起来，它就是两个沙土岗子，两个沙土包子，但是咱老辈儿们，都把祖坟埋在它旁边儿，逐渐形成了一个思想观念，就是这个桲椤山，它不仅仅是个岗子了，它成了一个象征了。它既是咱祖宗的山，又是咱的祠堂、咱的祖庙，是保护着咱这些后人的一个神、一道符、一个宝，等等。俺说了这么多，也还是没说得很清楚。俺也没那个水平，俺也说不清楚。

五哥，你说得很清楚了！俺是听得差不多了，俺基本上听明白了！你这思想，好家伙，是真深刻啊！俺爹没看错人！俺也没看错人！黎四清看起来是真服气了。五哥你这一张嘴，说得俺都没词儿了，俺无话可说！无话可说！只有这四个字儿！可光说这四个字儿，还是解决不了俺的问题。咱这样，跟你也用不着客气了，你五哥有40万块钱在俺那儿押着呢，俺欠你200万块砖。咱这样行不行，从今天开始，俺就把这个砖厂写给你，俺转让了，俺就转让给你了。俺知道，这个砖厂不大，还是个麻烦，可是别人给多少钱俺也不给他，给谁俺也不放心。俺就给俺五哥，谁让咱是一家子呢？谁让俺和俺姐都是守着椁椤山长大的呢？姐姐啊，五哥啊，搭把手吧！救救俺吧！俺一家子人，老的小的，请你们把俺们解救出来吧！

听黎四清的意思，他现在是“日薄西山，气息奄奄，人命危浅，朝不虑夕”了。

四清，你这个嘎杂子。张福禄开口还是这一句。你少来这一套！当初谁逼着你让你干这个厂长了？没便宜你能干吗？这会儿你装可怜，一条一条你数落你吃亏了。俺实话告诉你，你那个破厂子俺不要，俺就要俺的砖，200万块砖，一块也不能少！俺还纳闷儿呢，没事儿跑这么老远看你姐姐，敢情憋着个大屁呢！你放完了吧？你吃饱了吧？滚蛋！

张福禄说着说着就站了起来，摆明了就是要送客的意思。翠兰赶紧说，福禄，你坐下！四清说了半天，你还没听明白吗？不是钱不钱的事儿，是他得照顾孩子，弄不了了。他家里情况你也不是不知道，能帮他就帮帮他呗！一个红红火火的厂子，你一分钱不用花就送给你了，要是别人能行吗？咱不是一家子吗？四清，你也坐下，喝茶！

嘿嘿，有俺姐姐护着俺。黎四清又觍着脸坐下，对着张福禄嘿嘿。

看见了吧？俺就知道你们才是一家子，俺是个外姓人。这会儿要是民主一下，举手表决，俺也占不了便宜。不过四清啊，你嘎杂子也好，不嘎杂子也罢，说破大天，你这个砖厂，俺还是不能要。你想，你这个厂是你们公社，不对，是你们镇里的，是集体的，不是你个人的。你这个狗厂长也是你们镇党委、镇政府任命的。你凭什么说转让俺就转让俺了呢？

五哥，你说得没错，当初是你说的那样，但前几年俺就改制了，不是俺想改就改的，那也是镇党委、镇政府让俺改才改的。这个砖厂已经正式到咱名下了。咱可是具有完全经营权的法人啦。另外，如果是你这样的大老板接手，相当于俺给他们招商引资了，他们还得请咱哥儿俩喝酒呢！

张福禄说，哼！你想得美吧！今天当着你姐姐的面儿，俺把话撂到这儿，就算你说破大天，俺张福禄也不能答应你。

黎四清说，五哥，你信不信老天爷？

张福禄说，俺信俺的老天爷，俺不信你的老天爷。

黎四清说，五哥，你真牛！俺说不过你，俺服了行不行？俺爹早就说过，陶村人没有一个让他服的，他就服一个人，不是俺陶村的，而是陶村的女婿张福禄。

话音刚落，黎四清兜里的手机响铃了，赶紧一接，是他媳妇的声音：你个王八蛋又到哪里死去了？快滚回来！出大事儿了！

什么、什么大事儿？

老天爷的报应又来了，你那砖窑被水淹了！

第十章　借山居主人

50

此时的陶砚瓦正躺在怀柔红螺紫府别墅F区35号二楼副卧大床上，两眼望着窗外落雪，心里想着五哥的话，琢磨着自己和五哥一样，都是栲椤捎性格。一路走来，因此性格而伤，因此性格而幸，亦不知其福兮祸兮。琢磨间，又迷迷糊糊进入了梦乡。

雪也落进了梦乡。森林深处渺无人迹。脚下踩着深雪下的松软落叶，那种踩上去的原生感怎不让人生出对雪的亲近。俯辨雪上小兽足迹，仰观树上晨鸟巢穴，为隐隐残留的丛林意识而心存惊喜。雪上拍手印，留足印，欣赏自己的宇宙洪荒。最后细看地面上本不是雪，而是大风经年吹来的细沙，白白的，细细的，软软的，脚踩上去舒舒服服的。白沙上，有一个一个小沙窝，正是栲椤捎的杰作！陶砚瓦见了，急忙蹲下身子，想着喊：

栲椤栲椤捎！
栲椤栲椤捎！
你家老牛跑了！
跑到南小道了！

快截去吧！

但心里想喊，嘴却不听使唤，张开半天，憋得满脸通红，硬是喊不出声来。正着急间，眼前陡然出现高楼，细辨为超市门店。看着那房顶上，分明是雪在融化滴水，再看脚下的细沙早已消失殆尽，小沙窝更是子虚乌有，刚才的场景只是南柯一梦。

睁眼看着窗外，忆起依稀曾落雪，起身隔窗寻觅，只见停放楼前车顶上的残雪，已然很厚。而路面上的雪或已融化，或已被风卷走。

此刻犹在恍惚，这落雪真是刚刚才发生的吗？

51

红螺紫府是京城著名的别墅小区，号称北美风格山地纯独栋。它三面环山，与著名的红螺寺隔湖相望，总占地面积近千亩，夸耀说是北京房地产市场中居住密度最低的别墅项目。

陶砚瓦在五哥那儿答应的事儿，当即就编了条短信，发给七位善于策划文创的朋友。回京的路上，一边开车，一边看陆续收到的回复短信。除两位外出外，其余五个答应赴宴。当晚设席在和平门烤鸭店，五哥张福禄做东，一干人等都是能吃能喝又能侃的主儿，特别有两位资深美女，主家关心的话题，都聊得很充分。大家献计献策，共襄盛举。喜得五哥眉开眼笑，喝得红头涨脸。当晚告别时，还拉着砚瓦的手，叮嘱说，天冷了，进门先开空调，只要你用，打开了一冬天也别关。别心疼电。不用你交电费！那房子就给你了，你随便用！

第二天，陶砚瓦便收拾行头，开车来到了红螺紫府，住进了五哥的独栋别墅。

推门进来，果见装修停当。因为久没人住，客厅里的一组沙发、茶几，以及餐厅里的餐桌，都用布罩着。再往里有一间十几平方米的洗衣房，里面并排放着两台带烘干功能的洗衣机。右手边是厨房，大约有七八十平方米。冰箱很大，里面空空如也。一一打开厨柜，锅碗瓢盆、米面粮油都有，应该不久前还有人用过。

陶砚瓦记得五哥嘱咐，顾不得细观遍览，先下到地下一层，找到设备间的中央空调，合上电闸，打开冷热水阀门，将按钮从“0”位调到“1”位，就听见燃气供热系统开始运行之后低沉的鸣声。

地下一层的面积也不小，大厅里摆着一张乒乓球台，台上还有球和球拍。有两间库房，存放些杂物。

从地下一层上来，一楼、二楼、三楼各有两个卧室，二楼多了一间书房，书房外面就是一楼洗衣间和厨房的屋顶，正好设计成一个室外阳台。三楼两间卧室比较小，一看就是给小孩子准备的。

从一楼大厅进入厨房前，左侧有一个门，出去还有一个小晒台，铺着木地板、装着木栏杆，有五六平方米。从晒台下去，还有一个相当于十二人餐桌那么大的小池塘，池塘里无水，但铺着一层玉米粒大小的沙砾。因为这座小楼坐北朝南，所以小院呈C字形环楼之东、西、北三面。西面即有晒台和小池塘的一面，北面偏东处，建有一个凉亭，下面有供烧烤用的炉灶，亭柱间以可坐可卧的长条凳相连。东面有些设备显然是地下供暖系统配套的。

在东北角一棵十几厘米粗细的特殊的树，陶砚瓦一看就乐了，这就是五哥那里栽了不少的椁椤树啊！看来五哥到了哪里，哪里就种上了椁椤树！

陶砚瓦此刻无心欣赏五哥心仪的椁椤树，他楼内楼外简单看了一遍，选定了二楼副卧做自己的卧室，旁边的书房做了工作室。就到车上把自己的东西往楼里搬运、摆放。

卧具上二楼，食品在一楼，笔墨纸砚直接到地下一层去了。

把东西都安顿好，看看时间已近中午，就去了厨房忙活午饭。

打开煤气灶旁边的厨柜，整齐摆放着几个粮食袋子。拿过面粉看了看，肯定不是新麦，但应该还没有变质。他突然有了要烙大饼的冲动。于是就把电饼铛打开预热，然后和了一团面，用擀面杖擀一擀，放一点儿油和盐在上面，再放点儿葱花，扽起四周往有油盐处蘸匀，卷成一个圆筒，用刀分切三段，取一段把两端对齐捏死，再放案板上擀成一张饼，这时电饼铛恰好热度已够，定好“大饼和馅饼”档，再放一点儿油，用小木铲铲匀，就把生面饼平放进去，盖好盖子，又取一段饼材，擀成饼状，这时铛内已然飘出饼香。开盖翻个儿，果见刚朝下的一面色儿已熟黄，并已见焦深色呈不均匀分布。

陶砚瓦这套烙饼法完全来自对娘的模仿。从很小的时候起，娘做饭，他在一边观看，是娘儿俩在一起时的最常见的场景。不光是烙饼，蒸卷子、包子、窝头、红薯，擀面条，包饺子，等等，他都不知看了多少遍。那时也没心学做饭，娘也不会让儿子学做饭。她心里想的是让儿子念书，念好了出去做事。

饼烙好了，用刀切了一角尝了尝，是自己熟悉的味道。陶砚瓦嘴里咂巴着，心里想起娘在时的光景。他忽然感觉娘现在正在身边看着他，耳边还听见娘在叫他：喳儿！

他转过身来看，并没有娘的身影。

虽然没有娘的身影，但娘就在他身边，用暖暖的目光注视他。

52

陶村有句俗谚：好过的正月，难过的二月，死活就在三月。饥饿，是陶村人最深刻的共同记忆。因为饥饿，家家都有过尴尬和不堪。

陶砚瓦就生在这要命的三月。

三月要命，是因为粮食常常不够吃，进入冬天以后，好歹也能将就着过了年，再将就一下，正月就没了，二月就十分难过了，有时是要搭些秕糠来充饥了。一般进入三月之后，是全年粮食最为紧张、日子最为窘迫的时候，往往需要东借西借，无论如何要先解决填饱肚子的问题。

那年三月下旬，早晨天刚刚亮，娘就翻了个身说，哎呀，要生了！

爹说，别急，你再慎一慎。

娘说，真要生了！忙叫拐嫂子来！

爹就赶紧起身穿衣裳，正要出门时，只见刚刚六岁的小砚房早跑在前头，嘴里说着，爹，俺去叫拐大娘来！早一溜烟似的没影儿了。

小砚房出门往东紧跑几步，就敲着北院大门喊，拐大娘！拐大娘！你快过来！俺娘要生了！

拐大娘在屋里答应着：知道了，马上！马上！小砚房听到回声，就又赶紧往回跑。

奶奶听到动静，早赶过来张罗照应。小砚房掀开门帘想要进去的时候，立刻就听到不让小孩子进屋的禁令了。

拐大娘手里举着个布包包一瘸一拐跑进屋了。小砚房就在外屋站着，听着里屋炕上娘的嘶叫，以及大人们忙乱的呼喊声。

头天晚上，全家人围在一起喝白粥。白粥，就是用玉米糁子熬的稀粥，里面不放任何东西。实际上也没任何东西可放。而且这玉米糁子，还是娘挺着肚子，带着小砚房到南庄舅舅家扛回来的。

小砚房喝了一碗，奶奶又拿出两片头年秋后做的菊花茄子，上面还点了几滴香油，爹娘都舍不得吃，给他和奶奶一人一瓣。

奶奶说，砚房娘，你怀着孩子，你吃这一瓣，我和房子吃一瓣。

娘说，好。就用筷子头儿在那瓣菊花茄子上蘸了蘸，放在嘴里吮了吮，说，真香！然后就把盘子往爹跟前推了推，说，你吃了吧。

小砚房想着菊花茄子，眼睛就往墙角高桌子上看。高桌子上有两个一尺来高的罐子，左边的里面是豆豉，右边的里面，就是让他馋涎欲滴的奶奶亲手腌制的菊花茄子。奶奶做的豆豉，比别人家的好吃百倍；奶奶做的菊花茄子，那味道更是任何人家里根本没有的，是人间罕有的美味。

由于粮食少，一家人就紧着吃菜。正月里，就把头年自家种的一窖白菜吃光了。于是就只剩这两罐美味。东西越吃越少，美味越少越珍。眼看娘的筷子往罐子里掏，伸进去的筷子越来越深，小砚房真害怕哪一天会把罐子掏空。真到了掏空的时候，那全家饿肚子的日子就要开始了。

而罐子掏空了，喝粥时还能吃什么？

特别是那让全家人馋涎欲滴的菊花茄子！

小砚房就想起头年入冬前，跟娘去自留地里，找那些人家不要的、被霜打过的、差不多鸡蛋大的小茄包。这种小茄包有不少人家看不上眼，但却是陶砚瓦家的宝贝，也是奶奶施展非凡厨艺的最好食材。把它们洗净晾干，奶奶的花刀功夫就开始了。她一手按住小茄包，另一手持刀将茄包的一端切成一条条平行的薄片，深度为茄包五分之四，另一端连着不断：然后旋转90° 垂直向下切，仍然是茄包厚度的五分之四呈丝条状，还是让另一端连着不断。这样切出来的茄子，外观上看还是一个整体。之后是将盐和葱花、姜末、花椒均匀地抹到每个切面上，先放盆里腌上一个时辰，会腌出来好多汁儿，把汁儿挤干，上锅蒸一下，就一个一个摆放在罐子里，罐口盖上一个小盘子，放在屋内阴凉处，等到来年春天享用。

正寻思间，突然里屋阵阵呼喊声急，只听拐大娘叫了声：好了！出来了！又是个小子！

果然就有小孩子哇哇的哭叫声传出来。

哈！哈！这孩子嘴真壮！好养！拐大娘惊讶地叫着。起名了吧？叫什么？

就听爹说，名字早就起好了，叫陶砚瓦。

啊，砚瓦。拐大娘心里就嘀咕上了：瓦不存水，这孩子将来怕是发不了财的。

小时候有多少故事！都是娘和拐大娘扯闲篇儿时候，在旁边听来的；或者就去缠着奶奶问：俺小时候是怎么怎么样啊，奶奶也会透露不少自己特别小的时候的故事。

瓦不存水，发不了财，真让拐大娘一语成谶。

想到自己也会在不远的将来当爷爷，小孙子也会缠着自己问东问西吧？

陶砚瓦扑哧一声笑了。

53

喳喳儿，别满世界乱跑，跑丢了让老狼叼了去！

娘一边用平头锨往小推车上装铁砂，一边对紧跟她身后的小砚瓦说，语气中明显有吓唬的成分。

小砚瓦当时刚满四周岁，他只知道自己叫喳喳儿，等上学的时候才知道自己应该叫陶砚瓦。他嘴里答应着娘的嘱咐，心里却想着去看大火车。因为前天跟娘来前磨头干活儿，总是听到有大火车从不远处经过。在它经过的时候，发出的让人心灵震撼的，长长的“呜”声和有节奏的“咣当咣当”声，感觉大地都在颤动，正在干活儿的人们，也会不由自主地往铁路那边张望。啊，大火车！那是一个怎样巨大的怪物？

这是1958年的秋天。中央提出全国钢产量要达到1070万吨，而当时的生产能力只有400万吨，于是就动员起各行各业上亿人，“大炼钢铁”，全国几个月就建成各类小高炉、土高炉几百万座。

陶砚瓦的娘，就是当年那上亿人之一。

那时村里弄了几个土高炉炼铁，但土高炉好弄，铁矿石没地方找。于是家家户户都把屋里屋外所有破旧的铁器，旧农具、旧锅勺等统统收集上交，交完还完不成任务指标，就派民兵挨家挨户去搜罗没交净的各种废铁，铁锅、铁铲、铁锁、铁门环、铁门吊儿，甚至到各家立橱横柜上、大门二门上找铁皮，铁配件儿、所有铁器都搜罗起来，投进土高炉。

村里找不到煤，就伐树、拆房烧木炭。折腾若干天之后，烧出一堆铁疙瘩。县上来了领导，看见之后还非常满意，表扬陶村群众开展全民大炼钢铁运动，踊跃积极。

当时陶村满地的棒子、谷子、高粱都穗大粒饱，一派丰收景象，但生产队却接到命令，全民大炼钢铁！于是主要的青壮年劳动力直接去造小高炉，庄稼由妇女和老头子们收。收着收着又来了任务，要抽调一部分人去前磨头装矿砂。

多好的粮食啊，顾不上收了，真心疼啊！

砚瓦娘扛着铁锨，一手拉着小砚瓦，边走边和拐大娘偷偷说。

陶砚瓦经常从自己记忆的深处、最深处，试图能翻腾出四五岁以前，恨不得幼儿时段的详情。他多少次的搜寻，感觉是最早时段、记忆也最清晰的一件事儿，就是这次跟娘去前磨头火车站装矿砂。

他永远记得只有自己跟着这帮人出了这趟远门。为什么只有他自己一个小孩子？为什么只有娘一个人可以带个小孩子？至今不清楚。反正他是跟着去了。

当他每天听到火车的轰鸣声，却又不知这火车是个什么怪物，心里充满强烈的好奇。终于有一天，这个好奇心战胜了对迷路的恐惧，一个人悄悄往铁路边走去。一边走一边想着娘的嘱咐，为了避免找不到返回的路，就用心观察一路上的景物，好顺着它们返回。感觉快到铁路边的时候，正好看见眼前有一辆正在装卸什么东西的马车，心想看完火车，回头找到这辆马车就可以返回去了。

而火车也就真的过来了。老远老远看见它烟筒里冒着浓烟，顺着远处的铁轨飞奔过来。前面是一个巨大的火车头，紧接着是它拉拽着的十几节车厢，一节一节，咕咚咕咚！伴随着巨大的汽笛声，以及无数车轮碾过钢轨的轰鸣声，火车由远而近呼啸而来，再由近而远呼啸而去。整个过程让人过目不忘，震撼而又刺激。小陶砚瓦简直看呆了，惊呆了，火车已经远去，它的呼啸声也越来越小了。小陶砚瓦才想起必须赶紧返回去找娘了。

他转过身来，刚才停在那边的马车早没了影子，没有了马车，那从哪里去找娘啊？

小陶砚瓦立刻感到恐惧了，他走也不是，不走也不是，看看哪里都是陌生的景物和陌生的人。甚至有人说话也都是奇怪的口音。而且在他的记忆里，好像当时也没人注意到这个小孩子已经迷路了，过来过去的人也没人在意他的惊慌和害怕。

也不记得过了多长时间了，只记得四周总是有马车在装卸东西，可能是矿砂，也可能不是矿砂。马车有来的，也有走的，而且是有好多辆。赶车的谁也没注意这个小男孩儿已经迷路了。可能他们还以为这个孩子的家长就在附近呢。

后来也不记得是怎么个情况，反正就是遇到了一个白胡子老头儿。老头儿亲切地问小陶砚瓦，你迷糊了？谁带你来的？你娘在哪里？她在干什么？

小陶砚瓦的回答肯定是稀里糊涂、不清不楚的。但是这个白胡子老头儿却带着他去到了娘的地方。他问，那里有你娘吗？

小陶砚瓦一下子就看见娘了，不由得一边喊着，娘！娘！一边向娘跑去。娘把他抱起来，问他，是不是看大火车了？可把娘吓死了！

小陶砚瓦点点头说，俺迷糊了。有个白胡子老头儿把俺送回来的。

那个白胡子老头儿呢？娘问。

陶砚瓦回头找时，早没了踪影。

54

在大房子里搞书法创作，确实比较痛快。地方大，案子大，纸要得开，笔下得舒畅，边写边看，遇有不满意处，撕掉重来，好像也不费什么周折。

除了写字，陶砚瓦还把院里闲地清理出来，买来菜籽、秧苗，种上辣椒、韭菜、白菜、南瓜。好在院外有水龙头和塑料软管，天天侍弄，竟然各有收获。

在二楼住着，每天早晚，从卧室推门出去，就是一个大阳台，正好可以看到起伏的群山，以及山上的葱绿和云雾。抬头看看天上，白天是云，晚上是星月，确实让人心生幽雅，顿涌诗意。

这批作品落款，开始落的是某年某月于红螺山房，或者某年某月于红螺湖畔。写了几幅，再落款时就觉腻烦。心想还是落老斋号“三放堂”，或者“介行斋”吧。就又这样落了几幅。就又起了腻烦之心。心想为何不在此起个斋号呢？

马上就想起齐白石老先生曾有斋号“借山吟馆”，他说，山非我所有，借来娱目而已！后来感觉自己并不善诗，岂敢自号“吟馆”？就把“吟”字删去，名为“借山馆”了。十余年后诗力大增，又自觉诗才了得了，“借山吟馆”逐渐重题于画端。

陶砚瓦念及此，便斗胆自号“借山居”，更赋诗《借山》一首曰：

偶与高贤略有同，而今暂作借山翁。
清风不用一钱买，闲地堪为半季丰。
敢以吟堂名寓馆，怯凭文墨继坡公。
小畦恰适荷锄乐，况复篱边椒渐红。

有位诗友画家见此作，欣然作一幅借山居主人诗意图，陶砚瓦尤珍之。

过几日，诗意复至，作《借山又一律》：

半载借山身是客，红螺湖畔赋生涯。
无心吟字竟安字，有愿种瓜真见瓜。
秋色一藤牵落日，竹篱三径远尘沙。
寺钟敲碎轻云去，唤取晚风闲品茶。

小院不大，但也只能在一小块儿用来种菜。要把小院所有闲地全部开发成菜地，远非陶砚瓦一人之力可为之也！无力开发的地方，就疯长出各种野草，任你拔之、薅之、锄之、铲之，它自生之、长之、疯之、狂之。往往折腾几日，回头一看，原来清除过的地方又冒出一片。

于是又有新作《锄草》：

篱边野草十分狂，竟比南瓜先上墙。
晃脑摇头争日照，铺天盖地占空荒。

丛繁恨不锄千类，貌丑终须火一场。

唤取柴车装载去，只留青菜散风香。

每日闲居，写字作诗，荷锄种菜，闲看云海花山，好不快乐逍遥！

以上三律也各自书写为竖幅中堂，并落款为“借山居主人”。

去香港展览的作品，就是在这样的空间完成的。不用别人夸，陶砚瓦自己也感觉这批作品是自己最满意的，代表了自己彼时的最高水平。

还是有个大房子好啊！陶砚瓦感慨良多。

在这套房子住了几天，陶砚瓦发现自己总爱做小时候的梦。不知道为什么，白天也没怎么想到家乡，想到父母兄弟，可晚上一进入梦乡，好几次就回到了家乡，回到了童年，见到了故去的爹娘、爷爷奶奶、老街坊老乡亲。

陶砚瓦就自己分析原因。

原因马上就找到了：第一，在城里居住的小区全是二十层以上高楼，自己家在18层住。平时下楼、出门都是在高楼林立的环境中生活。而这里虽然在山湖之间，但看上去整个小区都是低矮的、扁平的，更接近儿时的生活环境。第二，这座小院跟老家的院子都是坐北朝南，都是左右、前后都有邻居院落，各家各户出来进去老婆孩子都能看得一清二楚。这比在城里住单元房根本没有院子，而且所有人家都是一关门，彼此就再也没什么交集，更让人感觉与老家更像。第三，整个别墅小区里面虽然分为若干按英文字母排列的区域，但实际上区域之间以及各家各户进出通道，都与农村高度相似。最后，还有更为重要的一点：因为在这里居住要自己做饭，而陶砚瓦自觉不自觉中，比如烙白面饼、贴玉米面饼子、煮小米绿豆粥、熬白菜等等，所有由自己操持的美味，基本都是参照和追寻儿时母亲做饭炒菜的味道。

想到以上这么多的原因，完全可以得出结论：在这里生活远比城里更像老家。环境竟然如此强烈地影响到人的精神，让陶砚瓦暗暗吃惊。

这里虽好，毕竟是借山而居。不过“天地者，万物之逆旅”，任何人来到这个世界，不都是“百代之过客”吗？所以最后还是圣人说得好：“万物皆备于我。”何必在意谁是主人谁是客呢？

这边陶砚瓦不在乎“谁是主人谁是客”，但他做梦也想不到，在他门前这条巷子往西数四户的对面，也差不多是这样一个小院里，住着的一个人已经盯他好久了。这个人就是想弄清一个问题：陶砚瓦到底“是主还是客”。这个人不是别人，就是陶砚瓦的老上级，也是他的冤家对头王良利。

55

吃过午饭，陶砚瓦信步出门，顺着来时路途向前走，没走多远，见右手边有条岔路，感觉是往山上去的，便沿着它走过去。两边仍然错落有致地排列着一座座的独栋别墅，各家主人都挖空心思进行装修，把原本极为相似的东西硬弄成与众不同，千方百计突出自己家的个性。

刚才开车进小区，问了门口保安，七拐八拐，才到了F区35号。35号在F区，也即小区的二期，还算是建成比较早的，因为刚才经过一个路口，是通往五区的，而五区被称为超豪华极品别墅区。

整个紫府小区依山而建，错落有致，每栋别墅都依据山势变化做到“一栋一设计”。当然也是大同小异，这个大门高一点儿，那个大门低一点儿，或者这个窗子都是方的，那个三楼的窗子都是圆的。但还是看得出动了不少心思。小区内还有独享私家山，几公里长的环山栈道和高尔夫挥杆练习场，所以商家敢于傲称“京城首席藏品级山居独栋养生大宅”。

陶砚瓦信步走着，目力所及，都是豪宅。心里想着这些年来，中国人为了房子，搞了多少名堂！政府鼓励，商家冲杀，富人热炒，穷人拼命。古今中外，有哪个国家、哪个朝代，能发动起上亿人，只为了一样东西而挖空心思、掏干积蓄、借贷巨款、押上余生、东奔西走、殚精竭虑？

中国人喜欢弄房子，既有老辈人的家传，是古已有之，又有社会发展到今天，时代的崭新要求。

论老理儿，比如陶村就有句老话：一辈子不盖房，是个自在王。就是说的人的一生，一般都会有盖房任务的。因为你从家族继承来的房产，总是小于你的需求。而你这个需求是因你有了儿子，而儿子这种东西，是生来就必须要有房子需求的，而且都是“刚需”。有儿子而没房子，那你不是要自找绝户吗？于是陶村人祖祖辈辈，形成了盖房的固定程序。就是主家备料，街坊邻里帮忙出力，三五天即可上梁封顶。陶村的房子，也都有基本样式：一明两暗，或者一明两暗加东西耳房。不需要图纸，主家的地基多大，家底多少，基本要求一说，把式就明明白白了。

时代的崭新要求，是如今城里乡下，一轮又一轮的住房需求，都不是当年陶村那种自建自用式了，而都是放大胆去银行贷款，花高价到开发商那里购买了。而今之银行，你敢贷我就敢放，反正还不上钱有房子抵押；而开发商，全都是唯利是图的赚钱高手，只要能牟取暴利，官员他敢贿赂，律条他敢践踏，道德他敢违背，黑社会手段他也敢用。他们的努力作为，印证了马克思、恩格斯当年的话：自从资本来到世间，从头到脚，每一个毛孔都滴着血和肮脏的东西。

而今日之开发商，今日之资本运作者，通过各种手段，早把资本这个怪物洗白。在他们心里，资本来到今天之中国，每一个毛孔都闪耀着高贵和荣光，因为他们是国民经济的拉动者，政府政绩的营造者，刚性内需的撬动者，官员的座上宾，百姓中的龙凤，俨然是国家栋梁，社会贤达，一方之望也！

陶砚瓦上得山来，恰有一个小亭，凭借山势，可揽小区全貌。俯瞰这一方天地，果然是藏风聚气，龙穴之相。只是房多人少，略觉阳气不足，不免阴风阵阵。

房子盖了，卖了，物业管理也跟上了，但真正进来住的人并不多。

人类的历史，每一个个体的人，总是通过各式各样的方式，来展现自己在周围人之中的位置，确立自己的社会价值。实际上，在地球的任何国度、任何民族，阶级一直都是客观存在的。甚至马克思、恩格斯都讲过，阶级不是他们发明的，在他们之前，欧洲的思想界、学界，早已把阶级这个概念炒热了。人之分为阶级，是人类文明的核心问题。既然是客观存在，就不会因无视而消失，或因厌恶而掩藏。

阶级之存在，不是因为意识，而是因为物质。物质的薄厚、金钱的多寡，决定人在社会中的地位，也决定人在社会中的意识。

比如中国近年来一直是世界奢侈品最大的消费国。什么名包、名表、名车、名酒，有钱人竞相购买，以此炫富。而最能炫的富，最能代表一个人社会地位和生活品质的，无疑非房子莫属。

所以当今的中国，能让人倾尽家财，流尽血汗，花光一生积蓄，背负半生巨债，榨干父母养老钱，甚至能让一个大城市的离婚率陡然上升的，就是房子。

房子是什么？辞典上说“是按永久存在设计而建成的建筑物”，是“固定于土地上可供住宅用或工作等的建筑物”。但在开发商眼里，房子是可以获得暴利的摇钱树；在主政的官员眼里，房子是拉动GDP的火车头和彰显政绩的广告牌；在贪官眼里，房子是他摆放在银行之外的金条；在富人和穷人眼里，房子几乎是贴在脑门儿上的阶级标志。

比如这个红螺紫府，上千套别墅，每套都一两千万，高档的要五六千万，全都卖出去了。别说普通老百姓买不起，就是正国级官员，他靠工资收入也买不起啊。但是对有钱人来说，这点儿钱又算得了什么？五哥看似是一个老实巴交的农民，生活超低调，一辈子都在劳动，但他都一掷千金下手了，而且越早下手越便宜，鬼知道他在北京买了几套房产？

陶砚瓦想到这里，越发感觉这位老哥远不像自己原来想象的那么简单。

五哥应该还有秘密。

56

正如佟孟冬所言，王良利老老实实把自己那点儿破事儿一交代，跟组织上掌握的情况也差不多，确实是比组织上掌握得稍微严重了一些，反正最后一核计，组织上的处理决定是开除党籍，降为副处级退休了事。

王良利在里面待久了，特别是后期，他吃得也香，睡得也甜，每日里无非就是受受教育，习习帖练练字，没有任何琐事叨扰，没有家庭单位牵累，竟是如此逍遥自在！特别是他按照佟孟冬要求，临摹那《急就章》，简直可说是入了迷，上了道儿，用佟孟冬的话说是一天一个模样！越临摹越感觉原来自己是多么孤陋寡闻、蹉跎岁月，而今又是多么醍醐灌顶、茅塞顿开！假以时日，他自信一定会在章草上闯出一片天地，在书法艺术上打开一片蓝天！他真的有点儿不想出去了。

当听到最终处理结果时，他感觉什么结果都已经不那么重要了，无所谓了。就像网上年轻人常常说的一句话：天空飘来五个字儿，那都不是事儿！离开那个地方时，他紧紧握着佟孟冬的手，嘴里反复说着真的太感谢了！跟小黄告别时，他甚至还对小黄说，我会永远记住你那美妙的歌声！

令他万万没想到的是，小黄慢吞吞说了一句话：啊？你可能不知道吧，我唱的歌叫《雕花砚》，他的歌词作者是陶砚瓦。

王良利一听，直接就愣在那里，半天才说，啊？是吗？等缓过劲儿来，他又对二人补了一句话：啊，对了，我推荐进书协当了委员的那个司长，就是陶砚瓦！

他本来以为这句话会让二人惊诧万分，但没想到二人就像是串通好的，都只是淡淡地、冷冷地用鼻腔“哼”了一声。

等他回到家里，倒是一切如旧，没什么变化。老婆每天去公园唱歌，女儿女婿还照常上班。他不愿意出去见人，就每天在几间屋子里来回转悠，就想着收拾一个专门临摹《急就章》的区域。转来转去，也实在找不到空间余地。他太太知道他是想找个地方练字，就说，别转悠了！城里就这点儿地儿！你干脆还是到郊区待着去吧！

一句话惊醒了梦中人！他马上转头说，对呀！我到郊区啊！咱郊区房子的钥匙呢？

他太太找出一串钥匙往桌子上一摔，气哼哼地说，给！

王良利又问了一句：孩子们知道这套房子吗？

他太太说，哪敢告诉他们！这不是咱两口子留着养老保底的吗？

于是，王良利就一个人来到了红螺紫府。一来他虽然出来了，但毕竟是“戴罪之身”，自己不想出门，窝在家里长了也不是个事儿。二来他牢牢记着佟孟冬的话：必须临够一定的量，必须保证一定的质，一年之后手上就有了肌肉记忆，那时候，只有那时候，才能有一点儿章草的影子。千万别半途而废！他也只能到郊区来，才能有条件落实佟孟冬安排的节奏，天天几个字，硬啃《急就章》。

那天练着字，他又反复想着佟孟冬的叮嘱，包括他在里面那段难忘的经历，想着想着突然眼睛一亮：这个佟孟冬，肯定是早就知道了我那点儿破事儿，也算定了根据这些事情可能的处理结果，甚至他早就跟他们领导都沟通好了，这才跟我严肃谈话，还假模假式地对我当头棒喝，彻底摊牌！当然他指明书法之路，确是曲径通幽，别有洞天！也促使我狠心跺脚，丢弃幻想，快快交代，早日解脱。

想到这一层，他竟得意地笑了。自言自语道，佟孟冬，你这个小青年，还跟我耍心眼儿！怎么样？还是让我识破了吧？

那天也是巧了。王良利正站在自家窗台前隔着窗户往外看，就看见一个人溜溜达达从巷口过来，眼睛还四下里踅摸。这个小区平时从来没人进来瞎转悠，等那人走近，王良利定睛一看是陶砚瓦，心头陡然一紧，赶紧本能地往窗后一躲，心脏怦怦直跳。心想这陶砚瓦是不是要来找我？他现在见我还不是成心寒碜我？这小子还真是消息灵通，竟然找到这里来了！

王良利吓得大气不敢出，赶紧躲在窗台后面，真怕让陶砚瓦发现自己对着他冷笑。可他突然一想：我就是在陶砚瓦眼皮底下被带走的，而且当时正在为在书协有了安排而宴请杜秋水，他本来就应该感谢我呢！怎么会来找我算账呢？对呀，不可能啊！再说他穿了个西式没膝短裤，不像是从城里过来的，倒像是——王良利突然两眼一亮：莫非他在这儿住？

想到这儿，他耳朵对着大门听了一阵子，没有任何动静。王良利悄悄从二楼侧门出去，从阳台往街上看，只见陶砚瓦正背对着这边，往东边巷口溜达，走到一户坐北朝南的房子，从口袋里掏出钥匙，打开门进去了。

王良利长出一口气，心想总算是又被我猜着了！我这套房子坐南朝北，是30号；对门那套是31号，陶砚瓦那套房子应该是从对门往东数1、3、5，第三套即35号！准确地址应为：怀柔区红螺紫府别墅F区35号！哈哈哈哈！我王良利是谁？名校毕业的！

王良利想：凭陶砚瓦的正常收入，他是不可能住进这套房子的。既然他住了，说明一定有故事！假如没有故事，我王良利是干什么的？我轻轻松松分分钟就可以给他编个故事出来！他妈的！陶砚瓦啊陶砚瓦，你又落入我王良利手心里来了！

本来王良利经过大半年折腾，已经决定洗心革面，不问世事，金盆洗手，淡出江湖了，他就想着好好练字，将来在书法上大展宏图了。但陶砚瓦的出现，让他心中顿起波澜。这不是冲着我来的吗？这不是太往我枪口上撞了吗？这不是太往我绝路上逼了吗？你要干什么？你想干什么？你的突然出现太不可思议了！而且你住上了这样的房子，非偷即盗，不可能是正经渠道得来的！等我掌握了材料往上一捅，你比我完蛋得更彻底！

就像那潜心向佛、六根清净的皈依者，突然碰上心仪已久的女子，正好就搬到他对面居住，心里怎能不生出万千波澜！就像本来已经被强行戒毒者，突然又发现了不用花钱即可到手的毒品，怎能抵御那巨大诱惑，还不是马上就复吸了！就像那刚刚被驯化好不再偷吃东西的野猫，突然又扔它面前一条小鱼儿，叫它怎能管住自己的嘴巴？

王良利想，你陶砚瓦早退了，我王良利也退了，但是你陶砚瓦是提拔为正司而退，我王良利却被降为了副处而退，可怜我王良利竟然沦落到你陶砚瓦之下下下级！本来我王良利受了处分，依然有套别墅住，稍堪慰藉；但你陶砚瓦不是廉洁干净吗？怎么也弄了一样的房子，住了进来？而且跟我的房子一模一样，还就在我斜对面！这简直令人难以忍受！我要不弄你一下子，我当年的开水真的就是白打了！

王良利马上在二楼寻找有利地形，他准备买高倍望远镜、三脚架，以观察陶砚瓦的一举一动。

第十一章　大变活人不是梦

57

黎占江坐上去北京的火车，还真快当，一会儿就到了北京西站。下车出站都很顺利，他又打听着坐上公交车，很快就到了陶砚瓦上班的单位。只见大门旁边挂着两个大牌子，上面写着单位名字，黎占江感觉胜利在望了。

他直奔大门而去，还没等进去，就有人把他喊住了：你找谁？

俺找陶砚瓦。

请到传达室登记去。

啊，好。他顺着那人指的方向，果然看见一间门房上，挂着“传达室”的牌子。

他走进去，就有人问他找谁，他说找陶砚瓦，那人说陶砚瓦早退休了，不来上班了。他一听，感到非常意外、失望，眼怔怔地望着那人，说不出一句话。那人见他这副模样，就问他找陶砚瓦什么事儿？他说想让陶砚瓦给他送个材料。问什么材料？他说是给国务院的材料。那人就明白了，说，如果你想给国务院送材料，来我们这里不行，我们没有这项职责。你应该去信访局，他们专门管给国务院送材料的事儿。然后又告诉他去信访局怎么坐车，还怕他年纪大了记不住，专门写了个纸条儿给他带着。最后还让他喝了点儿水才走。

这让黎占江感慨万千：到哪儿都是熟人好办事啊！有个老乡在这儿，退休了也管用，又给指道儿，又给水喝。

拿着那个地址，黎占江找到了信访局接待室。只见来人众多，不少人在排队。黎占江就跟着排在后面。这时就有人问他：从哪里来啊？深州。深州是哪个省啊？河北省。前面就有人听到了转身问他：你是深州的？俺是故城的，咱都是衡水的啊！你是告谁？俺谁也不告。谁也不告你来干吗？俺是来送个材料。那不是一样吗？送材料就是告状，不告状送什么材料啊？俺来就只是送个材料，不告状。哈！看你这么大岁数了，还挺倔的，好好好，你不是告状的，是送材料的。哈哈哈哈！

这句话引来好几个人的笑声。

这时有人过来问，谁是故城的？黎占江就指着刚才那人说，他是故城的。没想到那人回头骂黎占江，你个老东西，还是个卧底啊！你是深州的，马上有人找你！他一边骂着，一边被人拉走了。

过了一会儿，就有人过来问，你是深州的吧？黎占江说，俺是。深州哪个村的？陶村的。你别排队了，出来咱去那边。黎占江就说，好。跟着那人往那边去了。

到了一个地方，那人指着旁边停着的一辆商务车说，上车吧。黎占江就上了车。

车上已经有好几个人了。最后一排座上有个年轻人说，到后面来！黎占江就坐到后面去了。

车上也没人说话，气氛很诡异。黎占江就问旁边的年轻人，咱们要到哪里去？年轻人漫不经心答道，哪里？你想去哪里？回家！

黎占江说，俺是来送材料的，材料还没送出去，怎么能回家呢？

年轻人说，这不都是来送材料的，回家送也一样。

黎占江说，俺这材料是要送给国务院的，回家俺送给谁？那能一样吗？

这时年轻人手机响了，他赶紧拿到嘴边说，对，都上车了，好，马上走。

放下电话，他说，走吧。汽车就进入主路，朝深州方向驶去。

黎占江坐着，看看旁边的年轻人，一副爱搭不理的派头。前面两个人也自顾自低头耷拉脑袋，不哼不哈的样子。他感觉自己也提不出什么吸引人的话题，干脆也一样闭目养神吧。

58

说起来还是恨自己儿子黎四清。

本来自己的盘算是把儿子扶上位，自己能够风光一下。开始是想垂帘听政，结果跟自己老伴儿一念叨，老伴儿竟哈哈大笑起来，说垂帘听政的都是老娘们儿，哪有男的干这个活儿的？怪不得郭书记问你裤裆里有没有那个！哈哈哈哈！

这个想法还没出屋门，就直接让自己老伴儿给否定了。

黎占江还嘴硬，你说这个不行，那俺还能干什么？他老伴儿说，最近你没听广播吗？有个好词儿你试吧试吧。你老说这个是你设计的，那个是你设计的，你儿子都是你设计的，那你就当个总设计师呗！也不用上班，想转就转转，想说就说说，而且说了还算是讲话。

黎占江听了这一席话很受用，对自己媳妇立马刮目相看，心里也很服气。

可是那天跟儿子黎四清一说，当场给闷了回来。自己原来的盘算彻底落了空。

自己一气之下，跑去“推委会”，弄了个三部，专门针对儿子猛推。推了一阵子，儿子自己不干支书了，去干砖厂厂长了。他这个三部没了推倒对象，相当于没有耗子的猫儿，没有超生的计生委，想去推别人吧，一部、二部的人还不接受他。

这回可真是失业了，没事儿干了，没人理了。

黎占江实在咽不下这口气。想当年三上三下，也做过几次支部书记，在陶村也曾经呼风唤雨、叱咤风云。当然也逃不脱有人恨，有人怕，有人说好，有人骂。挨骂最多的，一个是逼走本家侄子黎德山，一个是带人平了桲椤山祖坟，至今在村里骂声不绝。有时还当他的面骂，很难受啊。而受欢迎的事儿，还是比较多的啊！他在心里就开始搜罗自己当书记时做过的好事，让人们说好，受人们欢迎，至今还有人提念的事儿。

其中就包括把烈士坟移到闷葫芦头那块地，给家鼓队、宣传队置办行头的事儿，请老余来看椁椤树苗的事儿等等。

于是就想起老余说的话：陶村有文气。

这句话很重啊！史凤山、陶砚瓦，还有张福禄都在场，也都认可了。

有文气，怎么叫有文气？村子里有文化人就是有文气。

谁是村里的文化人？四大吹，四大作家。他一想这些人自己就笑了。他们有的还可以，有的那水平真不怎么样，还不如我黎占江呢！

对呀，俺黎占江如今赋闲在家了，也没事儿干了。可咱也算是见过世面的，在部队当过副班长，那也是学习过的，在村里当过支书，那也是学习过的！俺弄点儿东西出来，怎么也不比他们差！

他下定决心，要干点儿文化事儿，让四大吹、四大作家，让村里所有人，让自己儿子、自己老伴儿，家里所有人，通通都看看，俺黎占江一定要在文化方面儿露露脸儿！

他找来一支破钢笔、一瓶蓝墨水，都是他当支书时从大队部拿回来的，多少年也没动过。特别是那瓶蓝墨水，瓶盖儿和瓶身上的尘土很厚很厚了。黎占江用嘴一吹，嗬！溅了一脸灰尘，两个眼睛都被眯住了，也不敢揉，赶紧跑去找洗脸盆拧开水龙头，接着用新水冲洗半天。

他已经年逾古稀，不用干活儿了，每月除了每个老年人都享有的，还有他当过村支书另外给的，双重补贴使他的生活毫无负担了，可以适当潇洒一把了！

他时而闭目遐想，时而奋笔疾书，时而拿起纸来独自吟诵，时而把纸揉成一团，扔进茅坑。但他只是在没人在家时，一个人折腾，他决心不动声色，偷偷摸摸自己悄悄干。连他老伴儿都被他蒙在鼓里。

经过两个多月的刻苦努力，他反复吟诵修改，感到已经尽善尽美，没有瑕疵了，完全可以拿出来示人了。就是拿到北京，找陶砚瓦看看，也拿得出手了。

他把稿子折叠整齐，揣在身上，跑到城里的文印部，花钱找人家打印出来，最后还认真署上自己的大名，以及手机号码。

他把打印好的东西，反复检查了好几遍，这才认真揣起来，坐上了去北京的火车。出门时，他跟老伴儿说了声：俺跟他们到石家庄去转转，明儿个就回来了。

老伴儿嘴里哼了一声，连头都没抬。

59

黎占江正考虑着回家后怎么跟老伴儿解释呢，就听旁边小年轻说，下车吧。

下车后前面几个人都不吭声，只是跟着往前走，只有黎占江站着看，心想这帮人怎么不知道回家，都不往外走而往里走。只听身后那个小年轻说，看什么看？快跟上走啊！

黎占江就问，往哪里走？

往里面走！快跟上他们。

俺不去里面，俺回家。

回家？现在想回家了？晚了！

不让俺回家，俺犯了什么法了吗？

犯没犯法你别问俺，等你学习完了之后，你自己就明白了。有人给你讲。

俺没有犯法，俺学习什么？俺不学习！俺回家。黎占江说着，扭头就往外面走。

年轻人赶紧过去拽他：大伯大伯！你别走啊！俺刚才没给你讲明白，怨俺，怨俺，俺给你做检讨，给你道歉行了吧？

好，俺问你，这是什么地方？

这是深州啊，已经回到咱老家了！凡是接回你们这些上访的，都是先在这儿学习两天，好吃好喝，就是学习。你看前面那几个人，都是老上访户了，他们都知道，回来都直接往里面走。你是头一回上访吧？

小伙子，你们误会了！黎占江嘿嘿笑着说，俺听明白了，让他们学习去吧！俺不上访，用不着学习，俺回家了！说着又扭头儿往外走。

这回年轻人可真急了，大伯，大伯，你千万别走！你不能走，等学习完了，也弄明白你上访的事儿了。咱尽量解决啊！

俺没事儿，你解决什么？俺不是上访的！

大伯你不是上访的，你去信访局干什么？

俺是送材料的，给国务院送材料的。

大伯啊，俺亲大伯啊，你去给国务院送材料不就是上访吗？

年轻人啊，你脑子有问题吧？俺说了俺不上访，只是给国务院送个材料，怎么你就听不明白呢？

大伯，俺听得很明白啊，你拿着材料，要往国务院送，那不就是上访吗？

算了，算了！俺跟你扯不清了，你叫你们领导来吧！年纪轻轻的，听不明白。

好，大伯，咱到里边找领导去，跟他们能说明白也行。

黎占江大度地说，好，咱去见你们领导。

果然在里面见了一位领导，大高个儿，浓眉大眼，见了黎占江，很不耐烦地问，你怎么回事儿？

黎占江就把刚才的理由又陈述了一遍。

没想到这位领导话说得不太好听了：老先生，你的意思是你到了茶馆不是喝茶的，你想去喝酒？你到了赌场不是去赌博的，你想住店？你进了妓院不是去嫖娼的，你想看病拿药？

你怎么这么说话？俺说不是上访，是送材料的，你怎么上来就是这么一通胡话？

对了，俺不说胡话你听不明白。老先生，你别急，你们这些上访招数，俺可见的太多了。好好好，你到信访局不是上访的，你是送材料的。那俺告诉你，你送材料的程序有问题。为什么？你这程序为什么是错的？怎么走程序才是对的？三言两语咱说不清，咱学习两天就全明白了好不好？学习完了，你说得对，俺跟你赔礼道歉；反过来，俺说得对，你说得错了，你给俺赔礼道歉好不好？

好！俺还怕你不成！俺陶村又不是没见过大官儿。

啊？你是陶村的？

对。

你姓什么？俺姓黎，叫黎占江。

你是不是当过陶村的书记？

对，当过不止一回。

你看你看，怪不得刚才这么冲，原来是陶村的黎书记。那就更别想走了！

为什么？

为什么？俺爹是郭跃进！俺把他叫来，看你还走不走！

啊？你是郭跃进的小子？怪不得这么高高大大的，你爹还好吧？

好着哩。他比俺身体还好。一会儿咱把他叫来，你们二老小酌几杯？

行喽！你叫他吧！

俺得叫你叔还是叫你大伯？

俺没你爹大，叫叔。

那叔咱不是外人了，俺去叫他，你们喝几杯，俺就算违反纪律，俺就别在这儿干了，直接回家得了。

啊？那怎么办？

你老人家委屈一下，跟着他们学习两天，有事儿直接找俺，俺全程为你服务，怎么样？

行喽，行喽。

那叔啊，咱可说好了。你学习的时候，俺可不给你叫叔，等下来了，你该怎么办就怎么办，谁让俺是你侄子？行不行？

行，行。

60

伙食也还行，馒头就大锅熬菜，还能见着几片肉。

国家真是富了，这他妈伙食，比当年当民工吃的都好。黎占江心里十分感慨。他看见旁边一个人吃馒头还把馒头皮撕下来再吃，就想说他几句，想了想还是算了。感觉这些上访的人，好像都斜着眼神儿，随时想跟别人要干一仗。再说，你黎占江现在的身份也跟他们一样，干起来更没意义。

上课的就五六个人。老师是个女孩子，姓江，让人们叫她小江。讲课的内容很简单，就是一本《中华人民共和国信访条例》。里面内容有七章五十六条，讲的都是关于信访的各种规定。老师一条一条讲解，还联系实际案子，足足讲了一天才讲完。

黎占江感觉很有收获，明白了许多以前从未考虑过的道理。

第二天，是每个人都说说自己学习之后的体会，想想自己有没有不符合条例的地方，今后怎么办。学生讲，老师和其他人听。听完也要表达看法。

轮到黎占江说的时候，他说俺的情况跟他们都不一样，俺是去送材料的。别人听了都笑起来，说俺们也是去送材料的，你怎么就跟俺们不一样呢？

黎占江说，你们送的材料是告状的材料，俺送的材料是歌颂党和政府的材料。那帮人一听又笑起来，说你歌颂党和政府，那你还上什么访啊？

黎占江说，俺不是上访，俺是送材料的。别人都说，这不是又转回来了吗？

小江老师说，黎叔你说了半天，你让大家看你送的材料了吗？

没有啊。

那你那材料是不是需要保密，或者有什么不方便，你不想让别人看啊？

也不是。

那是不是你那材料太多，一时半会儿看不完？

不是，就一张纸。

那你就带着一张纸跑到北京，想让中央领导看你这一张纸啊？你是想达到什么目的呢？

就是想让中央领导看到俺们歌颂党、歌颂党的领袖。

你还有别的目的吗？比如在报刊、电台等媒体宣传宣传？

那当然是最好啊！不过不宣传也没事儿。俺就是想表达一点儿心意。

你那个材料俺们能看看吗？

能倒是能，不过俺还是想找懂这个的人看。

你知道谁是懂这个的？比如你愿意找谁来看呢？

俺村的陶砚瓦要是能看看最好。

啊，陶砚瓦看最好？俺保证能让他看到，而且还让他亲口给你说说，你写得怎么样！

你能行吗？黎占江用疑惑的目光看了一眼小江：怎么俺听着这么玄乎啊！干脆俺给你们念念吧！

黎占江说着，从兜里掏出一张折叠起来的A4纸，小心翼翼地打开，高声念起来，原来是一首诗：

桲椤山上望北京，
心中想念毛泽东。
两袖清风为人民，
世世代代不忘您。
桲椤树上百鸟唱，
放声歌唱共产党。
打出天下万人享，
老了不用儿子养。
桲椤山上桲椤树，
哪里都有好干部。
人人老了有照顾。

黎占江一边大声念着，一边还腾出另一只手在空中挥舞比画着，以加强语气和感染力。把诗念完了，还“此致敬礼”，紧接着“河北省深州市陶村农民黎占江”，最后还有他的手机号码。

小江说，你写得很好啊！俺刚才给你录了像，马上就发给陶砚瓦看！

黎占江说，你在哪里录了像？

在这里，手机上。小江说着就把自己手机递给黎占江看。果然就看见屏幕上出现了刚才他念诗的过程，既有图像又有声音。这是黎占江第一次在屏幕上看见自己的形象，还听到自己的声音。这令他很是吃惊。以至于旁边几个人的讥笑，他根本就没在意。

行喽呗？小江问他。

行喽！行喽！黎占江一迭声说。

中午吃完饭，小江拿着自己的手机走过来，让黎占江看，只见陶砚瓦在里面笑嘻嘻地看着他，还叫他：占江叔！你写的诗俺看了，很好啊！没想到你还有这本事。小江说你还专门跑北京找俺，以后不用跑了，你给小江，她就能随时给俺看。好不好？

黎占江说，好好好！砚瓦啊，这个小江真有能耐？

陶砚瓦说，小江名字叫江黎，你的姓是她的名，你的名又是她的姓，你俩刚好反过来，她就少你中间那个“占”字。她是咱深州市诗词学会的秘书长。

黎占江说，她这名儿真好记，还是管诗的秘书长？以后俺可就找她啦！听说你退了，退了没事儿多回家看看吧！

好好，俺回去看你啊！

一会儿，郭书记儿子领着乡里来的人，还跟着一辆车，把黎占江接走送回家了。走的时候，郭书记儿子还说，过几天你过来跟俺爹喝几杯啊！

黎占江坐在车上，心里非常惊讶不解：这小江真能耐，她说见陶砚瓦，一会儿就真见着了，这不是跟做梦一样啊？这不就是在手机里大变活人了吗？

第十二章　敏感区域

61

当年吴三羊圆满办完军长交代的事情，心情自然大好。他坐上返程列车，从冀中平原的腹地一路向西，穿过石家庄进入太行山，过了娘子关，就已经是山西版图了。他这次走的这趟线就是陶砚瓦当兵时走的那条线。往前是阳泉、榆次，然后终点站就是太原，即军部所在地。

这个吴三羊一直被认为是个脑子很灵活的人。他也确实是个脑子很灵活的人。一想到前面过了阳泉就是榆次，他抬腕看了看手表，现在时间是下午5点10分，到榆次应该是7点左右。他脑子里噌一下子蹿出一个念头。

列车经过榆次车站的时候，吴三羊下车了。

他径直走向车站值班室，找到值班人员，先把自己证件给对方看了，说要借用他们的电话，给太原打个长途。

他接通军部总机后，说我是政治部吴干事，现在在外面办事，请接通187师政治部值班室。

通了。

我是军政治部群联处吴干事，请马上安排一辆车，拉上报道员陶砚瓦，立即到榆次火车站找我，我们一起去向阎军长汇报一点儿事情，可能需要一两天吧。好，马上。

吴三羊把听筒放下，对车站值班员说了声：谢谢。然后转身离去。

那人眼睁睁看着吴三羊，没任何反应。

187师驻地离车站很近，吴三羊刚等片刻，就见一辆军用吉普车远远驶来，在身边停下来。从车上跳下一个小伙子，立正敬礼说，报告吴干事，187师报道员陶砚瓦报到，请指示。

吴三羊说，上车！小伙子赶紧开车门，接过吴三羊手上的公文包，伺候他坐在副驾驶位上，帮他关上门，自己坐在后边座上，也关上门说，走吧，去军部。

刚才这一切都干净利落，环环相扣，不着痕迹。

吴三羊问，在连队待过吧？

报告吴干事，待过，待了一年多。

随便聊聊，你也随便点儿。

是，吴干事。

榆次距离省会太原只有30来公里。由于天已向晚，公路上车辆较少，不到一个钟头，车子就开进了军部大院，在政治部楼门前停下来。

二人下了车，吴三羊转身对司机说，你先回去吧。小陶可能还得待两天。司机说，是，首长。陶砚瓦对司机说，谢谢啊，再见！然后就跟着吴三羊上了楼。

刚才在车上，吴三羊已经简单介绍了这次他遵照军长指示，去深州处理烈士坟墓问题的大致经过。陶砚瓦听得很仔细，他万万没想到就在他的家乡陶村，会有什么人、什么事儿，竟一直惊动到军长，还有北京国务院的领导。他一直在思考，这件事情既然跟陶村有关，当然也跟他有关，特别是五哥、兰姐、德山哥，都是他非常亲近的人啊。可吴干事一个电话把他提溜过来，到底想让他干什么呢？他的目光一直跟随着吴三羊，想从他的话语、动作、神态中略窥一二。

一进办公室，吴三羊先拿起桌子上的电话：喂，我回来了，还有事儿在办公室呢。没吃啊。有饺子？太好了！你让小丽送点儿过来，两个人。对，好好好。

吴三羊放下电话，对陶砚瓦说，刚才在车上有司机，不方便讲。这次叫你过来，是我在回来的路上，准确讲是过了娘子关，快到阳泉的时候，我临时起意，在榆次下了车，在车站给师里打电话，让你过来的。我首先想我做的这件事儿，是军长亲自交办的，是为烈士、也是为咱部队的老前辈办的，而且还有北京、河北有关领导都有交代，是光明正大办的，结果也很顺利、圆满。明天我会找军长汇报，相信首长也会满意。本来这件事情到此为止了，很完美了。但是我个人还有点儿想法，想更加完美一点儿！我临回来时，你姐姐、姐夫都对我交代，让我关照你。我当然理解，也愿意对你进步有一点儿帮助。你看能不能根据这件事情，写一篇报道，找个适当的地方发一下，首长看了一乐，对你留个好印象，你也算是出了成绩。我呢，也算是对你尽了一点儿力。这样是不是会更好更完美？

陶砚瓦终于明白了吴三羊的良苦用心。他心想自己的职责，就是到处寻找可以上军地报刊电台的新闻点，这件事儿有军首长参与，有大衙门支持，天上掉下来的好材料啊！便赶紧说，谢谢吴干事，这真是太好了！这个事儿可以换个角度，不要从烈士移坟这个角度，要从军队帮助地方开展农业学大寨运动的角度。写三层意思，一是军党委组织学习，做出决定，发出号召；二是派出部队到昔阳县帮助修水库，派出文艺宣传队去各地演出宣传啊，等等；还有的部队本来就在农村驻扎，就地支持所在地兴修水利。以及一定还有别的什么行动，你们群联处最清楚；三是协助地方化解各种矛盾、难题之类。比如搞工程需要移烈士的坟，引起烈士后人和群众反映，军首长派人帮助协调，合理解决。这三层意思有一千字足够了。然后我建议请军首长，或者宣传处长也行，签个字，咱分别给新华社解放军分社和《解放军报》《战友报》发电报。解放军分社可以发通稿，《解放军报》《战友报》都有可能发头版。实现一样就很棒了！如果实现两样，那想都不敢想啊！

陶砚瓦只顾自己说得痛快，吴三羊也越听越感兴趣，终于见他说完了，就对着他身后的人说，快进来吧！别老站着了。

陶砚瓦这才回头看见一个姑娘，正端着一大盘子饺子，在门口站着呢。刚才自己只顾说，也不知人家站了多久了。忙说，对不起，我没看见——

那姑娘眉清目秀，两条又粗又亮的小辫子，直戳戳随着她的头摆来摆去。穿着虽然朴素，但一看就是大城市里的人。她微笑着略带腼腆的样子走进来，把饺子放在桌子上，说，快吃吧，再不吃该凉了。然后转身就要出去。吴三羊让她等一下，然后对陶砚瓦说，这是我外甥女，叫杨雅丽，还念高中呢。又对杨雅丽说，他叫陶砚瓦，在七师写报道。叫他小陶吧。

这时候姑娘才抬头对陶砚瓦说，小陶，你好。陶砚瓦赶紧说，雅丽好。真是对不起。

杨雅丽就感觉这人挺有礼貌，紧忙说，没关系。你可真能说。

吴三羊赶紧说，小陶，你表哥表嫂非给我些花生大枣，你拿点儿回去吃。

陶砚瓦说，我们农村人不稀罕这个，你留着自己吃吧。

吴三羊说，好，小丽你帮我把这包东西带回去吧，没多沉。

杨雅丽就拿起来，掂了掂，说，哼，怎么没多沉，沉着呢！

吴三羊就说，沉什么？那点儿东西还算沉？回头让你扛袋大米！

杨雅丽一边往外走，一边还嘴硬说，大米我扛过，没问题！

吴三羊对陶砚瓦说，北京的女孩子，哪受过苦！

就听杨雅丽在楼道里说，我受过苦！扛过好几次大米呢！

陶砚瓦听见忍不住笑了说，您这外甥女真逗！

吴三羊拿起一双筷子递给陶砚瓦说，咱先趁热吃点儿饺子，我还真饿了。

陶砚瓦说，我已经吃过了，您快吃吧。

来来来，你尝几个。这都是我外甥女包的，我家属上班，她顾不上包。

陶砚瓦就接过筷子，尝了一个，说，真好吃！

吴三羊说，好吃就多吃几个！剩下了就不好吃了。

两个人就吃着饺子，还接着说刚才的事儿。吴三羊说，刚才我听了你的构想，感觉有点儿意思。我看这样，你先弄出个初稿来，咱们看看再说。有时候听着很热闹，可写出来就不是那么回事儿。

陶砚瓦听了一愣，一想也是，和吴干事初次见面，就凭嘴一说，人家为什么相信你？就说，好，我先写出来，您审阅之后再说。

吴三羊也发现自己刚才话说得太直了，就急忙往回找补说，其实我原来是电影队长出身，没写过新闻稿件，你是干这个的，应该比我在行。

哪里哪里，我一个小新兵，您是首长，怎么能跟您比？陶砚瓦连忙摆正位置。

吴三羊递给陶砚瓦一份材料说，这份材料你看看，其中可能有你需要的事例。

好。陶砚瓦接过来。那我就赶紧到招待所去，您也快回家吧。

吴三羊说，用不用我给他们打个电话？

陶砚瓦说，不用，我经常来，都认识。说完站起来，就准备走。

吴三羊说，不知道你什么习惯，如果你喜欢晚上干，在我这办公室写可能比较方便吧？

陶砚瓦想了想，说，那当然就太好了！今晚我就在这儿加班吧。

吴三羊说，对面那个办公桌是孙干事的，他明天八点会准时过来。你如果太晚可以在沙发上凑合睡会儿，但最好明天7点半左右，你带上稿子离开这儿，到家属院二栋109找我。咱们这事儿现在必须保密。

明白。

62

第二天，吴三羊七点钟爬起来，他太太王秀华早已经起床先送两个孩子，大的上学，小的去托儿所，然后就上班去了。

杨雅丽还在自己房间睡觉呢。这丫头睡眠真好，那天凌晨地震，砸她门半天才叫醒她，可她一开门马上回到床上接着睡。吴三羊一边喊，还睡呢！地震了！一边硬把她拽出来。

吴三羊这会儿拿了两个饭盒，到食堂去买了馒头、咸菜、小米粥回来。他自己吃了点儿，就想着陶砚瓦该过来了吧？出来朝院子大门处张望，果然就看见陶砚瓦正急匆匆赶过来。抬头见他招手，也朝这边挥了挥手，吴三羊就先自己回屋了。

陶砚瓦一进屋，先掏出已经抄写整齐的稿子。吴三羊接过来拿眼睛一扫，题目工工整整是“驻晋某部以实际行动支持地方学大寨运动”，正文一样工工整整抄录在方格稿纸上，一共不到4页，全文约有1200字。

吴三羊对陶砚瓦说，我已经吃过了，你也赶紧吃吧。我得先去找军长汇报。完了回来咱们再细细研究。

他先到首长小院门口转转，看能不能碰到阎军长，碰到了就顺便汇报几句得了，碰不到还得联系秘书，让秘书安排他专门去办公室汇报。

转了一圈，没碰到。只好打电话联系秘书。秘书倒是爽快，说10分钟够不够？够，那你8点过5分进去，15分的时候出来行不行？吴三羊说行。

就赶紧去首长办公楼，秘书带着他去见阎军长。军长一见他就笑着说，回来了？他赶紧简单汇报了此行情况，主要是与深县县委及烈士家属接触情况，以及处理结果。阎军长听完笑了笑说，好，工作做得很细，也很用心。刚才吴主任也来电话了，说他也收到了省委的报告。他特别感谢老部队，感谢部队派去办事儿的同志。看来结果大家都满意。这就是最好的结果！但这件事儿到此为止，不要再跟其他人讲了。

吴三羊回答：是。看阎军长那表情，似还有不可言说之状况。吴三羊也不便多问，本来还想再说说黎德山的事儿，甚至还有陶砚瓦的事儿，一看军长的脸色，什么也没说就赶紧告退了。

吴三羊有个习惯，这个习惯就是因为他的名字叫吴三羊，所以他就喜欢“三阳开泰”这个成语，喜欢这个成语，又导致他在生活中，总想着能同时推动三件事儿并且同时取得进展。这习惯使他很辛苦，因为平常要凑三件事儿还挺不容易的，但他还总是能够实现。比如这次他到深县之后，就想着一是烈士移坟，二是德山翻案并寻找他的下落，三是让陶砚瓦写篇稿子，在军报或者地方报纸上发一发，然后他再给军长看看，顺便再表扬表扬陶砚瓦的文字能力，说不定还会有点儿意思。

但看军长的脸色，似乎不是那么感兴趣，陶砚瓦的稿子怎么办？难道要让其变成一个“马歇尔计划”，干脆胎死腹中？

吴三羊犹豫不决，满腹心事回到办公室。

孙干事也客气说，回来了？

吴三羊说，啊，回来了。他也顾不上别的，一心还是深县的三件事儿。坐下就拿起电话打到了187师政治部：

是值班室吗？我是军群联部吴干事。有个事儿你记一下：我遵照军首长指示，最近到河北深县办了点儿事儿，刚才给首长汇报了。这次我顺便了解到咱们师一位退伍班长，双大功五连的，叫黎德山。他父亲是烈士，也是咱们军首长的老战友。他在部队时表现很好，赴越参战将近一年，还立了个三等功。但是这么好一位同志，却出了意外。

吴三羊把事情简短讲完，说请黎德山所在团，由政治处出函给深县县委，证明黎德山在部队的表现，希望重新考虑给黎德山的处分，从政治上给予充分肯定，不要把一个好同志一棍子打死。

放下电话，他又开始寻找新疆唐永超的地址。

63

陶砚瓦坐在吴三羊刚才坐的椅子上，一边吃着吴三羊打回来的饭菜，一边看着墙上几个大相框里的照片。照片有135胶卷洗印的，有120胶卷洗印的，还有几张放大到8寸的，都是大大小小摆放在一个相框中。其中一张放大的是吴三羊两口子和两个孩子的合影，还有一张是他们全家和另外几家人的合影，男女老少一共有二三十人之多。这应该是他们大家庭的全家福了。陶砚瓦看着这个小房间，虽然狭小，但生活所用一应俱全，它就是个家啊。不由得心想，当了干部真好，可以带家属，还可以分到房子，娶个老婆生孩子，把爹娘接来有吃有住的，真美啊！陶砚瓦正胡思乱想着，猛听得背后有个脆生生的声音叫道：

三舅！您怎么还不去上班，慢吞吞的要迟到了！

他回头看时，正是昨晚那个北京姑娘杨雅丽。姑娘一看认错人了，小脸蛋一下子就红透了：对不起，我以为是我三舅。

哈哈，误会了。陶砚瓦赶紧站起来：我这身材是不是跟吴干事有点儿像？

有一点儿。不过你们穿军装的看背影儿都差不多。杨雅丽的心态已经平和下来：你怎么跑家里来了？还吃上了？

是啊，我要知道你一个人在家我可不敢来。

为什么？

刚才要把你吓坏了，你舅舅还不得揍我啊！

哈哈！他还敢揍人哪。姑娘的笑声立刻爽朗起来。你真逗。

对了，那张大合影是你们全家吧？有你吗？

是啊，我在这儿。杨雅丽走过去，用手指着照片上的自己。

那你父母呢？

他们在这儿，这是我姥姥，这是我弟弟，这边儿是我大舅一家，这边儿是我二舅一家，这边儿你认识，是我三舅一家。

真好，面相都挺和善的，一家人都挺好。你怎么跑太原来了？

三舅家老二在北京待了几个月，我姥姥看着，实在是看不了了，让我给送回来了。这不头一天过来，第二天就地震了，说北京震得更厉害，都住地震棚呢。三舅就不让我回去了，先在这儿躲些日子吧。

正说着，突然门一开，进来一堆孩子，都是十七八岁的样子，有男有女。见了陶砚瓦都喊声叔叔好！看来都是来找杨雅丽玩的。杨雅丽就说，你们先在外面等会儿，我们家有客人。那帮孩子马上一阵风似的走了。

都是这院儿的小孩儿。杨雅丽说，天天跑过来跟我玩儿。

突然有个小姑娘跑回来，偷偷跟杨雅丽说，小丽姐，他是你男朋友吗？声音虽小，但陶砚瓦还是听得到。

谁？杨雅丽问。

他。小姑娘怯生生用手指着陶砚瓦。

啊，不是。小红，你为什么来问我这个？

是凯山哥让我来问的。小姑娘很委屈的样子。

啊，知道了。没事儿，你快去告诉凯山吧。

小姑娘马上飞也似的跑了。

真不好意思。陶砚瓦说，让他们误会你了。

没事儿！他们净胡思乱想。杨雅丽大大方方地说。不过我跟他们都挺好的。

看得出来。

唉，比他们大些的都当兵走了，剩下他们也是人心惶惶的。如果当不了兵，他们也得去农村插队去。涉及沉重的话题，杨雅丽也语带沉重起来。

我是农村长大的，高中毕业还劳动了一两年，终于参了军，好像命运改变了一样。没想到你们在城市里的，也一样有这个问题。

当然有这个问题。我在班里是团支部书记，已经在全班表决心，报名到农村去。可我姥姥知道了，跑到学校去找老师说，坚决不许我去插队，说谁让我去就跟谁拼命。她都70多岁的人了，还要跟人家拼命。你说多逗！

嘴里说逗，但是她脸上却没一丝笑意。

陶砚瓦说，当年我看书，看到“紧紧扼住命运的咽喉”这样的句子，就热血沸腾，感到浑身充满力量。可走到现实中，你怎么扼？扼哪儿？你根本就找不到那个咽喉啊！你只能扼住自己的咽喉，那，那，还是别扼了。

杨雅丽听了，终于哈哈大笑起来。

在杨雅丽的笑声里，吴三羊回来了。

64

吴三羊回来了，他身后还跟着刚才那堆孩子。

你们俩聊得真热闹啊！我老远就听见你们哈哈大笑了。吴三羊说。

是他老逗我笑。杨雅丽把责任推得干干净净。

她看我坐这儿吃饭，把我认成您了。陶砚瓦说。

凯山，小红，我今天在家看书，你们下午再来吧！杨雅丽说完这句话，兀自转身进了自己房间。

那帮孩子还真听杨雅丽的话，有的说好，有的说下午见！立刻作鸟兽散了。

吴三羊就把陶砚瓦的稿子拿过来，放在饭桌上说，小陶啊，刚才我向军长汇报，他听完后，说北京的吴主任接到了河北省委报告，还给他打了电话，结果很好，各方面都满意，但他最后跟我说，此事到此为止，就不要跟别人说了。他这个态度，让我捉摸不透，咱这个稿子还弄不弄呢？他到底是什么意思呢？

陶砚瓦说，首长您是前辈，见多识广，既然您问我，我就说说自己的看法，不对的地方就请您批评。首先您去深县办这个事儿，是军长亲自交代您去办的，况且还有北京的指示、河北省委的参与、地方党委的支持，等等，这个事儿本身，永远都没问题，您可以把心放到肚子里。但是军长为什么说到此为止，不要跟别人讲呢？因为吴主任打电话也好，军长派人去也罢，都是因为他们本人就是烈士的战友，中间夹杂着鲜明的个人情感。那别的烈士还有没有？他们不认识的，遇到类似这样的问题了，怎么办？有没有这个力度？我不知道，您应该比我清楚。所以军长不让跟别人讲，我分析是这个原因。

吴三羊一听，感觉有道理，就点了点头。

陶砚瓦见吴三羊点头，就继续说道，至于咱的稿子，其实跟这件事儿关系并不大。因为咱只是在最后，引用了这么个例子，也不需要很详细，是含含糊糊，看不出何人何地的。这样发出去，不会有任何风险和后果。您推动这篇稿子，完全是因为您想帮我，跟人家军长、吴主任等等都没关系了，跟那件事儿也没什么关系了。这个稿子新华社发也好，军报发也罢，就是一篇普通稿子而已，报纸上天天就是登这些东西，谁会细看细究？它只对作者有意义，对作者所在单位年底评比有意义。我们天天弄这些，都是程式化、套话。但你不弄有人弄，你弄别的还登不出来。所以我的看法是这篇稿子没问题。况且人家要用，人家还有三级审稿制度呢，你政治上、文字上有问题的话，先要问谁编的？谁审的？谁核的？早不该咱负责了。咱想负责也没人让咱负了。

吴三羊听着，又点了点头。他问陶砚瓦，那你认为咱现在怎么办才好呢？

陶砚瓦说，新闻稿最怕碰到敏感区域，但是反过来，新闻稿又最喜欢触碰敏感区域。所谓狗咬人不是新闻，人咬狗才是新闻。我是个小兵，前些时候听到一些传言，说在全国农业学大寨会议上，怎样评价农业形势和现状，中央领导不同调，甚至在会议现场，就出现不同声音，等等。有可能学大寨这个事情，还真可能是一个敏感区域？这篇小小的稿子上去，有可能被编辑一看就扔一边了，但是也有可能他们正想有这么个稿子，着急没地儿找呢。

吴三羊听着听着就笑了，他说那我再让宣传处的人看看，帮着改改，稿子先弄好了，咱再说怎么送，往哪儿送。

陶砚瓦说，当然可以，但是如果您让他们看，这个稿子就轮不到我参与了。

吴三羊说，也真是。那要不然以187师的名义怎么样？

当然也可以，反正写的是驻晋某部党委，但是我感觉没必要。第一是师里发不了电报，我们有这类稿子都是找尹处长签字，我也到他办公室找过，还有一次是晚上到他家里找他签字，当晚就发了。另外师党委口气不能跟军党委比，他们编辑一看就知道，那稿子分量就不同了。我建议这个稿子要署咱俩人名字，您在前，我在后。实际上也是您主导的，又提供了事例，我起草的。第二只要是咱俩署名，也就成了一个群联部门的稿子了，不必走党委那个途径了。我回去盖上师政治部的章，就可以把纸质稿子寄发给各个报刊。我是您正式找政治部要过来写稿子的，盖章轻而易举。然后我再跑一趟，把盖好章的稿子送给您，您只要能找尹处长签个字，就可以给新华社解放军分社《解放军报》《战友报》发明码电报，一会儿他们就收到了，新华社几个小时就发通稿了，您的目的就完全达到了。当然，后面的事儿我参与不了，只能是拜托您来完成了。

吴三羊听了这番话，感到句句在理，本来就不是自己专长，也提不出什么反对意见。

陶砚瓦说，如果您同意批准，我就先回去了，今天我就能盖好章，把稿子寄走。今天晚上或者明天上午，我再过来。

吴三羊说，好吧。路上小心点儿。

陶砚瓦离开时，往里屋方向瞟了一眼。

65

杨雅丽说是在自己屋里看书，实际上打从陶砚瓦进门后，她就一直在琢磨三舅叫这个陌生人来干什么？先是两个人大晚上直接去办公室说话，还专门让她把饺子端过去吃。这一大早又让他来家里等着。所以刚才她一直偷偷听着外屋两个人的对话，开始她是受好奇心驱使，听着听着，她终于明白他们在研究一篇稿子，而且这篇稿子最后要找宣传处长签字，宣传处长就是凯山的爸爸尹伯伯。关键是稿子本身并不是太重要，但是对作者很重要，而作者还是自己的三舅排在前面，那个小陶排在后面。

她感觉已经知道了一切，但是琢磨来琢磨去，实在对此事提不起什么兴趣。

中午和舅舅一家人一起吃完饭，凯山、小红那帮人就跑过来了，叽叽喳喳讲着刚刚听来的闹地震的故事。说有个人在唐山被解放军挖出来，一睁眼就嘿嘿笑了，问他为什么笑，他说因为他在邢台地震时就被埋了，也是解放军给挖出来的。还说有一个最近的故事，说是太原有个老太太，买了很多面包香肠，用绳子串起来，全家每人一串，晚上睡觉挂脖子上。还往罐头瓶里灌满水，每人一瓶，放在床底下，说是备不时之需。可一天天过去了，不吃吧，快馊了，吃吧，万一地震了就没了。说全家都盼着老天爷，快震吧！快震吧！再不震就馊了！

第二天上午刚九点多，陶砚瓦就拿着盖好公章的稿子来了，吴三羊有事情出去了，只有杨雅丽和一帮孩子在家里玩。陶砚瓦把一个信封放在桌子上，说一定记着交给吴干事，听见杨雅丽答应说放心吧，没问题，转身就走了。

一会儿吴三羊回来，把信封打开，反复看了几遍，稿子后面果真盖着187师政治部的大印。他把稿子放进包里，想了想，又把稿子拿出来，仍然放在桌子上，也转身走了。

杨雅丽早把一切看在眼里。他感觉三舅一定是犹豫不定了，不太好意思去找尹伯伯签字了。她知道尹伯伯是三舅的老上级，三舅对尹伯伯非常敬重，但是也特别不愿意给尹伯伯添麻烦。其实尹伯伯人多好啊，每天上下班都从门口经过，见了面有时是她主动喊一声尹伯伯，有时还是尹伯伯主动叫她：小丽，忙什么呢？

这次大家玩的内容，是学唱革命样板戏，唱好唱赖，每人都得唱一段。轮到凯山唱，他就唱了一句“磨剪子嘞，戗菜刀”，唱完就说唱完了，这就是一段。所有的人都说这不算一段，凯山就非说京剧唱段本来就有长有短，这儿虽然只有一句，但它就应该算是一段儿。

杨雅丽没有参与他们的争论。她自己想着那个信封，想着尹伯伯。正想到尹伯伯叫她小丽忙什么呢的时候，果然就听见尹伯伯叫她的声音了：小丽！小丽！抬头一看，尹伯伯正站在窗外，对杨雅丽说，凯山在吧？叫他赶紧出来！像是有什么急事儿，一副着急忙慌的样子。

杨雅丽回头正想叫凯山的时候，凯山已经发现他爸爸在叫他，早转身飞也似的跑没影了。

中午吃饭时，三舅回来又拿起那个信封，在手上掂了掂，好像是在估摸它的分量，掂量完又把它放在窗台上。

下午那帮孩子又来了，只是不见了凯山。

杨雅丽就问小红，凯山呢？

小红说，听说是体检去了。

怎么？他生病了吗？

不是生病了，是他爸爸让他当兵去。

没有凯山了，好像热闹不起来了，就有人说，咱们背诵老三篇吧，一人一段儿，挨个儿来，谁接不上来就唱一首歌。大家说好。

正背着背着，杨雅丽看见尹伯伯正一个人走过来，肯定是回家吧。她不由得叫了声：尹伯伯！

尹伯伯听见她在叫他，就停下脚步往这边看，说小丽，你找我有事儿吗？

杨雅丽就把那个信封拿起来，从窗台上递出去说，我三舅想找您签字发电报，但他又不好意思麻烦您。

尹伯伯接过去打开一看说，啊，是篇稿子啊，没问题，我现在就签。他边说边从口袋里掏出钢笔，在稿子上唰唰签上自己名字，然后又递给杨雅丽，说，告诉你三舅，这都是正常工作嘛，别想的那么复杂。另外你告诉他，抽空我找他聊聊。

就这样，稿子傍晚以明码电报发出，新华社当晚发了通稿。第二天，《山西日报》和电台、《河北日报》和电台、《解放军报》《战友报》都全文刊登或摘登，全播或摘播了这条新闻。

动静这么大，只有几个新闻干事、报道员注意到了，引起一点儿小小的涟漪。此事最大的受益者，只有两位署名作者，特别是第二作者，报道员陶砚瓦。因为他的业绩陡然上升，年底又荣立三等功一次。

另外，跟杨雅丽一起玩的孩子们，凯山第一个当兵走了，马上隔三岔五一个一个都当兵走了。尹伯伯跟杨雅丽说，小丽你放心，我已经跟你三舅讲了，我们在找合适的机会，绝不会把你一个人放下不管的。

第十三章　黎德山到底去了哪儿

66

陶砚瓦这事儿算是圆满了。吴三羊的另一件事儿，黎德山还没找到下落呢！

那天他给187师打电话，说完黎德山要证明的事儿，他就想着这件事儿，赶紧打开柜子，从下面抽屉里翻出一堆信，找啊找啊，找到了！是唐永超从新疆建设兵团185团写来的，一共五封！他打开第一封，信纸是蓝色横条形格子，只有一页，他重新读起来：

吴干事您好！

我们已经顺利地到达支边的目的地。请您放心吧！

一路上，我们所到之处，都受到党组织和人民群众的热烈欢迎和盛情接待。使我们感到非常的荣光。到达这里后的安置，和其他有关情况，高干事回去给你做介绍了吧？这里用不着重复了。反正，我们到达的地方，确实是比较艰苦的地方，当然，整个北屯地区确是不错的，比较起来，我们所在的公社大队小队是比较艰苦的。见到这里，生活等各方面都是不习惯的，特别是家属，有时有后悔和埋怨情绪，我们的政治思想工作任务很重。这种情况对我们自己的思想要求也就越高，因为只有当好学生，才能当好先生。我们对内对外担负着一生从未有过的劳动（包括家务劳动），和学习和思想工作任务。当然这些都应当是自觉的行动，因为我们是自愿要求到祖国最艰苦的地方去！因为我们是党员！因为我们不能辜负党和人民群众对我们的期望！想到这些，力量是有的，但在前进的道路上，必须有个从不习惯到习惯的过程，像小孩子学走路一样，开始学的时候，摔跤是经常的，也是难免的，希望有首长来信指教，给我们以鼓舞和力量！

顺致

革命的敬礼！

您永远的战友唐永超

吴三羊重读这封信，想象着在祖国的西北边陲，有自己熟悉的一位战友，夫妻二人，满面尘土，躬身拉犁，日出而作，日落而息，他们的悲欢逆顺，跟部队几乎再没有任何直接关系，他们即使再落寞，再无助，也只有凭借一封信、一张纸，来做一次简短的诉说，而这诉说是没有可能得到任何一点儿帮助的！

想到这里，吴三羊的眼睛湿润了。他愣了一会儿，又拿过这封信的信封，看寄信地址是：新疆阿勒泰地区阿勒泰县北屯农十师185团三营九连二排五班。

他站起身，从墙上的全国地图里的西北角上，在新疆的最北部，与苏联交界的地方，他找到了阿勒泰县，又从阿勒泰县境内找到了北屯，然后，然后就没有然后了。这一大块地方是全国地图中最简略的地方。或者是连绵的大山，或者是戈壁荒漠，总之应该是人口极少极少的吧！吴三羊想。

他又拿出军政治部的公用信纸，开始给唐永超写信。问候完了就把自己这趟差使说了说，然后说黎德山的事儿。他使用十分严厉的词汇和口气，让唐永超速速回信，务必讲明黎德山是不是在他那里，或者是不是在兵团，包括是不是在他们那一带，或者还有什么其他下落，其他渠道讯息？务必以对党负责，对人民负责，对战友负责，对阶级兄弟负责的高度政治感、责任心，如实回答。

写完之后，他又看了一遍，确认没有什么不妥之后，这才封好装入信封，抄上地址，出去交付邮寄。

吴三羊心里说，刚才终于还是完成了三件事，又可以是三阳开泰！

67

虽说是早已入春了，但记忆中那个晚上竟然比寒冬还冷。

对，黎德山永远忘不了那个晚上，他被关在陶村大队部院子里那间小西屋里。屋里除了在墙角一块地方铺了一层牲口草，再没有任何东西。黎德山被绳子捆了个结结实实，屁股坐在草上，后背靠在山墙上。晚饭时有人给在外屋看守他的民兵小泥鳅送来一大碗稀粥，就听小泥鳅问，没干的？送饭的人说，没有。小泥鳅说，光喝粥，一泡尿就尿没了。那人说，俺们也一样。说完扭头走了。

小泥鳅就开始哧溜哧溜地喝粥。黎德山听了，肚子也咕噜咕噜叫起来。就冲外屋说：小泥鳅！你小子光顾着自己喝，有俺的没有？小泥鳅说：德山哥，真没你哩。黎德山说：那俺怎么着？干扛着？小泥鳅说：等会儿俺喝完了，俺就不舔碗了，给你冲碗开水喝吧！黎德山听了说：唉，小泥鳅，那俺还得谢谢你哩。小泥鳅说：德山哥你就别跟俺客气了。头年咱们民兵集训，你还教俺绑炸药包、打坦克哩。

小泥鳅总算吸溜吸溜完了，就冲了一碗开水，进屋放在窗台上，转身先给黎德山解开绑手的绳子。黎德山两只手一脱开，就使劲儿甩了甩，嘴里说着，哈，都麻了，绑得真他妈紧。

小泥鳅说，刚才是在台上的人绑的，那还不得使劲儿勒嘛！

黎占江又使劲儿把手搓几下子，这才用两只手捧起那碗飘着点儿粥渣儿的白开水，捧在手里凑过去闻了闻，还舍不得喝，说手脚都快冻僵了，先得把手暖一暖。他一边端着暖手，一边端详这碗沿上的粥渣儿，以及碗里头的水里漂浮着的粥的残末。低头喝了一口，水里弥漫着棒子楂儿和山药的味道。粥里头肯定是煮了山药的。黎德山的肚子里早饿空了，他这一口水喝下去，正好勾起肚子里的馋虫儿，他也顾不上什么面子了，先顺着碗口边儿转了一圈儿，连舔带喝，一丝儿粥渣儿都没剩下，接着就开始喝碗里的水，喝一口，晃一晃，喝一口，晃一晃，喝到最后，碗里的粥丝儿粥渣儿一丁点儿都没有剩下，那真是比舔的还干净，就像是洗过的一样。

小泥鳅一直在旁边看着，心里也很同情。但他自己的晚饭，也只有这一碗粥，二十啷当岁的小伙子，那肚子怎么能填得饱？在这个青黄不接的季节，正是全村人都挨饿的时候，好在都饿惯了，反正也饿不死人。

见黎德山喝完碗里的水，小泥鳅就拿起刚刚解下来的绳子，要把黎德山重新捆绑起来。想了想，又停下来问，有尿没有？

有。黎德山说。小泥鳅就说，赶紧。于是两个人起身一前一后往外走。小泥鳅紧紧跟着黎德山，一步也不敢离开。

两个人一前一后往回走时，正瞅见黑暗中从大门口慌慌张张进来一个女人。二人都惊讶地停下脚步，想看看来人是谁，要干什么？

等女人走近时，就听她轻轻叫了声：德山！

黎德山听出来人是砚瓦娘，正处于羞愧中的情绪，恰似黄河水流到了壶口，哗啦一下子就失去了控制，几步上前咕咚一声就跪地上了：婶子啊，亲婶子啊！

砚瓦娘一见德山这副模样，知道孩子是受了一肚子委屈，自己这时却一点儿也不慌张了：你个没出息的样儿，快起来！你娘招俺过来看看你，还招俺给你两巴掌！俺们老姐儿俩都气得不行！你还不快起来！

德山听话地站起身来，就像小时候犯了错儿被逮住一样，低头等着挨打。

砚瓦娘没伸手去打黎德山，却转过身去认看押的人。小泥鳅是陶姓族人，辈分小，他爹得叫砚瓦娘婶子，所以这会儿赶紧叫了声：奶奶。

啊，是小泥鳅啊！砚瓦娘显然心里有了底气：这个德山犯了这么大哩错儿，他娘也挺生气哩。可她身子不方便，俺就替她过来骂德山几句，顺便带来俩山药面儿包子，咱也不能把他饿坏喽。砚瓦娘说着，从兜兜里先掏出一个山药面儿包子，德山黑暗中接过来，包子还是热乎的：快，俺看着你，先趁热赶紧吃喽这个！

那德山正腹内空空，接过来不由分说，哐哐哐，几口就把那个包子咽进肚子里。嘴里还不忘说，婶子，这包子肯定是你做哩，俺娘包不了。

傻孩子！都什么时候了，还琢磨包子是谁做哩！砚瓦娘好像很生气的口吻：行了，还有一个，你慢慢吃，明儿个后晌俺再过来！说话间又把一个包子塞给德山，同时往德山手心里又塞了一颗刚煮熟摸上去还有点儿烫的鸡蛋。

黎德山心领神会，左手接过包子，先啃了一口，嘴里说着，婶子做哩包子俺一吃就吃出来了！右手把鸡蛋攥在手心里，看似不经意间放进裤兜里了。

砚瓦娘转身对小泥鳅说，小泥鳅，咱可得把他看好了，千万不能出事儿！看好是看好，咱一不能打他二不能害他！听见没有？

小泥鳅说，放心吧奶奶，俺不干混蛋事儿！

砚瓦娘说完，转向就走，嘴里还轻声说着，俺赶紧走吧，别招人看见不好。

二人一回屋，德山已经把第二个包子吃完了。他两手一背，对小泥鳅说，绑吧！

小泥鳅就又拿绳子捆绑，说，德山哥，你人缘儿真好！俺那个奶奶跑来给你送包子，你叮咣叮咣连干了俩，俺在一边儿馋得够呛。闻见了点儿味儿，真是香啊！

德山两个包子一吃，确实来了精神，就说，小泥鳅，先是你喝粥，没俺哩。随后俺吃包子，没你哩。但你给俺冲了一碗水，俺永远欠你这个人情。

小泥鳅就拿过绳子来给德山上绑，说，德山哥， 等你没事儿出来了，俺还想跟着你学捕俘拳哩！

黎德山说，好啊！绑差不多就行了，刚才勒太紧，绑猪啊。

小泥鳅说，放心吧，不紧着勒你。

两个人说着话，小泥鳅早把黎德山的双手反扭到背后，让他两个手腕交叠成十字，用绳子缠紧手腕，系上一个死结。黎德山则攥紧拳头，手心向内，将两个手腕之间的空隙尽量撑开到最大。小泥鳅也手下留情，确实没有绑得太紧。

绑完了，小泥鳅到外屋，把桌子上那盏桅灯调到睡眠状态，屋内一下子昏暗起来。窗外也不见星光和月光。家家户户都关门睡觉了，村子里一片静寂。

黎德山心里，就像这窗外的天色，涂了漆、灌了铅，既黑暗，又沉重。这个晚上注定难以入睡。特别是娘，自己出门去开会，到晚上没有回家，她一定得出去四处打听，她老人家知道了自己儿子所犯下的大错，会是多么巨大的打击！她眼神本来就不好，儿子出了这么大的事儿，心里一定着急上火，自己在家里惦记儿子，这会儿肯定也是翻来覆去睡不着。幸好有这个婶子来看了看，回去一定会去好言安慰。妹妹翠兰又嫁到北乡去了，她和福禄离这里远，一时也难以传递消息，他们一时半会儿也不能过来照顾老娘。思前想后，这会儿只能指望邻居婶子，能方便照顾了！

小泥鳅听见里屋黎德山唉声叹气，就说，德山哥，头年你还教俺们唱《炸药包》哩，你要是实在睡不着，俺给你唱唱？黎德山说，好啊，你唱吧。果然就听小泥鳅唱起来：

炸药包，嘿！威呀威力大，
炸得坦克开了花呀开呀开了花。
胸怀朝阳练硬功啊，
革命化打败机械化。
美帝苏修胆敢来侵犯，
坚决彻底干净全部消呀消灭它！杀！

黎德山说，小泥鳅啊，你快别唱了！俺当兵的时候，是吃饭前唱这个。因为到吃饭的时候，大家肚子都饿了，就喜欢这个最短的歌，几句词儿，就一段儿，十几秒钟唱完了，俺们连后面那个“杀”字都不喊，唱完直接就吃饭。这会儿一听你唱，俺肚子又想吃的了啊！

小泥鳅说，对不起德山哥。俺不唱了，你赶紧躺下睡吧。

好，躺下睡吧。黎德山嘴里这样说，可实际上两手两脚都被捆着，怎么躺得下？又怎么能睡得着？

且不说身子下面这薄薄的草，屋子外面那凉凉的风，就一想到从此以后，将一定会面临的处分和批判，前途尽毁，又怎么能睡得着？

他想起老营长经常挂在嘴边的两句话：第一句话是“永远不能说没办法了”；第二句话是“什么条件打什么仗”。他说毛主席的战士，不是一般的战士，不管遇到多大的难处，也不能说没办法了；不管遇到多么恶劣的环境，也得想着战而胜之。人家有这有那，咱什么都没有，而且咱待的地方一般人活下去的可能都没有，这个仗怎么打？必须打！而且还一定要打赢！

黎德山想着想着，就听到外屋小泥鳅呼噜呼噜的鼾声。

黎德山这时慢慢活动被反绑的双手，反复挣扎蹭搓，试图让绳结松开，以使手从绳套里拔出来。

他一边挣扎着，也一边琢磨着。他在琢磨着从这个院子里逃脱之后，怎样才能出村，怎样才能找到一个安全的地方。

黎德山的逃亡过程十分曲折艰难。

从大队部跑出来以后，他直奔村北。跑到村北的麦地里，拣又密又盛的田垄，薅了一把麦苗，直接填进嘴里，咬了一口，一股说不清是苦是甜的生涩滋味，这时也顾不上细品，简单咀嚼几下，便一股脑儿咽了下去。一边薅着吃着，一边掉头向东跑着。

跑到桲椤山，他来到爹的坟前，咕咚跪下磕了三个响头，气喘吁吁地说，爹，儿子对不住你，惹了祸，在村里待不下了。俺娘、俺妹子都顾不上了，必须赶紧出外去躲一躲。俺带上你坟前的土，求你在天之灵保佑俺！如果俺能平安回来，一定好好给俺娘尽孝，给你上坟添土！

说完，他用手抓了几把土，往退伍后一直穿着的冬装裤子兜里装。那里还有婶子刚刚塞给他的鸡蛋，他舍不得吃，这会儿就把鸡蛋掏出来放在上衣兜里，把坟土塞满了一裤兜儿。

转过身，他又冲着西南家的方向，给娘磕了头。然后他站起身，直奔正南，不敢走大道，绕开陶村，沿着渠沟过了另一个村子，又从一条小道朝辛集火车站跑去。他似乎听到了从身后陶村方向传来的人声和狗叫声。心里想着小泥鳅要挨训被批，但已经顾不得了。

他从辛集火车站扒上了往山西拉煤的火车皮，直接到了太原，又从太原扒车到大同，然后是呼和浩特、银川、兰州、乌鲁木齐。从乌鲁木齐再去了一个叫沙吉海的地方，最后从沙吉海去了唐永超所在的单位185团团部，这才知道了唐永超在什么地方，那个地方离团部还有一百多公里路呢。以上这个过程，他用了整整半年，从春末走到了秋将尽时。

最初一两天，他不敢吃，不敢喝，只要认对方向，扒上车，就往车上一趴，用埋伏装死策略应对。兜里有砚瓦娘塞给他的那颗刚刚煮熟的鸡蛋，他一直小心翼翼地揣着，舍不得吃掉，只是偶尔拿出来，用手攥一攥。在那个年代，鸡蛋是农民唯一能够换到钱的东西，有句话说“鸡屁股是银行”，指的就是鸡蛋能换点儿零花钱。也可以说，鸡蛋就是农民手里的硬通货。黎德山知道，砚瓦娘给他这颗鸡蛋，那可是硬从牙缝里挤出来的，也相当于把自家钱给了他！所以，一直到第三天头儿上，他饿得实在受不了了，又想起如果一直舍不得吃，难道要等它坏掉了再吃不成？那岂不是辜负了婶子的一片好心？婶子要是知道了，亲娘要是知道了，不都得是一顿臭骂！想到这里，他把皮一剥，真想囫囵着扔进嘴里，可嘴里干干的，又怕噎着，只好慢慢地，一点一点地，像小时候吃糖一样，一小口、一小口地吞咽下去。

这半年时间里，他身上没有分文，更没有任何证件，另外他还没有唐永超的确切地址。因为他走时匆忙，不敢回家去取，既没有和老娘亲话别，也没有带上一分一毫盘缠，总之是应该有的东西他一样也没有，不应该有的东西他却真有，那就是他身上的现行反革命的罪名。

他一离开陶村，就盘算好要到新疆找唐永超。因为想来想去，哪里也没有唐永超那里遥远、陌生、神秘、闭塞，关键是因为这一切所带来的安全。

但是他要去新疆找唐永超，却没有带着唐永超的地址，怎么办？

他又想起老营长的话：毛主席的战士，不是一般的战士！这个仗怎么打？必须打！而且一定要打赢！

他想起全国铁路去北京方向为上行，离开北京方向为下行，他要去新疆，必须先扒上行车，然后再扒下行车，头一个目的地是新疆首府乌鲁木齐，而且要避开县城、省会、首都等他认为可能是高危的地方。他一边走着一边想着，当然也一边找着唐永超的地址。他凭着曾经和唐永超的五次通信，从脑海里一点点搜寻。

每次回信他总是拿过来信的信封，把唐永超的寄信地址抄在自己的邮寄地址上。但怎么会想到要记住它呢？他只是想起新疆后面是有个阿勒泰县，阿勒泰县后面是有个“北”字，北村？北寨？都不像，但到底是北什么？怎么也想不起来了。

总是天无绝人之路。直到他扒车到了大同，在货车站台一侧，有一堆新倒过来的垃圾，他蓦地看到有几张被人丢弃的纸片，捡出来、连起来一看，竟是一张已经破旧不堪、被人撕毁、丢弃的“全国铁路运输线路图”。

拼全了看时，东南、东北、中部都是密密麻麻，整个西部特别是西藏、青海、新疆，仅仅各自有一条曲线分别通达拉萨、西宁和乌鲁木齐。尤其是新疆，地域最为辽阔，内容极其单薄，空白处最大，未知领域也一定是最多。

尽管图上只标了乌鲁木齐，而且整个线路的末端就是乌鲁木齐。就是说到了乌鲁木齐之后，怎么再去找阿勒泰，完全是未定之数，一片茫然。但黎德山还是把新疆这一片纸收好，装进口袋里。因为它毕竟有一点儿新疆的信息。

这些天，他饥一顿饱一顿，碰到什么吃什么，没吃的就饿着。而且也没洗过头没刮过脸。再加上都是扒煤车，浑身上下都是黑色打底子了，成了一个里里外外、彻头彻尾的“黑帮分子”了。好在这个颜色和打扮是扒煤车的标配，基本上既不需要收拾，也不需要躲避了。

等真到了乌鲁木齐之后，偷偷找了个要饭的一问，说阿勒泰？从这儿往北走，还有一千多里地呢！而且再没有煤车可扒了，因为根本就没有铁路。

所以乌鲁木齐是黎德山一路上逃亡，待得最久的一处。原因很简单，就是火车到了这里，已经到了尽头，不但没有煤车可以扒了，就是长途公交、大货车、拖拉机、自行车等等各种交通工具，黎德山都一一试探，没一样有哪怕是一点点缝隙和可能。他只好在乌鲁木齐货站，临时帮着人家扛麻袋卸货装货，只为了偶尔吃点儿剩饭馊食，或者听到一点儿有用信息。晚上就找乞丐同眠。因为他找到的可以栖息的地方，也就是乞丐们栖息的地方。

那天他听旁边一个乞丐说，阿勒泰那边，乞丐都没人愿意去，因为就没地方乞讨，因为他们总共也没多少人，找谁要去？

黎德山心想：这段时间我一心要脱逃，尽快脱离危险为上，所以一直用的办法就是我军的隐蔽行动、夜间行军、游而不击等战术，总算是成功到达了乌鲁木齐。看来下一步光靠这些都不够了，必须用上我军的绝活儿，就是爬雪山、过草地的精神和方法，走常人之不能走，忍常人之不能忍，置之死地而后生，甚至要经受真正的野战生存能力考验了。

也就是说，实在不行，只有步行千里找老唐这一个险着了。

68

就在黎德山下定决心，要走步行千里找老唐这一步险着的时候，突然发生的一件事，彻底打乱了黎德山的计划。

那天晚上，踅摸了一天也没什么收获的黎德山，又溜达到货站旁边的一个饭馆，想寻找客人遗留下的剩饭充饥。几个长住附近的乞丐早在这里占领了有利地形，以伺机出手。

这时候门口进来一老一小两个人。老的五十岁开外，胡子拉碴的；小的是十几岁一个姑娘。他们的穿着很一般，在饭馆最里面的一个角落里坐下，就开始点菜。黎德山一看没人盯着，就赶快走到这角落最近处，想着等会儿也许会有斩获。

两个人确实也点的明显有点儿多：两盘羊肉拉条子，两碗奶茶，还有四个库车大馕。一看就让人有继续等下去的愿望。黎德山直接蹲在了桌子旁边。

没想就在这时，有一个乞丐模样的人从外面大摇大摆走进来，进门以后就东张西望，一眼看中了这桌上的大馕，竟大摇大摆走过去，像是拿自己东西一样，拿过来就要掰着吃。

那个老者吓得就往后退，一声也没吭，那个小姑娘倒是站起来大声说，放下！凭什么抢我们吃的！

乞丐模样的人死皮赖脸说，你个小媳妇儿，吃口馕你叫喊什么？

没想到小姑娘一下子急了，你叫谁小媳妇？你妈才是小媳妇！

乞丐模样的人一把揪住小姑娘的脖领子，说，我说你是小媳妇，怎么了？你还敢骂我！你再骂一个看，我抽死你个小媳妇！

小姑娘也被激怒了，就更大声地喊，你凭什么打人？你凭什么打人？

黎德山在一边实在看不下去了，就站起来想拉开那人，没想到那人转身就冲黎德山脸上给了一拳，当时就觉得眼冒金星，下手特狠。黎德山被彻底激怒了，当即一个捕俘拳动作直拳横踢，击打也是十分迅猛、连贯，那人哎呀一声，重重地摔在地上。黎德山在那个人脖子上踩着一只脚，说，给小姑娘赔礼道歉！

那人知道遇到横茬儿了，连忙紧着说，对不起，小姑奶奶，我错了，我错了还不行吗？要不，你也打我一下！

黎德山移开那只脚，说了声，快滚！

那人急忙站起身，对着黎德山说了句，英雄！英雄！转身跑了。

黎德山稍微整了一下衣服，也跟着转身要向门外走。

只听背后小姑娘叫了声，大哥别走！回头看时，小姑娘那边只剩下一个人了，方才的老者早已不知去向。

黎德山一脸迷茫地问，刚才那人？

小姑娘说，大哥能不能坐下说话?

黎德山只好坐到刚才男人坐的旁边，只听姑娘说，大哥，刚才那人是我家远房亲戚，他把我骗了！说完就抽抽搭搭哭了起来。

黎德山劝说几句，又问她身世。终于弄明白了大致情况。

原来姑娘叫周春燕，四川蓬溪人，初中毕业后考上了高中，但家里实在困难，就只好辍学在家劳动。突然这个亲戚就从新疆回到老家，说要带她来新疆找工作，还给了她家里二十块钱。她父母就同意了，跟她商量她也说愿意走，于是一个月前就来到了新疆，去了沙吉海煤矿。这个亲戚是沙吉海煤矿的矿工，实际上他临走时就答应给一个同事张罗对象，他还收了那人的钱。所以过来一见面，他就把姑娘交给了那个人，还哄她半天，说是那人怎么怎么好，实在老实可靠，还攒了很多钱。但是实际上那个人又老又丑，又穷又笨。周春燕不同意，可是离家这么远，一个人又没办法走，所以就天天哭闹，要他们帮着找工作，否则就寻死上吊。那两个人根本没任何办法找工作，最后她就闹着走，二人也没辙了，那个亲戚只好又找了个拉煤的货车，把她送到了乌鲁木齐，说好了给她五十元盘缠，让她自己回四川不管了。

黎德山就问她，沙吉海煤矿在哪里?

周春燕说，在阿勒泰，离北屯不远。

黎德山一听“北屯”两个字，眼睛蓦地一亮。有了周春燕提示，他终于想起唐永超所在的地方就是北屯！嘴里就说，真是太巧了！我要去的地方就是北屯！

周春燕问，你去那里干什么？那里是农十师的地方。

黎德山说，我去找我战友，他就是农十师的。

周春燕问，农十师什么单位的?

黎德山就开始吞吞吐吐了，说忘记是什么单位了。

周春燕说，你没来过新疆，不知道新疆有多大。我来了这么几天，已经对新疆的大有一点儿了解了。比如说农十师，他还有各个团，团下面还有营，营下面还有连。但他们各个团之间，可能距离上千里地，就是各个连之间，也会距离几百里。就拿我去的沙吉海煤矿，也是农十师管的煤矿，这个矿区跟那个矿区就离着几百里地，像我这样一个女孩子，丢到那样一个地方，现在想想好可怕！现在能够出来真是万幸啊！

黎德山说，谢谢你。但无论多么难，我也必须去。因为不瞒你说，我已经没别的地方可去了。

大哥，你是好人，一定是遇到难处了。我虽然小，也不一定懂，但是如果能帮上你，一定也在所不辞。

黎德山注视着周春燕，虽然身材娇小，脸庞稚嫩，但她的炯炯目光里，分明跳跃着超乎寻常的勇敢和坚韧。

黎德山想了想说，趁你身上还有五十元钱，赶紧买张火车票回家吧！

没想到周春燕说，大哥你是个好人，我也实话实说吧。我们家里已经穷得揭不开锅了，早就没得粮食吃了。不光是我们一家，村子里好多人家，没办法养活自己的孩子，只好送人或者干脆就卖掉了。我身上这五十块钱，买了车票回家，也是落个饿死。

说着说着，脸颊上落下两行泪来。

黎德山说，既然说到这儿了，我这次要去找的战友，也是你们蓬溪县的，他姓唐，叫唐永超。听他说你们那里是挺穷。经你这么一说，我感觉即使到了北屯，也说不好一定就能找到他。但是，再难，再苦，我也必须去找他，这是我今生唯一的出路了！

周春燕说，大哥，那你是去找战友找工作的吗？

黎德山说是。周春燕就哭着说，大哥，我也想跟着你去找工作！你就带上我吧！

黎德山苦笑着说，我一个人的工作都还没着落呢，带上你，万一都找不到工作，那可如何是好！

周春燕哭着央求说，大哥，咱两个都是苦命人啊！样板戏里不是还唱：穷不帮穷谁照应，两个苦瓜一根藤呢！说着说着又啼哭起来。黎德山听到小周的哭声，心里也一阵阵发紧。

他说，小周别哭了！我问你，你刚才坐拉煤货车，他们在哪里卸货？既然来必然回。你能不能帮我去找一辆去北屯的货车？

小周说，我不知道有没有去北屯的货车，但是一定有去沙吉海煤矿的货车。她用手指着对面说，就在这货场的那边！我那个亲戚就是去那边找车去了！

黎德山说，快收拾东西，走！

小周捡起那几个大馕，顺手递给黎德山两个，跟上德山就往外走。

69

果然就像周春燕所说，到了沙吉海煤矿，问去北屯还有多远，说还有四五百里路呢。人家就问去北屯干什么？就说找人。问找的人在哪个单位？说不知道，只知道在十师一个团。说十师有10个团呢，从181团一直数到190团，那么多单位，互相之间距离遥远。比如这个沙吉海煤矿，就归187团管，也离187团最近。

黎德山说，唐永超肯定不是在187团，因为我当兵在187师，对187这个数字比较敏感。但的确是跟187团比较近，好像是185团！对，就是185团。

人家就说，185团，那可就别去北屯绕了，直接去185团吧！离这儿将近600里路。怎么去？骑马、坐马车肯定不行，可以找去那边的老28拖拉机，或者你们运气好，碰上了拉煤的解放车，一天就可以到了。如果坐老28拖拉机，则需要两三天甚至更长时间。现在是秋季，再过几天一下雪，老28拖拉机就要拉着木爬犁了，人可以坐在老28篷篷里头。人冻得受不了，就得在篷篷里头烧一点儿煤，但是还要开着车玻璃，因为要防止一氧化碳中毒。去年冬天遇到寒流，听说还有人冻死在路上了。

啊，运气好能碰上拉煤的解放车。黎德山就看了一眼周春燕，周春燕冲他微微点了一下头。好吧，咱们就去碰运气！黎德山和周春燕就到处打听185团的拉煤车。第二天，第三天，第四天，第五天，这运气还真让他们碰上了！他们竟然真就找到了一辆185团来拉煤的车！

周春燕高兴地说，跟着黎大哥，运气好得没法说！等咱们到了185团，一定能找到你的战友，也一定能够找到工作！

没想到车就要开的时候，急匆匆赶过来一个人，手里还拎着一个破旧的黑色皮革包。司机一见，就喊一声，大刘！你怎么？那个叫大刘的人说，嗨，别提了，团部食堂有个人得了急性病毒性肝炎，一下子人心惶惶，团长让我赶快回去处理。司机看了看正站在旁边的黎德山和周春燕，说没地儿了，你们两个人只能走一个，你们看谁先走？周春燕马上紧紧拽着黎德山的胳膊说，我们两个人一起走。

那个大刘一看说，你们是到185团的？说是。是来探亲的还是来找工作的？黎德山说有个战友在这儿，想过来找他找工作的。问战友在哪个单位？叫什么？叫唐永超，不知道他在哪个单位。你从什么地方来的？河北深县。你呢？四川蓬溪。都是来找工作的？对。

大刘一听，马上感慨道，嗨，甭问了！千里万里跑过来，九九八十一难跑过来，奔着咱185团来了！甭问了！准是有一本难念的经，有过不去的坎啊！同是天涯沦落人，相逢何必曾相识！上车吧！你们坐驾驶室，我到后面去凑合睡会儿。说完就往后面走。司机说，大刘不行！东西装满了，没你地方！大刘停下脚步，转身说，硬挤行不行？司机就犹豫了一下，说行是行，就是挤得厉害。大刘说，克服一下，路上小心点儿！司机说好。大刘就说女士优先，男士中间，最后我来关门。走！

汽车上路了，只见公路两侧栽种了秀美的白桦树，眼前所见都是无边的荒漠，荒漠里也偶见一星半点的绿色。间或有块湿地，有所种植，旁边必有水源，必有人家。

大刘就问，你们大老远跑过来，是不是知道185团的历史？都说不知道。既然你们不知道，我就给你们简单唠叨几句。

咱185团所在的阿拉克别克河流域地区，从西汉设立西域都护府，就是咱们国家的领土。但是晚清越来越窝囊，沙皇俄国趁机抢了咱44万多平方公里的大好河山，把中俄边界，推进到了阿拉克别克河。

可这条阿拉克别克河，它在下游分成两股，有一小股进入了卡拉苏自然沟，然后就注入额尔齐斯河。中苏关系现在不好，苏联就说卡拉苏自然沟是阿拉克别克河的老河道。你看，就在阿拉克别克河跟卡拉苏自然沟到额尔齐斯河之间割出来一块地，面积五十五平方公里，成了“争议领土”。

咱新疆生产建设兵团，就沿着中苏边界，一个一个设立了多个国营农场，首先咱是国防屏障，当然也搞生产建设。咱185团，就建在了情况最为险恶，直接对立的争议地带。咱国家在西安附近的泾阳，有个点，叫中华原点。全国测量距离啊、高度啊，都以它为原点。咱185团，是距那个原点往正西北方向最远最远最远的！咱是西北之北！

好家伙！大刘连续用了三个最远，来形容自己所处的位置。

最后就是四个字：屯垦戍边。这就是咱的使命！所以啊，两位小同志，你们来了，咱就是战友了！咱就是亲人了！来，握握手吧！

大刘分别和黎德山、周春燕二人握手，充满着神圣而又坚贞的表情。嘴里还说：

很好，很好，我们就是欢迎一对一对过来的！不过还有一句丑话，咱说在前头。这个地方很苦，不需要隐瞒。你们来，我们欢迎，但是留不留，主动权可在你们自己手上。一看受不了，赶紧走，越早走越好！千万别等你也是个骨干了，跟大家也有感情了，突然你就要走，弄得人心里酸酸的，怪难受。你们来了想干什么？有没有想法？

只要能留下，干什么都行，听组织安排。黎德山说。

是党员吗？

是。

你呢？大刘问周春燕。

我不是党员，是团员。周春燕腼腆地说。

我有个想法，既然是来找工作，又听从组织安排，咱就越简单越好。你们也别去找战友了，你们要找也挺麻烦，况且找他他也解决不了你们的事儿。你们就先在这边安排好，让他来找你们。小黎你会赶马车吗？啊，会。好，你就先到渔场赶马车。小周，你什么文化？啊，初中。那你就先负责照顾几个孩子，等孩子多了咱成立幼儿园。

我就想跟着黎大哥。周春燕说着，头也往黎德山肩膀上一靠。

大刘说，好，跟着他。没说让你们分开。结婚几年了？

我们还没结婚。

啊？还没结婚？那小黎你可得抓紧啊。这边狼多肉少，小周又年轻貌美，别让人家抢走了。

这会儿黎德山倒腼腆起来，嘴里哼哼唧唧不敢言语。

倒是周春燕一路上听着，感觉大刘不是一般人，就说，你要做我们的媒人，我们今天就结婚。

好啊！这姑娘真爽快！你们要是都同意，我就做你们的媒人！怎么样小黎？

黎德山这几天和周春燕朝夕相处，早对这个小姑娘心生爱意，就说，我没意见，同意。

大刘哈哈大笑起来，嘴里说着，好好好！咱今天可算是一段佳话，得有个说辞，是得有个说辞！说辞就叫“大老刘煤车做媒，小两口昏夜成婚”。哈哈！对得怎么样？太好啦！咱一言为定，晚上我请你们吃面条！

大刘自己问，问自己，自己夸，夸自己，这种情况黎德山和周春燕都是第一次见。但是他的热情奔放，却实实在在温暖到两颗年轻的心灵。

汽车由司机驾驶，但是欢快的气氛由大刘掌握。他滔滔不绝讲了足够长时间之后，可能也是实在撑不下去了，头一歪又呼噜呼噜睡起来。

周春燕就偷偷问那个司机，师傅，这位大刘是干什么的？

我是185团的副团长，管后勤！大刘说完倒头又打起呼噜来了。

解放车开了不知多少公里，就在途中歇了歇脚。路边有个小房子，房子上面有个牌子，写着“布尔津转业站”。车子加水加油之后，又接着往北开。大约五六点时又在哈巴河转业站小停，还吃了“午饭”。休整两次之后，然后又是一路向北，向北，再向北，真正无愧为西北之北！

大刘的话都说完了，一上车就睡，而且一路上他只剩下呼噜呼噜睡了，黎德山、周春燕都毫无睡意。周春燕抬头看了看黎德山，目光里充满喜悦和憧憬。她偷偷伸出一只手，把黎德山一只手紧紧抓住，又轻轻对着黎德山耳朵说，跟着你运气真好！黎德山的耳朵，感受到周春燕的气息，那是能让人飘、让人醉、让人上天的感觉。

黎德山头一回与一位姑娘挤得这样紧，更是头一回被一位姑娘撩拨得这样周身发烫。他就使劲儿攥着那双小手儿，小手儿任由他捏搓蹂躏，偶尔因为他使劲儿太大，把周春燕弄得太疼了，就冲他耸耸小鼻子。仅仅这样亲热，也足以让黎德山和周春燕感到幸福和满足了。他们甚至想让这段路更长一些，在车上缠绵得更久一些吧。

两个人幸福满足着好一阵子，周春燕突然对着黎德山耳朵说，大哥，你裤兜里鼓鼓的啥子东西啊？

黎德山也对着她的耳朵说，是俺爹坟上的土。

没想到这一句话，使得周春燕鼻子一酸，眼泪汩汩流出。她把小脸使劲儿往黎德山肩上挤靠，试图止住啼哭。小手更加死死地攥紧黎德山的手。

黎德山又轻轻地咬住她的小耳朵，用舌尖、牙齿和双唇，传达他对她的抚慰和爱怜。啊，那小耳朵嫩嫩的、薄薄的，舌头碰上去，令黎德山魂销骨酥，万分享受。

又过了不知多少时辰，春燕又抬头看着德山，对着他耳朵问，走了这么久了，怎么好像永远都到不了啊！黎德山又用力捏捏她的小手，也对着她的耳朵说，应该快了。说着又用牙齿轻轻咬了一下她的耳朵。

身后的哈巴河越来越远，身后的布尔津越来越远，身后的沙吉海越来越远，身后的乌鲁木齐越来越远，身后的家乡越来越远！黎德山心里念叨着这几个十分陌生的地名，心里也想着身后还有自己的青春年少，以及青春年少时常做的一切美梦，同样都将越来越远！

终于，西北之北，北到极致，北到尽头，北到天涯，公路两旁的树木多起来了，绿起来了，也稍微漂亮起来了。大刘也睁开双眼，指着前面几排低矮简陋的土坯房子说，好，到了。

多少年后，黎德山也忘不了那个夜晚，那个除了新郎新娘，只有三个人参加的婚礼，那间需要踩着梯子往下走的地窝子，那个因为恰好有人闹肚子住了院，而临时空出来的一个铺位，那是他和周春燕的婚房和婚床，他们因为新婚而有幸被允许挤在了一个铺上。

他们在黑暗中相拥，即使有千言万语想向对方倾吐，也只能忍在心里。旁边的人都睡着了，他们才得以使用肢体语言，向对方表白真情。周围黑咕隆咚的，秋虫在远处喧鸣，他们一脚迈进了新世界。这个世界好生陌生，山深林密，左冲右突，终于寻得小路可走；水深流急，浪起波伏，所幸赖以舟楫可渡。黎德山感觉是老天爷给了他勇气和力量，这勇气之猛和力量之烈，连他自己都万分吃惊。眼前似有海水汹涌过来，很快有大浪把他砸了下去，又不断有个同样强大的力量，把他的身体向上托举起来。说是海水啊，可怎么那海水不是咸的，却是甜的，不是凉的，却是热的！岂止是热的，还是烫的，而且越来越烫！难道不是海水，竟是火吗？周春燕则感觉是有大片的乌云压过来，紧跟着是狂风暴雨，劈头盖脸砸过来，昏天黑地，天旋地转，她感觉自己一会儿被提溜起来，一会儿又被狠拽在地上，她承受着，挣扎着，迎合着，拒绝着，既有钻心锥肉的痛，坠入深渊的怕，又有峰回路转的喜，飘飘欲仙的乐。

那一夜，他们幸福得不行不行的，甚至感觉自己突然成了世界上最幸运、最幸福的一对儿，而且这个感觉他们一辈子也没有改变。

70

吴干事您好！

首先向您致以崇高的军礼！

本来是想说因为忙，所以疏于写信汇报。但话刚到笔头却认识到不妥。说自己忙，当然也是事实，但您不是更忙吗？我能有您首长忙吗？收到您的来信时，就想抽自己一个大耳光子！所以自己先做检讨，再向您报告您来信关心的问题。

没错，黎德山两年前确实是到我这边来了，而且您应该也知道了，他来时是偷偷从老家跑来的，什么都没顾得上带，连我的地址他都没有，一个人硬是扒火车一程一程历尽千辛万苦过来了。他的运气也是真的太好，一是在路上遇到一个真心喜欢他的姑娘，即他现在的妻子；二是他还遇到了我们团分管后勤的副团长，在路上就把他们两口子接收了，而且还给安排了工作。等我接到通知去看他们，才知道了上述这一切。那天我们两个人在祖国的“西北之北”见面，激动得又是拥抱又是流泪，喝光了小卖部的啤酒。

德山的工作，一开始是在渔场赶马车，现在他已经成为渔场的正式职工。他们连队负责为全团打鱼，改善伙食。他家属一开始帮着人家看小孩子，现在她自己也生孩子了，老大是个儿子叫黎东南，也满地跑啦，听说肚子里又有了，德山说不管是男孩还是女孩，名字都是叫黎西南。德山每天带着他媳妇，一起划条小船，到额尔齐斯河里打鱼。工作可能并不轻松，但两个人在一起，日子过得还是挺幸福的。

您来信讲的他家近况，以及县里和部队都在努力改正对他的处分决定，对他来说是莫大的喜讯。毕竟他是烈士子弟，又有上层首长关心！但那些对他不利的东西，本来就没带到这里来，这里也一直把他当党员对待，什么影响也没有。不过我当时就把这些情况通知他了。估计您很快就会收到他给您写的信，以及他的思想汇报吧。

我现在一切如故，我们夫妻俩说是在场站当职工，其实就是种地，和农民没有什么区别。当然，这条路我一定会坚持走到底，因为这是我自己当年的选择。随信寄上一包瓜子，这是我们这里的特产，是自己的劳动成果，略表心意！

顺致

革命的敬礼！

您的战士唐永超

71

翠兰、福禄你们好！

终于能够鼓起勇气给你们写信，你们一定还在为我着急，甚至还在生我的气吧？

我们部队吴干事到咱家的事情，我已经知道了。他返回部队马上给我的战友唐永超写信，他就是想从永超这里了解我的下落。你们都猜对了，当时我被逼无路，只能来遥远的新疆，投奔战友。而且确实也是兵团收留了我，让我成为一名正式职工。我离家之后，就直奔永超这里，而且也一直和永超在一个团，虽然距离也很远，但总是能够见见面。当我看到那封信时，知道了我仓促离家之后，家里发生的变故，忍不住失声痛哭。

翠兰、福禄，你们一定要理解我、原谅我。因为我自然考虑自己的安全，还有更重要的原因，我也是怕连累咱娘，怕连累你们两个啊！

当然我最对不起的就是咱娘，她拉扯我和翠兰长大多么不容易，正是应该可以不用再为咱们操心受累、可以安享晚年的时候，我出了这么大的事情，对她无异于晴天霹雳，多么重大的打击！我不但不能尽人子之责，在她身边行孝，还让她老人家为我着急担心，以致过早离开了人世，我这个不孝之子，一无养老于前，二未送终于后！作为家门独子，又没有在家撑门立户，孝母悌妹，更何谈弘扬祖德，重振家声。反倒是你们，为咱娘尽了孝，为咱爹迁了坟，为陶村的大事小情，操心受累。我真的非常非常愧疚，非常对不起你们！写到这儿，我停下笔，朝着家乡东南方向，给咱爹咱娘，列祖列宗，磕上三个头！也给你们深深鞠上一躬！请务必原谅你们这个提不起个儿的哥哥。

我现在工作、生活倒是稳定了。好歹已经算是新疆生产建设兵团农十师185团屯垦戍边的军垦战士了。我的具体工作任务，就是在额尔齐斯河打鱼，给全团职工家属改善伙食。另外也向你们报喜，我已经成家了，她叫周春燕，是个四川蓬溪姑娘，比我小8岁，是来这里的路上认识的。她正好和唐永超是一个县的，算是真正的老乡。其实也算是我们副团长做的媒，到这儿的当晚就结婚了，现在我们的儿子黎东南即将两周岁了，她又怀上了，将来是男是女都叫黎西南。春燕很善良，又心灵手巧。关键是她会织渔网，那个网扣、网眼儿大小都能保证称心如意。根据不同季节不同鱼种，网的高度、长度她都会织得恰到好处。这样抓的鱼也比较多，任务完成得好，当然收入也高些。

我们这里开春时候有扁鱼和狗鱼，6月份山上的雪水来了，鲤鱼就上来了。8月中旬打白条子和五道黑鱼，10月间捕大白鱼、黑鱼和狗鱼。冬天河水结冰了，也可以凿冰捕鲟。鲟鱼头小无鳞，肉多无刺，嘴长在头的下面，味道十分鲜美。如果你们能来这里尝尝就太好了！只是这里离咱老家真的是太远太远了！假如你们真的要来，我都不知道到底是多少公里，怎么坐车，从哪里过来。只知道得先到乌鲁木齐，然后到阿勒泰，然后再到我们185团。等有了条件，我们一定带着孩子回老家去看望爹娘，看望你们，看望家乡亲友。

吴干事信中说，你们都在为我免受处分的事情奔忙。真的是太感谢了！太让我感动了。不管处分能不能免除，但是我感觉写这封信，应该不会再给你们带来什么麻烦了。让你们知道了我的下落，你们也不必再为我担心了。我联系上你们，也感觉一块石头落了地，心里踏实许多。

还有我听说陶村把桲椤山给平了，所以咱爹的坟才不得不迁的。等我日后回乡，就再也看不到桲椤山了，看不到祖坟了。想到这里，心里又是感觉凄然。想想这桲椤山，历经多少岁月沧桑？几朝几代？祖祖辈辈，往上数咱黎家还出过诰命敕命，咱爹还在那里打过日本鬼子！可如今说平就平了，真让人心里不是滋味。

幸亏我逃跑时，先去坟上给咱爹磕了头，还偷偷装了一兜土，虽千辛万苦，但一直带到了新疆。也是万物有灵，等安顿下来，打开看时，那兜土里竟然还有一粒小桲椤豆。这桲椤豆一般人不认得，我是小时候到陶大钟的叔叔家玩，见过几粒，听那个老人讲过才知道的。我把这粒桲椤豆种在离我住的地窝子不远的河边，转过年来，它竟然蹿出了小树苗！如今它已然长得鸡蛋那么粗了，看见它就想起爹娘，想起你们，也想起家乡所有的亲人！

我常想到咱爹生前，也一定想过对咱们的期望，特别是对我的期望。我常常在没事儿的时候，深深自责，追悔莫及。我也知道了我走到今天这一步，我不怨任何人，都是我自己出了问题，自己捅了娄子，造成了目前这一切后果。

虽然现在工作、生活都比较稳定了，但是我也时常检讨自己辜负了部队多年的教育培养，辜负了首长和战友们的关心爱护。我的前半生，仍然是个很失败的人。但是我现在既然来到兵团了，就想着一定好好干，用新的工作成绩，把以前的过失弥补于万一。咱爹为打江山牺牲了，现在我在为国家守江山，咱爹如果有在天之灵，他知道了，也应该为我自豪吧，实际上我在这里一直就是共产党员，还没人顾得上追查我的档案。

我们目前的居住条件还不太好，住的就是地窝子，咱北方讲的地窨子。好在国家已经发生变化，不再以阶级斗争为纲，改为了以经济建设为中心了。全国都在发生巨大变化，相信我们的生活条件也会越来越好！

此致

敬礼！

愚兄黎德山于北疆

197×年×月×日

第十四章　弹指芳华如电

72

杨雅丽的十八岁生日令她终生难忘，因为恰恰是那天，她去187师电影队报到。

187师电影队唐队长满口四川口音，他一见杨雅丽来报到，就微笑着说，欢迎欢迎！龚科长已经通知我了，我先把咱们队的基本情况简单介绍一下。他说一下的“下”字，发音是“哈”。

咱们队现在有三个干部，一个是我；另一个是跟我一个屋的邢组长，他现在主要精力是画画儿；还有楼上的方艳，她原来是军体工队打排球的，现在负责礼堂旁边的图书室。还有三个战士，一个老同志岁数跟你一样，但已经入伍快五年了，他叫石克宁，目前是班长，另外两个都是入伍一两年的新兵。你来了，就和方艳住在一个屋子，但归石克宁管。明白了吧？

杨雅丽说，明白了。

唐队长说，你稍等一下。说着就拿起电话：小石你过来一下。又是一“哈”。

杨雅丽入伍后，一直在一个医院学护理。好好的突然就接到通知，让她到187师电影队报到。这就意味着学了半年多的护理，就算白学了。而放电影也是需要技术的，必须从头另学了。一个小兵的命运，本来就没有半点儿自主可言。

原来她们这批兵，都是部队军务部门直接征来的，“征”这个字用在这里还不够准确，因为就没经过“征”的过程，都是直接“弄”来的，没有经过地方武装部报名体检政审等阶段，也就没有正式入伍手续，人先来到部队，换身军装，就算入伍了。

其背景是毛主席他老人家刚逝世，上上下下就有些想法了，很多部队子女面临插队，绝大多数人家都不愿意，于是就有人趁此机会说部队子女应该照顾一下，这个风一放开，呼啦啦各部队就拥来了很多新兵。男兵容易消化，女兵只能去医疗、通讯单位，少数还去了电影放映单位和演出单位。营房里突然出现了比平时多得多的女兵。一时间在各处走来走去，成为那个时代一景，十分扎眼。

很快，这批兵就有了一个雅号：后门兵。

这个情况当然会有批评声音，反映到上面，就有大首长说不行！必须清退！于是各单位纷纷采取应对措施，有的把这些兵在本单位调来调去，分散到基层，还有的由两个单位的军务部门商定交换，我调你多少多少，你调我多少多少，以削弱、化解其影响。总之是没见有真退的。军区在大年三十派出参谋干事层级的人员，到各野战军督促落实清退后门兵，各军都给来人报告说，坚决按照指示完全清退。来人就说好好好，大年初一吃了顿饺子，然后就返回去复命了。后续发展是又有大首长说了，当兵是为了保卫祖国，又不是干坏事，从前门进来的也有坏人，从后门进来的大多数都是好人。这个话一讲，此事风平浪静，最终结果是一个兵也没见清退。

杨雅丽就是在这个背景下，当了兵，去了医院，又来了187师电影队。

小石来了，唐队长先对他说，这是刚调来的小杨，叫杨雅丽。就住二楼方艳那屋吧。又转过来对杨雅丽说，这是咱们电影队的小石，他叫石克宁，你可以叫他石班长，今后你就归他管，让他教你放映技术，有什么事儿你也多向他请教。

杨雅丽就说，是，队长。石班长好！

石克宁说，你好！不用叫班长，叫小石就可以了。咱是北京老乡，放心，没事儿！他把杨雅丽的背包接过来，对唐队长说，那我们就先上二楼去了！

这个石克宁才比杨雅丽大一岁，但他已经当了四五年兵了。他爸爸是总政的，他从小在大院长大。人是个热心肠，就是有点儿散漫，俗话说就是吊儿郎当，满不在乎，老兵油子那种人。

一上二楼，他走到最左侧的房间，喊了声，方艳！然后就用手去开门，门是锁着的状态，他就喊，嘿！大白天，锁什么门儿！

门开了，方艳手里拿着一支钢笔，一看石克宁扭头就想回去接着写什么东西去。

石克宁说，别老惦记着写情书了，新来的小杨，住你对面的床！

方艳这才回头看见杨雅丽，嘴里说，请进吧。床我已经收拾好了。

果然就看见她对面的床已经铺好一块毛毡，多余的东西什么也没有，干干净净，痛痛快快。

石克宁说，嘿！这事儿做得地道！应该表扬！说着就把杨雅丽的背包放在床上，说，你自己收拾吧。收拾好到机房找我。

杨雅丽答应说，是。便先打量这间房子。靠窗有张桌子，桌前有把椅子。桌子两侧，各有一组双层床，目前方艳占一侧的下铺，杨雅丽是占她对面的下铺。杨雅丽床旁边，还放着一张桌子，上面有一台上海生产的中华206电唱机，它连接着礼堂房顶上的大喇叭，每天按点播放军号和音乐，这也是电影队的职能任务之一。

杨雅丽赶紧打开背包，铺好被褥枕头。洗漱用品也一一摆好。自己带的一个脸盆，放到床下。然后对方艳说，小方，我过去了啊。

小方还在写她的“情书”，答应了一声，连头也没抬。

73

机房就在杨雅丽宿舍旁边，或者说从一楼上来，要去她的宿舍，必经机房。

因为机房是工作场所，所以它的门开得很大，而且只有门洞，并没有门。

但是有个暗红色的厚绒布帘，放映或其余工作需要，可以把它拉上，里面就成为封闭的空间。

吴三羊当军电影队长时，杨雅丽曾到军礼堂去看过电影，准确说是到军礼堂放映室看过他们放电影。军礼堂比师礼堂要高要大，但印象中除了高低、大小之分外，其余基本上一模一样，就连机房里面的设施，摆放的位置，都一模一样。

撩帘进去，只见石克宁正带着两个男兵擦拭两部座机呢。看见她进来，就对他们说，这是咱队新来的小杨，杨雅丽。这俩一个小李，一个小杜。好嘛，这要在唐朝，那就是李商隐和杜牧。

杨雅丽就对“小李杜”笑了笑。

杨雅丽听见礼堂里有人说话，过去一看，原来是有人在舞台上排练节目呢。

石克宁说，是宣传队的人。他们经常在这儿排练。咱们不管他。然后他指着旁边桌子上一个唱片机说，小杨你过这边来，我先给你讲讲这放军号的事儿：

首先你一定会纳闷儿：额，电影队电影队，咱主要工作是放电影啊！怎么先给我讲放军号呢？电影队电影队，主业当然是放电影。但放电影再重要，可不是天天都放电影，而这个放军号的事儿，却是必须天天放，而且每天还要放好多次。营房里，从师首长到士兵，从司政后机关到师直每个连队，甚至医院每个科室、每个病房，都得听着咱放的军号来工作、训练、学习、吃饭、睡觉熄灯。所以这个放军号的工作，是咱们电影队除了放电影之外最重要的一项工作。丝毫不能马虎大意，稍有不慎，就会造成很大影响，你干得再好，如果耽误了放号，全营房都会知道，马上就会有人过来找你算账了！所以我再说一遍，这件事儿看似简单、容易，但却可能成为最最要命、最最牵扯精力的事儿。你们女孩子细心、认真，应该最适合干这个工作。所以我决定，你先把这个放军号学会，今后这个重要工作就交给你了！

杨雅丽听着听着，感觉自己就要接过如此责任重大神圣的担子，心里不禁有点儿害怕起来。但她嘴里却说，是，班长。

石克宁接着说，做好这项工作的要害是必须按时起床，马上给你提供一个闹钟，早晨5点50分闹钟一响，赶紧起床，6点准时播放起床号。然后是出操、收操、吃饭、上课、操课、午休、午休起、晚饭、晚点名、熄灯等等，都要一一按点播放。看，这儿有一个时间表，这张唱片上是咱们平时用的最多的13种勤务号。这台唱片机跟你宿舍里那台一样。先把喇叭开关、唱片机开关打开，唱片放上，然后找到需要放的号种，把磁针往这儿一放，就行了。

还有一个需要交代的事情，就是除了军号，咱这边还有一些唱片，军歌啦、战地新歌啦、样板戏啦、地方戏啦，地方戏也都是样板戏改编的，可以放，但都是在吃饭时间，30分钟，适当放一下。还有这几张唱片，一个《花木兰》、一个《穆桂英挂帅》、一个《朝阳沟》，全是豫剧，河南梆子，因为咱们部队河南人不少，他们强烈要求放这几个唱片，所以首长同意了，也可以花插着放。但一定注意，只能在吃饭或者娱乐时间休息时间放。但星期天、节假日也不能老放，老放也有人提意见。怎么样，都记住了吗？

知道了，记住了。杨雅丽说。不过我特别害怕早晨醒不了。

不是有闹钟吗？

有闹钟也闹不醒怎么办？

石克宁一下子愣住了。闹钟也闹不醒？

杨雅丽说，对呀，我是说可能，因为我睡觉特别死，上次地震都没把我震醒。

那你从明天开始，先试验一个星期，你定好5点50分闹钟，我们在下边也定好5点50分闹钟，假如你5点55分还没动静，我们就有人上来敲门了。一个星期后，这个事儿就完全归你负责了。

杨雅丽说，好。

万一，注意我说是万一。石克宁说，将来你真的误了，可以用一个办法遮掩一下。你可以把这个机器搬开，扔到地上，然后等着队长或者科长上来骂人，你听到有人来了的时候，赶紧趴在那里扒拉那根电线，对他们说，唉，真倒霉，没想到这儿出问题了。

但是，我告诉你，这个办法我刚刚用过一次了，如果你再用，可得演像点儿，而且只可以用一次，第二次就会没人信了。

杨雅丽听了一笑说，真逗。那两个男兵也跟着笑起来。

74

头一天早晨，石克宁起了个早儿来到二楼机房里，看见杨雅丽屋里开了灯，有了动静，而且准时在6点整放了号，他才下了楼。

出操号声一放，整个营房陡然热闹起来。四处响起：立正！向右看齐！向前看！稍息！立正！跑步——走！一二一！一二一！一二三——四！

杨雅丽放完起床号，就趴在二楼窗台上往下看。从这里朝南边望去，是工兵营和通信营的营房，炮兵营的营房是在礼堂北面，这边看不到。只见两个营的官兵们纷纷从一楼各个门口鱼跃而出，并以连队为单位，迅速对着门依次列队，并几乎同时跑步进入大操场，一一向营值班员报告入列。各营值班员又统一下达口令，开始跑操。工兵营、炮兵营全是清一色男兵，队伍整齐划一，口号响亮雄壮。通信营有不少女兵，男女混杂，队伍虽然还算齐整，但是口号声男女分了声部，嗓子有尖有憨，声音有低有高，尽管都是可着劲儿喊，但听起来总是感觉怪怪的，甚至有点儿滑稽。

一个星期很快就过去了，总算是平安无事。杨雅丽竟然没耽误一次，这让她自己也感觉吃惊。

她一边放着号，一边还得学习放电影技术。

电影放映机有两种，一种是机房里的固定式座机，一种是去各值勤场站、训练场所用的可移动式35毫米放映机。都是双机配备，交替放映，使一部影片得以连续观看而不致因换片而中断。

突然有一天，通知当晚宣传队要彩排，师首长也过来审查节目，还特别请机关的人、部分师直的人，坐在底下陪看，以免过于冷场。唐队长就要求电影队几个人都在二楼待命，说万一首长上来看看，或者彩排保障上需要什么配合，必须得有人才行。

因为毕竟人不多，舞台上的人和舞台下的观众，在机房都看得清清楚楚；他们说话的声音，也听得清清楚楚。

应该是到了开演的时间了，就听底下有人问，陶砚瓦到了没有？有人回答，还没有。那人就说，再等等吧。杨雅丽听了，心里就想，这个陶砚瓦可能是什么大首长，年纪大了，慢吞吞的，让这么多人在这儿等他。

刚过了一两分钟的样子，就听有人说，陶砚瓦来了，开始吧。往下面看去，每排座位都没坐满，但都穿着军装，个个伸长脖子往舞台上看，也不知道哪个是陶砚瓦。

果然音乐声起，灯光转暗，一男一女走上前台，开始报幕。

再看舞台两侧的字幕条上，打出第一个节目名称，还有作者名字：陶砚瓦。

杨雅丽又心想：怪不得，这个陶砚瓦原来是个编节目的。

随后一个节目接着一个节目，字幕条上每每出现作者：陶砚瓦。杨雅丽又心想：合唱、独唱、晋剧清唱、诗朗诵、快板书、小独幕剧，整台晚会，几乎都出自陶砚瓦一个人。这个人可真能写啊。

演出时不断有人鼓掌啊，叫好啊，虽然稀稀拉拉的，但是也算有反响。彩排完了之后，灯光又亮了，看戏的很快就走光了，只剩下宣传队的几个人，背对着舞台站着，听坐在前面的一位师首长做指示。

杨雅丽就看见站着的人中，有一个人是她曾经见过的，三舅吴三羊叫他小陶的，当时是他们二人嘀咕着写了篇新闻稿子，还是她找尹伯伯批的字啊！当时只是没注意他叫什么名字，莫非他就是陶砚瓦？

她偷偷问坐在她旁边的石克宁：那些人里头，哪一个是陶砚瓦？石克宁说，就是左数第三个，瘦瘦的，不戴眼镜的，晃晃悠悠来的最晚的那个。杨雅丽脱口说，啊！还真是他。石克宁马上警惕了，问她，你认识他？你怎么会认识他？不对啊，不应该啊！你北京的，他家农村的，你们不应该有什么交集啊！

杨雅丽只好说，我听原来一个战友说起过他。

石克宁说，原来战友？是不是刘冬梅啊？

杨雅丽说，你也认识刘冬梅？你怎么认识她的？

石克宁说，我这儿正盘问你呢，你反倒盘问起我来了。你先说，你是不是听刘冬梅说的？

杨雅丽说，还真不是听她说的。我们虽说在一个医院，但不是一个科室，我只是知道她，但跟她不熟，也没聊过天。你怎么认识她？

石克宁说，虽然咱们刚认识，在这儿难得有你这个老乡，告诉你倒也没什么。她妈妈在家里、外边都很强势，利用她爸爸是管干部的副政委，给自己女儿找对象。先看上了陶砚瓦，因为陶砚瓦虽然人在报道组，但他组织关系还在团里。就让他们团的主任出面说，陶砚瓦这小子真牛，连面也不见，直接说不同意，把人家惹恼了，所以陶砚瓦在团里就没提起来，正好宣传队要他，正式调过来后才提了干。可不知道他们家怎么又琢磨上我了，说只要我同意，可以把我调到他们团去提干。弄得我这心里头乱着呢。

那这事儿谁都帮不了你。你们见过面儿了吗？

见过几次了。

刘冬梅看上去人还不错，跟周围也没什么不对付。你就先接触着呗。杨雅丽心想，怪不得我随便一说，他就猜我是听刘冬梅说的。

唉，咱号称北京的，人家陶砚瓦是农村的，可咱没本事，只好捡人家不要的。真他妈给北京人丢脸啊！

杨雅丽就好奇地问，陶砚瓦为什么不跟人家见面儿，就说不同意呢？

很明显，他是嫌刘冬梅文化不太高呗！和我一样，没本事呗！

杨雅丽心想，这个陶砚瓦宁愿不提干，也不找自己不满意的人。可看石克宁的样子，好像是为了提干，要屈从了。就说，其实什么北京不北京的，在这边安家也挺好的。我两个舅舅都是当兵的，可两个舅妈就都不是北京人，他们过得都挺好啊。类似的应该还有不少呢。

石克宁说，听你这么一说，我心里还真的感觉好多了，谢谢你小杨。

杨雅丽又问他，陶砚瓦不跟刘冬梅见面的事儿，你怎么知道的？

石克宁说，真让你问着了，知道这件事儿的还真不多。我告诉你，你肯定还不知道吧？当年我可是跟陶砚瓦一起干报道员的呢！

是吗？那多好啊！你怎么改行了？

你问我，我只能实话实说，还是那个老问题，没本事呗！你想啊，我初中都没念完就当兵了，他们推荐我当报道员，是因为他们听说我爸爸是总政的，想利用我上稿子。可我又不会写，都是他们写了让我去跑。开始我爸爸不管，说你们自己跑。我跑来跑去真上不了，我爸爸就拿起电话找了个人，说孩子们费劲巴拉的，上个稿子还这么难？你们给登一篇！于是就登了那一篇。以后他又不管了，我也上不了了，就改行到电影队来了。

杨雅丽心想：有没有本事，肯定是个重要因素，但好像也不完全是有没有本事的问题。

我跟你说小杨，这个陶砚瓦可不是一般人。他不光有才，他还总有那么一股劲儿，一股什么劲儿呢？就是他想的跟一般人不一样。比如说，他写报道就算是比较有成绩的了，连着立了两个功了，顺着这条路往前走一片光明，多好！可他不这样想，他心里一直惦记着搞文学、搞艺术、搞创作。当年我们在一起时，他老是跟那个张干事切磋这些东西。其实张干事在政治部不吃香了，准备转业了，但他就是跟他好，两个人在一起，就是诗啊，词啊，小说啊，戏剧啊。报道组里面，就有人看他们不顺眼。现在怎么样？陶砚瓦真开始搞创作了，而且他这个势头还猛，今天我把话撂这儿，说不定他会折腾出大动静呢，真说不定啊！当然，他可千万别走四大干事的路子。说起咱187师政治部四大干事，都参加过抗美援朝，都是嘴头子、笔头子超级厉害，水平很高，资历很老，但就是职务没上去。唉，本事倒是有，就是上不去啊。

75

来187师之前，吴三羊反复交代杨雅丽，千万不要跟别人说你是我外甥女，也别说咱们认识。杨雅丽都一一答应了，也都照办了。但是没过多久，几乎所有人都知道她是军群联处吴三羊干事的外甥女，当然也就知道了她为什么能调到187师来了。真是应了那句老话儿：没有不透风的墙。好在这种事情在部队比比皆是，也算不得什么大事儿，杨雅丽只是个小兵，一切还算是风平浪静、岁月静好。

突然有一天中午，是个很普通的日子，杨雅丽正和方艳坐在屋子里闲聊，就听有人敲门。她俩几乎是一起说：请进！

只见开门进来的人是陶砚瓦，方艳赶紧站起来把椅子往外一拽，说，啊，大作家来了，请坐！

陶砚瓦淡淡说了声，谢谢！转身对杨雅丽说，雅丽，你不认识我了？

杨雅丽就说，认识啊，现在看你穿着四个兜，我一个小新兵不敢主动找你啊。

我是刚刚才听说，你参了军，还调咱187师来了。上次你帮了我们很大的忙，我都听说了，真的很感谢你啊。虽然过去了这么久，但是我今天终于有机会可以当着你的面儿表示感谢，真是太好了！

哎呀，你真是太客气了，其实我那时候主要是想帮……当时你们不是合作的吗？

我明白你的意思，帮他就是帮我，本来他也就是想帮我嘛。

方艳越听越云里雾里，而且陶砚瓦根本不是来找她的，就没她什么事儿，所以就站起来说，你们聊吧，我先去办点儿事儿。

那两个人都说，啊，好好。

看你现在这么好，真为你高兴。杨雅丽说。你调宣传队提干的事儿，我三舅知道吗？

他可能不知道吧，我现在还没有什么成就，也不好意思主动给他打电话。

回头我告诉他，我三舅那么善良，我想他也一定会为你高兴的。

好，请你一定代我问他好，我抽时间去看他。你在这儿习惯吗？还好吗？

我挺好的，也习惯了。今天你过来看我，我很高兴，也谢谢你！

咱们现在属于一个大单位，两个小单位。而且我们天天在这里排练啊、演出啊，基本就是一家人。你有什么事儿跟我说，千万不要客气。你们队长啊、组长啊、班长啊，我都熟悉，他们谁要敢欺负你，不用找你舅舅，我找他们算账！另外，因为我写东西经常加班，我宿舍里就准备了米面粮油、菜刀面板、排骨挂面，随时可以弄点儿可口的，欢迎你随时过去，想吃什么，我给你做。怎么样？

虽然有客气、调侃甚至玩笑的成分，但是这些话还是让杨雅丽感觉心里暖暖的。来187师这么多天了，这是杨雅丽心里最开心最愉快的一天。

当晚，和方艳两个人躺在床上，就听方艳说，祝贺你啊小杨，看你高兴的样子，怕是要恋爱了吧？

哪里啊！我还没有对象呢！

快有了，或者说你已经有了！

没有，真的没有！

哈哈哈哈，你越说没有，越证明我的观察和分析是对的。你有了，快睡吧！明天别睡过了，人家会批评你的！

杨雅丽就闭上眼睛，开始问自己：高中同学中，有十几个都当了兵，其中还有几个通过信，东拉西扯，谈天说地，但从没涉及过个人感情方面；入伍后认识的男兵不少，也没有碰到过跟自己谈对象的人啊。想着想着，慢慢就进入了梦乡。

76

这天下午吴三羊突然想起，外甥女杨雅丽去187师几个月了，一直也没什么消息，情况怎么样？是不是应该打电话问一问？回过头来又想，没消息就是好消息。她能有什么事儿？就算有了事儿，她也早来电话了，总不至于一直等我打吧。

可转念再想，自己这个外甥女父母在外地工作，从小在北京跟着姥姥、舅舅们长大，性子好强，事事不落人后，在学校一直是班干部。送孩子来正赶上地震，在家属院住了一个多月，竟然就跟周围一帮子孩子玩在一起，而且还挺有人缘，颇受孩子们以及家长们喜欢。比如尹处长家凯山，当兵走了还叮嘱他爸爸，一定要帮雅丽当兵，尹处长也真是特别上心，一直帮着想办法，甚至亲自打电话，托人找关系，包括这次安排在187师电影队。自己当了这么多年队长，跟小唐他们都熟得很，按说这能有什么问题？自己当兵，从战士一步步走过来，哪一步有人给打电话？完全是靠自己嘛！

可话又说回来，在外甥女当兵这件事上，毕竟是自己参与主导安排的，雅丽姥姥、自己老母亲心里特别满意，雅丽父母、自己姐姐姐夫更是感激万分。特别是孩子就在自己部队，虽说不是其父母，但是她在部队期间，自己就是这件事情的第一责任人，实际上也就是杨雅丽的监护人，而做监护人是有重大责任的，万一出了任何闪失，自己还真没法向所有人交代。再说孩子终究是个孩子，又是个小新兵，一下子又到一个陌生地方，初来乍到的，即使她有点儿大事小情的，也许不会或者不便主动来电话，我还是打个电话问问情况吧。

眼前就是内线电话，伸手抓起来就打：请帮我接187师电影队。

小唐啊，你好！

啊，是吴干事啊！老首长有什么指示？是不是想你外甥女了？

真是让你猜对了，自从到了你那儿，什么消息也没有。我家属心里直犯嘀咕，说这孩子怎么样了？小唐也不是外人，赶紧打个电话问问吧！

报告老首长，杨雅丽同志表现很好啊！刚来就让她放军号，她怕早晨睡过头儿耽误事，把闹钟放在脸盆里，几个月来她一次也没误。电影放映技术也全部掌握了。更让我们佩服的是，她每天早晨6点放完军号，就下楼打扫楼里楼外，一天也不落。我这里老兵新兵，都对她赞不绝口。我得先做检讨，早就应该主动给老首长汇报，怨我，请老首长批评，以后我一定勤汇报。要不要我把她叫过来，您跟她直接对话？

不用不用，你告诉她，让她抽空给我们打个电话吧。

好，要得，要得。我马上就转告她。

唐队长放下电话，想了想，又给楼上打电话，把杨雅丽叫下来说，你现在就给你舅舅打个电话，刚才他来电话问你了。

杨雅丽一听就明白了，说了声，谢谢唐队长，拿过电话就要打。

唐队长又说，以后打电话就直接到这儿打，别老让你舅舅舅妈操心惦记。

谢谢唐队长。

杨雅丽又何尝不想给舅舅打电话？一来舅舅有要求，不要提跟他的这层关系，当然就不能主动给他打电话；二来这电影队只有一部电话，你有事儿没事儿打私人电话，那成何体统？今天三舅给唐队长打了电话，现在唐队长又当面交代，把话也都说到了，这就相当于解密了、开禁了。

以后打电话这事儿，应该会稍微放开了吧。杨雅丽心想。

77

吴三羊下午接到杨雅丽打来的电话，问了几句情况以后，主要是听杨雅丽不停地讲述在新单位的情况。竹筒倒豆子——不藏不掖，信息量很大，但不少信息不是很清晰，有的还需要整理概括。晚上回到家里，他还是想着刚才的电话内容，一些隐隐的忧虑涌上心头。但他自己也不敢确定，所以就犹豫着要不要跟他太太王秀华说。

王秀华是天津人，离开天津多年，虽尽量讲普通话，但还是津味十足。

吴三羊若有所思的样子，历来逃不过王秀华的眼睛：吴三羊，想嘛呢？是不是老太太身体？不是。工作上不顺利？不是。那就是提拔的事儿，难度太大？还不是。

那是嘛事儿？你快说！别老是瞎琢磨，你瞎琢磨也没用！

唉，是小丽的事儿。

小丽？刚刚把她调到七师电影队，有小唐在那儿，她能有嘛事儿？

确实是没什么事儿。我下午打电话问小唐了，说她表现非常好，工作很努力，跟周围同志们相处也都很融洽。

那不是很好吗？你就喜欢瞎操心。

我给小唐打完电话，一定是小唐让她给我回了电话。

她怎么说？

她就跟我讲了不少她到了那边的情况，情绪很好，说了半天，一直是她在说，好像很兴奋的样子。

她兴奋还不好吗？她要是哭哭啼啼你不得操心上火吗？

关键是她在电话里说到一个人，而且说得很热闹，还三次提到这个人。

谁？男的还是女的？王秀华也立刻警惕起来。

男的，还来过咱们家，叫陶砚瓦。

是不是那个写稿子的？还跟你合作上了新华社的？

对。我现在只是怀疑，还不敢确定，他们两个人会不会……

应该不会。那个人是农村的，小丽是北京的，这差距太大了。不会的，放心吧。

一般情况下应该不会，但下一步怎么发展，还真难说。你想想，那天上的仙女还找董永呢，不光《天仙配》，还有《白蛇传》《追鱼》《朝阳沟》，不都是从高处往下嫁吗？

嘿！透着你当过电影队长，电影看得不少，还总结出一套理论。你就不说说我当年是不是也相当于下嫁你家啊！我们家也不富裕，但到你们家一看，那更是什么都没有！你纯粹是唾沫粘家雀儿！我好歹穿着我妈做的崭新五眼儿棉鞋，学生蓝斜纹裤，深芥末黄宽条绒棉袄，脖子上是自己织的白毛线围巾。你当时有什么？不就是身上一身军装吗？我在北京转车时，还自己花10块钱买了10斤糖块，你花6块钱买了点儿苹果，咱一共16块钱结了婚。

你看你又数落那些陈年往事。现在咱们要讨论的是，假如我怀疑的事儿万一成了真的，咱们怎么办？

他们万一要是真的，那咱可不能支持。这要是小丽将来跟着到外地去了，咱家里其他人反对，这个责任咱们可负担不了！可咱毕竟不是她父母，咱反对又能怎么样？她会听咱们吗？再说咱反对了半天，他们最后又结婚了，那多尴尬啊！要不咱就支持，都是成年人了，婚姻自主，谁也无权干预！另外，年轻人都有逆反心理，咱们使劲儿支持，没准儿他们还就散了呢。可那也不行，咱支持了半天，他们也成了，结果她父母反对，或者她姥姥反对，咱不就成了众矢之的了？都得说是咱头一个支持的，这不是自找麻烦吗？

你看你，说了半天，等于什么也没说。吴三羊说。其实我也一样，没什么好办法。这才是个外甥女，将来咱家姑娘长大了，还不知怎么给咱出难题呢。

我告诉你吴三羊，我想来想去，想好了，假如他们两个人真要搞对象，咱们就坚决反对。他们第一关就是咱这儿，咱不能开口让他们打咱这儿过去。只要咱们的态度是坚决反对，而且咱可以讲出一大堆理由反对，他们听与不听，咱就都没有责任了。他们就只能掂量过下一关的事儿了。如果他们继续往前走，咱们就在旁边观察情况，既不支持鼓励，也不主动去挡路，以后他们散了更好，他们成了，咱就说正是因为我们反对，他们才更加珍惜自己的感情，更加认真去争取其他亲人的支持。你是她亲舅舅，又让她入伍，调她过来，你对她怎么样，还用说吗？怎么样，吴三羊？你同不同意我的策略？

吴三羊说，有道理，咱也只能如此。

王秀华说，那咱们就这么定了，吴三羊你给我记住了，态度必须坚决，不许模糊动摇，更不许反悔！假如你哼哼哈哈，吞吞吐吐，那你等着，瞧我怎么收拾你！哎呀，本来我们单位有个小伙子，他爸爸是个厅长，我还想小丽要是嫁给他多好！

吴三羊说，尹处长都跟我提过几次了，说凯山一直惦记着小丽呢。唉，但愿我们刚才都是瞎操心吧！

这时女儿突然从里屋跑出来问，我小丽姐有男朋友了？

吴三羊说，你才多大？就打听这个？

女儿说，凯山哥问过她，她说还没有。凯山哥就让我盯着，有消息得赶快告诉他。我都答应了。

里屋看书去！王秀华怒声喝道。

第十五章　还是东京项目靠谱

78

经过方永辉、横井康夫、猪股伸树等人的斡旋，听说也有中村纪子的帮忙，赴日展览的日期、地点定下来了。定于3月15日樱花节开幕之前的3月12日，在东京国立博物馆开幕，展期为10天。

陶砚瓦的作品也基本准备好了，也先后找张静芸、郑垓、栗有德、佟孟冬、梁守道、梁继等熟悉的老师或诗朋韵友，进行了一番挑选。

作品的内容全部是陶砚瓦的自作诗词，具体分为五个部分：一是关于中华文明、中华文化、国学、国运、国势的；二是关于诗学、书法的；三是关于亲情的；四是批判、讽刺、针砭时弊的；五是关于世界时局、中日交往的。展陈时，也建议按照这个顺序进行布置。

按照以上内容和对方提供的展厅条件，陶砚瓦准备了50幅作品，已送到张嵘那里，全部装裱为镜片。准备从中再挑选30幅作品，寄往日本用于展览。

梁守道那天提出一个建议，说既然到东京展览，是否请中村纪子也写个作品参展。因为她在陶砚瓦面前，一直执弟子礼，自称"书寇"。而且她又是猪股伸树的表妹，早从猪股那里听到展览消息，也帮着做了不少事情。陶砚瓦完全同意，就把这个意思跟东京讲了。他们回复说，陶先生的展览已经按计划发布了，加别人的作品，最好也写陶诗，而且只能两幅或三幅。

现在有了微信真是太方便了。虽说大多数日本人不用微信，但像纪子这样曾经在中国留过学的，手机上都有微信，以方便跟中国同学老师们联系。所以陶砚瓦跟她联系自然也是用微信，这个消息中村纪子马上就知道了。

纪子说太好了！她说自己回国后，也一直在习帖不辍，发过来几幅她写的字，颜体已从多宝塔过渡到勤礼碑，略有苍博味道出来。听到陶砚瓦鼓励，说正好用颜楷抄写陶先生的《贺新郎·自嘲》一幅，自己也有送陶先生的一首诗，可另外写一幅。纪子还说，在台北见过“诗魔”沈婉佳，她若有合适的诗词，最好也写一幅，一起参展，岂不美哉？

微信里纪子怯怯地说，那年曾用了好长时间，查字典翻《辞海》，看唐诗读宋词，硬是写出了一首诗，这是她平生第一次写出了一首诗。念给父亲听，父亲高兴得像个孩子，特别自豪地对吟诗会的朋友们说，我女儿也会写汉诗了！父亲把这首诗带在身上，没事儿时就拿出来念念，还在他们吟诗会里吟诵过。但纪子自己却从不敢示人。陶老师要来日本办展，赶紧发给陶老师指正，因为她准备把这首诗写出来助展。但请千万别给别人看，让人家笑话。诗题是《皇宫外致中国陶砚瓦先生》：

初见登基语，惊落一地牙。
又见魔与寇，笑成一朵花。
诗是我畏途，惭愧岂能奢。
忝为君书寇，墨香伴生涯。
亲睹诗魔后，不敢望长沙。

陶砚瓦一看，就知道是在台北机场偶遇沈婉佳之后，回到东京见了皇宫，有了联想才写的。应该是有感而发吧，写得不俗，还是很有古意的。就把自己的感觉，用鼓励的话语、积极的评价，发给了纪子。同时又把纪子这首诗，连同她想请婉佳参展的意思转告了沈婉佳。

婉佳看了，回复说，诗不错啊，字也写得真好。俺和她一首如何？

陶砚瓦道，那可真是太好了！她作诗是客串，你作诗是老本行，再说魔寇之赛，亦中日之争也！汝当勠力为之。

婉佳道，你看我们两人赛诗，心里是不是特别幸福？

陶砚瓦说，那是当然了！两个才女，因我而识，因我而诗，我真的太高兴了！

婉佳道，你好像真成了皇帝，在看两个嫔妃争宠吧？

何以见得？陶砚瓦大笑道。

你那首《我已登基久》词里头，不是有“偶尔诗书争邀宠，最是开心时候”这么一句吗？沈婉佳嗔道。

你记性真好！可是俺写那首词的时候，还都不认识你们这两位才女呢！陶砚瓦争辩道。

婉佳悻悻然说，这次肯定她赢了！我死定了！

又何以见得？陶砚瓦明知故问。

书寇本来写字就好，弄了首诗也还不错。我可惨了，诗可和她拼，写字俺可甘拜下风！之后还跟着好几个痛哭符号。

陶砚瓦就开玩笑说，你别那么悲观，她有一条绝对比不过你！

哪一条？婉佳果然上当了。

她肯定有一条不如你！我不告诉你。

你告诉我怕什么？婉佳不知是钓她，还问。

那我告诉你，不许生气！

我不生气！你说吧。

她不方便侍寝。

婉佳一听，就恨恨地说，你真坏！但紧接着回复道：可怜沈婉佳啊，你如今就只剩下这一条了！唉！又是一串痛哭表情。

陶砚瓦说，逗你呢！别那么认真吧！又问她，诗还和吗？

为什么不呢？必须靠这个赢她了！中华民族到了最危险的时候！大刀向鬼子头上砍去！

陶砚瓦就发了几个伸大拇指以及大笑的表情。

之后她就哑然。

哑然之后的第二天，婉佳和诗发来：

和中村纪子

一念赴台缘自生，词中君我早齐名。
诗魔未尽魔之力，书寇堪当寇者荣。
对韵又输天籁咏，挥毫更惭砚田耕。
陶师欲借三分墨，半个银钩孰与京。

陶砚瓦看了，回复说，此诗过纪子多矣！要让她学会对仗，学会用典，还得几年时间能不能学到也说不定。等三月中旬展览一起去，展示一下咱大中华女诗人的风采吧？

婉佳回复：算了吧！本来已经处于下风，还到人家主场，那不就是伸着脖子送给人家砍吗？

你这首诗里可埋着雷呢！陶砚瓦诡秘一笑说。你那个“寇者”两个字可是句双关语吧？

当然！那又怎么样？俺这个诗魔是你硬戴俺头上的，她那个书寇可是她自己申领的。这都是你说的，你没忘掉吧？婉佳计较起来也蛮认真的。

人家还得乖乖给你抄！你还不高兴？难道也得让外交部发照会，逼她向你公开鞠躬道歉吗？

婉佳扑哧一声笑了说，好了，不用惊动外交部了，他们也挺忙的。回头俺去买刀宣纸，备本字帖，把什么毛毡啦、笔墨啦、镇纸啦、印章啦，都弄齐整，俺也天天临池不辍了！就兴她小鬼子练习毛笔字？咱也练习一个给她看看！

哈哈哈哈！陶村式的大笑之后，陶砚瓦说，好好好！我这个展览要逼出一个练字的诗人来，那也就不枉了折腾一回日本！

婉佳说，谢谢你这样实诚，俺不去给你们添烦了！俺就在家练字了！不然再过几年，真说不好谁是诗魔谁是书寇了。

陶砚瓦说，你练上几年之后，咱把纪子弄过来，在国家美术馆办一个三人诗书展，轰动轰动，怎么样？

好好好！哈哈哈哈！这回是沈婉佳在陶村式大笑。

陶砚瓦是个整天跟文字打交道的人，他对文字十分敏感。看到优美的文字，就爱屋及乌，想象写出这等文字的人，也一定会是优美的，值得爱慕的。一个女人能写出优美的文字，一定是女人中的上品，长得不漂亮也会感觉她很美丽；一个女人能作好合乎规范的诗，马上就想到蔡文姬、李清照，那就是女人中的极品。

沈婉佳就是这样的女人。

79

婉佳说好不去了，书法班可热闹起来了。

尚可他们几个折腾的龙脉酒，还真弄出来了。当然虽说是弄出来了，中间也是经过了若干周折，有不少故事。首先酒的品牌没有叫“龙脉酒”，因为“龙脉”这两个字，实际上不仅“龙脉”这两个字，几乎是所有的两个字的商标，全部都被注册过了，再弄两个字的商标，没有任何可能了。甚至三个字比如“大龙脉”“真龙脉”“龙脉通”“龙脉达”，等等，也全被注册光了，只能搞几个四个字的方案，拿去碰运气。因为尚可手下有个红墙文化公司，于是就把“红墙龙脉”排在首位，之后又报了“大都龙脉”“大雅龙脉”“大风龙脉”“京城龙脉”等多个方案，而最后批下来的，还真的就是“红墙龙脉”这个方案，用作了酒的商标。

商标批下来之后，陶砚瓦按照之前的约定，题写了四字商标，他们将此四字设计了商标。陶砚瓦还特别为这款酒作了一首藏头诗发给尚可他们几个人，众人纷纷叫好。诗曰：

红染晴霞结胜缘，墙花香透酒樽前。
龙飞欲借乾坤势，脉发中华一万年。

尚可说，请老师把这四句诗，每句一行竖写，题写出来，设计印在酒瓶的瓶壁上。这样每一位喝到这酒的人，都能读到这首诗，既可醉人，也可醉心。

如今这酒已经正式推出来了！陶砚瓦当然是最先拿到、喝到酒的那一批人之一，书法班学员们更是得以先饮为快，尚可他们几个人都非常兴奋，说这酒是书法班的第一个成果。

在这个当口，陶砚瓦跟尚可讲要去日本搞展览，尚可就积极响应起来。他说，老师的事儿，就是咱书法班的大事儿，我通知大家一声，看看能不能组织几个去现场给您站脚助威。

陶砚瓦说，低调一点儿，别搞得过头儿，让人家反感。

尚可说，放心吧，我不在群里发，我先跟班委们说，一点儿一点儿渗透，很快就知道情况了。

果然，两天过后，名单就出来了，共18个人报名。尚可说，怎么样，老师？还满意吗？

当然满意。这得组个团了。陶砚瓦说。

不过老师别抱太大希望。现在报名的是18个人，真正走的时候，有八个人就很不错了。

啊？你怎么知道？陶砚瓦很诧异。

这些人我太了解了。他们嘴上叽叽喳喳，怎么怎么样，到时候，这个有这事儿，那个有那事儿，您等着看吧。

陶砚瓦说，想想也是，比如夏凡他们做节目的，突然请假去日本看展览，好像不太现实。

尚可说，老师您错了，夏凡还真不是您想象的那样。您看吧，也许最后真剩下两个人了，那就是我和夏凡。

啊！你那么了解夏凡？

也不是我了解她多，是我了解她一点儿就够了。她这个人为人很真诚、很仗义，很值得依赖。

哈，你连用了三个很字，这个评价相当高啊！

确实是这样。您看自从咱书法班开班以来，我敢说只有五六个人是全勤，其他人都请过假。我就不用说了，必须是全勤，夏凡她忙不忙？她也是全勤，她有值班的时候，都是跟人家调整，腾出时间保证咱们的课。说起来也许是不大个事儿，但反映出她是个重诺守信的人。

我没太在意每个学员的出勤情况，不过印象中确实是你说的。因为咱们这里都是业余学习书法的，肯定跟院校里书法专业的学生们不大相同。什么事情也要有量的积累，才能实现质的飞跃。几年之后，才能真正见到实效。

最可恨的是有人报名的时候就没打算去。尚可愤愤然说。

陶砚瓦说，唉，我这边还有一件事情没着落呢！

什么事情？尚可问。

我虽然完全退了，但是我要去日本办展，还得走一些程序。我们机关还好说，关键是文化部、外交部那边，恐怕还得跟人家去解释清楚。因为我的身份明摆着，尽管加入了专业学会协会，但人家一看就不是诗词、书法的专业人员，也没有参与过中日经济文化方面的交流活动，他们会很奇怪为什么日方邀请我去办展，而且这个展览会在日本产生什么影响，他们还难以做出预估和评价。咱等于是给人家出了一个难题。必须想办法疏通一下。

尚可说，外交部我没认识的人，但我爸爸当年有个秘书，调到文化部，现在日本做文化参赞，应该正管你这个事儿。他叫张方明，我有他电话，去年我去日本，他还请我在银座吃了一顿熟成牛排呢。我问问他能不能帮忙。

这人肯定能帮忙。但是不是先给你爸爸说一声?

不用吧?他能不能帮忙还不一定呢!尚可说，等他把事情办好了，再跟我爸爸说也不迟。

我感觉只要他帮忙，那连外交部，甚至日本方面都不用跑了，他一个人就都能搞定了。尚可啊，你这个忙可是个大忙啊!我会铭记于心的。

不用客气，毕竟咱们师徒一场嘛。

80

陶砚瓦与日本方面的联系，还是主要依靠方永辉。特别是牵涉到日文版《砚光瓦影》的出版发行和版税问题、展览经费问题、场地问题、文宣问题以及中方人员邀请、日方嘉宾邀请和接待等。

据方永辉说，他们收到30幅作品及其内容详介之后，立刻就开始进行各种具体工作了。方永辉说他每天为此跑来跑去，腿都跑细了!人都快累趴下了，天天就想着来个“葛优躺”。

陶砚瓦说，这刚刚弄个东京项目，你就累得不行了，假如当初听你的，弄你那个桃酥项目，你还不就是找死的节奏吗?

对对对，我跟横井也说了，幸亏听了陶兄的意见，还是先搞东京项目比较靠谱。这我都感觉就是在找死啊!横井只是笑。还真幸亏那个中村纪子，她可帮了不少忙。翻译你那些诗词，都主要是她在搞。可费了老劲了。听说她还单着呢，人那么优秀，又那么有才，不知为什么嫁不出去。看来日本也是鲜花过剩，牛粪难求啊!

看看，方先生还有心思怜香惜玉呢，看来累得还不够彻底吧?陶砚瓦还在开他玩笑。

方永辉的话题还是中村纪子：说真的，纪子的父亲也是一个对诗词有浓厚兴趣的老先生。那天我和猪股伸树请纪子父女吃饭，老先生对我们中华文化，特别是唐诗，如数家珍。他多次去咱们中国，都是去搞吟诵活动。他还知道你老兄的大名，说他还有一幅你写的书法，就是你那首《爹娘是我眼中佛》。

啊，那是当年我送给纪子的。她家真是热爱咱中华文化的日本家庭，但是不知道这样的家庭在日本有多少？占多大比例？估计不会太多吧？

应该不会太多。正因为少，所以才显得格外珍贵。方永辉语带钦佩。

对呀，确实值得我们珍惜。当然还有横井康夫和猪股伸树，他们都是对华友好人士。但愿这样的日本人越来越多，咱们的朋友越来越多，咱们的敌人越来越少，这也就是咱去日本办展的意义所在吧。

那是，那是。

陶砚瓦说，咱们这个东京项目已经全面铺开了，开弓没有回头箭，拜托你永辉还得劳心费力，辛苦一阵子，我只能说拜托啊、感谢啊这么几个字，也实在想不出其他好听的话了。

方永辉说，老兄尽管放心，这么一件大事，肯定得有这么一段忙乱，会好的！

另外告诉你一个好消息：中国驻日本大使馆的文化参赞叫张方明，他已经知道咱们的展览，并答应提供必要的协助。我把你电话告诉他了，也许你会接到他的电话。

那可真是个好消息！有使馆的背书，咱们就更加有底气了，祖国万岁！

正和方永辉聊得热闹，突然有个电话打过来，是中村纪子。

陶主任好！我是中村纪子。

纪子好！刚才我正和方永辉先生在微信里聊你呢，恰好你电话就打过来了。

啊，是吗？他说我什么了？说我做事情慢半拍了吗？

没有，他说这次多亏了你，帮助翻译我的诗词。他说你费了很大力气，我听了很感动，还不知道怎么感谢你呢。

啊，也没他说的那么严重，我只是帮他们做了一点儿而已。毕竟咱们有过接触，可能会对你的想法揣摩得更准确吧。您现在还好吧？准备这个展览，听说您还一个人到郊区闭关一段时间。哎呀，陶主任啊，你还是那么激情四射，我心里很佩服。

谢谢你的鼓励，纪子！前年去香港展览的作品，也是在郊区写的，家里地方小，耍不开，事情也多，静不下心来。在郊区条件很好，其实也不需要费多大力气，谢谢你挂念我。你还好吧？

我还是老样子，爸爸也是和中国的爸爸们一样，总冲着我逼婚，我也还没嫁出去。

纪子啊，我也和你爸爸一样，盼着你早日穿上婚纱，做新娘，嫁个好男人。幸亏我不在东京，否则比你爸爸还爱唠叨，你会烦得够呛！

哈哈哈哈！纪子也会陶村式大笑了，陶砚瓦也以正宗陶村式大笑，和纪子隔着山，隔着海，两颗心遥远对应着，契合着，一起哈哈哈哈！

笑够了，纪子说，陶主任，我那两幅字写好了，马上把照片发给您，看看行不行，不行我重写，反正时间还富余。

81

书法班是在3月中旬赴日观展的，最后确定了6个人，而且6个人中还包含了夏凡的母亲。除了尚可和夏凡母女，还有国家体育总局的苗大姐苗青、李龙斌和王晓彤。这完全印证了尚可的猜测，看来还是他对人员情况更加了解。

尚可把大家的签证收集在一起，联系了一家旅游公司，真的是组了一个团，还建了一个群，叫东京小分队。他们11号到东京，住在大森一个酒店，订了三个房间，四女两男，还没浪费床位，15号返回北京，减去来回路上的时间，在日本只待三天。

陶砚瓦是10号就到了东京，11号他提前去展厅看了一遍。他的食宿交通由日方负责，一直是方永辉在陪着。邀请函上是陶砚瓦先生和夫人杨雅丽女士，但杨雅丽说舍不得小孙子，再说还有那么多学生陪你呢。其实学生们住在大森，陶砚瓦住得离博物馆近，走过去也没多远，都不用车。

东京时间3月12日上午9点，展览如期开幕了。东京国立博物馆旁边的人工售票处，大门口的电子售票处，以及外展厅门口，都矗立着高大的宣传展板，上面有陶砚瓦的标准照、简介和诗书作品。之前方永辉坚持要在题目上打出中国当代苏东坡的提法，遭到陶砚瓦坚决反对，他甚至说如果这样搞他就不需要去日本了。最后定的题目是“陶砚瓦——中国当代文人书法名家”。由于方永辉以及横井等人的坚持，在简介中还是出现了一句“有当代苏东坡之誉”。

开幕式的请柬做得不大，也十分简洁，但非常典雅美观，陶砚瓦之前看图样时就说非常满意，一见到实物，他说比想象的更好，让人爱不释手。

开幕式在展馆前厅举行，现场出席的有一百多人，由横井康夫和方永辉共同主持。中方出席的官员，是公使衔文化参赞张方明。日方出席的有日文版《砚光瓦影》出版单位、汉诗联盟、吟诵联盟、书道院的会长或代表，以及猪股伸树等。中村纪子陪着父亲也一起出席。

先由出版单位的图书部主任讲话，有个年轻人现场翻译。他祝贺陶砚瓦的著作《砚光瓦影》日文版公开发行，也祝贺他的文人书法展览开幕，让日本人能够近距离观赏当代中国文人的诗词书法作品。也让更多日本人对《砚光瓦影》这本书感兴趣，再通过这本书，了解当代中国、当代中国人和当代中国社会。

接着是汉诗联盟的会长讲话，他说历史可以证明，汉文构成了日本文化的基础，离开了汉文就无法谈论日本文化。日本俳句诗人，大部分能写汉诗。也有很多人把中国的汉诗改造成俳句。日本学人一直保留着写汉诗的传统，像夏目漱石、森鸥外等，都写过大量的汉诗。因此，我们绝不能放弃汉诗创作，期待中日都能将它传承下去。更希望当今的日本，也能产生伟大的诗人。

书道院院长说，日本的书道的兴起，跟汉文汉诗进入日本是同步的。大家都知道“三笔”，其中的空海法师就随遣唐使到中国多年，深得二王笔意。其后的“三迹”推动二王书风加以弘扬，更促成了假名文字的出现。清末的杨守敬来日本，带来一万多册碑帖，让日本的书道重新勃兴。日本的文人也有不少善书者，像夏目漱石等等。总的说来，日本书道一定要和中国多交流，因为书道的前提还是汉字和汉文做基础。

张方明讲话是代表官方肯定陶砚瓦这个展览的意义，以及希望中日两国多做文化交流，特别是高品质的交流。当年杨守敬带来一万多册碑帖，产生那么大影响，我很惭愧我一本碑帖也没带来。好在今天中日文化交流也不需要我带碑帖来了，我们的书法家带着新作来了，大家直接进行面对面的交流了。祝贺展览圆满成功，祝愿中日文化交流结出更丰硕的成果。

陶砚瓦最后致辞说，我非常高兴带着自己30幅诗词书法新作，来到东京，首先感谢主办方东京国立博物馆，提供这样的场地，邀请我来办展览；同时感谢出版社对我这本诗文集的编辑发行付出的劳动和贡献； 感谢横井康夫、猪股伸树、中村纪子、方永辉等朋友，他们为这本书、为这个展览的无私奉献和辛苦付出，使我的作品得到完美的呈现；感谢中国驻日使馆，特别是张方明公使，展前特别是今天开幕，都提供了巨大的支持；最后感谢所有前来出席开幕式的嘉宾、诗友、书友，特别还有我书法班的部分学员，你们的到来使展览增光添彩！希望大家通过读我的书，观看我的诗词书法作品，为认识当今中国的文人书法，提供一点儿参考，同时也希望指出我的缺点和不足，帮助我的诗书创作得到提高！

主持人宣布嘉宾上台剪彩，按照陶砚瓦的意见，嘉宾里特别加上了纪子的父亲中村太郎。老先生穿着笔挺的西装，精神矍铄上了台，一起参与了这一过程。开幕后，大家陆续进入展厅参观。张方明还安排了记者，在展厅里对陶砚瓦进行采访。一会儿让陶砚瓦拿着日文版的《砚光瓦影》说话，一会儿又让他站在自己书法作品旁边说话，一会儿又让他和几个观众说话。

采访前张方明偷偷跟陶砚瓦说，日本的诗词书法都是从中国来的，我感觉他们都没学到点子上，都是弄了一点儿皮毛而已。但他们只要弄一点儿，就会弄得特别较真，特别神圣。咱们中国好东西太多，反而马马虎虎，没他们上心。

陶砚瓦说，看来确实如此。

张方明说，那边有首词很好，请您站前面让他们拍拍。

哪一首？

这儿！张方明指着墙上：是写苏东坡的《水调歌头·坡仙》。

文赋百回读，词也自铿铿。孰能唐韵之后，公独享仙名。遥想乌台诗案，几度迁官辗转，烟雨任平生。一步一莲座，吟啸入云庭。

忍奇耻，尝至苦，续骚经。更书与画，神笔挥洒道风清。尤幸黄州遗墨，堪比湘灵鼓瑟，天地共欣荣。千载人间世，谁可再飞升。

我感觉这幅作品内容也好，书法也好，都具备了相当的高度。张方明用欣赏的口气说。他一边说着，陶砚瓦听着，记者都拍下来了，说，好了。

张方明说，不行，拍我没用，要拍陶先生。

这时尚可、夏凡他们都拥过来，跟陶砚瓦合影。陶砚瓦就拉着张方明一起合了影。

夏凡过来问陶砚瓦，老师，您准备新闻稿了吗？

陶砚瓦说，来前还真是让梁守道准备了一个初稿，都是蒙着写的，一会儿还得赶紧按照今天的现场情况，改一遍出来。我让小彤弄出来给梁守道的时候，也给你一份吧。感觉张方明可能会有个稿子出来，因为他刚才问我好多情况，像是要弄稿子的。啊，不对，他的稿子可能还不是新闻稿。

好，一会儿我也盯着小彤，务必给我一份，我找台里新闻部说说，不过这都说不好。

我知道，谢谢你夏凡！

老师，您别跟我这么客气！

你妈妈呢？

在那边跟尚可聊天呢，可喜欢他了。

我听尚可也叫她老娘？

岂止！他是叫亲娘！快没我什么事儿了。

等会儿中午你们几个都跟我们一起去吃饭吧，他们说要庆祝一下。我跟尚可也说了。

那是一定去。尚可已经发了六件红墙龙脉酒过来，说要让日本朋友品尝老师的好酒，同时欣赏老师的诗词和书法。

啊，我还带了两瓶茅台，想在开幕式之后喝呢。

茅台您留着，我感觉喝红墙龙脉更有意义！

喝红墙龙脉更有意义，那你快跟尚可说，两瓶茅台我就送给使馆，我再要一箱红墙龙脉，正好两瓶一个礼盒，分送横井、猪股和纪子。这还真有面子。尚可他，还有你们几个想得真周到！

正说着，方永辉过来叫他，说那边记者等着采访呢。说有几个记者对排在最后面中村纪子写的那三幅字感兴趣，想请陶先生过去阐释一下。

陶砚瓦一听就笑了，说我写30幅字都是自书诗，他们没兴趣，纪子就写了三幅字，只有一幅是写我的诗，他们却偏偏感兴趣，这不是让我难堪吗？

方永辉说，你放心！你的作品已经全部录制完成了！

82

中午的庆祝宴安排在银座，从国立博物馆过去10分钟车程，是一家和牛烧烤。方永辉提前预订了20个座位。陶砚瓦趁着还没开始，赶紧把方永辉叫过来，把一会儿请大家喝红墙龙脉，并且还要分送三位日本朋友礼盒，以表示一点儿心意的事儿，一一告诉了他。

方永辉听了说，日本朋友是朋友，俺跑前跑后反倒不是朋友了？

陶砚瓦笑道，学生们一共发来六件，一会儿剩下的你都带走得了。等你去北京，还不是随便喝、随便拿！

人到齐了，方永辉说，刚才的开幕式成功进行，中午这个宴会咱还是请横井君来主持怎么样？大家都说好。横井站起来说，请大家先把酒倒上，我刚才已经说得比较多了，其他几位先生也有几个说过了，我看咱就请一位刚才没说话的人来说话吧，好不好？大家就说好。横井说，那请猪股伸树先生说话！

猪股伸树举着酒杯站起来说话，完全是日语，方永辉帮他翻译，也都是祝贺语、客套话。他说今天的酒是中国最好的茅台酒，是陶先生带来的，我建议为了体现公平，在座的中国人喝一瓶，日本人喝一瓶。日本人这一瓶肯定剩不下，因为我一个人可以解决掉。中国人那一瓶如果全喝掉有困难，我也可以帮忙，好不好？

就有中国人说，好！你现在就拿过去吧！

猪股说，既然大家都同意，那咱们就共同举杯，为陶先生展览圆满成功干杯！

宴会开始了，陶砚瓦就先举着杯子，到每一位客人跟前，致谢敬酒。

到了猪股那里，猪股说，上次咱们在北京喝得太好了，咱二人都唱了歌。今天是你的喜事，你不喝酒可以，但是一定要唱歌！陶砚瓦说行，等会儿咱俩都唱。

在夏凡妈妈、纪子爸爸处，陶砚瓦都多停留一会儿，多聊上几句，体现出对长辈的尊重。

有食客认为，日本美食银座烤肉排名第一，每桌都有专人烤制，避免客人掌握不好火候影响和牛好味。吃了几道菜之后，和牛的各个部位都吃遍了，最后是寿喜烧风格的烤肉，是蘸着生鸡蛋液吃的。主食有米饭类和冷面还有拉面可选，不少人选了牛肉咖喱饭。

陶砚瓦把尚可、方永辉叫过来，商量下一步行程怎么安排。尚可说下午还是回博物馆看其他馆的展览，上午的票下午还能用。明天他们上午去浅草寺，下午去东京塔。后面的时间是去忍野八海、箱根等地游玩。方永辉说已经联系了书道院、汉诗会，可以去看看，并且互相交流半天，各有一两个小时就可以了。陶砚瓦说这两个活动最好让书法班几个人参加，他们来了日本，应该在诗书艺术方面有所收获，自己也应该和他们在一起活动半天。最好我和他们一个航班返回北京。

方永辉说，返程机票早订好了，那得联系调整您一个人的日期和航班。我试试看吧，尽力争取！除了刚才说的这两个活动，您还想去看哪里，只要提出来，我们都能安排。正说着，纪子过来问，是不是安排陶主任的行程？我有一个要求，请给我留出一个整天，我来陪他。方永辉说，没问题！你是要早一点儿，还是要晚一点儿？

纪子听了，就开始在那儿默默算了算说，后面一天吧！

方永辉说，只有明天和后天了，大后天就走了。

这时候猪股伸树开始叫喊起来，他又喝得满脸通红了，一定要让陶砚瓦唱歌。陶砚瓦说，我刚才答应过的，必须唱。不过我感觉应该是请主人先唱吧？

方永辉就把陶砚瓦的话翻译给猪股，猪股嘴里嘿嘿了几声，果然就开始唱了。他仍然唱的是《樱花》，记得上次唱得还不错，但今天可能喝得有点儿多，舌头不灵光了，唱得明显比上次在北京差了很多。而且他仍然边唱边舞，一副很陶醉的样子，现场就有了掌声和笑声。

陶砚瓦唱了现代京剧《智取威虎山》唱段《甘洒热血写春秋》，引起的掌声和笑声显得更热烈些。

83

在汉诗会和书道院的活动，都不像想象的那么深入。倒不是人家不重视，而是在对书法、对诗词的理解和把握上，两国存在着巨大差异。但总算是交流了，增进了解了，强似不交流、不了解，对各自的发展都会有裨益。

一整天在一起，就和夏凡的妈妈聊得比较多，也很开心。老大姐长陶砚瓦七岁，也曾是一位军嫂。夏凡爸爸当年也在山西当兵，在省军区的独立师。夏凡也曾经在军营里生活。这极为相似的经历，一下子更拉近了彼此的距离。

更为有趣的是，老大姐也是天津人，她讲自己当年到山西跟夏凡爸爸结婚，也是穿的深芥末黄宽条绒棉袄，学生蓝斜纹裤，妈妈新做的五眼儿棉鞋，脖子上戴上自己织的白毛线围巾。跟夏凡爸爸说话，也是说你当时有什么？你只有身上的军装，你娶我纯粹是“唾沫粘家雀儿”！

陶砚瓦越听越感觉这些话都听过不止一次了，就想起这些话是三舅妈常对三舅讲的话。语境、语气、意思，甚至连语言都完全一样。陶砚瓦就问老大姐，您这身装束，当年一定是天津全市最流行的女装了吧？

老大姐很爽快地说，可不是咋的？那时候你想穿别的也没有啊！

陶砚瓦就复述道，深芥末黄粗条绒棉袄，学生蓝斜纹裤，五眼儿棉鞋，白毛线围巾。唾沫粘家雀儿！

老大姐说，你脑子真好！这么快就记下来了。

陶砚瓦说，不是我脑子好，是之前我听我三舅妈讲当年嫁三舅时，就跟您这一套完全一样，而且我三舅也是只有身上的军装，所以他也是“唾沫粘家雀儿”！

老大姐哈哈笑起来，说，那个年代物资匮乏，人们生活单调，经历一样，穿着也一样。

白天活动结束之后，夏凡悄悄跟陶砚瓦说，老师，您这次活动的新闻稿已经通过主编审定，进入今天的串联单。但是今天新闻量大，也可能待播。我已跟主编打了招呼，尽量播出，但直播中变数多，万一有重要新闻，您这条就只能让路了，今天发不了就明天，总之肯定是能播出。

陶砚瓦笑着说，什么叫串联单？什么叫待播？这些我全不懂。

夏凡也笑着说，啊，对不起老师，串联单就是我们播新闻时的条目单，包括新闻标题、男女播分配、片花、宣传片、广告、时长等内容。就是整档新闻节目的编排顺序，是直播间里导播台工作人员及主持人必备的。这张串联单由当班主编或编辑完成，主编初审，主管台领导终审。标题、口播、导语、正文及片子等内容，都要经过逐层审稿通过，每条新闻的成片要通过终极审核才能上直播线播出。待播就是“备用余粮”或者叫“松紧带”。直播新闻信息量大，突发重大事件、抢发新闻，都是直播过程中的变数，时间的长短也是变数，整体时长超了，就要往下撤，撤下来的新闻就成为待播；如果整体时长不足，就把待播拿上来播出，第三种情况就是主编根据新闻编排临时调换新闻条目。总之待播就是新闻直播中的“替补队员”。

陶砚瓦说，那我就明白了，哎呀真的太麻烦你了。

当晚已经很晚了，陶砚瓦收到夏凡短信：老师，晚间新闻播了，祝贺老师！后面是一个快乐跳舞的小人儿。

第十六章　连心树

83

军营里的军人是按军号起居生活的。那天杨雅丽依次放完了起床号、出操号、收操号、开饭号和操课号，一时轻闲，就习惯性跑到窗台上向下观望。

工兵营、通信营的官兵，随着上课号声响过，纷纷整队集合，齐刷刷的队伍、齐刷刷的歌声和口号声，此起彼伏，威武嘹亮。只有发令者因地域差异，口音浓重，喊出来的口令还是千差万别，颇有自己个性。比如天天挂在嘴边喊个不停的一、二、三、四这四个数字，你仔细去听，每个字都能喊出差异：

一这个字，有喊成伊的，有喊成椅的，有喊成义的，更有喊成爷的，喊成鸭的，或者近似于爷和鸭的，或者既不是义和椅，也不是爷不是鸭的，等等。

二这个字，有喊成儿的，有喊成尔的，更有喊成额的，喊成啊的，或者近似于额和啊的，或者既不是儿和尔，也不是额和啊的，等等。

三这个字，有喊成伞的，有喊成散的，有喊成山的，有喊成闪的，或者近似于以上各个音，又完全不同于每个音的，等等。

四这个字，有喊成死的，有喊成是的，有喊成系的，有喊成飒的，有喊成色的，还有喊成社的，也有喊成泄的，或者近似于这些音，但又不是这些音，也没有一个汉字的发音与之相同，恐怕就是用世界语的音标也不能准确记录的，等等。

有人说军营里的生活枯燥乏味，那一定是没有深入其中，或者他本人思想上有偏见，或者他愚昧无知。对于参过军的年轻人来说，军营里的生活太有趣，太丰富，太精彩了！

杨雅丽站在窗前，一边看，一边听，只觉得有趣，竟自咧开嘴笑，还学着一个连长的口音喊着，伊尔山是！

笑过了，喊过了，突然又叫起来：方艳，你快过来看！

方艳拿着手中的笔跑过来一看，嘴里说了声：啊。扭头儿又回去了。说，你不知道吗？那是陶砚瓦搀着自己的娘，有时去医院检查，有时就在营房里转悠。她说娘这个字时，发的音很重，很怪，那音调跟《朝阳沟》里那帮人说的是一个味儿。

杨雅丽说，那他们住哪儿？

就跟陶砚瓦住一个屋，正好两张床，娘儿俩一人一个。方艳什么都知道。

你好厉害啊，方艳，什么都知道。杨雅丽心里确实很佩服。

什么厉害不厉害的，都是听宣传队那帮人说的。你跟她们不熟，也不跟她们聊天，当然就知道的少。等熟了，你想不知道都做不到了。对了，你不是认识陶砚瓦吗？他老娘来了也没告诉你？

认识是认识。但人家家里的事儿告诉我干吗？

那你就过去看一看，问一问，不就全明白了吗？

那多不好意思啊，多让人笑话啊。

你看你看，知道不好意思了。那就别想人家，好好忙自己的事儿吧！

那天他过来的时候，还真说了他自己一个屋子，里面还可以做饭，什么都有。这下可好了，他可以给他妈妈做饭了。

好好好，你可以去帮厨了！

杨雅丽这时脸红地打了方艳一下，作嗔状。

两个人说着闲话，就听外面有人敲门。杨雅丽赶紧把门一开，立刻就愣住了。只听陶砚瓦说，这是小杨，叫杨雅丽，她就是放电影的。

方艳一听，赶紧跑过来说，大娘啊，快请进来吧。

陶砚瓦就说，这是方艳儿，她是管图书馆的。

娘说，这闺女怎么这么高啊？

大娘，我原来是打排球的，就这人家还嫌矮呢！方艳说着，把杨雅丽拉到陶砚瓦身边：大娘您看，这闺女个子是不是合适啊？

娘马上笑起来说，合适，合适，这闺女合适。

老太太一句话把大家都逗笑了，却羞得杨雅丽满脸通红。方艳还继续逗说，大娘，您喜欢她，不喜欢俺呗！

娘说，两个都喜欢，也喜欢你。你们都是好闺女！

好，喜欢俺就好。大娘啊，俺自己也有时候想，长这么高干什么？再矮上这么多，方艳用手比画了一拃长，就好了，是吧？

娘说，好是好，那就不是你了。

哎呀，亲娘啊，你这话说得可太有水平了！你们快坐，让雅丽给倒点儿水，我那边还有事儿，下去一下，大娘我有空再找你聊啊！再见！

好，再见！

84

娘来队以后，第二天是个星期三，陶砚瓦就带她去医院进行检查。医生问了大致情况，说先拍个胸片看看。然后下周三又去拍了腹部平片，第三个星期三做了胃镜检查。三次检查下来，医生才说没什么大病，就是有点儿浅表胃炎。

这三周期间，医生只是检查，没开任何药。娘的每日三餐都由陶砚瓦亲自打理。食堂里现成的馒头、米饭，有时自己煮点儿面条。蔬菜和肉食尽量熬着吃，以保持其热度。猪肉有时连作料一起摆进盘子里，上锅蒸熟了吃，香喷喷的又软乎又热乎。另外，陶砚瓦每顿饭都要做一个鸡蛋西红柿汤，娘儿俩每人喝一碗。

平时没事儿，就带着娘看演员和乐队练功、排戏。几天下来，小张、小王、小李、小宋就都熟了。哪个见了都是叫大娘。喜得老人家整天乐呵呵的，心情也跟着大好起来。

与此同时，娘的身体明显好转，一次也不吐了，胃里不怎么难受了，脸色也变得红润了，模样也比过去舒坦多了。感觉她真的变年轻了许多。那天陶砚瓦陪着娘转转，转到礼堂，在一楼看了演电影、唱戏的地方，又带娘上楼看放电影的机房，还见了杨雅丽。

杨雅丽非常意外，她毫无准备，既感到惊讶又感到亲切。特别是方艳那些有意无意间的说笑，都让她产生从未有过的复杂感觉，既有惊喜，又有惶恐；既有羞涩，又有欢欣。开始她还手足无措的样子，但方艳走后，陶砚瓦说话很平和放松，很自然得体，老人也很慈祥，她才慢慢恢复了常态，和老人家聊起了家常。

主要还是聊老人的病情。杨雅丽读中学时，全国宣扬中西医结合，宣扬针灸治病，学校组织他们去鼓楼中医院实习过一段时间。因此她还略微懂得一点儿东西。再加上她从小跟着姥姥长大，对老人的一般身体状况也略知一二。所以两个人越聊越投机，感情也热络起来。

杨雅丽就说，下次去医院什么时候？他忙他的，我带您去医院，那里的人我比他熟悉。陶砚瓦就问她，你刚来没几天，怎么就敢说比我认识人多？杨雅丽说，别忘了我是从医院调过来的，虽然不是咱们医院，可这边的人有好多原来就认识了，前两天他们又找我过去给他们写各科室的规章制度守则之类的东西，现在你到医院看一看，好多房子里面墙上挂的镜框，里面的字都是我写的。

陶砚瓦马上对眼前这个小姑娘肃然起敬了。

杨雅丽还从抽屉里面，拿出一个铁质的点心盒子，打开里面都是饼干、点心、巧克力之类的零食。说这些东西不伤胃，吃点儿没事儿。老太太就拿了一块巧克力说，这个没事儿吧？杨雅丽说，没事儿。老太太就放到嘴里吃起来，说，真好吃！

杨雅丽说，我爸爸就是老胃病，30多岁时就穿孔了，切掉了三分之二，现在还是抽烟喝酒。好多人对胃病不重视，导致恶化。开始胃痛、胃胀，就拿点儿药吃，症状好一点儿药就不吃了，该干什么干什么。这样病没好，逐渐逐渐就更厉害了。

大医院做胃镜检查，就是看有没有肿瘤，没有肿瘤他们就说没什么大问题。让你打点滴吧，要不就开点儿药，你胃痛他就开治胃痛的，反酸水就开治反酸水的，只是缓解你的症状，治不了根儿。

所以这个胃病要想治好不是靠吃药，而是靠饮食，还有心态，别着急上火，别过度劳累，睡觉也很重要，还有每天转转，开开心心的都比吃药好，也有效。我听人说喝蜂蜜水好，我去找点儿来，您每天都喝一点儿，您放心，很快就好起来了。

娘听了，当然非常高兴。心想：这闺女要是……

85

宣传队创作任务还是很重的。每年的节目内容，一要紧紧围绕党和国家大政方针、总体形势，二要围绕配合全军和师里主要军事任务，三要重点表现本单位涌现的英雄模范单位和人物，以上每个都不可或缺，都必须出现在舞台上。这是军队的传统，也是187师宣传队的传统。因为人民军队的宗旨是为人民服务，所以反映军民鱼水情的节目，也是每场晚会、每个时期里都需要的常青藤内容。

那是1979年秋天，根据形势的变化，特别是农业农村政策变化，不再坚持极左路线，允许农民在自留地里种植经济作物，家里的农产品，也可以到市场上销售。政治部首长开了一个创作题材神仙会，会上决定搞一个小剧，既反映当前这些变化，又反映新的军民鱼水关系。宣传队长是内蒙古人，他力主搞二人台，以发挥自己专长。

只要是文字任务，特别是韵文形式的节目，必由陶砚瓦执笔无疑。

这几天来，陶砚瓦就是一边伺候娘的生活，一边反复琢磨这个小剧怎么写。没事儿时，陶砚瓦就问娘，现在咱老家，有没有前些年不让干的事儿，现在不管了，可以干了？娘想了想说，有啊，比方说咱村子里的水果，蜜桃啊、鸭梨啊、杏啊、枣啊，前些年要拉出去卖，得上大队开自产自销证，没这个证，不能出去卖。现在你想到哪里去买也行，想到哪里去卖也行，用不着开自产自销证了。卖水果和卖鸡、卖猪、卖羊、卖牛都一样，现在都不管了。还有原来规定全河北省同一天赶集，别的时候没有集，现在凡是原来有集的村子，都重新开集，而且错开日子，恢复成每天都有集了。

娘的一席话，跟报纸上宣传的情况一样，就是放开农副产品自由买卖，放开农村的市场以活跃农村经济。这个题材看来没问题了，但是距离组织成一台剧，还差得很多。

这天上午，刚刚吃完早饭，陶砚瓦把锅也刷了，碗筷也洗了。就问娘，娘，咱们要不要出去转一转？娘说，好啊，别转太远，就在旁边走走吧。

刚要出门，这时有人敲门还叫着，大娘！是杨雅丽的声音。陶砚瓦把门开了，只见杨雅丽左手托着个罐头瓶子，右手拿着两片树叶子进来了。

大娘，这是给您找的蜂蜜，您每天喝一小勺子，一定用温开水搅拌匀了再喝。千万别用开水，那就烫坏了，没营养了。记住了？

娘说，记住了。

然后她转身，把手上的两片树叶子交给陶砚瓦说，这是给你的。我看你有本书里夹着树叶，挺好看的，昨晚我们去榆社农场放电影，就在村子里一棵大槲树底下放，部队和老百姓一起看。走的时候我从树上摘了两片。这种树还有个名字，叫连心树，也许你会喜欢。

陶砚瓦欣喜接过来，看了看说，真好看。又放在嘴边闻了闻说，还挺香的。又问，你刚才说是一棵槲树？是木字旁，中间一个角字，右边一个斗字那个槲吗？

杨雅丽说，是啊，这个字还挺难写的。放完电影，农场给我们做了面条儿，吃面条儿的时候，我还问他们这个字怎么写，还问他们为什么叫连心树，他们说只知道它也叫连心树，但为什么不知道。

雅丽啊，真是太感谢你了！一是感谢你一番美意，二是感谢你解决了我的大问题。我正愁着找不到突破口，写不出来那个小剧本，你这两片叶子，把我点拨开了！我可以动手写了！在一个山村的中央，有一个大广场，它也应该是一个集市，一个大会场，一个露天影院。在它的正中间，有一棵大槲树，它还叫连心树，村子里有什么大事儿也在这里贴布告、开大会，赶集的时候，它就成了一个大市场。

他这边说着，杨雅丽一直点着头说，对对对。

关键雅丽你还不知道，这个槲树，还有好几个名字，比如它还叫柞栎、橡树等。其中最好听的一个名字，是叫桲椤树。我们老家那个村子，就有一座沙土岗子，叫桲椤山，传说当年山上有桲椤树，也就是槲树，你这两片叶子，就是桲椤树的叶子。更加神奇和不可思议的是，我们老家桲椤山学大寨被平掉了，可它却在原址上突然长出了二十来棵小桲椤树苗。这次我还亲眼见到了，太不可思议了！天意啊！天意！

杨雅丽听了半天，还是没听太懂。但看陶砚瓦高兴的样子，总是明白了这两片叶子打开了他的思路，让他可以开始下一步的创作了。杨雅丽感觉自己总算是帮上了忙，当然也就非常开心。她说，大娘，您看他高兴的样子，您也高兴吧？娘说，高兴啊，怎么能不高兴呢！闺女啊，你看你还惦记着给俺蜂蜜，给他拿来树叶，看把俺娘儿俩高兴的！你真是个好闺女啊！

86

这些天来，陶砚瓦和娘对床而眠，每天晚上总有说不完的话，总是有聊不完的话题。

这天晚上，娘儿俩关上灯又聊起来。

娘说，喳儿啊，你看你这边好闺女真多啊！

砚瓦说，是啊，个个都挺好，不好也来不了，来了也待不住。

娘说，这个杨雅丽是最好的。

砚瓦说，为什么？别人也都不错呀。

娘说，是都不错。不过她们都没杨雅丽对你用心。你看你们这边，拉胡胡儿的小张，唱河南梆子的小孙，演戏的小宋和小刘儿，个个都好，又俊巴儿又懂事儿。对你也都不错，可她们都没杨雅丽对你上心。哎呀，这些女兵好是好，就是不知道她们到家干不干活儿。

砚瓦说，这些城市里长大的女孩子，在家里都是宝贝疙瘩，娇生惯养。当几年兵还算得到锻炼了。不过她们都是在机关、在电影队、宣传队，怎么也累不着。不过将来她们都得过日子，结婚生孩子，都得扑下身子干，也都没问题。杨雅丽确实在她们中间对我最好，她和咱家还最有缘分。她三舅还去过咱深县，认识福禄哥、翠兰姐。而且她和她三舅还帮俺上过稿子。更有意思的是那个时候杨雅丽还没当兵，俺还在她三舅家见过她，俺们还说了话。谁也没想到，俺们现在成了战友，还是这么亲近的战友。

娘说，看来俺看得没错儿，你就要了她吧。你要了她，俺肯定没意见。

娘啊，你是没意见，但这个事儿很不现实。因为她是个北京兵，即使她同意了，她们家也可能不同意，而且她很快就会转业回北京。即使她现在同意了，将来回到北京，还得面对现实，面对我进不了北京，就得长期分居啊，等等，她也可能变卦。所以，杨雅丽好是好，可俺还不敢定她。

听你这么一说，还真是。她比你小三岁，按说也不算小了，该有自己主意了。俺看你只要要她，她不会说不行。要不你试试？问问她？

娘啊，这事儿问不得啊。问了，她说不同意，咱落个尴尬不说，可能连好战友也做不成了，各自还得回避着点儿；她说同意呢，结果七七八八，最后再成不了，咱等于就害了人家。

唉，你说的都有道理。反正俺把俺心里话儿说了，到底怎么办，你自己掂量着办吧。喳儿啊，俺这个胃病，闹了多年了，越闹越厉害，三天两头儿吐，吐得俺没精打采，天天硬撑着，俺寻思着这个病是好不了了，也活不了几年了。可这回跟着你过来，治了这些日子，俺可真是见好了，胃也不疼了，也不反酸水了，这不就跟个好人一样了吗？俺又看见这么多好闺女，都这么好，俺就更放心了。俺也不紧在这里待着了，你买张火车票，俺走吧。出来这么久，俺也不放心你爹，还是回去吧。俺就回家等着你哪天带个好闺女回去，进门叫俺一声娘，俺和你爹这辈子就算没白活了。

陶砚瓦知道娘一直把检查都看成是治疗，她也分不清检查和治疗的区别，只要她病情好转，也用不着解释那么多。算了算，娘来队马上就一个月了，病也见好了，身子骨也强壮了，回去也让人放心了。就说，娘啊，你现在明白注意饮食比吃药重要了吧？你来了快一个月了，咱什么药也没吃，你自己也感觉好多了吧？现在你想走，俺也放心了。回去以后你可千万记住，吃热乎的，喝热乎的。他们下地没准头，你就和俺爹按时吃饭，他们回来可以再热热嘛。行不行？

娘说，行，俺明白了。

好，明天俺去买火车票，娘你赶紧睡吧。多睡一会儿对你病好。

你也早点儿睡吧。娘说完这句话，稍等了一下，又说了句，俺还是觉得杨雅丽好。

陶砚瓦就说，好，知道了，快睡吧。

陶砚瓦躺在床上，眼睛正好对着窗户。透过窗玻璃，可以看到窗棂里的星星。有一颗最亮的，冲他眨着眼睛，好像正向他飞过来，飞过来，旁边那几颗小星星，都在后面紧紧盯着这颗最亮最亮的星星，都看着它向陶砚瓦扑过来，扑过来。陶砚瓦就闭上眼睛等着，这时正好过来一丝风，吹拂了陶砚瓦的脸和头发，陶砚瓦心里暖暖的、甜甜的，进入了梦乡。

87

陶砚瓦把娘送上火车坐好，需要嘱咐的话都说完了才下车。看着娘坐着车缓缓远去，就出了车站，又赶到邮局，给三哥陶砚房发电报：下午3点公路口接娘。

回到营房，陶砚瓦就把那天参加神仙会的人找来，说有了初步想法，先向各位汇报一下，请大家听听可行不可行。

听完之后，大家基本肯定这个题材和角度。人物关系确定为姑、嫂、兵三人，具体故事就是姑嫂二人赶着一头猪，去集市上卖，路遇回乡探亲的兵，兵逗二人，二人批兵，到了连心树下，终于点破，尽释前嫌，圆满结局。名字就叫连心树。形式也确定用具有山西地方特点的二人台小戏，长度不超过15分钟。

陶砚瓦虽然没有对戏曲做过专门的学习研究，但他从小就喜欢看戏。那时候村子里每年都有剧团来唱大戏，一般评剧比较多，也有老调梆子和京剧。随着他从童年进入青年，就赶上样板戏时代，他就学会了京胡、二胡和月琴的演奏，虽然不专业，但是在家乡的草台班子里，也还算过得去。样板戏的整体水平，他认为已经达到极其高的高度了，具备了国家级、时代级了。永远让他仰视和敬畏。

除了样板戏，他最喜欢和折服的，还有豫剧《朝阳沟》。他既喜欢其剧本，也喜欢其音乐，特别对其所有唱段的词、曲，都极为推崇，反复听，听不够。特别对“人也留来地也留”一段，他认为按照剧情发展，要刻画银环负气离开，在路上离群孤雁、睹物思人，欲走还留、神情恍惚，本来是最难写的，何况前面已经独唱过《走一道岭来翻过一架山》，对唱过《翻过一架山走过一道洼》，这一段竟以“走一道岭来翻一道沟”开头，感觉应该非常难写，写好更难。但作者却写得驾轻就熟，举重若轻，完成得最精彩。竟无一句不好，无一字不佳。可视为极品、神品唱段。特别是“千层山遮不住我满面羞”这样的句子，“挪一步我心里头添一层愁”中的“挪”字，“这是我亲手锄过的早秋”中的

“早秋”二字，感觉真是用得太好了！只恨自己不会讲河南话，学这个唱段总是唱不出其神韵。

反复听来听去的，终于发现有一句唱词值得商榷：就是“忘不了你一家把我挽留。你的娘为留我把心操够，好心的老支书为我担忧。小妹妹为留我跑前跑后，栓保你为留我又批评又鼓励明讲暗求”。既然说是你一家把我挽留，而且下面又一个一个讲家里人怎么挽留，中间插了并非家庭成员的老支书，却唯独少了家庭主要成员栓保爹，着实令人费解。假如改为“好心的老爹爹为我担忧”，不是就更合情合理了吗？

总之，陶砚瓦认为《朝阳沟》1958年就上演了，写得比样板戏要早，其理念应该更加符合毛主席延安讲话精神，其艺术成就也不逊于样板戏，特别在人情事理方面，比样板戏更接近真实，也要高一个层次。

任务紧急，陶砚瓦管不了《朝阳沟》了，他必须全身心投入到二人台小戏的创作中。

这个戏也是为队长和两位女演员量身定制。开始写，当然是登台亮相的唱段，陶砚瓦一会儿就写完了。中午吃饭时队长就问，怎么样了？啊？已经写出一段了？

吃完饭他们几个也顾不上休息，直接过来看第一段。两个姑娘拿起手稿就念，队长说，念什么？咱直接唱！他唱的时候，自然就把衬字都加上了：

鸡公公叫了整呀么整三遍，
阳婆婆刚刚出了那个山。
姑嫂二人好打扮，
赶着个猪儿上了村南，
哎呀咿呀嗨，
赶着那个猪儿呀上了村南啊，
哎呀咿呀嗨！

村南的那个小路啊不呀么不平坦，
不听话的那个猪儿呀它东看又西看。
哼哼吱吱它走得太慢，
小姑子哄来嫂子喊，
哎呀咿呀嗨，
小姑子哄来嫂子喊呀！
哎呀咿呀嗨！

唱完了，他们都笑着说，非常好！咱们这样，头两句合唱，第三句小姑子唱，第四句嫂子唱，重复这一遍合唱。怎么样？好！就这么的！再试一遍，好！

陶砚瓦说，你们太急了！刚写了这么几句，你们就排上了？我可得睡觉了！

他们几个说，啊，对不起，耽误大编剧休息了！赶紧放下稿子，哼着“鸡公公唱了整呀么整三遍，阳婆婆刚刚出了那个山”，走了。

几个人刚刚出门，就听他们说，小杨，找陶砚瓦吧？在呢！

果然是杨雅丽来了。她一进门就问，大娘走了吧？上午我想去送送她，但又不好意思。她走了，我会想她的。

陶砚瓦迟疑了一下，说，雅丽你坐下，我正想找你呢。

有事儿吗？

有事儿。陶砚瓦脸蓦地红了：这次我娘到部队来住了将近一个月，谢谢你对她的关心照顾。她是个农村老太太，到咱部队来，有你这样从大城市来的女兵，跟她聊聊天、解解闷儿，她就会非常高兴，特别是你还做了那么多，帮了她那么多。你做的这一切，都特别有利于她的身体。她临走时反复跟我说，雅丽这闺女真好，说她特别喜欢你，还反复叮嘱，让我一定转告你，她特别感谢你对她做的一切。她还说了很多，恕我不能跟你一一转达了。

老太太人也特别好，我也挺喜欢她的。雅丽的脸也红了：她这一走，我心里还觉得空落落的。

雅丽，你知道我岁数大你几岁，家里老人、部队首长，还有很多战友同学都非常关心我的个人问题，也不断有帮忙介绍的。但是，我真的认为我身边的人，都好过他们介绍的。尤其是跟你，好像咱们特别有缘分，我也真想和你成为一家人。这么说，可能有些冒昧，因为咱们一个是农村入伍的，一个是北京入伍的，现在虽然在一块儿工作、生活，其实这个差距还是蛮大的，很悬殊的，甚至是不可逾越的。但是我愿意向你坦白自己，不想失去这个也许会是终身才有的机会。希望将来我们劳燕分飞、各奔东西了，咱们还永远是好朋友。

雅丽，咱们都是军人，又同在一个大院子里，必须首先确定一个特殊的关系，才能那样交往，纪律和良知不允许咱们偷偷摸摸。所以我今天就想当面问你两个问题：第一，你愿不愿意发展那种关系？第二，你随时就回北京了，我将来却可能回河北，甚至可能回深县，你有没有勇气将来跟我回深县？这两个问题。你不用马上回答，你可以考虑两天再回答，也可以跟家里都商量一下再回答。

陶砚瓦把自己这些天里思来想去的话，一股脑儿都抖搂了出来。他曾经设想过，自己是剃头挑子一头热，杨雅丽只是一个对人比较热情的人，她固然对陶砚瓦很好，特别是对陶砚瓦的娘很好，让陶砚瓦暗生情愫，可也许她对别人也都不错，她也会让别人心起涟漪。而陶砚瓦只是多个人中的一个，并非她的唯一。但他想来想去，他必须有胆量直面这一切，必须迈出这必须迈出的一步。这既是对自己的一生负责，也是对杨雅丽的爱和尊重。他两眼紧紧盯着雅丽的表情变化，想起“盈盈一水间，脉脉不得语”的古诗，不知自己会不会有鹊桥相助，得以银河暗渡。

杨雅丽听得十分认真，她的两条粗粗的辫子，不知什么时候从军帽里钻出来，垂落在双肩前。她一会儿用手摸摸这边一根，一会儿用手摸摸那边一根。心里一直在掂量着、思考着，红扑扑的脸蛋儿一阵绯红。她没想到如此沉重的话题，从陶砚瓦嘴里说出来，会是这般坦然，又是这般逻辑清晰、入情入理。她把手中的辫子往肩后一甩，用非常坚定的语气说：

我用不着想，也用不着问。你刚才说的事儿，我现在就回答你：我都同意。虽然有一点儿意外，但是也感觉很正常。什么北京的、外地的，城市的、农村的，只要人好，比什么都重要。我妈妈找了我爸爸，也是北京人找了外地人。可能妈妈的命就是我的命吧。三个舅舅，找了三个舅妈也都是外地的。他们可以，我为什么不可以？能阻止我的，只有一个人，就是我姥姥。她把我从小带大的，她就是我的天，她在一天，我就得听她一天。如果她不同意，我绝不能违背她老人家。其他人的意见都是参考，只有姥姥的意见，我必须遵从。

陶砚瓦一听，心里一块石头落了地。说，谢谢你雅丽，谢谢你接受我，认可我。你的接受和认可，是对我个人最大的奖赏和鼓励！我一定会珍惜你，也珍惜咱们的关系。所以既然咱们确定了，有两个人必须马上报告：一个是咱们科长，第二是政治部主管咱们的副主任，给他们两个人报告了，其他人，比如我这边的指导员和队长，你们队长，等等，都不必去说，他们越晚知道越好。但是你三舅也要尽量早一点儿说，不知他会是什么态度。

我自己家里这边，当然是我自己去说。你放心吧。哎呀，不行，我得赶紧回去了，他们该找我了。杨雅丽说完，转身就要走。

等一下！咱们刚才定了这么大的事儿，你哪能说走就走？

那还要干什么？

我想必须抱你一下。陶砚瓦说着，双手已经伸过来了。

两个年轻人的心贴在一起，能听到彼此的心跳。他们从此时此刻起，同心暗结，情定终身，谋划着携手面对世界和未来。

多少年以后，陶砚瓦还总是忆起那天的自己、那天的杨雅丽，以及那天的坦诚对话。那时两个人都那么年轻，决定自己的终身大事竟然会那么坦然和冷静！仿佛两个人早有约定，在那一天、那一刻，说那些话，做那些事，而且只有那一个结果，不会有其他可能。

那时的他们，应该属于真正的无产者，除了自己年轻的身体，可以说一无所有。他们都太渺小了，渺小到什么程度？在500万人的军队中，一个属于最底层的小兵，一个属于最底层的小干部，随便一点儿小风小浪，就能够掀翻他们的小船。但那时的他们，仅仅具有对自己的幸福进行选择的勇气，以及为此选择负责一生的担当。除此之外，他们无任何手段能够掌握自己的命运，更谈不上去“扼住命运的咽喉”。但他们相爱了，像所有相爱的年轻人一样，爱得不管不顾，爱得真诚热烈，只想得到长辈们的支持和祝福，却顾不上想，将来家安哪儿？户口落何处？同城还是异地？工作怎么办？房子怎么办？日子怎么过？一生怎么规划？规划怎么落地？他们只是坚信，两个人相爱，前面是坑，也要一起跳，前面是险，也要携手冲。只要在一起，就会幸福，就会有希望和未来。

那时的他们，都是穿军装的兵，必须坚守各自的岗位，完成各自的任务。特别是陶砚瓦手头上那支笔，当时承载着不少人的期待，期待他赶紧把《连心树》写出来！陶砚瓦身无长物，只有手中小小的笔。靠了它，得以立功受奖，靠了它，得以入党提干。也只有靠它，才能让自己安身立命，才有可能改变自己的命运，也才能实现自己的理想并给杨雅丽以幸福。

陶砚瓦把那支跟随他好几年的笔拿过来，在手上掂了掂，送到唇边吻了吻，嘴里说，笔啊笔，我亲爱的笔！和我一起挥洒吧，奔腾吧！胜利属于我们！幸福属于我们！

幸好有娘和雅丽的加持，陶砚瓦终于不负众望，只用了两天时间，剧本脱稿，交付排练。

排练的过程也是剧本锤炼、提高，甚至再造的过程。导演和演员加班加点，反复演进，终于顺利通过各级审定。

这部小戏搬上舞台之后，姑嫂赶猪夸张写意，路上状况笑点频出，兵姑耍贫斗嘴，嫂子插科打诨，包袱一个接一个。其主题严肃鲜明，内容紧扣现实，形式喜闻乐见，演员演得畅快，观众看得过瘾，官兵们喜爱，当地老百姓感觉亲切，得到普遍好评。不仅在187师各团巡演，也在188、189两个兄弟师巡演，还参加了北京军区的调演，获得了一等奖，在北京还录了像，上了中央电视台。该剧本被收入《山西小剧本选》。陶砚瓦立了第三个三等功。

第十七章　老天爷到底要帮谁

88

那天黎四清急着离开张福禄家，上车就往砖窑上赶。一路上越寻思越不对劲儿：砖窑被水淹了？怎么可能呢？

头一条，砖窑所在地就是原来的椁椤山，虽说平掉了，但平掉以后的地势也比周边略高。应该是周边淹了之后，才可能淹到砖窑；第二条，在砖窑正东，几百米处，就是京九铁路，天天跑火车啊，真要是砖窑淹了，京九铁路也得淹！京九铁路淹了，那还不得惊动中央国务院吗？那是铁道部长着急啊，河北省委书记、省长着急啊，轮不到俺黎四清着急呀！

想着想着，他感觉一定又是他老婆故意吓唬他，把没影儿的事儿，硬是拿过来吓他。他把心放平了，就一边开着车，一边拿过手机，随便看看，听个小歌儿小曲儿，或者找段相声，轻松轻松。

他打开手机，蓦然发现有几个未接电话，全是砖窑上人打的。肯定是刚才为了和张福禄理论，调到了静音，没顾上看，也没办法接。看来是真有事儿啊！赶紧又回砖窑的电话。

哎呀，黎总啊，你可把人急死了！真出大事儿了！你快回来吧！

出什么事儿了？你慢慢说！

大水淹了砖窑了！没法儿干了！咱全完蛋了！

水淹了？那水从哪里来的？难道是从天上掉下来的？

哎呀！你什么脑子啊？是从地底下冒出来的啊！咕嘟咕嘟往外冒啊！一会儿就把取土的大坑给淹了！这水还在长，那几间工棚里都进水了！咱窑里马上也得进水了！完蛋了！完蛋了！全完蛋了！

黎四清一听，看来也真是自己脑子进水了，怎么就没想到水从地底下冒出来呢？可一直好好的，怎么会突然从地底下冒水呢？

说起来也不能算是他黎四清倒霉。窑前那几十亩地，在搬走桲椤山之后，裸露出很好的黏土层。往下挖去，还是好黏土层，而且越往下挖，土质越好。但长年累月这样挖呀挖的，大坑开挖深度便超过了地下水位。坑底便出现一个个冒水的水眼，压力足够大时，水从水眼汹涌而出，顷刻就把大坑灌满了。问题本来都是有前兆的，但一线工人开始发现了也没当回事儿，推土的照样推土，做坯的照样做坯，可谁能想到这水会这么大、这么急，只一顿饭工夫，就水漫金山，水淹七军了。

黎四清心情沉重了起来，这种情况张福禄那小子，原来有模有样的时候，他都不要，现在一片汪洋了，成烂摊子了，他更加不会要了。

他更不要了，还得硬给他！当然力度比原来要大，手段比原来要狠。原来用了哀兵之计，起码把他媳妇拿下了。这次来更狠的，我得付出更大代价才行，怎么办呢？他陷入苦苦的思索之中。

他想打开车里的音响，想让自己平静一下，正好就听到一家电台正在讲历史上著名的六大苦肉计。有卧薪尝胆的，有两个自残断臂的，有掐死亲生女儿的，有装疯卖傻的，等等。黎四清心想，这都什么乱七八糟的，俺就是真砍了胳膊，也没人可怜俺，俺这会儿都大水漫灌了，噌一家伙往水里扎吧！

嘿！对呀！俺就往水里一扎，寻死吧！正好翠兰姐已经动心了，俺再一寻死，看看他张福禄会是铁石心肠吗？

黎四清心里暗暗欢喜，他感觉这场大水来得正好，没准儿大功告成，就靠这场水了！大水啊大水，你就来得更猛烈些吧！

什么老天爷报应，这真的是老天爷助我呢！哈哈哈哈哈哈哈哈！

他开着车，来了个陶村式的大笑。

89

到了砖窑路口处，远远就看见原来土坑处，果然是一片汪洋。水面在夜色里，泛着微光，水面四周，有一些人影在走动。

黎四清从车里一出来，就听远处有人喊，黎总回来了！黎总回来了！他一步步朝土坑处走过去，走到坑边停着的一个推土机旁边，他站到履带上，往四面巡视。立刻有不少带班的、务工的、做饭的，等等，都聚拢来，在旁边站着，都想听听黎总有什么高招妙计。

黎四清一边看一边寻思计策：不是旁边人盼望的退水开工计策，而是他自己的打包赖给张福禄的计策。

他在众目睽睽之下，站在那里，一动不动，也一句话不说，谁也不知道他葫芦里卖的什么药。

有人实在忍不住了，就问，黎总啊，事情都到了这一步了，你看咱下步怎么办，你给大家表个态吧。

黎四清终于开口说话了。他尽量用低沉的声音，甚至让人听上去是带着哭腔地说，原来有人说俺爹平了桲椤山祖坟，俺又在祖坟这里挖了大坑，老天爷要报应，俺一直不信。今儿个这平白无故地，大水漫灌了，俺是真信了。这就是报应俺哩！这样吧，大家伙儿别在这里等着了，该回家的赶快回家吧！所有人的工钱，都算到今儿个，今儿个咱都是全勤，回头按人头发，一分钱不欠大伙儿的。脱坯、烧窑、运输、销售、后勤，你们几个管事儿的，都把各自人员、账目理一下，明儿个咱们全部结账。今儿黑喽就留下凤领叔一个人，负责安全这一块儿，其他人就都走吧。好，都走吧！

几个管事儿的这时候也都对自己管的那一摊子人说，都走吧，黎总这不都说了吗？回头都给你们结账。

于是，大家都分别去收拾东西，都是附近村里的村民，说回就回，一句话就都各自回家了。

陈凤领知道自己的职责，他主动到各处巡视，该收拾的收拾，该上锁的上锁，该归拢的归拢了。

天越来越晚了，夜色越来越暗了，人越来越少了，声音也越来越安静了。陈凤领把该关的灯一关，喧嚣了多年的砖窑，蓦地回归了早日的宁静。

黎四清还在推土机上待着呢。他先找地方坐了一会儿，又回到履带上站了一会儿，一直听着陈凤领的动静。他想着等他收拾完东西，刚要安歇的时候，来个大吼一声：俺不想活了！然后纵身一跳。估摸着陈凤领一定会听到喊声，来个飞身救主。他知道陈凤领水性行喽，即使他到时候假装挣蹦挣蹦，也能把他连拉带拽弄出来。

黎四清算计好了，感觉万无一失了，严丝合缝了，滴水不漏了，无可挑剔了。一切都那么自然，那么顺畅，一点儿违和感都没有。黎四清笑了，他感觉自己的设计天衣无缝，是一个多么好的剧本！估计翠兰姐得感动得掉眼泪：福禄啊，你快管管四清吧！张福禄也得说：他妈哩，这小子这回是真哩，真不想活了！

哈哈哈哈！黎四清真想再来一个陶村式大笑，但他还是忍住了，等日后尘埃落定之后再大笑吧！估计不会太久了。

此刻他又往陈凤领那边望去，窑区的灯关了许多，只剩下陈凤领值勤的小屋亮着一盏很小的灯，远处有几盏灯更亮，陈凤领说他这边不要太亮的灯泡，太亮了看不清楚远处。

黎四清感觉时机到了，他开始实施自己的伟大计划了，上演自己编写的伟大剧本了。他从履带上跳下来，朝着水边走去。到了水边，他开始试探着往前走，开始水很浅，刚刚没过脚面，他就再往前走，走着走着，估摸着到了深坑的边缘时，只听他长长地大喊一声：嘿——！俺不活了！然后纵身向前一跳。

没想到他跳是跳了，起跳没毛病，入水出了问题：因为他根本就没走到深坑边缘，跳起来很完美，落水的地方才半个膝盖深，导致他鼻子碰到了地面，手也不知怎么扭了一下，弄得很疼很疼。

但是锣鼓已然敲响，乐曲已然欢奏，主角已然叫板，大幕已然开启，尽管只有一个观众，这戏必须得接着往下演啊！而且这可不是排练，是正式演出！甚至就不是演出，而是现实的生活！虽然只给一个人看，但他一个人看就是全村人在看，他一个人看就是全世界在看！所以节奏必须顺畅，情节必须真实，不能让人感觉停顿，不能露出半点儿瑕疵，招人诟病，招人耻笑不专业、不讲究。此刻的黎四清已经全然入戏，已经达到了忘我的境界，他真的感到自己已经失魂落魄，已经万念俱灰，已经对这个世界完全失望，坚决要把自己这100多斤的肉身，完整交代给这汪浑水，这个深坑，这块曾经埋葬自己祖先的热土，这块曾经给自己带来财富的金窟！他强忍着疼，继续奋力往前扑通，往前跳跃，嘴里还得声嘶力竭喊着，别拉俺，千万别拉，谁拉俺跟谁急！俺不活了！俺不活了！

应该说，他编的剧本，从整体构思到情节设计，从生活逻辑到人情事理，包括刚才他按照自己的剧本自导自演，甚至他还按照专业演员的操守，坚持戏比天大的理念，在意外受伤的情况之下，忍痛坚持，没有中断演出，这一切的一切，都堪称完美。

但是，他剧本好、演出好，却没有达到预期的效果。因为按照他的剧本设计，这场重头戏，是分为前后两个半场的，上半场他自己演，观众一个人看；后半场那个观众要转变身份，上台做演员，跟他共同完成后半场的演出。观众变成演员，事先不能排练，属于原生态出演。这个角色虽不是主角，却绝对不可或缺，特别从后半场开始，他的戏份儿还会越来越重。选择陈凤领来承担这个任务，是因为他既能说会道，能吹会侃，又忠诚可靠，不事阿谀，黎四清对此坚信不疑。

可现在的问题是，陈凤领既对此事一无所知，又恰好没在演出现场，尽管这边呼天喊地，声情并茂，他却浑然不知，正在那边专注别的事情。

可怜黎四清岁数也不算小了，平时也用不着出力干活儿，这会儿折腾半天，连蹦带跳，连喊带叫的，又十分投入卖力，又是没经过训练、没请人指导过的纯业余水平，弄了几番下来，体力消耗很大，这会儿竟然一声不如一声，一跳不如一跳，动作就很不到位了，音量分贝也不大足了，而陈凤领那边却没有任何反应。

黎四清突然明白了，他完全停下来，安静了一下，看看四周悄无声息，听听暗夜万籁俱寂。他奶奶哩，什么反应也没有啊！他嘴里骂了一声，又自言自语道，你还瞎蹦跶什么？

叹了口气，再往陈凤领那边看时，只见陈凤领正从远处一个窑口溜达出来，慢慢在往自己小屋走呢。难怪刚才他听不见，他一定是在窑里瞎转悠呢。

眼看陈凤领走过来，距离自己足够近了，这时经过短暂休息调整，体力有所恢复了，关键是声带、嗓子也比较给力了，黎四清用尽吃奶的力气，先朝着陈凤领那边长长地大喊一声：嘿——！俺不活了！然后再往前边纵身一跳。这回位置把握准确，只听得咕咚一声，人就进坑了。

本来剧本是陈凤领听到，赶紧过来救人，黎四清本来就会水，陈凤领稍微搭把手，意思一下，把人就拽上来了。

可这回演出又出了意外。就在黎四清大喊一声跳下去之后，突然冒出来一个人，抢在了陈凤领前面，也跟着咕咚一声跳下去了。这个人不是别人，竟是黎四清的聋哑儿子黎明。

是黎明娘让黎明来的。他娘说，砖窑被大水淹了，你爹在窑上呢，都这么晚了还不回来，你赶紧去看看，叫他赶紧回家。

黎明就紧忙往这里赶。刚走到水边，正好看见他爹一个人站在水里，开始一动不动，他看不明白，也不敢过去，只在后面偷偷看着。过了一会儿，突然看见他爹往前一跳，进了大坑，他心里一急，也顾不上脱衣服，就紧跟着跳了进去。而且是一边跳，还一边啊啊啊啊叫唤着，最后竟然叫喊了一声：爹啊！

因为他从小不会说话，只能发出简单的啊啊声。但是刚才一急，嘴里却是清清楚楚喊了一声：爹啊！

这一声爹啊！还真让黎四清听到了。他听得真真的。哑巴儿子说话了？叫了一声爹啊！他一抬头，还看见儿子跟着他跳进了大坑，儿子可不会凫水啊！

黎四清惊恐万分。

他急忙回头来救儿子，儿子果然正在胡乱扑通，嘴里还在爹啊爹啊叫着。这叫声让黎四清肝肠寸断，他使出浑身力气，抓住儿子一只手臂，三下五除二，总算把儿子提溜上岸了。他自己也瘫坐在地上。

按照自己的设计，应该是他跳下去之后，等陈凤领过来救他，他还得喊着：不活了！不活了！拒绝上岸，得要死要活挣蹦一阵子。现在可好，他们爷儿俩都上岸了，陈凤领才跑过来。

好在剧本是自己的，可以调整嘛。等陈凤领快跑到跟前时，黎四清嘴里就骂上了：你个小兔崽子，你爹不想活了，你非把你爹救上来，你是看你爹罪还没受够吧？你今儿个把你爹救了，是把你爹害了！你们娘儿俩过吧，你爹不活了！

说着他立起身，第三次又纵身往坑里跳下去。

这次黎明跳不动了，也不敢跳了，只会嘴里叫着爹啊，爹啊。

当然是陈凤领该上场了。其实他早该上场了。

但是也不能怪他，因为他不知道剧本，所以也就没有误场一说。而且他一上场，很快就把黎四清拽上来了。本来黎四清还想多挣蹦一会儿，但他前面消耗了太多体力，最后这本该是最卖力演出时，却力不从心，只能即兴调整，裁减许多戏份儿，虽说大体上顺下来了，但最后还是比较潦草，比较敷衍，有一些应付，肯定是影响了演出效果，这让黎四清心里非常不满意。

本来应该陈凤领前半场是唯一观众，后半场是重要演员，但是本该他看的戏他没看全，本该他演的戏他又误了场。现在突然出现了更专注观看、更本色出演的黎明，他立马降维，使得自己的重要性大打折扣。

黎四清得救了，虽然上了岸，但还得唉声叹气，骂骂咧咧，嘴里嘟哝着，身子却一动不动了。也难怪，他得把戏继续演下去，但又不能穿帮。黎明是真的哭了，用手死死拉住他爹，生怕自己一松手，就会有不测发生。陈凤领没哭，但是他却被眼前的一幕感动了。他也在另一侧用手架着黎四清，生怕他再想不开往下跳。另一只手比画着对黎明说，你在这里看着，俺把你爹送回家！黎明点着头说，啊啊。

回到家里，黎四清对自己媳妇说，俺当时真不想活了，但是听见儿子一声一声叫爹啊，急得哑巴都说话了，俺还得活下去，为咱儿子活下去。但是，下一步你必须听俺安排，咱得赶紧把砖窑这个烂摊子甩出去，甩给谁？只能甩给一个人，只有他能接。

于是他如此这般一一把自己的计谋讲给媳妇听了，媳妇连连点头称妙。

90

这天张福禄一进家，黎翠兰就说，你看这个四清，也真是怪不容易的。他那砖窑大水漫灌了，彻底停工停产了。你那天没要也算是蒙对了，谁要谁还不得砸手里？

大水漫灌？你听他瞎白话。哪里来的水？能把窑漫灌了？

翠兰说，这回还真是他说的实话。陶村咱一家子的弟兄，专门给俺打的电话，他就在窑上干活儿，他说那水是从大坑底下冒出来的。四清在咱家吃饭时接的电话，等赶过去一看就傻了，当天晚上他就跳了那个大坑，还是陈凤领看见了，才把他救上来。人当时就不行了，要的救护车送到城里中医院抢救哩。

张福禄嘴里哼了一声，说，凡是黎四清的事儿，先别信，看看再说；凡是黎四清说的话儿，也先别信，等等再说。总之是只要沾他的，都得先打个问号儿。

你打你的问号儿，俺得先去看看他。你想毕竟人家是先来看咱，在咱家饭桌上，听到了这件事儿，逼得他要死要活的，还住院抢救上了。你要是给俺个面子，就跟俺一块儿去看看他，省得人家挑理儿。

你看你，绕来绕去是想咱一块儿去看他。也好，他还差咱200万块砖呢。亏得陈凤领救了他，不然他死了，这账就算是瞎了。

你别老是算计你那点儿砖了。在医院见了人家可别提这事儿啊，好像是去要账了。

张福禄说，好，俺头晌去见一个人，过晌午咱一块儿去看他。

张福禄嘴里说着，心里是在偷着乐呢。为什么？

张福禄岁数比黎四清大，事业比黎四清做得大，便是做人，当然也比他黎四清强上百倍。他黎四清肚子里那点儿花花肠子，早让张福禄看得真真的、透透的。他黎四清一撅屁股就知道他拉什么屎，从他嗓子眼儿能看到他屁股眼儿。

打从黎四清打电话说那砖给不了了，张福禄就开始怀疑上了。后来他经过打探，慢慢明白黎四清是想用这40万砖钱，“勾兑”成砖厂的转让金，最终实现他从砖厂安全脱身。

当初他托砚瓦找我买砖，早盘算好这个事儿了！现在既然咱明白他这招儿了，非折腾折腾他小子不可。张福禄心想。

怎么折腾？张福禄也用了一招儿：拖。就是任你说，任你喊，任你跑，任你颠，任你求爷爷告奶奶，任你装疯卖傻寻死上吊，张福禄就是一个字：拖。

怎么拖？还是只有一个字：NO！（此处不用中文，因为中文在这儿用一个字不行。中文很少有这种情况。）

在别人看来，砖厂要转让给张福禄，基本没门儿。但是张福禄私底下可不是这个态度。他当即就找陶砚瓦讲了大致情况。陶砚瓦知道他一直对栲栳山被平有气，一直想着等机会恢复栲栳山，甚至把陶黎两家祖坟也有个交代。就说这不机会来了吗？这不是老天爷又掉馅儿饼砸你哩。关键是你自己要想好要过来以后干什么，怎么干。

张福禄就说，我这不是给你打电话商量吗？上次咱们在北京，你招呼几个人，咱们一起吃饭，有个郭大侠，俺看着那人有意思，能不能找他给看看？

陶砚瓦说，啊，找郭大侠好，他是有名的文旅专家，策划创意超级棒。我马上给他打电话，你看怎么说？

张福禄说，希望他一个人先去砖厂看看，咱俩都不能出面。等他看完了，他有什么想法了，咱再听听他怎么说吧。

陶砚瓦说，好，我马上找他。你准备派车接他吧。

过了一会儿，陶砚瓦就回电话说，郭大侠那边说好了，他说他一两天就去。不用你派车，也不用我陪着，他太太开车，悄悄地进村儿，打枪的不要。你放心吧！

这不，郭大侠那边有信儿了，说好上午见面谈。地点就在他的桲椤山庄。

91

郭大侠是和他太太一起，刚看完砖厂，并且顺带看完陶村，直接赶过来的。张福禄和那天等陶砚瓦一样，在门口等他们。已经是第二次见面，都算是老朋友了，所以也不用客气，直接把二人迎到办公室坐下来喝茶，谈事儿。

张福禄就坐在茶海旁边准备弄茶。郭大侠的太太说，大哥啊，你们先说事儿，这茶还是我来吧。说着就过去把张福禄替下来了。

郭大侠说，咱就开门见山说事儿。陶主任我们是多年朋友，张总也不是外人，咱不客气啊。我先回答你关心的几个问题：

第一个，窑坑里的水是怎么回事儿。我不是地下水专家，但是我还是问专家了，又实际考察了，应该是这样：一是坑底地质状况变了，坑里坑外水位不一样了，形成了动水压力，水通过坑底水眼形成了冒水；二是坑底部应该有暗沟啊、旧河道啊，它们距坑底层很近，潜水在水压下穿破土层也会造成冒水。这是专家的解释，或者是科学的解释。陶村的老百姓就有别的解释，比如说是老天爷报应某某家，还有说是原先拆了村里的龙王庙，填了龙王庙前面的大坑。现在是龙王显灵了，在那儿冒出来了。

第二个，那个砖厂的情况。首先，他这个砖厂肯定是要关了，他即使不冒水也必须关了，因为有文件，国家不让开了。

第三个，这个砖厂有没有什么价值？作为一个必须关掉的砖厂，肯定它没什么价值。但是它毕竟是一家占地二三百亩的企业，只要它还能经营，它就是有价值的，既有有形资产，也有无形资产。它现在唯一的出路，是转业。就是不能烧砖了，可以烧别的，比如烧人，改火葬场。当然这是个玩笑。但它改成别的东西是唯一出路。

第四个，我的建议。咱这关系，只能是实话实说。我建议趁着他不想干了，他也不能干了，他又主动说转让给咱，应该赶快要下来。反正钱也不多，这时候要下来，相当于抄底。要下来干什么？我建议是搞文旅。文旅是朝阳产业，国家大力提倡，多好的机会。下面我就只谈这个话题了。咱也最懂这个，说别的就不用找我了。

首先，国家刚刚出台一个文件，叫《文化和旅游规划管理办法》（以下简称《办法》），这是一个重要举措，也可以进一步完善全国的文化旅游规划管理、健全规划机制、加强对地方有效指导。《办法》旨在推进文化和旅游规划体系有机融合，更好实现统一、规范、有序的工作目标。最重要的是推动文化和旅游高度融合。建议张总好好看看。

咱要搞的项目，一定是文、旅、农深度融合的项目。既是乡村振兴发展，更是乡村旅游发展的融合趋势，总书记都讲话了。现在全国乡村旅游总人数达到二十多亿人次，总收入达到一万多个亿。本大侠就正在弄一个“中国主题文旅农休娱康养生态区”的创新项目模式，很快就做成了！

搞旅游，最要紧的是编故事和讲故事。只有故事编得好，讲得好，才对游客有吸引力。即使你天生丽质，具有与生俱来的历史人文资源，活色生香的文化传统，你还得靠编故事和讲故事。一定要搞艺术智造，这里是智造，智慧的智，不是制造。智造，要达到出神入化和惊艳四座的水平。没有艺术智造的出神入化和惊艳四座，你就等于没有金刚钻，你就不可能做出让人眼前一亮、为之一振的瓷器活儿。即使你有钱，你也只能堆出一座用钱垒起的山，却永远也造不出能让人激动不已、流连忘返、口口相传的源源不断产出金溢出银的宝山！

最后，搞文旅项目，必须想明白三件事。近几年来，我的工作重点转移到了为文旅项目做战略策划。文旅项目的体量一般都比较大，牵扯面也比较广，特别是前期的战略策划事关全局，项目定位不明确或不正确，后续的工作几乎没有什么好结果。文旅项目的难点，一定是在战略策划层面；而文旅项目的痛点，则一定是在模式构建层面。有人说，所有的土地开发项目必须想明白三件事：一是赚什么钱？（盈利模式）二是和谁一起挣钱？（股权模式）三是钱在哪里？（融资模式）。这三件事想明白了，其他就是战术执行问题了。这个话非常重要，也非常正确。

具体到你这个项目，完全可以围绕桲椤山、桲椤树来做文章。桲椤山是什么？它是咱心里一个愿景，一个乡愁，一个永远不会消失的梦。何况它旁边还有龙王庙，还有旁边那个烈士墓，都可以去做文章。陶主任的爹娘诗，他的书法诗词等等，也是很好的点，可以把桲椤山设计打造成文化山、国学山、诗词山、书法山。总之，没有山可以造个山，没有水可以引来水，没有钱可以找来钱，只要你想搞，又认真投入去搞，没有弄不成的。况且还有陶主任啊，我们这些人帮助，一定行。

92

中午三个人一起吃了个便餐，郭大侠两口子就回北京了。张福禄听完郭大侠的宏论，想法也越发明确了。

过晌午，他亲自开车，拉着黎翠兰到深州中医院去看黎四清。

黎四清正和同病房的病友闲聊，一听外面有人找他，像是黎翠兰的声音，赶紧上床躺好，侧面朝着窗户，把被子盖紧，嘴里还哼哼上了。之所以说他是哼哼，而不是呻吟，是因为他弄出来的声音实在不是呻吟，而更像是哼哼。

黎翠兰和张福禄一进来，直接就来到黎四清那个床前，先把手上的东西放到床头小柜上。这时翠兰才开口：四清，你怎么还哼哼上了？

黎四清听到翠兰叫他，赶紧把头扭回来，像是突然发现他们：姐啊，五哥！你们来了？都怪俺，把你们也招来了！俺是真不想活了！这个凤领也是，你非救俺干什么！俺死了就完了，就不用活受罪了！还有俺那个哑巴儿子，关键时候他还叫俺爹啊、爹啊，你说弄得俺是又想死，又不愿意死。可俺不死，俺这一摊子事儿，俺过不去啊！

翠兰说，那天本来好好的，怎么突然就，唉，这老天爷也是，怎么就来这么一出！看把人害得！再说四清也是怪你，一个大老爷们儿，还能想不开，直勾勾瞪眼往坑里跳！你就不想想你还有那一家子人呢！孙男娣女的，亏你还当过兵，当过书记，还管着一大摊子人呢！

姐啊，你就骂俺几句吧！五哥，你也骂吧！你们骂骂，俺听着痛快！

张福禄说，四清你个狗东西，别在这儿装了，你装也装不像！说着就过去撩被子。

黎四清连忙紧紧抱着被角，不让张福禄掀开。张福禄使劲儿把被子一撩，见黎四清穿戴整整齐齐，连鞋也没脱。还在那里哼啊嗨的。张福禄干脆上手，再把他脖领子一薅，说，你给俺坐好！

黎翠兰嗔怪说，福禄你轻点儿！他还难受着呢！

黎四清本来没病，心里有鬼，再加上原来就憷张福禄，现在又有事儿求着他，所以就乖乖坐起来，只是低着头，不敢再看张福禄一眼。

张福禄说，你小子听好，你也别装了，上次你在俺家里说的那个事儿，你反悔了没有？还算不算数儿？如果你没反悔，还算数儿，限你10天之内，办好一切手续，包括公证手续，拿上找俺签字，咱就算成交两清。行不行？你现在当着你姐姐的面儿，给个痛快话儿！

黎四清听了，立刻像是突然听到特赦令的罪犯，不太敢相信这是真的，还傻傻地问，五哥，你没逗俺吧？你可不能耍着俺玩儿啊。

张福禄扭头对黎翠兰说，你看看，这可是你们娘家人儿啊，俺可懒得搭理他了。走吧，咱走吧！走吧！

说着转身就往外走。

你看你这个烂脾气！翠兰说。

这句话本来是说张福禄的，可黎四清感觉是说自己的。他这会儿才终于醒过味儿来，急忙过去拽住张福禄的胳膊：五哥，你别走，你就是俺的大恩人啊！俺一家子永远忘不了你和俺翠兰姐姐的大恩大德！

张福禄回过头来说，10天够不够？

够了！够了！俺得赶紧回去，先把工钱给大伙儿结了，所有烂事儿都了了，再把手续都办妥了，10天后找你签字。

张福禄说，你听好，俺说的是一切手续，包括你那个什么农家院，过时不候！

黎四清说，五哥，亲哥，那个农家院俺不给你！算俺求你了，求你就留着给俺口汤喝吧！兰姐！

翠兰就说，福禄，那就是个小饭馆，他想要你就给他吧。

福禄说，不给！将来咱改职工食堂用。

黎四清说，五哥啊，就算是招俺承包你哩职工食堂行不行？

手续上都得给俺，别耍滑头，承包食堂咱另外签合同。听明白了没？

明白了，明白了！黎四清心想：签什么合同俺也敢签，只要你招俺干。

记住，十天之内，过时不候！

兰姐，你再多坐一会儿吧！

翠兰说，你这个四清，不怪福禄说你，你真是装的吧？

黎四清嘿嘿一笑说，姐，俺也别瞒你了，真是装的啊，这不是逼的吗？俺不装，俺五哥能给俺句痛快话儿吗？

翠兰伸手在黎四清肩膀上给了一拳头：你这个嘎杂子！

张福禄一个人在前面走，翠兰跟在后面，黎四清非要送他们到门口。他想着拍拍张福禄的马屁，就说：

五哥啊，俺那个老天爷开始护着俺了，你那个老天爷一直护着你的！

把人送走了，他感觉不用再装了，活蹦乱跳地跑去结账出院，赶紧回去干他的活儿了！

第十八章　给棒椤山塑个金身

93

因为行前打过电话，所以史凤山到了大门口，直接跟警卫一讲就进阎司令家了。秘书在后面跟着，拎着饶阳杂面、故城挂面、衡水湖烤鸭蛋、安平小白嘴儿山药各一包，都是本地土特产。

阎司令戴着老花镜，紧紧握着他的手说，欢迎欢迎！快请坐！

史凤山说，咱衡水市的市委书记、市长都问您好！年前他们太忙，特意委托我代表他们专程来看您。还说有什么事情需要我们办的，尽管跟我提，他们一定积极办。

哎呀，这书记、市长换来换去的，有的见过一面两面，有的都没见过，走了！新的又来了！幸亏你这个副市长还算熟悉。凤山你走不了吧？

我不走，岁数也大了，再过几年也该退了。

你都要退了？真是。来吧，咱说正事儿吧！阎司令笑着说。

好，您说。

阎司令站起身，从桌子上拿过三页A4纸交给史凤山。上面一页标题是用黑体字打印的：革命烈士黎崇善同志墓志。正文用小四号宋体字打印，比一般公文字小，而且还密。史凤山看的时候，也只能凑得近些才能看清楚。大致看完第一页，再看第二、第三页，竟是这篇墓志的手稿。

阎司令说，下面那两页手稿，是国务院吴主任写的。我们十几位活着的老人，由他负责起草，大家共同参与，共同回忆，提供线索，研究修改意见，弄了差不多一年，才最后形成了这份稿子。

好，我大致上看完了，写得很好！黎崇善烈士的坟我去过，当年学大寨时候，把他的坟迁了。

啊！你还知道这事儿？当时吴主任给我打电话，我派了个干事还去了深县一趟。

司令啊，谢谢你们这些老前辈、老革命，对烈士的事儿这么操心，把这么重要的史料写出来，非常难得！

吴主任说，内容已经没什么大问题了，如果需要文字调整，可以找陶砚瓦同志代劳。

好，正好我马上要去找陶主任，我给他看看、改改。

凤山啊，你们还年轻，我们这些老人，都是战争的幸存者，多少好战友、好同志牺牲了，我们永远忘不了他们。你把这个拿回去，一定要交给书记、市长都看看。我们这帮老同志的意思，是希望在黎崇善同志坟前立个碑，把这个墓志刻上去，让后人知道他的英雄事迹。

好，想法非常好。我一定照办，回去向书记、市长汇报，努力尽快实现你们这些老前辈的愿望和要求！

正好你来了，我还想顺便问一下：听说咱深州要通高铁了？高铁还有深州站吗？

对，听说已经定了，将来会有高铁深州站！中央现在的战略布局，是京津冀一体化。特别是决定建设雄安新区，对咱河北、咱衡水、咱深州来说，都是一个重大机遇、历史机遇。将来随着雄安新区的建成，咱衡水必然成为首都的南大门，不少人现在都说，将来北京南站就是衡水站了！咱深州基本就是北京南郊了！

哈哈哈哈！好啊好啊！阎司令笑起来像个孩子，又低头自语道，崇善啊，你也听见了吧？以后咱们见面更方便了啊。

阎司令，家里还有什么事儿吗？千万别客气！

我没事儿，家里都好着呢。你们走吧，我知道你们都忙。走吧！

好，那我们就告辞了！有事儿随时招呼我们，书记、市长找谁都行！

好好，有事儿就找你们。去吧！

一上车，司机问，咱去哪里？史凤山说，去陶主任家。然后他拿出手机打电话：喂！陶主任啊，我们从阎司令家出来了，正往你家赶呢，马上到。好好。

94

进了陶砚瓦家，史凤山比较随便。先问嫂子呢？

听说你要过来，出去买菜了。说让你在家吃饺子。陶砚瓦说。

好啊！嫂子包的饺子最好吃了。史凤山先让人把那些土特产放下，然后直接坐到沙发上，把黎崇善的墓志拿出来交给陶砚瓦，说，你们老领导吴主任起草的，点名让你改。十几位老将军、老革命提供情况，参与讨论修改。我感觉挺好，就是有点儿长，砍三分之一差不多。

陶砚瓦接过来就看，很快就看完了。说，三分之一不行，至少得砍一半儿。我们吴主任写东西抠得太细，老是用发文件的口气，全部正确，但是人家都不愿意看。前些年写了本书，回忆周总理在“文革”岁月。送我一本，让我提意见。我就当他面儿说，作为资料，真好。但是要让人家看，费劲！他说为什么？我说你写的都像是文件，没有场景，没有人物刻画，没有情节，不生动。他笑了笑说，我明白你的意思，我要那么写，一是我不会，二是要真那么写，还是我写的吗？

史凤山接过话茬儿说，他这话说得还真对。他那个身份，也只能那么写。另外刚才当着司令的面儿我没说，这“墓志”二字妥不妥当？好像墓志是埋在坟里面的吧？

哈哈！陶砚瓦笑起来：你说得对，墓志是随着棺椁埋进坟里面的。他这明显是碑文，而不是墓志。他们老同志都没闹明白。

老兄麻烦你给改一改，精简精简，就是按照碑文的要求改。老同志们还有个要求，说要给黎崇善烈士立个碑，把这个碑文刻上去，以教育后人。这个想法非常好，也确实有这个必要。否则只知道是个烈士，具体什么情况问谁去？我准备回去就落实。正好你给改了，就手再给写一下吧，听说还是你一个村子的，写认真一点儿，往碑上刻。

陶砚瓦一边听史凤山说话，一边就动手改。史凤山看他忙着，也不再打扰他。

一会儿工夫，陶砚瓦就改完了。说，你看看行不行？

史凤山接过来看见已经删了不少，就念改后文：

黎崇善，1917年生于河北省深县陶村，少曾学徒，1936年加入中国共产党，1937年参加八路军，先后在冀中军区所属部队任连长、营长，参加了百团大战，以及攻克肃宁、任丘两县城和任河、文新、大清河北等战役。解放战争中，黎崇善任晋察冀野战军三纵队13旅24团营长，参加了绥远、大同、保北、正太、青沧等战役。1947年6月28日，在攻打定兴县固城镇的战斗中，赤背率领突击队突破敌防御阵地，不幸英勇牺牲。

黎崇善同志是中国人民的好儿子，忠诚的共产主义战士，也是我军优秀指挥员。他经过战争洗礼，作战经验丰富，英勇善战，身先士卒，多次立功受奖，深得官兵拥戴。他为人民解放事业、创建新中国奉献了青春和生命，建立了不朽功勋。

革命烈士黎崇善同志永垂不朽！

好，我看可以了。就是我请教一下，这个“赤背”两个字是怎么个意思啊？

赤背，就是光着膀子嘛！那个时候营长光着膀子率部冲锋，就表示必须一举拿下，既是对自己士兵的鼓舞，也是压倒敌人的英雄气概。当时已经是夏天，估计也是热吧。那时候的指挥员都是带头冲，最先拼命的都是带长字的。

赤背，赤背，改成赤膊行不行？赤膊上阵嘛！

当然可以。不过，赤背就是赤膊，赤膊就是赤背，没任何区别，就是每人习惯不同。

好。我先拿回去，给有关方面都看一看。等定了稿，都说好了，再请你书法一下。

陶砚瓦说，没问题。

史凤山说，啊，我突然想起一个人，就是黎崇善烈士的女婿，叫张福禄，后来他干得不错，当了好几届省人大代表。我还曾经在石家庄开会碰上过他。怎么最近好像没见他？

陶砚瓦就把上次五哥那些话说了一遍。史凤山就哈哈笑了起来，说，真是这么回事儿！他说得对。不过这次咱政府出面立碑，他应该做点儿什么吧？让他给修个碑亭吧！

修个碑亭？那太便宜他了，连他自己都不干。

嘿！他想干个什么大家伙？

真让你猜着了，张福禄现在就是想干个大家伙。什么大家伙呢，听我慢慢跟你说吧！

95

凤山你知道，我退下来之前，干了一件差使，就是担任国学馆筹建办主任。当初本来是想盖个小楼，解决专家学者工作研究的空间环境条件。但是一开始干，得先论证吧，写项目建议书吧，要先争取立项才能要钱吧。于是就要搞调研，走访专家。结果我们所能找到的都找到了，所有人，众口一词：应该搞国学，解决国学研究、展示、推广等问题。一摊上展示和推广，那体量小了肯定不行。最后这些意见都给领导报了，领导也只好就同意了。最后顺势而为，从盖小楼改为建国学馆。内容也搞得很丰富，形式也弄得很像样，大楼也终于建好了，在京城龙脉上，8万多平方米，一楼两阙，金碧辉煌。

弄这么大一个工程，原因是要求三分之二面积对公众开放。但是在筹建过程中，有一个问题始终在困扰我们，就是楼好建，里面的内容怎么办？你让公众进来看什么？

首先一说国学，现在每个专家学者都津津乐道，滔滔不绝。但是他们说得再好，他解决不了可以放进去让人看的东西。即使他们说了，也都是由博物馆、图书馆、展览馆就可以解决的。我在的时候，这个问题没有解决。后来我退了，其他人接着弄，找这个高人，找那个名家，什么工作室，什么文创大公司，弄来弄去，我听说还是没有弄出个子丑寅卯，没有能让人心服口服的成型的东西。

于是有人讲，你们盖了个楼，只是给国学塑了座金身，国学呢？怎么弄？没解决。盖好都三年了，里面的内容搞不出来。但是有一条，这个楼建起来了，平台搭起来了，谁进去唱戏，唱什么戏，必然有更高、更强、更有本事的人去解决吧。

因为毕竟弄了一段时间国学，最近就老是有人找我，让我弄这弄那。前两天有个号称全国最大的房地产公司找我，还编制了一个项目书，想让我出面找老家要地，他们来建楼，然后他们一卖，把钱就赚到手了。文化那一块就给我了。你看就是这个东西。我说你们想得不错，就是不可行。因为咱老家已经说明了，不能再上纯粹的房地产项目了，也不欢迎这样的投资商了。他们这才来找我，想打着我的旗号，文化的旗号，去要地搞开发。但是他们要弄书院，还有爹娘文化馆，这个创意我感觉还是不错的。

说这么多，咱回来说张福禄。张福禄文化不高，但是他有想法，也有自己的一套理论。他是陶村的外甥，又是陶村的女婿，对陶村有感情，特别是对陶村的桲椤山、桲椤树、桲椤捎有感情。你知道桲椤山早平了，后来又烧砖挖成了大坑，大坑又冒出一坑水。前些日子这个砖厂转让给他了，说是转让，实际也是赖给他了。砖厂欠他砖，说给不了了，把厂子转给你吧。他要也得要，不要也得要，没办法，他就算接手了，手续也都办了。

成了他的，砖肯定也烧不成了，他也没心思烧砖，国家也禁止取黏土烧砖了，这是你管的事儿，这你都知道。他就找我说，能不能弄一个大园子，一进门儿，有一片水，有小桥、亭台楼阁。水后面是山，还是叫桲椤山，山上种着桲椤树，当然还有桃树、梨树。也是巧了，本来这里就是姓陶的、姓黎的祖坟，正好可以叫桃园、梨园。旁边是他岳父、岳母的坟，又是革命烈士，这又要立碑。所以可以用他岳父的名字，建个崇善园。他还想着给我也弄一个园，叫爹娘园。说我写了“爹娘是我眼中佛”的诗流传很广，又是唱歌又是跳舞的，也建个园子吧。你看这么东凑西凑的，内容还很丰富。这也就是我刚才讲北京的那个项目，楼起来了，发愁内容；而张福禄这事儿，等于是先有了内容，而且内容还不少，就是还缺个形式。

总之一句话，咱得想法给桲椤山塑个金身。

96

史凤山一边听着陶砚瓦的叙述，心里一边在琢磨。听完了，也琢磨得差不多了。他说，老兄啊，你真不愧是在大机关待了半辈子，果然是见多识广啊。张福禄想得很好，他实际上就是要在桲椤山搞一个文化旅游项目，虽然不算大，但是在咱这个地方，也不算很小。起码也有一百多亩地吧！总的投入，我想想少说也得大几千万。因为他还要内容、管理、运行等等，最后得上亿，也许还打不住。

而且他虽然不大，但也跟你当年搞国学一样，必须先搞个项目书，报批立项。第一，就是土地问题，这块地目前是砖厂用地，可能属于集体工业用地，也可能是农业用地。不管是工业用地还是农业用地，如果继续搞工业或者农业，说说就过去了。但他要搞文化旅游，就得变更土地性质，改为文化旅游用地。这个说说容易，但改起来还是有点儿难度。不过有你这层关系，我可以帮他弄弄，还是有希望的。

第二，就是你说的内容了。我感觉都很好。烈士的园是红色文化，桃园、梨园、爹娘园，都是传统文化，具体讲有农耕文化、姓氏文化、孝文化，都在一起吸收进来，相互结合融通，搞成一个具有乡村特点，深受老百姓欢迎和喜欢的场所。这个想法还是符合当前政策的，政府也是支持的。

第三，就是钱从哪里来。张福禄是有钱的，我知道他做得很大，不光在北乡，就是在咱河北也有他的位置。但是他手上东西太多，东一榔头西一棒槌的，这个项目即使搞起来了，我也担心他顾不上管。估计他头一步，得先成立一个公司，专门弄这个事儿。不能让砖厂弄这个，不伦不类的。前期投入也得他自己想办法，内容这一块，得老兄你出马。后面项目批了，可以申请贷款，然后进入正常操作就行了。经营管理好了，前景还是不错的。

总的说，这个项目符合目前的产业政策，还不像有些项目，以文旅为名，实际上偷偷搞房地产开发。所以我可以从旁边帮他疏通疏通，可能会稍微快一点儿，顺利一点儿。

史凤山一走，陶砚瓦就给五哥打电话，把史凤山刚才的话都跟他转述一遍。张福禄听后，十分高兴地说，好，俺马上找人起草个报告，写个项目建议书。这个容易得很，花几个小钱儿就办了。对了，上次那个房地产公司给你编的那个东西还在不在？你给俺用一下，俺比照着他们，一定要比他们做得更好！特别是你那个爹娘文化馆，一定好好做！

放下电话，陶砚瓦就开始翻腾找五哥想要的那个东西，找出来又细细看了一遍。

97

关于在深州市建设“子曰书院”的构想

项目背景

为贯彻党中央、国务院“实现中华文化的创造性转化和创新性发展”要求，重视中华优秀传统文化在实现中华民族伟大复兴过程中的重要作用，位于奥林匹克公园的国学馆大楼已经竣工落成，它与国家美术馆、国家工艺美术馆暨非物质文化遗产展示中心一同被列为“十二五”期间国家重点建设的三大文化工程。国学馆这一大型文化项目的论证、立项和建设，是以弘扬中华优秀传统文化、建设中华民族共有精神家园为建设宗旨；致力于研究和展现中华优秀传统文化所蕴含的道德、智慧、审美的丰富内涵及其当代价值，促进中华文化与世界文化的交流。

而该项目的筹建办主任，即由深州人士，著名诗人、作家、书法家陶砚瓦担任。陶砚瓦先生，中华诗词学会常务理事、中国作家协会会员、中国书法家协会会员、中央国家机关美术家协会会员。他曾任上述项目的筹建办主任，全程参与了该项目的论证、批准立项、设计招投标等工作。

陶砚瓦先生既有30年国家公务员经历，退休时为巡视员，同时在诗词、书法、文学创作等方面具备较深造诣，迭出佳作。他自幼生在深州，长在深州，对家乡有深厚的情感，创作了以家乡为题材的大量的诗词、书法作品，已经为宣传、歌颂家乡做出杰出贡献。他最近出版的专著《砚光瓦影》，就有不少篇章描写深州、深州人，以及衡水、冀州、安平、饶阳、故城等地均有所呈现。他的诗作“乡忆绝句廿四首”，其中有“半生萍迹寓京华，南望深州是我家。漫道平原无峻岭，滹沱曾也浪淘沙”，堪称杰作。他的“爹娘是我眼中佛，朝霭春晖报未多。千里烧香寻古庙，何如敬此两弥陀”，一经问世，就受到专家认可，被评为“人人心中有，个个笔下无”，并被认为“一定可以传世”。近年来，这件作品反复被纸质、电子媒体刊载，还被谱成歌曲、配上沙画，广为传唱。甚至不少寺庙也将其作为“佛歌”向大众推广。有专家称此为“爹娘文化”现象，而陶砚瓦先生则注定作为“爹娘文化”的创始人载入史册。

近年来陶砚瓦先生在京创办了子曰书院并担任院长。遵照“创造性转化、创新性发展”的方针，举办国学讲座、开展诗词、书法教育培训，提供文化咨询，创作文化产品，举办诗书展览，以及提供其他文化定制服务，取得了骄人业绩，产生了良好的社会影响。但子曰书院在京没有自己的办公处所，一直是借用别人的场所开展各项活动，随着事业的发展和需要，建设一个自属自用的场所，作为永久性院址，已经十分必要和迫切。已有一些地方人士主动与陶先生接触，希望办子曰书院分院，更希望总院到他们那里落地，并愿意为此提供各种方便。但陶先生一直没有动心，因为他心里一直惦记着家乡深州。他一直希望有机会报效桑梓，特别希望在家乡建设子曰书院，并作为永久院址。

项目规划

深州市，地处河北省东南部，东接衡水，西接石家庄，是以石家庄为核心的冀南城市群重要节点，是形意拳的发源地，全国水蜜桃之乡。但不可否认的是，当地仍然缺少一个靓丽的文化名片。在雄安新区建设的历史机遇下，深州区位优势更加明显，建设子曰书院，打造一张中华文化传统名片正当其时。

中华优秀传统文化的推广普及，必须按照“创造性转化、创新性发展”来进行。不仅在国家层面，也应该在地方党政机关和人民群众中，普及提高，创新发展，形成“百花齐放春满园”的宏大局面，使文化复兴演变为一种文化时尚，满足人民群众对传统文化的巨大需求。

拟建设的子曰书院，即由陶砚瓦先生领衔打造，高起点、高标准地深度策划开发项目，致力于打造成京津冀文化地标和深州最靓丽的文化名片。

项目将以“子曰书院，翰墨文华”为定位，打造一院（子曰书院）、两馆（陶砚瓦书画艺术馆、爹娘文化馆）以及高端生活区，融入“琴棋书画、诗酒花茶”八雅和国学六艺，创建深州文化名片与高端高雅生活领地。

子曰书院集国学培训、推广，书画研习、交流、展示为一体，打造传承弘扬传统文化之高端平台。

陶砚瓦书画艺术馆，既有陶砚瓦创作的诗词、书法、小说、歌词、剧本等多种文体作品展示，也有陶砚瓦先生收藏的名家作品展示。

爹娘文化馆，是一个永久性主题陈列馆。通过对爹娘文化的创立、挖掘、梳理、开发，逐渐形成具有普世意义的文化流派，打造成为爹娘文化的发源地，从而具有独特性、唯一性。

项目前景

“子曰书院”具有专业性强、投资大、回报率低的特点，因此我们在项目的开发建设上，将结合北京、石家庄等地优质文化资源，并通过资本的运作，整合国内优秀的、有文化教育产业开发经验的投资商，以“文化+地产”的模式进行投资建设。以此投资开发模式，不仅可以促进深州文化发展在最短的时间内落地、开花、结果，为深州打造一张靓丽的文化名片，同时通过国学文化带来人气，文化的附加值溢出，使文化地产周边土地价值实现最大化的增值。

当前，党中央正团结带领全国各族人民，朝着“两个一百年”的宏伟目标和实现中华民族伟大复兴的中国梦而努力奋斗。理想的实现离不开精神。国学正是中国精神的有效载体。我们相信，国学将在传承中发扬光大，在实践中开拓创新，它的博大精深，一定会春风化雨，成为时代中国的正能量源泉！

98

砚瓦啊，你又立了一功！五哥记在心里了，你放心吧！张福禄在电话里的口气十分振奋鼓舞。

原来，他又请了郭大侠，带领个小公司日夜加班加点，很快就把报告和项目建议书搞出来了。然后他带着两个人拿着文字材料直接去衡水找副市长史凤山，史凤山看了那些材料，说写得还不错，就当着他的面给深州市委邱书记打电话。说好这周五上午，正式开个专题会，他和邱书记都出席，让深州市管土地的、管文化项目的各有关部门人员参加，听取这个项目的汇报，然后进行讨论和安排。

好家伙，这个动静可不小啊！深州的书记在电话里跟史凤山说，陶主任是俺深州人的骄傲，他写的爹娘诗到处传诵，那个歌儿全国的歌厅都能点得到，不少人耳熟能详！把深州打造成爹娘文化的发源地，这个想法太好了！我们市委、市政府全力支持！俺在旁边听见了！史凤山也说了，说你砚瓦必须回来，俺让人去接你，星期四赶回来，星期五参加这个会。张福禄兴奋异常。

星期四，五哥派来的车接陶砚瓦去深州，杨雅丽说也想带着小陶缶一起跟着回去。正好五哥说先别去城里，先去陶村看看，说已经开始有点儿变化了。

果然还没到陶村，车子就直接到了桲椤山。开了多少年的砖厂真停了，眼前只剩下一座空窑，以及窑前一眼机井，井后几棵桲椤树，井前一个大坑。两台推土机正轰轰隆隆从下面取土，从大坑的北面往上堆，已经超出地平线一两米了。大坑东边靠北的位置，就是黎崇善烈士的坟墓，坟墓的前面新立了一块大碑，有两米来高，碑上是黎崇善和他夫人的名讳。坟墓正北一边一棵梓椤树，已经一拃粗细了，脑袋挺大，枝叶也挺茂盛。在坟的北、东、西三面围起了一米来高的弧线形土坡，上面也长满了杂草杂树，正好形成了一道保护屏障。东南面也有一块横放着的长方形石碑，上面就是吴主任起草的，经阎司令等老前辈修改认可的，陶砚瓦最后精简一遍的碑文。

陶砚瓦一直抱着小陶缶，给他边说边看。杨雅丽说，他才多大个孩子，听得懂你讲的东西吗？

陶砚瓦说，他全听懂不大可能，但应该能听懂很多。

小陶缶说，奶奶，爷爷说的我都能听懂！

在烈士坟前，陶砚瓦把小陶缶放下来，一家三口，给黎崇善烈士鞠了三个躬。小陶缶知道里面有个太爷爷，是为国家牺牲的烈士，所以他也神情肃穆，动作格外认真。

在烈士墓前祭奠完毕，陶砚瓦顺手捡起一片梓椤叶子，小陶缶立刻喊道，爷爷捡了梓椤叶子！

杨雅丽笑着问他，你怎么知道是梓椤叶子？

爷爷书柜里有，是爷爷告诉我的！小陶缶极为认真地说。

还没走出闷葫芦头儿，就看到有几个人在往那边跑，还有人边跑边喊叫着什么。

陶砚瓦感觉是发生了什么事儿，就说了声我过去看看，然后也匆匆往那边赶过去。

那大坑里的水早已抽干。人们都是走到坑边，接着往下朝坑底继续走。原来坑底东南角那边，挖到了砌在一起的青石和青砖，不知是房屋、城墙还是坟墓，挖坑的钩机也停下来，操作员是个二十岁挂零的小伙子，他这会儿不知该怎么办了，站在一边抽烟呢。

大家都在那里观看、猜测。七嘴八舌，众说纷纭，但也没人动手，都是作壁上观。

陶砚瓦过去一看，感觉在地面五六米下出现，这些砖石必是古人所建造，应该具备文物价值，甚至会有重大发现也说不定。他当即对操作员小伙子说，你有铁锹吗？拿过来再往下面挖一挖试试。小伙子说，用什么铁锹？钩机就能往下挖。陶砚瓦说，那你为什么不挖？小伙子说，谁知道是坟是庙啊，咱弄坏了可赔不起啊。陶砚瓦听明白了，就赶紧掏出手机给五哥打电话。

五哥一听挖到了砖石，在电话那边就哈哈哈哈笑了起来：喳儿啊，俺说没说过？咱哥儿俩都是桲椤捎？咱哥儿俩在陶村弄了个大坑，不就是桲椤捎在沙土里倒了个沙窝窝吗？这个沙窝窝里，可是有好东西啊，老天爷啊老天爷，你有馅儿饼就往下砸吧！这就开始了啊！

五哥你这想象力真丰富！俺看着得找文物部门，带上洛阳铲过来探探，看看会有什么宝贝吧！说不定挖出宋代的官窑梅瓶，或者元代带题记的青花云龙纹象耳瓶。哈哈哈哈！受到五哥欢快情绪感染，再加上回到陶村，陶砚瓦当然要陶村式大笑了！

笑过之后，陶砚瓦就想起深州这块苦寒之地，很久以前，黄河也曾流经这里。这条黄龙摇头摆尾上千年，肆虐河北、山东两省，摇摆到哪儿，就在哪儿入海。淤府埋县，推村灭庄，制造多少灾祸。谢天谢地，大龙走了；呜呼哀哉，小龙来了。小龙就是滹沱河。滹沱河北不过平，南不过衡，就在安平与衡水之间摆动，频频泛滥，主要蹂躏深州。其泛滥时，洪水裹挟泥沙而至，把深州瞬间抹平。所谓冲积平原，冲而积之，淤成新野是也。在深州地界往下挖，都可见土地分层，层层叠压，其色其质，层层不同。前些年华北石油在某村钻井，竟挖出老砖窑，窑顶距地面不足一米，窑内待烧土坯，整齐码放，清晰如初。显见洪水来时突然，未及防备。更不知多少百姓被其吞没，多少房屋惨遭摧毁。

而今陶村兴许也要挖出什么宝贝了！陶砚瓦立刻给市政府秘书长打电话，让他赶紧找文物部门，带上洛阳铲，尽快来陶村探宝。

99

深州市政府会议室里，椁椤山文旅项目报告会如期进行。

史凤山副市长、邱书记等地方官员坐在一侧，另一侧则坐的是陶砚瓦、张福禄、郭大侠及其创意团队的三个人。

邱书记简单介绍了一下与会人员，就请项目创意总监郭大侠介绍进展情况。

这种会议郭大侠经常参加，给党政领导汇报也是驾轻就熟。工作人员已经把全息投影PPT打开，随时准备配合。

他说，椁椤山文旅项目，顾名思义，核心就是椁椤山。所以项目的文化创意，就围绕椁椤山展开。这就需要解开椁椤山的密码，讲好椁椤山的故事，把椁椤山打造成为一座诗词大山、书法高山、文化名山、思想圣山。我们做了三个方面的工作：

一是概括了解、吃透椁椤山的历史。我们团队深入到椁椤山所在地陶村，跟多位村干部和村民接触，包括村里的文化名人、四大作家、四大吹等，与不少人都进行了深度交谈，基本上摸清了该村村史梗概，以及椁椤山的成因和演变，主要是千年存在、“文革”被平、继而砖窑、借机转改的全过程。

二是全面掌握椁椤山的现状，绘制了平面图。椁椤山这个项目，在陶村境内118亩，周村境内36亩，一共154亩地。由于当年是公社组织平山造田，一直由陶村统一耕种，后来又由乡镇改办砖厂，现在名义上仍由砖厂经营使用。地面上砖窑一座，占地11200平方米，约合16.8亩；坑塘一个，占地14368平方米，约合21.6亩；砖厂制坯车间、成品存放、堆放物料等车间、职工宿舍、伙房等生活保障用房共18656平方米，约占地28亩；机井一座；椁椤树四棵。

三是初步描绘出椁椤山的未来。在前面工作基础上，我们试图最大限度利用现有砖厂遗存，在原有砖窑之上，再造一个新的椁椤山。如图所示，新的椁椤山，既是原来椁椤山的回归，又是一座用现代手段复制、定制、改制的沙山。通过它，体现对祖宗的尊重，对传统的尊重，对历史文化的尊重。找回乡愁，接续文脉，焕发文采。

重点是做足山水文章。由于新桲椤山位于砖窑之上，因此砖窑得以完全保留，并改砖窑为展馆。里面是展厅，朝南的窑头改造为展馆大门，窑尾50米高烟筒，改造为广告牌。窑前水坑正好改造为观光池塘。这种改造在不少地方都已经实施，技术上比较成熟。

在建设新的桲椤山的同时，要展开几个文化项目：一是在全国乃至全球征集诗词、书法、文学作品；二是将征集到的作品以恰当形式在园区进行永久展示；三是应当考虑为建成后的文化活动提供平台。

接下来，郭大侠又对一些具体工程方面的安排布置提出设想和建议。

郭大侠汇报结束之后，张福禄作为投资方也讲了些期待和意见。

陶砚瓦说，我作为项目所在地的陶村人说几句。桲椤山在俺们陶村人心目中，确实是神圣的存在。它见证了祖祖辈辈的辛劳和奋斗历史，承载着咱们这一代人对过去的回望和致敬，对美好未来的憧憬和向往。从大的视域来看，也反映出咱们国家和民族在当前这个历史大转折阶段的成熟思考和正确方向。我个人无条件支持、全程参与这个项目。我初步设想，首先要突出建设桲椤树、桲椤捎、桲椤山，这一树、一虫、一山相关的自然景观；以及烈士墓、村史方面的人文景观。手段可以多种多样，怎么吸引人怎么来。我可以从诗词、书法、文学三个方面，全力以赴，随叫随到，按照国家级、时代标志级完成以上文字内容方面的任务。

深州市的各部门负责人都发表了意见，有的是积极表态性质，有的提出了补充和改进意见，有的则对某个具体问题提出了质疑。

史凤山和邱书记谦让一番，还是邱书记打开座位前面的麦克风先讲，最后请史凤山副市长做总结性讲话。

邱书记说，桲椤山文旅项目，虽然坐落在深州，但是投资主体是民营企业。我们深州市委、市政府，一是要加强对项目政治、政策方面的宏观领导和指导，确保其在策划创意、建设和今后运行，始终保持正确的价值观，包括符合社会公序良俗以及人民群众的期待。相信有陶主任参与，上述大的方面都能百分百做到。其他问题我们市委、市政府包括各部门也会全力支持，提供服务，越少干涉越好。我们此前曾到南方几个成功的文旅项目考察参观，他们的核心经验就是这一点。只要人家在大的方面没有问题，必须积极支持配合，善尽部门责任。总之希望桲椤山成为咱们深州乃至衡水、河北一道亮丽的风景线。

史凤山说，邱书记讲得很好，我完全同意。当前主要是土地部门、规划部门、文旅部门，要加强责任心，为这个项目保驾护航，提供优质服务。陶主任在北京工作期间，一直心系桑梓，一直把家乡父老乡亲挂在心头，这在咱们深州有口皆碑。包括对桲椤山这个项目，一直是念兹在兹，默默推动。他既是一个退休的公务员，又是一位在诗词、书法、文学方面都卓有成就的名家，是咱们衡水，更是深州的骄傲。我个人既是他的朋友、小弟，也是他的乡亲，陶村也多次去过，平桲椤山时，我作为宣传部的报道员，也是现场的目击者。相信咱们这个项目尽快推进，也为全市的类似项目开好头，创经验，做样板。

第十九章　北疆桲椤叶更肥

100

砚瓦叔您好！

最近依然很忙吧？老能看到您全国各地到处跑的信息，感觉您一定总是忙啊忙！身体还好吧？婶婶也好吧？家柳弟弟、弟妹和小侄子也都好吧？

我已经从185团正式调到北屯师部来了，我们十师北屯市，现实行“师市合一”的管理体制，所以我在北屯市法制局当副局长。事情不算多，各方面条件也比团里面好多了。

今有一事相求：经北屯市民政局批准，我们即将成立北屯市国学教育研究会，我被推举担任副会长兼秘书长。名头看似还可以，实际上既无权又无钱，只不过是个做国学教育的志愿服务组织而已。当然，我们一有批准手续；二有办公场所（在市图书馆）；三还经常组织活动，市领导都出席鼓励；四已受到当地群众的欢迎支持。所以自我感觉还不错。本会拟定于4月20日师市文化节开幕式上，举办一个成立仪式，特邀请您出席盛会并致辞，恳请务必光临指导！我们已经收到不少文化学者、书画名家祝贺作品题词，也特别希望您能惠赐墨宝。

我们国学教育研究会去年开始筹建，今年初正式登记备案，是兵团诗词楹联家协会团体会员，也是目前北屯市唯一一家致力于国学文化研习传播的组织。现已拥有国内近百位知名作家、诗词家、辞赋家、书画家、文艺评论家为顾问指导的师资力量，旨在推动国学在西北偏远城市传承发扬，为全市文化发展注入国学养分。

叔叔您前年去185团给青年们讲课，还为我们创作了诗词，留下了书法作品，反响非常好。对我的进步也有很大帮助。您在国学方面成绩突出，可谓誉满全国。我爸爸也经常提到您，说您小时候聪明，爱学习。我一直以您为榜样，为骄傲。这次务望再辛苦一趟，也让我们能够在祖国的大西北再次相见，特别是我爸爸妈妈，还有我和妹妹黎西南，全家都盼望着您能到来！我爸爸妈妈还说如果您能来，就请您务必带上婶婶一道前来相聚。那将是我们全家最高兴、最幸福、最激动人心的大事件！

还有，我们全家五年前回深县老家，在爷爷坟前见到了那两棵桲椤树，让人印象深刻。姑父当即找来10棵小桲椤树苗，让我们带回了185团，两棵种在了我家房前，剩下的都种在了额尔齐斯河边。您来时看过了吧？那时候它们跟拐杖那么粗，现在它们都超过10厘米了，都快两层楼那么高了。有它们陪伴着，爸爸妈妈的心情都很欢快踏实。

北屯一直被称为“西北之北”，距离首都确实很远很远。但有了现代化的交通工具，也没有过去那么可怕了。你们都年纪大了，为了安排得从容一些，我们计划为你们订18号下午出发的航班，晚上到乌鲁木齐，我到机场接，当晚不走休息一晚，19号早上咱们一起登机去阿勒泰，下了飞机师里会来接我们，咱们就在阿勒泰吃中午饭，之后再乘车两三个小时，就到北屯了。您看，这样安排是不是更好些？

此致

敬礼！

愚侄：黎东南

101

这天是周六，恰逢农历二月初二，阳光明媚，和风拂煦。杨雅丽说要带孙子陶缶坐地铁去森林公园“透透气儿”，想让陶砚瓦陪着。陶砚瓦说，走。

小陶缶坐在童车上，一路上有爷爷奶奶轮番推着说笑着，也咿咿呀呀说个不停。

森林公园偌大草滩已经挤满了人，正在搞一场春祭。东边细柳枝下五颜六色帐篷支起，年轻主妇正铺平鲜艳地毯，尽享快乐春光。西边尽管还是枯黄满地，一对对年轻父母只顾欣赏乱爬的幼童。草滩中部却是各式童车的竞场，滑轮车往来突驰，不尽的人仰车翻。

临近湖边，最是亮眼。成群的女孩子着露脐泳装曼舞，揉揉眼睛，不敢相信似是穿越到夏日海滩。许是狂野音乐，青春靓肤，春祭中新人类碰撞透露出原始的萌动。好似裹挟，不断有人加入，略显谨慎尽可能露出肉色天然，好像生命本色一点点释放复苏。

塑胶跑道上，不由自主穿越一伙伙聚集人群。有的是慢跑社团，T 恤上写着“再跑三十年”或“再跑五十年”，绷紧肌肉的隆凸。有的是生命之环团体的宣传活动，请来的模特，肢体摆秀当然纤巧多姿，引来长枪短炮蜂追蝶舞。有的是环保团体的造势，本色素体不一定专业，活色生香却引来围观重重，手机挤成墙堵。还有一种主题动画展团，男的头顶葫芦装葫芦娃，女的穿鳞裙扮蛇妖，野趣十足，魅怯横生，游人争着合影。贴心的养生商社，找一帮女学生穿近乎是三点式的衣服，拿商标摆秀。女老板加入，旁边人起哄，要她趁景随衬，她便解扣露内衣，玉色横陈，春颜满眼。

杨雅丽指着另一侧的草坪说，咱不走这边了，去那边没人的地方吧。

陶砚瓦答应着，推车往杨雅丽指示的方向走去。刚迈出去几步，就听自己电话铃响，一看是新疆黎东南打来的。

啊，东南啊，收到了！我尽量争取去！你婶婶啊，跟她说了，她也一样，尽量争取去。对，对。身份证号码吧，好，马上给你！好，问你爸爸妈妈好！

打完电话，就对杨雅丽说，新疆来信的黎东南，还是坚持请咱们两个人一起去。

杨雅丽说，我去，这孩子怎么办？

让今今她妈妈过来看几天吧。

那多不好意思。

有什么不好意思？平时都是咱们看得多吧？这也没几天，顶多一个礼拜。

那好吧。我也确实还没去过新疆。小陶缶，陶小缶，缶宝宝，宝宝缶！爷爷奶奶要去新疆喽！小陶缶太小不能去哟！等小缶缶长大了再跟爷爷奶奶去哟！

杨雅丽一边逗着小孙子，一边也扭动着脖子唱着：我们新疆好地方啊！天山南北好牧场。戈壁沙滩变良田，积雪融化灌农庄。

小陶缶挥着两只小肉手，跟着奶奶的节奏晃动，嘴里咿咿呀呀叫着。

102

确实就按黎东南所言安排，陶砚瓦和杨雅丽4月18日下午两点半乘机，将近七点到乌鲁木齐。二人取了行李，还没出站，就看见黎东南在外面挥手呢。陶砚瓦老远就认出了黎东南，因为他长得跟黎德山太像了，整个就是一个青春版的黎德山。

黎东南也是老远就认出了陶砚瓦。接上两位长辈，一手拎一个箱子，照样健步如飞。看他言谈举止都充满着热情和青春活力，很招陶砚瓦和杨雅丽喜欢。

林健为社长听说您来新疆，一定要和您见面叙叙旧。他现在在酒店等着呢。

我记得他在兵团宣传部当副部长，工作调动了？

对，他现在是《兵团日报》的总编、社长，担子比原来重了。他还一直兼着兵团诗词楹联学会的会长，是我们的老领导，也一直对我们十师的诗联工作非常关心。对我也非常关心。

进了酒店大堂，果然看见林健为社长在那里等候。于是寒暄一番，就直接去餐厅一起吃饭。

陶兄上次来新疆，是去的185团吧？那时候东南还在185呢。他把您几首大作发给我，我马上推荐给《兵团日报》发表了。你来了对我们是很大的鼓舞啊！我记得您写白沙湖红叶，是步启功先生韵：边地丹枫片片真，霜林如火烈如焚。千枝娇韵天来画，一水嫣然客往频。宁伴北疆陪戍垦，耻随俗调望龙门。偏陲未见离人泪，尽入沙湖染不群。很有意思！

林社长你脑子真好，还能记得这么清楚。我自己早忘完了。

哪里是我脑子好，是你的诗好！当然我刚才又翻出来看了一遍。

这一句实话把大家都逗笑了。

林社长说最近工作太忙，不能陪着了。等从北屯回来的时候，他一定要陪着去南疆转一转。如果时间紧，急着回京，无论如何也要陪着去天山大峡谷看一看。天山大峡谷就在乌鲁木齐县境内，一会儿就到了。天山北坡的原始雪岭云杉林，好看极了！既然来了新疆，不去要后悔的。

因为要考虑明天一早出发方便，住的地方就安排在地窝堡机场不远的一家酒店。安顿下来之后，陶砚瓦又到隔壁黎东南房间坐了坐。

陶叔叔，这次婶婶能和您一起来，真是太好了！我爸爸妈妈我们全家都一直盼着呢！

你爸爸又有新的研究成果了吧？陶砚瓦说。上次他跟我谈了好多，我看他的记性还真好！特别是关于屯垦戍边的诗词，他张口就来，如数家珍，令人佩服。

陶叔叔，嘿嘿，黎东南略带腼腆地说，我也能。

啊，那太好了！上次我来你一点儿没露啊！

我哪敢啊！一来您是诗词大家，在您面前有点儿怵头；二来我爸爸把您盯得死死的，我连靠近您都很难啊！

你想啊，当年在老家，咱两家跟《红灯记》里说的一样，有堵墙是两家子，拆了墙是一家子。你爸爸走的时候我还上学呢，30多年没见面了，一见面我们是抱头痛哭！然后就开始回忆，一说就说到我们两个的爹娘，说着说着，两个人又开始掉眼泪，一边回忆又一边哭。那天我们聊个没够，也哭个没够。好像大半辈子的眼泪也没那一个晚上流得多。

我爸爸其实很少跟我们讲他自己的经历，平时他就是两大爱好，一是收集毛主席像章，二是研究屯垦戍边的历史。

对，上次我过来，他还送我一枚当年你们兵团工一师做的毛主席像章，不大，装在一个原装的小纸袋里，像章、纸袋上，都标着兵团工一师。特别是那个小纸袋，正面印着“兵团工一师机械厂出品”，背面印着：1. 佩戴时不要经常摩擦。2. 不要触及硬物。3. 不要触及酸碱物质。我感觉那个小纸袋子，似乎也十分珍贵。

陶叔叔，听您说起像章的事儿，我透露点儿秘密：我爸爸这次还会给您一枚，好像是南京什么单位出的，也有原装的小纸袋子，两面也都有字儿。好像是“南京”“金星”。

我们这些人，就是感觉毛主席最伟大。可我没有专门收集毛主席像章，要是珍贵还是请他妥善保存比较好。

好，我跟他讲。咱不聊了，您早点儿休息吧！千万别累着。

103

这是陶砚瓦第一次到北屯。上次去185团讲课，就只是到了185团，讲完课之后，也顺便参观了“西北第一团团史馆”“抗洪守土纪念馆”，还有“西北第一连”“西北之北地标”等，特别是还游览了白沙湖。之后直接去了阿勒泰，乘机到乌鲁木齐返京了。

这次是从阿勒泰下飞机后，直接到北屯十师招待所，现在“师市合一”，名字改为北屯宾馆。市委宣传部颜荷部长专门在大厅等候。她很干练，打扮入时，谈吐也不凡。聊起来得知，她和黎东南一样，也是个“兵团二代”。

新疆跟内地有两个小时的时差。这会儿是下午六点，但在新疆，应该相当于四点。所以颜荷部长看了看腕上的表，说，请陶老师和夫人先上楼收拾一下，然后下来咱们在附近转一转。

听颜荷部长介绍北屯的历史，得知“北屯”这个地名，是1958年8月，新疆生产建设兵团的老政委张仲瀚将军起的。张将军是河北沧州人，是那个年代军队里学问最高的高级将领之一，战争年代战功卓著，和平年代投身军垦事业。他京剧唱得特别好，而且一生单身未娶。

此前这里归阿勒泰县管辖，张仲瀚将军率十师师部选址于此，因此地是中国最北的屯垦戍边重地而命名“北屯”。2011年年底，经国务院批准设立北屯市，为新疆维吾尔自治区直辖市，按照“师市合一”模式管理。

如今的北屯小楼林立，街道整洁，绿树成排，芳草如茵，一派宁静祥和的边城景象。看着这崭新的市容市貌，一路上陶砚瓦和杨雅丽都啧啧称赞。

说话就到了新建成的市图书馆。它是一幢占地2600平方米，集学习阅读、信息交流、展览讲座、数字化网络服务等为一体的公共文化设施。现藏书45000种，近12万册，报纸杂志230余种。设有儿童阅览室、青少年阅览室、开放阅览室、数字阅览室、老年阅览室及文献室等，可同时容纳读者200人。

仅看其外观，就感觉它宽敞明亮，端庄大气。门口还挂着“北屯市国学教育研究会”的牌子，黎东南特别向陶砚瓦介绍，说是他们的办公室就在里面的二楼。

进来看细节，首先看到摆放着的自助查询机和自助借还机，读者可以自助查询自己感兴趣的书籍，按照馆藏地和图书编号快速找到。整个充盈着浓浓的现代气息，又处处体现出舒适和关怀。据说自开馆以来，日日接待读者阅读，特别有不少小学生，以前想看的书往往要从网上买，现在就直接到图书馆来看，基本每个周末都过来，从小形成阅读的好习惯。

第二天上午，先去礼堂二楼参观书画作品展览，其中有一幅陶砚瓦的诗词书法作品，内容就是上次在185团讲课之后所作《致185团青年》：

少小离家赴远村，心中有梦慰寒温。
忠良自古多贫士，大志萌生自草根。
朝对锦云烟日冷，晚牵霜月壁灯昏。
额河谁伴西流去，代代戍边屯垦魂。

大家就在这幅作品前合影。这时还有几个人手里拿着《砚光瓦影》，来找陶砚瓦签名、照相。

紧接着下楼，师市文化节开幕了。各单位都组织了文艺节目上台表演。陶砚瓦作为特邀嘉宾上台讲话，现场又为十位读者签名赠送自己的作品《砚光瓦影》。

下午的安排，是在师市机关会议室，由陶砚瓦给十师的党员干部讲课，题目是：坚定文化自信，传承中华文脉。此课作为干部大讲堂的内容，以电视电话会议形式，北屯设了主会场，有400多人在现场听课。另在八个团场设有分会场，用电视电话连接同步进行。全师应该有近千人听课。陶主任好不容易来一趟，我们得把陶主任的油水多榨一榨。

晚上吃饭时，颜荷部长说，这天安排得非常饱满，陶老师肯定累了，夫人下午在图书馆，我们也顾不上陪。晚上早点儿休息。明天就由黎东南陪同，去185团看看，特别是到白沙湖转一转，也都很有意义。我就不再陪了。再次感谢陶老师对我们十师的关心帮助！

104

第二天黎东南开车，往185团进发。一出酒店的门，刚刚要往大街上拐弯的时候，就见一个车队，鸣着警笛，打头的是一辆警车，第二辆车是一辆黑色奥迪

A8，后面还跟着五辆车，正迎着他们呼啸而来。

黎东南说，听说是北京来了位大老板，他要给我们投100个亿，把整个十师的旅游资源，包括白沙湖，都买下来。这就是他们的车队，师长、政委都陪着呢。

黎东南还说了那位大老板叫个什么名字。陶砚瓦一听，说你说的这位大老板我恰好认识。他要是知道我在这儿，估计他未必想见我。他生意上的事儿我也从来不问。但是有一点我敢说，他不可能拿100个亿出来，因为他一定拿不出来。他顶多是想找个好名头，去银行要贷款，银行的钱，越多越好。

陶砚瓦就想着大老板的样子，现在应该是坐在会议室里，气宇轩昂，意气风发，所有的目光都投向他，仰望着他的尊容，倾听着他的宏论，欣赏着他的渊博，赞叹着他的富有。一如二十年前，地方上接待一位港商，或者一位台商，或者一位美籍华侨，渴望他们一吐口，100个亿马上就到账了。于是某一块土地，面貌大变。应该说也确有这样的老板，一时兴起，豪掷巨资，改变一方土地面貌，改变很多人的命运。但更多时候，就是一阵风过，几声雷响，一条新闻，几个游客而已。但官员和富商各有盘算，各得其所吧。包括他们这次的盛情接待，大概率亦复如此。

想到这里，陶砚瓦忽然很欣慰：毕竟如今咱大陆，也生产了一批这样呼风唤雨、招摇过市的本地土产富豪。而当年那些港商台商什么的，早没了踪影，竟连做个临时赵公元帅表演一下的价值，都已丧失殆尽。这些年咱国家进步确实很大啊。

黎德山两口子知道陶砚瓦这次带了杨雅丽来，早就到团部招待所迎候了。四个人一见面，都异常激动。黎德山说，瞧俺弟妹这模样，长得多么排场！可是给俺兄弟长脸了！要论俺老班长吴三羊，那俺还得长一辈儿。当然还是咱亲！咱都是一辈儿！

陶砚瓦说，听说你研究屯垦戍边文化，又有重大进展？

你快别说俺了，你这几年发展更好啊！上次砚瓦一个人来，俺就说他，怎么不带弟妹一块儿来？咱们两个陶村人，都是当兵走出陶村，你砚瓦娶了俺弟妹，进了北京；俺黎德山娶了你嫂子，到了这大西北。咱这都大半辈子了，想想这一生，这就是咱各自的命啊！

杨雅丽说，我舅舅还问起过你们。他说这里还有一位姓唐的老同志，是志愿来的，也是他们班的。

黎德山说，也是俺老班长。他也在这里扎了根，他也是两个孩子，儿子现在是185团的副团长，女儿也是嫁到北屯了。

于是就说雅丽头一回来，先到处转转吧。先看了德山家房前两棵柞椤树，已经对掐粗了。又去看了河边那棵，已经碗口粗了。陶砚瓦就问，从咱老家弄来的这几棵柞椤树，确实都长得挺壮实。新疆原来有没有这种柞椤树啊？

新疆也不能说没有，他这里这种树不叫柞椤树，叫新疆橡树。虽然说起来是一种树，但是这里的品种叶子小，咱带来的树种叶子大，而且厚实。黎德山说着，就举手摘下两片叶子，让陶砚瓦看：你闻闻，有股子清香味儿，我和你嫂子还用它泡茶喝，还可以用它包粽子，蒸黏米饭，味道都很好。

黎东南说，这种树学名槲树，是壳斗科落叶乔木，也叫柞栎、橡树、青岗、金鸡树、大叶柞椤等，抗风性强。说起来全世界都有。欧美叫橡树，还把它神秘化了，说掌管它的是希腊主神宙斯、罗马爱神丘比特什么的。还说它的叶子发出的沙沙声，就是神灵的声音。所以就把它视为圣树，说它具有魔力，是长寿、强壮和骄傲的象征。其实在离咱们不远的塔城，有个村子的锡伯族人家，自己有一片林子，二百多棵全是这个树，距今130年了，是全疆最大的橡树林，所以这个树是塔城的市树。

黎东南还说，橡树在不同的地方有不同的名字，咱新疆叫新疆橡，内蒙古叫蒙古栎，内地叫柞椤树，大叶柞椤，等等。其实都是一种树。

陶砚瓦说，我把这两片叶子带回去，挺有意义的。

杨雅丽说，他回老家就带回了几片这个叶子，上次他去五哥那里，又带回几片。摆在他书柜里。经常有人来串门儿，见了都问：这是什么叶子？真大，还挺漂亮!

德山说，那你现在挑的可得是代表新疆的，一定挑最大最好的!

大家就利用这难得的团聚机会，黎东南开着车，拉着他的四位长辈，去他父母家中，以及额尔齐斯河边他父母工作了大半辈子的地方，看着这条中国境内唯一流入北冰洋的河流，这条唯一自东南向西北流去的河流，这条一路上将若干支流汇聚在一起的河流，缓缓向哈萨克斯坦流淌，再北经俄罗斯，注入北冰洋。因为在中国境内众多的支流均从干流右岸汇入，这一段水系的形状就像一把梳子，被称为典型的梳状水系。

回忆起当年在这里打鱼的日子，黎德山和周春燕感慨万千。说那时候这里的蚊子特别多，个头也特别大，白天蒙着面罩，晚上拉着蚊帐也难逃其扰。到了蚊虫肆虐的时候，夏天那个纱窗上要抹着煤油，以前那种煤油，抹上它蚊子就进不来了，一天下来，纱窗下面的蚊虫啊，就厚厚的一层，能装几面袋子。还有个特点就是野猪多，野猪要啃食庄稼，人要从野猪群里头，保护下来一点儿庄稼是非常非常艰难的，所以185团在十师是非常特殊的一个团场。

周春燕说，黎德山从小在平原长大，又是个慢性子，干打鱼这个活儿手脚比较笨，打的鱼也比较少。那个时候职工是拿工资，但她算职工家属，就什么也没有，只能靠打鱼，以吃鱼为生。有时候大鱼晒干了，没卖出去，就当柴火烧。一直到了1982年、1983年的时候，职工就分船了，自己打自己的，不吃大锅饭了。这时候怎么办啊？一家人只靠德山工资就没法生存了。最后周春燕主动找到领导，要求自己家里给条船承包单干。开始领导不愿意给，说你们自己干，万一出了事儿淹死了怎么办，要先写保证书。德山就写了保证书，淹死和团场没关系，这样就有了一条船，自己织网，自己打鱼。打的鱼也比较多，最后体力不行了，还雇了人去船上帮着打鱼。

我们家打的鱼比较好，效益也高。可能是老天爷可怜或者照顾，挣钱也算是小有名气。把东南、西南两个孩子都培养上学，东南是大专，西南是本科。这在渔场也是极少数把孩子都供出大学生的家庭。周春燕一脸自豪地说。

说起黎西南，周春燕又沉默了半晌。陶砚瓦早听说了，黎西南在上大学期间，不知怎么认识了一个哈萨克斯坦青年，没毕业就结婚了，现在已经正式移民到了哈萨克斯坦，还生了两个可爱的小宝宝。这件事对黎德山两口子而言，总是有说不出的滋味。

周春燕说，那时候两人一起打鱼，德山是正式职工，任务是每人每年要打一吨鱼上交，我是家属，指标减半儿，每人每年上交半吨鱼。这样打鱼打的，落下一身病。由于长年这样苦干，整天在水里泡着，特别是女人，最后都浑身是病。风湿、胃病、关节变形、坐骨神经痛，等等。唉，看起来活蹦乱跳的，实际是外强中干。

陶砚瓦就问，这种情况到内地生活会不会好一点儿？

周春燕说，去你们河北可能好一点儿，我们四川也是潮湿，说不定更难受。

那你们考虑过回河北老家去生活吗？

周春燕先看了看黎德山，黎德山就说，还是你说吧。

周春燕就说，好。我说。其实我们两个人也商量过这件事。孩子他姑姑、姑父也都说过，让我们回老家去养老。但是人是讲感情的吧，在这个地方待了大半辈子，受苦也好，受难也罢，在这儿都习惯了，子女都在这儿，还是愿意在这儿看着他们。真要说离开这儿，还真有点儿舍不得。我们已经看好一个地方，就在河边有个小山包包，我们将来就对着这条河，离两个孩子也近，看着他们，挺好！

当然，我一个妇道人家，无所谓。嫁鸡随鸡，嫁狗随狗。可你这个老哥他还是有个心愿，就是叶落归根，他也想过回去陪他的爹娘，他也想着去陪他们。我们一头是老，一头是小，又隔着这么远，两头兼顾不起来啊！

于是大家又都伤感起来。

第二天说好是去白沙湖。东南一个人开车去，黎德山和周春燕两口子就不用去陪了。

白沙湖，在185团的三连境内。现在是国家级四A级景区。这个湖面积不大，约五平方公里，被称为大漠之眼，横亘的沙山是她的眉，湛蓝的天空是她的额，青翠的大树是她的睫毛。更奇异的是那清澈的湖水，永远不生不灭，不垢不净，不增不减。湖的四周，于白杨、白桦等各类绿植各色鲜花之间，修成了一圈栈道，方便游人登临游览。不少外地游客背着相机，边走边照，生怕漏掉任何机会。

走了半圈儿，正好看到在树荫下面，有个条凳，一行三个人就坐下小憩。东南背着矿泉水，拿出来给两位长辈喝。这时候就听见从他们刚刚过来的那个方向，传来说笑声。其中一个人的声音陶砚瓦感到很熟悉，啊！是余萍！

陶砚瓦并没有出声，他为了验证一下，就静等余萍的出现。

果然是她！还有一男一女两个年轻人一起。陶砚瓦就轻轻叫了一声：余萍！

余萍抬头见是陶砚瓦，惊喜地跑过来：老师！哎呀，您怎么在这儿呢？她全然不顾旁边的人，竟然过来就和陶砚瓦拥抱。陶砚瓦就笑着说，行了行了！你师母在这儿呢！

余萍这才转身对杨雅丽说，师母好！咱们也得抱抱！说着也和杨雅丽拥抱。然后指着黎东南问，这位是我弟弟？

陶砚瓦说，对，他叫黎东南，是我侄子。

余萍说，咱俩就不抱了啊，就和黎东南握了握手。

原来余萍就是和刚才提到的大老板过来考察项目的，老板谈完就去机场回京了。余萍他们几个人第一次来这边，还想转一转，就留下来了，还想着明天去喀纳斯湖玩。

黎东南就问，你们都是北京来的？兵团没找人陪你们吗？

他们是要派人陪，我们坚决不要。我们说就想自己转转，不需要他们陪着。

余萍啊，兵团的人都实在，你们可不许瞎忽悠人家！

放心吧老师，别人咱管不了，您学生绝不去瞎忽悠。余萍又指着黎东南说，这不还有兵团的人在，将来你可以作证。

此时此刻，你在北疆，当着老师的面儿，说了绝不忽悠兵团人的话。黎东南说，将来我可以作证。

你是叫黎东南吧？老师和师母要去喀纳斯，正好跟我们一起去，你就把老师和师母交给我们吧！

那，不合适吧？

没什么不合适！我来陪老师和师母，肯定比你陪得好！你就回去忙你的事儿吧！

105

余萍租了一辆商务车，她让陶砚瓦坐前面，她和师母坐中间一排，另外两个年轻人坐后排。在路上余萍说，他们要在喀纳斯玩三天。陶砚瓦就说，我们两人已经订好了后天回乌鲁木齐的机票，所以只有明天一天游览时间。余萍就说，老师没问题，您如果不急着走，就和我们一起多玩两天，如果急着走，就和师母先回去。

虽然还没到五一长假，但是喀纳斯的旅游已经开始热起来了。首先住的地方，已经开始紧张了。幸亏黎东南已经给贾登峪那边提前打了电话，这一行人径直找到那个客栈，总算是顺利解决了住宿问题。

贾登峪是喀纳斯景区的门户，从这里坐车，很快就到达景区入口。一路上两侧都有茂密的树林，虽然这个季节树木还不算葱茏，但目力所及也已一片绿色。

进入景区后可以自由行动，可选择先游喀纳斯湖，还是先上观鱼台，但一定要在18点之前到达换乘中心，那是最后一班下山车的发车时间。

大家先乘坐区间车沿山间公路前行，途中经过月亮湾、卧龙湾、神仙湾，可以选择一站式到达或者中间停留。陶砚瓦对余萍说，都是你们说了算，不要问我们，你们怎么坐我们就怎么坐。于是就决定在卧龙湾下车，然后步行到达神仙湾、月亮湾之间吃中午饭，之后到喀纳斯湖登上观鱼台，再乘车返回。

因为一路步行，大家都走得很累了，到了喀纳斯观鱼台，抬头一看，感觉太高了，顿时怀疑自己还能不能爬得上去。可是转念一想，既然来了，如果不上去看一看，岂不是造成巨大遗憾吗？狠了狠心，毅然决定往上爬！

当爬到观鱼台上，俯瞰喀纳斯全景的时候，对眼前的壮观景色感到震撼！也才真的体会到爬上来的重要意义所在。

余萍说，老师，这么好的景儿您还不得写首诗吗？

陶砚瓦说，你稍等，我想想。说着就拿着手机，看看眼前的景，想起一句写一句，大概十几分钟的工夫，他就发给余萍，说，写好了，你可以看了。

七律·北疆遇余萍同登观鱼台

边陲邂逅妙谁知，天赐佳缘喀纳斯。
一路争猜湖有怪，沿河饱览画如诗。
云惊瑶界梦回早，雪罩峰峦春去迟。
碧海佛光追圣水，笑声遍洒碧琉璃。

第二十章　桲椤叶涉黄了

106

王良利把新买来的高倍望远镜打开，先拿着往外面看去，对了对焦，调了调距，远处山上的红花绿树，近在咫尺，伸手可及。啊，太清晰了！

他再细细把玩这个小东西，想着连普京大帝视察军队演习，都是用的这个牌子这个型号！心里不禁连呼过瘾，一副志得意满的样态。

过瘾，对，就是过瘾！王良利现在正在瘾头上！而且是在他最大的瘾头上！

王良利最大的瘾头，难道就是在一个小小的高倍望远镜上吗？

非也！非也！高倍望远镜，明显属于器的层次。王良利骨子里是认为自己拥有金字招牌的，是可以傲视机关里、社会上很多很多人的，他对“道、法、术、器”的层次关系和不同意义当然是熟知的。那是要遗世独立、横而不流的，那是要有家国情怀、指点江山的，更是要有厚博学识，特别是文字功底的，尤其绝不能用错的、地、得，绝不能用混了任何标点符号的。

王良利瘾不在器，那么他的瘾头在什么地方呢？什么才是王良利最大的瘾头呢？

那当然是在器之上、术之上，乃至法之上的最高层次：道的层次。

王良利崇尚的道，其实非常简单，就是在他身边绝不能有超过他的人。德不能过他，才不能过他，别的什么也都不能过他。他自己在德与才这两个方面制定的标准，即他自己能够达到或者已经达到的水平，就是他衡量身边人的标准。不达则相处共安之，达则贬之损之，过则毁之谤之。如果超过他的人，从时间、空间上跟他有足够距离，他还是能够做到美人之美，甚至可以见贤思齐的。但只要这样的人出现在他身边，特别是跟他一个单位工作，一个楼里办公，一个餐厅吃饭，抬头不见低头见，就会让他念兹在兹，如坐针毡，辗转反侧，寝食难安。每到这种时候，他真的就像喉咙里卡了刺，胃里积了食，血压过了线，心上起了火，总之是跟生了病一样难受。而他每到这个时候，唯一的解药，就是想出办法，把引起他难受的这个人整一下，才能解除。

想出整人的办法，并且加以实施，直至看到效果，这个找到解药、服下解药、药到病除的过程，就是让王良利愉悦、陶醉、过瘾的过程。

在王良利的公务员生涯中，在他经历过的几个单位里，都曾经有过让他难受的人，所幸他都能迅速找到解药，把那些人一一整过，让他产生快感和满足。当然，也会有个别情况，即由于各种原因，未能达到目的，整人没有整成，或者整得不深不透，形成了夹生饭、烂尾楼，会让他心中更为不爽，更有挫败感。这个陶砚瓦，就是属于整则整了，但没整倒，没整透，留下了若干遗憾。每思之，辄恨之，直欲再整一整而后快。

本来王良利到这个僻静之地，是牢记佟孟冬的叮嘱：一定要“死临、临死”！每天坚持临摹《急就章》，咬定青山不放松。自己感觉也蛮对路子、也蛮励志的。

刚开始，他把每天临摹的成果一张挨一张摊开放在地上，一排摆满再摆一排。先把一楼大厅摆满了，只剩下自己能够进出的大约一米宽的通道。每天临摹一阵，他就站在那边去观赏一阵。有时手里还拿着帖，一个字一个字地跟地上的字去比对。比完今天临摹的，再去比对昨天的、前天的、前几天的。这时候还真能看出不少问题。他越来越有感觉，越来越悟出一个道理：只要真沉下心，死折腾一件事儿，折腾他半年以上、一年以上、几年以上，天下就没有弄不成的事儿！

但是，当王良利撞上陶砚瓦，一下子打断了他临摹《急就章》的节奏，影响了他人生的方向。

经过了风风雨雨，走过了沟沟坎坎，挨过了鞭抽棒打，见证了至暗时刻，王良利曾经对人生彻底失望，对自己的能力和才智也高度怀疑。甚至有一度还想到死，想到以某种既能保住尊严，又不致过于痛苦的手段，提前结束自己的生命。什么《急就章》，什么临摹临摹，还不是对现实逃避！还不是打发无趣的岁月！

但自从邂逅陶砚瓦，当年的王良利又回来了！他又满血复活了！他并非找到了新的目标，而是重拾曾经丢弃的目标，身体上、脑海中空置了很久的东西，一下子就调动起来了，什么一炮二炮三炮，完全是过去熟悉的玩法，是所谓轻车熟路，十分好用，也无须创新。但他已经感到自己浑身充满了奋进的力量。

在意外发现了陶砚瓦就住在斜对面的别墅里之后，王良利这个以整人为人生最大兴趣点的人，而且对此道颇有心得而且有最大瘾头的人，马上就把人生的方向调整了，他甚至连深入权衡一下利弊得失的过程都没有进行，立即就把兴趣点从《急就章》转移到陶砚瓦身上了。

王良利，一旦明确了斗争方向和目标意图，就以知行合一的理念，勇于实践的果敢，缜密精确的风格，经过细心观察、认真总结、多元想定和概括提炼，再联系些草蛇灰线、马迹蛛丝，并辅以捕风捉影、穿凿附会之术，成功将其三寸不烂之舌神技，转化到翻云覆雨之手，再以此手执以生花妙笔，编织锦绣。他亲自动手，不惮劳苦，十一易其稿，打造完成了一件堪称完美的精品之作。

107

这个精品之作，就是以他王良利的实名，正式向单位纪委并党组检举陶砚瓦的一千一百零四字信件。

一千一百零四字，王良利刚开始并不满意这个尾数为“四”的数字，想通过增删内容以改变它。但突然又转念一想：这个数字暗喻“死”兆，这不正合了要搞死陶砚瓦的意图了吗？这是此事要大获成功的吉兆啊！所以他只用了半秒钟，就决定保持这个一千一百零四字的体量，不再调整。

王良利喜欢搞事情，这谁都知道。但他这次要实名检举，的确出乎所有人意料。不对啊！他搞了大半辈子事情，但从来就没有实名过！

确实，以前他经常在机关搞事情，确实没有实名过，因为不需要实名。那时他身居高位，每捣鼓事情，都只用最原始的手段，即以口舌之器，以“听到一些反映”为立论根据，根本不需要笔墨纸张，只是叨咕几句话，放出一点儿风，或者似说未说，欲言又止；或者似有若无，似无若有；或者拐弯抹角，暗箭冷枪；或者明褒暗贬，以谐藏庄；如此等等。那时他做这些事情，传播对象只是特定的几只耳朵，表面上不显山露水，实际上却刀刀见血，颇具攻击力和杀伤力，句句都收到理想战果。这种手段，最后没有一件事能够调查，也没有一件事情能够验明真伪。但是他弹无虚发，枪枪命中目标，遂了他的心愿。

现在他自知用老一套不灵了。一来他不是班子成员了，二来他退休不在职了，三来他还受降职处分待遇都没陶砚瓦高了，四来他对此次出手信心满满，自认事实清楚，证据齐全，完全应该形诸文字，把陶砚瓦打翻在地。

当然实名是实名，他精心创作的这篇奇文，还是未改其惯用手法。他是这样开头的：

> 最近我于无意中听到知情人讲了陶砚瓦的一些问题，还提供了相关证据。据说这些问题在社会上传播很久了，已经产生广泛影响，对单位、对组织都非常不利乃至十分恶劣。我听到以后颇为震惊，为了阻止问题进一步蔓延和恶化，也为了挽救陶砚瓦本人，我思忖再三，决定向组织正式反映以下情况。

之后的内容分为三个部分，每个部分都扎实劲爆，并且有根有据，全都是他趴窗户观察所得：

头一件事是陶砚瓦购买了大别墅的问题，同时注明了该别墅的详细地址和门牌号码，并特别标明此时此刻，陶砚瓦就住在这套大别墅里。

第二件事情是陶砚瓦私自大量售卖自己书法作品的问题。

那天是周五，下午三点来钟的样子，王良利发现35号门前车位上，停着一辆黑色别克军威，那正是陶砚瓦的车。另外在35号门东边，还停着一辆灰色本田SUV，应该是来客人了。果然，透过一楼没拉帘的窗户，能看见里面有人影晃动。还不是一个，是三个！只看体形，他就认出哪个是陶砚瓦。另外两个，一个面孔很陌生，另一个，是杂志社的梁守道。他看见梁守道手里举着什么东西在让陶砚瓦看，啊是一幅字，一幅书法，陶砚瓦自己写的书法作品。梁守道转身把手里的字好像是放到地上了，旁边年轻人又拿起另一幅字，又和陶砚瓦在交谈什么，然后也和梁守道一样，把手里的字转身放到地上了。

这个陶砚瓦在搞什么鬼？他盯了一会儿，没想出来，坐在沙发上使劲想，还是想不出陶砚瓦三人在搞什么鬼名堂。等他再回到窗前探望，正好看见三个人从门里出来了。梁守道和那个不认识的人手里都各抱着一捆写了字的宣纸，装到门口东边那辆灰色本田SUV的后备厢里，然后两个年轻人就上车走了。送完客，陶砚瓦又转身回屋里去了。

王良利心想：好你个陶砚瓦！你一直夸口说自己从来不卖字，这不明明就是勾结梁守道，成批出手自己的作品吗？这不明摆着对组织不老实吗？弄不好这套房子就是卖字换来的呢！就算你是劳动所得，你上税了吗？你报告组织了吗？没上税，那是违犯税务法，没上报，那是违犯党的纪律。你竟敢欺骗组织和同志，你太让人蔑视了，你十分不光彩！

当然，材料上写的是听知情人说云云。证据则写明某年某月某日某时，陶砚瓦与梁守道在某地会面，取走了大量书法作品。

第三件事情是陶砚瓦乱搞女人，生活作风混乱问题。

那天王良利屏住呼吸，下意识把目光投向对面35号院门口，竟然就看到一个女人，一个年轻女人，或者叫少妇，正在向35号院门走去！少妇年纪不大，穿着时尚，腰身瘦削，文绉绉，还戴副眼镜！她没穿高跟鞋，但小身子走起来，也如柳枝摆动，散发出青春魅力，惹人心动。她在院门外停下脚步，伸出玉手，轻按门铃。门开了，少妇先站在门外，说了几句话，然后就一抬脚，迈入门内！

门内有人，门内竟然有人！那当然就是陶砚瓦！这让王良利一阵惊喜！

他赶紧睁大双眼追寻那少妇踪影，果然就看见陶砚瓦，正在客厅与少妇说话。

啊，够了！足够了！谢天谢地，陶砚瓦不但私自卖字，而且还在别墅私会美女，私自召妓！他赶紧掏出手机，调整好位置和角度，等陶砚瓦送那个少妇出门时，他还抢拍到了二人同框的珍贵镜头。

这时王良利的心头灵光一闪：少妇？不对，是个年轻女人！不对，是个年轻女孩儿！当年曾经见过有女人或者女孩儿来机关找陶砚瓦，他就以此进行演绎，延伸拓展想象空间，令陶砚瓦名声受损。这一手还真是特别好用，可以捕风捉影，云里雾里；可以无中生有，道听途说。因为一般都没人调查，也不需要调查，就达到了把他抹黑的目的。何况这次他还拍下了照片！

奇文的三个部分，就这样凑齐了。不但时间准确地点清楚，而且房有门牌车有号，人有姓名事有因。任他陶砚瓦奸同鬼蜮，行若狐鼠，也想不到枪在哪里对着他，子弹从哪里飞来的；任他陶砚瓦三头六臂，长袖善舞，也有他不会跳的曲子，有他做不出来的动作；任他陶砚瓦巧舌如簧，浑身是嘴，这次也得让他憋了火，哑了炮，死活也说不清、道不明！

王良利感觉这次胜券在握，不需要匿名，必须用自己真实姓名进行举报。当然，肯定不能说自己家的别墅，恰好在陶砚瓦斜对门，是他亲眼所见。他还是得用老招子，说是有个知情人向自己说了什么什么，还提供了什么什么。他十分清楚，现在纪检部门只认实名举报，再玩儿匿名的不行了。只要是实名举报，纪检部门都必须立案，给予重视调查。再说自己实名不实名，已经没有关系了，一是自己这个名字没什么含金量了，贬值到负数了，也不怕被人再踩乎踩乎了。出具真实姓名，却显示出自己坚持原则，敢于负责，无私无畏，光明磊落。一辈子了，都是玩儿阴的暗的，都这个时候了，咱也光明一回！

既然光明正大，就来个彻底的、痛快的、直截了当的，不再拐弯抹角、含沙射影、太极推手、隔山打牛，而是要快速反应、抢占先机、直接对决、一剑封喉。

那天王良利把自己的精品力作，其实也就是两张纸，装进一个信封。信封上写的是机关纪委的一个年轻人的名字。他拿上这封实名举报信，专门开车回城，在自己家门口的邮局里，投递了出去。权衡再三，他认为一来寄给机关，一切可控，纪委也好，党组也罢，都不会被动；二来机关核查简单方便，反应最及时，最便捷，绝不会拖泥带水；三是机关纪委负责这事儿的年轻人，当年是他运作进来的，毕竟老面子还在，起码打探个消息会比较容易；四是机关党组、纪委也一定会保护举报人，不会向陶砚瓦透露举报人情况，而机关所有人包括陶砚瓦，也都不会知道他王良利就在陶砚瓦斜对面盯着呢。

他感觉自己已经成为一名战士，成功发射出一发炮弹，马上就会让陶砚瓦应声落马！

不对！落马这个词用得不准确。他已经退休了，本来也不在马上了，还落什么马？可想来想去，不落马，落什么？落地？落水？落市？落难？落架？都不甚合适。

最后，他心里采用了这样的说法：叫陶砚瓦“重则落网，轻则落架”！

哼！陶砚瓦啊陶砚瓦，你在职时我没把你制服，这回咱来一场总决战，看你还敢劲儿劲儿地瞧不起我！

他甚至幻想陶砚瓦被人叫走时的情景。他人很傲，应该挣蹦挣蹦，可来人什么情况没见过？你挣蹦也是白挣蹦。一边一个，掐上就走了。

他再接着幻想陶砚瓦也交由佟孟冬负责审讯，还是那个小黄做记录。你们不是知道陶砚瓦吗？你们不是称赞他陶砚瓦吗？但就是这个陶砚瓦，落网了，落架了！你们审吧！好好审吧！谅你们也不敢徇私舞弊，偏袒轻饶！哈哈哈哈，你陶砚瓦终于有今天！

你们不是说陶砚瓦写字好吗？你们不是唱他写的歌吗？你们就去给他买宣

纸，买字帖，让他练《急就章》吧！哈哈哈哈！

不对，不对不对！他陶砚瓦级别不对！我进去是由佟孟冬管，他陶砚瓦进去，应该是轮不到佟孟冬管！他级别低，不配！

级别，唉，就别提级别了。现在，唉。不急，等着瞧，我这一炮开出去，那边一定会有一出好戏看！现在望远镜又到了，待我"宜将剩勇追穷寇，不可沽名学霸王"，找到更新的证据，还会有第二炮，第三炮！我现在占有这样有利的位置，而且全世界都没人知道我在这儿，可以全天候、不间断进行监视，把陶砚瓦盯得死死的，看得真真的，瞧得细细的，说不定马上还会有惊人发现呢！他陶砚瓦的事情还没尘埃落定呢，说不定会把他关进去，十年二十年，有期无期，他哪还有什么级别？哼！哼哼哼！

不少文化人最会整人，而且整起人来不讲情义，不计毁誉。北宋的章惇，本与苏东坡是朋友，最后由他来决定苏东坡的流放地，他说苏轼字子瞻，去儋州；弟弟苏辙字子由，去雷州，因为瞻和儋、雷和由两两相近。黄庭坚字鲁直，就让他去宜州，也是因为宜和直模样相似。估计他手上拿个地图，美滋滋地从人名上去对应地名，来决定流放人的去向。

王良利这会儿，就有了章惇当年的感觉。他盘算着，幻想着，舒服着，陶醉着。

他决心已下，又抄起那个高倍望远镜。有了它，一定把陶砚瓦一举一动、草蛇灰线，看个清楚明白。他想起自己刚刚从里面出来，佟孟冬曾经对他说过多次的话：把证据搞到手，靠证据说话。心想，有了这件宝贝神器，何愁证据哉！更转念一想，他陶砚瓦只是个司局级干部，他再牛，就是进去里面待着，也到不了自己待过的地方，也见不到佟孟冬，以及跟佟孟冬在一起的小黄！哼！

他想到此处，浑身充满了力量。急忙打开三脚架支到地上，再把望远镜固定到架上，反复调试起来。他初步选定了几个点，一个是分别从二楼窗内和三楼窗内观察，一个是从一楼厨房窗内观察，基本可以洞察35号大门、客厅、厨房，以及二楼、三楼情况。晚上在开灯且不挂窗帘时，观察最佳。

108

王良利对新购的利器以及调试结果比较满意，非常满意，相当满意！刚刚想着喝一口茶，在躺椅上休息休息，突然一想：买这东西是为了什么？不就是为了观察陶砚瓦吗？怎么光顾了折腾它，竟然把目标给忘记了呢？

他赶紧站起来，跑到二楼窗台的三脚架前，把镜头对准对面35号看去。从门口到客厅，从客厅到厨房，从一楼到二楼，再到三楼，又返回门口、客厅、厨房，如此几番过了一遍又一遍，竟连个人影也没发现。他又在那院子里搜寻，只看见后院东边有棵山楂树，树上挂满了果子，而后院西侧角上，有一棵胳膊粗细的树，树干直直的，已经有两丈来高了，枝条都已经伸到西边邻居家院子里来了。那树叶十分硕大厚重，叶脉清晰可辨，密密实实地挂了一树，呼呼啦啦在风中摇晃，自然率性中，透着一股傲气。

王良利不认识这树，只感觉它非常特殊。只见它冠大干高，枝杈伸展，大叶繁茂，远看颇有将军临阵威武不屈之势，又有君子忠贞耿介遗世独立之风貌。王良利心里就骂道：这陶砚瓦就是这等天不怕地不怕，在任何场合都感觉良好那种人，肯定他小子就喜欢这种横而不流、不可一世的破树了！这树也不像是坐花的意思，似乎也不是长什么水果的样子，在院子里种这种树，只有陶砚瓦这种不着调的人才能干得出来！

找过来找过去，硬是没发现个人影。王良利就心想：不像是有人住的样子。可能回城里去了。这一想，突然就想到了方法。房地产商在每家门前右侧或者左侧，都留了车位。只要那家车位有车在，就应该有人住。盯住门前车位就可以了，没必要在房间或者院子里瞎找了。

王良利就在35号门前找车位，真就在他们家门前找到了。他们家出门右拐就是，从王良利这边看过去，是在他们家门的左侧。那个地方外面是一个空着的车位，车位后面还有一道不高的院墙，院墙中间还有一个小门，小门的门把儿上拴着一条铁链子，铁链子上有一把铁锁。他调试好焦距，可以清楚看见铁锁是锁着的。

早晨爬起来，他头一件事儿就是扒着朝东的窗户，朝35号院看。什么发现都没有，这才开始洗脸、漱口、上厕所、折腾早点，之后便是每天的日子，一会儿趴在桌子上临摹《急就章》，刚临三五个字，就莫名其妙站起身来，又扒着朝东的窗户，朝35号院看。也是应了功夫不负有心人这句古语，他还真是有了新的观察成果。

抬头看陶砚瓦那边，像是进了厨房，应该是准备晚饭了吧！想到此，王良利肚子里也咕咕叫了。他突然一想，是不是中午也没吃饭啊？

对呀，中午到底吃没吃饭呢？

他静下心，开始回放一天的详细过程，还真没想起来吃中午饭。就为了盯着看陶砚瓦，自己连午饭都没顾上吃，这是图个啥呀！还不是就图过这个瘾嘛！

普天下的人，谁也别吹，每个人都有上了瘾的事儿。谁敢说没有？你抽烟吧？你喝酒吧？你吹牛吧？你写字吧？你画画吧？你作诗吧？你摄影吧？你钓鱼吧？你打麻将吧？你旅游吧？你集邮吧？你抬杠吧？你跑步吧？你嘴馋好吃吧？你没事儿找抽吧？你作死吧？你玩股票吧？你挤咕眼儿吧？你吧唧嘴吧？你吹口哨儿吧？你颤悠腿吧？等等。

再举个简单例子，如今住在城里的人，每条街道，每个小区，甚至每座楼，有没有对捡垃圾上了瘾的人？你看那些围着垃圾桶转悠的人中，一定有不少非职业选手，他们是纯业余的，但却是对捡垃圾上了瘾的人。没错儿，就是不缺吃、不缺花、不为生计，只是对此事上瘾的人！很多人就是退了休了，没事儿干了，不知怎么就迷上了捡垃圾，变成了“拾荒者”。他们一开始偷偷摸摸，但一经上道儿，立刻食髓知味，逐渐成瘾。若问他们原先的职业，可能要多体面就多体面；原先的经历，可能要多辉煌有多辉煌。立过功受过奖的，升过官发过财的，住别墅的，有三套房的，有高级职称的，给大领导开过车当过秘书的，这样一群曾经光鲜、眼下也没有落魄的人，竟然就迷上了捡垃圾！而且为了捡垃圾，他们和儿女顶撞，和街坊周旋，和同好缠斗，和朋友绝交，他们到底是为了什么？

很简单，他们只是为了过瘾，过捡垃圾的瘾！

全世界几十亿人，肯定是每个人都有让自己上瘾的事情。而王良利就对整陶砚瓦上瘾，这事儿他干了多少年，屡战屡败，屡败屡战，退休之后也初心不改，甘之如饴，简直是当成了终身事业！陶砚瓦就是他心中永远的垃圾，他擦了又擦，扫了又扫，扔了又扔，捡了又捡，但陶砚瓦却像极了门外的垃圾桶，依然在那边高耸。不断有人去给他扔东西，也不断有人跑过去从他那里捡东西。

若说他对此上瘾，他也许会点头认可，但他毕竟名校出身，他对自己的瘾种，也自认为是比别人高雅，比别人难度高，也比别人意义重大。

这回他又让这个瘾勾住了。颇似那吸毒的从戒毒所出来，一见毒品又复吸了；也颇似那迷上了捡垃圾的人，正好赶上一户人家扔过来个大纸箱子；又像那迷上了盗墓的人，用洛阳铲杵到了青铜器。

哼！王良利心想：干陶砚瓦比临摹《急就章》过瘾多了！

赶紧也弄点儿吃的吧，趁着监视对象也进厨房了，不能空着肚子光想过瘾呀！

胡乱吃了些东西，都是原来的剩菜剩饭，反正也吃饱了。又坐下喝了几杯热茶，王良利感觉很畅快。因为他的猎物出现了，而且就在他的对面很近的地方，没有半点儿防备。而自己这边呢，普京大帝用过的牌子和款式，高倍数望远镜拿在手上，随意细细观察，纵情暗暗盯梢，只要有了有价值的东西，我王良利已经是被扔回原地，打回原形的人了，光脚的不怕穿鞋的，我堂堂正正实名举报你姓陶的！让你也是吃不了兜着走吧！

一抬头，天已经黑下来了。没有月亮，星星倒是有不少，但星星的光亮，不能和天上的月亮相比，也不能与昏暗的街灯相比。因为它们太高，太远，也太弱了。院子里、小区里，比白天更宁静，也更加冷清了。叽叽喳喳的鸟儿们找到了栖息之树，野猫野狗们都回到了惯宿之窝。平时好多房子都是空的，周末似乎稍微人多一点儿，但是依然改变不了宁静、冷清的大局。很多院子和房子仍然空着、暗着，唯有几只秋虫发出一些声响，给这个普普通通的暗夜，尽一点儿类似打更人的责任和义务。

陶砚瓦一楼的灯早灭了，二楼的灯亮了一会儿，刚才也已经关上了。对面的31号、33号平时根本没人，永远都是黑乎乎的。陶砚瓦不在的时候，35号也一样。

王良利又累了一天，且收获颇丰。他这会儿又盘算着怎么打出第二枪和第三枪，是一下子打出这两发子弹呢，还是分两次打一次只发射一颗子弹呢？如果分再次打，是先发射私自卖字的经济弹呢？还是先发射乱找女人乱召妓的生活作风弹呢。

他站起身，准备关灯睡觉。不，他一直都没开灯，何谈关灯呢。那就只剩下两个字：睡觉。

王良利一个人在这套大房子里住着，他当初选择的是在一楼靠西侧的卧室。他想的是在城里住高层，到了郊区应该住一层，接地气啊！接近秋分天气，不冷不热，他便只穿了一件短裤，一个人在房间里活动腰身，准备上床，给今天画句号。

这时，就听见外面有汽车在响。他猛地一激灵：是不是陶砚瓦要走？假如是他要走，会不会还有意想不到的料儿？他一骨碌爬起身，几步跨到北面临街的窗前，轻轻把窗帘撩开一条小缝，往外看去。

斜对面35号院门紧闭，是33号院门打开了，西边车位上也停了车，一楼灯也亮了，只是窗帘没拉好，留着二尺宽一条缝，从缝里清清楚楚地看见一个没穿裤子的男人正抱着一个赤裸着上身的女人，在大厅里转悠嬉笑。女人手里举着一团东西，就像挥舞着一面旗帜。啊，竟是一个男式短裤！男人用一只手搂定女人，另一只手用力拽掉了女人的腰带，接着又去脱女人的裤子。女人则扔掉手中的旗帜，去解男人的上衣扣子。两个人紧紧扭结在一起，男人一转身，仰面躺在了沙发上。

沙发背对着王良利，只看见女人露出的头，蓬松的卷发下面，掩映着白皙的脸，有节奏地摇来晃去。王良利这时正看得过瘾，但图像不完整，他本能地抬脚就往二楼跑，一只拖鞋都跑掉了，只穿着一只拖鞋上了二楼朝北的窗前，那里正架着本来是观察陶砚瓦的高倍数望远镜，王良利赶紧凑过去，居高临下，角度更佳。原来的方向和焦距，也不需怎么大的调整，就基本可以转移到这边，特别是可以看到女子的香肩，以及香肩下面，时隐时现的隆起部分。借助科学的工具，果然使图像更完整，也更清晰，乃至那双男人的手，在女人胸部肆意游走，都可以观察得很细很细。虽然不是很近的距离，但是也比看什么日本毛片更刺激，更过瘾！这不是艺人夸张表演的，而是原汁原味的，兼具生活性、趣味性和真实性的，地地道道的原生态！而且是千载难逢，机不可失，失不再来，更是不可商用的超级高端独享！我王良利今天真是要风得风，要雨得雨，是老天爷给予的恩赐，让我大饱眼福啊！

嘿！那小子的狂野奔放，那女孩儿的如饥似渴，什么叫猴急忙慌，干柴烈火；什么叫心旌摇荡，目眩神迷；什么叫人间未见之珍，天上难尝之味，眼前情景便是！尤其是两个年轻人的持久体力，让王良利暗自称奇，自叹不如，由衷钦佩。

只是有一点儿小小的遗憾：是无声影片，听不到任何音响。

看够了一个全过程，王良利仍不死心。他死死盯住那一对鸳鸯，看他们接下来还会有什么让人勾魂摄魄的表演。

两个人全然想不到会有如此近距离的偷窥者，因为他们根本就没有注意到那个窗帘没关好，而且他们开着灯，即使看窗外是一片黑暗，这种情况只方便外面偷窥，里面的人却根本看不到外面的情况。其实就算是在白天，他们也不会发现斜对面房间里，会永远架着一部望远镜，随时都会看到他们在房间里的一切。

两个人真的没有让王良利失望，竟然又让他看到精彩一幕：33号院一层通往院外的门打开了，那小子抱着女子到院子里来了，两个人都是一丝不挂！开始是男子横托着女子，一会儿又变换姿势，把女子立抱起来。

可能是发现了东侧邻居院内那棵伸展过来的奇怪的树，女子伸着手过去，摘下一片叶子，两个人隔着它亲吻，又伸手摘下一片，拿在另一只手上，两个人就隔着这片叶子吻一会儿，又隔着另一片叶子吻一会儿。真个是如胶似漆，情意绵绵。

王良利看得仔细，看得陶醉，看得神魂颠倒。直到看着他们回到楼内，关上楼里的灯，进了自己房间。王良利仍然意犹未尽，不忍离开。

刚才看了平常看不到的东西，让他万分惊喜。还有一件事，也让他越想越得意：就是这望远镜的夜视力真的超强超好，让他称心如意！他正在兴头上，舍不得回房睡觉，就继续把玩这个新上手的宝贝。他把视线慢慢从33号院内各个房间离开，镜头慢慢沿着大门往两侧挪移，东边是墙和树，西边是车位，以及车位上停着的汽车。这辆汽车他很熟悉，是一辆奥迪TT，跟他女儿的车是一个型号。他女儿的车是岩浆红色，比较收敛，不扎眼，这很符合她的性格。眼前这辆车头朝里，屁股朝外，因为在夜间，它的颜色黑乎乎的，具体什么颜色，分辨不清楚。反正看上去是深色的吧！女儿的车号好记，就是她的生日0313。等等！这辆车的尾号怎么也是0313？再看前面的数字和字母，都对上了，这就是女儿的汽车啊！难道刚才竟是她？

王良利突然一阵昏眩。

109

昏昏沉沉一阵之后，王良利又静下心来：不可能啊！女儿好好的到这里来干什么？一定是她把自己的车借给什么人了吧？或者，有人套用了女儿的车牌了？再或者，女儿的车刚刚被盗了？

他越想越不放心，越想越感觉蹊跷。就把脑子里刚刚获取的所有信息，重新抖搂一遍，特别回忆着那个女孩子的狂野，她的身材，她的动作，她的举止，她的神情。只恨自己刚才只注意她别的部位了，恰恰就没有关注女孩子的相貌，当然也还是看不清她的面貌，更是万万不曾想到她会是自己女儿。

不行，万一真是女儿怎么办？

偷窥这种勾当，本就不是光明正大之事，更何况偷窥的是男女苟且之事，不可以用语言描述之事！更何况，苟且的女方竟是自己的亲生女儿！哪有当爸爸的会这样偷窥自己的亲生女儿？人品再差，也不能差得没有边缘了嘛！

国民党的西北军政长官马步芳，是出了名的荒淫无耻。此人好色可不在偷窥，而是直接倚势而奸，发泄兽欲。此人公开说“生我、我生者外无不奸”。部属的妻女，自己家族的胞妹、侄女、兄嫂、弟媳，都难逃他的魔爪。甚至连他的外孙女，也遭其强奸，还生下一个儿子，被马步芳亲手杀死。以马之任性荒淫，仍坚持不奸“生我”和“我生者”。咱王良利人品肯定比马步芳好啊！可不管有意无意，为了满足一时之欲，竟然偷窥了自己亲生女儿，那不是比马步芳还不如，感觉貌似比马步芳更加没边儿没沿儿了？

王良利想到这里，扬起右手，狠狠朝自己脸上给了一个大耳刮子。这在王良利记忆中，可是第一次给自己一巴掌。他一边下意识地轻轻摸着这半边脸，一边想：这可是他自己打自己的处女掌，果然是够猛够狠，直接扇得自己眼冒金星，脸上热辣辣得好一阵子疼。

妈的，要不是遇见陶砚瓦，怎么会知道他竟然就在对面住？不知他在对面住，搞什么偷窥把戏？不搞偷窥把戏，怎么会买高倍数望远镜？不买高倍数望远镜，当然就不会看得那么清楚。看不了那么清楚，就撩不起那么高的欲火。撩不起那么高的欲火，或许就没有了偷窥的兴趣。没有了偷窥的兴趣，哪还有今日今时的烦恼！

所以今日今时的烦恼，颠过来倒过去，最终又归结到：全都是陶砚瓦的错！

陶砚瓦啊陶砚瓦，我跟你小子没完！

王良利手抚他的偷窥利器，越想越后悔，越想越窝囊。他真想让眼前这个偷窥利器，能变作一把电锯，先用它锯开自己的头，再变作一把刀，把自己脑袋里存有刚才信息的一切脑细胞，统统刮得干干净净，一个也不剩！

他在那个高倍数望远镜上使劲拍了几下，拍得五指发麻。可最后他又转念一想，万一她不是女儿呢？

头天晚上没睡好，第二天却跟平常醒来的时间一样，大约七点的样子。王良利突然想起什么，就趴着窗户撩开窗帘往外看，对面33号院门前的车没了，究竟什么时候走的，他完全没有听到一丝一毫动静。

真是奇怪啊。王良利仍然想着昨晚的恶心事儿，心情坏到了极点。早饭也不想吃了，《急就章》也不想临摹了，什么狗×的高倍望远镜也不想去看了，什么"讨厌我"陶砚瓦也不想观察了。

难道昨晚的事儿是做梦吗？他用自己的拳头照着自己的脑袋使劲敲击了两下，感觉挺疼的，不是做梦啊。唉，如此荒诞不经，要真是做梦就好了啊！

如果昨晚的女孩儿真是自己亲生女儿，那个男人就肯定不是她丈夫。因为她丈夫在监狱里面关着呢，而且两人已经离了，小外孙在姥姥这边住着呢，前天晚上还跟他视频了呢。

他抬头往陶砚瓦的35号院望去，一切如故，没有任何动静。他的目光往院子里一扫，那棵怪异的树又映入眼帘。它像是洞穿了王良利的心事，依然昂扬着头颅，伸展着枝干，一树的大叶子在风中晃动，像是小时候胡同里面那些淘气孩子们，起哄架秧子时的样子：给他一个哄啊，哄！哄！哄！他感觉陶砚瓦就在楼里面某个他看不见的位置，也在偷偷盯着他，甚至也在跟那一树大叶子一样，拍着巴掌喊叫：给他一个哄啊，哄！哄！哄！

不行！我一定得弄弄清楚，一定要解开这个心结！否则我非得活活闷死！他马上掏出手机，拨通了女儿的电话。那头还是平常的口气：爸爸！这么早找我有事儿吗？你现在什么地方？啊，我在单位加班呢。怎么了？爸爸，有事儿吗？你那车没事儿吧？没事儿啊，刚刚保养过的。啊，你车挺好的？对呀，挺好的。啊，那没事儿了。

王良利真想问女儿一句：你昨晚去哪儿了？可这话不能问，不该问，也问不得啊！

其实，也不用再问了。王良利身子往床上一躺，对着天花板极其大声地、极其漫长地"唉"了一声。

他想把憋在喉咙、胸口、肚子甚至脑袋里的东西，一股脑吼出去。

可感觉身上到处有那些乱七八糟的东西，刚才只唉一声怎么可以弄出去？

他又比刚才更大声、更漫长地“唉”了一声。

然后又“唉”了一声。

那天王良利就感觉浑身不舒服，自己一摸脑门儿，很烫。他赶紧要了车，回家了。进了家门一看，没人儿。他太太参加了一个合唱队，早练歌去了。他就自己烧水，自己倒水，自己找了感冒药，吃了。

他非常好奇鬼使神差地走进女儿房间，房间里空空如也，似有一股瘆人的神秘气息。笼罩在床上、地板上和桌椅上。

忽然看见梳妆台的镜子下面，摆放着刚刚采摘的两片硕大的叶子，正是陶砚瓦住的院子里，那棵怪异的树上，哗哗啦啦喜欢起哄架秧子的那种树的叶子。它们像两只手掌，实际比手掌还长，比手掌还宽，无论是它们两侧略微向上弯曲的正面，还是镜子里可以清楚看到边缘的背面，都贯通着清晰的叶脉，恰都像极了手掌上暴起的青筋，一左一右斜倚在那里，好像随时可以舞动起来鼓掌的样子。

王良利一看，就像突然受到一拳重击，或者就像是猛地被雷电击到一样，咕咚一声倒在了地上。

第二十一章　陶村一定有宝贝

110

市文物部门派了三个人，带着洛阳铲，很快就开着车来到陶村椁椤山，直接就下了大坑。他们一到，什么也没干，先是啪嚓啪嚓照相，照了上边照下边，里里外外照了个够。人们看不出个所以然，就有人说，这是来的什么人？不像是文物局的人啊，像是公安局搞刑侦破案的人啊！

终于照完了，一个小伙子就从车上拿过一个箱子，打开之后，一根鸡蛋粗细的铁头铲子，连把儿也不到一米长，头上有螺丝扣，拿一节钢杆子拧上去，把儿就立刻长了一倍，在发现砖石的地方，找准一个点，拿着那个铲子就往下打。那小铲子还挺快当，挺好使，一铲子下去，带上一兜土，几下子之后，铲子下去了半米多。然后又拧上一节把儿，换个人接着往下打。

三个人一边打，一边察看铲子里带上来的土。那土明显是分层的，一层一个颜色。有的层是沙土，有的层是黏土，还有白土、黑土、红土和胶泥。他们现在站着的地方，离地面应该有五六米深了，从那儿往下又打到四五米深的时候，钢杆子已经接了五根了，拿铲子的小伙子说，有东西。另一个小伙子就接过铲子，轻轻提起来往下一放，说，还真是，不像石头、砖头，也不是金属，哎呀，是瓷器吧！

瓷器？那个岁数大一些的人眼睛放光了，也过去轻轻提起来一点儿，再轻轻放下去，说，真是瓷器。行了，别弄了，走吧。

一听这话，那两个小伙子就开始往上拔那个铲子，拔出一节卸一节，最后又把它们放回那个箱子。

岁数大的人问，谁是这儿负责的人？

人们就都看那个开钩机的，开钩机的说，俺是干活的，主家没人在。

既然你是干活儿的，那你现在就是负责的人。你听好喽，先停工，别再动这儿了，等俺们通知。也许俺们要来发掘。

什么叫发掘？

发掘就是挖。

俺用钩机不也是挖吗？

嘿！你小子抬杠啊？告诉你，这地方发现文物了！需要保护起来，不能动了，不能碰了，谁再动、谁再碰，犯法你懂吧？这钩机是你个人的还是公司的？

俺个人的。

好，那就更好办了。快跟主家说，就说文物局不让干了，等俺们发掘之后，根据情况再说能不能开工，什么时候开工。明白了吧？

明白了。俺这钩机挖叫挖，你们拿个小铲子挖叫发掘。

对了，你进步了！等俺们发掘的时候，也可能要用钩机，你把电话留下，俺们需要的时候好找你。你记住了，俺们找你，是俺们付钱，跟他主家没关系。

电话留好之后，三个人拎着箱子上了车，呜一家伙就开走了。

中间只隔了一天，发掘就开始了。还是那三个人，这回是带着软尺先量了量，然后划出一个方块儿，找原来那个开钩机的，让他再往南边开挖三米，把砖石上面的土都开挖出来。

很快就挖完了，简单一清理，一下子就看得很清楚了：这是一口直径1.2米的水井，井台为青石砌成，井壁为青砖砌成。他们上次打的那个深孔，正好在井的内沿十几厘米处。也就是说，他们探到的瓷器，应该是在井底。

三个人就有点儿泄气，说既不是墓，也不是庙，是口老井，意思就不太大了。于是就开始讨论，这口水井不像是废弃的，因为井台上的青石整整齐齐，青石下的青砖也块块完整，井里的土质和井外的土质一模一样。根据它距地面的高度，以及横断面土层的粗略分析，这口井应该距今起码300年以上了，有可能是明代甚至是元代的东西了。

有个小伙子就说，这有点儿像那年华北石油在深州打油井时，用机器挖大泥浆坑，正好挖掉了半个老砖窑，剩余的半个砖窑的剖面，像壁画一样裸露在大坑的东侧，窑皮里等待烧制的土坯，整整齐齐地码放着，清晰如初。窑顶在地面以下不足一米，这足以证明，那砖窑是被突如其来的洪水和泥浆吞没的。

当年先有黄河滚动，后有滹沱奔腾。洪水裹挟着泥沙而来，把深州这一带淤积成了原野，所以脚下的土地是分层的，沙砾、沙土、白土、黑土、黏土、红土、胶泥，等等，层层叠叠。

他娘的，挖井里的东西，钩机可用不上了。有个小伙子说。

111

陶村的情况陶砚瓦已经知道了，也听说文物部门出现不同意见。一种当然说古井年代较早，况且里面还探到有瓷器，说不定会有些意外发现，建议正式立项发掘。另一种意见则是说冀中平原上古井很多，就算是明代、元代的，在一个村庄里发现的，井本身肯定具有民俗学意义、社会学意义，但还是构不成很大的文物价值和意义。用洛阳铲确实探到瓷器了，可在一个小村庄里，能有什么好东西丢到井里去？无非就是些破坛子、烂罐子，很可能都是残缺不全的。如果正式发掘，兴师动众，最后可能还不够投入的那几个钱呢，而且这样的例子已经有不少了。

陶砚瓦明确表示，完全尊重文物部门的结论和决定，不需要考虑项目单位意见。

那天过晌午，陶砚瓦听到文物部门反馈过来的正式意见：不予发掘，土地项目业主自行处理，如有重大发现及时汇报。

五哥听到结果之后，心里有点儿凉凉的。电话里问陶砚瓦怎么办？陶砚瓦说，文物部门这个态度很正常，因为他们要发掘确实担着很大责任，冒着很大风险。现在好了，咱们自行决定。俺的意见是，古井保留好，别破坏。把井里的东西挖出来，把破坛子、破罐子，哪怕是一片两片，破砖烂瓦，也都挖出来。实际上，里头的任何东西，都带着咱老祖宗的信息，有用没用起码咱看见了，心里头明白了。咱作为后人，尽到责任了。工程肯定得耽误几天，也得花几个钱。你说呢？

俺完全赞成！马上交代他们就照你说的干。五哥表态还是很痛快。

好，既然这样，俺再晚两天回去。正好俺还有个想法，五哥，俺想趁着俺回来这一趟，明儿个晌午把陶村四大吹、四大作家请到城里来，吃个饭，给他们分配个任务，一个大吹配一个作家，把陶村的历史，吹成故事，形成文字，记录下来，这对咱下一步工作会有作用。他们有的年纪也不小了，再不弄就来不及了。

好好好！这个主意不错，你就弄吧！俺也有个事儿跟你商量，俺想让德山两口子回来，盯着陶村这一摊子，俺说了几回了，你姐也跟他说过了，可德山还是磨磨叽叽哩。你什么时候给他打个电话，能跟他媳妇儿也说说更好，他要是回来就太好了，梓椤山交给他咱最放心。

好，俺抽空一定给他打，俺也得给他儿子打一个，也说说。俺试吧试吧吧。

给五哥打完电话，陶砚瓦想了想，就在城里他住的酒店，定了明儿个晌午的包间，还找了两辆商务车，明儿个去陶村接人。然后才给三哥陶砚房打电话，请他出面，一家一家去当面通知。说清楚没什么大事儿，就是想大家了，见面聊聊天。年龄大的身体弱的，千万别勉强，能来最好，不能来的，也会抽空去看他们。结果非常理想，八位乡亲一个不落，全部出席。

按岁数说，四大吹年龄较长，辈分也比陶砚瓦高。特别是征叔，还是陶砚瓦的本家叔叔，自然是在上座； 四大作家中有三个都跟陶砚瓦同过学，辈分也相同，于是就在下座。这是陶砚瓦第一次宴请这两个群体，据说这两个群体也是头一回坐在一起吃饭。尽管如此，他们见面都是其乐融融，谈笑风生，吃的喝的都很畅快，陶砚瓦把任务一交代，反响很热烈，都跃跃欲试，一定拿出成果来，不会让陶砚瓦失望。

陶砚瓦一见征叔，还是老样子，无非是老了一些，精神也不比从前了。但征叔还是不服老，说自己现在照样能骑自行车，也能下地干点儿轻活儿。他笑着看着陶砚瓦，嘴里还是那句话：砚瓦，你行喽，你真行喽！

四大作家中，岁数最大的那位，比陶砚瓦还大几岁，也是陶姓本家，但辈分小，还得叫陶砚瓦爷爷。当年陶砚瓦和杨雅丽结婚第一次回老家，他们几个辈分小的都已经满脸胡子茬儿，对着杨雅丽叫奶奶，要糖吃，把杨雅丽吓得直跑。

陶砚瓦说，今儿个来了八位，有长辈有平辈儿，正好是八仙。首先得谢谢各位出来聚会，咱要说的正事儿几句话就说完了，其实也算不上是什么活儿，大家也别当成是活儿，就当成是玩儿，是乐儿，想弄就弄，不想弄就别弄。咱健康第一，快乐第一。千万别累着，别努着。

走的时候，征叔把陶砚瓦叫到一边，悄悄问他，你这回还去不去陶村？陶砚瓦说回去是回去，是去桲椤山看那个大坑，不是说挖出来口老井嘛。那你什么时候回北京？还得一两天吧。什么时候还回来？说不好，随时都有可能回来。征叔有什么事儿你就说，咱是一家子啊！征叔说，等你忙过这一阵子，没事儿的时候，俺给你个东西。

112

晌午想睡个午觉，五哥来电话说，咱老家的人真他妈胆儿大。俺跟他们说那个古井文物部门不管了，咱准备自己往下挖。俺还没说完，他们就笑起来了。为什么？他们早已经挖了有几米深了，说应该快看见东西了。过晌午你赶紧过去看看吧！这帮小子净胡整。

陶砚瓦一听就笑了。说好好。俺过晌午准过去。

陶砚瓦赶过去的时候，已经能看见一个陶瓷的疑似酱坛子的口儿了。四个小年轻正干得欢实哩。那个开钩机的和另外两个人在上头提土，井底下有个拿铁锹的挖土装土，哥儿几个说说笑笑，一派欢乐繁忙景象。

陶砚瓦一过来，几个人都叫叔，说那天见了陶砚瓦还不认识，这回知道了，都是叫叔的。有人说不对，底下那个应该叫爷爷。底下那个听见了，就说那看怎么论，论东头俺是叫爷爷，论北头俺婶子，俺叫叔也没错。于是就一个一个说是谁家儿子，谁家孙子，可不，他们都是陶村的，一说都知道。

陶砚瓦说，俺就知道没外人敢来挖。四个年轻人就问，听说你晌午在城里请四大作家、四大吹吃饭了？他们还有能喝的吗？

陶砚瓦说，这你们也知道？他们笑着说，你请的这些人，在陶村都是响当当的大名，他们呼啦一声进城吃饭，请客的是你，这么大的动静，还能不知道吗？再说了，俺这几个人有的是他们的晚辈，有的是他们的亲戚邻居，全都是粘着连着的。陶村就这点儿人，能不知道吗？

开钩机的小伙子说，文物局那几个人，俺看着就不顺眼！牛逼哄哄，假模假式的。他们能见过什么？咱深州能有什么？没准儿他们还不如俺哩！俺在北京开钩机那会儿，都是民营公司大老板，搞房地产开发，隔三岔五就铲出东西来。有的当时就哄抢了，也没人管。要是铲出古墓啊古庙啊，那是老板最害怕的。他们赶紧把干活儿的人都撤走，立刻结账，多结几个月的，实际就是封口费。东西怎么办？他们换上自己人，能弄走的弄走，弄不走的就砸了、铲了、扔了、埋了，反正不能让文物局知道。他们知道了，一停工就不是三天两天，说不定至少几个月，一年两年甚至永远开不了工也说不定，真是那样，老板就完了，这个项目就别想赚钱了。

陶砚瓦听着小伙子的唠叨，还真是很新鲜。就说你小小年纪，还知道的不少。

小伙子说，叔啊，你们大机关的人，永远不知道下面怎么回事儿。有的事儿说了你们也不信。现在的社会，可不像你们想的。俺原来的老板，你知道原来干什么？他站在街上发小广告。后来不知怎么认识了一个女的，那女的有身份，说看你这人挺老实，别发广告了，你弄个公司，我给你找点活儿，比这个来钱容易，也快。现在，这小子的资产早上亿了，成大老板了。

陶砚瓦说，这好事儿也不是随便就能碰上的，里面有些什么细节，别人永远也不会知道。

那是。叔啊，你那天要找文物部门，俺就想说，找他们干什么？这不是白费劲儿吗？咱自己挖挖看看，不就全明白了吗？这不俺跟他们这几个一说，都说咱挖！管他什么文物局哩。如果真有贵重的东西，咱汇报他们处理不就得了嘛。再说了，就是把咱陶村整个都卖了，能值几个钱？咱能有什么好东西？

说话间，那个酱坛子就挖出来了，提溜出来，把里面的泥土也抠出来，就是一个普普通通的坛子，上面也没字儿，里面也什么都没有。有个小伙子就要扔，陶砚瓦说，别扔，轻轻放一边去，这可都是咱祖宗辈用过的东西！

接着挖，又陆续有点儿破砖烂瓦小罐子出来，大家都有点儿灰心丧气了。弄出一块砖，就说秦砖来了！弄出一片瓦，就喊：汉瓦来了！然后就跟着一阵子原装的陶村式大笑。

突然，底下的人喊了声：嘿！有大东西了！

所有的人都围过来，伸着脖子往下看。只见从井底下的黑不溜秋的泥土中，隐隐露出一块石头，有人说是不是井沿上的石头掉下去的？

又接着往下挖，很快就看出来是块石碑。摸了摸，上面还有字儿。

这下子大家又来了劲头儿。说有带字儿的可就说不好了，有字儿的准是值钱的了！开钩机的小伙子也下去了，两个人弄了弄，弄不动，就继续往下挖，露出来的部分多了，埋着的部分少了，终于晃了晃，晃动了，两人一用力，出来了。赶紧用绳子绑上，两个人也上来，大家一起把石碑提溜了上来。

早从钩机上拿过来一块抹布，打过来一桶水，一擦拭，石碑正面露出真容。

上面刻的最上面一个字是繁体“显”字，下面并排着右“考”左“妣”二字，“考”字之下是“张公讳津梁府君”，“妣”字之下是“杨氏孺人太君”，两行字的正下方有“之墓”二字。再看立碑时间是大明嘉靖八年。最后看立碑人是孝男：张荇溪、张荇藻，孙张春塘、张寒塘、张野塘、张碧塘、张秋塘，曾孙张泗泽、张泗泓、张泗润、张泗深。

陶砚瓦说，孩子们，赶紧把碑反过来，看看背面儿有字儿没有。几个人又把碑一掴，翻过来放平了一看，光秃秃的什么也没有。

陶砚瓦叹了一口气说，孩子们，你们今天费了这么大的劲儿，还顶着点儿风险，挖出这块石碑，真是值了！

几个小伙子就问，叔，这上面写了什么？就值了？这不就是咱村张家老辈儿的碑吗？

对，在咱陶村的古井里发现了，肯定是咱陶村的张家无疑，你们几个今天都是见证人，一定要记住今天的日子，这个日子很重要，而且是你们几个人亲手挖出了这块石碑，俺也很幸运，成了这个可能载入史册的事件的见证者。

开钩机的小伙子说，叔，听你一说，这是俺们张家的老祖宗啊！咱把碑再翻过来吧！

陶砚瓦说，别翻过来了，扣着更好，还能保护它。你们都叫什么名字？我要记一下，这很重要。

小伙子们就一一报了自己名字，开钩机的叫张雨祥，他又问，叔啊，你给俺们说说呗！这块石碑到底是怎么回事儿？

陶砚瓦说，现在跟你们几个说，还只是俺自个儿判断，不敢说肯定怎么怎么样。但是可以肯定的是：碑是明朝的，姓张的，陶村的，上面有名有姓的一共四代：爷爷、儿子、孙子、重孙子，十多个名字，这里头有一个名字，可是个很有名的名人，他跟碑上的这个人名字三个字完全一样。那个人也是明朝的，还有文字记载说他是河北人，但河北什么地方？哪年出生？哪年去世？都没有任何材料了。于是南方某省就说人是他们那个地方的，但是他们唯一能证明的，是这个人娶了他们那边一个名人的女儿，是他们那里的姑爷，但现在他们就说这个人就是他们那里的。咱们今天挖出了这块碑，碑上发现了这个人的名字，虽然再没有别的文字可以证明了，但起码咱有了这个证据，名字跟那个人一模一样，朝代也是明朝的，具体年代也是那个年代的，籍贯也是河北的，这几条目前来看，跟那个名人的相似度太高了，证据也是最可信的，俺个人判断这就是那个人，所以咱陶村就成了名人之乡了！雨祥啊，你以后也成了名人之后了！

四个小伙子听完这一番话，立刻就炸了，他们欢呼雀跃，互相击掌相庆，在陶村的旷野上，紧傍桲椤山前，爆发出一阵哈哈哈哈正宗原装陶村式大笑。

笑声还在飘荡着，张雨祥就说，不行，俺得给俺老祖宗磕个头。说罢，他面向着这通石碑，咕咚一声跪了下去。

陶砚瓦问，雨祥，下一步准备怎么着？

张雨祥说，就这样吧！还能怎么着？

我琢磨了一下，咱还得挖。陶砚瓦很认真地说，这块碑挖出来了，只能说明碑那个年代，就这些东西了。碑底下，一定是有更早的泥层，也许还有更早的东西。你们几个也琢磨琢磨？

四个人眼睛一碰，都说对啊，叔，俺们听你哩，接着往下挖。

俺猜着应该有东西，不一定是大东西了，可能会有小东西，你们千万小心点儿。别放过任何宝贝。俺跟福禄说，他给你们开工钱。

叔，俺们明白了。你放心吧。

几个人简单一商量，就有人又下了井。

结果是，又连续挖了五天，越往下挖，难度越大，进度越慢，可是也断断续续有了新的发现：有些瓷器、陶器残片，有锈成铁疙瘩的刀枪箭镞兵器，还有一个最让陶砚瓦心动的，是有个锈迹斑驳、塞满污泥的铜角。

陶砚瓦一接到电话，还有张雨祥从现场发来的图片，就喜出望外，仔仔细细调过来调过去端详半天。他又嘱咐张雨祥说，你们千万不要再动它了，表面的泥不要擦，里面的东西也不要抠，原封不动保存好！

第二十二章　天意难违

113

王未名！张栲迷迷糊糊一翻身，下意识就摸他旁边的女人。但他没摸到，女人不在。他以为她在旁边，嘴里就嘟哝一声她的名字。但是没有听到回答，他嗖一家伙坐起来，又喊一声：王未名！

王未名正光着身子，刚从厕所出来，听到张栲喊她，就想和他开个玩笑，故意没吭声，她一只手扒住厕所门楣，另一只手揽住发梢偷偷往床上看。只见张栲以为她走了，正着急忙慌穿着衣服，就是紧着出去追的节奏。心里就感觉暖暖的，美美的，挺逗的，扑哧一声笑出了声。

张栲正着急呢，听到她的笑声也发现了她，立刻把手上的衣服往旁边一扔，跳到地上就跑过来抱她，吻她。抱得很紧，吻得很深，吻着吻着又把她抱起来，轻轻走到床前，然后一起抱着吻着上了床，仍然把她搂得紧紧的，生怕她跑了似的。

刚才你是不是以为我走了？王未名一只手搂着张栲的后背，另一只手轻轻抚弄着他的一只耳朵问。

是。张栲双手搂住王未名的脖子，生怕她真的突然跑了。

刚才你是不是特着急啊？王未名明知故问。

是，我以为你走了，我就想赶紧去追你。

我是得早点儿走，不然晚了路上堵车。

好的，我要你15分钟。

不，10分钟。

12分钟！

那只能给你11分钟！

张桲呼吸急促起来，嘴里说着，好好，11分钟够了，9分钟，7分钟，5分钟，3分钟够了！你呢？

王未名说，你可以再多一会儿，就多一会儿，多一会儿。

天上晨星闪烁，窗外秋虫唧唧，树上小鸟啾啾，有一阵山风掠过山上的青绿，吹到隔壁35号院的桲椤树上，就有几片叶子开开合合，但尽量不发出声响，似怕惊动这一对玉人。

114

王未名走之前，手里举着两片桲椤叶子，盖在张桲嘴上，自己弯下身子，隔着叶子亲了一口说，大乖乖，走了啊！

张桲这里一湾巨潮正在消退，嘴里哼了一声，说，路上小心点儿！

王未名说，放心吧！人已经在下楼了。脚步声很急，咔咔咔咔从楼梯下到一楼，又从一楼楼梯口到房门口，先是房门开关声，又听见汽车发动加油远去。

张桲早已堕入情网，他是真的深深爱着这个女人。至于为什么？他自己也说不清，他也不想说清。尽管她比自己大整整11岁，还带着一个五岁的孩子，但是这有什么？没什么嘛！我们在一起几个月了，什么也不影响嘛！我们在一起好好的嘛！

好是好，但是就一样不好，两个人至今谁也没有告诉自己的父母。

没有告诉自己父母，又是各有苦衷。

张桲是因为他早从美国回来了，什么南加州分校研究生，什么金融法专业，全是没影儿的事儿。他爹娘一直以他为傲，讲他在美国学习怎么怎么努力，生活怎么怎么清苦，大学毕业了，又读研了，毕业了还可能留在那边，说那边钱好挣云云。几年来他把父母给他在美国读书的钱，都用在北京生活，在内蒙古沙漠植树上了。别说找女朋友的事儿了，就是在北京的行踪，也都还瞒着父母呢！而且这样做的，在他周围就有五六个。

王未名则是另外一道风景。自从她公爹一被抓，前任丈夫就跟她商量，为了孩子，赶紧离婚，把财产分割好，一切罪过一身担，说跟王未名一直不和，也从不跟她谈股票，所以这事儿跟她半点儿关系也没有。但跟她父亲偷偷透露过一次内幕消息。最后王良利被双规，这也是其中重要的因素。结局当然是该入狱的入狱，该处分的处分，该退赔的退赔，该罚没的罚没。王未名仅仅是被原单位除名，果然躲过了牢狱之灾，也成功保住了一定经济利益。当然代价也是巨大的，婆家那边基本是破败了，娘家这边也惨遭伤害。她每回一次娘家，都自觉对不起自己父母。现在跟张桲的事儿，怎么跟他们启齿呢？

好在两人恩爱，虽不能堂堂正正组家，但这样暗通款曲，偷吃禁果，倒也给生活多了些乐趣，给人生多了些别样风情。

当然，这样的情况绝不可以持久。几个月一晃就过去了，再一晃一年就过去了，再再一晃，三年五年就过去了。老这样晃下去，一辈子就晃没了。

想到这里，张桲感觉心里一激灵，身上起了鸡皮疙瘩。

真是太可怕了！自己都22岁了，学业未成，事业未立，却在这温柔乡里，夜夜消磨。总有一天，要直面爹娘，彻底交代，是打是罚，只好由他去吧。

张桲从床上爬起来，走到窗前往外望去，赫然发现他的表叔陶砚瓦，正在隔壁35号院子里悠闲散步呢。

开始他以为认错了人，揉揉眼睛再看，也幸亏离得足够近，那人显然好多天没有理发刮脸了，看上去头发很长了，还胡子拉碴的。更兼他泡眉肿眼，塌鼻龇牙，挺着个微隆肚子，耷拉着细长胳膊，趿拉着个拖鞋，松弛着个裤腰，晃晃悠悠，若有所思，痴痴呆呆，恃才傲物，那副国家主人派头，那种忧国忧民气度，特别是都六十来岁了，那满头乌黑发，一双炯炯眼，不是表叔陶砚瓦又能是谁？

张桲真想打开窗户，冲着那边猛喊一声：砚瓦叔！甚至直冲过去，一个熊抱，一阵大哭，一声长啸，一吐衷肠！在这郊外荒山，对着蓝天白云，再找来一杯老酒，一壶酽茶，我先给你跪下，全交代，全坦白，任你骂，任你打，任你刨根问底，任你鄙薄狐疑，我只需唉声叹气，痛不欲生，悔不当初，一定痛改前非，脱胎换骨，重新做人，重归大道！

但转念一想，哎呀，且慢！

这个砚瓦叔是个不大不小的官员，既有一点儿不大不小的权力，又有一点儿不大不小的名气。虽然说他还不太像那些在官场上混的，那些着三不着四的主儿，一瓶子不满半瓶子晃，一个个油腔滑调，自以为是，目空一切，不食人间烟火，好像国家命运、民族危亡全系于他手上一样的样子。但他怎么不在北京城里好好待着，而是跑这荒郊野外来了？难道他是这房子的主人？那他是怎么会有这么多钱？如果不是房子主人，那他跑到这里住着干什么来了？以上问题非同小可，不弄弄清楚，解决不了自己的问题不说，说不定还会捅更大的娄子，闯更大的祸患呢！

思前想后，张桲有了对策，那就是稳住阵脚，先把对方打探清楚，再说下一步的事儿。

张桲想，正好两套房子紧紧挨着，必须把自己隐藏好，然后从这边窗户望过去，能把那边看得清清楚楚。连望远镜也不需要买。况且从暗处观察，对方一无所知，全无防备，假以时日，早晚会把他的一切弄个清清楚楚、明明白白。

再看陶砚瓦，早已回屋了。院子空荡荡的，只有院子西北角那棵桲椤树，巍然耸立着。它那圆圆的树冠，从北面和西面伸展出去，大咧咧进入到张桲所在的33号院里。它那硕大的叶子，密密麻麻挂满枝头和枝身，层层叠叠团聚着，跳跃着，舞动着，嬉闹着。永远不知疲倦，不顾严寒酷暑、雨雪风霜。

张桲哪里会想到，这个35号院是自己亲爹买的，这棵桲椤树是他亲爹栽的。

他把目光移到33号院子这边，顺着北墙根，他也种下了十来棵小桲椤树，如今也全部成活了。虽然弱小，但也算茁壮。它们更多的伙伴已经在内蒙古沙漠边缘安家，而且也各自扎下深根，准备与风沙为伴，与命运抗争了。

想起沙漠中那些小梓椤树，他不由得又想起他和王未名相识、相知的点点滴滴。

115

4月20日学会青年研究会会长扩大会议在北京召开之后，次日他们40余位理事及特邀嘉宾，就集体乘车赴内蒙古沙漠植树基地召开周年总结会。

那天张梓招呼大家上车，落座，见没人来了，就坐在最后一排空座上。车子马上要走时，门突然开了，一个少妇带着一个小男孩儿上了车。然后匆匆忙忙从过道里向后面走，都没见她眼睛往两侧看，直奔最后一排，一屁股坐在张梓旁边，再把小男孩儿放在最靠窗子的位置。歪着身子卸下双肩上的背包，又从侧兜里拿出一瓶水，递到小男孩儿手上，说，喝！小男孩儿果然就喝上了。整个动作非常连贯，应该是几年实践磨炼的成果。

少妇见小男孩儿喝上了，这才把头扭过来，对张梓微微一笑。

这一笑，是客气，是礼貌，是无奈，是我能行，是谢谢不用帮。那一笑把少妇的豁达展现了，把女子的母性彰显了，把做人的胸襟敞开了，把处世的圆融表露了。那一笑，如鲜花绽放，如清泉涌流，如彩虹立现，如冬阳激射，把张梓笑晕了，笑呆了，笑傻了，笑出相思病了。女子笑完头就扭回去了，却把张梓的魂儿勾走了。

张梓像是触了电，着了魔，他再也不能安安稳稳地坐着了，他必须做点儿什么，说点儿什么，或者招惹点儿什么。

招惹谁？他还算是理智，招惹少妇，太唐突，不妥当啊！招惹那个小男孩儿！对，就是他！

小朋友啊，你几岁了？你叫什么名字啊？用这样嗲嗲的声音说话，他还是第一次，连自己听了都感到惊讶。

小男孩儿听了，并不回答，他抬头看着妈妈。妈妈笑笑说：叔叔问你呢，快告诉叔叔吧！

我四岁半了，我叫王骁航。马字旁的骁，航行的航。

啊，王骁航，你真棒！叔叔超喜欢你啊！

谢谢叔叔！叔叔你几岁了？你叫什么名字？王骁航也对等发问。

叔叔21岁半了，叔叔叫张桲，弓长张，木字旁，加上蓬勃的勃字左半边儿，桲椤树的桲。张桲也尽量对等回答。小骁航听了，也明白是在学他，也会心笑了。

张桲一看，好了，破冰成功了，机会来了，就伸出双手说，你过来让叔叔抱着好吗？

小骁航又抬头看妈妈。

妈妈说，哎呀，不可以，你太沉了！

小骁航说，妈妈说我不沉，才16公斤。

张桲说，啊，才16公斤，那还真不沉！来，叔叔抱着，一点儿都不沉。说着就真抱过来了。在接孩子的时候，张桲与少妇有身体接触，那一刻，一股暖流涌遍全身，伴随着少妇身上的特殊味道，更是让他神魂颠倒，产生无法言说的感觉。

这一路上，是300公里的车程。车上人们大多互不相识，又无心观看窗外风景，偶有与左右同座闲扯几句闲篇儿者，扯完之后感觉无聊，就一个一个进入梦乡，呼呼噜噜分成若干声部，乱乱糟糟的旋律和节奏，却使人增添睡意，且越睡越香。就连小骁航也扛不住呼呼睡了。少妇就伸手要接过去，张桲就摆摆手，坚持抱着，显示出一个负责任男人的高贵品质和坚强意志。

抱着抱着，他忍不住扭头去看少妇，恰好像是冥冥中的灵犀，少妇也几乎同时扭头看他，抑或是看他怀中的孩子，总之是四目相对，停了那么一秒半秒，少妇先害羞了，小脸蛋立刻艳若桃花，急忙转头直视前方。

张桲已经是一个成熟的男人了，起码他自己认为自己是一个成熟的男人了。他懂得男人应该主动，应该出击，应该承担，应该付出。他不知哪里来的胆子，竟然用他胳膊肘子轻轻碰少妇的小胳膊，少妇果然又扭头冲他看，这次看他时的目光里，透出的是坚毅和勇敢，并且没有丝毫胆怯和退让之意。见张桲也勇敢地看她，竟然开口问，想说什么？

我想问你叫什么名字？

王未名。未来的未，名字的名。

就是未名湖那两个字？

对，我爸爸念北大时生的我。据说他们班给自己孩子取名叫未名的就有七八个。全国上北大的人很多，自己孩子取未名这两个字儿的届届都有，可见北大的学生都多么缺乏文采！王未名竟然也调侃起自己父亲，调侃起北大来。

张桲却是真的笑了，因为他也给王未名破冰成功了。

我叫张桲。

王未名接着他话茬儿说，木字旁，加上蓬勃的勃字左半边儿，桲椤树的桲。

啊，对对对，你刚才听到了。我真的超喜欢这个小男孩儿，真的。

不对吧，你是喜欢他妈妈吧？王未名说完话，两眼直勾勾看着张桲，那目光如剑，把张桲精心披挂的铠甲击得粉碎，又把他的衣服击落，直接让他脱得精光，在人前裸坐。他立刻慌了，乱了，脸红了，流汗了，恨不能立刻往车座下钻。

看他狼狈不堪的样子，王未名立刻掏出一张纸巾递给他。他左手接过纸巾，同时用右手顺势抓紧王未名的左手，王未名想抽回自己的手，但张桲死死抓住不放。王未名还是看着他，他也勇敢地看着王未名，幸好有小男孩儿的双腿作掩护，他们又坐在车尾角落里，车上所有人都没有发现他们两个人在过招。王未名干脆任由他握住自己一只手，两眼移向车外。车外是燕山和长城，横亘在公路两侧，观看着千百年来的风云尘世、烟火人间。

张桲心里暖暖的，因为他从那只小手上，接到王未名传递过来的体温，那体温越来越高，以至于不知道从谁的手上，渗出黏稠而灼热的汗液，也许是两个人同时渗出的，交汇在一起，恰像润滑剂一般，使手感舒适而温馨。就连王未名，也不知从什么时候起，已经丢弃了矜持，那只小手任由张桲揉捏把玩，一副很享受的模样，没有一点儿要抽回去的意思。

张桲心花怒放，如醉如痴。他像所有男人一样，开始得寸进尺地探求。他把自己的手移向她的其他部位，那王未名竟然任由他放肆，而且竟也把小手伸向他的相应部位。

在整个过程中，王未名体验到从未有过的快感，甚至在她少女初恋时代，与初恋男友、继任男友、正牌老公，都没有这般愉悦。她看了看张桲，看他无比神圣、十二分投入的样子，看他如饥似渴、新婚破处般的样子，她完全解除了自己的所有戒备，甚至想立刻脱得精光，与他共赴爱河。

116

晚上到了基地所在县的县城，住在当地最好的酒店里。分配房间时，张桲给王未名母子安排了一间双人房，没有安排其他人合住。更为巧妙的是，他自己的房间和王未名母子紧挨着，只隔着一堵墙。

他马上就给她发了微信，告知了房号。

她回复道：色胆包天，不许胡来！

张桲发来四个字说：天意难违！

接着又发来一张图，图下面的文字是：旅游时男人碰到单身女人，就想占人家便宜禽兽不如；如果不想占便宜，不如禽兽！

王未名回复：对，都是禽兽！

接着又发来一张图，图下面文字是：男人见了自己如狼似虎，让女人愤怒；男人见了自己没有如狼似虎，让女人落寞。

王未名回复：越来越不堪了！我不想当儿子的面。

张桲说：明白。

吃完晚饭，大家就学会青年研究会的前期工作做了总结，并对新一年的工作方向进行了展望和可行性探讨。会议开了一个半小时。

王未名没有过来开会，这让张桲很落寞。他从今天起，确切的时间是从与王未名四目相对，大约是上午8点15分开始，王未名就成了他生命的核心。只要没有王未名的时间和空间，就会感觉实在太冷清、太无趣了。自从离开家以后，他第一次对一个女人产生强烈的依附感。

会终于开完了，张楟立刻回屋，马上给王未名发微信：亲爱的，我回来了，准备先洗澡。

王未名回复：好习惯。孩子刚睡着，我也冲个澡。

张楟没敲门，他试着直接把门把儿一扭，果然没锁着，一闪身，进来了。

王未名刚洗完澡，头发湿漉漉的，只穿着睡衣，正侧躺在儿子身边。她如出水芙蓉一般水灵，不施脂粉，两眼蒙眬，略带俏皮。那睡衣的面料很薄且很柔软，身体更显凹凸有致，只见胸挺双峰，臀翘双丘，最曼妙处是她的小肚子，好像根本就看不到肚子，只有盈手可握的小蛮腰。就连她露在外面的小腿，光着的两只脚，都透着温润和性感。张楟站在床头，一动不动，呆呆看着，那王未名也如同模特一般，任由他上上下下从头到脚细细审视、观察、欣赏。

王未名见他发呆，就说，小小年纪，还故意表演成熟老练。有过多少女人？敢向我坦白吗？

张楟就赶紧上前，也想侧身躺在王未名身边，王未名立刻起身说，不行，别让孩子看见。说着就坐到旁边另一张床上，还示意张楟坐在沙发上。

张楟说，我不坐那里，我挨着你坐着。他硬是挤坐在王未名身边。

王未名说，张楟，咱两个可是刚刚认识连一天都不到，你不觉得咱们都太唐突、太莽撞吗？我毕竟大你许多，当然就是你大姐吧，况且不管怎么样，你应该是个好人，我绝不想连累、伤害你。我甚至想，就算咱今晚露水夫妻，明天各走各的，或者以后做个普通朋友，我都能接受你。你明白我的意思吗？

我当然明白，而且我也非常相信你会说到做到，因为我坚定地认为你是个好姑娘。我不管你过去，多么曲折，多么复杂，你在我眼里，还是个清纯得如同刚刚走上社会的小女孩儿。看到你的第一眼，我当时就想，哎呀，你就是我想要的那个人，你就是老天爷分配给我的，你的年龄大几岁还是小几岁，根本没在我的考虑之内。我虽然年轻，但也经常和女孩子接触，目前为止，还没一个女孩子能像你一样，让我有触电般的感觉。我恨自己怎么不早生几年，早一点儿遇到你，早一点儿和你一起，你就不会有曲折、有痛苦了。

张桲说着，拉起王未名的手，又把她的手放在嘴边，亲吻起来。然后对王未名说，我真的，真的爱你。

我相信。王未名也拉起张桲的手，放在嘴边亲了一下。

…………

117

除了上下午在服务区各休息一下，喝水上厕所，中午吃饭，就是干坐在车上。所有人都颇觉无趣，只有两个人甘之如饴，他们在极其短暂的时光里，达成了互相以身体让对方愉悦的默契。他们都很享受当下，恨不得让车子一路向北，进了沙漠，再穿过蒙古，一直开到西伯利亚贝加尔湖才好。

张桲还从没有这样与一个心爱的女人温存过，他简直不敢相信这是真的，自己胆量怎么如此之大？王未名怎么竟然能够容忍并且接受他的爱抚？她应该不是随随便便的女人，她肯定不满意自己的老公，或者她原本就没有老公？

王未名也为自己的放荡万分惊讶。她自从离婚之后，也见过不少男人，有的还多多少少交往过一些时日。但是从未有过能让她动心，不忍拒绝，甚至去主动迎合的男人。像张桲这样，纯洁而又直率，一见面就不让人讨厌，进而让人喜欢的，还真没遇到过。当然有不少喜欢她身体的，喜欢她财富的，喜欢她学历的，不一而足，但一个个尽是些凡夫俗子，越交往越让人生厌，越接触越让人失望。这个张桲还真是很好，如果他年龄再大几岁就太完美了。可惜他这样小，差不多就是所谓小鲜肉那帮人的年纪，但起码看上去不是胡作非为的人。走一步看一步，先交往交往看吧。

一见男人就想到结婚，她暗地里也认为自己太那个了。但是年轻女人没有男人陪伴，也是有许多苦处啊。

路上张桲拿出手机，打开微信二维码，让王未名扫，王未名当即就扫了并加为好友。

屏幕上马上出现了：你们已经成为好友，可以互相聊天了。

进入微信时代之后，一对男女刚刚认识，而且紧紧挨着坐在一起，竟然都选择用微信进行沟通了。想想也对，他们要谈的话题，显然更适合用微信。文字比面对面说话少了许多顾忌和尴尬，更方便和直截了当。

张桲给王未名发的第一条微信是：你真好，我爱你！

王未名回：你太小，对爱的意义领会不透！

张桲说：我是成年人了，我自认为已经完全具备了对爱的理解和爱的能力！

王未名回：我们年龄相差11岁，你认为会产生持久的爱情吗？

张桲说：我毫不怀疑。你等着，我会证明我自己，我会的！

王未名回：我有家庭，有孩子，难道你竟然会全然不顾吗？

张桲说：直觉告诉我，你是单身母亲！

王未名看到这一句，心里一惊，眼泪竟涌出来了。

张桲早看在眼里，他伸手又把王未名的手抓住，并且使劲捏死，捏死，捏死。

王未名把头往张桲身上一靠，立刻又离开了。张桲乘势往她头上亲了一口，然后对着她耳朵说，真香啊！

王未名竟然不顾车上有人会看见，在张桲脸上重重地亲了一口。

张桲岂甘其后！他用手把王未名的头揽过来，对着她的嘴就开始舌吻。

这时，小男孩儿醒了，他睁眼正好看到这一幕，立刻一扒拉坐起来说，妈妈，你不爱我了？

妈妈爱你，妈妈爱你！王未名一把抱过小骁航，在他小脸蛋上用大力很夸张地亲了一口。

张桲说，小骁航，叔叔也爱你，永远永远都爱你！

王未名感觉，这话像是说给他妈妈听的。

118

第二天当然是此行的重点，就是植树。这个植树封沙绿化活动，自十五年前开始，至今已有200多批次志愿者，共8000多人次共同参与。在浑善达克绿化沙地、张北县绿化基地已完成储苗200万棵，产生了不小的影响。

不巧这天气温骤降，还遭遇了难得一见的大风和雨雹。大巴车不敢超过80公里时速，到了基地，张桲还按照计划，组织大家把国旗插上，然后所有人都在国旗前面站好，把一个有本次活动名称的横幅拉开，放在大家前面，合唱庄严国歌。

学会青年研究会秘书长宣读一个报告，总结了去年亮点：提交多篇论文，在网上建立近百个宣传群，以植树活动为平台宣传核心思想，研学活动成功举办。最后他提议，大家在绿化基地种植樟子松林，以为纪念。

开始种树了。由于风太大，帽子都戴不住，小雹子打在脸上特别疼。尽管如此，大家还是圆满完成了自己的植树任务。看到春雨，大家说挨淋不要紧，只希望这甘霖有助于树木的茁壮成长！ 本次绿化奖章授予了一位教授，和带着孩子来的王未名。

王未名拿过奖章，立即给小骁航戴上。说骁航今天表现最好，不哭也不闹，还帮妈妈取树苗、浇水，小骁航一直和大家一起劳动，确实努力表现得像个小大人。

刚才张桲把王未名母子叫到另外一处地方，种上了一种特殊的树苗。他说这是桲椤树苗，桲椤的桲就是我的名字，桲椤的椤是我妹妹的名字。

王未名说，你们兄妹的名字多好啊，你一定是有个好有文化的爸爸！

张桲听了一笑说，我爸爸文化恰恰并不高，但是他是个有想法的人。他特别对这个桲椤树很喜欢。你们看这个树，特别是它的叶子很大很厚，还能当茶喝，有一股清香味道，还能用它包装梨子等水果，也可以包粽子、包面饼等。小骁航一字不落地听着，唯恐落掉什么重要内容。

正午时间大家抬头仰望，突然发现在太阳周围有一轮彩环，就有人说这是200多批次植树以来第一次见到的奇观，是吉兆啊！应该是对大家的一份祝愿吧。

吉兆！祝愿！张梓和王未名相视一笑。

吃过午饭，大家来不及休息，就乘车返京。这个队伍里有不少是临时组织来的，比如王未名。大家互相都不认识，也没有什么交集。所以也没有更多好讲的，树种完了，相也照了不少。大家就感到已经大功告成了，都急着回家吧。

不用商量，张梓、王未名还是坐在来时座位上。经过一天一夜的相处，三个人已经组合成一个新的小团体，一个类似家但还不是家的家。

张梓还是很积极热情地抱着小骁航，小骁航也很享受的样子欣然同意，王未名早已经默许了这种安排，乐得让张梓主动表现。

本来在这个团之前，还有个义务植树单身团，都是在网上报名的年轻单身人士。王未名就是通过网上报名，并得到确定邀请的。但不知为什么，她坚持不参加单身团，只好给她改到这个团了。但改到这个团，却成全了她和张梓的好事。

张梓说，真是天意难违啊。

哼！天意难违！老天安排砚瓦叔住在了隔壁35号，难道也是天意吗？

老天爷啊老天爷，你这是要干什么呀？

第二十三章　临摹、临摹，还是临摹

119

书法班开班以来，陶砚瓦就把持一点：临摹、临摹，还是临摹！从第一课开始，一直就是讲临摹。

临摹什么？原则上只要是唐代以前（包括唐代），喜欢哪个就临摹哪个，想临摹哪个就临摹哪个。如果一定要提个建议，那么就建议从隶书入手，从礼器碑、张迁碑、曹全碑中选取一个，开始临摹即可。

第一课留了作业，就是张迁碑的前面一行，后来就接着留张迁碑，从前面一直往后走。临着摹着，就有人开始变换了，有临摹欧阳询的《九成宫》的，有临摹颜真卿的《多宝塔》的，有临摹柳公权的《玄秘塔》的，有临摹赵孟頫的《心经》的，甚至还有临摹《泰山经石峪金刚经》的。

陶砚瓦都一视同仁给予鼓励。他想的是本来书法就不需要整齐划一，不可能只临摹一个帖。面对的学员们基础参差不齐，行业三教九流，年龄少长咸集，兴趣五花八门，时间难以保证，目标并非成家，那就更不应该也不可能要求只临摹一个碑帖了。

书法班的运作，主要由班长尚可操心组织。这个尚可，因为是尚济民之子，陶砚瓦一直刻意与之保持距离，不想与他走得太近。但经过一段时间接触，发现此人既可徒之用之，也可友之近之。他做人的最大优点，也是他的最大缺点，是对原则、规则、事理的坚持。只要他认为对的，他宣布过的，他承诺过的，以至于他说过、讲过的，必然坚持兑现做到底。期间不论遇到什么障碍，什么非议，什么质疑，对他都不管用，因为他一定是矢志如初，一往无前，即使得罪人，他也毫不在意。他对于书法，以及书法班亦然，承诺了，开始学了，他一课没落过，作业也完成得最好，进步也最大。此前他爱好慢跑，到处去跑半马、全马。有不止一次他竟然是跑完一个马拉松，还赶过来上书法课。

夏凡这个副班长也招好多人喜欢。本来她就是一个公众人物，她主持的一档新闻节目，曾经以说新闻而著称。开始她还负责采编，亲自选取节目内容，亲自撰写串联词，一时间收视率很高，反响很大。但是肯定也会有不同声音，逐渐台里就加强了规范和调整，播什么内容，播多长时间，怎么排先后顺序，等等，都由专人负责，她以及她的男搭档，就剩下一副面孔、一个嘴巴、一套声音了。但是尽管如此，很多人还是认识她，喜欢她。当年陶砚瓦第一次见她，就不知什么原因感觉和她很亲近，甚至对她说的第一句话竟是“你是个好孩子”。这让夏凡很意外但是却也很高兴。后来知道她父亲当过兵，而且竟然也是和陶砚瓦同年转业的，她是个军人的女儿，让陶砚瓦更感觉亲近，可能这是一个重要原因吧。她学书法以来，专心，勤奋，关键还有智慧。眼看她的隶书越来越像模像样了。大家也都喜欢、佩服她，都说她是书法班公认的“颜值担当”。

学员中还有两位比较特殊的人物，一位是诗词学会的副会长郑垓。他年纪比陶砚瓦大三岁，是从总参退役的大校。他一直像兄长一样，对陶砚瓦器重推崇，只要是陶砚瓦的事儿，他都热心参与，从未推托。当初听说要办书法班，他说他第一个报名。陶砚瓦极力反对，说我在上面讲课，老兄在下面听课，成何体统？郑垓说，我正想着找个书法班报名，把我的字好好练一练。既然你陶砚瓦办了班，别人可以来，你凭什么不让我来报名？弄得陶砚瓦哑口无言，只好正式吸收这位老兄进了书法班。

另一位是老大姐席一潭。她当年掌管电视台的广告中心，在业态初奠、百事待举、群狼环伺、法制缺位的灰色地带，仅凭一颗赤胆、一片丹心、一腔热忱、一身正气，使此平台大放异彩、生机盎然，成为电视广告行业翘楚，她本人历经风雨而不倒，饱受攻讦而益坚。本来退下来之后，一直在学画画。听说陶砚瓦的书法班不错，竟然正式报了名。

这两位学员，年龄都比陶砚瓦长，声望也都比陶砚瓦强。但自入班以来，二人出勤率最高，听课最认真，作业完成最好，是公认的最佳学员。

余萍也是一个比较特殊的人物。她毕业于某名牌大学历史系，年龄比尚可、夏凡都大一两岁，现为某上市公司的独立董事。她在书法班神出鬼没，神龙见首不见尾。如果书法班是个小江湖，她就是实际上的江湖老大，官称萍姐。她特别能喝酒，说话、做事都颇有气量，让人感觉她既有钱，又有关系，在社会上混得开、玩得转。只要她来上课，书法班里就充满了快活的空气。在她嘴里，陶砚瓦是神一般的存在，让她崇拜得五体投地；尚可是天下“最事儿逼的”男人；夏凡是明明可以靠颜值吃饭，却偏偏又要靠才华。而且还“太会做人了”，永远不触碰任何人的利益，还会让任何人都喜欢她；席一潭是她的席妈、老妈和亲妈；郑垓是她的男神之一，她的最爱；其他还有一两个被她尊为男神的，更有不少人被她称为亲弟弟或者亲妹妹。

班里当然还是年轻人居多，毕竟他们才是书法班的活力所在。但是人一多，就逐渐有了认真学习而且进步很快的，老师当然会表扬多些，肯定多些；反过来也就有了临摹不上路子，听课较少进步也不大的。老师固然也会给予鼓励，同时婉转批评提醒。前者没说什么，倒是后者以余萍为首，就说老师啊，您知道吗？咱书法班已经分流了，以尚可、夏凡为首的，他们是老师您的骄傲，他们是咱书法班的清流；像我呀，猫啊、狗啊、猴啊等等这一批人的书法真的进步实在是不大，我们只能算是咱书法班的浊流。但是老师您放心，我们浊流会有浊流的贡献，首先没我们怎么显示他们的进步呢？另外，没有我们，咱书法班能这么红火热闹吗？另外我们的字，尚可说了都是潜力股，三千年后价值连城！我说他是胡说八道，我们的字贴在门上避邪，裱在屋里避贼，挂在床头避孕，现在老值钱啦，老师您说呢？

陶砚瓦就笑着点头说，然也，然也。

李龙斌这个青年人很有意思，进书法班时他在一家证券公司做市场营销总监，几个月后他升任副总。转过年来，他离开原来公司，到另一家证券公司，做了总经理。有一次他邀请陶砚瓦去他公司，向老师汇报自己的经历：先是在老家县城当两年协警，经营过两年加油站和服装店，发生突然变故，资金周转不开，欠了十几万元债，那年4月9号中午离家进京打工，开始北漂生活。到处找工作打零工，在工地当小工13天，在24日开始在证券公司上班，年底转正式员工，两年后成为第一批投资顾问，又两年后去西北某省卫视录制股评节目，生活改变从此开始，买了车，买了房，很快做了公司的市场营销总监，并在各大财经媒体录制股评节目，包括央视、《经济日报》、《证券日报》、北京卫视、浙江经视、央广、国广、新疆乌鲁木齐广播电台、辽宁卫视等各大财经媒体全面开花。

这些年轻人，个个身手不凡，活力四射。陶砚瓦和他们在一起，也感到自己更年轻了，日子也更充实了。

120

有一天陶砚瓦接到栗有德司长一条短信：

> 陶兄好！我在涵芬楼艺术馆搞一个临摹展，想请你过来参观指教。你哪天有空，来前告诉我，我一定恭候陪你。
>
> 有德拜

栗有德司长是上届书协副主席。但近年因有太多党政干部往地方和国家级书画组织挤，乱象频生，竟使中央高层动怒，做出严肃规定进行切割。本届书协换届前，栗有德司长就已经请辞副主席获准，风评很好，公认他是高风亮节。其实他在副主席任上时，就比较注意低调，坚决不利用书协资源宣传自己，从没搞过个人书法展览。朋友和学生们就一直撺掇他搞，说搞展览也是一个总结、学习、提高的过程嘛。他既在之前辞了职，又等这次换完届，搞了这个临摹作品展览。

陶砚瓦马上回复：谢谢邀请！我正带一个书法班，希望能和学生们一起去。

栗回复说：没问题，欢迎！

陶砚瓦就赶紧通知尚可，说这是针对我们书法班当前教学进度的一个绝佳机会，希望大家踊跃参加。他让尚可确定时间，组织学员们去看展览。

尚可就先在群里发了通知，报名接龙。结果没有几个报名的。跟陶砚瓦汇报，感觉很失望。陶砚瓦就说，大家确实都很忙，估计也不清楚栗有德这个人，更不清楚这个临摹展览有什么重大意义。那就有几个算几个，咱们机会还是不要错过。

那天陆续到达涵芬楼艺术馆看展览的，实际上只有9人。除了尚可、夏凡，还有郑垓。栗有德果然在里面迎候，一见面陶砚瓦就向他一一介绍几位学员，第一个先介绍郑垓，栗有德笑着说不用介绍，他们早就熟悉。还问郑垓，你怎么也在这个班学习？郑垓说砚瓦办班，我必须跟着沾光啊。

于是就带着大家看展。展览的内容确实都是临摹经典，基本把名碑名帖都临摹殆尽。当然有《兰亭集序》和《祭侄文稿》，有《黄州诗帖》和《急就章》、书谱、自叙、二爨、十七帖等等。而且形式多种多样，有四尺、六尺整幅，也有四尺斗方、三裁，有长卷也有手札，有蝇头小楷也有擘窠大字。其中有一幅用桑皮纸临摹的《祭侄文稿》，尺幅虽然不大，但颇具神韵，几可乱真。作为一位书法名家，栗有德临摹的水平、功力都足够令人钦佩。陶砚瓦在这幅作品前停留下来，仔细观赏，久未离开。栗有德就特别介绍说，陶老师您是不是看这幅临摹得还不错？陶砚瓦说是啊，这幅临摹得真好，简直属于高仿了。栗有德笑着说，这幅是我上中学时临摹的，那天翻出来，也是感觉不错，就装裱了一下，展出来了。陶砚瓦说，难怪啊，你那时候临摹，心里纯粹、干净，把它的神韵给抓住了。你现在再临，技术上肯定没问题了，但在那股子劲儿上，未必能达到这个水平。

栗有德又笑着说，陶老师果然好眼力。我现在临摹这件作品，也是感觉弄过来弄过去，还真不如那时候，就是这一幅，更让自己满意。

转了一圈，又看摆在中间以及楼梯旁边展柜里的作品。栗有德让一直在旁边跟着他的学生拿过些资料，一袋一袋装好分发给大家。其中有为这次展览专门编辑的图文并茂的册子，有几个整版宣传这次展览消息、展品介绍的报纸，还有之前出版印刷的诗词书法作品画册。

陶砚瓦就说我们这几位学员都是我们书法班的骨干，特别想听您讲讲临摹这些经典的经验体会。

栗有德就说，好，陶老师。我很愿意把自己的心得体会跟大家分享。这次展出的作品，大家都看到了，也不用我再做介绍了。我只讲自己的一个体会。一般临摹古人，有两种说法，一种是说完全追求与古人形似和神似，就是要“无我”；还有一种说法是完全相反，说应该在临摹中加上自己的审美意识和欣赏习惯，即一定要“有我”。我个人感觉两种说法各自有各自的道理，我不敢说哪一种说法一定好，哪一种说法一定不好。但是我这次展出的作品，都是坚持“无我”的，即在临摹时，不要任凭个人好恶，去做任何神韵、气息、形状细节等等方面的妄念和妄动，一定要尽自己所能，去遵循古人之意，去临摹古人之笔，去追寻古人之态。总之，就是要尽量做到完全“无我”。我认为，起码我们在学习的初级阶段，坚持用“无我”的状态去临摹古人，是完全应该和必要的。

陶砚瓦说，栗司长把自己的经验体会都和我们分享了，讲得非常好。咱们还有什么问题，趁此机会赶紧提问。

郑垓、尚可、夏凡都有提问，比如刚开始临摹哪个帖比较好？先隶书还是先楷书？这些作品都是用的什么笔、墨和纸？栗有德则有问必答。

最后，郑垓提议大家和栗有德合影留念，于是大家站上来，让郑垓站在中间，栗有德和陶砚瓦一边一个，其他人分立两侧，照了几张相。

121

第一次上课的时候，就有学员提出来，想让老师起一个斋号。一个人提出来，就有人附和，以至于纷纷响应，最后就说，老师，给每一个学员都起一个斋号吧。

陶砚瓦就说，既然大家都有这个要求，我就试试吧。

斋号这东西，是古代中国文人墨客都必须拥有的一个标志性风雅。本来是为自己书斋所取的名号，但常常也成为书斋主人的代称。他们在互相交往称谓中，以至在书画题款落款时，多用斋号而不直呼其名。发展到极端甚至在经济来往包括购置房产地产时也以斋号代称或互称，乃至于不少文人的斋号名声比他的本名还响亮。

另外，请老师起斋号也是古已有之，还有就是在拜师的同时，老师就赐了斋号。所以陶砚瓦就想，毕竟大家也敬了茶，鞠了躬，要求老师给起个斋号，也不算况外，就试试吧。

书画家斋号一般叫什么斋什么堂居多，也有叫室、叫楼、叫阁、叫馆、叫轩、叫庵、叫居，甚至叫山房、小筑、樵舍、精舍、竹屋、草堂等，不一而足。

总之，具体叫什么，怎么叫，自由度非常高，但其中也有规律可循。第一位的要求，应该就是雅。起斋名干什么？不就是追求雅嘛！你不追求雅，你追求俗，那你赶紧去抽烟喝酒、打牌K歌、美颜整容、疯狂购物等事情，就别玩这个雅东西了吧！吃饱了撑的？第二位的要求，是跟你的姓氏、名字、家族、祖籍、职业、居住环境、旁边的人文自然总得有些瓜葛勾连，起码沾上点儿边儿，有个说辞儿。第三位的要求，是跟你的志向情趣有所提示显露。你是想着传道呢，还是想着传艺？你是想着天下呢，还是想着苍生？你是要奔着辛苦去，还是想着率性自然？等等。

虽然都敬了茶，鞠了躬，算是拜了师，但不少人都是初见，刚刚上了一堂课，就要斋号，也真够难为老师的啊。不妨就先从认识、熟悉的人开始吧：

头一个：郑垓，字九垓，号八极斋。

第二个：尚可，字大可，号大可堂、奇堂。

第三个：夏凡，号无尘馆。

第四个：余萍，号泊心馆。

第五个：席一潭，号鸣珮馆。

给认识熟悉的人起了，剩下的名字有的一看就能想起一个典，或者一个点，跟着就会蹦出一个斋号，陶砚瓦自己也觉称奇。就这样搞了一遍下来，30位学员，有一大半都有了，剩下的越来越少了。陶砚瓦就狠了狠心，又用了几天工夫，给所有的学员都起了一个斋号。他终于松了口气，心想，这次他们都没话说了。

他拿起毛笔，蘸好墨汁，摊开一张宣纸，将所有学员的名字和斋号，一一抄写在一起，等第二次上课的时候，正式给大家进行了宣布。突然间，在自己的名字之外，又有一两个汉字成为自己的名号，可以用来代称自己的书斋和自己本人，让不少学员感到很新鲜、很有趣，也觉得很珍贵。有的当时就对陶砚瓦表示感谢。

但是，陶砚瓦发现，还有这天没来的学员，需要下次再给他们宣布吧。

122

临摹，既是对学员们的普遍要求，也是每次讲课、点评作业的重要内容。

为了提高教学水平，开阔学员们的视野，陶砚瓦采取开门办学的方法，一是请梁守道等专业书家来书法班授课、现场演示；二是走出去，到书法名家的工作室，请当代隶书名家授课并现场演示，都收到了显著成效，也受到了学员们的欢迎。

在大家认真临摹碑帖、书艺精进的同时，也有一些学员对临摹认识不到位，你在上面讲，他那里依然故我，说来也很勤快，每日写写画画，完全是自己随心所欲，该怎么写还怎么写。其中有两位是部委机关单位的负责人，另有一位说是经常在电视上主持什么节目，自己在郊区有很大一个工作室。再有一位是在某大首长身边工作的，经常参加笔会、展览，毛笔字已经写得很顺溜的。上述几位交上来的作业，都是自己即兴挥毫，有时抄一首诗，有时抄一段话，还有时就是几个大字，厚德载物，上善若水，有时在一张大纸上只写一个字：佛、福、龙、寿，等等。一开始，陶砚瓦还是照顾他们的面子，给予宽容和体谅。稍微熟悉以后，就开始分别当面讲，请他们认真临摹古人的碑帖。谈是谈过了，结果还是不解决问题。

陶砚瓦于是就在班上公开进行批评了。他严肃地说，既然我们付出时间、付出劳动、付出情感，聚在一起学习书法，而且是来跟我学习书法，那么我就是一个要求，临摹、临摹、再临摹！我除此外再没有其他任何要求。而且我认为不仅是咱们这个班，任何其他什么班，只要他是真正学习书法的，都只会是这样一个要求，也只有这一条途径。有的学员不临摹，但照样交作业，那么我着重宣布从今天起，凡是这样的作业不许交，交了我也不看，因为它就不是作业，是你自己的消遣，你自己的戏笔戏墨，总之如果你不临摹，根本没有必要来这个班学习，你也难受，我也难受。

结果是，两位部委机关的毕竟有素质，讲明白了就转变了，而且他们其实有基础，临摹起步也比较高，呈现的面貌让人感觉特别好。

主持电视节目的那位，还是坚持自己的野狐禅玩法，陶砚瓦只好采取不鼓励、不评价、不认同的三不政策，由他去吧。那人在班上混了一年，再也不来了。

那位参加过笔会展览的，只交班费，不来上课。突然有一天给陶砚瓦来电话：陶老师，星期天有个笔会，档次很高，都是将军部长，您必须过来啊！陶砚瓦犹豫了一下，说看看有没有其他事情。那人说，别人请您都去，您学生请您能不来吗？有好事儿，必须来啊！

结果就去了。确如所言，场面很大，在一个大厅里，摆着几排桌案，同时可供几十人写画。将星如云，部长如过江之鲫，都是已经退休的老人，不甘寂窠，出来挣点儿小钱儿。

陶砚瓦就看见几个熟人，也是一起到外地参加过笔会的。远远的一个角落里，有一个人在那里低头写字，陶砚瓦再仔细一看，原来竟是王良利！陶砚瓦真没想到，王良利也出来混笔会了。就问自己那学生，学生说，找你们这些在书协有名头的太难了，可主办方就认你们。没办法。王良利写得不错了，你过去看看你们老领导，写得很好了！

陶砚瓦就真的过去，跟王良利打招呼。王良利抬头见是陶砚瓦，也高兴地搭话寒暄。只见王良利正在一张四尺宣纸上，抄“白日依山尽”。一看旁边无人，还凑过来跟陶砚瓦说悄悄话：砚瓦，最近我一直在临摹《急就章》，你看看是不是有点儿进步？陶砚瓦说，不是有点儿，是进步很大啊！我还真没想到，你竟然练习章草，一定是有什么高人指点过了吧？王良利得意地说，还真是遇到高人了。他还想说是佟孟冬指点了，转念一想，提他干吗？就没往下说。陶砚瓦说，还得坚持，临摹《急就章》，就狠练一个帖，越来越好！你看这小字儿写的，真是颇见章草味道，一看即知下了功夫。陶砚瓦心想，真的是士别三日，刮目相看啊。

这个学生课也不来上，作业也不交，估计精力都用在办笔会上了。第一年结业展览，他也送来了作品。第二年他又交了班费，班委们说，看来这人就是想蹭个书法班的名声。

陶砚瓦这个书法班，越办越有味道，引起不少人关注。总有人找来说想学书法，陶砚瓦就说热烈欢迎，但你们找班长班委们报名吧。其实有的部委由工会出面，在机关内部组织书法学习。因为都是利用业余时间，所以通常会有相邻单位或者住家较近的人过来一起学习。他们也会邀请陶砚瓦讲课，陶砚瓦就把自己书法班的学员一起带上，跟他们一起上大课。还有的部委自己系统有书法组织，也和陶砚瓦的书法班一起交流互动，效果也很好。

很快有一个慈善组织来找，说是要举行一个大型慈善晚会，晚会上要搞作品拍卖，希望和书法班合作。尚可说，咱出作品，他们出钱，他爱怎么拍就怎么拍。反正就是一个活动嘛。陶砚瓦就说好，咱们有能力的都参加吧。

第二十四章　悲欣交集

123

张梈一直在观察隔壁陶砚瓦的动静。但他投入时间精力不少，却收获不大。

一是陶砚瓦虽然近在咫尺，但好像是深居简出，基本上见不到他。既看不到他出来，也不见他在里面忙些什么。莫非他突然信了什么邪教，是在偷偷修炼什么功夫？

二是偶然见他一次，也是在后院转转，一会儿就回屋了。或者在二楼阳台上偶见他出来，也只是抬头望望远山，低头看看花草，或者听见飞机轰鸣，就顺着它飞行的方向，手搭凉棚，注目一观而已。徘徊一阵即返，便再无人响。

三是35号门前右侧车位，停有一车，北京车牌，车上脏兮兮的，似不常开，又不常擦。前面保险杠和后备厢下面，都有撞痕，两侧车身也有几处剐蹭痕迹。左后车门把手旁边，掉了鸡蛋大一块漆，里面金属都生锈了，仍未修理。自打张梈注意它，几天也未见有人来动。

综上，砚瓦叔已经在此居住多日了，来此目的、做何事情、起居规律、饮食特点一概不详，何时离开也无任何迹象。

张梈感到非常郁闷。照常规手段，也只能是这个结果了。

关键是和陶砚瓦互相认识，又不能暴露自己，还能怎么办呢？

要不然上一点儿非常规手段？比如化装侦察手段，特务监听手段，间谍刺探手段，或者引蛇出洞手段，敲山震虎手段，开笼放鸟手段，谎报地震手段，烟熏火燎手段，等等等等。

张梓越想越觉有趣，自己先禁不住笑起来。笑了半天，就继续设想自己弄一个可燃物品，比如一件破旧衣裢，捆绑起来，浇点儿汽油，从另一侧扔进35号院后院木栅栏处，将其引燃，不知砚瓦叔怎么处理？但还得冲他大喊一声：你们家后院着火了！否则要等烧到什么时候才能惊到他？

正胡思乱想中，手机微信铃声响了一声。打开看是王未名发来的：大乖，考验你是不是真正男人的时候到了。张梓看了心里一紧，不知出了什么偏题怪题，来让他经受严格性别检验。就回复：亲爱的，有什么事情？我时刻听从召唤。

下一条信息是：由于你我都不够严谨，你应该可以随时准备当爸爸了。对不起，我在检讨自己的责任。王未名的口气就像是犯了错的小姑娘。

张梓看至此，终于明白了，应该是王未名怀孕了！

张梓就想起多日来的点点滴滴，自己每次的大大咧咧，无知无畏，荒腔走板，任性胡为，想起王未名对自己的宽容大度，频频忍让，百般温存，万般体贴。终于有一个后果出现了，而自己心爱的女人还在检讨她自己，还在试探着能不能揽过更多的责任，尽量不让他来独自担负太多。可自己是男人，是真正的男人，杠杠的！这个后果必须由自己承担，也只能自己承担！

想到此处，张梓泪如泉涌，马上回复：亲爱的，我明白了，所有过错都是我造成的，所有责任也由我来承担，对不起，让你受惊了，可能小王纸（或者小公举）太想早一点儿看到父王母后了！我马上安排后续事宜！你万万不可着急，一切有我！吻你！吻你！！一千个吻！！！

王未名发来一张图，是一个检查报告。接着是一句：希望你能同意，我想把他生下来。

张梓马上回复：他是咱们爱的见证和结晶！我先替他跪求母后恩准他下凡。

王未名回复：贱妾替他谢谢父王！

张桲又一次淌下泪水。

是悲？是喜？

是哀？是怨？

是爱？是恨？

是愁？是凄？

张桲想起弘一法师的名言：悲欣交集。

这四个字可以概括张桲的心情，但这四个字一点儿也帮不了张桲。

窗外隐隐传来飞机的轰鸣声。张桲立刻站起来，站在窗前往外望去，赫然看见陶砚瓦叔叔正站在二楼阳台上，手搭凉棚往天上看呢。

张桲此时早把一切都置之度外，什么常规手段、非常规手段，什么谎报地震手段、烟熏火燎手段，等等等等，都去他娘的！他当即推开一扇窗，冲着那边就喊：砚瓦叔！

陶砚瓦听见有人喊他，但不知喊声来自何方，就两眼转来转去瞎踅摸。

张桲一着急，顺手拿了块毛巾挥舞着喊：这里！我是张桲！我在这里！

干脆喊：快去给我开门，我过来看你！

124

叔侄俩人见面，既没有抱，也没有哭和笑。

开门见是张桲，陶砚瓦问，张桲，是你小子啊！

是我，砚瓦叔。侄答。

你怎么找到这里来了？叔问。

我就住你隔壁，西边33号院。侄答。

哈！你爹买了多少房子？叔问。

不是俺爹买的，是俺同学家的。侄答。

你同学？哪里的同学？叔问。

啊，加州的同学。家是山东的。侄答。

男同学还是女同学？叔问。

男同学。侄答。

既然住我隔壁，刚才乱叫什么？怎么早没来找我？叔问。

叔啊，你就别问了，俺现在麻烦大了！就跟您一件一件坦白交代吧！

于是，张桲用了大概半个钟头，把自己回国逃学、内蒙古植树、与人同居、女方怀孕等等情况全盘托出。最后说，叔啊，您得帮帮俺啊！您看怎么办吧？

没想到陶砚瓦听了，哈哈笑了起来，说，张桲啊张桲，你小子真挺能个儿啊！我先给你讲两个故事，也都是我刚刚听到的，都是真事儿。头一件说有家人把女儿送美国读书，走了两三年了，突然有一天在商场里碰到女儿在买东西。其实她刚到美国就回来了，一直和一个男的租房子住在郊区。第二个故事，是把儿子送到澳洲读书，第二年来电话让他父母去机场接孙子。两口子赶紧按航班号去接，果然接到儿子从澳大利亚寄来一个小男孩儿，刚满月。说小孩儿妈是个韩国人，把孩子生下来就跑了。现在老两口还要供儿子在澳洲读书，还得带着个小孙子。

这两个故事都有人物姓名、时间地点，虽然我不认识，但给我讲的人都认识，而且是熟识。如果没听过这两个故事，你现在的事儿会让我受到惊吓。但我是在听过这两个故事之后，才听了你的故事，我都感觉你的故事还不算离奇古怪，既不典型，也不生动，甚至还感觉过于一般了，太普普通通了。你看看，你没有一到美国就回来和人同居吧？你毕竟真的读完本科了吧？你没让你爹娘在商场里碰见吧？你没找个韩国女人吧？没有从国外寄个孩子回来吧？这些你通通没有，所以，一切都在可控范围之内。出不了什么大事儿。

张桲一看表叔陶砚瓦的坦然沉着，再听他这一番条分缕析，心里那点儿小疙瘩早已灰飞烟灭，不由得破涕为笑了。

你别嬉皮笑脸的！你惹的事儿，必须你自己承担！陶砚瓦正色道。现在对你来说，必须跟父母老老实实讲明白，一切问题都共同面对。我相信没什么大不了的。你爹娘也都是明白人。我当然肯定帮你说话。咱们这头儿弄好了，再做女方的工作，就容易了。听你讲女方人很好，你又这么喜欢她，咱赶紧来个奉子成婚，把事儿给你们办了，还省好多麻烦呢。

叔啊，听您这么一讲，有您托底，俺心里松快多了。咱还得快点儿，张桲用手在肚子上比画着说，那越来越……还是得快点儿。

好，快点儿！女孩子也在这儿住吗？我也没注意过，好像没看见有人在这儿住啊。

她在城里上班，都是晚上过来，一早就走了。我一个人也经常是白天走，晚上回来。前几天我才发现您住在这儿呢，但是不敢来找您，也不知道您在这儿干什么秘密勾当呢。还想着侦探你的行踪，实在不行还想着给您院子里扔个炸药包、燃烧弹什么的。

你小子还是这么淘气。晚上你女朋友回来了，咱们出去吃农家菜，出门往左拐有一家非常好，我请你们。关键得赶紧商量下一步的事儿，没她的配合不行。另外，我想我干脆给你爹娘打个电话，让他俩过来一趟，先见见儿媳妇儿，再见见那边儿亲家，都当面锣对面鼓，赶紧定个日子，给你们堂堂正正完婚，他们就等着抱孙子吧！

哎呀叔啊，你越说俺听着是越高兴啊！张桲情绪调整过来了：您光说俺的事儿了，您在这儿到底忙活什么呢？

哈哈，走，我带你到地下室看看，我在干什么。

张桲跟着下去一看，墙上挂着的，地上铺着的，全是陶砚瓦的书法作品。中间有个乒乓球台，上面铺了毛毡，旁边摆着笔墨纸砚。

陶砚瓦说，年底要到日本去搞个展览，我这是准备作品呢。得认真一点儿，多弄点儿，挑好的出去展，不能丢人丢到日本去！

叔，您一个人折腾多辛苦啊，我要知道您弄这个，早过来帮您了！

两个人在这边说得兴奋，那边王未名提前下班回来了。她一看张桲不在，一下子就愣住了，哇的一声就哭起来了。哭了一阵子，没人搭理没人劝，冷静又一想，还是打电话问问吧。电话通了，说在隔壁35号院呢，跟砚瓦叔聊天呢。

王未名便赶紧跑过来，见了陶砚瓦就叫了声：陶叔叔，您不记得我了？我是王良利的女儿，王未名。

哎呀，我刚刚知道，敢情张梓的女朋友是你啊！陶砚瓦站起来和王未名握手。真是女大十八变，越变越好看啊！

陶叔叔，我知道您办了个书法班，您有个学生叫李龙斌，他是我老板。

啊，对啊，是不是你还托他给我带过几片梓椤叶子？

王未名笑着说，对呀！因为我说我爸爸喜欢练毛笔字，还混了个书协理事。张梓就说他叔叔陶砚瓦也是书协的什么委员，我说陶叔叔就是和我爸爸一个单位的同事，我从小就认识啊。然后就听张梓说，您和他爸爸是表兄弟，都喜欢梓椤树，不是一个市，不是一个县，但两个村子都有沙土岗子，您那儿叫梓椤山，他们叫东岗子。您那个村子叫陶村。您姓陶嘛，所以一下子就记住了。

好啊张梓，你小子早把你叔叔给卖了。

我和未名经常提到您。张梓说。但是咱们这么快就坐在一起，而且还是在这儿，真是太巧了！

王未名说，我们的事儿还得陶叔叔多操心。您可是一手托两头儿，既是我的婆家人儿，又是我的娘家人儿，论哪头儿您都是长辈，您可不能偏着张梓啊！

好好好，我不偏他，我护着未名！我没想到你爸爸培养了你这么个好姑娘啊，我从此要对他刮目相看了！

125

陶砚瓦心想，事不宜迟，赶早不赶晚。明天星期儿？两个孩子说星期六。就说正好，今晚上我就给张梓爸爸妈妈打电话，只说是有要紧而且比较急的事儿，请他们务必来京一趟。

两个孩子当然说没问题。他们就商量来商量去，还是决定到陶砚瓦家里见面比较方便妥帖。

一句话，陶砚瓦憋了好久，最后还是问王未名：未名啊，你们的事儿跟你爸妈讲了吗？

未名说，叔叔您知道我们家情况，另外咱这头儿还没个头绪，我还没好意思跟他们讲。

陶砚瓦说，张桲这边儿我敢保证没什么大问题。你应该知道我的性格，张桲爸爸那比我还率直，还比我气魄更宏大。他妈妈是看着我长大的姐姐，书上戏里怎么夸，母亲这么好，母亲那么好，她就是那样的母亲，所以这边你放心。你那边儿我感觉也应该没问题。哪个父母不疼自己孩子？你们高兴是最高原则。未名啊，我建议你先找你爸爸说，就说是我说的。如果说不下来，我去找他。你把我这个话告诉他。

好，陶叔叔。张桲是个很好的人，我非常相信他。但是他跟您讲的是不是全面情况，我不清楚。比如我俩的年龄差距是11岁，还有我有过一段婚姻，而且还带着个将近五岁的儿子。他都跟您讲过了吗？

他讲了你们年龄有差距，只说你大他几岁，这具体大几岁没讲。还有他说了你离过婚，但有个儿子他没讲。陶砚瓦看着张桲，见他低着头不吭气，就对他说，张桲啊，你小子还是不够勇敢，作为一个男人，你还不如未名这样大大方方，勇于面对。这不行！你既然选择了对方，就要把一切困难、压力都扛起来，面对家庭、社会，展现自信，展现快乐，让心里充满阳光，这样才能轻装前进，也才能在今后的日子里，幸福和充实。

张桲说，叔叔我错了，我会按您说的办。我爱未名，自打认识她，她就是给我光、给我热、让我温暖，让我幸福的那个人。我会爱她一辈子，呵护她一辈子。您放心吧！未名，对不起，又是我没做好。

王未名拉起张桲的手说，没事儿，是我太难为你了。

陶砚瓦说，未名做得对。首先你们两个人要永远心心相印，只要你们两人相爱，我们才能支持你们，帮助你们。现在咱三个人，要把问题全部摊开来，一个个解决，一个个面对。即使咱们现在忽略掉了，那些事情却一个都跑不掉，该出来还是要出来，到时候会更被动。

三个人研究规划得很周详，说好各自行动，有问题及时通气。

陶砚瓦第一个电话打给张福禄。开始想先瞒着，见面之后再细说。可张福禄一听就猜到了，是不是张桲出事儿了？不是，那是张椤？更不是，那还有什么重要的事儿紧急的事儿让俺老两口子跑趟北京？你就明说吧，是哪一个？什么事儿？

当然只好讲了张桲的情况。五哥说，好，这个小兔崽子，明天再说吧。

第二个电话打给张桲，告诉他他爸爸的态度，让他马上给他爸爸打电话，早打比晚打好，早打早主动。

第三个电话打给杨雅丽，让她准备点儿水果什么的，因为有头一次来咱家的，周全点儿没错。

第四个电话打给陶家柳，说福禄伯伯、翠兰姑姑，以及张桲和他对象一家要来，让他和今今带着小陶缶，提前去马路对面酒店要个包间，在那儿等大家中午12点吃饭。

张桲赶紧给他爸爸妈妈打电话，自然是劈头盖脸一顿臭骂，但是都答应明天过来。

万万没想到还是王良利出了状况。王未名按照陶砚瓦的设计，先跟她爸爸讲，当时都判断王良利一定会有起码的胸怀和水平。可恰恰就是王良利让人有些意外。

王未名跟陶砚瓦在电话里说，她回家跟她爸爸说了之后，她爸爸说，女儿啊，只要你拿定了主意，爸爸不会反对，没有意见。当然肯定会有担心，担心你受委屈，担心小骁航受委屈。假如你有什么不方便，你可以把小骁航放在我们这里，我们照顾他。

陶砚瓦说，这不是挺好吗？

王未名说，是啊，我开始也是这样认为啊。可说完这些话，他又说了下面的话：

女儿啊，你已经是成年人了，以后自己的事儿就不要找爸爸商量了，包括这次的事儿，你们自己定就是了。爸爸老了，身体也越来越差，爸爸只求你一件事儿，别带那个人来咱们家里，别让他们家人来看我，我也不准备参与你们结婚的事情。

说着说着王未名的声音开始颤抖，说到最后干脆就哭了，边哭边说，我问他为什么？他说别问了，你有事儿可以找陶砚瓦，可以让他代表我，我可以写委托书。陶叔叔，您给评评这个理，有我爸爸这样的吗？我还是不是他的女儿？我到底是谁的女儿？我爸爸他怎么这样啊？您看我该怎么办吧？

陶砚瓦哪里知道王良利的鬼心思？他只能安慰王未名说，未名好孩子，你先冷静冷静，他肯定有他的原因和考虑，只是咱们都不知道，也许慢慢就知道了。但是他同意你们的事儿，还积极考虑小孩儿的事儿，说明他的大原则还是有的。只是牵涉到张桲这边，他肯定还是在哪儿别着劲儿呢。没事儿，咱们一起慢慢做他的工作。再说了，他不是说要委托我了吗？我突然有一点儿要当老丈人的冲动了！

一句话又把王未名逗乐了，说，好啊陶叔叔，实在不成我启动弹劾程序，您可不许不要我啊！

陶砚瓦说，要，要！这么好的闺女，我哪儿找去？

第二天一早，陶砚瓦就开车回到家里，杨雅丽刚吃完早饭，说，正好我煮颗鸡蛋不想吃了，锅里还有点儿粥，你凑合吃了吧。

10点刚过，张桲和王未名就带着小骁航先到了。陶叔叔好！阿姨好！杨雅丽说，你看这两个孩子，多么般配，真有夫妻相！快坐下先喝茶，吃水果。

不到11点张福禄和翠兰姐就到了，张桲下去接他们上来。

先让张桲给父母介绍王未名和小骁航，之后再向王未名一一介绍自己爹娘。

这是我爸爸。王未名就一边说，爸爸好！一边让小骁航跟着叫：这是爷爷！叫爷爷好！小骁航就懂事地叫，爷爷好！五哥还是端着小架子，嘴里嗯嗯答应着。

这是我妈妈。王未名也一边说，妈妈好！一边让小骁航跟着叫：这是奶奶！叫奶奶好！小骁航又懂事儿地叫：奶奶好！

五哥和翠兰姐在来之前，态度并不一致，也没沟通好。

五哥知道大致情况以后，虽然很生气，但想想也就把思路理顺了，没有开始那么大火气了。他的分析逻辑是，儿子张梓就是两个错儿，头一个错儿是放弃深造，私自回国；第二个错儿是非法同居，未婚先孕。头一个错儿，儿子承担一半儿，自己承担一半儿；第二个错儿，儿子承担一半儿，女方承担一半儿，而且因为女方大，所以她那一半儿还得是一大半儿，儿子的错是一小半儿。因此，总的来看，儿子属于少不更事，骂还是要骂的，但也只能骂几句就算了。婚姻的事儿，咱是男方，女方又比咱大那么多，就算他们过几年出问题了，咱怕什么？大不了再找一个。可女方就怕是不行了，她应该就算赖也得赖给咱。合算下来，咱男方不至于吃亏。

翠兰姐也承认就是这么两个错儿，但哪个错儿她都放不开，想不通，绕不过。为培养儿子深造，每年那么多钱砸过去，等于都打水漂儿了！怎么会不心疼？落了这个结果，不得招人笑话一辈子？又要领回个大媳妇儿，大那么多不说，还带着个孩子，拖着个小油瓶子，这要被乡亲们知道了，也是得七嘴八舌，议论纷纷，让咱那老脸往哪儿放？

两个人虽然认识有别，判断各异，但想来想去，还是得上北京去。一是儿子不能不要，二是砚瓦不能不见，三是未来的儿媳妇儿，公婆满意不满意，儿子满意，而且要奉子成婚了，也不能躲着不见。所以北京一定要去，况且还是到砚瓦家里去，怎么说也得是咱的主场啊！

所以，两口子就到北京来了。可来是来了，其实态度都属于先观望观望，心里多多少少还都憋着点儿气儿哩，心里还都咚咚咚咚敲着小鼓哩。特别是翠兰姐，她总担心未来的儿媳大那么多，自己儿子年少无知，单纯幼稚，会不会是被对方骗了。因此她是带着警惕性，带着满脑子防范意识，来到京城。

两口子刚才一见王未名本人，确如陶砚瓦所言，是个知书达理的，也是正经人家的孩子。第一印象不错。翠兰姐再一听她那声妈叫着，孩子那声奶奶叫着，一下子启动了悲天悯人、母爱怜儿的程序，打开了眼泪的闸门：她不由分说把未名和小骁航拉过来搂着说，可怜这娘儿俩，一定受了不少委屈了，没事儿了，到了咱家，咱可就不用委屈了！王未名一看未来婆婆是个善良老人，又说了这样暖心的话，也忍不住扎进未来婆婆怀里又叫了声：妈！哇的一声跟着哭起来。小骁航不知发生了什么事情，见奶奶和妈妈哭，也跟着哭起来。

陶砚瓦、杨雅丽、张桲看见这一幕，都跟着流下泪来。

陶砚瓦说，你看看，这真是叫不是一家人，不进一家门啊。翠兰姐，你看你，老是你带这个节奏！今天咱是好事儿，应该笑啊，谁也不许啼哭了！

翠兰听了，就止住哭声，硬撑着笑着说，真是的，应该笑啊闺女！咱应该笑啊！不许啼哭了！她拉过小骁航，从包里拿出一个厚厚的信封，递给他说，奶奶给的，拿上。小骁航就看看妈妈，王未名说，奶奶给你就拿上吧，快谢谢奶奶！小骁航就接过谢过。翠兰又拿出一张银行卡，递给王未名说，也不知道你喜欢吃什么，喜欢穿什么，你千万别委屈自己，就用这个刷吧。密码是6个6。

王未名站起来，面对四位长辈说，爸、妈，叔叔、婶儿，我先给您四位鞠躬！说着就鞠了一个90度的躬。然后又接着说，难得几位长辈都在，虽然我爸爸妈妈没来，但是我爸爸说陶叔叔完全代表他们。所以今天对我和张桲来说，是一个非常重要的日子，我一定要说几句话。第一，感谢长辈们的祝福和关爱，我和张桲一定要做孝顺孩子；第二，我会善尽一个妻子的责任，经营好我们自己的小家，照顾好孩子；第三，我为什么同意嫁给张桲，因为我特别欣赏他，不仅是欣赏他的外表，更主要是欣赏他的情怀。长辈们可能还不知道，他这几年都在干什么。特别是爸、妈，你们肯定挂念他最多。你们的儿子没在美国读书，他是在做一项特别伟大的事业，他和他的几个朋友，一直在内蒙古大沙漠里种树！他们投入了一千多万，种了几万棵树，而且都是公益性的，不要任何回报的。他说爸喜欢桲椤树，他的名字就是爸特意取了桲椤树的桲字，所以他也专门种了不少桲椤树。内蒙古那边叫蒙古栎。我就是参加他们的活动，认识了张桲。

我也问过他，你们是怎么想的？他告诉我，说日本人在非洲沙漠种树，在咱们内蒙古沙漠种树，而且还经常带他们国内的人来参观，讲非洲人怎么贫穷落后，中国人怎么贫穷落后，他们日本人是怎么伟大高尚。张桲他们知道这件事儿以后，就决心要为中国人争口气，日本人都来种树，咱们自己更应该种得比他们还好，比他们还多！他们这个行动受到越来越多的关注和支持，他们还会一直干下去，我也会和他们一起，做出一点儿小小的贡献。他们肯定赚不了钱，但是他们本来就没想着发什么财。我对他们的人生选择非常尊重。我也希望爸妈能够理解、谅解你们的儿子，请你们放心，以前他做得不好的地方，今后我会和他一起弥补。

张桲说，爸、妈，儿子幼稚、不懂事，请你们原谅。说着给父母深深鞠了一个躬。

这会儿翠兰的眼泪早忍不住了，她把儿子、未来儿媳和小骁航拽过来，都搂到自己怀里说，只要咱一家人平平安安和和美美，俺们当老代儿哩，都理解，都支持！这不是咱在你们砚瓦叔叔家，你们砚瓦婶子，就是你们的榜样。她跟了你们砚瓦叔，北京的事儿，老家的事儿，都是她操心受累，你看你们砚瓦叔，白白胖胖的，这一辈子，多好啊！

杨雅丽说，翠兰姐又夸我，当着孩子们，我都不好意思了！

陶砚瓦说，五哥，俺翠兰姐这是夸杨雅丽呢，也顺带着批评俺呢！好像也是夸她自己呢，弄不好也批评你哩。

弄不好，弄好了也是批评咱呗！五哥终于说了句话。

陶砚瓦说，五哥，我现在是女方家长，两个孩子的事儿，我已经先表了态。你是男方家长，你还得正式表个态。

那我就说两句。陶砚瓦把话说到这儿了，五哥只好表态说，早就时兴自由恋爱了，两个孩子已经好上了，他们都觉得好，咱还能有意见吗？必须同意。张桲的事儿，我做爸爸的也有责任，自己没文化，老想着让孩子有高学历，还是虚荣心，好面子。今儿个咱把以前的事儿都翻篇儿了，咱从今儿个开始，做好自己的事儿，过好自己的日子，一代必须比一代强！

好！陶砚瓦说，咱今天一个外人也没有，我呢，既是张桲的叔叔，也是未名的叔叔。下面我要正式宣布一个事情。

大家都安静下来，等着陶砚瓦宣布。

本人陶砚瓦，已经郑重接受王未名的爸爸王良利先生委托，代表王良利先生表态：他最近身体不大好，不能过来跟大家见面，感到万分遗憾。但是，他完全同意女儿王未名的选择，完全同意女儿王未名和张桲，在他们自己认为合适的时间，正式走进婚姻殿堂。

陶砚瓦自己先鼓起掌来。大家见他鼓掌，都不好意思不鼓，更何况他宣布的事情也比较重大，便都跟着鼓了几声。连小骁航也使劲拍着小手，看着大人们笑。

那既然大家都对张桲、王未名进行了真诚的祝贺和祝福，建议你们两个人明天上午，啊，明天是星期天，那就后天上午，立即去民政部门登记。你们两个还有什么问题吗？

张桲呵呵笑着说，没问题！

王未名也笑着说，没问题。

陶砚瓦说，五哥、翠兰姐你们坐沙发中间，张桲、未名一边一个，小骁航坐在奶奶和妈妈中间，照个合影！说着就拿手机比画上了。五哥说，砚瓦也进来照！陶砚瓦说，先给你们照，一会儿去了酒店再照大合影。

杨雅丽说，我给你们照吧，你也过去。于是就又照了一遍。

陶砚瓦说，好了！陶家柳、董今今和小陶缶现在马路对面酒店等着咱们，请大家移步，喝喜酒去！

陶叔叔，咱们喝红墙龙脉吧！王未名喜滋滋地说。

好，你不提醒我还忘了呢。我去拿。

您不用拿，李龙斌给我两瓶，在我车上呢。

第二十五章　内容、内容，还是内容

126

嘿！你这个陶砚瓦怎么老是这么年轻？

一见面，杜秋水就一边握手一边用羡慕的口吻说。

谢谢老领导表扬我。您也不见老啊！陶砚瓦也同样用羡慕的口吻说。

来来，坐坐！你喝什么茶？杜秋水约了一个茶馆，要了一个卡座，一边喝茶一边等着陶砚瓦。啊？随便。他们这里可能没有随便茶。那就喝和我一样的，碧螺春吧，怎么样？好。

杜秋水让领陶砚瓦过来的小姑娘去泡茶，转身又跟陶砚瓦说，我也是第一次来这里。我想在城里面，离咱们都不远。关键是这儿可能不大会碰上熟人。杜秋水故作神秘地一笑。

陶砚瓦也对他一笑说，突然接到您的电话，我真是非常惊讶。当然首先是荣幸。您又约我来这个茶馆，更让我丈二和尚摸不着头脑。但是您找我，肯定应该是好事儿！

好事儿？你陶砚瓦就这么自信？你就没想过我现在可是督查组长，就不会督查到你头上？哈哈哈哈！

您看您笑，我还真不怕您督查，因为我级别不够，哪用得着您这大领导出马啊！

砚瓦啊，请你过来，其实也没什么大事儿，就是想和你随便聊一聊。但是说没事儿吧，还真有个事儿，按说也没必要叫你出来，当面来问你。可谁叫咱俩认识呢？不当面问你，又怕把事情判断错了。这样吧，咱们直截了当：前些日子，你是不是见过一个日本人？还和他聊了很多文化方面的问题？

对呀，他是咱们国学馆的筹建顾问，叫横井康夫。以前也来过，我们领导也都见过。这次也不是我想见他，我也不知道他要来，是机关正式通知我，说是尚济民同志让我见他，也是随便聊聊，反正都是文化方面的话题：一是诗词，二是书法，三是国学。这些情况机关都知道，而且我关于以上话题的观点，也都跟机关，或者济民同志叨叨过。

诗词、书法怎么谈，好像都没什么太大问题。这个国学的题目，你好像谈得比较多，也比较尖锐。你还记得你是怎么说的吗？

我当然记得。我的大意是说，国学馆建成了，但是里面的内容不容易搞。这个话不是我说的，是南怀瑾先生生前讲的，而且是当着我们筹建办的好几位领导，包括尚济民同志的面讲的。当时他讲这个话的时候，可能并没有引起太大注意，起码我当时听了就没太在意。现在大楼都建成这么长时间了，到底可以让大家进去看什么？已经越来越急迫，越来越不容回避的问题了。不用我说什么，事实已经是在那里明摆着。内容、内容，还是内容。不是大家不努力，也不是我的人无能，更不是有人捣乱搞破坏，而是因为国学这个概念太抽象了、太鸿蒙了，而且人们对它的认识却是非常多元，对它的需求更是五花八门、因人而异。

我就想起有个大学教授对我说过，他说你们建的国学馆，是国学的金身，而不是国学之本。国学的金身好建，国学之本难求。

说起国学，说起国学馆，陶砚瓦总是滔滔不绝，肚子里有的是货。

杜秋水说，行了，你讲的我早就知道了。你看，我这儿还抄下来你写的一首七律：文明有自不须论，国学昭昭俱欲尊。概念百年争未已，传承一脉热升温。书虫摘句拼三绝，童子诵经强整吞。大道无涯天地小，几番风雨几番痕。你这首诗的调子可不算高啊！

哎呀，领导您真是了不起！您竟然，还注意到这首诗了！而且您还真是读懂它了！我得给您鞠上一躬！陶砚瓦果真就站起来给杜秋水鞠了躬。

哈哈哈哈！杜秋水也很高兴的样子，像是一个破译高手，得到了编制密码的人的敬意。怎么样？你没想到吧？

真没想到！陶砚瓦大有俞伯牙遇到了钟子期之慨。这首诗写了好几年了，也在几个地方发表过，还从未有人看出它调子其实是不高的。

其实你讲得很明白嘛！概念百年争未已嘛！一直有争论嘛！杜秋水略有激动。还有你这颈联：书虫摘句拼三绝，童子诵经强整吞。明显你是批评、批判嘛！还有你的结句：几番风雨几番痕，你已经告诉人家，折腾的结果，可能只是留下了一点儿痕迹嘛！

我写了不少诗，其实我是很认同苏辙那个《诗病五事》中说的。作诗一定要讲义理。可惜你讲义理，确实很难遇到知者。今天我算是遇到了，这么多年写诗，也值了！

砚瓦啊，虽然我长你几岁，但你写诗肯定比我早，也比我多。所以我向你请教，说你是我老师，并不为过。但是你可能不好意思。这样吧，承蒙你看得起我，咱两个算是诗友，你同意不同意？你没意见吧？那好，咱就这么的了！

杜秋水脸上的表情渐趋凝重起来，他接着说，今天咱们两个人见面谈话，可绝对不是什么督查组长找一个退休干部谈话，跟两个人什么身份都无关，只因为咱两个人是诗友，都喜欢写写诗，谈谈诗。所以是两个诗友见面闲聊。但是既然是诗友，刚才你也说了，作诗要讲义理，那咱诗友也得讲义理啊。所以我也跟你说点儿悄悄话。你听听就好，我也相信你不会出去乱讲。

尚济民同志是你的老领导，你也知道，他已经办理了退休手续，前段时间由于国学馆的事儿，还在进行审计，他呢就一直还盯着这一摊子。现在审计完了，他应该就要彻底退了。他为这个项目，可谓倾注了全部心血，很让人敬佩。但是人嘛，总是感情动物，在这个节骨眼儿上，他难免就会比较敏感。你和那个日本人的谈话，是他同意你见的，你可能觉得没什么出格的话。但是那个日本人，他写了篇文章，叫《中国国学之困：塑金身还是念真经》，里面讲到采访了国学馆筹建负责人陶砚瓦，也引用了你不少话。他的文章被咱们某个智库发现了，就在一个内部刊物上转载了，这样咱们高层领导就看到了，还做了批示。导致这件事情，目前出现不少未知因素。当然你讲的话，没什么大问题，而且你是个退休人员，当然你毕竟是担任过筹建负责人啊，你其实没有乱讲啊，甚至有可能高层还欣赏你的话呢。但是这个渠道有问题，他是把你的话，通过一个日本人，又在美国智库任职发表了文章，然后咱们国家的别的智库，通过出口转内销的方式，最后报到领导那里去了。这个结果，是尚济民同志没想到的。当然目前也没有哪个领导、哪级组织，对他有任何批评或者指责，但是他自己可能会认为有点儿被动，因为他可能感觉目前事情的发展，已经完全不可控了。他感到很失落，很无奈。毕竟他付出了太多，这个可以理解吧。

两个人正说话间，突然听到一个熟悉的声音：老师，您怎么在这儿呢？抬头看时，尚可正陪着几个年轻人过来，恰好就坐在离这边不远的一个位置上。

127

等那边人都坐好了，陶砚瓦偷偷对杜秋水说，我这位学生，您不认识吧？他就是尚济民的儿子尚可。

你看看，怕什么就来什么！杜秋水其实一点儿都没惊慌，他甚至还笑着说，这个鬼地方还是我自己选的。

您放心，他应该也不认识您。而且，这个尚可人还是挺好的。

是啊，他爸爸人也不能说坏啊。刚才你这么一讲，我是全明白了。其实这件事儿，全是阳光下的运作，谁想瞒也瞒不住，这么大的项目，又是国家投资，国家想怎么用它就怎么用它。至于你讲的话，绝对不会是决定或者影响其结果的因素。顶多，顶多算……

我顶多就算是早晨也叫了几声的公鸡，我叫也好，不叫也罢，大家都得起床。

对，你这个比喻比较恰当！

两个人，啊，这一对诗友，都会心地笑起来。

他怎么叫你老师？杜秋水问，他也学写诗了？

没有，我们办了一个书法班，他是主要负责人，是班长。已经上了十几节课了，效果还不错。年底快到了，我们想办个结业展览，如果您能出席，给我们鼓励鼓励，那就太好了！

有多少学员？

只招收30个人，都是业余的，还有不少是从零开始的。上课的时候就没到齐过。不过几个骨干还是坚持得不错，进步也很快。比如尚可，他临摹《张迁碑》《礼器碑》《曹全碑》，现在他隶书已经写得有模有样了。他们有进步，真的我也感觉很有成就感。

怎么收费？贵不贵？我听说有的班收费可是很高啊，一年十几万的都有。

社会上的班，尤其是给那些想参加全国展览、想获奖、想加入书协的人办的班，当然收费就会很高。我这个班性质完全不同，都是朋友推荐，大家在一起投缘，以书法为载体，有点儿交流联谊的意思。我们基本不收费，他们只交一点儿班里活动经费。我是不收费，尽义务的性质。

啊？你不收费呀！那你是公益性质啊？

对，公益性质。

那我得支持！你们什么时候搞活动，提前通知我，我一定参加。我也可以尽义务嘛。

老领导，谢谢您啊！咱们今天就说定了，以后您有什么事儿，也要随时喊我，怎么样？

也谢谢你砚瓦。杜秋水说，你讲了好多观点，也给了我很多启发。以后我会随时向你请教的。

岂敢！岂敢！

听说你们那位王良利，现在还出来挣钱了？杜秋水又问。

是啊，他在里边负责审他的那个人正好是个书法家，叫佟孟冬。让他临摹《急就章》，他还挺听话，就真临起来了，而且现在他写章草还真有那么一点儿意思了。

砚瓦啊，可惜那个时候咱俩不认识，否则我说什么也是推荐你，而不会去推荐王良利。不说他这个人怎么样，他那两笔字儿，听许多人讲，哪里能算上书法？结果他入了会，还当了理事。我想起来就感觉对不起人民对不起党，起码我是识人不察、荐人不当！

唉，也别那么说，你是好意，而且也是做了好事，起码我跟着沾了光，否则我连个委员也弄不成。

砚瓦啊，杜秋水突然压低声音：机关最近找过你没有？

没有。

啊，没有就好！杜秋水释然了。咱们虽然退了，但还是有组织的人，说话、做事还得按规矩来。特别你在外面写字啊、作诗啊、讲课啊，尽量都严谨一点儿。

没问题，我一定按您的要求办。

两个人说着话，陶砚瓦就按下了结账的按钮。一个服务员女孩子很快过来，陶砚瓦和杜秋水都争着要结账，服务员说，账已经有人结了，就是旁边那位。服务员说着，朝尚可那个方向指了一下。

杜秋水说，你看，还是你有学生好啊！

陶砚瓦说，对对对，有学生好。那我还是过去跟他们打个招呼吧！

好，你去吧！

杜秋水看着陶砚瓦朝那边走去，心里想起自己头一天上任督查组长，就听到陶砚瓦单位的纪委报告，陶砚瓦被实名举报的事儿，内容一共三条。当时纪委说三条举报都很具体，既有门牌号码，还牵扯到机关一个在职人员，并有多张照片为证。他们接到举报后，没有找陶砚瓦本人询问，而是先去派人一一查证。第一条说陶砚瓦私自购买了别墅，经查那个别墅的所有者是河北一个企业家的，已经购买多年了；第二条说陶砚瓦大批量卖字，经查是他准备展览的作品；第三条说陶砚瓦召妓，还有照片为证，初步查证的结果，女方是那套别墅的“管家”，也就是物业的管理员，平时都要为业主上门服务。三条都被证明为举报不实，所以他们就决定不需要找被举报人谈话，只找举报人反馈调查结果就算结案了。当然他们也会对有些情况进一步跟进调查，更精确地核实。

都过去这么久了，还没找陶砚瓦，肯定已经确认没事儿了。杜秋水心想。

128

正好，第二天机关老干部组织学习，通知在群里发了，陶砚瓦也看见了，就想着请假。还没顾上请的时候，处长就来电话了：

主任好！您明天能来吗？别犹豫了，好长时间没来了，明天您就过来热闹热闹呗！

陶砚瓦和处长有个默契，凡是在群里发了通知，等了一阵子没动静，陶砚瓦就可去可不去。凡是在群里发过通知后，又单独点对点把通知发给他，那应该是有比较重要的事情，就尽量不要请假了。

这次已经就算是单请了，陶砚瓦也就高兴地说，好，我去。

去单位的路上，陶砚瓦还在想，今天参加也好，说不定还能探听点儿什么消息呢。

一进机关大门，就看见前两三届的老部长楚从周，刚好从接他的小车里下来。

陶砚瓦就赶紧走了两步，搀上了老先生的胳膊。

嘿！今天真新鲜！楚部长抬头见是陶砚瓦：你小子终于来参加机关的活动了！

陶砚瓦就说，罪过罪过，我事情多，确实来得少，老领导批评得对。

正好我还有个问题，想跟你念叨念叨呢！

您又有什么理论成果了？我洗耳恭听！这位楚部长喜欢琢磨理论问题，他有一个独创的重大理论成果，叫作一分为三。他说任何事物都是上中下，左中右，好中坏，导体半导体绝缘体，前进后退静止，等等，毛主席的一分为二还不完美，一分为三才最接近事物的真实。所以刚才陶砚瓦一听他说有个问题要念叨，就以为他又有了重大理论成果。

你小子别打岔！楚部长一看四周无人，又把声音放低悄悄说，你小子行啊，听说你放了颗卫星！

我哪能放什么卫星？老领导老拿我开玩笑！

不是开你玩笑。这事儿别人还都不知道，刚好就碰见你了，我告诉你，一会儿你得陪我喝一杯！听说最近有个材料报给大领导，上面大段引用了你的话，最后有个批示，对你的话深以为然！深以为然啊！

哎呀老部长，听您这么一说，吓得我够呛！我说话一向不太讲究，千万别给咱单位惹麻烦啊！陶砚瓦故作惊慌之态。

你放心！单位倒是不会有什么麻烦，只怕是你弄的那个项目会有麻烦。

项目会有什么麻烦？老部长，您这话我感觉不大可能。

你看，你看，我就知道你是个参与者，你哪能自我否定呢？告诉你吧，你小子别总是感觉良好，你还是嫩点儿啊！

当然在您面前我永远是嫩着呢！您是老油条啊！

又没正经了！你等着瞧吧！原来我是不是对你说过？济民同志弄这个东西，啊，你总是不信。现在你还是不信。可你讲的那套什么国学金身的理论，还有内容、内容，还是内容，这些话一针见血，都戳中了命门。当年我是怎么说你的？你陶砚瓦走的是名士路线，怎么样？让我说中了吧？算了，不说了，中午敬我一杯，咱还是等着瞧吧！

上午的活动确实还算是重要，魏发达都过来主持了。他先跟大家通报了几个事情：

第一件是对国学馆建设项目的审计结束了，审计报告已经给上级报告了。审计的结果，一是严格执行了经发改委批准下达的资金使用计划，总的工程概算没有超出整个资金控制盘子；二是严格按照资金使用规定，没有发现违纪违规现象； 三是整个工程进展由有资质的招投标公司进行，公开透明，从程序上没有发现任何重大问题；四是承担具体工作的领导和个人也没发现违纪违规现象。

第二件是新的领导班子已经组成，新老交接的大会只安排老干部支部书记出席了，没有惊动大家。新来的领导对大家很关心，具体老干部这块工作仍然由魏发达负责。大家有事儿可随时找他，他一定为老同志服务好。

第三件是简要通报了机关最近各方面的工作进展。

不到一个小时，魏发达讲完就走了。剩下的时间就是传达几个文件。处长念，大家听。念的也没必要照本宣科，有的只是念个标题，或者只念念主要的段落。

老干部支部书记将近八十岁了，几次换届他就想换人做，但苦于没人接，一选还是他。他也只好坚持干。文件传达完了，他就要求大家别走，都留下吃午饭。还特意冲陶砚瓦和另一个经常不来的说，你们两个不许走啊！

楚部长听见书记的话，也在旁边喊叫了一声：砚瓦，你小子不许走，你得敬我一杯！

好，不走，跟您微醺一下子。你带酒了吗？

不用带，这儿放着呢！

微醺二字，也是楚部长一个引以为傲的理论：喝酒不能多，多了误事儿；也不能少，少了不够劲儿；只有微醺最好。老头子就好喝几口，而且喜欢有人陪着热闹。

129

老师，什么事儿？尚可一接陶砚瓦的电话，就赶紧问。

最近哪天你有空，想和你单独聊聊书法班最近的进展，下一步的规划方向，还有别的事儿。见面儿再说吧。陶砚瓦也语焉不详。

那就今天下午怎么样？我也不叫别人了。

好吧。

陶砚瓦这次来容介书院，是拎着一个正方形袋子进来的。这个袋子看上去能装进一个篮球。袋子里面是一罐子太平猴魁，是他刚从黄山带回来的。送给他的那位朋友专门嘱咐说，真正的太平猴魁很少，请陶老师一定尝尝，不要送人。拿回来后，他和杨雅丽就合计这么大一罐子茶，打开了什么时候才能喝完？当时就说拿到尚可这里，让大家一起喝。

刚才来的路上，还想着这是尚可老家的茶，又是名茶好茶，尚可又喜欢茶，他见了一定会高兴吧？

但让陶砚瓦大感意外的是，尚可一看，淡淡地说，老师，太平猴魁属于绿茶，绿茶属阴，我基本不喝。而且我也建议老师您也尽量少喝它。来，咱喝我这儿的茶。先来一泡单枞吧？

陶砚瓦当然只能说好。尚可就亲自动手，给老师泡茶。他学过茶道，对茶事非常讲究。

太平猴魁属阴，可我记得你爸爸可是老喝它啊！

对呀，他阳气盛，喝猴魁合适。您别喝这个，跟我们喝乌龙茶吧。

那好，你帮我把这盒猴魁交给你爸爸，算是我送给他的。

没问题。那我先替他谢谢您。

尚可啊，今天也没别人，就咱俩，我一直就想和你好好聊聊。虽然咱们原来也认识，但相互之间不是很了解。我呢，原来是想着和你保持一定距离的。可最近咱一起做事儿了，这关系越来越近，感情也跟原来不一样了。有些话我还是想和你说一说。

陶砚瓦就把他自己讲过的那番“内容、内容，还是内容”，还有什么“国学金身”之类的话，特别把最近听到的出口转内销后的情况，都跟尚可讲了一遍。陶砚瓦说，我一直以为自己人微言轻，说话就比较随便。退休以后，就更加放开不在乎了。但我现在真的挺担心，这件事儿会不会给你爸爸造成什么不好的结果，哪怕是让他心里别扭、不痛快了，我也会深感内疚。这两天我琢磨着，找他去说什么，也没必要。咱现在毕竟是师生关系，就想跟你讲一讲，心里也好受一点儿。我这种心情，你能够理解吧？

尚可说，您是不是听那个杜秋水说的？

陶砚瓦一听很吃惊地问，你认识他？

不就是那天跟您一起喝茶的那位吗？他原来在宣传口，我还曾经坐在台下听他在台上做报告呢。老师您说得对，咱们原来只是见过面而已，算不上有什么交情。但毕竟是您在我父亲危难之际，说大点儿应该是救命之恩，我父亲、我们全家都永远对您，以及沈婉佳女士心怀感激。当然啦，您应该也知道，机关的人也传您一些坏话，我那个继母当时也跟着吵吵，我父亲呢，一时也难以判断，再加上当时还有别的因素掺和，对您的安排呢，就不是尽如人意了。后来我父亲还跟我叨叨过几句，说您这个人，还是位耿介之士，不逢迎，不市侩。实际上他手下还是需要您这样的人的。缺点、毛病谁都会有，说您是耿介之士，这评价应该也相当高了。

包括推荐您给我们讲国学课，推荐您接受那个日本专家采访。包括咱们办这个书法班，他都说好啊好啊。可见您在他心目中的位置，还是可以的吧。至于您对国学的看法，对那个馆里面摆什么内容的看法，我想他应该是知道的，反正他现在已经退了，就是没退，他还管着那些事儿，您这些意见也不能说是针对他个人的。我没干过公务员，也不是太关心机关的事儿，以他这么多年在机关，又混了那么个位置，总是见过各种各样的人，经过一些大大小小的风浪吧。起码不会比您经历得少。所以我个人感觉，他不至于小心眼儿到那个程度吧！老师您放心，大可不必放在心上！

陶砚瓦说，赵老师不是你生母啊？

不是，我亲生母亲在我不到十岁的时候就去世了。尚可说着，伸出他的左手让陶砚瓦看，他用右手指着左手小拇指上的一枚金戒指说，这是我亲妈临死前，亲手给我套在手上的。我那时候小，还不知道这是为什么。后来没有她了，我才明白这是她留给我的念想啊！我一直戴着。您看它是不是很细？所以只能戴在我小拇指上，还有点儿紧呢。我呢，虽然也一直管我继母叫妈，她也没有再生孩子。但是您知道，这亲妈和后妈真不是一回事儿啊。

老师您看我在您面前说了这么多，咱以后这样，我这个人毛病也不少，脾气比较倔，比较死性，一根筋。您该批评就批评，您该说就说，咱这个书法班呢，我希望能一直办下去。我们都跟着您，您就不用去跟那些老头儿老太太们掺和了，就跟我们年轻人玩儿吧！您跟我们玩儿，多高兴啊！您也显得年轻啊！是不是啊？

啊，对了，什么时候那位沈婉佳到北京来，您别忘了告诉我，咱们好好接待接待，那得让我爸出来，一起热闹热闹。

这一席话，是真正掏心窝子的话，也都是符合人情事理，符合为人之道、为友之道、为子之道的话。陶砚瓦一边听，一边点头。本来是他想找尚可说几句闲话，听了尚可这席话之后，他感觉暖暖的、舒舒服服的，真挺好受。

来，咱们喝茶。

第二十六章　谁说诗词没有用处

130

尚济民走过前面这个花坛，往右一拐，就是自家院子大门。大门是稍稍往里凹进去一点儿的，右手边有岗亭，左手边有传达室，有客人来需要提前通知，或者当场打电话给里面住户，经住户许可后，还要出示证件、办理登记，方得放人进门。

他想着跟每天一样，转完一圈后，回家去泡一壶太平猴魁，独自享受。悠悠闲闲地，舒舒服服地，一口茶品过之后，慢慢咽下去，把嘴巴张开，哈一口气。那完全就是神仙般的时刻啊。

他一个月前完全退下来了。项目建成了，大楼验收了，审计过关了，他仍然健在，不仅仅是身体健在，关键是职级健在、待遇健在、精神健在，一切无恙。而且不仅他自己无恙，班子其他人也基本无恙。只有王良利是个例外，但他的主要问题与单位无关，更与项目无关。所以，在尚济民心里，跟着他干的人中，每一个都很好，不是升职加薪，就是安然落地，总之他甚感欣慰，直到最后一刻都几无瑕疵，风光体面。

大楼建起来了，没有人因此而倒下去，这一点让尚济民心安气扬。他没事儿时就喜欢回味这一段曲折过程，回味中充满自豪和骄傲。经常是在回味的过程中，自己忍不住就笑出声来。

一个多月了，他也一直在适应退休后的生活节奏，进行退休后的心态转换。单位上除了机关老干部部门偶尔通知看看文件，平时就不去了。家里老伴儿赵蔚云早退了，但他又被一家社区医院返聘，每周一、三、五上班坐堂出诊。经常是他一个人在家，上午出去转圈，转完就是喝茶、看书，一般也没什么应酬了。

但是，但是后面没好话，今天他出事儿了。

刚刚，他就是沿着熟悉的街道，迎着陌生的行人，想着幸福的往事，迈着轻盈的步伐，走了三千多步，已经回到大门口了，马上就要到家了。

突然从他身后有一辆汽车疾驰而过，忽一下子带过来一阵风。不知是吹得他还是吓得他，他本能地往右边一躲，一只脚正好踏进旁边树坑里。树坑里的土比较松软，使得他的身体一下子失去平衡，重重地摔倒在地上。可能他慌忙中用右手拄地，感觉右手一阵麻酥酥的感觉，然后他就什么感觉都没有了。

刚才就在他身后十来米的地方，一个快递小哥骑着电动三轮，拉着一车东西，也因为身后这辆汽车像发射的炮弹，嗖的一声从身边冲过去而吓了一跳，正好就看见尚济民被带了一下重重摔倒在地上。

小哥急忙停住车，往下一跳就赶紧跑过来搀扶尚济民。

那尚济民刚才连吓带摔，一下子失去了知觉。快递小哥看他眼睛紧闭，脸色铁青，身子发沉，也吓坏了。没想到他会这么严重，自己莽撞来搀扶，会不会有什么不测，千万别闯出大祸。可他又不忍把老人家放回到地上。只得轻轻摇晃他身体，大声叫他：老先生！老先生！你醒醒！你醒醒！

谢天谢地，尚济民微微睁开了双眼，他一看眼前的年轻人，就问，你是谁？

小哥说，俺是送快递的。刚才有辆汽车嗖一家伙开过去了，俺就看见您在俺前面摔倒了，就赶紧过来扶您。您没事儿吧？

尚济民问，刚才那辆车呢？

小哥说，早跑没影了！俺也没看清车牌子，找不着了！

尚济民说，我现在浑身没力气，起不来了，请你把我抱到前面，过了那个花坛，再往前走几步那个大门口，我家就在那儿。

快递小哥说，对不起老先生，俺车上有东西，不敢走远，车上东西丢了俺赔不起。俺把您放在这个椅子上行吗？您赶紧给家人打个电话，让他们过来接您。他们不过来，俺不会走，行吗？

尚济民说，行，好，你先把我放椅子上。

尚济民的体重肯定在七十公斤以上，小哥又不知道他伤着碰着哪儿了，只见他龇牙咧嘴疼得够呛，只得尽量小心小心再小心，费了很大劲儿，才把他放在椅子上。尚济民说，小伙子，对不起，我刚才出来没带手机。你快帮我打个电话。

小哥赶紧掏出自己手机说，号码多少？

尚济民就想啊、想啊，本来就打得不多，记得也很模糊，再加上也是疼得急得，怎么也想不起赵蔚云或者尚可的电话号码了。就说了一直给他开车的司机的电话号码。接通了，小哥把手机放到他嘴边。

小刘啊！我是尚济民，你赶紧告诉我家里人，我在我家大门外摔了一跤，回不了家了，让他们赶快过来。你过来也行，但是你得赶紧告诉他们。

131

最后是尚可叫了急救车，直接把尚济民拉到积水潭医院急诊室，经过拍片子，医生确诊为右肱骨远端骨折，随着就经过复位，打上石膏，入住了该院的高干病房。

刚一住下，赵蔚云就进来了：我说老尚，你可真行！我是怎么说的？是不是说让你就在院儿里头散步，你别出去，现在外面路况那么复杂，别说你了，年轻人出车祸的比比皆是，触目惊心！你还以为你是谁？你还以为你小伙子啊？

尚济民直接把眼睛闭上，一句话也不说。

尚可说，爸，那您先听医生的，好好养着，多休息。我那边还有事儿，您有事儿随时喊我。

尚济民还是闭着眼睛说，尚可，刚才多亏了那位快递员。你一定要找到他，赶紧的！向他表示感谢。

尚可就问他，是哪个快递公司的？不知道。叫什么名字？不知道。那怎么找？我也不知道怎么找，但是你一定要找到他。尚济民语气十分坚定。您还是当领导当惯了，以为动动嘴什么事儿都能办到，什么问题都能解决。

我就是要跟自己儿子动动嘴，让你小子跑断腿，怎么了？尚济民不高兴了。

得得，我想辙！我马上想辙！对了，您刚才怎么找的小刘儿啊？

我就是让那位快递员给他打的电话啊。

是用谁手机打的？

是用快递员手机打的。

那就有了，他手机号码一定存在小刘手机上了！尚可终于带出微笑：好，我先走了，放心吧，今天就能找到那个快递员，我当面去感谢他！

尚可说完转身走了。尚济民这时才睁开眼睛说，蔚云啊，你坐下。你是不是很累啊？坐下休息一会儿，自己弄点儿水喝。刚才确实是怪我自己不小心，一脚踩空摔倒了，幸亏那位好心的快递员，很及时把我救了。不管怎样，要由我自己来接受惩罚，受疼受罪，也让你们跟着折腾跟着着急。我心情是很沉重的。这个教训很深刻，你放心，我一定会认真记取。

我多次说过，遇事先琢磨解决，争取最好的结果，千万不要抱怨，因为抱怨什么用也没有，只让所有人难受，没有任何益处。自己也不舒服。咱换一个心态，比如想想我今天幸亏只是骨头出了事儿，而不是心血管出了事儿，多幸运？我碰上了好心的快递员，所以抢救很及时，多幸运？这样看，咱不是心情都大好吗？你说是不是？

老尚你说得很对，我就是一听见你出事儿心里就着急，当时我正给人家瞧病，排很长的队，一时离不开。一进门儿光顾着着急，就把控不住自己情绪。刚才讲话确实不太恰当，你别太在意。你也跟尚可说，也别让他心里堵得慌。

唉，你这个脾气呀，稍微改改吧。

好好好，我改。你看我现在，号称全科大夫，因为这“全科”二字，要求每两年就搞一次资格考试，平时还要求积累分数。咱不弄吧，好像是承认自己不行了；可弄吧，平时得努力撑着，考试也真得下功夫准备。这些日子就正弄这个呢。

好好，我知道。你很忙，而且不是为了挣钱，不是为名为利，就是为救死扶伤，人道主义，给社会做贡献，很高大上。

老尚你真会说话！

132

尚可给陶砚瓦打电话的时候，陶砚瓦正在为《诗刊》社赶写一首诗，他们要得比较急。

老师好！您在家吗？今晚有安排吗？啊，没有，那太好了！您就在家等着，晚上六点左右我开车去您楼下接您。我请您跟我去见一个人，是一个您无论如何都不会想到的人。

晚上不到六点，尚可的车就到楼下了。陶砚瓦跟杨雅丽说，那我走了啊。杨雅丽说走吧！

一见尚可，就见他神秘一笑说，老师，您老家是不是叫陶村？您是不是有个本家侄子在北京送快递？

陶砚瓦都说对呀！怎么跟你有了瓜葛？

尚可就把他爸爸最近遇到的事儿讲述一遍。陶砚瓦说，还真的很悬啊！上次就够危险的，这回假如是头部出问题，后果不堪设想。

尚可说，所以我爸爸这次千叮咛万嘱咐，一定要好好谢谢这位快递员。

陶砚瓦问，他是不是叫陶景亮？

对呀！我跟他通电话了，七说八说他跟您是一个村子的，还是一个祖宗的，说叫您大伯的。

陶砚瓦说，他前些日子还来我家一次，拿我给他爷爷写的寿字和寿联。那个小伙子还真是不错。

两个人在车上边说边开到了西城一个大超市，尚可把车停好，就和陶砚瓦朝那个快递服务点走过去。就在超市旁边一个小胡同里面，没走多远就看见那个快递服务点了。门口停着很多送快递的电瓶车，很多人进进出出倒腾货件。尚可就进去问值班人员，说找陶景亮，就有人说刚才还见他在外面呢。然后又出来找，又有人指着对面一个小胡同说，你们去那边找他吧，刚才见他进里面了，不会走远。

对面小胡同里面静悄悄的，只有一辆快递车停在那儿。两个人走过去，只见那辆车后门开着，一个小伙子头朝里面斜躺着，正在打电话。两个人不忍心打断他，就站在旁边等。

等了大概三五分钟的样子，小伙子从车里钻出来了，一见陶砚瓦和尚可，赶紧叫，大伯您过来了？这是尚总吧？

陶砚瓦说，景亮，你做了一件好事儿，给咱老家增了光。

陶景亮腼腆地笑了笑说，尚总给我打电话，越说越巧，那个老先生还是俺大伯的老领导。好家伙！俺大伯就已经是个很大的官儿了，那个老先生得多大官儿啊！

他确实是个很大的官儿。他住进医院之后，反复交代尚总一定要找到你，当面表示感谢！

尚可说，现在正好该吃饭了吧？咱们一块儿，难得还有你大伯，咱就在旁边儿，一起吃点儿？

陶景亮说，谢谢尚总，俺车上还有几个件儿没送出去，一会儿也可能再加上几个件儿。晚上吃个盒饭就够了，对不起，你们去吧，俺就不去了。

尚可无奈，只得拿出一个信封，里面鼓鼓的，应该是一个整数，递给陶景亮说，拿着，这是我爸爸、我们全家的一点儿心意。

陶景亮连忙摆手说，这我坚决不能要。当时恰好碰上了，老人那么大岁数了，就在俺前头不远，眼瞅他咕咚一声摔在地上，俺什么也没想，就跑过去扶他。也没想到他摔得那么重，把俺吓得够呛。都是俺应该做的，而且就那么点儿事儿，俺怎么能要钱呢？况且还是俺大伯的领导，俺更不能给俺大伯丢人啊！

尚可就问，你干这快递多长时间了？一个月能挣多少钱？

陶景亮说，一年多了，现在每月能有个七八千。

尚可说，你看这样行不行？我爸爸那边儿需要个人照顾，你能不能考虑去帮帮忙，我每个月可以给你一个数。行不行？

谢谢尚总的好意，俺也明白你的意思。但是你想，俺文化不高，初中毕业，做这个快递吧，俺感觉还行，基本符合俺的期待。如果俺去照顾老人，三天五天还行，时间长了万一俺干不好，再耽误什么事儿，俺可担不起那个责任。到了那个时候，咱就都尴尬了不是？

尚可说，你看，你饭不吃，钱不要，事儿不干，那你大伯在这儿，有没有什么办法，有没有什么形式，能让我们全家表达一点儿心意？

你过来一趟，当面感谢了，俺感觉就行了，够了。大伯你说是不是？

陶砚瓦说，你们在这儿说来说去，我一直听着，我也感觉没什么好办法。咱这事儿确实不是用钱，还有用什么东西可以理清楚的。这样吧，尚可是我学生，景亮是我侄子，咋说都不是外人吧！既然如此，也就别纠结了。以后景亮在北京工作，有任何事儿都跟我们说一声，万一我们能帮你呢，一定实心实意帮你，我们有事儿找你呢，你也不许推辞。好不好？

两个人都说好。陶景亮说，大伯，你给俺爷爷写的那个寿字，还有那对联儿，裱出来挂在堂屋迎门墙上了。俺爷爷特别高兴，说让俺见了你，一定转达他的感谢。俺这儿有照片，你看一下。说着把手机上照片翻出来，让陶砚瓦和尚可看。尚可也说真不错。

那你转告你爷爷，等我回老家，一定去看他。等他九十大寿、百岁大寿我还给他写。

好，大伯。

对了尚可，我既然知道了，得赶紧去医院看看老领导啊。景亮哪天能有空，也跟我们一起去看看老人，让老人家高兴高兴。

133

尚济民右臂打上石膏之后，他的生活质量大大降低。让他最感痛苦的，是他喝茶的习惯受到极大的影响。什么都可以凑合，喝茶不能凑合，什么都能让护士帮忙，泡茶不能让护士帮忙。原来右手为主，左手为辅，两手密切默契配合，泡出来的茶味道颇佳。现在右手承担不了原来的任务了，其功能任务要转移给左手完成，而左手几十年来就没有过任何基本训练，现在不但要让它完成原来右手的任务，而且要在得不到另一只手完美配合的情况下完成。

于是就开始状况频出。不是茶叶没弄进壶里，就是开水洒到了桌子上；不是水温过高把茶砸死了，就是水温偏低没把茶叫醒；更让人气恼的，是那天把二两上等祁红全洒在了地上，花生米掉在地上可以捡起来吃，米饭掉在地上可以不必心疼，可这是茶叶啊！是祁红啊！是上等祁红啊！

尚济民真想抽自己一个大耳光。他习惯性去举右手，右臂上的石膏拦了一下，没举起来。但真要是举起来了，他会真往自己脸上抽吗？也许吧。

总之，他现在最大的苦恼，寂寞可以忍，疼痛可以忍，不方便上厕所可以忍，吃饭不可口都可以忍，唯有这喝茶，实在让他是可忍，孰不可忍。

他因为肱骨远端骨折，打了石膏外固定，据说要固定4周到6周时间。因为年龄大了，又有过脑部疾病，医生就让他住院静养，万一有情况可以及时救治。他本人也想了，即使回家，这石膏也得夹着，还不如在医院，好歹有护士呢。于是就咬了咬牙，住下了。况且每周还要拍片子复查，看看骨折的断端，需要不需要调整石膏外固定。

医生还嘱咐要多喝水，这正是尚济民的强项，他是茶乡生茶乡长，哪天也离不开喝茶，茶对他而言，甚至比吃饭还重要。医生还嘱咐坚持服用钙片和维生素AD，每天多晒晒太阳。多喝骨头汤，多吃富含纤维的蔬菜水果，等等。一个月以后如果骨痂形成，骨折线模糊，说明骨折愈合，可以拆石膏出院。

尚济民了解了大概过程，就横下一条心，既来之，则安之。就慢慢熬他一个月吧！

这天中午吃过饭，躺了一会儿，刚刚起身别别扭扭泡了一杯茶，左手别别扭扭端起来，用嘴别别扭扭喝了一口，品了品，咽下去，紧跟着长长出了一口气。尚可就带着陶砚瓦进来了。

砚瓦来了？尚可你赶紧好好泡杯茶给砚瓦！

老领导啊，你看上去面色很好啊！

尚济民用左手指着右臂上的石膏说，上了刑了。

还得说是万幸啊！

万幸！真是万幸！要不是你那个小侄子，后果还是很可怕的！我听尚可说了，饭不吃，给钱不要，工作也不换。这小伙子真是不错！砚瓦啊，我这命里怎么老是在这种时候就跟你有了瓜葛了？还都是我沾你的光？咱俩个人真是有缘啊！

老领导，要讲迷信，我上辈子肯定欠你太多！

哈哈哈哈！尚济民也来了个陶村式大笑：那这辈子我又欠你不少！

陶砚瓦说，所以咱算不清了，干脆也别算了。

砚瓦啊，人真是奇怪的动物。我这几天没事儿躺在这里，更多的时候当然是很别扭，生活上很受影响嘛！可有时候我还偷着笑。为什么笑？因为我经常想起咱们在台湾的日子，特别是我生病以后，你和那个小沈在床边守着伺候我，一想起那个场景来，我就感觉很幸福，却又感到特别难过。这是什么感觉？很奇怪嘛，你既然幸福那就应该高兴啊，怎么会感觉幸福却又难过呢？也是年纪大了，身体一出状况，精神就脆弱了。我老是有个挺奇怪的想法：要是再病倒一次，躺在医院里，还让陶砚瓦和小沈在床边守着伺候我，那该多么幸福啊！这个想法真是太可笑了，说出来让你们笑话，但真的就是我很多次的想法。这不我还真是病倒了，躺床上了，头一个愿望实现了，所以自己就偷着乐。可第二个愿望，就是你和小沈在床边守着我，恐怕不太容易实现啊。

老领导，你这个想法说明一个问题，就是你是一个重感情的人。我听了不觉得可笑，而是觉得感动。既然您有这个想法，我就试试问一下小沈，因为她还在职呢，另外她还生了个二胎，应该有一周岁了吧。咱看她有没有可能来一次，在这儿待个一天两天的，看看您，跟您聊聊天。尚可也跟我说过几次，就让尚可接待她，给她订机票。怎么样？

哈哈哈哈！我看可以！尚可，你听见没有？

我一直听着呢！爸爸，没问题！

134

陶砚瓦当天晚上就给沈婉佳打了电话，讲了尚济民的近况，以及下午跟他见面的情况。最后说，我们两个老头子，提了个无理要求，请你认真考虑一下，如有冒昧，敬请海涵。

沈婉佳听了说，哎呀，我好感动啊！你们那大领导还记得我。我看看吧，能不能最近安排出几天来。哎呀，不好了，我可不是答应了，我只是答应考虑考虑。不然又让你见笑了！说我这么快就答应了，像是那冷宫里的妃子，突然被翻了牌子。

你净是瞎琢磨！哪有的事儿！

对呀，那你岂不是那个大太监了吗？哈哈哈哈！

又胡说八道！说我是太监，亏你说得出口！你爱来就来，不爱来就别来。陶砚瓦很气愤的语气：别人可以说，只有你不能说！

沈婉佳说，对不起，你别生气。我生二胎后，整个人都傻掉了，诗也不会写了。

我当然生气了！太不像话了！陶砚瓦故意用很生气的口气说。

好了好了，别生气了。你等我消息吧！沈婉佳笑着说。

放下电话，陶砚瓦想着沈婉佳那调皮的样子，心里涌动起一股春潮。他在手机上写道：

惟楚有才堪可夸，星光灿烂到君家。
医超卢扁谁亲睹，诗比昭姬我确查。
初试锋芒忆台岛，联翩玉句别京华。
南丁格尔终归远，此处风流信手拿。

婉佳很快回复：

妾才岂可楚才称，步韵风流偶一登。
孤旅幸蒙君不弃，同光久愧我何能。
芳菲零落情如水，岁月消磨心似冰。
溪入潇湘东去远，井蛙空望最高层。

砚瓦一看，诗力未减啊！便回道：

漫道井蛙真似蛙，一胎刚大又生娃。
双儿膝下辙和轼，兼美堂前洵变妈。
且喜诗才仍有力，尤惊佳什更无瑕。
满园春色终非我，红杏枝头日已斜。

可能是婉佳受了鼓励，心情大好。很快回复《行香子》一阕：

笔不生花，墨不生香，最难消此刻诗囊。尽千分力，得两三行，只池边柳，檐边燕，路边杨。

无端是恨，无由是爱，赋新词强演清狂。索然心事，何必逢场。笑陶之砚，砚之瓦，瓦之当。

陶砚瓦一看果然就笑了。因为婉佳把他姓名嵌进了词里，顿觉亲切别致。他思考再三，也回复一首《行香子》，并且同样把她名字镶嵌进去：

誓不悲秋，更不伤春。且逍遥做个词人。长歌短咏，各有遵循。恰少年志，中年梦，老年身。

此生功业，鸿泥雪爪，幸潇湘鱼雁声闻。东涂西抹，抱魄凝神。愿佳于时，婉于古，沈于新。

婉佳看了，回道：好了，我安排一下，尽快去一趟。

隐砚瓦看了，心里释然说，看看，答应了吧。谁说诗词没有用处？

第二十七章　把诗当论文写

135

陶砚瓦习惯早睡早起。每天五六点钟就爬起来了，上上网，看看新闻，然后写点儿东西，就到吃早饭时间了。

这天也才早晨五点刚过，他就听手机叮、叮、叮、叮响了几下。每响一次还间隔一会儿。陶砚瓦就拿过来一看，是张静芸老师先发来两张照片，是她正在一个地方讲课。还发过来几段语音。

第一段语音：

砚瓦啊，我跟你讲几句。昨晚去那个地方讲课，题目是《书法与文学》，从六点半开始讲到了十点半。那个地方上课啊，进去很麻烦，因为那是个比较核心的地方，也可以说是心脏所在地。所以他这个安保，各方面都很严，他们在那儿工作也挺不容易的。可能他们亲友啊、亲戚什么的都要审查吧，出来进去也不方便，所以我一想啊，那种地方咱们还是少去为妙。所以我上课的时候，对面那块儿有个大钟。我一看九点半了，干脆我就再给他们讲一点儿，一次就把该讲的都讲完了。于是就给他们多讲了一点儿，就这个意思啊，一点儿心意吧，那个地方是不能老去的地方。不过他们那儿的饭倒挺好吃的。哈哈哈！

第二段语音：

那个姓金的，好像是个领导，他填的词不错呀，这个人还是很有悟性的，这里面的确像你说的是藏龙卧虎。因为他们这个工作责任比较大嘛，所以他不可能一天老玩儿这个艺术，等他们将来退休了或者是干了别的事情，就可以认真弄弄书法啊、诗词啊，还是挺有意思的。现在嘛，业余搞一搞吧，以后退休了，可以专注一点儿。我主要是想呢，不要老是给他们添麻烦了，这个不是他们的专业。然后呢，我的专业是古典文学，这个书法也是玩儿的。所以呢，这样好为人师也不大好，确实自己岁数也大了！

第三段语音：

这个自古以来，学者就是两路：一路是务虚的，一路是务实的。这个弟子嘛，也是一路务虚的，一路务实的。所以清代桐城派的一个大家，实际上他比较呢，还是有名呢，这个人叫刘大櫆，他就讲过“天下可告人者，惟法也”。如果你不能告诉人家方法，你不是一个真正的学者。我是努力的，是务实的。所以不管看什么书，做什么事，我都要注重它的方法。他们很用功啊，到十点多钟了，一个走的都没有，哈哈，哈哈。这个好学的精神真的很好。对了，那个金局长，我知道了，就是那天咱们一块儿吃饭的那位，他话不多。

第四段语音：

这个金局长他寡言，但是我觉得，他还是很有沉淀的这么一个人。你看他给我看的几首词，我就觉得《水调歌头》《卜算子》《临江仙》几首都很到位，另外他那个书法也比较古朴，不搞花里胡哨的那一套，所以嘛，这个人也是物以类聚，友好相交，能够谈得来，大家都是雅趣同俦，肯定会撞到一块儿去的。你想你砚瓦的朋友还能差了吗，是不是啊？

第五段语音：

正好还有个事儿，解放军总政要办一个全军的书法诗词骨干培训班，他们找我给他们讲课，还让我推荐几个人，也去给他们讲诗词。我头一个就推荐了你。我说陶砚瓦最合适了，因为他不光诗词写得好，他还当过兵啊！他们说知道你，说你主张把诗当论文写，没问题。他们可能这几天就会找你。你看咱要都去给他们讲诗词课，那咱在那儿就成了同事了不是？哈哈哈哈。

说完这段话，张静芸老师发过来一个卡通图画，图的上部是一个小孩子在喊，旁边还有文字“我们的口号是：”，图的下部三个小孩子每个人举着一个小牌子，三块牌子上写着：“努力！努力！努力！”

张静芸曾任书法家协会副主席、诗词学会副会长，当然也是位名人。她的理念、功力和修为，在业界是令人钦佩的。陶砚瓦听了一遍她的几段语音，感到很有趣，就把她的语音全部转换为文字，稍微做了一点儿文字调整，随手就给几个诗词群分享了。

当然，他也发到书法班群了。

136

军队做事情一向比较认真扎实。他们把军队里24位国家书协理事，以及十几位获得过全军书法一等奖的集中到一起，学习诗词。负责督办此事的是一位将军，兼任着国家文联副主席；另一位负责督办的那位局长，则是兼任着国家美协副主席。直接负责教学内容的班主任，则是一位书法楹联名家，复姓赫连，名城，是某军种电视艺术中心主任，而且是陶砚瓦的多年好友，也是战友、诗友、乡友、文友。

是赫连城给陶砚瓦打的电话。说老兄最近忙什么呢？咱们军队要对全军30多个书法家集中进行诗词培训，改变书法家只知道抄抄抄，只会抄字儿，没有内容上的创作的这样一个局面。让你老弟我负责这个班的教学呀、参观呀等事情。请老兄支持我们，具体是先给我们讲半天课，大约两个小时吧。你老兄就放开讲，你的“诗学自行车理论”“把诗当论文写理论”“三个能力理论”等等，都可以展开讲。总之，请务必慨然应允！

陶砚瓦说，没问题。前两天听张静芸老师说了，还是请她先讲，我在她后面讲。

赫连城说，那咱就定了，请老兄辛苦一下，拟订一个题目，做个提纲，另外再发个简历、照片过来，我们也得先推介推介。

既然你知道我的“把诗当论文写理论”，要不就把它定为讲课的题目吧。怎么样？

当然是可以的。但是我觉得它应该是重要内容之一，另外再想个别的题目。比如“作诗的诀窍”，这样讲起来他们会更爱听。再想想吧，还有点儿时间。按照原来的安排，我们这个班争取创作一批诗词书法作品，来上课的老师也请提供作品，最后我们会出作品集子，还要搞个展览。为了能够出精品力作，这个班还要安排去井冈山、遵义、延安等地采风，到时候看你老兄没什么事儿就跟我们一起去吧！

好，等你们时间确定下来再说。原则上我都没问题。

放下电话，陶砚瓦就开始思考题目：《作诗的诀窍》。

作诗有诀窍吗？中国最早的文艺理论经典《毛诗序》："诗者，志之所之也。在心为志，发言为诗。情动于中而形于言，言之不足，故嗟叹之，嗟叹之不足，故永歌之，永歌之不足，不知手之舞之、足之蹈之也。"

陆机《文赋》："诗缘情而绮靡。"诗的本质是源于人之情，形式上、语言上要"绮靡"，就是它不能同于日常的语言，它需要修饰，需要美。

钟敬文先生："诗人是真正的预言家。他的敏感使他预见到人世未来的祯祥或灾祸，而他的诚实使他敢于宣布他。"

我陶砚瓦是一个诗者，有几十年作诗实践，自己悟出来的一点儿体会：一个好诗人，一个大诗人，是把诗当论文写，用诗来思辨，来宣传，这样的诗作或诗句是真理，是格言，千古流芳。

也许，这便是作诗的诀窍？

137

课件：作诗的诀窍

首先说：诗对你个人而言，是什么？

比如对我陶砚瓦而言，它是"三放"：安放心灵、绽放生命、鸣放正义。

安放心灵，是信仰问题；绽放生命，是才艺问题；鸣放正义，是道德问题。

作诗有没有诀窍？

说没有，其道理是若想学诗，必须坚其志、勤其体、博其学、广其历、精其艺、明其目，必须持之以恒，不可一蹴而就。

但作诗确实是个技术活儿，只要是技术活儿，怎么会没有诀窍呢？

作诗的诀窍，从道的层面、形而上的层面，它的诀窍就是“把诗当论文写”。

一首好诗应该是、也一定是一篇好论文。长诗歌行、古风不必说，即使最短的诗五言绝句20个字，最短的词十六字令，只有16个字，它们是最短小的诗歌形式，但把它们的精品拿出来一一分析，无不说明，它再小也是一件完整独立的作品，它总是写出了一个点，一个前人未见，或者前人有见但无言说，它通过这点儿字数，把这个点表现、揭示出来了。这个点，就是一篇论文的论点，其他文字虽然少，依然可以呈现出论文的其他元素，即论据、论述的过程和结论。有的是通过呈现的，有的可能会通过诗的张力或者通过诗人拓展出来的想象空间来一一呈现。

一个诗人，有了“把诗当论文写”的意识，就会注意关注、发现那些可以为诗的点，那些别人未见，或者别人见而未言的东西。这时候，你再动手写诗，就可以放手、放胆写了，也具备了写好一首诗的最基本的前提条件了。

任何事物都有特点和自身规律。要敬畏古人、敬畏格律、敬畏诗词的形式。全面接收古人的经验，同时关注今人的精品，敢于模仿，但坚决不抄袭。

技术层面的诀窍，就是一定要解决入声字。因为平仄、对仗都会遇到它们。

入声，本来是汉字五声之一声，后来把五声变成了四声，把入声取消了。

入声没了，入声字都在啊。怎么办？好办！反正是一拨拉一拨拉，把它们都归到其余四声里去了。其余四声就是咱们现在用的四声。这就出现了一个问题，原来的入声字大概有800多个，它们本来全部都是仄声，但分到四声去之后，有大约400多个入声字摇身一变，它成了平声字！这400多个平声字，就是现在很多人作古体诗的大麻烦。

有人就主张完全按照四声韵来写古体诗词，当然也可以，但这样做的结果就是你的作品没有古意，是把唐宋以来的诗词音韵系统摒弃，而另外弄了一套系统。

所以更多的人反对这样做，他们就首先解决这个入声字的麻烦，然后得心应手地快意玩诗。入声字，是一个瓶颈，一旦你把它们辨认明白了，跟这些捣蛋鬼混熟了，把它们一个一个放在它们应该待着的地方，它们舒服，你也就痛快了。

只要你有了处理入声字的能力，别的什么问题都会易如反掌，捎带脚都解决了。

掌握了以上两个诀窍，还需要锤炼三种能力：抓本质的能力、概括的能力、形象思维的能力。

抓本质的能力，陶砚瓦喜欢以文徵明《满江红·拂拭残碑》为例。

概括的能力，陶砚瓦喜欢以胡适《沁园春·誓诗》为例。

形象思维的能力，陶砚瓦喜欢以毛泽东《贺新郎·读史》为例。

其实，若论这三个能力，毛泽东比谁都强。仅用这一首《贺新郎·读史》，就能作为三种能力全都具备的范本，这一首可谓超唐越宋，傲视古今。

我自己比较成功的作品，又是“把诗当论文写”，又在三个能力方面有所体现的，就是这首《爹娘是我眼中佛》了：

爹娘是我眼中佛，朝霭春晖报未多。
千里烧香寻古庙，何如敬此两弥陀。

再从拙作中选取一首长调《沁园春·自书诗》，里面还有嵌入赫连城名字：

每有诗成，便自书之，惯沐墨香。任毛锥飞动，横波泛浩；毫锋使转，侧势摩苍。饱翰流离，倾情酽冽，未觉沾襟泪两行。才挥就，便张墙铺地，一刻痴狂。

管它大小圆方，端须把胸中块垒囊。想《兰亭集序》，千秋风韵；《祭侄文稿》，万世芬芳。二首黄州，空庖煮菜，片纸连城国宝藏。何曾见，买诗家心境，论尺来量？

其实很简单，在座各位，在全国书坛上，声名赫赫，日进斗金，哗哗啦啦数钱。而我们作诗的人，万言不值一杯水。但是你们可别拿我们不当一回事儿，我们自尊心很强，一个个穷横穷横的。我趁此机会，送大家一首新作，与大家共勉：

信步书坛各有神，却忧拈韵逊高人。
笔挥纸上忙抄字，墨洒砚边聊效颦。
论尺纵能天价好，品题无奈内涵贫。
殊功换取诗功后，敢借唐贤几度春。

138

讲课那天，陶砚瓦还通知了尚可、夏凡、梁守道等人。尚可说有空可以去，还让陶砚瓦在家等着，他开个车去接上走。夏凡那天要上节目，说太遗憾了去不了。梁守道也是机关有事儿。最后能过去听课的也就只有尚可、万锐、张洋、盛华等几个人。

赫连城在上课之前，先隆重介绍陶砚瓦。陶砚瓦坐在讲台上，目光往下面一扫，果然看见不少书坛大腕，平时很牛的，也都是在讲台上荧屏上叭啦叭啦讲课的，或者是经常办展览、题词、出席剪彩座谈会的。心想这帮人也确实应该学学诗词。启功先生讲：文史不通，下笔空空。赵朴初先生说：修行不到，棍棒夹道。话都说得很重。但是实际上，混个书法家看来比混个诗词家更容易了，还是更难呢？

还算不错，他们听课时都暂时表现出了起码的谦逊，以及求知的意愿。读完之后，是互动阶段。有个学员就提出可否请老师现场点评他们的习作。陶砚瓦说，现场点评，当然可以。但是咱丑话讲在前面，因为也不会知道是哪位大咖大作，仅看一遍就要发表意见，我难免会有所得罪，你们也必须理解，所谓勿谓言之不预也。

大家就都说没问题，我们不怕。

于是就有人送过来两首，一看就知道是初学者，一一点评了；就又有人拿来几首，水平都差不多，也一一点评了；马上又有两三人站起来，手里把诗稿举过头顶摇晃着，希望得到点评。陶砚瓦就问，我这样张嘴就评，完全是探讨性质，不一定讲得多么准确，但请你们不要关注讲得准确不准确，一定要关注我点评的方向，也就是我思考的方向。大家就都说，明白老师的意思，您只管放开讲，大胆批评，我们都不怕。

直到有人拿过一首七言绝句，说老师请您先讲这首怎么样？陶砚瓦接过来一看，先给大家念了一遍说，这首真不错！是刚刚看过的最好的一首。是哪位写的？大家就指着第一排最左边一位儒雅之士说，是他写的。陶砚瓦又问，你是哪个单位的？说是北京军区的。陶砚瓦随口说，还是北京军区写得最好，这一句话赢得全场笑声。

毛主席讲过，凡是有人群的地方就有左中右。任何事情都不可能清一色。当时坐在一间教室的人，也一定有诗词的高手，静静地听着。

当然，也有几位已经因书法略有成就，便开始走市场，腰包鼓了，早把自己任何一扇求知的心门通通关闭了。他们坐在那里，优哉游哉，两耳塞豆，双目迷离，完全不管别人之褒贬，沉湎于自己的小天地中。像是当年的老地主，在看几个长工为怎么干活争吵不休。

最后，赫连城说，今天陶砚瓦老师给我们上了很好的一课，特别是他关于“把诗当论文写”、解决入声字、锤炼三种能力等观点，都是我们初学者的绝佳诀窍。刚才陶砚瓦老师又不辞辛苦，为我们多位学员现场点评习作，让我们对他作诗的思路，有了更接近实战、更具实操、更受实实在在启发的机会。让我们再次以热烈掌声，对他表示诚挚的感谢！

请陶砚瓦老师把刚才那首作品留下来，我们就张贴在这间教室的墙上，既是对我们的鼓励，也便于我们借鉴学习；陶老师的电话我们也留下来，以后可以随时向他请教。好，我们再次鼓掌感谢！

第二十八章　让婉佳和石膏作证

139

沈婉佳把出发日期定下来之后，尚可就和陶砚瓦商定好了接待方案。

那天沈婉佳一早出发，到离她家最近的张家界机场，不到一百公里路。去北京的航班是上午10点起飞，中间在长沙转机，下午6点才到北京。因张家界直达北京的几个航班都是下午起飞半夜到达，其他航班都必须中转，大部都是到长沙中转，还有到别处中转的，用时更长。只好从若干到长沙中转航班中，选择了这个用时最短的。

陶砚瓦和尚可接上沈婉佳，先到容介书院吃了晚饭，然后两人再送她到离积水潭医院很近的一个四星级酒店，并约好第二天下午去看尚济民。

办好入住手续，尚可就问晚上有没有兴趣在周围转一转。沈婉佳说，和陶老师好久没见了，让他陪我转转就行了。

尚可说，那好，那就辛苦陶老师了。咱们明天下午见吧。

沈婉佳望着尚可的背影说，看来他还挺趁钱的。

肯定比我趁钱，也比他爸爸趁钱，比一般公务员都趁钱。

我们那里也是。好歹做点儿生意，就感觉腰缠万贯的样子，比我们公务员牛多了。

中国社会学而优则仕，重农轻商，上千年的传统，最近这些年全颠覆了。在资本面前，权力、学术、诗词、书法等，全都有所迷失。钱，钱，钱！成为最有力量，最具攻击力，最蛮横无理，最不知羞耻，最挑战传统，最践踏良知，最欺压弱小，最丧尽天良的东西。他奶奶的！陶砚瓦越说越愤愤然。

好了，不说这个了。看你很激动的样子。婉佳伸手去摸陶砚瓦的胸口：我爸爸也是这样。受了上半辈子的教育，适应不了下半辈子的社会。

好，不说这些了。说说你吧，最近怎么样？你新出的诗集带来了吗？

带了。婉佳马上从包里拿出一本书递过来。

书名《婉如集》，中书出版社出版，著名青年诗人、某诗词杂志主编者般作序，著名网络词人“张牙舞爪的猪”点评，还有一位老教授、一位诗词学会的副会长著文评论。打开书的封面，勒口上有一张婉佳的侧身玉照，应该是坐在湖边，头部比身后的远山略高，甜甜地朝着镜头在微笑。照片下是她的简历，详列着她获得的各项大奖。扉页上端端正正手写了：砚瓦老师哂正。婉佳。书中排版很是讲究，每首诗作占着一个版面，跟着或多或少几句点评，还配一幅精美插图。这种奢侈的排版也说明作品的数量不多。

陶砚瓦说，这个小集子做得真好！讲究，不俗。和你的风格也很搭。

婉佳说，能入陶老师法眼，看来还算蒙得不错。

就是作品数量少了点儿。

沈婉佳小脸立刻就红了。

数量说明不了质量，但质量却可以压过数量。一篇压全唐，很正常啊！你看看我怎么吹你的！陶砚瓦拿出自己写的一个小手札递给婉佳。

婉佳接过看，上面写的是一首小诗：

婉如欲谁如，蔡琰相仿佛。
纤笔述心怀，诗才胜男儿。
婉如欲何如，易安堪似之。

POLUO SHAN

桲椤山

清词三百阕，一扫坫坛污。
如也不必如，诗不辨雄雌。
湘西天一角，幸有君扶持。

贺沈婉佳女史诗集付梓陶砚瓦于三放堂

这又吹得太过了。婉佳笑着说。

哎呀，横竖是我不对，太难伺候了！陶砚瓦嗔道。还有事儿求你呢！

什么事儿会求我？你们领导又昏迷了？

哈哈！怎么我一有事儿就是人家昏迷？是我的事儿，我老家的事儿。

你老家什么事儿？

陶砚瓦就跟婉佳把桲椤山、桲椤树的事儿详细说了一遍。

桲椤树？我真是第一次听说。橡树倒是经常在书里读到过。那要我做什么？

要你把聪明才智贡献出来，给桲椤山、桲椤树或者桲椤湖写个东西。写得好，我们会勒石纪念。你还能名垂后世。但我们没稿费啊。

啊，我听半天，你们这个桲椤树、桲椤山、桲椤湖的，不算人文，不算地理，不算古迹，不算遗址，不算传说，什么都不算。就是你们几个人的一个理想、一个梦想，就是一个梦啊！

对，你说得很对。它就是我们的一个梦。

那可真不好写。我琢磨琢磨吧。

对了，这里出门就是后海，要不要到海边转转？

好啊，我先洗洗脸吧。

140

后海在北京是个非常独特的存在。它，一是人工开掘，非天然形成；二是皇家独享，王府私用；三是庙宇密集，有佛有道；四是周边胡同，七弯八拐；五是银锭观山，平湖赏月；六是美食幽巷，吃货云集；七是名人故居，文风雅韵；八是浓荫蔽日，堤柳啼莺。数不清其妙绝，说不尽其风华。那可真是比楟椤山厉害多了！

漫步在后海岸边，不管城里多么喧嚣，这里永远是静静玉石栏，轻轻柳叶风。

有老者置小桌，捧杯细细品茶。长年冬泳处，都是熟人熟面打招呼。对面宋庆龄故居装修重开，新挂大幅横额匾，特别醒目。门前木槿花还在盛开，像一个大花杯包着无数小花杯，看不出花蕊。等开到尽头，才见其中一个小花杯露出花蕊，其他不过是花瓣陪衬，神神秘秘，让人好一阵猜。

开国大典前，邓颖超陪同宋庆龄赴京，车过南京，问是否下车谒陵，宋说不必了，孙先生做不到的事，毛泽东做到了。

他们沿后海南岸一直往东，过了银锭桥，再沿北岸往西返回。走到宋庆龄故居附近，就看见闪出一哨人马，正说笑着从一条游船上下来，鱼贯上岸。为首的一个青年人西装革履，摇头晃脑，正与人说得高兴。陶砚瓦一看，此人正是他的学生李龙斌。

他正待叫住李龙斌，就听后面有个姑娘喊：陶叔叔！

陶砚瓦定睛看时，认得是王未名。这时李龙斌听到王未名叫喊，也看到了来人是谁，赶紧跑过来叫老师好！这位是师母？

不是师母，是诗友！陶砚瓦赶紧给沈婉佳介绍李龙斌和王未名，两个人也热情地和沈婉佳握手寒暄。

李龙斌说，我们今天陪几个大客户，这样吧，未名你陪陶叔叔，我去张罗他们。

不用不用！陶砚瓦赶紧谢绝：沈老师刚从外地来，我们也是吃完饭转一转。谁也不用陪，你们都去忙吧！

没事儿陶叔叔，我陪你们走一走。王未名还坚持陪。

那好，咱们就站在这儿说几句吧。陶砚瓦问，未名，你那边还好吧？

王未名说，还挺好的，陶叔叔。张椁前几天带我去了一次他们家，还去了他们那个椁椤山庄。两个老人都非常高兴，对我也非常好。他们真的感觉比我自己的爸妈对我还好。包括对小骁航，就像亲孙子一样。我真的好感动。

我能想得到。陶砚瓦笑着说。我那个姐姐就像《朝阳沟》里唱的，几辈子都没有当过婆婆！未名啊，你找张椁，还真是找对了。我也为你高兴！

谢谢陶叔叔！

你爸爸妈妈怎么样？

我妈没事儿，就是我爸爸，老是阴阳怪气的，就是死也不见张椁和他们家的人。他别说是跟您，就是跟一般人家的老人，都根本不在一个频道。

唉，我跟你爸爸同事二十多年，他那人经常就是这样。

我知道，陶叔叔，我能想得到他会是个什么样子。可他老是这样，搞得我特别别扭。

他心里肯定是在什么地方卡着壳呢。回头我想个办法，让他高高兴兴地出来，乐乐呵呵地跟大家见面。

陶叔叔，要真能像您说的，有这样的办法，那可就太好了！那绝对算得上奇迹啊，那得多大的智慧、多大的力量把他翻转过来！

估计也没你说得那么严重。关键未名你和张椁要把握好自己，特别是把小家庭的事儿打理好，别让老人为你们操心。房子怎么解决？在城里还是？

我和张椁刚在东三环边儿上买了一套。放心吧，陶叔叔，我们没问题。我呢，经济上独立，连我孩子，一个、两个都没任何问题。当然了，我对张椁也特别有信心。

好，你也爱护好自己，我也越来越对你们有信心。你去吧，他们可能还等你呢。

好，陶叔叔、沈老师，再见！

等一下，未名！我还得补一句：张梓找你也真是找对了！

我也这样想。王未名略带调皮笑着说。谢谢陶叔叔！

陶砚瓦就和沈婉佳继续往西走。

刚才这个女孩子怎么说有个梓椤山庄，跟你说的是一回事儿吗？沈婉佳问。

不是一回事儿，又是一回事儿。陶砚瓦说。看沈婉佳一脸不解的样子，就把他和女孩子的关系，包括女孩子情况，特别是五哥张福禄的情况，一一讲述一遍。

你们这老哥儿俩，怎么都对梓椤山、梓椤树、梓椤湖、梓椤捎、梓椤山庄，这样感兴趣？

就是现在有点儿钱了嘛，日子都好过了，想法就多了嘛。我们是对童年的回望，对故土的回望，关键是对未来的展望，对未来的责任。好多事儿，现在不做，对不起这个时代，对不起自己，对不起子孙后代。

那看来我还真得好好琢磨写好你交代的梓椤诗。

必须的！我寄予厚望！还有，婉佳，我有点儿难为情，你这次来，是尚家人操持的，他们一定会给你一个像模像样的礼品，我肯定拼不过人家。但我也应该送你一个礼品，我想了半天，想起刚才那个女孩子，曾经给我几片梓椤叶，是带包装的。我正好转送你，希望你为梓椤山写出最好的诗。

啊，梓椤叶！那真的好有个性，好有感觉！我喜欢！正好挂在书房里，多有品位。我一定好好珍藏，永久珍藏！婉佳啧啧称赞着，也许是真的喜欢，也许是客气。

这时已经进了酒店大堂。沈婉佳说，上去再聊一会儿？

哎呀，我担心自己会失态。

哈哈！你失态的时候最可爱！

141

这是一个足够能让沈婉佳记一辈子的晚上。

她就静静地躺在床上，回放这一天的经历。一幕一幕，一帧一帧，早晨还在家梳洗，晚上已经在北京下榻，几千里路，把家一扔，把孩子一扔，特别还有刚刚断奶的二宝，风尘仆仆赶过来，兴致勃勃赶过来，疯疯魔魔赶过来，傻傻乎乎赶过来，到底是过来干什么？

为了尚济民？名义上应该是，但实质上应该不是。

为了陶砚瓦？也许应该是，但似乎又可能不是。

为了自己？不敢确定是，也不完全是。

为了诗词？好像可能是，又感觉不完全是。

管他为什么，不用问为什么，其实就说不清为什么，为什么非要问为什么？

反正就是来了，确确实实就是来了。

啊，陶砚瓦说他刚刚写了一篇赋，已发到她手机上。说是他们老家的事儿，叫什么《桲椤山赋》。想到这里，她拿过手机，找到了这篇赋并细细读起来：

桲椤山赋

夫华北平原，千里沃野横亘；滹沱古道，百叠黄沙绵延。水往风来，深州向无云壑；天悲地悯，陶村幸有丘园。广百多亩也，高数层楼焉。惊于天外，耸烽火之树；焕乎望中，矗桲椤之山。挽滹沱而引京九，接沃野而吞大千。列祖归骨，枕风云之波涌；子孙得荫，享雨露之恩沾。

若夫壤瘠榛薄，求富不得；乡僻食乏，益货尤难。于是伐嘉树，植桃梨，凿隙地，扩耕田。饮恨挖坟，族人泪洒无辜土；痛心挥斧，老树魂归奈何天。灵苗醒而砖窑起，玄鸟去而晓梦残。情非得已，暂忍眼中钉在；事竟何如，长将心头肉剜！

且夫天地悠悠，千秋不过俄瞬；河山漠漠，沧海亦能桑田。况复天下名楼，多经重建；纵能风流绝世，不免时还。栲栳山削，一时英雄啸傲；菡萏花枯，半亩蜂蝶盘桓。

终于时势易，天道复，民心慎终追远；旅业兴，文风隆，矢志思古光前。便立项目，做规划，巧设计，紧斡旋。创新景物，山形媚矣；植小栲栳，树势巍然。根得固而林丘可久，基逾深而亭榭弥坚。细沙似水，仙气闲推波浪状；金粉如脂，骚人漫抹醉愁颜；雨伴之来，逢斜坡以零落；风挟其至，遇高木而盘旋。明湖似镜，永鉴先烈灵迹；碑记如诗，牵动后继心弦。儿女芳华，于斯为盛；爹娘文化，在此发源。桃红梨白，染出词家藻采；鸟影茶香，伴随书院荣班。

呜呼！一事既成，岂止小村景致；万象森罗，顿生大国情缘。龙穴有灵，栲栳之吐纳；沙山无恙，垄亩之悲欢。沉潜已久，识地德之敦厚；笑傲何迟，叹天纲之周全。裁明月清风，大矣造化；采碧云花雨，至哉坤元。诗曰：

几度春来犹觉早，待它归去隔缥缈。
谁将青春付栲栳，抽新绿时难相找。
谁将芳华付栲栳，绿转黄时寒云杳。
谁将热血付栲栳，黄转红时情缠绕。
谁将夕阳付栲栳，一树金时人已老。
山上彤云何其多，彤云聚处烟袅袅。
天风来，寻常道，龙脉正把陶村抱。
留取山骨文心在，世间充满陶村笑。

婉佳边读边在心里赞叹：赋已高咏，诗更超拔。赋以铺张辞藻述史，诗以四个“谁”设问，与人生之四阶段，桲椤树叶之色彩变化一一对应，有问有答，令人印象深刻。她完全沉浸在赋的壮美和诗的灵动之间，不觉技痒，竟然从床上坐起，即兴在手机上作起诗来。写出开头几句之后，并不满意，索然把手机一扔，歪头便睡。

这时就见陶砚瓦过来叫她，四周还有他的学生以及很多人围着，可陶砚瓦并不在意，坦然过来挽起她手臂，就往外走，说是要去桲椤山。走出大堂，就有一辆豪车在门前等待，还有门童打开车门。好像一上车就飞快上路，转眼驶入青纱帐中，远处现一沙丘，满目葱茏，遍植佳木，也有奇花异草，香馥醉人。迎面耸立一个高大牌坊，上书“桲椤仙境”四字。二人上得山来，四周空无一人，步入林中小筑，陶砚瓦就在案前书写他的《桲椤山赋》，婉佳在一旁研墨抻纸，配合颇为默契，心情更是十分畅快。书写完毕，落上姓名款识，把笔一掷，竟自离去。婉佳急忙去追，竟然了无踪影。偌大一个所在，只剩她一人孑立空庭。心中惊悚，便竭尽全力叫喊一声：“砚瓦别走！”醒来方知是南柯一梦。起看才夜半三点多钟，躺下辗转，难以入眠。

沈婉佳只好起床披衣，重新改原来诗为《桲椤山梦歌》，并特意效陶诗之四问，也以“谁”设四问，略加错落，再以“何”加两问，再以“几多”增一问，多他三问，然后以山湖相傍为喻，结句翛然作答，全篇戛然而止，不再多着一字。此歌一气呵成，一挥而就。真个是诗从赋来，梦从诗起，歌从梦出也。歌曰：

纱帐又青青，平原谁主宰。
沙丘涌暗泉，桲椤欲谁待。
谁挟湖上风，天边闻欸乃。
谁倾山前雨，轻舟沐霞彩。
湿云何徘徊，春鸟家何在。

山与湖陶陶，湖与山凯凯。

凯凯复陶陶，悠悠几多载。

人世幻桑田，此情终不改。

第二天上午，沈婉佳由容介书院的叶波罗陪同，去故宫博物院看一个服饰展览，说好下午三点在酒店大堂集合，一起去看尚济民。陶砚瓦沏上茶，就想着昨晚和沈婉佳关于梓椤山的对话，这会儿她应该在等待小叶开车去接她吧，下午还要相约去医院呢。

这时，他打开自己手机查看，收到了不少微信信息。其中有沈婉佳发来的一首诗：《梓椤山梦歌》。

陶砚瓦反复看了几遍，感觉真是太好了。再看她是早晨7点25分发的，大概是早饭之前。那么估计她是昨晚他们分手之后，就开始构思起草，更不知要弄到几点才休息，而且早晨她还会很早起来反复斟酌修改，要吃饭了，她才把诗稿发过来。

想到这里，他赶紧回复道：好诗！一定是废寝忘食，辗转反侧完成的吧！注意休息啊！病了我们都心疼的！但有两个字必须改，就是“悠悠几多载”中的“悠悠”，必须改为“沈沈”，以对应前面的“陶陶”。

哈哈！同意，你改吧，我已经交稿了，我不管了。后面还有两个调皮的笑脸。

陶砚瓦回复：哎呀不好！怎么越看越像是一首艳诗？

说俺写的是情诗，俺还勉强接受，怎么又归到艳诗里去了？

“柳阴烟漠漠，低鬓蝉钗落”才是。

“兰麝细香闻喘息，绮罗纤缕见肌肤”是不是？

“二十四桥明月夜”更是。

“独怜幽草涧边生”也有人说是。

“关关雎鸠”是最早的。

“上邪”紧随其后。

哈哈！《花间词》里恐怕多了去了！

所以，咱就不讨论这个无聊话题了吧？结论是：桲椤梦诗主题鲜明，题材正能量，文笔高雅，意象生动传神，表现手法独特，充满生活气息、艺术魅力。文字轻盈美丽，文笔质朴厚重，以细腻情感营造意境，以机智和空灵达成感人、惊人，令人晕厥之艺术效果。建议读此诗时，旁边须有医生和急救设备。

哈哈哈哈哈哈哈哈！

陶砚瓦一看，这不就是我非常熟悉的陶村式大笑吗？他忍不住也哈哈笑起来。

正笑着呢，尚可来电话了，说小叶打电话说上午的展览一会儿就看完了，沈老师以前看过故宫，她说等看完之后就回去休息。那原计划在和平门吃烤鸭怎么办？尚可的意见是想十一点开车过来，接他去酒店或者酒店附近陪沈婉佳一起吃中午饭。下午再一起去医院。

陶砚瓦说，好，我让她写的诗，她一早就发过来了，昨晚肯定没休息好。干脆就让她多休息一会儿吧，咱十二点半吃饭都行，反正下午三点才能探视。

尚可说，还有个事儿想和您商量。这次沈老师大老远过来了，是咱请人家来的，又是我家老爷子想感谢人家，我们怎么也得送她个礼物。可送个什么好呢？想跟您商量一下。

陶砚瓦说，我还真没这方面知识。我也不清楚她会喜欢什么。吃的、穿的、用的，女人要漂亮的，无非这些吧。给钱我小侄子都不要，她也肯定不要。你有什么方案没有？

方案我倒是想了几个，比如弄套贵一点儿的化妆品，可那种东西很讲究，不能乱用，咱又不能问她本人。还有就是买文房四宝，她又不写书法。所以最后我倾向于买个好牌子的包儿，几万块钱，她可能会接受，“包”治百病嘛。

行，你就看着办吧。反正我已经跟她说了，我的礼品就是我第一次去你那儿，李龙斌带给我的几片桲椤叶，说是他同事送给我的。他那个同事，原来是我一个领导的女儿，现在又成了我的侄媳妇。

好啊，你们写诗的和我们不一样，你们可以不在乎钱，玩儿高雅，玩儿精神。

也不全是，关键还是我们没有太多的钱。

142

果然如陶砚瓦所料，沈婉佳一回酒店就睡着了。陶砚瓦和尚可在大堂沙发上等了半个小时，已经过了十二点，陶砚瓦说，或者咱就一直等她，或者咱点几个菜送她房间去，等送餐的来了，把她叫醒了，咱们正好进去一起吃点儿得了。

尚可说，我看可以。正好什刹海这儿就有家全聚德烤鸭店分店，我现在就订只鸭子，再要两个菜，他们送过来也没多远，鸭子也凉不了。等于咱还是吃的全聚德。

说罢就订，几分钟就搞定了。大约过了四十分钟，下午一点还没到，送餐的就过来了。两个人就和那个外卖小哥一起上了楼。敲门叫醒沈婉佳，三个人一起吃了午饭，正好下午两点过了，收拾一下就出发，走了不到十分钟，就进了高干病房区。

护士一听说是看尚济民的，就对尚可说，请问你是他家属吧？

尚可说，是啊。

护士说，病人说了，只让两位客人先进去，请你在这儿等一刻钟再进去。

尚可不解地说，那好，听病人的。那就请二位先进去吧！

于是两个人就进了尚济民的病房。一进去就见尚济民直挺挺躺在床上，头也不抬，两眼直勾勾看着天花板，嘴里有气无力地说，小沈来了？

对，领导，我是小沈。沈婉佳说着，赶紧过去低头看他。

尚济民把打着石膏的右手吃力地抬起来，说，握握手吧。

好，握握手！沈婉佳就轻轻握了握尚济民的手。

小沈啊，你坐在这儿。尚济民指了指他左手可及的一把椅子。砚瓦，你坐在那儿！他指着他对面墙边的沙发。

好。两个人都说。也分别坐在指定的位置。

小沈啊，你看我现在怎么样？

领导，我看你现在很好啊！你的气色啊，青如翠羽，赤如鸡冠，黄如蟹黄，白如豚膏，黑如乌羽，都是不错的啊。

那我怎么感觉自己很不好啊？

啊，那一定是您一个人在这里，又无聊，又憋屈，胳膊打着石膏，行动不便，也可能还有点儿疼，精神上再有点儿不愉快，所以您就会感觉不好呗！没事儿的，您挺好的！

尚济民说，小沈啊，我就知道我瞒不了你。但是我就想在你们两个人面前装一装。我总回忆那年我在台北，你们两个人守着我、伺候我。唉，我总想着能再享受一次，哪怕是一会儿，五六分钟就行。小沈，我就这样躺着，你还给我放那个音乐，你还和砚瓦聊着天，还使劲儿掐我手吧。是手吧？

是手，领导。我现在就再掐一掐，使劲儿掐！陶主任，你也过来掐那支手，对，咱们再给老领导掐一次。我来把音乐找出来，好像就是古琴、古筝，对吧领导？我再放起来。

陶砚瓦也按沈婉佳的指示，在乐曲声中，过来一起掐起来。

尚济民说，你们别不说话，还是闲聊着。

陶砚瓦就问沈婉佳，咱们都聊什么了？

我也忘了。啊，好像聊什么南丁格尔奖之类的吧？

不是，你们在谈什么诗。尚济民语气十分肯定地说。

陶砚瓦说，是我写的一首诗，讲小沈给您做理疗。好像有句是“一片祥云降女英”。

沈婉佳说，头一句是“苍天不许贤才去”，下句才是“一片祥云降女英”。

对，颔联是“凭素手招魂咫尺，向无常要梦前程”。陶砚瓦也想起来了。

沈婉佳说，颈联是什么江南曲、尘世情。

“抚琴应是江南曲，绘画难违尘世情。”有婉佳的提示，陶砚瓦也想起来了。

最后结句好像是什么浓雾转开晴。沈婉佳又提示道。

“玉指纤纤神力在，好教凝雾转开晴。”陶砚瓦兴奋地说，真不容易，好几年过去了，咱们竟然把它凑齐了，完整重现！

一开始砚瓦写的是首尾跟现在反着的。尚济民说。

两个年轻人都哎呀一声，说，这您都记得啊？

我还记得你们两个人很亲密呢！

两个人更惊呆了，对视了一眼，然后脸一个比一个红。

唉，你们那点儿小男小女的事儿，谁年轻时没干过？我也一样嘛。那年我生了那么重的病，砚瓦一个人留下照顾我，他压力一定很大。幸好小沈你来帮他，帮他就是帮我，终于出现了奇迹。我是他们那个医院历史上恢复最好最快的病例。所以我今天把你们找来，就是想咱们一起，重新捋一遍，然后我正式地向你们表示感谢！我永远忘不了你们的好处！

哎呀，领导，您真是太有情调了！沈婉佳略带夸张地说。我还以为您是……

你以为我会怎么样？我一个退休老头子，我还能怎么样？好了，砚瓦，你快扶我起来！我的戏也演完了！

陶砚瓦也笑着说，刚才您真是让我们丈二和尚摸不着头脑。

哈哈哈哈哈哈！尚济民也来了个陶村式大笑。

您还真会演戏！沈婉佳也哈哈哈哈笑起来。陶砚瓦想了想，也没想到尚济民竟然这么有趣，而且是类乎童趣，也扑哧一声笑了起来。

正在三个人大笑的时候，尚可进来了，看见三个人这样开心，让他很惊讶、很不解。

尚可啊！看到我们高兴了吧？

看到了，爸爸。

什么时候咱爷儿俩也能这样大笑就好了！

哎呀，我可没有他们两位老师的本事。尚可很认真地说。

好了！尚济民说，今天找你们来，原本我就是想找陶砚瓦聊聊天。但把他一个人找来，他这个人一贯自视甚高，牛哄哄的，他会不以为然。所以要找小沈过来，因为小沈过来，我讲的话她也都懂，关键是她在呢，砚瓦应该会在意一些。所以小沈你就负责听，负责见证。尚可呢，你就伺候我们喝茶，要喝最好的茶。因为今天值得。

陶砚瓦说，既然是讲给我的，我请示一下，能录音吗？

可以录。尚济民说。下面我就开始了。

143

今天是个什么日期、什么天气、什么季节，其实都不重要。重要的是咱们几个人，坐在这里，谈一些无所谓的事情。既然无所谓，那搞这么隆重干吗？

我比砚瓦大个十几岁，在一个单位工作了五六年，况且我两次身体出毛病，他都赶上了，所以我就想到必须跟他深谈一次，才对得起他。

我要讲三个问题。第一个问题：知势明道。刚才我说了，这也不重要，那也不重要，什么才重要？按我们学哲学的人理解，道最重要，势最重要。这个道，就是天道，天地万物运行的规律，等等。势又是由道决定的。这个势，是天下大势，世界之大势，中国之大势。你看到这个势了，看准这个势了，才能抓住它，把握它，参与它，顺应它。你才是一个真正的明白人，一个生活得有某种积极意义的人。特别你们写诗的，一定要把这些东西搞明白，否则你在那里瞎写，都是弄些没用的没意义的、写不到点子上的东西。这些东西天天有人在写，说是垃圾，丝毫不为过。

我不会写诗，但是我相信屈原、陶渊明，包括后来的李白、杜甫、苏东坡他们，都是知道我说的道理的。

比如屈原，他写《天问》，问的都是重大问题，他把自己的思考用诗记录下来了，至今两千多年了，怎么答？没办法答。谁能答？没有人答。但他的意义非同小可。

比如砚瓦的祖先陶渊明，他弄了个《桃花源记》，创造了一个在人间的、又与世隔绝的地方。有这个地方吗？可能有，也可能没有，完全是他编造的，只存在他的想象中。

比如李白："黄河之水天上来，奔流到海不复回。""噫吁嚱，危乎高哉！蜀道之难，难于上青天！"他弄的这些意象，似乎都是他亲眼见到的，但是除了他，谁也见不到。"疑是银河落九天"，你到庐山去找，谁也找不到，找到了也没看见什么银河。

那么他们是要做什么？实际上从某种意义上说，他们都是多多少少得过道的人。他们都是得了道，也悟了道的人。他们是通过弄诗啊、曲儿啊，对道进行阐释，也就是传道！

包括后来的苏东坡，他淋了一阵雨，很常见的一点儿狗屁事儿，他就写了"莫听穿林打叶声""一蓑烟雨任平生""也无风雨也无晴"。一个小事儿，他写出来，赋予了很多意义，演化出人生的道理，是一个人的生命都应该经历的人生大道理。

还有咱们毛主席，他的"人猿相揖别""人世难逢开口笑，上疆场彼此弯弓月，流遍了，郊原血"，还有"鲲鹏展翅九万里，翻动扶摇羊角"等。这些哲人们，都是在描述他们眼中的世界。他们眼中的世界，常人都没看到，或者看到了没在意，实际也就是看不到。哲人们看到了，而且还描述出来了，就让人们清楚了、明白了，他们看到的天之大道、天下大势、人生至理。

所以写诗、作词，看起来简单，其实是很不简单啊！你有了高度，道的高度，才能写出好诗好词，否则你弄半天，没意义。

小沈可能会说：那李清照的"寻寻觅觅，冷冷清清，凄凄惨惨戚戚"，又怎么解释呢？首先李清照所处的时代，靖康之变，国破家亡，她丈夫也死了，金兵把长江以北全占了，她是济南人，流落江南，孤苦伶仃。她就写这种凄惨，其意义不言而喻。况且她还写过"生当作人杰，死亦为鬼雄"。她是知势的，也是明了道的。

第二个问题：知势明道之后，一个人要足够聪明，就要找到一个点。人只需要在一个点上用力，就能成功。这个简单的道理却常常把人难住。有的人就是一辈子都没找到那个点，悠悠荡荡、庸庸碌碌，一事无成。砚瓦最近就是忙啊，这里也找你，那里也找你，到处跑来跑去，让我看你就在瞎忙。你还没找到那个只属于你自己的点，好多都是无用功，不仅是无用功，可能还是有害功。但是你自己还津津乐道，沉潜其中，乐不思蜀呢。小沈也一样，你再聪明，也只能在一个领域、在某一个点上比别人取得相对优势。既然是相对优势，它就是动态的、不稳定的。你努力少了，人家也可能会走到你前面。当然这是对一般人而言，对于毛主席这样的天才人物，他可以在许多点同时具备相对优势，甚至在许多点长期具备绝对优势。因为历史也好，时代也好，都给他铺垫好了，把他的舞台提供了，搭建好了。这样的人，真的是几百年、上千年才会出现一个。

第三个问题：在知势明道，找到那个点之后，要下先手棋，叫第一声，开时代先河。因为中国人太多了，有能耐的人也太多了。你取得了一点儿相对优势，就得在那个时间点亮出来，你顺应了天下大势，符合了天下大道，才能在其中发挥作用。反过来说，那个大势、大道需要这个东西，你能提供它，马上一拍即合，产生一个效应，满足一个关注点，让你这个人，对于社会、国家和民族，发挥作用，产生意义。你们搞艺术，本质上是求异、求新，尤其如此。屈原发出天问，两千多年了，没人再问了，你问也没用，白问。别说不要问，就是答对都不需要。唐朝的柳宗元就写了《天对》，他想回答屈原的《天问》。还算是留下一个东西，但他不会也不可能超过屈原了，因为屈原问遍了，问透了，好多东西他问了，就够了，不需要回答。他是代表人类发出的终极之问，谁能回答？天能回答，道能回答，但天不会回答，道也不会回答。“道可道，非常道。”道是有不可道之道，你回答也是浅薄的、寡陋的，因而意义并不大。还有屈原遇到问题之后就跳江了，这对人们震动很大，一个人为了理想，竟然付出生命。他跳过了，后面的人再跳，就没有意义了。砚瓦的祖先就聪明了，他也会写诗，就写了《归去来兮辞》，而且他回家种地了。这在当时也让人震动啊，一个人竟然连官都不做了！但是他之后的人们，就发现不能再回家种地了。你再种地也没人理会了。怎么办？苏东坡的办法就来了，他就是一不跳江，二不回家种地，我就死赖在体制中，任你贬贬贬，放放放，不给权、不给钱，我还是不为所动，照样活得滋润，照样写诗作文，而且越写越深沉，越写越带劲儿，东西越来越好，以至于被称为“坡仙”，都成仙了。你看苏东坡之后的文化人，都认准他的办法最好。原来可以这样，不跳江，不回家，就在体制里面搞。但是苏东坡是得了道的，好多人是连道的门都没找到，你在体制里混，是瞎混、白混。

当然闻道有先后，道永远在那里。砚瓦你闻道没有？闻道了，得道了，你找到那个点没有？找到了，你取没取得相对优势？取得了，你就选个好的时机吧。这个时机可能一天两天，可能一年两年，甚至十年八年，但既是时机，就一定是短暂的、稍纵即逝的。另外，你们搞艺术的，还可能一辈子都没遇到这个时机，百年之后，才发现了你的作品、你的价值。这也同样具有意义。反之，也有生前很热闹，死后一风吹的。这也构成了世界的光怪陆离、熙熙攘攘。

砚瓦呢，第一不要像社会上有些人，急于成名发财，用尽手段，甚至到了不要脸的地步。第二不要听方永辉他们吹捧你，他们吹也吹不成，只是表达一个美好愿望、厚望或者热望。我听说你还是冷静、稳住了。这很好。咱们都退了，能踏踏实实做点儿事情，而且有这个能力，有这个可能，就做呗！但是你陶砚瓦的问题是你这一生太顺了，什么大的磨难也没经历，这是你的万幸，也是你的大不幸。我当你的上级，是有机会狠狠整你一下子的，但我下不了手。你要能挨一挨狠整，就能激发出你的大才来。你的父辈，比我还年长的那一代人，肯定是吃苦受累一辈子的，不惜卖力气，为温饱折腾来折腾去的。就说我吧，当年读书是怎么读的？你们想象不到。苦不堪言。每天跑十几里山路，鞋子都没了，星期天上山打柴，换点儿学费和饭费。这你陶砚瓦肯定就没体会过。你当了几年兵，又弄新闻报道，然后转业到机关。你太顺了。生活没折磨你，锤炼你，激发你，你就搞不出太大名堂。但是我们这一代人不在了，你的相对优势可能凸显出来。所以再过十几年，你要把握好。假如弄好了，也可能在我的有生之年，看到你取得一点儿成功。

我好像见过你写了个什么词，叫自嘲，头一句是“我已登基久”，登的是自己心城的基，管的是自己的四肢，以及几千个汉字，还有什么诗魔、书寇，是吧？人总是从自在到自觉，从自觉到自由，这样一个过程。自卑不好，自信很好，但自负自傲就不好了。这里面十分微妙，往往差之毫厘，失之千里。把握好确实很难。但难也得把握好。

道也好，势也罢，作为一个个体的人，要能认识到，把握好，谈何容易！我和砚瓦弄了几年国学馆，项目立项了，楼盖起来了，但是内容没有搞出来，这个楼的用途，马上要做调整。听说是由中国历史研究院进驻。我们只能说，该我们干的我们干了，我们能干的我们干了，也就是建了个楼吧！至于它的用途，一定是国家最急迫的、最优先考虑的，进驻其中。砚瓦与那个日本人谈话，对咱们国家当前在诗词、书法、国学方面的状况，谈了自己的看法。其中国学的金身和国学的观点，引起高层重视，可能发挥了一些助推作用。反正我们都退了嘛，对本人也没什么意义了。总之，我们建成了这个项目，建成了这个楼，相信它一定会为国家、为人民发挥重要作用。

听说砚瓦忙完了国家的楼，又在忙老家的山，要搞个桲椤山。这也很好啊。无论弄什么，都要赋予其一个意义。要有一个作品，能够概括提炼一个东西出来，这个东西又是社会需要的。有了这个作品，你这个建筑实体才会与众不同，被人家认可。几大名楼、几大名山，莫不如此。你和小沈都是写诗的，可以呈现你们的才智，搞点儿花样。

今天主要是听我讲，毕竟我比你们年岁大，经历的多。有用的你们就听听，没用的就当东风射马耳，该怎么的还怎么的。今天说的对或者不对，都幸好有婉佳，有我这块石膏可以作证。没有这块石膏，怎么会有今天的谈话？希望许多年以后，你们还记得这次谈话，记得我这个人。谢谢你们的倾听，陪我度过了一个愉快的下午。

好了，现在听听你们的。砚瓦你先讲讲？

陶砚瓦说，我和小沈一直在洗耳恭听，这是给我们上的一次艺术人生大课，是让我们醍醐灌顶、记一辈子的大课。谢谢老领导的关心！您刚才还提到“我已登基久”那首词，确实是反映了我自己在艺术方面的自信。到日本办展之后，我也在反思。正好向您汇报，我刚写了一首《行香子》，请您指正：

且慢称王，且慢封侯。看花果山上孙猴。天宫闹罢，也是毛头。便上天来，为天困，作天囚。　　江山一纸，毛锥一管，掌八千平仄貔貅。风云在抱，腕底春秋，任笔长挥，墨长洒，韵长留。

“且慢称王”，这个好！尚济民说。且慢称王是对的。你自己做自己的主，做自己的王，也是需要准备，需要学习充实，谨慎而行的！小沈你说说。

沈婉佳早知道会点到她说，所以她略有一点儿准备：领导您今天讲了这么多，我看主要是针对陶老师的，当然我听了也十分受益。但是我没有那么大的造化，写诗也没想得那么多。陶老师刚刚说的那首《行香子》，他写完当时就发给我看了，我也感觉写得很好，就步他的韵和了一首，乘此机会给您汇报，您别笑话，请指教：

无意称王，无意封侯。且逍遥作个魔猴。鲜花迎面，丽日当头。偶入诗来，为诗累，作诗囚。　　江山如画，文心难养，几千年铁血貔貅。兴衰褒贬，皮里阳秋。愿多情君，忘情我，至情留。

哈哈！小沈写得好！一听就是小沈的语气、小沈的思想观念。虽然是和他，但比他写得不差。两个人都很优秀！

第二十九章　桲椤笔会

144

这天张福禄又找陶砚瓦，说桲椤大厦竣工了，要搞个落成开业庆典，已经有策划方案了，让他再给看看，还有什么遗漏没有。方案已经让人发到邮箱里了。

陶砚瓦看了，就是一般酒店落成开业那些流程，能有什么问题？但是他突然一想，真有个事情需要弄一下。就给张福禄回电话说：五哥，方案看了，挺好。我有两个建议：第一个是桲椤大厦落成典礼上，可以增加一个环节，就是让深州桲椤山项目负责人，和你现在桲椤山庄的负责人，对北京桲椤大厦开业表示祝贺！这样等于是一个捆绑宣传，机不可失。第二个建议是请你考虑。能不能在你开业之前，咱在桲椤大厦搞个小型笔会，有些作品可以在开业之前就挂上了，有的也可以在开业庆典现场展示一下。你看好不好？

都好啊！头一件事儿我安排，后一件事儿你安排、你做主就行了。

五哥啊，咱话说到前面，俺安排，这可得花钱啊，你必须同意啊！

花钱？没问题！你该花就花！咱有钱！

“咱有钱！”五哥最后这句话，只有三个字，但字字硬邦邦得赶劲！却是让陶砚瓦十分不解。因为从五哥那里，经常听到说资金紧张，整天就是把钱倒来倒去的，就没有松快的时候。这次突然这么痛快，还是稍微有点儿反常。

但是陶砚瓦从来不过问别人的生意，也从不介入别人的生意，不论是朋友，还是像张福禄这样的亲戚。他刚才只是感觉张福禄的口气与往日不同，想一想而已。他不管五哥怎么有钱了，只要他有钱，总是好事。所以，他就开始构想这个笔会的事情。

他提出搞个笔会，主要还是想把王良利这个老家伙钓出来。王良利不知是中了什么邪，至今都不见张桲以及张桲家人，这让大家都感到不解却也无奈。他这种态度和做法，受到影响的主要是孩子们，特别是他的女儿，总是感觉你这也好，那也好，千好万好，你亲爸爸这种态度、这种情况，你还能好吗？你实际上就好不起来了啊！

所以那天碰上王未名，听到她为此纠结难过，陶砚瓦就说要想个办法，找个机会，融化王良利这个冰疙瘩。跟张福禄建议搞笔会，他就是想设计一个场合，组织一个局，自然而然地让大家见面，以冰释各种难堪、误会、猜忌和尴尬。天下事再难，总要有人推动，人世间矛盾再复杂，只要双方见了面儿，说了话，好多问题都迎刃而解。特别关于亲情、家庭、感情方面的事儿，更是如此。

既然目的是王良利，那就得围绕王良利来设计这个笔会的场子。首先邀请的人，既要有书法家，又不能全是书法家，甚至也不需要都是太专业的书法家；除了书法家，还特别需要一两位能压得住王良利、让王良利能够服气的人。

陶砚瓦想来想去，最终搞出一个方案。方案包括邀请人员、场地、物料、现场保障、餐饮、交通、重点嘉宾陪同、报酬发放、资金概算，等等。弄完之后，就给发来庆典方案的邮箱发过去了，说是交张福禄审阅。

几个小时后，陶砚瓦收到了回复：都同意，30万之内你说了算。

陶砚瓦报的预算是25万多，所以他看了张福禄的回复，心想：五哥真是有钱了。

尽管张福禄好像钱上宽余了，出手也顺溜了，但陶砚瓦还是不想告诉他策划这个活动的目的——就是想钓王良利上钩。陶砚瓦就是怕他知道了，他会不自然了，效果反而会不好，以至达不到预想目的。为了确保事情成功，陶砚瓦决心连王未名和张桲也不告诉，只按照一般笔会程序和节奏推进。就想着先自己推动，等笔会诸事全部落实好之后，再告诉他们不迟。

按照一般情况，要操持一个笔会，其目的不外有三：一是主办方会得到一批书画作品；二是主办方会利用笔会，邀请名家，以造成声势，显示其财力、影响力；三是在笔会期间，主办方会邀请对其业务有帮助的人员，现场索求墨宝，落个人情。

陶砚瓦心想，咱这个笔会，第一是钓王良利，第二才是收集作品。至于其他，基本不用考虑。

既然明确了主导思想，那找到一两个让王良利服膺的人，才是最为要紧的、需要提前搞定的头等大事。

想到此，头一个闪现在陶砚瓦心头的人，就是尚济民。听尚可说，尚济民已经拆掉石膏出院了，但仍处于在家静养、慢慢恢复阶段。还说自从小沈来过，当面致谢，并跟他们几个倾心长谈之后，心情大好，一直比较轻松愉快。

陶砚瓦就想着给尚济民打个电话，先慰问一番，再明告此事之真实意义，估计他应该会愉快应允。只要他答应出席，其他人来几个，都来谁，实际上就不怎么重要了。况且，如果尚济民挥毫泼墨，题写几个字，那也应视为墨宝，按说也是题中应有之义。

如果尚济民肯出席，此事成功一半儿。还有一个人若能来，肯定是锦上添花。这个人就是杜秋水。

杜秋水和王良利早前曾是党校同学，又是让他加入书协、安排理事的推荐人，而且他职务、资历都和尚济民相当，如能请过来，一定是锦上添花！

还有一个人是佟孟冬，他是王良利处于特殊时期时，让他习帖，指导他练习《急就章》，乃至使他恢复生活勇气和信心的人。就是他的身份敏感，或有些许不便，可以让梁守道出面请他，让他感觉完全是切磋书法的意思，或者他能过来，便臻于完美了！

另外那天和尚济民聊天，他言谈中似对所有部属皆怀惜缘惜福之意。既然他和王良利来了，干脆把程秉祺也叫上，那就应该再叫上张双秀，否则老班子成员三缺一，不合适啊。把他们弄齐了，而且是在这个非官方特定场合，让他们其乐融融，皆大欢喜，岂不更好？

正寻思此事，突然手机里收到沈婉佳短信，打开一看，吃了一惊。

145

原来沈婉佳发来的是一首五绝：一诺作诗魔，也曾矜此美。可怜我有情，或付东流水。

怎么回事？情绪明显不对嘛！陶砚瓦百思不得其解，便回复：谁敢惹诗魔，当头一秤砣。勿劳君动手，我自有干戈。

婉佳又来：巧舌已如簧，更兼笔墨香。匆匆三四句，字字可人肠。诗后还有一个笑脸。

陶砚瓦知道阴转晴了，警报解除了。也回了一个笑脸。

这时沈婉佳又发来一段语音：

一路上我都在想你那个桲椤山的事儿，感觉真的很有意义，应该用心弄好。在北京时看了你写的《桲椤山赋》，感觉把桲椤山的意义，这个项目的意义，都阐述清楚了。你又让我写了《桲椤山梦歌》，其实我没有去那个地方，仅凭你那个赋和你介绍的情况，有点儿感觉就写了，好像你还挺认可。这倒也真像范仲淹没去岳阳楼，却写了《岳阳楼记》。回来以后，我就跟网上几个诗友说这次在北京见你了，而且讲了你在弄桲椤山的项目。他们都知道你的大名，也都仰慕你的诗才，听完我转述，也让他们看了你的赋，和我的《桲椤山梦歌》，他们也不觉技痒，想为桲椤山写诗。我就给四个水平比较高的，每人一个题目，他们就跟比赛似的，很快就都把作品发给我了。他们不是诗词学会的，但是他们功力很好，比学会里面很多人都不差，甚至更好些。我现在转给你，你审阅吧！怎么样？俺这个诗魔还称职吧？

果然语音后面，发来四首诗：

第一首叫《桲椤山云月歌》，作者署名是“张牙舞爪的猪”：

此地本无山，一马踏平川。山自何方来，云月发其端。
只因月色好，风过必回旋。旋出小沙岗，日久积成山。
又能云气足，云来不忍还。便请龙行雨，沙丘固如山。
此山也不高，云月喜流连。云停不再飞，月张上下弦。
云往月上扑，月往云里钻。扑也扑不掉，钻却钻个穿。
逃出这片云，那片又来缠。云从月中飘，月在云里翻。
云白月也白，月闲云也闲。云变阴与晴，月转缺和圆。
天上一湖水，水里一湖天。桲椤云和月，得赏赛神仙。

第二首叫《桲椤山歌》，作者署名为“瓜州长史”：

古有黄河巨龙走平原，吞州淤郡寻常见。
又有滹沱小龙横飞来，百县千村尽涂炭。
龙王日久心已懒，长年不雨屡荒旱。
偶尔龙须捻，沟满壕平暴雨灌，人财俱随洪水散。
自从长堤大坝锁江河，种地不靠天吃饭。
龙王庙里香火断，庙倒墙推砖瓦烂。
陶村有龙醒来晚，打个喷嚏大坑满。

水围桲椤山，变湖面。

村人皆谓龙显灵，旱与通暗泉。

行在田，止在渊。桲椤湖傍桲椤山，看龙飞在天。

第三首叫《桲椤山桲椤树歌》，作者署名为“野猫”：

游子心向冀中驻，梦里常抱桲椤树。
当年生死两茫茫，一朝又见新苗顾。
我闻此树命承天，玄鸟衔籽经霜露。
我知此树自通神，枯荣去留端有数。
何年何月衔籽来，衔自何方渺难溯。
惟见新苗翠云冠，十年伞覆英雄墓。
更有仙株傍深潭，荫浓不教苍龙怒。
此树在山本寻常，平原踏遍难得遇。
天怜陶村树怜人，新苗似有神呵护。
在天惯看地生愁，在地却教天生妒。
谁与小村千年约，春去秋来共朝暮。
更予儿孙一片荫，守望湖山万年固。

第四首叫《桲椤山鸟歌》，作者署名“九尾狐”：

桲椤山上风光好，青纱帐里藏孤岛。
岛上桃梨自芬芳，更有百巢宿飞鸟。
大鸟何嘤嘤，小鸟何丁丁。
丁丁复嘤嘤，新闻竟日听。
有自城里来，漫夸大楼高。

振翅难飞越，直上干云霄。
有自海边来，曾惊大船阔。
从头飞到尾，累得双翅折。
更有北疆大漠来，见过马群飞山底。
一如乱云乘秋风，蹄痕踏遍群山紫。
也有蓬间雀，心耽麦秸垛。
日在枝头绕，叽叽喳喳乐。
此山树不多，却是鸟王国。
此山小如拳，却是鸟乐园。
虽无白沙渚，也有鸳鸯浦。
北雁南飞时，此地憩倦旅。
但有桲椤在，鸟作桲椤主。

第五首即沈婉佳的《桲椤山梦歌》，陶砚瓦先把眼光往下面看，他注意到，倒数第三句的“悠悠几多载”，已经改为了“沈沈几多载”：

纱帐又青青，平原谁主宰。
沙丘涌暗泉，桲椤欲谁待。
谁挟湖上风，天边闻欸乃。
谁倾山前雨，轻舟沐霞彩。
湿云何徘徊，春鸟家何在。
山与湖陶陶，湖与山凯凯。
凯凯复陶陶，沈沈几多载。
人世幻桑田，此情终不改。

之后又是一段语音：

以上四歌，加上俺写的那个《梓椤山梦歌》，就是五歌了，如果需要，再搞几歌，比如春夏秋冬四季就能搞四歌，你的赋在前，是总纲，后面再有九歌，就形成了“梓椤山一赋九歌”这样一组作品，我感觉它的分量就能放大好多倍了。后面再加大宣传力度，还可以再衍生出其他文化产品，其影响也必然更加深远。嘿！俺这个诗魔是不是讲得太多了！（后面加了一个偷笑、一个闭嘴的表情符号。）

陶砚瓦读了文字，听了语音，就把沈婉佳在京写的梦歌，还有她刚刚发来的云月歌、山歌、树歌、鸟歌，与自己之前写出初稿的《梓椤山赋》辑录在一起，果然感觉丰富和厚重，不禁暗暗佩服婉佳的智慧。他突然想起，马上在五哥的梓椤大厦举办的笔会，恰好其灵魂、内容，就应该是这一赋九歌啊！应该尽快找四位诗友快手，分别写梓椤春夏秋冬四歌，把九歌补齐，再辑印成册，待笔会现场分发，聪明如杜秋水、尚济民者，一看即知轻重，当即予以评价，其他人都会附和，如此这般，岂不美哉！好！说干就干！春歌可请郑垓兄写，先给他打电话！

几通电话打完，四歌作者一一落实。陶砚瓦心中大畅，略加思索，当即给沈婉佳回复一首七绝：

梓椤梦里梓椤多，一曲歌成九曲歌。

四部合声雷雨势，高音借重我诗魔。

诗后也附上几个笑脸，还有几个拱手感谢符号。

146

王良利一见陶砚瓦来电话，心里不由得一愣。

前些日子，他将精心准备的三发子弹“砰砰砰”全都顺利发了出去，怎么过了这么久，机关却没任何动静呢？这会儿陶砚瓦竟然主动给我来电话了！莫非他打探出什么情况了？要跟我缓和关系了？要放下身段跟我示好求和了？要不就是要以攻为守了？反攻倒算了？秋后算账了？做困兽之斗了？他百思不得其解。不得其解，铃声依然在响。

迟疑了数秒之后，他终于横下心来，按下了接听的按键，嘴里还尽量把声音放低，语速尽量放慢：喂！

老领导啊，最近好吗？——明显要套近乎。

还算好吧。——未解其意，先对付他吧。

下周咱准备在北京的桲椤大厦，搞一个笔会。他们让我来组织。我说了算，那还不得照顾咱自己人嘛！——这话说得讲究，听着满意。

您名头响亮，最近章草进步飞快，肯定是第一人选啊！——超级满意。

哪里哪里。——这几句来言，字字如挠，全都挠的是王良利的敏感穴位：老领导，自己人，名头响亮，第一人选，理事啊！章草进步飞快啊，我天天临摹，往死里练啊！王良利从未听陶砚瓦讲过奉承话，这次竟然就听到了，而且讲得很真诚，很实在，很在理，很受用，陶砚瓦讲的，比一般人讲得更入耳，更可信，更中肯，更客观！王良利确实有了特别舒服的感觉。

另外，我还请了济民同志、秋水同志，还有佟孟冬我也叫上了，因为他还在职，又有报酬问题，他能不能来还没定。陶砚瓦故意透露出报酬这两个字，以钓王良利的胃口。

好啊好啊。你砚瓦组织的事儿，我一定参加。王良利明白了是通知他搞笔会，又听说杜秋水、尚济民、佟孟冬也都参加，还有报酬，当即爽快答应了。砚瓦啊，几位老领导参加，兹事体大，你可得尽量安排好，办事情要有板有眼。

放心吧，我都让他们做文字方案了，专门列好了预算，该落实的都落实了。陶砚瓦当然听得出这几句话的弦外之音。他只把话说到这儿，其他都没讲。

人员落实得比较理想，期望来的都答应来了。陶砚瓦就跟张福禄讲，来人情况不同，有的需要付给报酬，有的不必给，所以要提前准备好，拟订一个名单，再按名单每人对应一个信封，每个信封里都有一份文字介绍材料，每人报酬也放进各自信封里。进门儿签到时，就按名单发信封。王良利要多给，按两个人或者三五个人的标准给他，别让别人知道。因为你跟他除了笔会，还有别的意思呢。反正以你们现在的关系，给他多少也便宜不了外人。一定要让他有感，一进门儿心情就好，美滋滋的，后面的事儿就好办了。

五哥都同意，说给他半个楼也没问题，砚瓦你就做主吧，一切都听你的！

陶砚瓦顺便问了一句，好像五哥最近手头儿上松快了？

五哥哈哈笑了笑说，你看，俺还是裤裆浅兜不住事儿，让你看出来了。等咱见面儿详细跟你说。

笔会这天，陶砚瓦来得比较早。他必须早，因为他要在大厅迎候客人。虽说桲椤大厦不是他的，但五哥的事儿他怎能马虎？

五哥来得更早，也许他头天晚上就住在这里了。哥儿俩就坐在大厅沙发上说话。五哥终于当着陶砚瓦的面儿，详细讲了这个桲椤大厦最近的情况。

原来，五哥当年在北京有些运输、工程、绿化生意，就跟这边的人相熟了。也是经济上来往多了，就有人把这块地抵给他还债了。当时地里全是比膝盖高一点儿的小树苗，开始他也没当回事儿，扔了两年，后来他把树苗卖了，跑了跑区里国土规划部门，人家说你别跑了，这块地已经改成规划建设用地了。于是他就请人设计了桲椤大厦，在银行贷了款，马上开工建起来。

这边开建了，门前一条东西向的农村小路，被规划为一条城市快速路也开修了；桲椤大厦快封顶时，东边一条南北向大道也开修了，还没建好的桲椤大厦成了两条大道交会的黄金之角宝地。立刻有家超市找上门来，签订了合作协议，即三楼及其地下一层全部装成超市。但等桲椤大厦封顶之后，这家超市又不知什么原因，决定毁约撤走。五哥一纸诉状告到法院，要求赔偿一年多租金1200万元。开庭之前，对方要求和解，答应赔偿1000万，五哥就撤了诉，并很快跟另一家超市签订了同样的合同。整个过程像是被他们坑了，但实际是救了五哥，因为他相当于白捡了这么多钱。

以上两路一诉，是砸向五哥的“三大馅饼”，总之是桲椤大厦还没建成开业，就成了风水宝地，干赚了1000万。这“三大馅饼”的事儿此前陶砚瓦就听五哥讲了，现在好像是在此基础上，又掉下来新的馅饼了！

果然，五哥说，嗒嗒儿啊，又有两块儿大馅饼砸过来了！

不是原来那三块儿，又有两块儿来了？

对，不是“两路一诉”那三块儿，是来了两块儿新的馅饼！两块儿，加上原来的三块儿，目前已经是五块儿了！你五哥这个桲椤捎，当年捎了这么个小沙土窝窝儿，这还没正式开业呢，这五块儿馅饼砸过来，咕咚咕咚咕咚咕咚咕咚，砸得俺这心里头受不了了！五哥故作痛苦状，还用手把心口捂住，像是防止有什么东西会从那里掉下来。

怎么着？又有两块儿？

对，而且比原来那三块儿还大！

两块儿，比那三块儿还大，陶砚瓦嘴里念叨着，脑袋里快速运转着，完全放飞他一个曾经的司局级干部，一个作家、一个诗人的想象力，也无论如何想不出是什么馅饼，从哪里飞来的馅饼，又怎么会接二连三、连三接五地砸向五哥张福禄。

你别猜了，你猜不着！要不是砸的是俺，俺也猜不着。如果砸的不是俺，别人说这些事儿，俺还不信。五哥要揭底了：你刚才是从北边过来吧，你看没看见前头这个十字路口，马上要建高架桥了！建了这个桥，咱这个地方交通更方便了，大厦就更得升值了！这是不是一个馅饼？

是！是！而且这个馅饼是潜在的永久性获益的，还有一个？

对，还有一个！五哥非常肯定地说，你刚才进门看见东门儿挡上大板子了，又在挖大坑了没有？那是要修地铁了！咱这个桲椤大厦东侧要建地铁站，地铁有个口设计是直接通向地下一层超市的，他们从施工到建成需要三年时间，影响超市生意，而超市是乙方，咱是甲方，市政按三年租期计算，赔偿咱2500万，钱已经开始到账了。

五哥使劲儿控制自己的情绪，尽量用平静的语气把事儿说完了，两眼直勾勾盯着陶砚瓦，想从陶砚瓦脸上看到他希望看到的表情。

张福禄啊张福禄！这是陶砚瓦第一次直呼五哥其名：你一个农村的穷小子，何德何能？跑到北京来混了混，混得你手上有这么多钱财！这一定是俺姑俺姑父，还有再上辈子人给你修来的啊！

是是是，五哥虔诚地点头称是。

咱不搞迷信，可遇上这些事儿，你不得不信啊。陶砚瓦也感叹道。

嘿！五哥突然诡秘一笑，压低声音说，你们老领导那个闺女，俺那个儿媳妇儿，像是个旺夫的！旺家的！

哈哈哈哈哈哈！陶砚瓦当然又是正宗原装的陶村式大笑：五哥，你都想到这儿来了！不行！俺使劲儿给你撮合成了，应该算个媒人吧。哪个跑媒拉纤儿的，是白干的？你这么说得分给俺一点儿半点儿的！陶砚瓦假装愤愤然地说。

分什么？两个孩子见了你，比见了俺还亲，将来都是他们的，你还用得着俺呀？

既然说到这儿了，俺有个建议，你这些钱，还是尽量都用到陶村去。咱哥儿俩把陶村那个事儿打造好了，你就等于是给了俺了！

喳喳儿啊，你算是跟俺想到一块儿了！嘿，等等，杨雅丽她舅舅吴三羊吴干事，咱们这回该不该请一请？

陶砚瓦说，他也不写字，又跟这些人不熟，改天咱专门请他吧。

147

最先到的还真是王良利，陶砚瓦早迎上去，陪他乘电梯上了四楼的一个休息室。坐定之后，趁着服务员在上茶，陶砚瓦就把准备好的一个厚墩墩的大信封递给他。王良利一看，自然知道轻重，推托几下之后，陶砚瓦把他手包夺过来硬塞了进去。

砚瓦啊，你办事儿真敞亮！王良利这回夸陶砚瓦，应该是他头一回这么真诚。

陶砚瓦刚开口叫了声：老领导啊。王良利就打断说，砚瓦，我那天就想说你，以后别这么叫我了，咱过去是同事，现在咱都退了，我又出了事儿，你就别那么叫了，你那么叫，不等于是寒碜我吗？

错！错！你说什么，我也得这么叫您老领导。今天我还有正事儿跟您说呢！

什么事儿？王良利一激灵，两眼发出警惕的光，这是受过大惊吓的人才会不自觉发出的那种光。

我要跟你说说未名的事儿。未名多好一个孩子，她跟张桲恩恩爱爱，在一起也很幸福。但她说你老是不见张家人，她为此很痛苦。我看见她痛苦，感觉就像看见自己的孩子痛苦一样，我比她还难过。

砚瓦啊，我不是说了吗？你全权代表我，他们拿户口本登记，在一块儿买房住我都没反对啊！

对，你是没反对他们，但是你不见人家，跟反对没什么两样。孩子们心里多不舒服啊！实话跟你说，咱今天这个活动，完全是为了您啊。

刚才说了一堆话里头，全是用你这个普通称呼，只有最后这个“您”字，陶砚瓦换成尊称，而且故意说得很重。

为了我？王良利心里又一激灵：为什么？

为什么？第一，这个桲椤大厦，是你亲家张福禄建的，今天这个笔会，是你亲家张福禄要搞的；第二，一会儿笔会开始之前，我必须跟大家宣布这层关系，两个孩子也会过来，你想，我跟大家说，这儿的张总是良利同志的亲家，这是良利同志的女儿、女婿，可如果你不在场，那怎么解释？我能代表您吗？所以，今天您来了，就对了，这个笔会就成功了一大半儿了！咱都高高兴兴的，今天也全是高高兴兴的事儿，你就等着所有人向你祝贺吧！

王良利听了这一番话，感觉句句在理，全是满满的善意和诚意。况且女儿马上就到，一大堆人也马上就到，还能说什么？他只好无奈地说，砚瓦啊，谢谢你！我这人不争气，给大家添了好多麻烦。你放心，我听明白了，一会儿我高高兴兴的，本来也是高高兴兴的事儿嘛！

老领导啊，是我谢谢你啊！因为我早就已经答应未名了，跟您这关过了，咱以后全都是好事儿。张梓和未名的孩子也很快要生了，双方条件都这么好，我都羡慕你啊！

真是，王良利嘴里咕哝道，真是。

这时张梓和王未名双双从里面工作间走出来，未名先喊了一声：爸！张梓更是紧走了几步，咕咚跪在王良利面前，也紧跟着叫爸，两个孩子四行热泪全都滚落下来。

王良利纵然铁石心肠，这时也被感化了。他一手去扶女儿，一手又去拉起女婿，三个人都动情地相拥在一起。

陶砚瓦心里却说：这个王良利真是古怪，多好的事儿，到了他这里总是变味儿，连自己女儿的事儿都一样。真是真是，真是堪称极品啊！

张梓啊，早听未名跟我说了，果然是个好孩子。把未名交给你，我非常放心。

爸啊，今天见到您是我最开心的事儿！改天我再去家里看您和妈。您快坐下，先喝点儿茶，一会儿我们两个还得伺候您写字儿呢。

别伺候我，还有比我更大的，王良利正好就指着陶砚瓦说，你们陶叔叔名气比我大，写得比我好，你们多向他学习！

陶砚瓦这会儿也不用避讳王良利了，就说，未名啊，好孩子，你交给叔叔的任务，叔叔完成了，你开心吧？

陶叔叔，您真是天底下最好的叔叔了！说着，还过来和陶砚瓦拥抱，在陶叔叔脸上轻轻亲了一下。陶砚瓦说，得搂着点儿，你爸爸看见该忌妒了！说着还把目光投向王良利。

王良利尴尬得脸上抽搐了一下，看不出是哭还是笑。

这时五哥和翠兰姐也从门外进来了，双方非常友好地见了面儿，说好改天带上未名妈妈专门来这里吃饭，一派其乐融融的景象。

就听电梯那边传来尚济民和程秉祺的声音，两个人说笑着并肩走进旁边的多功能厅。里面桌椅书案笔墨纸砚全都布置妥当了，都是陶砚瓦让张嵘准备好送过来的。

148

时针指向九点半，答应来的人都到齐了。大家每人手上都拿着一份材料，上面有关于桲椤山、桲椤树、桲椤山庄、桲椤大厦的介绍，以及陶砚瓦、沈婉佳等人创作的一赋九歌。陶砚瓦先礼貌地请示尚济民：咱们开始，您是不是先讲几句？

尚济民说，今天你是组织者，你讲就行了。陶砚瓦就站起来宣布桲椤笔会开始，介绍到场的领导、嘉宾和书法家。介绍其他人时，都介绍了曾任职务，但介绍佟孟冬、梁守道等人时，只介绍了青年书法家，没有介绍其职务。他们都站起来跟大家致意。随后，佟孟冬还特意走到王良利身边，两个人交谈甚欢。

介绍完来宾，就介绍桲椤大厦的董事长张福禄，以及他的儿子张桲、儿媳王未名。当说到张桲是王良利的乘龙快婿时，陶砚瓦特别提出全场鼓掌，祝贺祝福这对新人。紧接着陶砚瓦宣布请桲椤大厦董事长、连续四届河北省人大代表张福禄讲话。

张福禄说，今天这个场合层次太高，又是高官，又是高知，俺是个农民，国家政策好，赚了点儿钱，建了这个桲椤大厦。今天请大家来题字、题诗、题词，准备下个月正式开业时，还得麻烦各位来捧场。今后这个地方就是各位的食堂，想什么时候过来，就什么时候过来，吃个饭也行，住几天也行。我不在，有孩子们在一个样。俺现在也是给人家打工。给谁？给儿子、儿媳妇、小孙子打工。今天他们都在，俺亲家也在，陶砚瓦是俺弟弟，有什么事儿跟他们谁说都行。谢谢各位！

陶砚瓦等全场鼓完掌，就宣布笔会开始。这时候，没想到尚济民发话了，说等等，我还得说两句。只见他慢慢站起来，一手扶着桌子，另一手举着刚刚发给他的材料，跟大家打着招呼说：

对不起，耽误各位几分钟。本来没想讲，可我翻看了一下这些材料，就想跟大家说说陶砚瓦。砚瓦嘛，我当然算是很了解他，因为我们一起干了一件大事，就是建了一座楼。建楼很不容易，可建设里面的内容，是比建楼更难的。我打开这些材料看，一赋九歌，就让我心头一亮，再细读它的内容，可以说琳琅满目，美不胜收！不由得让人向往，这个柠椤山真好啊，有文化，有历史，有风景，有诗意！我知道这肯定是砚瓦的功劳，因为他有这个才能，有这个胸襟。他这个人比较耿介，我这个人也不喜欢吹吹拍拍，所以我没当面表扬过他，但今天我愿意夸夸他，也祝贺他，也祝贺这个柠椤大厦，以及陶村的柠椤山，都能办好，既能赚钱，又能彰显咱们的好文化，体现咱们民族的根和魂。好，建议大家都看看一赋九歌，还要带回家里细看，相信大家也会喜欢，这就是内容啊！谢谢！

这席话出人意料，却在情理之中，现场有不少人鼓掌叫好。

大厅里摆了四个大案子，两侧各有不少桌椅茶座。先请杜秋水、尚济民、王良利、程秉祺四位开笔，写的内容可从文字材料中随意摘取，想写什么就写什么，想写多少就写多少，累了就去喝茶休息。四人分别由梁守道、夏凡、王小彤、王未名四个年轻人做书童，一一对应陪侍。张福禄已有陶砚瓦嘱咐，让他专门找尚济民、杜秋水索求公司、大厦、山庄题字。其他人有看的，有转的，有聊的，有喝茶吃水果的，气氛十分轻松自由。

四人中，尚济民的笔墨功夫最为深厚，杜秋水次之，程秉祺更次之，本来应该是王良利最次之，但自从他在佟孟冬指导下，苦练宋克《急就章》之后，情况大变，书写呈现出往规范章草发展的明显趋势。尚济民写得比较快，在完成了“自选动作”和“规定动作”之后，就挨个看别人写字。先看杜秋水在抄沈婉佳的诗，明显是练过赵孟頫，虽欲“直接晋人”，却有“因熟而俗”之态；又看程秉祺墨饱笔大字少，放开挥洒气势雄强；再看王良利写章草，面貌一新，令他大吃一惊。仔细看他内容，是在抄陶砚瓦的一首词《水调歌头》：

方志觅何有，曾也问高堂。久知村北坑外，坛庙敬龙王。春日坑边追跑，夏日坑中嬉闹，冬日耍冰床。几个小猴子，爬遍一堤杨。

庙拆去，坑填上，使人伤。青龙显圣，山下重现大坑塘。既有清泉奔涌，又有长渠输送，永是好风光。谁与陶村月，千里话沧桑。

尚济民一边看一边赞叹道：这内容好，良利这字也好！你面貌大变，进步飞快啊！是不是最近下了大功夫？

王良利说，刚刚入门，练了一段《急就章》，让您看出来了。

一定有高人指点！你是不是拜了名师了？尚济民问。

啊，对啊，我老师就在这儿呢！王良利顺杆爬说。

啊？哪一个？尚济民抬起头来找：砚瓦？不是。小梁？不是。老杜？不是。那我可真猜不出来了。到底是哪一个？

王良利就朝喝茶的佟孟冬喊：孟冬！佟孟冬一听有人叫他，就抬头往这边看，王良利冲他一招手，他就飞也似的跑过来：您叫我？

王良利指着尚济民说，我老领导问我写字拜了哪位名师，我请你过来，让领导看看，你就是我拜的名师。然后就对尚济民介绍佟孟冬。尚济民说，难怪良利的字变化这么大，经专业人士指导了嘛。我也得找你去学学。

佟孟冬说，好啊，欢迎欢迎。哎呀，我刚才是乱说一气，千万别找我，您可别找我。

尚济民还没反应过来，还问，你不欢迎？为什么？

王良利说，济民同志，你就别去了！然后凑近尚济民耳朵轻轻说，他是纪委的处长。

尚济民这才明白了，说，你良利的运气还真不错，你是有失有得啊！

对对对，经孟冬一指导，我才算找到了正道，明确了方向。王良利自己也感叹说。

良利啊，你自己有了新目标，女儿女婿也都这么优秀，我看你的好日子是刚刚开始啊！尚济民由衷赞叹道。

确实是。听到尚济民的赞叹，让王良利也情不自禁感受到生活的美好。抬头看见杜秋水正在旁边案子上写字，他突然想起杜秋水介绍他入会，推荐他做理事的恩德，不由得朝他喊了一声，杜秋水听到后马上放下手中的笔，过来问他什么事儿？王良利说，你们三位，济民同志是我老领导，秋水同志是推荐我进书法组织的领导，佟孟冬处长是指导我练习章草的老师，今天在这里见到你们，真的让我非常高兴。孟冬处长你还年轻，以后有什么个人的事儿，随时找我们，这两位老领导如果写字需要你指导指导，你也千万别推托。

佟孟冬说，哎呀，您真是太客气了！我们的工作都是得罪人的工作，应该是不招人待见的差使，感谢能得到您的理解和表扬。这两位领导我是久闻大名，随时为你们服务！跟陶砚瓦司长我们早就认识，以后这不都成亲戚了吗？咱们就勤走动。写字的事儿随时找我，我一定为领导们服好务。

第三十章　梈椤山九老

149

这天黎占江刚刚想好一两句好诗，心中得意，嘴里哼着老调梆子《潘杨讼》，溜达到大街上，想碰上个人显摆显摆。果然还是碰到几个人，但见面都是吃饭了没？没有一个人问他又写诗了没？甚至有的连吃饭都懒得问，只是唉唉两声，要不就哼哼哈哈，只是点个头儿，就各走各的了。

他娘的，还号称有文气哩！全是俗里俗气、低级趣味！黎占江实在是看不起身边这些人。连陶砚瓦都说俺那诗写得好，那个小江是深州市管诗的秘书长，对俺客客气气，也说俺写得好，你们不懂不怪你们，可你们不懂可以问俺啊！怎么都连问也不问俺写诗的事儿？

正暗自生闷气，就听有人喊：老书记！

抬头一看是老民兵陈凤领：啊，凤领啊！咱村就你一个人叫俺老书记，你儿子陈梦飞现在都当书记了，你还叫俺老书记，显着忒不好啊！

他当他的书记，俺还叫你老书记，这有什么错？再说他也管不着！

凤领你这是忙着上哪里去？俺最近，本来想说俺最近正写诗哩。可没等说完，凤领那边把话截走了：俺去找四大作家，今天该俺了。

找四大作家？哈哈哈哈，真新鲜！找他们干什么？

你还没听说啊？砚瓦前几天回来一下，请俺们四大吹、四大作家上城里吃了顿饭，给俺们下了任务，说要俺们使劲儿吹吹咱们陶村，吹吹咱桲椤山，俺们只管吹，四大作家管记录，管写成文章。还说将来要给俺们出书哩！这不回来以后，前些天就先找了陶大征，数他岁数大，据说是吹了好几天；前儿个找了黎树通，也吹了两天；今儿个找俺，俺怎么也得吹个几天吧；就让刘梦兴等着吧，让他后头排着吧！急死他！哈哈哈哈！你看俺们都这个岁数了，吹了一辈子，净瞎吹，现在倒是要吹成正事儿了。哈哈哈哈哈哈！

哈哈哈哈！黎占江嘴里跟着笑，笑得十分勉强，十分别扭，亏得他还当过陶村书记哩，根本就不是陶村式大笑。可也难怪他，他是真笑不出来啊！刚才他心里像是被小刀片儿戳打着，别说笑了，啼哭的心都有啊！

什么他娘的四大吹、四大作家，不都是陶村老少爷们儿一个乐儿嘛！这么多年了，谁拿你们真当回事儿？别人不知道，陶砚瓦你应该知道啊！你怎么竟然把他们摆到席面上去了？竟然把他们当盘子菜了？还请他们吃饭了？给他们交代任务了？你看刚才凤领那劲头，比他儿子当了书记还来劲儿！

他远远望着陈凤领扬长而去的背影，想象着四大作家齐刷刷听他放开了吹，手里还得拿着笔唰唰地记，他那得多么过瘾！陶砚瓦请他们吃了顿饭，交代了个任务，这几个小子一个个就这么活泛？这么滋润？可以想象，假如将来他们再弄出点儿什么文章出来，那还不都得在陶村横着走？

不行！俺得找陶砚瓦理论理论！俺到北京先找的谁？俺回到深州后是谁说俺诗写得好？都是你陶砚瓦啊！你承认俺写得好了，为什么你回来请四大吹、四大作家吃饭，你却不请俺？俺可从没听说你承认过四大作家！更没听说你夸过他们写得好！俺写的诗你也看过了，你也夸过了，你回来应该先请俺吃饭才对啊！你这不是刚说的话不算数了吗？你不认账了吗？你还堂堂国家机关的大干部，难道那天在小江手机里说话的人不是你吗？难道那个小江姑娘大变活人不是真的吗？是变了个假的糊弄俺吗？

想到小江，他就想起陶砚瓦那天说了，有什么事儿找小江就行，小江那天也是笑嘻嘻的，满口答应，亲口应承了！好，找陶砚瓦要上北京，还得算是越级上访，找小江可就容易多了，抬脚就到。

黎占江打定了主意，一定要找江黎，先跟她理论理论大变活人是真是假，再跟她理论理论陶村这边的事儿，让她找陶砚瓦说说清楚，也测试一下她能不能真办成个事儿，会不会把个事儿办好，关键是弄明白她到底是怎么联系陶砚瓦的，如果她真能把陶砚瓦变出来，想什么时候变就什么时候变，可就方便多了。

看看，俺既跟陶砚瓦一个村，又认识并且随时可以找管诗的秘书长江黎，她再能随时把陶砚瓦变出来，这么硬的条件，这么好的情况，俺不写诗谁写诗？

说走就走，黎占江就直奔村边汽车站。走着走着，突然又想起来：上次江黎可是给了电话号码，还帮他存手机上了，如果打个电话就能找到她，又何必跑到城里去找她呢？

嗨！先打个电话嘛！通了也说有事儿去城里找她，有事儿要当面讲。

于是，他先戴上老花镜，打开手机，寻找江黎的手机号码。

150

陶村除了黎占江正在琢磨要找江黎，这边还有陶大征也在琢磨一些事儿。

他在琢磨陶砚瓦那天请吃饭，算是交代了事情。但他交代了事情，却没交代这件事情谁负责？谁牵头？谁主事儿？谁总揽全局？

敲家鼓还需要点鼓的呢。敲的人再多，锣鼓家什这个那个的再多，必须都得盯着点鼓人那两个鼓槌子。什么时候举，怎么举，点什么鼓，所有人全得跟着怎么敲，点了《闯帐》你不能敲《南撞山》，点了《祭祀》你不能敲《炮打三城》。咱点了多少年的鼓，就是这个规矩套路，谁敢违反不听？世间道理是一样的，把四大吹拢到一块儿，这辈子有几回？把四大吹和四大作家都拢到一块儿，一个不少拢全了，这是一辈子唯一一回。饭也吃了，任务也领了，人家四大作家本来就经常腻乎地一块儿，现在更是坐在一起听咱吹，咱四大吹也应该坐在一起听他们说说怎么写。头一步得把四大吹拢起来，第二步再把四大作家都拢上，形成“八仙吹山”梦幻团队。“八仙吹山”是征叔刚才琢磨着，脑子里噌一家伙蹦出来的词儿，梦幻团队这个词儿是电视里说的，今儿个头一回用上了！征叔为此十分得意。四大吹一直是单打独斗，各行其是，王不见王，后不见后，弄不成一个锅伙儿。这个情况得改一改！砚瓦你多年在外做官，哪里知道陶村这边的轻重？你忘记了这一条，你叔得给你弥补弥补。

征叔决心把多年点鼓的经验心得，移植套用到这回“八仙吹山”上来。他接着琢磨他出来拢四大作家、四大吹的各种有利条件：

年龄最高、辈分不低、多年点鼓、砚瓦本家叔、看他长大、吃饭挨着他、八十大寿砚瓦写大红寿字寿联、这回头一个给四大作家吹、吹得时间最长、给下面的人打了样，等等。他越想越感觉自己有优势、有长项、有能力、有责任，如果不主动站出来，挑这个担子，管这个摊子，对不起砚瓦，对不起陶村，对不起椁椤山，对不起自己！

他掐着手指头一算，俺吹了三天半，黎树通吹了两天，陈凤领今儿个开始吹，估摸着吹上一天半，顶多也两天，刘梦兴最后有一天足够了。这样等他们全吹完了，俺再出面召集他们开个会，摆列摆列，安排安排，点拨点拨，布置布置。

他决定就在自己家里开会。为了让别人感觉到他的诚意，他把自己家里里外外收拾一遍；把他多年未用的茶壶茶碗找出来，擦拭一新；专门坐公交车上城里茶店买了半斤上等花茶，还让儿媳妇炒了二斤仁果豆儿。

征叔想得很全面、很周到，只等着几天后刘梦兴吹完收工，他就出手召集四大吹开会，随后再召集四大作家，来个八仙大聚会。一定要显示出他的诚意，他的能力，他的胸怀。

一天两天过去了，听说陈凤领还没吹完，说是他多年来在大队当民兵，知道的稍微多一点儿，吹的时间要长一点儿。

他娘的，你陈凤领在大队干什么？陶村人谁不知道？不就是一个伺候人的，听吆喝的，跑腿儿的，受气的下人嘛！怎么这成了你多吹一天的理由了？

征叔心中十分不快，但也只能自己跟自己较劲。他较了半天劲，也只能是再耐心等着，装作没事儿人一样，出去打探消息。

陈凤领一个人足足吹了三天才结束。这大大超过了征叔吹的时间，也超过了征叔给他预定的时间，从而打乱和延长了征叔出手把八仙拢起来的伟大设想和规划。

征叔却无奈，征叔只得再等待。

陈凤领终于吹完了！

说该找刘梦兴吹了。

哈！要找刘梦兴吹了！在征叔的印象里面，刘梦兴吹的功夫并不突出，甚至他曾经认为刘梦兴之所以入选四大吹，是沾了他名字的光，他的名字正好上韵嘛。因此他预想给刘梦兴的时间一天足矣！

他能吹出什么云彩花样？

谁会听他再吹一天？

可征叔又一次失算了，刘梦兴在吹完一天后，还说要再吹一天。

这些人都疯了吗？征叔自言自语道。

终于等到刘梦兴吹完，但又听说四大作家要停两天工，说是得休息休息，消化消化。哈！连四大作家都长身价了！又没让你们拔麦子、脱坯、出猪圈，你们还休息上了！又没喂你们豆饼、棉籽饼，你们怎么还要消化消化？说你们是秀才，你们还真拿自个儿当秀才了？这要说你们是状元，你们还盼着招驸马哩！这帮小兔崽子！

这次征叔仍然生气，但他们四大作家要休息休息、消化消化，并不妨碍征叔召集四大吹开会。正好先把四大吹理顺溜儿了，下一步再理顺溜儿四大作家！

一步一步来吧！不能企图一口吃成个大胖子。

征叔开始实施他的伟大计划，就给另外三个大吹分别打电话。

151

黎占江掏出手机给江黎打电话。

打通了，响了几声，没人接，挂了。他又拨过去，通了，又没接，又挂了。

黎占江嘴里说了句：这个小江，难道电话号码也是假的？现在的年轻人说话办事儿怎么这么不靠谱儿？

想来想去，又拿起手机给儿子黎四清拨了过去。

爹，你有事儿吗？电话里听到黎四清问。

没什么事儿。

没事儿你打什么电话啊？

你他妈的，你爹没事儿就不能给你打电话了？

好好好！你想打就打！你想什么时候打就什么时候打！谁让俺是你家小子。

你干什么嘞？黎占江这话明明是没话找话。

俺在农家乐这边忙着哩呗。俺还能干什么？

俺写了诗啦，你知道呗？黎占江终于说到实质上了。写诗，就想让人问问，可从来没一个人问他。他就想跟亲儿子说一说。

听别人说过，算是知道吧。黎四清完全是敷衍的口气。因为他爹去北京送诗，被当成上访的给截回来，还学习了两天，让镇上的书记亲自给领回来，最后才知道是去送诗。所有人都觉得可笑，儿子一听也一肚子气，恨不得这事儿永远别再提起，也别再发生。

俺写的诗陶砚瓦也看了。黎占江还在说。

啊。黎四清就啊了一声，再多一个字也懒得说。

市里管诗的秘书长也看了。黎占江还在说。

啊。儿子仍然是一个字，再多一个字也懒得说。

他们都说俺写得好。黎占江还在说。

啊。儿子继续是一个字，继续再多一个字也懒得说。

黎四清！你个王八蛋！你啊啊啊的，跟你爹装什么孙子？这在手机里俺没法揍你，哪天逮住你个狗东西，拿鞋底子扇你个狗×哩！黎占江终于忍不住开骂了。

黎四清一听，把手机放在茶桌上，端起茶杯喝上了。

这边黎占江骂累了，本来想着把手机往地上一扔，手都举起来很高了，突然想起前年摔过一个，摔坏了还得自己买，原来手机里的东西，有的就找不回来了，麻烦了个麻烦。于是，手又缩回来了。

手是缩回来了，可嘴里还骂骂咧咧的不停。这时候，手机响了，他就想着可能是儿子打回来道歉呢，接过来就喊，你小子少来这一套！

可话筒里却是个年轻女孩子的声音：我是江黎，谁惹您了黎叔？怎么这么大火气？刚才你给我打电话了吧？我正开会呢，没接，对不起啊！

江黎啊，对不起俺刚才弄错了，俺是找你了。

嗨！俺也正想给您打电话哩！咱俩这是怎么嘞，心有感应啊！

啊？你找我什么事儿啊？黎占江听说江黎找他，十分意外。

两个事儿：一个是俺把您写的诗推荐给咱市文联办的《桃花坞》了，是个刊物，它有个诗词栏目，给咱登出来了。第二个事儿，明儿个过晌午三点，咱市文化馆正好有个讲座，想请您过来听听，顺便把发表您诗的那个刊物拿走。

啊，俺想去。是谁讲啊？是陶砚瓦讲。是砚瓦讲？他又回来了？他没回来，是录制的视频，您来了就知道了。好，俺一定去，一定去！你就给了俺村一张票啊？不是，咱不收票。不收票？那俺村还有几个人一块儿跟着俺听听行不行？行，黎叔，您带他们过来就行了，一共几个人？一共九个人。好，俺给你们留九个座儿。好，小江，谢谢你啊！不客气，您年龄大了，可一定注意安全，注意身体啊！没事儿，出门儿就有公交，放心吧！

这个电话真是太及时了！太给力了！俺马上给他们下通知！他一边翻着电话号码，嘴里一边唱着：旱地里来了一场及时雨啊，小苗儿挂满了露水珠啊！

手机这个东西真好，比儿子还听说，想打就打！八个电话，一会儿就打完了。几个老家伙一听说是市里召集，又是陶砚瓦的讲座，哪个舍得不去？

黎占江通知时难免多讲几句：机会难得啊，因为俺写了几句破诗，他们给登了，本来是通知俺一个人去的，但俺一想，你们是作家啊，是大吹啊，俺就争取了一下，管事儿的秘书长俺认识，熟得很，就说让他们都过来吧，还给咱专门留了座儿。一定得去啊！

结果令黎占江十分满意，全都参加！

也真是靠了黎占江灵机一动，不知不觉间，他俨然成了陶村文化活动的组织者、带头人。征叔折腾多日，做了充分准备，甚至还进行一定经济投入，但黎占江一出手，眼看大势已去，他那一套马上就成泡影了。

黎占江心想：什么破作家、破大吹，你们绑一块儿，也弄不过俺！

152

开钩机的张雨祥，还真是个有心人。那天从老井里挖出石碑，陶砚瓦一边认石碑上的字儿，还一边拿出手机拍照，他也叭叽叭叽照了几张。回家就让他爹看，还把陶砚瓦说的话跟他爹说了。

他爹说，明朝的事儿，没人能讲清楚了，只能从族谱里去找找，只要他们是咱陶村张家人，族谱上应该有记载，估计都能找到这些人。

咱张家的族谱在哪里啊？

以前见过，可这会儿在哪里，俺不知道，你去找你爷爷问问。

找来找去，还真在一位长辈家里找到了。翻找半天，还真找到了碑上那些人名。数了数，石碑上一共刻着12位，这些名字一个不落都找到了，但是不知道陶砚瓦说的那位名人是哪一位。张雨祥高兴万分，当即拍了照片，给陶砚瓦发过去了。

他心想：一会儿回家上网，既然是名人，一定能在网上搜得到。一共12个人名，一个一个搜搜试试不就知道了嘛！

回家就搜，果然搜到了那位大名人，就是参与创造中国最早的剧种、已经被评为世界非物质文化遗产的昆曲的大功臣张野塘！

网上说：张野塘对昆曲有两大贡献，一个是他把北方的乐器三弦带到南方，并对三弦进行了改良，以适应南方人的欣赏习惯；另一个是他把北方的铿锵有力的音乐带到南方，并把南北乐曲进行了融合，使昆曲的表现力大为增强。

张雨祥看了，心里油然生出一股自豪感，既为自己的祖上有这样一位大名人而自豪，也为自己亲自参与从古井中挖出了祖上的石碑而自豪。

但自豪是自豪，他同时有了新的烦恼：既然给故去的亲人立了石碑，为什么被丢进井里去了呢？一定是家里发生了大事，遭了大灾大祸。

可那又是遇上什么灾祸了呢？

他百思不得其解。就拿这些问题问自己爹。他爹说，俺不知道，也没听说过，你去找你爷爷问问。

问爷爷，爷爷让他去问另一个爷爷，在问了七个爷爷之后，一无所获。张雨祥悻悻回家。当晚，他做了一个奇怪的梦。

他梦见他跟往常一样，开着钩机干活儿。突然有个人来，穿着奇怪的长长的衣服，手上拿着一把三弦，喊他：野塘！野塘！

他问，你是在叫俺？

那人说，不叫你叫谁？快走！

他起身就走过去，接过那人递给他的三弦儿，跟上就走。

好像是进了一个庄严肃穆的所在，已经有好多人都在那里了，见他们过来，都说来齐了！来齐了！可以开始了！

他就跟着那人坐在乐队里，别人演奏他也跟着演奏。非常奇怪的是他竟然演奏得十分熟练，双手拨弄琴弦就像他平时开钩机一样，旁边的人都对他投来赞许的目光。在台上载歌载舞的一个非常好看的女孩儿，下了台就过来叫他：野塘！咱们走吧！

去哪里？他莫名其妙地问。

走吧，老地方。女孩儿走过来拉着他的手，两个人就大摇大摆地出门而去。

然后就到了一个小院子，又走进院子里的正房。女孩儿把门关上，还随手把门闩闩上了。一到里屋，女孩儿转身过来，就帮着他脱衣服，脱得一丝不挂，他也没感觉羞涩，只傻傻地看着女孩儿，看她一直微笑着，不慌不忙地，又开始脱自己的衣服。一件一件脱。她穿的衣服也是长长的快拖到地上的裙子，袖子也是长长的，就像戏台上的青衣花旦。若不是看她一件件脱下来，他都找不到扣子在什么地方，更不知道从哪里往下脱起。女孩儿也脱光了，他第一次看见一个年轻女孩儿的胴体，那真是在书上看过的："手如柔荑，肤如凝脂，领如蝤蛴，齿如瓠犀，螓首蛾眉，巧笑倩兮，美目盼兮！"真令人目眩神迷，就只想着和她亲近。这时女孩儿走过来拉他上床。他情不自禁顺从女孩儿的心意。女孩儿身子软软的，身上滑滑的、香香的，在他面前一点儿都不害羞，搂着他亲他，也任他搂着亲，任他尽情稀罕作弄。只是轻轻把被子扽过来，连他一块蒙起来。然后就眼睛看着他，双手还在他脸上、头上、后背上轻轻地摸来摸去。他尽情享受着她的身体，享受着从未体验过的快感，特别是那种暖暖的、柔柔的、解人心意的、缠缠绵绵的，竟能够消受和迎合千钧之势的撞击！这真让人不可思议，让人不能自已，浑身的动物神经和植物神经全都调动起来，说不清是在占有还是在奉献，是在盗抢还是在施舍，是在欺凌还是在爱怜，是在享受还是在摧毁，总之整个人已经疯癫痴狂，恨不得与她一起跃入深渊，摔成齑粉！或者一起飞上天空，化为烟云！

突然就听到外面人声鼎沸，不少人已经进了院子，屋门也被踹开了，为首的一员大将军的样子，冲着二人喊道，无耻男女，竟敢在宫中苟且！大胆贱人，从金陵应召，以靡丽南曲，败坏纲常！绑起来带走！逆贼张野塘！竟敢与宫中乐女私通，送军中罚做戍卒！

女子嘴里喊着，野塘！野塘！早被兵士们裹上裤子，胡乱绑上拖了出去。张雨祥也喊道，俺不是张野塘，俺是张雨祥！那些兵士不由分说，也把他赤条条绑了，就往外拖。张雨祥一直在喊，俺不是张野塘，俺是张雨祥！俺不是张野塘，俺是张雨祥！

正着急喊时，忽然自己声音没了，喊不出声了，用力挣扎，绑得更紧。再喊，再喊，就见有人拿刀来，迎头便劈，一惊吓，醒了。被子里湿湿的、粘粘的，好一阵难受。

153

黎占江招呼四大作家和四大吹到城里听讲座，那天过晌午两点，这帮子人就齐刷刷到了村口等车。黎占江见了陶大征，第一句话竟然是：早上好！

哈！早上好！占江给咱们来洋范儿啦！陶大征语带机锋。他原本计划好的准备出面召集开会的事儿，万事俱备了，时机也成熟了，马上就要出手了，可生生半路杀出来个程咬金黎占江，先下手为强，抢先一步给他搅和了。完全就是打麻将牌本来自己已经落了听，却让上家儿黎占江给截了胡了。陶大征心中的懊恼可想而知，但他又无可奈何。只能又补了一句：占江，你行喽！你真行喽！

这帮子人一个个都不是省油的灯，见了面儿就互相煽乎上了，上了车也不消停。

有个大吹嘴里叼着一根中华烟，一边抽着一边上车。他两个耳朵上还各夹着一根儿，样子十分滑稽。就有人逗他：哈！这回可是真抽上中华烟了！怎么着？截道了还是绑票了？

别提了，吓得俺够呛！众人就问什么事儿？只见大吹不紧不慢说，一早俺出去遛弯儿，站在村口那个土堆上，正好飞过来一架飞机，俺上前抱着它翅膀，噌一家伙带上俺就飞了。飞行员伸出脑袋冲俺喊，大伯大伯你快下去吧！俺都飞偏了！俺说怎么下去？蹦啊？飞行员说，先别蹦！俺飞低了你再蹦！俺说哈俺可不敢蹦啊！飞行员赶紧拿出这盒中华烟递给俺说，大伯你拿着，蹦吧！

车上立刻就充满了笑声。

另一个大吹说夜儿个后晌，俺在十字街跟一堆人闲话，吹自己去四清家喝茶，自然是上好的铁观音伺候。那茶香啊，不喝白不喝，几个人就使劲儿喝，喝了一个晚上，喝得回家这一路上，尿了一百多泡尿！没想到随口这么一吹，满街人都说从他家到你家，一共才多远？你一路上怎么能尿一百多泡尿？难怪人家叫你大吹！你详细说说，这一百多泡尿，都是在哪儿尿的？

俺一看，怎么也躲不过去了，就给他们编排吧：一出四清家屋门儿，就上他家茅厕里尿了一泡。好一泡了。从茅厕里出来，走到他家门洞里又尿一泡。好两泡了。出他家大门，往东一拐冲着那个碾砣尿了一泡。好三泡了。过张二家门口尿了一泡。四泡了。从张二家门口上了刘三家门口尿了一泡。

车上人就开始大笑，说张二家门口就对着刘三家门口，这几步道过去就尿了一泡。才五泡了。

是啊，俺知道他们都硬逼着俺瞎编乱造，就是都想等着看俺笑话。所以俺就说在街上撒尿，提心吊胆的，这边有人咳嗽一声，那边有人从远处一过，咱都受影响尿不痛快。所以街东一泡街西一泡的，都快尿到自已家门口了，才尿了二十几泡，一街人就等着看咱怎么收场。俺只好跟他们说，到了官坑跟前，见四处无人，俺就正对着官坑，痛痛快快地尿吧！哗啦哗啦一泡，哗啦哗啦一泡，从前半夜一直尿到鸡都叫了，俺一连尿了九九八十一泡，尿得官坑都撇溜儿撇溜儿了，快淹到俺脚面了，这才回了家。

哈哈哈哈！一车人都在发出陶村式大笑，车都跟着震颤颠簸起来。

就有个作家说真不容易，一百多泡尿总算是尿够了。另一个作家就说吹牛是一种习惯，也是一种艺术，把一件事物无限夸张放大，是为了让听的人印象深刻，以期引起关注，这是咱中国人的传统，特别是诗人的传统。“白发三千丈”，谁说不对了？“燕山雪花大如席”，谁说不对了？还都说好哩！如今的广告不也都是这么干吗？要真听广告的，就把医院全关了吧，照着广告吃药，什么病都能好了。

另一个作家说，吹牛也是一种生活方式。当年大营子，一辈子没结婚，吹了一辈子牛。人们都在发愁没钱儿花，他笑着说，别着急，俺调十万银行行长来发钱，马上就到了。生产队挑水栽山药秧子，人们都说累得慌，他说，受这个累干什么？俺叫二十万老婆儿来撒尿！他乐和了一辈子，人们也跟着他笑了一辈子，多好！

又有人说，本来咱是陶村八仙，这又加了个老书记，变成九个仙了。

大征就说占江是老九。

马上有人说老九不能走。

于是有人和稀泥说，既然是九个人了，那就不能再称八仙了，应该是九仙了。

最后有人说，咱们中国从来就是讲八仙，没听说有九仙的，干脆咱们不叫仙了，咱叫老吧！陶村九老怎么样？

有个作家就说，陶村九老不如直接叫椁椤山九老，显得雅，又有情致。

别的作家也说原来是叫陶村八仙，现在叫椁椤山九老好，既有风雅，也正好跟古代的商山四皓相仿佛。这一动议立刻得到一致鼓掌通过。椁椤山九老！椁椤山九老！大家你看看我，我看看你，都满意这个新的称呼。而且马上就有新潮的，以椁椤山九老为群名建了群。

又是阵阵笑声，老人凑一块，照样很疯狂。

有个作家就感叹上了，说九老九老，歪瓜裂枣。满头白毛，吹牛写稿。老了啊老了！

于是有人附和道：村子里的剧团，都换了一茬儿人了，小年轻一个个也唱得不错了，最近在重排《红灯记》哩！还从北京请了个老师来指导。家鼓队也一样，大征的儿子万强点鼓也行喽，好几回露脸儿的事儿，早就能独当一面儿了，跟大征比也不差了。咱们四大作家还真需要培养几个新人了。

好，咱们向大征老兄学习，每个人培养一个！

黎占江听着，心想以前自己极少跟这帮人闲聊，也从来没有机会把他们拢到一块儿。其实他们确实都还不简单，各自都有各自的本事。难怪陶砚瓦把他们拢到一起，让他们都施展施展，干点儿正事儿，真正算是功德无量啊！他又想到自己憋出几句诗，上了趟北京，虽然没见着陶砚瓦，也没把材料送出去，但阴差阳错认识了江黎，并且通过江黎把诗给陶砚瓦看了，还得到他表扬肯定了，这不还正式发表了，今儿个还出面带上这帮人来城里听讲座了。咱当书记下台了，给儿子当总设计师泡汤了，搞推倒三部歇菜了，谁能想到咱写诗写成了。他们四大作家牛不牛？一会儿得在他们眼皮子底下，取印着俺写的诗的书，还会跟着江黎带着大伙儿找座儿，咱比他们还牛！

这趟公交车因为有了桲椤山九老，一路上都是笑声，而且是最地道的陶村式大笑声。在冀中平原古老的土地上，这样一帮子土生土长的原住民，有幸成为几千年古国第一代领取城乡居民养老金的庄稼人。他们搭乘着工业时代的交通工具，身上带着数码时代的通信工具，以无拘无束、无忧无虑的心，畅快淋漓、自由奔放的情，缭绕着诗的情思，飞腾着诗的翅膀，留给天地间这爽朗清澈的笑声。

连开公交车的师傅都在寻思，怎么这帮老头子们这么大精神头儿？

154

江黎果然在一进门的大厅里迎候大家。当然是黎占江冲到前边说，小江啊，俺陶村一共来了九个老头子，俺们号称桲椤山九老。

江黎说，啊，桲椤山九老，欢迎你们！座位都给你们留好了，可以就座了，还有一点儿时间，也可以在里面转转。黎叔请你跟我过来，取一下你的杂志。

黎占江就在其他八个人投来的艳羡目光里，屁颠屁颠跟着江黎走了。

征叔当然把这一切都看在了眼里。心里也不由得想，这小子还是真行喽。

黎占江拿到江黎给的《桃花坞》杂志，给了他两本，还有50块钱稿费。并且帮他翻出他那首诗，那首凝结着他全部情感和智慧的诗，包括他黎占江的大名，果然赫赫然刊登在杂志上，黎占江真是醉了。

江黎也看出了他的心思，说，黎叔你还得跟我出来，我告诉你卫生间在哪儿，请你带着你们另外几位老先生赶紧去上个厕所，省得一会儿开始以后，出来不方便。

黎占江就说好，跟着江黎往外走。

其他哥儿几个眼睁睁看着黎占江手里举着两本杂志，难掩兴高采烈的情绪走过来。有手快的就抢过杂志先睹为快，别的人也挤过来，争相传看。找到黎占江那一页，还念出声来：桲椤山上望北京，心中想念毛泽东。

黎占江沉浸在幸福里，而且享受了足足有两分钟。他忽然想起江黎的嘱咐，赶紧说咱先别看俺那几句臭诗了，咱们都紧忙的，找卫生间撒尿去！大家听了都说憋半天了，正想着不知怎么解决哩。齐刷刷到了卫生间，在小便处站了一拉溜儿，各自对着墙上的便盆儿发力，哗啦哗啦的声音，持续了很久。

黎占江说，哥儿几个记住了，只要咱还能站着撒尿，咱们就在一块儿玩儿！

大伙儿都说，咱们永远站着撒尿！

大伙儿这回回到座位上，才开始仔细端详这个能坐上百人的小课堂。东面是个讲台，讲台上挂着白色的大屏幕，台下是一排排课桌椅，正中间可以坐八个人，左右两条通道，靠墙两侧也各坐四人。江黎给黎占江他们留的位置，第一排四个，第二排五个，都是挨着的、靠中间的。她说你们岁数大了，坐前面看得真，听得清。椅子带软垫子，有靠背，坐着很舒服。桌子上，给每个人都放了一瓶矿泉水。

因为是个星期六，又是市诗词学会组织的，所以来听课的人员从小学生到老头儿老太太，从务农的、经商的到教书的、当官的都有，总共到了有百十来号人。

讲座开始了，江黎简单汇报了一些诗会情况，然后就介绍今天是放陶砚瓦前几天在北京讲诗词课的一个视频。说陶砚瓦就不用介绍了吧？大家说不用。那好，我们就开始放视频吧。

果然就在大屏幕上看到正在讲台上讲课的陶砚瓦。屏幕里的人比他真人还大还清楚，连他黑黑的头发和长长的鬓角，矮矮的鼻梁和不高的山根，眯缝的小眼睛，乃至两颗门牙之间的大缝子，都看得一清二楚。

讲课的题目是“古体诗词平仄六谈”。一谈平仄即阴阳，二谈平仄即音乐，三谈入声字，四谈平水韵和新韵，五谈孤平，六谈功夫在诗外。可能是因为在北京讲课，他用的是深州普通话，简称深普。不过深州人一听就知道他是深州的口音。

这堂课讲了一个半小时，然后是互动环节。令桲椤山九老吃惊的是，江黎代表主办方立刻连线北京的陶砚瓦，这回出现在屏幕上的陶砚瓦，两眼直勾勾盯着台下的人们，一眼就认出了坐在前排的陶村乡亲，一个个叫着他们：占江叔、征叔、臭娃！哈！你们都来了？他在叫叔时，完全是用的深州发音，发的是“收”而不是“书”。两种发音，听到的亲切感是不同的。

哈！邱书记也来了？果然后面站起了市委的邱书记，和陶砚瓦挥手致意。

市委书记也来听课，他悄悄地进来，一直坐在后面听。

这么盛大的场面，让这些陶村人感到些许荣光。

眨眼之间，屏幕上画风大变，在陶砚瓦旁边，多了一个美女，头上戴着一个纸皇冠，笑嘻嘻地冲着大家招手问好。再一眨眼，屏幕上的人更多了，陶砚瓦在中间，两边还有别的年轻女士，身后也齐刷刷站了一排小伙子，一个个穿戴得很体面，模样也都挺舒坦敞亮，所有的人都微笑着冲这边问好。陶砚瓦旁边那个最漂亮的姑娘说，深州乡亲们好！我是夏凡，今天我的书法老师陶砚瓦先生和我的同学们陪我过生日。听说你们都是陶老师家乡人，而且都是诗词爱好者，都有自己的作品，你们真棒！

屏幕里的人一齐喊，向你们学习！向陶老师家乡人学习致敬！

江黎也带着大伙儿说，向你们学习！问候！黎占江喊的是：向砚瓦的学生们学习！

屏幕上的人们和台下的人们脸上都现出真诚的笑容，嘴里都发出由衷的笑声。

夏凡最后说，好，接下来请你们和陶老师互动吧！

夏凡是电视台播新闻的，在深州也有不少人认识她。看见她竟然是陶砚瓦的学生，都感到有些惊讶。

就听陶砚瓦说，乡亲们别拘束，咱都是一家子，没外人儿！有什么问题尽管提。

这句话里，又用了两个尖音：亲、尽，这是深州话的一个显著特点，就是顽固坚持尖是尖、团是团，跟京剧里的念白一样。比如清清楚楚时的清清，不能念成“轻轻的我走了”的轻轻，尖锐不能念成坚锐，喝酒不能念成喝九，进取不能念成近取，挤死了不能念成几死了，等等。土话里有不少并不土，而是古。

就有人开始提问：初学者写诗能不能用新韵？不讲平仄的诗是不是就是古风？平水韵里的一东二冬能不能合起来用？该死十三元是怎么回事儿？

陶砚瓦一一进行回答。

半个小时过去了，江黎说，时间到了，陶砚瓦老师该吃蛋糕了。

陶砚瓦就挥手跟乡亲们再见。

江黎说，还有一点儿时间，咱们请邱书记给咱们做做指示吧！大家都回头往后面看，邱书记边说边往台上走：既然来了，小江让我讲几句，我就听小江的安排讲几句。他走到前面站定，也没往台上去，就站着说：

有幸来深州工作，切实感到深州真是人杰地灵。既有历史上涌现的文学、诗词、书画大家，也有当今活跃在各个艺术领域里的，像陶砚瓦这样的大家、名家。包括没有离开乡土，一直在深州耕耘的艺术家和业余爱好者，也有很多。咱们国家正走在民族复兴的正确道路上，文化的复兴才是最重要、最根本意义上的复兴。从这个意义上说，咱们学习诗词，听诗词创作课，是为了动手写诗词。我希望在座的各位诗友，用诗词这个形式，用诗词的语言，把心中的感想、梦想写出来，把我们各行各业的生活表现出来，那就是对咱市里各项工作的贡献啊！听说陶村来了桲椤山九老，你们桲椤山那个项目进展很快，文化含量很高，咱们市里一直是大力支持，在此也祝愿桲椤山能够建设成一座诗词山、一座文化山、一座书法山。成为咱深州一景，一道亮丽的风景线！

回村去坐公交车的路上，黎占江跟大家说，回村后直接到四清开的馆子去吃饭，想喝两口儿的，老白干管够。还有，以后咱们这桲椤山九老，每集碰一次头儿，地点就在他开的馆子里，给咱腾出一个包间。四清说了，他保证提供好茶，管一顿晌午饭，他还很爽快地答应，说如果打印个稿子啊，跑跑腿的，让他小饭店里那几个年轻人干。

征叔说，占江你真行喽。大伙儿说，四清还是听你吆喝的。

四清这小子，终于改邪归正了。黎占江高兴地说，看来他还是服文化的啊。

尾 声

尽管雷阵雨影响了大部分航班，但荷兰格罗宁根大学名誉校长范连登教授一行还是如约降落在北京大兴国际机场。

范连登教授陪同人员除了他的夫人，他的中国学生张椤，还有中国历史研究院先秦所的魏昌功所长。他此行是为了了解中国近年来，在自己文化源头的探索中，取得了哪些重大发现。

范连登教授曾任驻华大使，任内曾有机会到山东章丘参观龙山文化博物馆，到四川的广汉参观三星堆遗址，到浙江的余杭参观良渚遗址，因此，这次中国历史研究院就安排相关专家，在北京举行了座谈，提供并交换了有关资料，然后跟他商量，最后选定了三个地方。先到陕西的神木看了距今约4000年的石峁遗址，到山西的襄汾看了距今4000～4300年的陶寺遗址，最后到河南的舞阳看了距今8000～9000年的贾湖遗址。

昨天他们从舞阳回到漯河住的地方，范连登无意中听到张椤接他哥哥张桲的电话，说爸爸和陶砚瓦叔叔搞的桲椤山项目后天就要举行开业庆典了，所有人都在为这事儿忙得不可开交，将有好多嘉宾赶来出席盛典，特别希望张椤也能够赶过去参加。范连登大使问你那个陶砚瓦叔叔是不是当年筹建国学中心的那个人？张椤说是啊。魏昌功也说我也认识他，他们建成的那个楼，就是我们现在的办公楼，前些时候我们还在一起吃饭了呢。

范连登教授就转身跟太太商量了一下，然后对魏昌功说，魏，我和我太太都特别想和张椤一起，去深州看看陶砚瓦，看看他和张椤爸爸搞的项目，我们认为这很重要。希望你们能满足我们的愿望。

魏昌功就和张椤商量一番说，咱原来计划是中午去中国历史研究院吃饭，明天上午11点航班回荷兰。如果去深州，咱们到大兴机场后，吃个简单午餐，让张椤的哥哥张桲开车，直接送你们去深州就很近了，明天从深州过来，只需一个多小时，也不会耽误你们回国航班。所以我得跟院里汇报一下，院领导还等着陪您吃午饭呢。

那就婉谢了吧，吃饭不重要，见到陶砚瓦比吃饭重要。你一路上陪我们多日，我们到深州完全是私人行程，你也不必再去陪了，谢谢你！

中国历史研究院的一位领导还是从北四环外赶到大兴，就在机场里面的一个台湾风味的小饭馆，跟范连登教授一行共进午餐。席间，那位院领导偷偷问魏昌功：改变教授行程，把我们折腾过来的那个人是个什么人？魏昌功说，就是咱们现在办公楼的筹建办主任陶砚瓦。院领导啊了一声，深深点了点头。

陶村这边，为了明天的庆典，已经准备多日，正好范教授过来，就当成了一次彩排。一行人乘车从高速公路过来，还没到陶村，就远远看见彩旗飞舞，听见锣鼓喧天。征叔的儿子万强已经正式接班家鼓队点鼓，这会儿正带着一众人马敲打正欢。家鼓队成员里，全部是清一色30岁以下的年轻人，其中还有几个漂亮时髦的姑娘。园区外就见有横幅标语，大门也装饰一新。门外有宽阔的停车场，门内可见亭台楼阁，雕梁画栋，万千美景。

陶砚瓦和杨雅丽，黎德山和周春燕，都站在景区大门口，迎接范连登教授和夫人。对于远道而来的荷兰教授夫妇，专门跑来陶村见面，让陶砚瓦感到非常吃惊也十分高兴。在进入大门前，范连登教授和夫人一定要坚持自己买票。陶砚瓦指着旁边一块牌子说：不用了，六十岁以上的老年人免票。范连登教授看到了那块牌子上的中英两种文字，就啊了一声，接过了张椤递给他的两张门票，张椤告诉他，分别是第一号和第二号门票。他听了好奇地举起来看了看，竟然孩子般地笑起来。

一行人从桲椤山景区大门开始，一一进行讲解，张椤、张桲也都陪着当翻译。

大门两侧悬挂一副对联，乃晚清进士、曾任深州知州的吴汝伦撰并书：

文字空千载；声名动四维。

一进大门的池塘碧波荡漾；池塘边的凉亭内，黎占江带着四大作家和四大吹，身着不同颜色的汉服，端坐在里面，饮茶闲谈；机井旁边那几棵桲椤树下面，有孩子们在朗读《论语》；由砖窑门口改建的陶村风土展大门，质朴厚重；大门两侧各竖立一块三四米高的泰山石，东面石头上刻着陶砚瓦写的《桲椤山赋》，西面石头上刻着他手书的《水调歌头·龙坑》。

范连登教授在仔细观看两块石头的内容，饶有兴致地倾听陶砚瓦的介绍讲解。

进了大门，是一个门厅，门厅正中，是一篇巨大的书页，书页上正文只有两行字，竖排、繁体，第一行十个字，第二行六个字，一共十六个字：

天命玄鸟，衔籽桲椤。落地为树，聚沙成山。

后面是一行小字：

明永乐十八年版《深州志》第四册第二十七页

书页的下方，有一个精致的展柜，展柜中摆放着一函六册古书，函套打开着，观者可见其第一册之封面。这就是征叔说过几次，要送给陶砚瓦的那件东西。这是他家传了多少辈儿的东西，祖训要世代相传的东西。而且征叔从知道有这套书那天起，他就知道了里面有那十六个字，是说陶村桲椤山的。陶砚瓦从征叔手里接过这套书，当时就说，谢谢征叔的信任，这套书非常珍贵，是深州地方志的重要文献。我不能私自收藏，一定要找市里把它一页页翻拍，重新翻印，按照原样成册出版。等完成之后，一定再送征叔一套新的保存。原书就放在咱桲椤山，是咱桲椤山的镇山之宝！

展览分六个板块：第一个板块是“灵树转世”，第二个板块是“沙细虫来”，第三个板块是“诗从山绕”，第四个板块是“陶村旧梦”，第五个板块是“陶村式大笑”，第六个板块是“你来与不来，陶村永远在这里”。

范教授在几通石碑、陶瓷残片、铜角和刀枪箭镞等处停留最久，听得也最仔细。

陶砚瓦对范连登说，这么个小地方，看来看去，无非一山一水，一堆文字。从前村里最好的房子是地主家，如今村里最好的房子在这里。但这里是对公众开放的，对陶村人是免费的。我和他们的爸爸，从小就在这里玩耍，钱是他爸爸出的，景是他爸爸造的。我们都对这里充满感情。我本人喜欢山水，喜欢文字，为了这些文字，我在这里坚守了一个多月。整个园区就像是一部书，我就像是个编辑兼校对，它的每一页每一字，每一块石头上的每一篇文字，我都得确保其不出差错，做到这一点也非常难啊。

范教授还问起尚济民的近况，陶砚瓦就告诉他说，尚济民和几位年纪大的嘉宾，已经到深州城里了，如果他们能在明天上午8点赶过来，你离开这里之前也许能够见他一面。

范连登教授就回忆当年两人曾经聊起过的中华文明和西方文明的话题。范教授说，过去我们西方人，都是坚持以西方文明为中心来看世界的，是认为中华文明比西方文明要晚，要落后的。但最近中国经济搞得不错，文化上也有不少进步，特别近年来考古的成果出来之后，中华文明的时间大大向前延长了，应该是远比西方文明还要早好多年。我们西方当然不喜欢这个结论，所以我们基本上还是不承认中国比我们早。这次我过来看了之后，我心里已经十分清楚了。但是要让整个西方承认这一点，恐怕还需要时间。

登上桲椤山，站在最高处的亭子上，四顾都是旷野，以及远处的村庄。突然，从林子里小路上走过来十几个人，为首的有郑垓、方永辉和横井康夫，有尚可、夏凡、沈婉佳、中村纪子、余萍、李龙斌、王小彤等人。

陶砚瓦激动地啊了一声，赶紧和杨雅丽过去跟他们一一握手寒暄，特别见了沈婉佳和中村纪子就问，你们也来了？真是太好了！纪子早就见过杨雅丽，两人一见面就亲切地聊起来。婉佳幸亏和郑垓熟识，还不至于寂寞。夏凡就把自己的男搭档曹楠介绍给陶砚瓦，陶砚瓦就说，明天的庆典主持可就拜托你们二位了！夏凡笑着说没问题，老师您放心吧！尚可兴冲冲地跟陶砚瓦说，老师，是我邀请沈老师和纪子老师过来，事先没跟您讲，是想给您一个惊喜。

陶砚瓦说，谢谢你尚可！我已经被惊喜到了，真的很意外！我心里非常高兴她们都能来共襄盛举！

李龙斌过来偷偷问陶砚瓦，老师，怎么没看见王未名啊？

陶砚瓦说，她和她公公婆婆在深州城里陪她的爸爸妈妈呢。

尚可说，趁老师和师母以及外国嘉宾都在，咱们在这儿合个影，留个纪念吧！

这时只见张福禄和黎翠兰，匆匆忙忙赶过来，正好赶上合影。

于是就开始照相。先是大合影，接着是一拨一拨分别合影，一时间热闹非凡。

在大家热闹照相的同时，不知什么时候来了很多村民，站在旁边观看。也难怪，这是陶村第一次来了外国人，特别是欧美国家的人。除了陈凤领号称见过外国人，好多陶村人真的是第一次这样近距离观察一个真的高鼻梁、深眼窝、金发碧眼的白种人，也是第一次看到横井康夫、中村纪子这样真的日本人。

陶砚瓦对范连登教授说，明天这里将比现在还要热闹很多，整个陶村人，周边村子里的人，四面八方过来的嘉宾，保守估计也得上万人吧。我和张椤爸爸张总，都有一个想法，就是我们做这个项目，不仅仅是为了当今，更是为了将来，甚至一百年之后的子孙后代，一定要让他们在看到这个小园子之后，想起他们的祖辈，为他们留下了一个东西，一个会让他们倍加珍惜、不忍心毁弃的小园子。

啊，一百年！你们在考虑一百年后的事情？

对。中国是一个超大型国家，人口是如此之多！你们西方民主好多时候，是活着的人代替尚未出生的人投票做了主，而我们则认为是活着的人没有权利侵害没有出生的人们的权益，却有责任和义务为他们创造更美好的家园。

啊，这真是一个有趣的中国式的思考！

那天晚上，喧嚣了一整天的桲椤山重归静谧，天上月朗星稀，地上林深水阔。所有人都送走了，只有陶砚瓦、张福禄、黎德山三人，还在为明天的事情操心。他们都各自把整个议程从头到尾再捋一遍，接着又把自己任务的分工也再捋一遍，随后他们不约而同都登上桲椤山，站在白天大家照相的地方。

陶砚瓦说，明儿个史市长和邱书记都定了来参加，邱书记、横井先生、俺们老部长三个人讲话，史市长只参加剪彩。

黎德山说，还是砚瓦面子大。

张福禄说，好啊，咱弟兄们弄了这么个事儿，惊动了政府，惊动了外国友人，恐怕也得惊动惊动咱老祖宗们。明儿个这里东边四个、西边四个，一共八个家鼓队，敲打着过来，在咱门口聚齐。听说周村还有逗狮子哩，史村踩高跷哩，杏园走旱船哩，郭村还来一帮子扭秧歌哩。陶村多少年没这么热闹了吧？

陶黎二人都说，没有吧？没有啊！

张福禄说，俺考考你们两个，你们谁知道桲椤捎最后变成了什么？

陶砚瓦和黎德山都摇头说不知道。张福禄很得意地卖弄说，亏了你们俩都算是文化人，还喜欢研究这个研究那个哩！俺说给你们：桲椤捎最后要蜕变成蛾子，它们都要长出翅膀，离开沙窝，飞过草尖子树枝子，有的还青云直上，往天上飞去。

陶砚瓦和黎德山都说，你吹牛吧？

俺说的是真哩！张福禄说，俺可不是吹牛，咱们哥儿仨就是三个小桲椤捎，赶上了国家的好时候，咱们也要蜕变喽，咱陶村、周村、史村、郭村、杏园也都得蜕变了，都长出翅膀来，飞吧，飞吧！飞得高高哩！

哈哈哈哈哈哈哈哈哈哈！

2019年10月18日初稿于三亚龙巷

2019年11月13日修改于雄安西郭

2020年6月3日再改于雄安白洋淀上